U0139489

Yilin Classics

CHARLES DICKENS

经／典／译／林

大卫·科波菲尔 (上)

[英国] 查尔斯·狄更斯 著

宋兆霖 译

译林出版社

图书在版编目(CIP)数据

大卫·科波菲尔 / (英) 查尔斯·狄更斯 (Charles Dickens) 著；
宋兆霖译. —南京：译林出版社，2017.6 (2023.3 重印)
(经典译林)
书名原文：David Copperfield
ISBN　978-7-5447-6906-8

Ⅰ.①大⋯　Ⅱ.①查⋯ ②宋⋯　Ⅲ.①长篇小说-英国-近代
Ⅳ.①I561.44

中国版本图书馆 CIP 数据核字（2017）第 058286 号

书　　名	大卫·科波菲尔
作　　者	[英] 查尔斯·狄更斯
译　　者	宋兆霖
责任编辑	张嫒嫒
责任印制	董　虎
原文出版	Penguin, 1997
出版发行	译林出版社
地　　址	南京市湖南路 1 号 A 楼
邮　　箱	yilin@yilin.com
网　　址	www.yilin.com
印　　刷	南京新世纪联盟印务有限公司
开　　本	880 毫米 ×1240 毫米　1/32
印　　张	28.375
插　　页	8
字　　数	805 千
版　　次	2017 年 6 月第 1 版
印　　次	2023 年 3 月第 19 次印刷
书　　号	ISBN　978-7-5447-6906-8
定　　价	79.00 元（上、下册）

译林版图书若有印装错误可向出版社调换
市场热线：025-86633278　　质量热线：025-83658316

译　序

　　狄更斯是十九世纪英国最伟大的作家,他在自己的作品中,以高超的艺术手法描绘了包罗万象的社会图景,塑造出众多令人难忘的人物形象。他在三十多年的创作生涯中,为英国文学和世界文学做出了卓越的贡献。《大卫·科波菲尔》是他的代表作,是他"最宠爱的孩子",该书一百多年来在全世界盛行不衰,深受世界文坛和广大读者的重视和欢迎。早在一九〇八年,翻译家林纾和魏易就以《块肉余生述》为题,把它介绍给我国读者,成为最早传入我国的西欧古典名著之一。

　　查尔斯·狄更斯一八一二年二月七日出生于朴次茅斯市郊的波特西地区,一八一四年全家迁居伦敦。他的父亲约翰·狄更斯是英国海军军需处的一名小职员,嗜酒好客,挥霍无度,经常入不敷出,在狄更斯十一岁时,终因无力偿还债务,进了负债人监狱。狄更斯十二岁便被迫辍学独立谋生,在一家鞋油作坊当学徒工,给鞋油瓶封口和贴标签。童年时代这段艰苦的生活,成为他终身辛酸的回忆,从而使他对不幸的弱小者产生深深的同情。他只上过三四年学,主要靠自学获得广博的知识和文学素养。十六岁时,狄更斯到伦敦的布莱克默律师事务所当抄写员,学会速记后离开事务所到"博士民事法院"当速记员,并为《议会之镜》报采写有关议会活动的新闻报道。这些工作使他得以走遍伦敦的大街小巷,广泛了解社会各方面的生活,也使他有机会了解法院和议会政治的肮脏内幕,为他熟悉英国下层人民的生活,为他后来的人道主义、民主主义思想打下了基础,也为他一生的创作准备了丰富的素材。从一八二八年起,他以新闻记者的身份为伦敦的《时事晨报》《每月杂志》等报刊撰稿,业余则在大英博物馆勤奋学习。一八三三年,二十一岁的狄更斯怀着忐忑不安的心情,把他的第一篇署名为博兹的特写《明斯先生和他的表弟》投进了信箱,结果一举成功,在同年的《月刊》十二期发表。此后他的作品不断刊出,到一八三六年二月,结集成两卷本的《博兹特写集》问世,其中有随笔、特写,也有短篇小说。同年三月,他的第一部长篇小说《匹克威克外传》开始在杂志上连载,这部小说使他一举成为最受大众欢迎的作家,从此走上文学创作的道路,直至登上英国文学以至世界文学的峰巅。二十四岁,狄更斯和报社出版人霍加斯的女儿凯瑟琳结婚。由于性格和情趣上的差异,这场婚姻给他的创作,特别是晚年生活带来了不幸。狄更斯一生勤奋,除刻苦写作外,还编辑杂志,组织剧团演出,登台朗诵自己的作品,等等。繁重的劳动,家庭和社会上的烦恼,以及对改革现实的失望,损害了他的身心健康。一八七〇年六月九日,正在写作长篇小说《德鲁德之谜》的狄更斯因脑溢血猝然离世。六月十四日,他被安葬于伦敦威斯敏斯特教堂的"诗人之角"。

狄更斯在自己的三十多年创作生涯中,写了十五部长篇小说(其中《德鲁德之谜》未完成),许多中、短篇小说,以及特写、随笔、游记、文论、时评、戏剧、诗歌等,还写了一部《儿童英国史》。虽然他是一位以反映现实生活见长的作家,他的作品一贯表现出揭露和批判的锋芒,贯彻他揭恶扬善的人道主义精神,但从他的创作思想和艺术风格看,显然有一个变化发展、丰富完善的过程。

他的前期作品,如《匹克威克外传》《奥利弗·退斯特》《尼古拉斯·尼克尔贝》《老古玩店》《巴纳比·拉奇》等,触及社会都较肤浅,只是对贫富悬殊、道德堕落、摧残妇女儿童等社会不公和不良现象,进行温和的批判和善意的嘲讽,作品洋溢着充满幻想的乐观情绪,受苦的"小人物"最终往往赢得"仁爱"的有钱人的庇护,找到了幸福生活。而且一般均采用流浪汉小说的形式,结构显得松散冗长,有的完全是以主要人物串联起来的短篇故事。

狄更斯写于十九世纪四十年代的中期作品,和前期作品相比,创作思想显然有了变化,随着他对社会认识的加深,乐观的幻想已基本破灭,"仁爱"的有钱人已不复多见,流浪汉小说的形式已被基本抛弃,这一时期的艺术特点是通过辛辣的讽刺和夸张的手法,较深刻地揭示人物的本质和时代的特色。作品有《马丁·朱述尔维特》、《董贝父子》以及《圣诞故事集》等。

十九世纪五六十年代是狄更斯创作的后期,在这个时期内,特别是五十年代和六十年代上半叶,他的创作成就达到了顶峰,他的思想上最深刻、艺术上最完整的作品,都是在这十多年中完成的。他先后写了《大卫·科波菲尔》《荒凉山庄》《艰难时世》《小杜丽》《双城记》《远大前程》《我们共同的朋友》等著名长篇和未及完成的《德鲁德之谜》。狄更斯后期作品的题材范围达到了前所未有的广度和深度,全面地揭示了英国的社会面貌:议会政治的黑暗、统治机构的昏聩、金钱社会的罪恶、人民大众的贫穷。作品中乐观主义精神已被严肃、沉重、苦闷的心情和强烈的愤懑所代替,幽默和讽刺逐渐减少,感伤和象征相应增加,结构更加紧密,戏剧性有所加强。总之,主要是这一时期的创作使狄更斯成为世界文坛最伟大的作家之一,使他的作品在世界各地得以长盛不衰。

《大卫·科波菲尔》被公认为狄更斯最重要的代表作,也是他的"宠儿"。在本书的序言中,作者写道:"在我所有的作品中,我最爱的是这一部。人们不难相信,对于我想象中产生的每个孩子,我是个溺爱子女的父母,从来没有人像我这样深爱着他们。不过,正如许多溺爱子女的父母一样,在我的内心最深处,我有一个最宠爱的孩子。他的名字就叫《大卫·科波菲尔》。"

《大卫·科波菲尔》是作者耗费心血最多,也是篇幅最长的一部作品,它是作者亲身经历、观察所得和丰富想象的伟大结晶。本书以第一人称叙述,而且其中确实带有不少自传的成分,如当童工,学速记,采访国会辩论,勤奋自学,成为作家等等,均为作者的亲身经历,但这并不是自传,而是小说,我们只能说作者利用了不少自己的经历,其中有他自己的影子,现实生活中细致观察所得和想象虚构的成分则更大,如书中的主人公为遗腹子,少年就成孤儿,而作者写这本书时,他的父母都还健在;又如作者的父亲曾因负债入狱,但书中入狱的已成了米考伯先生。《大卫·科波菲尔》在狄更斯的全部创作中占据着特殊的地位,这不仅是一部融入不少作者本人生活经历的自传体小说,而且同他的其他作品相比,它更能反映出作者的创作思想和艺术风格,从某种意义上说,这部作品更富有狄更斯的特色。作者通过本书主人公大卫·科波菲尔出生后的种种经历到自学成才,成为著名作家的生活道路,全面地描绘了十九世纪维多利亚时代英国社会的广阔图景,展现了当时各个不同阶层的人物形象,从而表达了作者本人的人生哲学和道德理想。

本书贯穿着作者人道主义、民主主义的思想和揭恶扬善的精神。首先,他塑造的主人公大卫,就是一个善良博爱、正直勤奋、务实进取的知识分子典型。他虽然也有过错误的念头,荒唐的举止,忧伤的时刻和消沉的日子,但是姨婆的"无论在什么时候,决不可卑鄙自私,决不可弄虚作伪,决不可残酷无情"成了他的座右铭,手向上指着的爱格妮斯是他的"指路明灯"。经过了不断的磨炼,这个失去双亲的孤儿,在苦难和挫折中逐渐成熟,走上了正确的人生道路。通过这,作品表现了健全的人性的形成和发展。这是作者在人性的探索方面取得的成果。不仅如此,狄更斯还出于自己的正义感、同情心和艺术家的良心,通过本书主人公的成长过程和日常生活,对他认为不合理、不公正的社会现象,如教育制度的弊端、司法制度的腐败、金钱的罪恶、贫富的不均,以及有关儿童、妇女、婚姻、家庭、财产、失业等等方面的不公和丑恶现象,都做了无情的揭露和批判。从狄更斯在本书中所描述的种种事件和人物中,我们可以看出,他深刻批判的是人和人性的异化,他竭力追求的是人和人性的复归以及人和人之间的和谐。

狄更斯的作品大多数都是以人物为中心构建故事的,《大卫·科波菲尔》也不例外。由于本书反映的生活面极其广阔,因此人物众多,千姿百态。除了栩栩如生、生动丰满的主人公大卫·科波菲尔外,有名有姓的约有九十余人,其中主要的人物即有十多人。他们围绕着大卫的成长过程和生活道路,以各自的性格特征、思想表现、言谈举止和日常生活,为我们描绘出一幅十九世纪英国社会生活的全面图景。一般说来,狄更斯都是以自己仁慈、博爱的人道主义精神和揭恶扬善的道德意向来塑造和安排这些人物的,因而他们的本质、价值取向都较为明晰。内心慈祥、外表严峻的姨婆贝特西·特洛伍德小姐,善良忠厚、勤劳温顺的保姆佩格蒂,端庄高尚、温柔聪慧的爱格妮斯,纯朴正直、真诚勤恳的特雷德尔,善良宽厚、仁爱无私的渔民佩格蒂先生,温顺活泼、单纯痴情的朵拉,高尚勇敢、忠厚豁达的汉姆等,这些无疑都是本书人物中"善"的家族成员;而贪婪阴险、心狠手辣的谋得斯通姐弟,卑鄙狡诈、伤天害理的希普母子,傲慢自大、冷酷自私的斯蒂福思一家,还有狠毒凶暴的克里克尔校长等,显然都是"恶"的代表。此外,还有一些中间人物,如米考伯先生,虽有善良、正直的一面,但有较大的缺点,爱虚荣,喜挥霍,因而老是入不敷出,负债累累。值得一提的是"米考伯"一词已收入普通的英语词典,词义为:米考伯式的人物,无远虑而老想着走运的乐天派。米考伯去澳大利亚后,最后有了改变,还清了旧债,并以此为教训,教育后人。又如斯蒂福思,在萨伦学校时,有时也能仗义执言,保护弱小,但最后彻底暴露出他"恶"的本质。这也说明本书中一些人物的性格并不是完全静止的,是随着情节的发展而发展的。另外,从总体上说,本书的人物还是较为丰满的,就连一些次要人物,如精神失常的狄克、吝啬的巴基斯、乐天的欧默先生、贫嘴长舌的马克勒姆太太、怨天尤人的葛米治太太等,虽然着墨不多,也各有个性,栩栩如生。正如 T. S. 艾略特所说:"狄更斯塑造人物特别出色。他所塑造的人物比人们本身更为深刻……只要用一句话,不管是这些人物说的,还是别人对他们的议论,就能使他们完整地再现在我们眼前。"

狄更斯的小说,特别是前期作品,一般都比较松散冗长。《大卫·科波菲尔》虽然情节复杂、人物众多,但在结构上可说还是比较严密完整的。它以主人公大卫从孤儿到著名作家的曲折经历为主线,衍生出多灾多难的佩格蒂先生家,受害遇救的威克菲尔家,颠沛流离的米考伯家,以及斯特朗博士、巴基斯、特雷德尔、贝特西姨婆、斯蒂福思、希普等多个家庭的故事。而作者则巧妙地把这种多层次、多支线的情节故事和主人公大卫的成长经历结合在一起，使之互相交错，层层展开，形成一个错综复杂、曲折动人的情节网络整体。而且，由于本书系以第一人称叙述，在叙事的角度上受到了极大的限制，这给作者的叙述大大地增加了难度，但狄更斯仍能自然地娓娓道来，通篇故事都经由一个遥远的视角缓缓展开，这也说明作者在叙事艺术方面的深厚功力。

狄更斯是一位有社会责任感和历史使命感的伟大作家。他非常强调小说的道德功能和社会功能。在《大卫·科波菲尔》中也可看出，作者力图找出世人在道德方面的病症以及社会生活的弊端，力求通过小说来培养世人的"道德感情"，完善自己，进而改造社会，导向伟大的文明。狄更斯的独到之处还在于：他不仅主张小说要唤醒世人对劳苦的小人物的同情，还要激起世人对他们的崇敬，因为他们在经受了苦难之后仍能保住本色，可以从他们那里发现和学到美德。因此，《大卫·科波菲尔》也像他的极大多数作品一样，写的主要是凡人小事：小人物的日常生活，个人际遇，七情六欲，悲欢离合，生老病死。作者通过细心的观察，发挥丰富的想象力，以及注入强烈的感情，热情细致、广阔深入地描写了外部的社会生活与风土人情，从而展示出人物的性格特征和内心世界。狄更斯也是一位善于驾驭语言的大家，本书语言明快流畅，风格多样，特别是作者独特的诙谐幽默，从而使这部作品具有强大的艺术感染力。正如本书最早的中译者林纾、魏易在译序中所说："此书不难在叙事，难在叙家常之事；不难在叙家常之事，难在俗中有雅，拙而能韵，令人把之不尽。且前后关锁，起伏照应，涓滴不漏，言哀则读者哀，言喜则读者喜……近年译书四十余种，此为第一。"此说不无道理。

通过《大卫·科波菲尔》，我们也可以看出，狄更斯是一位能出色地反映现实的作家，可是他也充分运用了浪漫手法、象征手法，甚至和现代手法之间也有丝丝缕缕的关系。因而，尽管一百多年来，文学思潮变迁更迭，审美情趣和价值判断的标准不断转移，文学批评理论、流派层出不穷，狄更斯却从未受过冷落，他不但被纳入现实主义，也被纳入浪漫主义、现代主义的话语。近年来,西方某些后现代主义文论家甚至也开始把他纳入他们的理论视界,觉得狄更斯对于意识形态影响未及的"素朴的"或不受重视的叙述程式的运用,就值得研究,认为狄更斯不仅创作了"现代主义"的社会现象,人具有独立的、自由的自我,也描绘勾画了种种模拟幻象和自我消解的主体这样一类"后现代主义"的现象,想要把他和当今的后现代主义作家托马斯·品钦等人拉成近亲。当然,这还有待于进一步探讨。《大卫·科波菲尔》发表至今一百多年,尽管由于价值标准和审美情趣不同,评论界对之有所争论,但仍公认是狄更斯的一部代表作,深受全世界广大读者的欢迎。这一切都说明,狄更斯的地位是牢不可破的,《大卫·科波菲尔》的价值是不可否定的。

CONTENTS · 目录

作者序

　　我在本书的原序中曾说过,本书脱稿之初,我的心情正非常激动,因此,若想要和本书保持足够的距离,以撰写这篇正式序言看似必需的平静,来谈论这部作品,我觉得并非易事。我对本书的兴趣是印象犹新,如此强烈;我对它的心情是喜悲参半——喜的是一个长期的构思,终于竣工完成,悲的是这么多的伴侣,就此离我而去——因此,我大有以个人心事和一己感情令读者生厌的危险。

　　此外,关于这个故事,凡是我所能说的任何有关的话,我都尽我所能在书中说了。

　　若要让读者知道,在两年的想象活动结束之时,这支笔是何等忧伤地搁下的;或者,一个作家和他头脑中想象出来的一群人物诀别时,会怎样使他感到如同把自身的一部分发落到阴间冥府似的,这对读者来说,也许是无关紧要的吧。然而,我又没有别的可以奉告了,说实在的,除非要我坦白承认,说从来没有人在读这本书时,比我写它时,更相信它的真实性了。不过这话也许更无关宏旨。

　　上面这些坦白之言,现在看来,都是真情实话。因此,我对读者诸君,只需再说一句肺腑之言就足够了。在我所有的作品中,我最爱的是这一部。人们不难相信,对于我想象中产生的每个孩子,我是个溺爱子女的父母,从来没有人像我这样深爱着他们。不过,正如许多溺爱子女的父母一样,在我内心的最深处,我有一个最宠爱的孩子。他的名字就叫《大卫·科波菲尔》。

第一章

来 到 人 间

在我的这本传记中，作为主人公的到底是我呢，还是另有其人，在这些篇章中自当说个明白。为了要从我的出世来开始叙述我的一生，我得说，我出生在一个星期五的半夜十二点钟（别人这样告诉我，我也相信）。据说，那第一声钟声，正好跟我的第一声哭声同时响起。

看到我生在这样一个日子和这样一个时辰，照料我的保姆和左邻右舍几位见多识广的太太（早在跟我直接相识之前几个月，她们就对我倍加关注了）便议论开了，说我这个人，第一，命中注定一辈子要倒霉；第二，有看见鬼魂的特异功能。她们相信，凡是不幸出生在星期五深更半夜的孩子，不论男女，都必定会有这两种天赋。

关于第一点，我用不着在这儿多说什么，因为那句预言结果是应验了呢，还是证明毫无根据，没有比我的经历更能说明问题的了。至于她们说的第二点，我只能说，要不是我早在襁褓之中就把这份家财给挥霍光了，那就是我还没继承到这份遗产呢。不过，现在我没能拥有这份财产，我丝毫也不抱怨；要是另外有什么人正享有它，我还衷心欢迎他把它守住呢。

我出生时带有一张头膜①，为这张头膜，曾在报纸上登过广告，愿以十五几尼②的低价出售。是当时航海的人囊中羞涩呢，还是缺乏信仰，宁愿要

---

① 有的婴儿出生时头上罩着的一层薄膜，是胎膜的一部分。英国民俗认为，头膜为吉祥物，带在身边就不会淹死。

② 英国旧金币，一几尼等于二十一先令。

软木救生衣,这我不得而知。我只知道,只有一个人出价想购买,这是个做期票证券交易的经纪人,他只肯出两镑现金,其余的都以雪利酒①折价支付。就连保证他不会淹死,他也怎么都不肯加一点价。结果只好把广告撤回,白白损失了广告费——至于说到雪利酒,当时我那可怜的亲爱的母亲,自己也有一批这样的酒正在市上求售呢——十年以后,这张头膜在我的家乡以抽彩的方式售出,参加抽彩的共五十人,每人出半克朗②,中彩的出五先令。抽彩时,我自己也在场,而且我记得,当时眼看我自己身上的一部分以这种方式在出售,心里觉得很不是味儿,感到很难堪。我还记得,抽到这个头膜的是一位提着个小提篮的老太太,她很不情愿地从篮子里掏出了那规定的五先令,全是半便士的辅币,结果还少给了两个半便士——虽然花了不少时间,费了很大的劲算给她听,可是毫无作用,怎么也没能使她明白这一点。后来她倒是真的没有淹死,而是活到九十二岁高龄,光光彩彩地寿终正寝。这件事,作为奇闻长期在我们那一带流传。不过据我了解,这位老太太直到死都一直十分骄傲地夸口说,除了过桥外,她这辈子从来没有到过水上。而且每当她喝茶的时候(她很爱喝茶),老是愤愤地说,那班海员之类的人实在邪恶,竟敢放肆地到全世界去"漫游"。你对她说,有些常用的好物品,茶大概也包括在内,就是由她所反对的这种漫游中得来的,可是毫无用处。她总是更加坚决、更加理直气壮地回答你说:"我们不应该去漫游。"

现在,我自己也不要再"漫游"了,还是言归正传,接着讲我自己出生的事吧。

我出生在萨福克郡的布兰德斯通,或者如苏格兰人说的"在那一带"。我是一个遗腹子。当我睁开眼睛看到这个世界时,我的父亲已经闭上眼睛看不到这个世界六个月了。一想到他竟会从来没有见过我,即便是现在,我也觉得有点奇怪。至于儿时看到教堂墓地里我父亲的白色墓碑,在我幼小的心灵中所引起的种种联想,以及当我们的小客厅中亮着温暖的炉火和明亮的烛光,我们家的门窗却紧锁,把父亲的坟关在门外(有时我觉得这太残忍了),让它独自待在那寒夜之中,这引起我难以名状的同情。这一切,现在

---

① 原产于西班牙南部的一种烈性白葡萄酒。
② 英国旧币,一克朗等于五先令。

朦朦胧胧地回忆起来,更加使我感到奇怪。

我父亲有一位姨母,也就是我的姨婆了(关于她,过会儿我还有更多话要说),她是我们家的主要大人物。她叫特洛伍德小姐,我母亲却总把她叫作贝特西小姐。不过,这只是在我那可怜的母亲克服了对这位可怕人物的畏惧之心后敢于提到她时(这种时候不常见),才这样叫她。我这位姨婆曾嫁过一个比她年轻的丈夫,他长得很英俊,但他并不像古训"行为美才是美"所说的那样——因为他大有打过贝特西小姐的嫌疑,有一次,为了生活费用上的事两人发生争论,他甚至粗鲁狠心地要把她扔出三楼窗口。这些脾气上互不相投的事实,使得贝特西小姐决定给他一笔钱,经双方同意,两下分居。然后他就带着他的钱到印度去了。据我们家里一种荒诞的传闻,有一次有人曾看到他跟一只狒狒一起骑在一头大象上。不过我认为,跟他一起骑在大象上的一定是位绅士,要不就是一位贵妇①。反正不管怎么说吧,他走后不到十年,从印度传来消息说,他已经去世了。我姨婆听到这个消息后有什么感觉,没有人知道。因为他们两人分居之后,她立即重又恢复了做姑娘时的姓,在很远的一个海边的小村子里买了一座小屋,带了一个仆人,在那儿过起独身生活来;大家都知道,打那以后,她决心不问世事,一直过着隐居生活。

我相信,我父亲曾经是她所宠爱的人,可是他的婚事把她给深深得罪了,原因是她认为我母亲是个"蜡娃娃"。她从来没有见过我母亲,不过她知道她还不满二十岁。我父亲和贝特西小姐从此没有再见过面。父亲结婚时,年龄比我母亲大一倍,而且身子骨也不大好。结婚后一年,他就去世了。如我前面所说,这是在我出世前六个月。

这就是那个多事而重要的星期五下午(要是我可以冒昧地这样说的话)的情况。因此我不能肯定地说,当时我就知道事情会怎么样,也不能说我对后面发生的事情,是全凭自己的亲眼目睹而追记的。

那天下午,我母亲正坐在壁炉前,身体虚弱,精神萎靡,两眼含泪望着炉火,为自己、也为那没有父亲、尚未见面的小孩,抱着深为绝望的心情。虽然

---

① 在英语中,狒狒(Baboon)、(印度)绅士(Baboo)和(印度)穆斯林贵妇(Begum)三词读音相近。

楼上抽屉里早已准备好几罗①预言针②,欢迎他到这个对他的光临丝毫也不激动的世界上来。我刚才说了,在那个晴朗有风的三月下午,我的母亲正坐在壁炉前,提心吊胆,悲苦重重,不知道自己是否能渡过面前的难关。就在她擦干眼泪,抬头望着对面的窗子时,忽然看到有一个陌生的女人往庭园里走来。

我母亲又朝那女人看了一眼,她确信地预感到,这人准是贝特西小姐。这时,落日的余晖正照射在那陌生女人的身上,洒满庭园的篱笆。她径直朝屋门走来,这种凌厉笔挺的姿势和从容不迫的精神,别的人是不可能有的。

当她走到屋门前时,她的行为再一次证明来的正是她。因为我父亲曾经多次说起,说我姨婆的行为举止,跟常人颇不相同。这时,她不像常人那样来拉门铃,而是走到我母亲看着的那扇窗子跟前,往屋子里张望,把自己的鼻尖使劲贴到玻璃上,以至我那可怜的母亲后来还经常说起,说她的鼻子一下子就变得又平又白了。

她这一来使我母亲大吃一惊,因此我一直确信,我之所以会在星期五出世,完全是得益于贝特西小姐。

我母亲惊慌得连忙离开椅子,躲到椅子后面的一个角落里。贝特西小姐怀着探询的神情,缓缓地扫视着整个房间,她移动着目光,从房间的一头开始,像荷兰钟上撒拉森人③的头像似的,直到把目光落到我母亲身上。然后她像惯于支使人的人那样,朝我母亲皱了皱眉头,做了个手势,叫她去开门。母亲去开了门。

"我想,你就是大卫·科波菲尔太太吧?"贝特西小姐说,她的"想"字加重了语气,大概是因为我母亲身上的丧服和她的生理状态的缘故。

"是的。"我母亲有气无力地回答。

"有一个特洛伍德小姐,"来客说道,"我想你听说过她吧?"

我母亲回答说,她很荣幸,听说过那个大名。不过她当时只感到不快,并没有表现出不胜荣幸的心情。

① 罗为计数单位,一罗等于十二打。
② 指按旧俗用针在针插上插成的预言吉祥的祝词。
③ 古时希腊人和罗马人对阿拉伯人的称谓,十字军时期则以此称伊斯兰教徒。后来撒拉森人的头像常用作纹章。

"你现在见到的就是她。"贝特西小姐说。我母亲听说后就低下头,请她进屋。

她们一起走进了我母亲刚才待的小客厅,因为过道那头那间最好的房间里没有生火炉——更确切地说,打从我父亲的葬礼以后,那儿就没有再生过火。她们两人坐了下来,可贝特西小姐依然一言不发,我母亲极力忍了又忍,最后还是没能忍住,终于哭了起来。

"啊,得啦,得啦!"贝特西小姐急忙说,"别这样!行啦,行啦!"

可是我母亲怎么也忍不住,直到哭够了才止住了眼泪。

"摘下你的帽子,孩子,"贝特西小姐说,"让我仔细看看你。"

我母亲对她怕极了,即使她想要拒绝她的这一古怪要求,她也不敢那么做,于是她就按她的吩咐把帽子摘下了,由于摘帽时两手直哆嗦,她把头发(她的头发既多又漂亮)弄得全都披散到了脸上。

"哟,我的天!"贝特西小姐叫了起来,"你简直还是个娃娃啊!"

毫无疑问,我母亲看上去是非常年轻的,甚至比她的实际年龄还要年轻。她一面低垂着头,仿佛这是她的罪过似的,这可怜的人,一面呜咽着说,她恐怕真的还是个孩子就做了寡妇了,要是以后能活下去,她还得做个孩子气的母亲呢。接着,在短短的静默中,我母亲恍惚觉得,贝特西小姐在摸她的头发,而且还感到她的手并不是不温柔。但是当她胆怯地怀着希望,抬头看她时,却发现贝特西小姐撩起衣服下摆,坐在那儿,双手交叠放在一个膝盖上,两只脚搁在炉栏上,对着炉火紧锁眉头。

"我的老天爷,"贝特西小姐突然说,"为什么叫作鸦巢呀?"

"你是说这房子吗,姨婆?"我母亲问道。

"为什么叫鸦巢?"贝特西小姐说,"要是你们两人中有一个懂一点真正过日子的道理的话,把这叫作厨房①要合适得多。"

"这名字是科波菲尔先生取的,"我母亲回答说,"在买这座房子的时候,他一直以为这附近有乌鸦呢。"

就在这时候,一阵晚风吹过,在庭院外侧几棵高大的老榆树中间引起了一阵骚动,引得我母亲和贝特西小姐都禁不住朝那方向看去。只见那几棵

---

① 鸦巢英文为 Rookery,厨房英文为 Cookery,读音相近。

榆树先是相互低垂,如同几个巨人在窃窃私语,这样安静了几秒钟后,接着便剧烈地骚动起来,四下里挥动着它们那粗野的胳臂,仿佛它们刚才的窃窃私语已大大地扰乱了它们内心的平静,这时,筑在高处树枝上的几个饱经风雨的破旧鸦巢,犹如暴风雨中海面上的破船般在空中摇晃。

"那些乌鸦到哪儿去了?"贝特西小姐问道。

"那些什么——?"我母亲正在想着别的什么。

"那些乌鸦呀——它们怎么样啦?"贝特西小姐问道。

"打从我们搬来这儿住那天起,就从来没有见过什么乌鸦,"我母亲说,"我们原以为——科波菲尔先生原以为——这儿会有一大窝乌鸦;其实这些全是些很老的老巢,乌鸦早就不要它们了。"

"完全是个大卫·科波菲尔!"贝特西小姐叫了起来,"彻头彻尾的大卫·科波菲尔!附近一只乌鸦都没有,他却把这房子叫作鸦巢,他相信一定会有乌鸦,因为他看到有几个鸦巢。"

"科波菲尔先生,"我母亲回答说,"已经去世了,要是你在我面前数落他——"

我想,我那可怜的亲爱的母亲,有一会儿一定想要狠狠揍我的姨婆一顿,不过像她那天下午的那副样子,即使她受过很好的训练,我的姨婆也只需一只手就可以轻而易举地把她给制服。可我的母亲只是从椅子上站起身来,这念头也就跟着烟消云散了。随后她便温顺地重又坐了下来,接着就晕过去了。

待她醒过来时,或者是贝特西小姐把她弄醒过来时,反正不管怎么样,她发现贝特西小姐正站在窗前。这时,黄昏已逐渐变成黑夜,她们只能模模糊糊地看到对方,要不是靠了火炉的亮光,她们就什么也看不见了。

"我说,"贝特西小姐走回到椅子跟前问道,仿佛她方才只是偶尔看了看景色,"你预计在什么时候——"

"我全身都在发抖,"我母亲结结巴巴地说,"我不知道这是怎么啦。我看,我一定快要死了!"

"不会,不会,"贝特西小姐说,"喝点茶吧。"

"哎哟,哎哟,你说喝茶对我管用吗?"我母亲不知所措地叫喊道。

"当然管用,"贝特西小姐说,"你这只是在胡思乱想罢了。你管你的女孩叫什么?"

"我还不知道是不是女孩呢,姨婆。"我母亲天真地回答说。

"保佑孩子!"贝特西小姐叫了起来,无意中正好说出楼上抽屉里针插上的第二句祝词,不过这句话没有用在我身上,而是用在了我母亲身上,"我说的不是那个,我说的是你的女仆。"

"她叫佩格蒂。"我母亲说。

"佩格蒂!"贝特西小姐有点愤愤然地把这名字重复了一遍,"孩子,你这是说,居然有人跑进基督教堂,给自己取了这么个名字?"

"这是她的姓,"我母亲有气无力地说,"因为她的名字跟我的一样,科波菲尔先生就叫她的姓了。"

"喂,佩格蒂!"贝特西小姐打开小客厅的门,朝外面叫道,"拿茶来,你的太太有点不舒服。快点,别磨磨蹭蹭的。"

贝特西小姐用一种仿佛自从有这个家她就是公认的主人的气派,发布了这道命令后,又朝门外打量着,直到看到佩格蒂听到生人的声音,吃惊地举着蜡烛沿过道迎面跑上前来,她才又关上门,和先前一样坐了下来,两脚搁在炉栏上,撩起衣服下摆,双手交叠放在一个膝盖上。

"你刚才说不知道是不是生个女孩,"贝特西小姐说,"我可一点也不怀疑,一定是个女孩。这样吧,孩子,从这个女孩降生的时候起——"

"也许是个男孩呢。"我母亲冒昧地插嘴说。

"我告诉你了,我有一种预感,这一定是个女孩,"贝特西小姐回答道,"别跟我拌嘴啦。从这个女孩降生的时候起,孩子,我打算就做她的朋友,愿意做她的教母,我求你把她的名字取作贝特西·特洛伍德·科波菲尔。这个贝特西·特洛伍德可一辈子都不应该犯错啦。她的感情也不应该再滥用啦,可怜的孩子。她应该好好地受到教育,好好地受到保护,不让她愚蠢地去信赖那些不应该受到信赖的人。我一定要把这当作我自己的责任。"

贝特西小姐在说这番话的时候,每说一句,她的头都要抽动一下,仿佛她自己的宿怨旧恨正在内心发作,因而她得极力克制住自己,不让它们表露得过于明显似的。至少我母亲在暗淡的火光中看着她时,心里是这样想的。不过当时我母亲太怕贝特西小姐了,自己的身子又极不舒服,加上又过于顺从和过于慌张,什么都没能看清,也不知道该说什么才好。

"大卫待你好不好,孩子?"沉默了一会后,贝特西小姐问道,她那头部抽动的动作也逐渐停歇下来,"你们在一起过得快活吗?"

"我们很快活,"我母亲说,"科波菲尔先生待我真是太好了。"

"哦,我看他是把你惯坏了吧?"贝特西小姐说。

"现在在这艰难的世界上,我又成了孤身一人,一切都得靠自己了。是的,我怕他真的把我给惯坏了。"我母亲呜咽着说。

"行啦!别哭了!"贝特西小姐说,"你们两个并不般配,孩子——即使随便哪两个人都能般配的话——所以我才问你这个问题。你是个孤儿吧,是不是?"

"是的。"

"也当过家庭教师?"

"我在科波菲尔先生常去的一家人家当幼儿家庭教师。科波菲尔先生待我很好,对我非常注意,非常关心,最后他向我求婚,我也就答应了他。于是我们就结了婚。"我母亲坦率地对她说。

"嘿!可怜的孩子!"贝特西小姐若有所思地说,一面依然对火炉皱着眉头,"你都会点什么呀?"

"对不起,我不明白你的意思,姨婆。"我母亲结结巴巴地说。

"比如,像管理家务什么的。"贝特西小姐说。

"我恐怕不太会,"我母亲回答说,"没有我想要会的那么多。不过科波菲尔先生一直在教我——"

"他自己会的可多呢!"贝特西小姐从旁插了一句。

"我盼望我会有所进步,因为我急着要学,他又教得很耐心,要是不发生他去世这场大不幸的话——"我母亲说到这儿又忍不住呜咽起来,再也说不下去了。

"行啦,行啦!"贝特西小姐说。

"我每天都记账,晚上就跟科波菲尔先生一块儿结算。"我母亲说到这儿,悲从中来,又哭了起来,说不下去了。

"行啦,行啦!"贝特西小姐说,"别再哭了。"

"我敢说,在这方面,我们从来不曾有过一言半语的不同意见,科波菲尔先生只是嫌我'3'字和'5'字写得太相像了,或者怪我不该在'7'字和'9'

字下面多添了个弯弯的小尾巴。"我母亲接着说,可是说着说着一阵伤心,又哭了起来。

"你这样会把自己弄病的,"贝特西小姐说,"你要知道,这对你自己,对我的教女,都没有好处。行啦! 你不许再哭了!"

这一理由让我母亲平静下来了一些,不过却更让她的身子感到愈来愈不适。接着是一阵沉默,只是偶尔被贝特西小姐突然发出的"嘿!"声打破,她坐在那儿,两只脚仍搁在炉栏上。

"我知道,大卫曾花钱给自己买过一笔保险年金,"过了一会,贝特西小姐说,"他是怎么给你安排的?"

"科波菲尔先生,"我母亲答说,说话已感到有些费劲,"对我非常关心,为我安排得很周到,把其中的一部分年金划归给我继承。"

"多少?"贝特西小姐问道。

"一年一百零五镑。"我母亲回答。

"他原本会干得更坏呢。"我姨婆说。

"坏"这个字用得真是时候,我母亲这时的情况真是坏透了,拿着茶盘和蜡烛进来的佩格蒂,一眼就看出她如此难受是怎么一回事——要是当时房间里光线较亮的话,贝特西小姐本当早就可以看出来的——佩格蒂急忙把我母亲扶到楼上她自己的卧室,并且立即打发她的侄子汉姆·佩格蒂去请护士和医生,她没让我母亲知道,已经把汉姆藏在我们家好几天了,为的就是在紧急时刻供作差遣。

当那两位联手的重要人物,在几分钟内相继到来时,看到一位表情矜持的陌生女人坐在壁炉前,左臂上系着帽子,耳朵里塞着珠宝商的棉花①,他们都大吃一惊。佩格蒂对她一无所知,我母亲也从来没有说起过她,她坐在小客厅中,完全是个神秘人物。尽管她口袋里装了一大堆珠宝商的棉花,耳朵里也塞得满满的,但是这丝毫无损她神态的威严。

医生去过楼上后又下来了。据我猜测,他一定想到,自己有可能得跟这位陌生太太面对面地在这儿坐上几个小时,便加倍小心,极力表现出懂礼貌和讨人喜欢的样子。在男性中,他称得上是个最温顺的人,也是小个子中脾

① 即当时珠宝商用来垫珠宝的特制棉花。

气最好的人。他连进出房间时都侧着身子,以便少占点地方。他走起路来脚步很轻,简直像《哈姆雷特》①里的鬼魂,而且走得比鬼魂还慢。他把头低垂向一边,部分是为了谦逊地贬低自己,部分是为了谦逊地讨好别人。

别说他对狗都不曾说过一句难听的话,就连对疯狗都不会说一句难听的话。即使非说不可,他也只会温和地对它说上一句,或者半句,或者是一句的一部分,因为他说话也像走路一样慢吞吞的;可他决不会对它说出难听的话,也决不会对它发火动气,不管是为了什么人世的理由。

齐利普先生把头侧在一边,温和地看着我的姨婆,微微地对她鞠了一个躬,轻轻地摸了摸自己的左耳,示意对方耳朵里塞着的珠宝商棉花。

"是有点局部发炎吗,小姐?"

"什么!"我姨婆回答,一边像拔塞子似的把棉花从耳朵里拔了出来。

齐利普先生被她这一突然的举动吓了一大跳——这是他后来对我母亲说的——几乎弄得张皇失措了。可他还是和颜悦色地重复问了一句:

"是有点局部发炎吗,小姐?"

"胡说!"我姨婆回答了一声,又一下子把棉花塞回耳朵。

齐利普先生碰了这个钉子后,什么事也不能做了,只好坐在那儿,怯生生地朝她看着,她则坐在那儿看着炉火,直到他又被叫到楼上去。过了约摸一刻钟,他又回来了。

"好啦?"我姨婆问道,一面把靠他那面耳朵里的棉花拔了出来。

"哦,小姐,"齐利普先生回答说,"我们正——我们正在慢慢地进行中,小姐。"

"呸……!"我姨婆呸了一声,她在这表示轻蔑的感叹词上,加了一串纯正的颤音。说完后,又跟先前一样,把棉花塞回耳朵。

真的——真的——像齐利普先生告诉我母亲那样,他真的差一点给吓着了。单从一种职业观点上来说,他是差一点给吓着了。不过,尽管这样,他还是坐在那儿朝她看着,她则依旧看着炉火。这样坐了约摸两个小时,直到他又被叫了出去。过了一会,他又回来了。

"好啦?"我姨婆问道,一面又拔出靠他那边的棉花。

---

① 莎士比亚的剧作。

"哦,小姐,"齐利普先生回答说,"我们正——我们正在慢慢地进行中,小姐。"

"啐……!"我姨婆啐了一声,她对他如此粗暴无礼,使得齐利普先生绝对受不了啦。他后来说,这真是存心要把他搞得精神崩溃。他宁愿离开小客厅,坐到楼梯上,坐在黑暗和寒风中,直到又被叫到楼上。

汉姆·佩格蒂上过国民小学,在问答式教学中学习颇为用心,因而可以被认作是个靠得住的证人。第二天他报告说,就在这以后一个小时,他无意中偶尔在门口往小客厅里张望了一下,不料一下子就让焦躁不安地在里面来回走动的贝特西小姐发现,还没等他来得及逃走,就让她给抓住了。他说,当时楼上不时传来脚步声和说话声,很明显,在声音大的时候,那位小姐就把他当作替罪羊般一把抓住,在他身上发泄她那过分的焦躁,根据这一情况,贝特西小姐虽然塞着棉花,仍没能把声音完全挡住。他说,当时她抓住他的领子,不断地把他拖来拖去(好像他服多了鸦片酊似的①),她还使劲摇他,乱抓他的头发,揉皱他的衬衣,捂他的耳朵,好像捂的是她自己的耳朵似的,此外,还抓他、打他。这情况,有一部分由他的姑母所证实,她看到他时是在十二点半,我姨婆刚把他放开,当时他的脸跟我一样红。

性情温和的齐利普先生,即便在别的时候会记仇,在这种时候他也决不会对人怀有恶意的。所以他的事情刚一办完,就侧着身子走进小客厅,用他那最和蔼的态度对我姨婆说:

"啊,小姐,我很高兴,向你道喜啦。"

"道什么喜?"我姨婆厉声回答说。

看到我姨婆的态度还是这么严厉,齐利普先生又慌张起来。为了要抚慰她,于是他朝她微微鞠了个躬,还露出一丝微笑。

"我的天哪,这人怎么啦!"我姨婆不耐烦地叫了起来,"他不会说话吗?"

"放心吧,我亲爱的小姐,"齐利普先生用他那最柔和的声音说,"再也不用着急了,小姐,放心吧。"

奇怪的是我姨婆竟没有去摇他,把他必须说的话摇出来,后来大家都认

---

① 鸦片酊为麻醉剂,人服多了会昏睡,甚至死去,因此必须拖着他走动,使他醒着。

为这几乎是一个奇迹。她只是对他摇着自己的头,不过这样也使得齐利普先生胆战心惊了。

"哦,小姐,"齐利普先生一鼓起勇气,便继续说,"我很高兴,向你道喜啦。现在一切都过去了,小姐,平平安安过去了。"

在齐利普先生专心发表这通演说的五六分钟时间里,我姨婆一直目不转睛地盯着他。

"她好吗?"我姨婆问道,她交叉抱着双臂,一只胳臂上依旧系着帽子。

"哦,小姐,我想,用不了多久,她就不会有什么不舒服的,"齐利普先生回答说,"在这样悲惨的家庭境况下,对一个初次做母亲的年轻女人来说,我们所能期望的,这已经是够好的了。你如果现在要去看她,小姐,决没有什么妨碍,也许对她还有好处呢。"

"她呢,她好吗?"我姨婆突然厉声问道。

齐利普先生把头更加转向一边,像一只讨人喜欢的小鸟一样看着我姨婆。

"那孩子,"我姨婆说,"她好吗?"

"小姐,"齐利普先生回答,"我以为你已经知道了呢。生的是个男孩。"

我姨婆听了一言不发,而是抓住帽带,提起帽子,把它当作投石器似的,朝齐利普先生的头打了一下,然后戴上打瘪的帽子走出去了,从此没有回来。她就像一个心怀不满的仙子,或者像人们认为我能看见的鬼魂一样,不见了。从此就再也没有回来。

没有。我躺在我的摇篮里,我母亲躺在自己的床上。而贝特西·特洛伍德·科波菲尔,则永远留在了那个梦幻和影子的国度,留在我最近游历过的广袤的地域。我们家卧室窗上的亮光照到室外,照在所有这些游子的尘世归宿之地上,也照在埋着没有他就没有我那个人的遗骸的小丘上。

第二章

初 识 世 事

　　当我回顾久远的过去,追忆起自己童年那段浑噩岁月时,首先出现在我面前的清晰形象,一个是满头秀发、体态仍如少女的母亲,一个是毫无体态可言的佩格蒂。佩格蒂的眼睛黑极了,黑得几乎把整个眼睛四周的脸都映黑了。她的双颊和两臂则那么红润、结实,因而使我感到奇怪,为什么鸟儿不来啄她,而偏爱去啄苹果呢。

　　我相信我还记得,她们两人都在相隔不远处俯下身子或跪在地上,让我看起来觉得她已变矮小,我则摇摇晃晃地从这一个走到那一个跟前。佩格蒂惯常伸出一个食指让我攥着,由于常做针线活,那食指磨得像豆蔻擦子①般粗糙,这种接触的感觉,在我脑子里留有一种印象,我怎么也无法把它和回忆起来的实际景象分开。

　　这也许只是想象,不过我认为,我们大多数人的记忆,都能回溯到比通常人们所设想的更为久远的年代。我还认为,有许多很小的孩子,他们观察起事物来,在精密性和正确性方面是十分惊人的。其实,我认为大多数在这方面特别出色的成年人,与其说是他们后来学会了这种本领,不如说是他们没有丢掉这种天赋,这样也许更为适当。当我每每看到这些人朝气蓬勃、和蔼可亲、性格乐观时,更觉得如此,这些也是他们从儿时保留下来的传统啊。

　　停下正文来说这个,我本该感到不安,我这是又在"东拉西扯"了,但继而一想又不以为然,原因是我的这些结论,其中一部分是根据我自己的经验

---

　　①　带锉齿的管状厨房小用具,用来擦碎豆蔻、生姜之类。

得来的。要是我在这本传记里写下的东西中，有什么表明我是一个有精确观察力的孩子，或者是一个对童年时代有很强记忆力的成人，对这两个特点，我是毫无疑问会直认不讳的。

正如我前面所说，在我回忆起自己孩提时代那段浑噩岁月时，不免感到事物纷纭，但超乎这一切之上，最先让我想起的是我的母亲和佩格蒂。我还记得别的什么呢？让我来想想看吧。

在一片朦胧中出现的是我们家的房子——对我来说，它并不陌生，而是很熟悉，仍是最初记忆中的那个样子。底层是佩格蒂做饭的厨房，与后院相通，在后院正中的一根杆子上，有一个鸽子棚，可是里面并没有鸽子；院子的角落里有一个大狗窝，可是也没有什么狗。那儿还有一群我觉得高得可怕的家禽，它们在院子里走来走去，摆出一副凶猛的样子。

其中有一只老是飞到柱子上去打鸣的公鸡，当我从厨房的窗子里看着它时，它似乎特别注意我；它非常可怕，吓得我直发抖。边门外面还有一群鹅，每当我走过那儿时，它们就伸长脖子，摇摆着身子使劲追我。我连晚上都梦见它们，就像一个四周被野兽包围的人，晚上会梦见狮子一样。

还有一条很长的过道——我觉得它真是幽深极了！——从佩格蒂的厨房一直通到前门。在过道的一边，有一间阴森森的储藏室，那是一个夜间经过时得跑着过的地方。因为要是没有人拿着昏暗的灯进到里面，让那股霉气冲到室外来，我不知道在那些盆盆罐罐和旧茶叶箱之间会藏着什么；在房里的那股霉气中，混杂着肥皂、泡菜、胡椒、蜡烛和咖啡的气味。屋子里还有两间客厅，一间是我们晚上常坐的，母亲、我和佩格蒂三个人——佩格蒂做完工作，我们又没有别的客人时，她常和我们在一起——另一间是我们星期天才坐的较好的客厅，很阔气，但是并不那么舒适。我觉得这间客厅里有一种悲伤的气氛。因为佩格蒂曾对我说起过——我记不得是什么时候，但显然是在很久以前——有关我父亲的葬礼，以及穿着黑色外套的人们。有个星期天的晚上，我母亲给佩格蒂和我念了拉撒路死而复活的故事①。我听了以后，害怕极了，闹得她们后来只好把我从床上抱起来，指给我看卧室窗

---

① 据《圣经》记载，耶稣使病死四日的拉撒路复活后从坟墓中出来。详见《圣经·新约·约翰福音》第十一章第一至四十四节。

外安安静静的教堂墓地,说明在肃穆的月光下,死者都静静地长眠在坟墓中。

不管在哪儿,我都从未见过有什么东西有那教堂墓地里的草一半翠绿,没有东西有那儿的树木一半葱郁,也没有东西有那儿的墓碑一半宁静。在清晨,当我从母亲卧室套间里的小床上跪起来,朝那儿看时,看到有羊在那儿吃草;还看到照耀在日晷上的红光,于是我心里想:"日晷又能报时了,我不知道,它是不是为这感到高兴呢?"

还有我们家在教堂里的座位。那座位的椅背多高啊!旁边就有一扇窗子,从窗子里可以看到我们家的房子。在做早祷的时候,佩格蒂朝我们家的房子看了许多次,她要尽可能地弄清楚,我们家有没有遭到盗窃,有没有着火。不过,尽管佩格蒂的眼睛可以四处张望,要是我也那么做了,她就会非常生气;我站在座位上时,她就朝我直皱眉头,要我看着那个牧师。可我不能老看着他呀——他就是不穿那套白衣服,我也认识他,而且我怕他会觉得奇怪,为什么我老是这样盯着他,说不定会停下礼拜来问我什么——那我该做点什么呢?打呵欠是很不好的,可我总得做点什么呀。我看我母亲,可她装作没有看到我。我看过道里的一个孩子,他朝我做鬼脸。我看穿过前廊从敞开的门口进来的阳光,看到那儿有一只迷了路的羊——我说的不是罪人①,而是宰肉吃的羊——好像正犹豫着有点想进入教堂。我觉得,要是我再朝它多看一会,我也许会忍不住高声说出什么来。那样一来,我就会变成什么啦!我抬头看墙上的那些纪念牌,试着想到本区新近去世的鲍杰斯先生,当他久受病痛折磨,医生束手无策时,鲍杰斯太太会有什么感想呢?我不知道他们是不是请过齐利普先生,是不是他也无能为力;如果是这样,这事每星期都会让人想起一次,他会怎么想呢。我把目光从戴着礼拜天围领的齐利普先生身上转到讲坛上。我心里想,这个讲坛用作玩耍的地方多好啊,可以当作一个很好的城堡,由另一个孩子沿楼梯往上进攻,在上面的人可以拿带穗子的天鹅绒垫子往他头上扔。想着想着,我的眼睛渐渐地闭上了,开始好像还听到牧师热情地在唱一支催眠曲,以后就什么也听不见了,直到我咕咚一声从座位上跌了下来,然后佩格蒂把我这个半死不活的人抱

---

① 基督教以"迷途的羊"比喻误入歧途的罪人。

到了外面。

现在我又看到我们家房子的外面了。卧室的方格子窗全都敞开着，让新鲜的空气透进房内，那些残破的旧鸦巢，仍在前院外侧的榆树上摇晃。现在我来到了后园，来到有个空鸽子棚和狗窝的庭院后面——我现在还记得，那儿真是一个蝴蝶保护区，有一道高高的围篱，还有一扇门，门上挂着锁。那儿的树上挂满成簇的果子，一直比任何园子里的果子都长得多，而且更成熟。我母亲把一些果子采摘下来放进篮子，我就站在一旁，偷偷地把醋栗塞进嘴里，囫囵吞下，尽量装出若无其事的样子。一阵大风刮起，夏天一下子就过去了。我们在冬天的暮色中玩耍，在客厅里跳舞。当我母亲喘不过气来，在扶手椅上坐下来休息时，我看她往自己手指上缠绕发亮的秀发，还把上衣的衣服拉平整。没有人比我知道得更清楚了，她喜欢自己显得漂亮精神，并为自己长得美丽而自豪。

这是我最小时留下来的一部分印象。除此之外，我和母亲两人都有点怕佩格蒂，大小事情大部分都听从她的调度，这也是我最早的一个看法——如果说这些可以叫作看法的话——这看法是我亲眼目睹了种种事实后形成的。

一天晚上，剩下佩格蒂和我两人坐在小客厅的壁炉前。我给她念了一篇有关鳄鱼的故事。我一定是念得过于清楚了，说不定是这可怜的人听得过于认真了，因为我记得，待我念完以后，她竟然留下一个模糊的印象，认为鳄鱼是一种蔬菜。这时我已经念得很累，困极了。可是，这次作为一种特别优待，我已得到母亲允许，可以坐到她从邻居家串门回来，（当然啦）我宁可坐在这儿困死，也不愿上床去睡。可我当时实在困极了，只见佩格蒂变得越来越大，大得都不成样子了。我用两个食指使劲把眼皮掰开，坚持着看她在那儿做针线活，看她那一小块用来擦线的蜡头儿——它已经用得很久了，浑身上下全是皱纹！——看她那码尺"住"的草顶"小房子"，看她那绘有圣保罗教堂（有一个红色的圆屋顶）带滑盖的针线匣子，看她手上戴的铜顶针，看她本人，我觉得她非常可爱。我当时简直困极了，我知道，要是有那么一会儿什么都看不见了，那我就完了。

"佩格蒂，"我突然问道，"你结过婚吗？"

"天啊，大卫少爷，"佩格蒂回答说，"你怎么会想到问起结婚的事来的呢?"

她回答时显得这般吃惊,把我都给吓清醒了。接着她停下手中的针线活,看着我,把针都拉到线儿尽头了。

"你到底结过婚没有呀,佩格蒂?"我说,"你是个很漂亮的女人,是不是?"

我当然认为,她和我母亲的样子不同,不过在另一种美里,她是一个很好的典型。在我们那间好客厅里,有一张红色天鹅绒面子的脚凳,我母亲在那上面画了一束花。依我看来,那脚凳的底色跟佩格蒂皮肤的颜色是一样的,虽说凳子光滑,佩格蒂粗糙,不过这没有多大关系。

"说我漂亮,大卫!"佩格蒂说,"啊哟,没有的事,我的宝贝!可你怎么会想到问起结婚的事来的呢?"

"我不知道!——一个人一定不能同时嫁两个或两个以上的人,是吗,佩格蒂?"

"当然不能!"佩格蒂立即斩钉截铁地回答说。

"可要是你嫁给一个人,而那个人死了,那你就可以再嫁另一个人了,这可以吗,佩格蒂?"

"可以那样,"佩格蒂说,"要是你想那样做,亲爱的。这是一个看法问题。"

"那么你的看法怎么样呢,佩格蒂?"我问道。

我一面问她,一面还好奇地看着她,因为她这么好奇地看着我。

"我的看法是,"佩格蒂犹豫了一下,从我身上移开了目光,重又做起针线活来,然后接着说,"我自己从来没有结过婚,大卫少爷,我也不想结婚。有关这件事,我只知道这一点。"

"我想,你没生气吧,佩格蒂? 是吗?"我安静地坐了一会儿后,问道。

我真以为她生气了,看上去她对我很冷淡,可是我大错特错了,因为接着她便把针线活(她自己的一只袜子)放到一边,张开双臂,把我满是鬈发的头使劲抱了一下,我知道她一定使了很大的劲,因为她很胖,穿上衣服后,任何时候只要稍一使劲,她的长外衣背后的纽扣就会绷飞几颗。我记得,那天她搂抱我时,就有两颗纽扣一直飞落到小客厅的那头去了。

"现在你再给我讲讲鹅鱼的故事吧,"佩格蒂说,她连鳄鱼的名字也还没能完全说对,"因为我还没有听够呢。"

我不太明白为什么佩格蒂的神情那么奇怪,为什么她这样急于要听鳄鱼的故事。不过我还是振作起精神,开始重又念起那些怪物的故事来,念到我们让鳄鱼把蛋留在沙子里,让太阳去孵化;然后就躲开它们,在它们周围绕圈子,用这来捉弄它们,因为它们身子很笨,转弯很不灵活;我们还像土人一样下水追它们,用削尖的木棍捅进它们的喉咙。总之我们对鳄鱼进行了一切惩罚。至少我是那么做了。不过我对佩格蒂有点起疑,发现她一直若有所思地用针扎自己的脸和手臂的各个部位。

我们讲完了鳄鱼的故事,就开始讲起鼍龙来,这时前院的门铃响了。我们急忙跑到门口,是我母亲回来了;我觉得,她看上去比往常更漂亮了,跟她在一起的还有一位长有好看的黑头发和黑胡子的男人;上个星期天,他曾陪我们一起从教堂回来。

当我母亲在门旁弯下身来搂着我亲我时,那个男人说,我是一个比国王更有特权的小家伙——或者是类似这样的话;后来我渐渐懂事了,才领悟他这句话的意思。

"这是什么意思呀?"我隔着母亲的肩头问他道。

他拍拍我的头;可是,不知怎么的,我不喜欢他和他那低沉的声音,我忌妒他的手摸我时碰到我母亲的手——他的手确实已碰到。我尽力把它推开。

"哎,大卫!"我母亲阻止说。

"是个乖孩子!"那个男人说,"他这样爱自己的母亲,我不会感到奇怪的!"

以前,我从来没有见过我母亲脸上有这样美丽的颜色。她只是温和地责备我有失礼貌。她把我搂着,紧贴在自己的披肩上,一面转过身去感谢那位男人不怕麻烦送她回家,她一面说着一面朝他伸出手去,他也伸手握住了她的手。这时,我觉得她朝我看了一眼。

"让我说'再见'吧,我的好孩子。"那男子把头俯到——我看到了!——我母亲的小手套上时,对我说。

"再见!"我说。

"好!让我们成为世上最好的朋友吧!"那男人笑着说,"握握手!"

这时，我的右手正握在母亲的左手中，我便朝他伸出左手。

"哦，伸错手了，大卫!"那男人笑了起来。

我母亲把我的右手拉到前面，可是由于前面所说的原因，我打定主意不把右手伸给他。我还是朝他伸出了左手，他也就带着亲热的样子握了握这只手，还说我是个勇敢的小家伙，接着便走了。

这时，我看见他在庭园里转过身来，用他那双不吉利的黑眼睛朝我们最后看了一眼，随后关上了门。

一句话没说、一个指头也没动的佩格蒂，这时立即上去锁了门，然后我们都进了小客厅。我母亲一反平常的习惯，没有走向壁炉的扶手椅，而是留在房间的另一头，在那儿坐下，顾自唱起歌来。

"你今天晚上很快活吧，太太。"佩格蒂说，她手里拿着烛台，像只圆桶似的直挺挺地立在屋子的正中间。

"多谢你，佩格蒂，"我母亲用一种满意高兴的声音回答说，"我过了一个非常愉快的夜晚。"

"有个生人什么的，换换胃口，总能让人开心的。"佩格蒂暗示说。

"是啊，换换胃口，真让人开心。"我母亲回答说。

佩格蒂依旧一动不动地站在屋子的正中间，我母亲就又唱起歌来。我睡着了，不过睡得并不熟，还能听到声音，只是听不清她们说些什么。当我从这种难受的瞌睡中蒙蒙眬眬地醒过来时，发现佩格蒂和我母亲两人都在一面哭，一面说话。

"不应该找这样一个人，要是能让科波菲尔先生说的话，他也不会喜欢的。"佩格蒂说，"这是我说的，我就是这么说!"

"哎呀!"我母亲叫了起来，"你要把我给逼疯了! 有哪个女孩像我一样受自己用人的气的! 我为什么要亏待自己，把自己叫作女孩呢? 难道我没结过婚吗，佩格蒂?"

"上帝知道你结过婚，太太。"佩格蒂回答说。

"那你怎么敢——"我母亲说，"你知道，我的意思不是说你怎么敢，佩格蒂，而是说你怎么忍心——把我弄得这样难受，对我说出这样让人伤心的话来; 你很清楚，出了这房间，我连半个可以求助的朋友都没有了啊!"

"正是因为这样，"佩格蒂回答说，"所以说更加不行。不! 不行! 不行！怎么也不行！不行！"我觉得，佩格蒂准会扔了那烛台，她说话时，那么使劲地用它来加强语气。

"你怎么能这样夸大其词，"我母亲说，哭得比先前更厉害了，"说话这样不讲道理！我已经对你说过许多遍了，佩格蒂，我们一点也没有超出最普通的一般交际，你太狠心了，你怎么还老是这么说，好像全都已经成为定局，全都安排停当了呢！你谈到爱慕的事。这我有什么呢？要是有人犯傻，硬要滥用自己的感情，这能怪我吗？我问你，我有什么办法？难道你希望我削光头、涂黑脸，或者是用火烧、水烫等办法来把自己弄丑吗？我敢说，你希望我那么做，佩格蒂。我敢说，你很高兴我那么做。"

我觉得，佩格蒂听了这番冤枉她的话，伤心极了。

"我的宝贝孩子，"我母亲走到我坐的扶手椅前，搂住我喊着说，"我的小大卫！这还不是对我暗示，说我对我的小宝贝缺少爱心，说我不疼爱这个最可爱的小家伙吗！"

"从来没有人暗示过这样的事情。"佩格蒂说。

"你就是那么暗示的，佩格蒂！"我母亲回答说，"你自己明白，你那么暗示了。你说的话的意思，除此之外，还会有别的意思吗？你太损人了，你跟我一样清楚，完全为了这孩子，上一季我连把新阳伞也舍不得买，虽说那把绿色的旧伞整个边都磨破了，穗子也全都不成样子了。这你都知道，佩格蒂，你不能否认。"接着，她温柔亲切地转向我，把自己的脸贴到我的脸上，说，"我是个坏妈妈吗，大卫？我是个讨厌、狠心又自私的坏妈妈吗？说呀，说我是这样一个妈妈，我的孩子。你说'是'吧，宝贝，那样佩格蒂就会疼你了，那样她就会比我更多地爱你了。大卫，我一点也不爱你，是不是？"

说到这儿，我们三人全都哭了。我觉得，我是其中哭得最响的一个，不过我相信，我们的哭全都发自内心。我自己就感到伤心极了，恐怕在非常激动时，还骂过佩格蒂"畜生"。我记得，那个忠厚老实人听到我这样骂她，万分痛苦，当时，她的纽扣一定全都一粒不剩了。因为她跟我母亲和好后，又跪在扶手椅旁，跟我和好，于是她的那些纽扣便像排枪似的，纷纷绷飞了。

我们上床睡觉了，但心里仍非常难过。我不断被抽噎惊醒，很久都没能睡熟。当一次非常剧烈的抽噎把我惊醒从床上坐起时，我发现我母亲正坐在被子上，俯在我身上。后来她就抱着我，我才在她怀中睡着，睡得很熟。

我再次见到那个男人，是在接下去的一个星期天，还是过了很久，我已经记不清了。我从来不敢自夸自己擅长于记日子。不过我又看到他来到教堂里，然后跟我们一起步行回家。这一次，他还进了我们家，看了摆在我们家小客厅窗口上一盆极好的天竺葵。我觉得他并不怎么在意那盆花，可是在临走之前，他要求我母亲送他一朵花，她请他自己选摘一朵，但他不肯那么做——我不懂这是为什么——所以我母亲便采了一朵，交到他的手中。他说他要跟这朵花永远、永远不再分离。我当时想，他一定是个十足的傻瓜，连这花儿一两天就会凋谢都不知道。

晚上的时候，佩格蒂不像先前那样常和我们在一起了。我母亲事事对她言听计从——我觉得比以前更听了——我们三人本是很要好的朋友，不过跟以前相比，还是有了不同，我们之间不再像先前那样融洽愉快了。有时候我猜想，也许佩格蒂反对我母亲穿衣柜里那些漂亮衣服，或者是反对她老往那个邻居家跑。不过，这到底是怎么回事，我找不出能使自己满意的答案。

渐渐地，我对那个长有黑胡子的男人也看惯了，不过我并没有比刚见到他时喜欢他，对他仍抱有同样不安的妒忌心。我对他的憎恶，完全出于一种儿童的本能，而且总认为，我母亲有佩格蒂和我已经足够了，不再需要别人的任何帮助，除此之外，即使我还有什么理由的话，也绝不会是我年纪大一点时所能发现的那种理由。当时我根本就没有那种想法，类似的想法也没有。要说的话，我也只能零零星星地看到一些事。至于要把这些零零星星的事联在一起，织成一张网，把什么人网罗其中，那是我还没法做到的。

一个秋天的早晨，我和母亲正在前面的花园中，这时谋得斯通先生——现在我已知道他叫这名字——骑着马来了。他见了我母亲便勒住马，向她问了好，并说他要去洛斯托夫特看几个朋友，他们那儿有一条游艇。他满面春风地向我母亲提议，说要是我想要骑马的话，可以坐在他前面的马鞍子上，把我带了去。

那天天气非常晴朗舒适，就连那匹马，自己也像很喜欢让人骑似的，它站在花园的门口，又是喷鼻，又是刨蹄，引得我也非常想去了。于是我母亲便打发我上楼去，让佩格蒂把我打扮一番。这时谋得斯通先生便翻身下马，把马缰拢在胳臂上，在蔷薇围篱外慢步来回走着，我母亲则在围篱里边陪着他走来走去。我记得，佩格蒂和我从小窗子里往外偷偷看着他们。还记得，他们俩一边溜达，一边仿佛非常仔细地在察看他们之间的那些蔷薇。这时，佩格蒂原来那天使般的脾气，突然变得粗暴起来，猛地使劲梳我的头发，还梳错了方向。

谋得斯通先生和我不久就出发了，沿着大路旁的青草地，骑马一路小跑前去。谋得斯通先生毫不费劲地用一只胳臂搂着我；我认为，我往常并不是一个好动的孩子，可是那一天，我没能定下心来乖乖地坐在他的前面，而是不时地转过头去朝上看他的脸。他有着那种浅浅的黑眼睛——我很想找到一个合适的字眼，来说明那种看上去没有深度的眼睛——当它出神的时候，似乎由于某种光线特殊的关系，变成了斜眼，有时看上去仿佛像整个五官都不端正似的。我偷着朝他看了好几次，一看到他的这种样子，就产生一种畏怯的心情，而且心里纳闷，他想得这么出神，不知到底在想些什么。他的头发和胡子，现在从近处看，比我原先认为的更黑更浓。他的脸的下部成方形，他那每天都刮得光光的浓黑胡子的碴儿，使我想起大约半年前来我们附近展览的蜡像，以及他那两道整齐的眉毛，还有他那白色、黑色、棕色的肤色——他那该死的肤色，一想起他来，就要骂他该死的！——使我觉得，虽说我对他存有疑虑，他还是个很英俊的人。我相信，我那可怜可爱的母亲，也是这样想的。

我们来到海滨的一家旅馆，那儿有两位先生正在一个房间里抽雪茄烟。他们两人都躺在椅子上，每人至少占了四张椅子；他们都穿着宽大的粗呢短大衣。在房间的一个角落里，放着一堆外套和海员斗篷，还有一面旗子，全都捆在一起。

看到我们进去，他们两人都懒洋洋地翻身站了起来，并且说道："哦，谋得斯通！我们还以为你死了呢！"

"还没有呢！"谋得斯通先生回答说。

"这小家伙是谁呀？"两人中有一个拉住我问道。

"这是大卫。"谋得斯通先生回答说。

"姓什么？"那人问，"是大卫·琼斯？"

"不，是大卫·科波菲尔。"谋得斯通先生说。

"什么！是那个迷人的科波菲尔太太的小累赘？"有一位先生叫了起

来，"那个标致的小寡妇的?"

"昆宁，"谋得斯通先生说，"请你说话留点神。有人的耳朵可尖呢!"

"谁呀?"那位先生笑着问道。

我赶快抬起头来看，急于想知道是谁。

"不过是谢菲尔德的布鲁克斯①罢了。"

听说不过是谢菲尔德的布鲁克斯，我也就放心了，因为开始时，我还真以为说的是我呢。

谢菲尔德的布鲁克斯这个人，似乎很有让人可笑的地方，因为当时一提到他，那两位先生就都纵声大笑起来，谋得斯通先生也非常开心。笑过一阵之后，叫作昆宁的那位先生问道:

"对正在进行的这桩买卖，谢菲尔德的布鲁克斯的意见怎么样?"

"哦，我想眼下布鲁克斯对这件事懂得还不多，"谋得斯通先生回答说，"不过，总的说来，我认为，他对这件事是不大赞成的。"

说到这里，大家又笑了起来。跟着昆宁先生说，他要按铃叫人送雪利酒来为布鲁克斯干杯。他这么做了，当酒送来后，他要我也就着饼干喝一点;在我喝酒之前，他还要我站起来说，"为布鲁克斯的失败干杯!"这一祝酒词引得大家一阵喝彩和纵声大笑，使得我也跟着笑了起来。我这一笑，他们笑得更加厉害了。总之，我们全都非常开心。

这以后，我们就到海滨的悬崖上散步，在草地上闲坐，以及用望远镜看远处的景物——可是当望远镜放到我的眼前时，我却什么也没看见，但我假装说看见了——后来我们就回到旅馆吃午饭。我们在外面的时候，那两位先生一刻不停地抽烟——我心里想，从他们那粗呢外套上的气味来看，打从这两件衣服从裁缝铺里拿回来穿上起，他们一定就不断地抽烟了。我还不该忘记，那天我们还去乘了游艇。在游艇上，他们三人全都下到船舱，在那儿忙着摆弄一些文件。我从敞开的天窗往下看，只见他们一个个都很卖力地在工作。

在这段时间里，他们把我交给一个很和蔼的人照顾，那人的脑袋很大，满头红发，头上戴一顶闪光的小帽子，身上穿着一件斜纹布衬衣或背心，胸

---

① 英国著名刀剑制造商，此处暗指大卫伶俐如刀剑。

前用大写字母印着"云雀"两个大字。我原以为这是他的名字,因为他住在船上,没有街门,没地方挂姓名牌,所以他就把名字标在衣服上。但是当我叫他云雀先生时,他却说,这是那条船的名字。

据我一整天来的观察,谋得斯通先生要比另外两位先生严肃、稳重。那两位先生整天嘻嘻哈哈、无忧无虑的。他们两人相互之间经常随随便便地开玩笑,可是很少跟谋得斯通先生逗趣。我觉得他比起他们两人来似乎更精明、更冷漠。他们看待他,也有一点像我一样的味道。我注意到,有一两次,在昆宁先生说话时,他一边说,一边斜眼看着谋得斯通先生,好像要弄清会不会惹得他不高兴似的。还有一次,当帕斯尼吉先生(另一位先生)高兴得得意忘形时,昆宁先生踢了踢他的脚,还用眼色暗暗警告他,要他留神正颜厉色地坐在那儿默不作声的谋得斯通先生。那一天,除了那个谢菲尔德的笑话外,我不记得他另外还曾笑过——而那个笑话,顺便说一句,那是他说的。

我们晚上很早就回家了。那是个非常晴朗美好的夜晚。母亲打发我进屋去吃茶点后,她又和谋得斯通先生在蔷薇围篱旁散步。他走了之后,我母亲就问我那一天的经过情况,他们说些什么。我提到了他们说她的话,她笑了起来,并对我说,他们真不要脸,净在胡说八道——不过我知道,他们的话让她高兴。我当时就知道得跟现在一样清楚。我趁机问她,她是不是也认识那个谢菲尔德的布鲁克斯,但她回答说不认识,不过她猜想那一定是个制作刀叉之类的人。

虽然我有理由说,我记得的是她已经改变了的容颜,我也知道那容颜已经不在人间,可是就在此时此刻,那容颜却出现在我的面前,和我想要在拥挤的街道上寻见的任何一副容颜一般清晰,所以,我怎么能说她的那副容颜已经消失了呢?现在,她的那股美的气息,仍和那天晚上一样,直扑我的面颊,我怎么能说她天真的少女般的美已经凋谢,已经不复存在了呢?既然我的记忆,正像刚才说的那样,使她复活了过来,而且记忆中的青春,比我或任何人所钟爱的青春更为栩栩如生,能把当时所珍爱的一切牢牢保持,那我怎么能说她已经改变了呢?

我们作了这番谈话后,我就上了床,这时她到我床前来道晚安,现在我写的就是她来我床前的情景。她淘气地跪在我的床边,双手托着下颏,笑着说：

"他们说些什么，大卫？再给我说一遍。我不相信。"

"那个迷人的——"我开始说。

我母亲用双手捂住我的嘴，不让我说。

"他们说的决不是'迷人的'，"她笑着说，"他们决不可能说'迷人的'，大卫。这会儿我知道了，决不是这么说的。"

"不，是这么说的。'迷人的科波菲尔太太'，"我理直气壮地说，"还有'标致的'。"

"不，不，决不会是'标致的'。不是'标致的'。"我母亲又把手放到我的嘴唇上，插嘴说。

"是这么说的，'那个标致的小寡妇'。"

"这些不要脸的傻瓜！"我母亲叫了起来，笑着用手捂住自己的脸，"这班可笑的男人！是不是？亲爱的大卫——"

"嗯，妈。"

"这话你可别告诉佩格蒂；她听了会对他们生气的，我自己听了就很生他们的气；我想还是别让佩格蒂知道的好。"

我当然答应了；接着我们一次又一次地互相亲吻，然后我很快就睡熟了。

我现在要说的，是佩格蒂对我提出的那个惊人的、大胆的建议，由于年代久远，我觉得这仿佛就发生在我和母亲那次谈话后的第二天，可实际上这大概是过了两个来月后的事。

一天晚上，我们像先前一样，一块儿坐着（我母亲又到邻居家去了），旁边放着袜子、码尺、蜡头、盖上绘有圣保罗教堂的针线匣子，还有讲鳄鱼的书。这时，佩格蒂一连看了我儿眼，又张了几次嘴，像要说话的样子，可是又没有说——我当时以为她只是要打哈欠，要不我一定会吃惊的——最后终于用哄我的口气说：

"大卫少爷，我带你去亚茅斯①我哥哥家住两个星期，你说好吗？那不是很好玩吗？"

———————————

①　英国东海岸的一个渔港。

"你哥哥是个有趣的人吗,佩格蒂?"我随口问了一句。

"哦,他是个非常有趣的人!"佩格蒂举起双手喊了起来,"那儿还有大海,有大船、小船,有打鱼的,有海滩,还有阿姆①跟你一起玩——"

佩格蒂说的是她的侄子汉姆,这我在第一章中已经提到过,可她在这儿把他说得像是英语语法的一小部分了。

她扼要地说了这么些有趣的事,我兴奋得脸都红了,于是便回答说,看来那儿确实很好玩,可是我母亲会怎么说呢?

"我敢拿一个几尼打赌,"佩格蒂看着我的脸说,"她一定会让咱们去的。要是你愿意,等她一回家,我就问她。就这么办啦!"

"不过,我们走了,她怎么办呢?"我把我的小胳膊肘放在桌子上,提出这个问题来问她,"她独自一个人没法过的呀。"

如果说佩格蒂忽然要在那只袜子的后跟上找一个洞的话,那么那个洞一定小而又小,不值得补的了。

"我说! 佩格蒂! 她独自一人没法过的,这你知道。"

"哦,你这乖孩子!"佩格蒂终于又看看我说,"你不知道吗? 她要去格雷珀太太家住两个星期。格雷珀太太家要来一大帮客人呢。"

哦! 要是那样的话,我就很乐意去了。我急不可待地等着我母亲从格雷珀太太家(也就是前面说到过的那家邻居)回来,以便最后确定,我们是不是真能得到许可,去实现这个了不起的计划。然而并不像我预料的那样,我母亲几乎没有什么吃惊的表示,她马上就同意了。当天晚上就安排好一切,我在这两个星期中的食宿费用,一切照付。

我们动身的日子很快就到了,甚至连我也觉得这日子来得太快了,而原来,我是迫不及待地盼望这天快到来的,还有点怕发生地震、火山爆发或者其他自然灾害,弄得我们走不成呢。我们乘的是一辆脚夫的马车,车子在早饭后就出发。要是允许我头天晚上不脱衣服,戴着帽子穿着鞋睡觉的话,不管跟我要多少钱我都肯。

回忆起当时我怎样急于要离开我那个快乐的家,想到我竟会一点没有

---

① "汉姆"原文为"Ham",英国未受教育的人往往不发"H"音,此处佩格蒂把"Ham"说成"Am",成了"be"变来的"am"了,所以说它"像是英语语法的一小部分了"。

觉察从此我永远离开了这一切,虽然叙述起来似乎很轻松,可直到现在,我心里还感到很难过呢。

我很喜欢回忆那段情景,当脚夫的马车停在大门前,我母亲站在那儿吻我时,对我母亲,对这个以前从未离开过一天的老家,我心中的感激依恋之情油然而生,使得我哭了起来。我高兴的是,我记得我母亲也哭了,我还感到她的心贴在我的心上直跳。

我还喜欢回忆起,当脚夫开始赶动马车时,我母亲突然跑出大门,叫他停下,为的是要再吻我一次。现在,我老是喜欢回忆她的脸贴上我的脸吻我时,她所表现出来的那种亲热和慈爱。

当我们离开站在路旁的母亲出发时,谋得斯通先生来到她的跟前,好像是在劝她不要这么动感情。我避开车篷向后张望,心里嘀咕,这跟他有什么相干。佩格蒂也从另一边往后张望,她好像很不满意;这从她带回车中的脸色可以看出来。

我坐在那儿,朝佩格蒂看了一些时候,心里幻想着这样一种假设的情况:要是她奉命把我像那个童话中的孩子一样抛弃,我是不是能够顺着她掉落的纽扣,找到回家的路呢。

第三章

生活有了变化

脚夫的这匹马,我想是世界上最懒的马了。它一直耷拉着脑袋,拖着沉重的脚步往前蹭着,仿佛它喜欢让那些收包裹的人久久等着似的①。我真的有一种幻觉,有时候仿佛听到它为这一念头发出轻轻的暗笑声,但是脚夫却说,它只是患了咳嗽病了。

脚夫也像他的马一样,一路上也一直耷拉着脑袋,他在赶车时,总是昏昏欲睡地朝前弓着身子,两条胳臂分别放在两个膝盖上。我刚才说他"赶车",其实我觉得,这辆车即使没有他,也照样到得了亚茅斯,因为马本身就会做到这一切。至于谈话,他根本就没有这个念头,他只会吹口哨。

佩格蒂的膝盖上搁着一篮点心,即使乘这同一辆车去伦敦,这一篮点心也够我们吃的了。一路上我们吃得很多,也睡得很多。佩格蒂总是把自己的下颏搁在篮柄上睡去,她一直抓住篮子,从不放手。她打鼾打得厉害极了,要不是我亲耳听到,简直不能相信,一个女子竟会有这么大的鼾声。

我们往小路上拐得好几次,为了把一副床架送交一家酒馆,又花了很长时间,另外还去了几个地方,闹得我都厌烦透了;后来终于看到亚茅斯了,我才又高兴起来。当我往河②对岸那一大片平整单调的荒滩望去时,我觉得这地方看样子相当潮湿、松软;而且我不禁感到奇怪,要是世界真像我的地理书上说的那么圆,那为什么这地方到处都这么平呢。不过我想,也许亚茅

---

① 脚夫马车兼管运送货物、包裹业务。
② 即亚尔河。

28

斯正坐落在两极中的一极吧;这样就可以解释通了。

我们走得更近一点了,看到四周的景物全都形成一条直线似的,低低地平摊在天空下。这时我对佩格蒂表示,要是有一座小山什么的,这地方也许就比较好了。如果陆地跟海再分开一点,市镇和潮水不像水泡面包似的混在一起,那就更好了。可是佩格蒂用比往常坚决的口气说,不管遇到什么情况,我们都应当能适应。以她自己来说,能被人叫作"亚茅斯熏鲱鱼"①,还觉得挺得意呢。

我们来到了街上(这种街道我感到相当陌生),鱼腥、沥青、麻絮和焦油味扑鼻而来,只见水手们在到处走动,丁当作响的车子在石铺路上来来往往,这时我才觉得,刚才我实在冤枉了这样热闹的一个地方。于是我又对佩格蒂说了我的想法,她听到我说很高兴,非常满意,并且告诉我,大家(我想这是指那些有幸生为熏鲱鱼的)都知道,亚茅斯是天底下最好的地方了。

"瞧,我家的阿姆在这儿哪!"佩格蒂叫了起来,"长得都不认得了!"

没错,汉姆正在酒馆里等着我们;他像个老相识似的,问我一路可好。一开始,我并不觉得像他认识我那样认识他,因为打从我出生那夜之后,他从来没有再来过我家,我自然就不及他了。可是当他把我背在背上,驮我回家,我们之间就变得亲密起来了。他现在已是个身高六英尺、魁梧强壮、身阔肩圆的小伙子了。不过他有着一张堆满憨笑的娃娃脸,还有一头淡色的鬈发,这使他显得像只绵羊。他穿着一件帆布短上衣,一条没有腿在里面也能独自立住的硬邦邦的裤子。你与其说他戴着一顶帽子,不如说他像一座老房子上盖着一个漆黑的屋顶似的。

汉姆背上背着我,胳臂下夹着我们的一只小箱子,佩格蒂则提着我们的另一只小箱子。我们穿过了几条撒有碎木片和小沙堆的小巷,经过了几家煤气厂、制缆厂、小船厂、大船厂、拆船厂、堵船缝厂、船具厂、铁匠铺,以及许多类似这样的地方,最后终于来到了我打远处就已看到的那片单调的荒滩。这时汉姆说:

"大卫少爷,那就是我们家的房子!"

我朝那片荒滩的四面八方看去,尽量往远处看,一直看到海,看到河,可

---

① 熏鲱鱼为亚茅斯的特产,因而亚茅斯人有"亚茅斯熏鲱鱼"的诨名。

是我什么房子也没看见。在不远处,有一条黑糊糊的驳船,或者是别的什么旧船,扣在稍高处的干燥地面上,上面伸出一个铁漏斗似的东西当作烟囱,正在舒畅地冒着烟。可是除此之外,我再也看不到有任何可以住人的地方。

"不会是那个吧?"我说,"那个像船一样的东西?"

"正是那个,大卫少爷。"汉姆回答说。

即使是阿拉丁的宫殿①,或者是大鹏鸟的蛋②什么的,比起住在船里的古怪主意来,我想也不会使我更着迷。船帮上开有一个很有趣的门,还有屋顶,上面还开着几扇小窗。而它之所以让人着迷,在于它是一条真正的船,无疑下过几百次水,从来没有人想到会有人把它搁在旱地上当房子住。我觉得,这就是它让我着迷的地方。要是它本来就打算用来住人,我会觉得它小了点,不太方便,而且也太冷清了。可是,由于从来没有打算作这样的用途,它就成了一个完美的住处了。

这船屋里干净得让人喜爱,要多整齐有多整齐。里面有一张桌子,一只荷兰钟,一个带抽屉的木柜,柜子上搁有一只茶盘,茶盘上绘着一个拿阳伞的女人,带着一个小军人模样的小孩在散步,那小孩正在滚铁环。茶盘用一本《圣经》挡着,免得它翻滚过来,因为要是翻滚过来的话,会砸破放在《圣经》周围的许多杯子、碟子和一把茶壶。墙上挂着几幅镶嵌在玻璃框里的普通彩色画,画的都是《圣经》故事。打这以后,每逢我看到小贩手里拿着这种画兜售时,我的眼前就会出现佩格蒂哥哥家里的情景。这些画中最引人注目的有两幅:一幅是穿红衣服的亚伯拉罕要拿穿蓝衣服的以撒祭神③,另一幅是穿黄衣服的但以理被投进绿色狮子的坑中④。在那小小的壁炉台上方,挂着另一幅画,画的是在森德兰⑤建造的一艘叫"莎拉·詹思号"的斜桁

---

① 详见《一千零一夜》中的《神灯》。

② 详见《一千零一夜》中的《辛巴德航海历险记》。

③ 亚伯拉罕奉神的指示以儿子以撒为燔祭的故事,详见《圣经·旧约·创世记》第二十二章第一至十八节。

④ 但以理被投入狮子坑中不死的故事,详见《圣经·旧约·但以理书》第六章第六至二十四节。

⑤ 英国海港城市,位于北海海岸,威尔河口,为英国主要造船中心。

四角帆帆船,它粘有一个真正的木雕小船尾,这是一件融画家的技巧和木工的手艺于一体的艺术作品,我认为这是一件世界上最令人羡慕的佳作。房顶的椽子上还钉有一些钩子,至于它们派什么用场,我当时并不清楚。另外,还有一些柜子、箱子之类的东西,也可以用来坐人,以补椅子的不足。

这都是我进门后第一眼看到的东西——按我的理论,这是孩子的特点——接着佩格蒂打开一扇小门,让我看了我的卧室。这是我见过的最完美、最让人喜欢的卧室了——它位于船尾,有一个小小的窗子,这原本是伸出船舱的地方。墙上挂着一面小镜子,镜框上镶着牡蛎壳,镜子挂的高度正好适合我。房里有一张小床,刚好够我睡。还有一张桌子,桌子上摆着一只蓝色的大杯子,里面插着一束海草。墙壁刷得像牛奶一般白,碎布拼成的百衲被,鲜亮得使我的眼睛都发痛了。在这座有趣的房子里,引起我特别注意的有一件事,那就是鱼腥味;它简直无孔不入,就连我掏出衣袋里的手帕擦鼻子时,我发现手帕的味儿也像包过一只海虾似的。当我悄悄把这一发现告诉佩格蒂时,她说,她哥哥是贩卖海虾、螃蟹和龙虾的。后来我才发现,在外面一间放有钵钵罐罐的小木屋里,经常可以看到一大堆这样的海货,它们彼此有趣地聚结在一起,不管钳住什么,就再也不肯松开。

来时,我们受到了一位系着白围裙的很有礼貌的妇女的迎接。当我还在汉姆背上,离船屋还有大约四分之一英里时,我就看见她立在门口,朝我们屈膝行礼了。跟她一样行礼的,还有一个戴串蓝珠子项圈的挺美的小姑娘(或者说我认为她挺美)。我走上前去想吻她一下,她不肯让我吻,跑开躲起来了。接着,我们吃了一顿丰盛的晚餐,有清蒸比目鱼、黄油酱和土豆,还专为我做了一份排骨。后来,进来一个毛发浓密、满脸和气的汉子。因为他管佩格蒂叫"小妞",还在她脸上来了一个亲热的响吻,从她对他的一般礼数来看,我断定这人定是她的哥哥。果然是这样——佩格蒂对我介绍说,他就是这一家的主人佩格蒂先生。

"见到你很高兴,少爷,"佩格蒂先生说,"你会觉得我们粗鲁,少爷,不过你也会发现我们还是挺爽快的。"

我向他道了谢,同时回答说:"我相信,在这样一个让人喜欢的地方,我一定会很快活的。"

"你妈好吗,少爷?"佩格蒂先生说,"你离开她时,她高兴吗?"

我对佩格蒂先生说,她高兴极了,她还要我代她向他问好——这是我自己编造的一句客气话。

"多谢她的关心,说真的,"佩格蒂先生说,"啊,少爷,你要是能跟她,"他朝他妹妹点了点头,"跟汉姆,还有小艾米莉,一块儿在这儿待上两个星期,那我们就觉得太有光彩啦。"

佩格蒂先生用这样殷勤的态度表示过自己的地主之谊后,就到屋外用一壶热水洗起脸来,一边说冷水是怎么也没法洗掉他的龌龊的。没过多久,他就回来了,外表已大大改观,不过脸色却红得厉害,使得我不由想到,他的脸在这点上竟会跟海虾、螃蟹和龙虾一个样,放进热水时黑不溜秋,出来时就红不棱登了。

吃过茶点后,关上屋门,一切都安排得舒舒服服(此时屋外的夜色中,寒风阵阵、雾气沉沉),我似乎觉得,这儿是人类所能想象出来的最宜人的隐居之所了。耳听着风从海面上刮起,意识到雾气正爬过外面荒凉的海滩,眼看着壁炉中炉火熊熊,心想着附近除此之外没有别的人家——而这家像中了魔法似的,住的是一条船。这会儿,小艾米莉已经克服了羞怯,和我并排坐在一只最低最小的柜子上,柜子安放在壁炉的一边,我们两人坐在上面正合适。系着白围裙的佩格蒂太太,坐在壁炉的另一边,在编织。佩格蒂在一旁做着针线活,只见她用起绘有圣保罗大教堂的针线匣和那块蜡头来,跟在家里时一样顺手,好像从来没有想到已把它们带到另一家人家。汉姆给我讲全四牌①打法的基本知识,接着又想用那副肮脏的牌给我算命,可是他自己已记不清怎么算了。他翻遍了所有的牌,每张牌上都印上了带鱼腥味的拇指印。佩格蒂先生则坐在一旁抽着烟斗。我觉得这是聊天和谈心的时候了。

"佩格蒂先生!"我说。

"少爷。"他说。

"你给你的儿子取名汉姆,是因为你们住在像方舟②一样的船里吗?"

---

① 一种纸牌游戏,两人或三人玩,也可四人分两组打对家。以得最大王牌、最小王牌、王牌 J 及花色中最大牌者为赢家,满七分赢一局。

② 指诺亚方舟。诺亚的第二个儿子叫汉姆(旧译"含"),详见《圣经·旧约·创世记》第六章。

佩格蒂先生好像觉得这个问题很深奥,不过他还是回答说:

"不,少爷。我从来没有给他取过名字。"

"那么是谁给他取的那个名字呢?"我问道,我这是用《教理问答》①的第二问来问佩格蒂先生了。

"哦,少爷,是他父亲给他取的。"佩格蒂先生说。

"我原以为你是他的父亲呢!"

"我的弟弟乔才是他的父亲。"

"是不是不在啦,佩格蒂先生?"我恭敬地沉默了一会,试探性地问道。

"淹死了。"佩格蒂先生回答。

听说佩格蒂先生不是汉姆的父亲,我大为惊诧,因而开始怀疑,我是否把他跟这儿所有人的关系都搞错了。我很想知道这一切,所以就打定主意要从佩格蒂先生口里问个清楚。

"小艾米莉呢,"我朝她看了一眼,问道,"她是你的女儿吧,是吗,佩格蒂先生?"

"不,少爷,我的妹夫汤姆才是她的父亲。"

我忍不住又问了。"——也不在了吗,佩格蒂先生?"我又恭敬地沉默了一会,试探性地问道。

"淹死了。"佩格蒂先生回答。

我感到不便再问下去了,可是事情还没有问到底,不管怎么样,总得问到底才是呀。于是我又问道:

"你一个小孩也没有吗,佩格蒂先生?"

"是的,少爷,"他笑了笑说,"我还是个单身汉呢!"

"单身汉!"我大为吃惊,说,"那么,那是谁呀,佩格蒂先生?"我指了指正在编织的那个系白围裙的妇女。

"那是葛米治太太。"佩格蒂先生说。

"葛米治,佩格蒂先生?"

可是刚说到这里,佩格蒂——我说的是我自己的那个佩格蒂——对我

---

① 基督教等进行宗教教育的手册,通常采用问答式,供教育儿童、劝人信教及申明信仰之用。

使了个让人敬畏的眼色,要我不要再问下去了,使得我只好呆坐在那儿,看着默不作声的大伙,直到睡觉的时候。到了我自己那间小小的卧室中,在没有外人在场时,佩格蒂才告诉我说,汉姆是佩格蒂先生的侄子,小艾米莉是他的外甥女儿,他们都从小就父母双亡,无衣无食,我的主人先后收养了他们;葛米治太太是他同船干活的一个伙伴的寡妇,那伙伴死时很穷。佩格蒂说,佩格蒂先生自己也是个穷人,可是心地好得像金子,纯得像钢——这都是她打的比方。她还告诉我说,惹得他发脾气或赌咒的唯一事情,就是提到他的这一慷慨侠义行为;要是他们当中有什么人提到这件事,他就会用手往桌子上使劲一拍(有一次把桌子都拍破了),狠狠地赌咒说,有人如果再提这件事的话,他要是不一走了之,一去不回,那他就该受到"天诛地灭"。当我进一步追问时,我发现,没有一个人说得清这个可怕咒语的基本意思,不过他们都把这看成是一个最严重的诅咒。

我深深感到我这位主人的善良,听着女人们到船屋另一头像我这间一样的一间小房间里去睡了,还听到他和汉姆在我先前见过的屋顶的钩子上,挂起了两张吊床,我感到心情非常舒畅,睡思则使心情更加舒坦。当睡意渐渐朝我袭来时,我听到风在海上咆哮,又凶猛地掠过海滩,使我对夜间海上的大潮巨浪产生了几分恐惧。不过我又想到,我毕竟是在船上,再说即使有什么事情发生,有佩格蒂先生这样的好人在船上,还有什么可怕的呢。

然而,除了晨曦降临,什么事也没有发生。几乎是晨光刚一照到我房内镶有牡蛎壳的镜框上,我就起了床,跟小艾米莉一起跑出门外,到海滩上拾小石子玩了。

"我猜,你也是个了不起的水手吧?"我对艾米莉说。我不知道我为什么要作这种猜测,不过我觉得,得对她说点什么是一种礼貌;而且就在这时,有一张闪闪发亮的船帆向我们靠近,在她那明亮的眼睛中,映出一个很美的小影子,因而使我想起这么说。

"不,"艾米莉摇着头回答说,"我怕海。"

"怕!"我装出一副勇敢的神气,对着大海说,"我不怕!"

"哦!海可是狠着哪,"小艾米莉说,"我亲眼见过,海对我们一些人可狠呢!我亲眼看到,它把一条像我们的房子那么大的船撕成碎片。"

"我希望那条船不是——"

"我爸爸在上面淹死的那条?"艾米莉说,"不,不是那条。我从来没有见过那条船。"

"也没见过你父亲?"我问她。

小艾米莉摇摇头。"不记得了!"

这真是太巧了!我立即对她说,我也从来没有见过我的父亲;我跟我母亲一起生活,日子过得非常幸福,过去这样过,今后还要永远这样过下去;我父亲的坟就在我们家附近的教堂墓地里,旁边有一棵树遮着;早晨天气好的时候,我就在树下散步,听树上的鸟儿唱歌。不过艾米莉的孤儿生活跟我有所不同。她在失去父亲之前就已失去母亲;她父亲的坟在哪儿,没有一个人知道,只知道在海底的什么地方。

"除了这个,"艾米莉说,一面四下里寻找着贝壳和小石子,"你爸爸是个上等人,你妈妈是位太太;可我爸爸是个打鱼的,我妈妈是个渔夫的女儿,我的丹①舅舅也是个打鱼的。"

"丹就是佩格蒂先生吧,是吗?"我问道。

"丹舅舅——就在那儿。"艾米莉回答说,往船屋那边歪了歪头。

"对,我说的就是他。我想,他一定是个非常好的人吧?"

"好!"艾米莉说,"要是我有一天做上阔太太,我一定要给他一件有钻石纽扣的天蓝色外套,一条紫花布的长裤,一件红色天鹅绒的背心,一顶卷边三角帽,一只大金表,一只银烟斗,外加一箱钱。"

我说,我毫不怀疑佩格蒂先生完全应该得到这些珍贵的礼物。不过我得承认,我觉得很难想象,他这个感恩报德的小外甥女儿提供的这套行头,他穿戴上会感到很自在,我特别表示怀疑的是那顶卷边三角帽;不过我并没有把这些想法说出来。

在说着这些东西的时候,小艾米莉停下脚步,仰望天空,仿佛这些东西是一种光辉的幻景。我们重又朝前走去,捡拾着贝壳和小石子。

"你想当一个阔太太吗?"我问道。

艾米莉看着我,笑着点了点头,意思是"是的"。

"我很想当。那样一来,我们全都成了上等人了。还有舅舅,还有汉姆,

---

① 丹尼尔的昵称。

还有葛米治太太。那样,遇上暴风雨天气,我们就不用担心了——我的意思是说,不用为我们自己担心了,可我们当然还是要为那些可怜的打鱼人担心的,要是他们有了灾难,我们就会拿钱帮助他们。”

我当时觉得,她描绘的是一幅令人非常满意,因而决不是不可能的图景。我表示对这个计划非常喜欢,小艾米莉受到鼓励,羞答答地说:

“这会儿,你还觉得你不怕海吗?”

这时风平浪静,足以让我放心,但要是有个大浪袭来,我相信,我一想到她那些淹死的亲人,我一定会撒腿就跑的。然而,当时我还是说“不怕”,而且还加上一句:“你虽然嘴上说你怕,其实你好像并不怕。”——因为我们正走在一条旧防波堤或者是木头堤道上,她走得如此靠近边缘,我真担心她会掉下去。

“我并不怕这个,”小艾米莉说,“可是在夜里刮起大风,我一惊醒过来,就会哆嗦着想到丹舅舅和汉姆,我相信我听到了他们的呼救声。就因为这个,我才想当阔太太。不过这个我并不怕。一点也不怕。你瞧!”

她一下从我身边跑开,跑上一根从我们站立的地方伸出去的凹凸不平的木头,它高悬在深水上面,没有一点遮拦。这件事在我的记忆中留下了那么深刻的印象,要是我是画家,我敢说,我现在还能把那天的情景,一点不差地画出来,小艾米莉带着一种我永远难忘的神气,面对着远处的海面,朝她的死亡之地奔去(当时我觉得是这样)。

艾米莉那轻盈而勇敢的小小形体,飘然地回来了,平安地回到了我的身边。我立刻因为自己的害怕和发出的惊叫而笑出声来。反正叫喊也毫无用处,因为附近一个人也没有。可是打那以后,在我的成年期中,我曾经多次想到,在那个女孩突发的鲁莽行为中,在她那粗野的远望神气中,是否也和那些神秘事物的可能性一样,可能有一种仁慈的吸引力,把她吸向危险,并经她死去的父亲允许把她吸引到他那儿,使她哪天有机会结束自己的生命呢?打那以后,有一个时期我曾老是纳闷,要是她将来的生活能展示出来让我看上一眼,按照一个孩子可以充分理解的样子展示给我,而她的生命只要我一伸手就能得救,那我是否应该伸出手去救她呢?打那以后,我有过一个时期——我不说这时期很长,但是有过这么一个时期——我曾经拿这个问题问我自己,要是那天早上,小艾米莉遭到灭顶之灾,是不是会更好,我曾经回答:是的,会更好。

我这话也许说得过早了,也许我说得太快了。不过由它去吧。

我们走了很长一段路,一路上捡了许多我们觉得稀罕的东西,还把一些搁浅的星鱼小心翼翼地放回水中——直到现在我还不太了解这些东西,无法断定,我们这样做,它们会感激我们呢,还是相反——然后走上回佩格蒂先生家的路。走到堆虾的那个棚屋的避风处,我们停下来天真地相互亲了一下,然后我们才满怀健康和欢乐的心情,进屋去吃早饭。

"真像一对小绣眼鸟。"佩格蒂先生说。我知道,用我们本地话来说,这是说像一对小画眉,所以我就把它作为夸我们的话接受下来了。

我当然爱上了小艾米莉。我敢说,我当时对那个小女孩的爱,跟后来长大成人时高尚的最深的爱,同样真诚,同样亲切,但更加纯洁,更加无私。我相信,我的想象力已生出某种幻觉,笼罩在那个蓝眼睛的小女孩周身,使她变得轻灵飘逸,把她点化成了一个天使。假如,在某个晴朗的上午,她在我面前展开那对小翅膀,飘然飞去,我想,我是决不会感到意外的。

我们总是相亲相爱地在亚茅斯那片凄迷苍老的海滩上,一个小时又一个小时地闲逛。日子由着我们消遣,仿佛时光自己也还没有长大,也是一个小孩,成天玩个不歇。我告诉艾米莉说,我非常喜欢她,她要是不承认她也非常喜欢我,那我就只好拿刀子自杀。她说她也非常喜欢我。我完全相信,她的确是非常喜欢我的。

至于什么不是门当户对,两人都还太年轻之类的想法,或者别的什么阻碍我们的困难,小艾米莉和我全都没有这类烦恼,因为我们根本没有想到过未来。我们不为年纪长大了作更多的打算,正如我们不为年纪长小了作更多的打算一样。我们是葛米治太太和佩格蒂夸赞的对象。每当晚上,我们俩亲密地并排坐在小柜子上时,她们常常悄声说:"哟!多美的一对呀!"佩格蒂先生口衔烟斗朝我们微笑着,汉姆也整晚咧着嘴,什么都不做。我猜想,他们看着我们所感到的欢乐,就像看着一个好看的玩具,或者是看着一个古罗马圆形剧场的袖珍模型时一样。

我不久就发现,葛米治太太虽然寄住在佩格蒂先生家,但是她并不总是像人们所期望的那样讨人喜欢。葛米治太太的脾气太容易烦躁,在这么小的一个屋子里,她经常哭丧着脸怨这怨那的,弄得别人都很不舒服。我很为她感到难过;我想,要是葛米治太太自己有一间可供退躲的小房间的话,她就可以待到心情好转时再出来,那时别人就会舒服一些了。

佩格蒂先生有时去一家叫乐意居的酒馆。这事是在我来后第二天或第三天的晚上发现的。那天晚上,他不在家;八点多钟的时候,葛米治太太抬头看了看那只荷兰钟,跟着说,他一定又去乐意居酒馆了,她还说,她早晨就知道他要去那儿。

这天,葛米治太太整天都不高兴;上午,壁炉往外冒烟,她就哭了起来。"我是个孤苦伶仃的苦命人,"这是葛米治太太遇到不顺心的事时常说的一句话,"什么都跟我过不去。"

"啊,烟很快就会散去的,"佩格蒂说——我说的仍是我的那个佩格蒂——"再说,你知道,这烟不仅让你难受,同样也让我们难受呀!"

"我觉得它更让我难受。"葛米治太太说。

那天天气很冷,刮着刺骨的寒风。在我看来,葛米治太太专用的那个炉边位子,似乎是最暖和、最舒适的地方了,她的那张椅子无疑也是最舒服的了;可是那一天,什么都让她不顺眼。她老是埋怨天气冷,埋怨冷风钻进她的背脊,她把这说成"像虫子在爬"。最后竟借口天气冷而哭了起来,又说自己"是个孤苦伶仃的苦命人,什么都跟她作对"。

"没错,是很冷,"佩格蒂说,"大家都觉得冷呀!"

"可我比别人更觉得冷。"葛米治太太说。

吃饭时也是这样;因为我是贵客,优先给我上菜,紧跟着总是给葛米治太太上。那天,吃的鱼个儿小,刺很多,土豆也有点煮焦了。我们大家都承认,觉得这顿饭吃得有点扫兴;可是葛米治太太说,她比我们更觉得扫兴,于是又哭了起来,非常伤心地把前面说过的那句话又说了一通。

所以,当佩格蒂先生在晚上九点来钟回来时,这位苦命的葛米治太太正十分伤心痛苦地坐在自己的角落里编织。佩格蒂则高高兴兴地在做针线。汉姆正在补一双下水穿的大靴子。我呢,身边坐着小艾米莉,在读书给他们听。葛米治太太除了可怜巴巴地唉声叹气之外,什么话也没有说,打从吃茶点的时候起,她就不曾抬起过眼睛。

"喂,伙计们,"佩格蒂先生一面在自己的位子上坐下,一面说,"你们都好吗?"

我们大家都说了点什么，或者用表情，对他表示欢迎。只有葛米治太太，一面顾自在编织，一面直摇着头。

"出什么事啦？"佩格蒂先生双手一拍说道，"高兴起来吧，老小妞！"（佩格蒂先生的意思是老女孩）

葛米治太太显得好像怎么也高兴不起来。她掏出一块黑色绸子手帕，擦了擦眼睛；可是她没有把它放回口袋，而是放在外面，接着她又拿它擦了一会眼睛，擦完仍旧把它放在外面备用。

"出什么事啦，嫂子？"佩格蒂先生说。

"没什么，"葛米治太太回答说，"你是从乐意居酒馆来的吧，丹尼尔？"

"哦，是的，今晚上我在乐意居酒馆待了一会。"佩格蒂先生说。

"我很难过，把你赶到那儿去了。"葛米治太太说。

"赶？我才用不着赶呢，"佩格蒂先生老实地笑着回答说，"我自己就巴不得上那儿呢。"

"巴不得，"葛米治太太摇着头，擦着眼泪说，"是的，是的，巴不得。我很难过，这全是因为我，才使你巴不得上那儿。"

"因为你？决不是因为你！"佩格蒂先生说，"你千万别往那方面想。"

"是的，是的，是因为我，"葛米治太太大声说，"我知道自己是怎么回事。我知道我是个孤苦伶仃的苦命人，不仅什么都跟我作对，我也跟所有人作对。是的，是的，我比别人想得更多，我也表露得更多。这是我的不幸。"

我坐在那儿听着这番话，我真禁不住心里想，除了她葛米治太太外，这不幸已经扩散到这家人家其他一些人身上了。可是佩格蒂先生并没有做这样的反驳，他只是求葛米治太太高兴起来，以此作为回答。

"我本不想这样，可我没办法，"葛米治太太说，"我太由不得我自己了。我知道自己是怎么回事。我的不幸让我觉得什么都不顺心。我总觉得自己苦命，这使得我感到事事都不顺心。我盼望自己不觉得命苦，可是办不到。我也希望自己能够坚强起来，可是也不成。我把这一家人都弄得不得安宁，我毫不怀疑，我已经使得你妹妹整天都不愉快，还有大卫少爷。"

听了这话，我的心一下子软化下来，心里感到很难过，禁不住大声说："不，你没有使我不愉快，葛米治太太。"

"我这样做，太不对了，"葛米治太太说，"我不该这样来报答你。我最好还是进救济院,死在那儿算了。我是个孤苦伶仃的苦命人,最好别在这儿烦人。要是事情都跟我过不去,我也就一定会闹别扭。还是让我回到自己的区里去闹吧。丹尼尔,我最好还是进救济院,死在那儿算了,免得在这儿连累人。"

葛米治太太说完这番话,就起身离开,睡觉去了。佩格蒂先生除了表示深切的同情外,没有流露出任何别的感情;葛米治太太走了之后,他朝我们大家看了看,满脸带着仍使他激动的深切同情,点着头低声说:

"她这是又在想那个老头子了!"

我不太明白,他认为葛米治太太在想念的那个老头子到底是谁,直到佩格蒂伴送我上床睡觉时,她才对我解释说,那是已经去世的葛米治先生;每逢葛米治太太闹别扭的时候,她哥哥老拿这句话来作为公认的理由,而且这总让他深受感动。那天晚上,他睡上吊床后过了一些时候,我还亲耳听到他对汉姆说:"可怜的人!她这是又在想那个老头子了!"在我们待在那儿的余下时间里,每逢葛米治太太发生类似情况时(发生过不多的几次),他总拿这句话来打圆场,而且总是带着最深切的同情。

两个星期就这样匆匆地溜过去了。在这段时间里,除了潮汐的变化外,一切如常。潮汐的变化改变了佩格蒂先生出门和回家的时间,也改变了汉姆的工作时间。当汉姆无工可做时,他有时就和我们一起去散步,指给我们看那些小船和大船,还带我们去划了一两次船。我不知道为什么人们对某个地方的印象会比对别的地方特别深,不过我相信,大多人都会这样,特别是他们童年时代留下的印象,更是如此。每当我听到或谈到亚茅斯这个地名,我就会想起一个星期天早晨在海滩上的情景,唤人去教堂祈祷的钟声,靠在我肩上的小艾米莉,懒洋洋地往水里扔石子的汉姆,远方海面刚从浓雾中透出的太阳,让我们看到海面上的船只,像影子一样的船只。

回家的日子终于到了。告别佩格蒂先生和葛米治太太,我还能忍受,可是跟小艾米莉分离,我内心的痛楚,真是如同刀割。我们手挽着手一起走到车夫落脚的酒馆,路上我答应一定写信给她(我后来履行了自己的诺言,信中用了比通常手写出租招贴还要大的字)。我们分别时心中都非常难过;在我的一生中,如果说心中有过空虚失落的话,那一天就算一次。

当我在外做客期间,我几乎背弃了我的家,我很少或根本没有想到它。

可是当我一旦朝回家的方向走去时,我那带有责备态度的童年的良心,仿佛就用一个坚定的指头,朝那个方向指了。当时我觉得,特别是在我情绪低落时,更觉得,家才是我的安乐窝,我母亲才是我的贴心人,我的好朋友。

我们一路前行,我心里愈来愈感到这一点。因而我们离家愈近,我们路过见到的景物愈熟悉,我就愈急于要回到家中,投入母亲的怀抱。可是,佩格蒂不但没有我这种急切心情,相反却还要加以抑制(虽然态度很温和)。看上去她好像心慌意乱,神不守舍似的。

然而,不管她怎么样,只要脚夫的马肯朝前走,我们终归会到布兰德斯通的鸦巢的——果然到了。当时的情景,我记得太清楚了,那是个寒冷阴沉的下午,天色昏暗,眼看就要下雨的样子。

门开了,我半笑半哭,怀着高兴激动的心情,心想见到的一定是我母亲。可是不是她,而是一个陌生的仆人。

“这是怎么回事,佩格蒂!”我懊丧地问道,“我妈还没回来?”

“不,不,大卫少爷,”佩格蒂说,“她已经回来了。等一下,大卫少爷,我有——我有件事要告诉你。”

佩格蒂当时心慌意乱,加上她下车动作本来就笨拙,结果把自己弄成像一只奇特的彩球,不过当时我感到非常惶惑、惊奇,顾不上告诉她这一点了。她下车后,牵着我的手,把惊惶不定的我领进厨房,然后关上了门。

“佩格蒂!”我非常吃惊地说,“出了什么事啦?”

“没出什么事,我的宝贝,亲爱的大卫少爷!”她装出一副轻松的样子回答说。

“我想,一定出什么事啦。妈妈在哪儿?”

“妈妈在哪儿,大卫少爷?”佩格蒂重复说。

“是啊,为什么她不到大门口来? 我们为什么跑到这儿来? 哦,佩格蒂!”我眼中充满了泪水,我感到我仿佛马上要摔倒了。

“哎呀,我的乖孩子!”佩格蒂叫了起来,一把搂住了我,“这是怎么啦? 快说,我的宝贝!”

“别是她也死了! 哦,她是不是死了,佩格蒂?”

佩格蒂用惊人的声音大声说了个“不”字,接着便坐了下来,开始直喘气,还说我使她吃了一惊。

我紧紧抱了她一下,给她压惊,或者说使她恢复正常,然后站在她面前,怀着急切的探询神情看着她。

"你瞧,亲爱的,我本该早就告诉你,"佩格蒂说,"可我老是没有机会。也许我应该创造一个机会,不过这事我实哉"——在佩格蒂的词语中,"实哉"老是用来代替"实在"的——"不愿意做。"

"说下去,佩格蒂。"我说,比先前更加害怕了。

"大卫少爷,"佩格蒂用一只颤抖的手解开帽带,一面上气不接下气似的说,"你猜是怎么回事?你有了一个爸爸了!"

我听了这话立刻全身颤抖,脸色变得煞白。一种跟教堂墓地的坟墓和死人复活有关的东西——我不知道是什么,或者是怎么回事——仿佛像一股毒风似的,扑到我的身上。

"一个新爸爸。"佩格蒂说。

"一个新爸爸?"我重复说。

佩格蒂喘了一口气,仿佛在吞咽什么很硬的东西,接着伸出手来说:

"来,去见他。"

"我不要见他。"

"——还有你妈妈呢。"佩格蒂说。

我不再向后退缩了,我们径直来到那间最好的客厅,到了那儿,她就留下我走了。壁炉的一边,坐着我的母亲;另一边,坐着谋得斯通先生。我母亲急忙放下手中的活儿,站起身来,但我觉得她显得畏畏缩缩。

"哦,克莱拉,亲爱的,"谋得斯通先生说,"要镇静!克制住自己,永远要克制自己!大卫,孩子,你好吗?"

我伸出手跟他握了握。跟着,犹豫了一会后,我便过去吻我母亲。她也吻了我,还轻轻地拍着我的肩膀,随后便重又坐下来干活了。我不敢看她,也不敢看谋得斯通先生,因为我非常明白,他正在看着我们母子俩呢。于是我便转向窗口,朝外面看去,只见那儿有几株小灌木,在寒风中垂着头。

一到我可以蹑手蹑脚走开时,我便悄悄地溜到楼上。可是我发现,我那间亲爱的老卧室已经变了,我被安置在一个离这儿有一段路的地方。于是我又溜到楼下,想看看是否还有保持原状的东西,因为看上去好像一切都变了样了。我溜进了院子,可是很快就从那儿出来了,原先那个空狗窝里有了一条大狗——跟他一样,叫声深沉,皮毛漆黑——它一见到我,就大发脾气,冲到窝外,朝我扑来。

第四章

蒙羞受辱

要是我的床新搬进的这间房间，是个有知觉的东西，能为我做证，那我今天就可以请求它为我证明——现在是谁睡在那儿了呢，我真想知道！——那天我去那儿时，是带着一颗多么沉重的心。我朝它走去，爬上楼梯，一路上只听到院子里的那只狗，一直冲我狂吠着。我茫然地呆望着这间屋子，就像这间屋子茫然地呆望着我一样，我交叉起双手，坐了下去，开始琢磨起来。

我琢磨的都是最古怪的事情。琢磨这屋子的样子，琢磨天花板上的裂缝，琢磨墙上的墙纸，琢磨窗玻璃上那使得景物都出现波纹和旋涡的裂纹，琢磨那只东倒西歪的三条腿的脸盆架，它有着一副牢骚满腹的神气，使我想起那个怀念老头子的葛米治太太。我一直哭着，但是我除了觉得身上发冷、心里沮丧之外，我敢说，我从来不曾想到我为什么要哭。最后，在孤寂中我开始想到，我非常爱小艾米莉，可是却硬生生被拆散，来到这看来没人需要我、关心我的地方，比起小艾米莉对我的需要和关心来，这儿的人连一半都及不上。想到这，使我非常难过，我裹上被单的一角，哭着睡去了。

我被惊醒了，听到有人说："他在这儿哪！"接着从我滚烫的脑袋上揭开了被子。是我母亲和佩格蒂看我来了，把我弄醒的就是她们中的一个。

"大卫，"我母亲说，"出什么事啦？"

她这样问我，我觉得很奇怪，所以便回答说："没有什么。"我记得，当时我把脸转向一边，藏起我正在颤抖的嘴唇，其实，这颤抖的嘴唇，才是给她的更加真实的答复。

"大卫,"我母亲说,"大卫,我的孩子!"

我敢说,在当时,她所有能说的话中,没有这句"我的孩子"更使我感动的了。我把我的泪眼藏进被窝,当她要抱我起来时,我使劲用手把她推开。

"这都是你干的好事,佩格蒂,你这狠心的东西!"我母亲说,"这事我完全清楚。你居然教唆我的孩子来反对我,还要反对每个爱我的人,我真想知道,你怎么对得起自己的良心? 你这是存的什么心,佩格蒂?"

可怜的佩格蒂举起双手,两眼朝上,只能用我饭后常背的祷词般的话回答说:"愿上帝宽恕你,科波菲尔太太! 但愿你永远别为刚才说的话真正后悔!"

"真把我给气疯了,"我母亲喊着说,"我还是在蜜月中哪! 哪怕是跟我不共戴天的仇人,也会发点慈悲,让我过上几天安静快乐的日子的。大卫啊,你这淘气的孩子! 佩格蒂,你这狠心的人啊! 哦,天哪!"我母亲怒气冲冲、任性地叫骂道,骂我,又骂佩格蒂,"这是个让人多么受罪的世界啊! 本来我还以为,我们完全有权盼望它要多愉快就有多愉快呢!"

我突然觉得有一只手抓住了我,我知道,这只手既不是我母亲的,也不是佩格蒂的。跟着我便滑下床来,站在床边。原来这是谋得斯通先生的手,他一面抓住我的胳臂,一面说道:

"这是怎么啦? 克莱拉,我亲爱的,你忘了吗? ——要坚定,亲爱的!"

"我很抱歉,爱德华,"我母亲说,"我本想好好说的,可我实在受不了啦。"

"哦!"他回答说,"这可是个坏消息,来得这么快,克莱拉。"

"现在把我弄成这样,我说,这让我太难堪了。"我母亲噘起嘴回答说,"实在是——太难堪了——不是吗?"

他把她拉到身边,在她耳边悄声说了几句,然后吻了吻她。当我看到我母亲的头靠在他的肩上,她的胳臂贴着他的脖子时,我就知道,她的性格这么柔顺,他能随意地把它塑成任何样子。正如我现在知道的一样,他已经做到这一点了。

"你下去吧,亲爱的,"谋得斯通先生说,"我跟大卫过一会就一起下去。"当他又是点头又是微笑,目送我母亲走出门外,把她打发走以后,他就沉下脸来转向佩格蒂,说,"我的朋友,你知道,你女主人姓什么吗?"

"我侍候她已经多年了，先生，"佩格蒂回答说，"这是我应该知道的。"

"这话没错，"他说，"可刚才我上楼时，我听到，你称呼她时，用的好像不是她的姓。她已经姓我的姓了，这你该知道。你记住这个了吗？"

佩格蒂什么话也没有说，很不放心地朝我看了几眼，便屈了屈膝，退出了房间。我猜想，她一定看出谋得斯通先生要她离开，而且她也没有任何留下来的理由。当房间里只剩下我们两人时，他关上了房门，在一张椅子上坐了下来，然后拉着我要我站在他的面前，一动不动地盯着我的眼睛。我觉得，我自己的眼睛也同样一动不动地盯着他。当我现在回想起当时我们面对面的那种情景时，我仿佛又听到我的心在急促、剧烈地跳动。

"大卫，"他说道，双唇一抿，把嘴唇抿得薄薄的，"要是我有一匹不听话的马，或者是一条不听话的狗，你想我是怎么对付它的？"

"我不知道。"

"我揍它。"

我刚才是憋住气低声回答的，现在我不说话了，我才觉得自己的呼吸异常急促。

"我要让它觉得害怕，觉得痛。我对我自己说，'我要制服这家伙'，哪怕这会要了它的命，我也要这么做。你脸上是什么？"

"是泥。"我说。

他当然像我一样，知道得很清楚，我脸上的是泪痕，不过即使他拿这句话问我二十遍，每问一遍都打我二十下，我宁愿让我这颗稚嫩的心破裂，我也不会那样告诉他。

"你人虽小，心眼倒不小，"他说，带着一副他特有的那种似笑非笑的表情，"我看，你对我很清楚。把你的脸洗一洗，少爷，然后跟我一起下楼。"

他一面用手指了指脸盆架（就是我拿它跟葛米治太太相比的那只），一面朝我抬了抬头，要我立即照他的话去做。当时我就毫不怀疑，要是我稍有迟疑，他就会毫无顾忌地把我打倒在地。

"克莱拉，亲爱的，"我照着他的吩咐洗了脸以后，他仍抓住我的胳臂，拉着我走进客厅，对我母亲说，"我希望，你再也不会不好受了。我们很快就能把这种孩子脾气改过来的。"

我的天啊！要是当时给我一句好话，我可能一辈子都改好了，也许这辈子就成为另一种人。只消说一句鼓励和解释的话，说一句怜悯我年幼无知的话，说一句欢迎我回家的话，说一句安慰我、让我感到这仍是我的家的话，我就不会表面上做假敷衍他，而会使我打内心孝顺他，不但不恨他，反而会尊敬他。我知道，看见我那样战战兢兢、局促不安地站在屋子里，我母亲心里一定很难过；过了一会，我偷偷地溜到一张椅子跟前，她的目光跟着我，神情显得更加忧郁——也许是因为见不到我儿时的那种自由活泼的步子了——可是这样的话没有说出，说这句话的时间已经逝去了。

吃饭时，只有我们三人在一起。他似乎很爱我的母亲——我恐怕并不因此而较为喜欢他——我母亲也很爱他。我从他们的谈话中知道，他的一个姐姐就要来跟我们一起住，当天晚上就到。谋得斯通先生本人没有从事任何营生，只是在伦敦的一家酒行里有一些股份，或者说每年从那儿可以分到一些红利；从他的曾祖时代起，他家就跟那家酒行有关系了，他的姐姐在那家酒行中也有权益关系。这一情况，是我当时就发现的呢，还是后来才知道，现在我已经记不清了；不过我可以在这儿提一提，不管它是真是假。

吃过饭以后，我们都坐在壁炉旁，我正在琢磨，用什么办法既可以逃到佩格蒂那儿去，又不冒偷偷溜走的危险，免得冒犯那位一家之主。就在这时，一辆马车驶到我们家花园大门前，谋得斯通先生急忙出去迎接来客。我母亲跟在他后面。我也提心吊胆地跟在她后面，在客厅门旁的黑暗中，她转过身来，像从前常做的那样，紧紧搂住我，在我耳边悄声对我说，要我爱我的新父亲，听他的话。她这样做时，急急忙忙，偷偷摸摸，像是犯了错似的，但是非常温柔亲切。她把手伸到自己的背后，紧握住我的手，直到我们来到花园里，走近他站立的地方，她才把我的手放开，伸手挽住他的胳臂。

来的就是谋得斯通小姐，这是个脸色阴冷的女人，像她弟弟一样，肤色黝黑，声音、面貌，也非常像他。两道浓眉，在那大鼻子上几乎连在一起，仿佛由于生错了性别，没能让她长胡子，因而以此来补偿似的。她随身带来两只坚实牢固、硬邦邦的黑箱子，箱盖上用坚硬的铜钉钉着她姓名的字头。在付车钱时，她从一只坚硬的铜制钱包中掏出钱后，就把钱包放回到一只监牢似的手提包中，提包则用一条粗链子挂在胳臂上，关上时像猛咬一口似的喀嚓有声。在当时，我从没见过像谋得斯通小姐这样完全如钢似铁的女人。

在一片欢呼声中，她被领进了客厅，在这儿，她正式承认我母亲是一个

新的近亲。接着,她看着我说:

"这是你的小孩吗,弟妹?"

我母亲承认我是她的小孩。

"一般说来,"谋得斯通小姐说,"我是不喜欢男孩子的。你好吗,孩子?"

在这种受到鼓励的情况下,我回答说,我很好,并且希望她也一样;由于我这么说时态度不够恭敬,惹得谋得斯通小姐用四个字就把我给打发了。

"缺少礼貌!"

她一清二楚地说过这四个字以后,就提出要求领她去她的房间,从此以后,对我来说那间屋子便成了一个凛然可畏的地方了。屋子里的两只黑箱子,从来没人看到它们打开过,也从来没人见到它们不上锁,在那儿(当她不在屋内时,我曾去偷看过一两次),有不少钢制小镣铐和铆钉①令人生畏地成排挂在镜子上,这些都是谋得斯通小姐着装时打扮用的。

据我看来,她已经决定长住下来,不打算再走了。第二天早上,她就开始"帮"起我母亲来,成天在储藏室里进进出出,说是整理物品,其实是把原来的布置弄得乱七八糟。几乎打一开始就引起我注意的事情是,在谋得斯通小姐的脑子里,一直疑心女仆们在宅子里的什么地方藏了一个男人。由于有这种错觉,她往往在最不合适的时候,钻进堆煤的地窖,每次打开暗黑的食橱门时,总要砰的一声再关上,一心相信,她已经抓到那个男人。

谋得斯通小姐这个人,虽然周身毫无轻盈凌空的姿态,可是她在早起这点上,却十足是只云雀。家里的人都还没有动静,她就起来了(直到现在我都依然相信,她这也是为了要找那个藏着的男人)。佩格蒂的看法是,谋得斯通小姐就连睡觉时也睁着一只眼睛;不过我不能同意她的这种看法。因为听了她的这一意见后,我曾亲自做过试验,结果发现这是办不到的。她来后的第二天早晨,鸡刚一叫,她就起来摇铃了。当我母亲下楼来吃早餐并准备茶时,谋得斯通小姐在她面颊上啄了一下,这是她最接近接吻的举动了,接着说:

"我说,克莱拉,我亲爱的,你知道,我来这儿,是为了尽可能替你解除所

---

① 指手镯、耳环。

有烦恼。你太漂亮,也太不会动脑子盘算了。"——我母亲脸红了,但是笑了笑,她好像并没有为这不高兴——"不该把我能做的事,压在你的身上。要是你不见外,亲爱的,把你的钥匙都给我好了,以后所有这类事,我都会替你料理的。"

打从那时候起,谋得斯通小姐白天就把那些钥匙关在自己的小监牢中,晚上则把它们压在自己的枕头底下,我母亲也像我一样,跟它们完全无缘了。

我母亲对于自己的大权旁落,并不是没有一点抗议。一天晚上,谋得斯通小姐跟自己的弟弟讲了一些家务计划,他听了后表示完全赞同。这时我母亲突然哭了起来,一面哭一面说,她本来以为他们会跟她商量一下的。

"克莱拉!"谋得斯通先生严厉地说,"克莱拉! 我没想到你会这样!"

"哦,你说你没想到,这倒也是,爱德华!"我母亲哭着说,"你对我大谈坚定,这固然不错,可你自己也不喜欢被那样对待。"

坚定,我可以说,是谋得斯通姐弟俩用作立身处世的重要信条。然而,如果有人问我的话,我当时是会发表对这一点的理解的:他们说的坚定,是专横的别名,是他们俩共有的一种阴沉、傲慢、邪恶的性格。现在让我来说的话,他们的信条是这样的:谋得斯通先生是坚定的;在他的世界里,不得有人像他那样坚定;在他的世界里,别人就绝对不许坚定,因为所有人都得屈服于他的坚定。只有谋得斯通小姐是个例外。她可以坚定,不过只是由于血缘关系,而且她的坚定是低级的、附庸式的。我母亲是另一个例外。她可以坚定,而且必须坚定;不过只能忍受他们的坚定,而且得坚定地相信,世界上没有别的坚定。

"这太难堪了,"我母亲说,"在我自己的家里——"

"我自己的家里?"谋得斯通先生重复道,"克莱拉!"

"我的意思是,我们自己的家里,"我母亲结结巴巴地说,显然是吓坏了,"我希望你明白我的意思,爱德华——在自己的家里,有关家务事,我都一句话也不能说,这是很难堪的。我相信,在我们结婚以前,我管家还是管得很好的。这是有证据的,"我母亲呜咽着说,"你可以问问佩格蒂,没人来插手时,我是不是管得很好?"

"爱德华,"谋得斯通小姐说,"这事就到此为止吧。我明天就走。"

"简·谋得斯通,"她的弟弟说,"住口!听你说这话,好像你不知道我的脾气似的,你怎么敢这样?"

"我确信,"我可怜的母亲处于极为痛苦的境地,她泪流满面,继续说,"我并没有要任何人走。要是什么人走了,我一定会非常难过,非常痛苦的。我并没有过多要求,我也不是蛮不讲理,我只要求有时和我商量一下。任何一个帮助我的人,我都十分感激,我只要求有时候哪怕仅仅作为一种形式,也跟我商量一下。我记得,以前你还曾因我缺乏处世经验、孩子气而挺喜欢我,爱德华——我敢肯定,你这样说过——可是现在你好像因为这个恨我了,瞧你对我这样严厉。"

"爱德华,"谋得斯通小姐又说,"这事就到此为止吧。我明天就走。"

"简·谋得斯通,"谋得斯通先生厉声喝道,"你给我住嘴成不成?你怎么敢这样?"

谋得斯通小姐像从监牢里提审犯人似的,掏出口袋中的手帕,把它捂到眼睛上。

"克莱拉,"他两眼盯着我母亲,接着说,"你真让我吃惊!我没想到你会这样!不错,我本来想,娶一个不谙世事、单纯天真的女人,塑造好她的性格,给她灌输一些她所必需的坚定果断,这是一件让人高兴的事。可是,当简·谋得斯通出于好意来帮我达到这一目的,为了我,甘愿处于一个女管家似的地位时,结果却遭到了卑劣的回报——"

"喔,求你啦,求你啦,爱德华,"我母亲喊着说,"千万别指责我忘恩负义。我敢说,我决不是忘恩负义,以前从来没有人这样说过我。我有许多过错,但我决不是那种忘恩负义的人。啊,别说,我的亲爱的!"

"当简·谋得斯通遭到,像我刚才说的,"等到我母亲不作声时,他继续说,"卑劣的回报时,我的那种感情冷淡了,改变了。"

"别那么说,亲爱的!"我母亲可怜巴巴地哀求说,"喔,别说了,爱德华!我听了受不了。不管我怎么样,我还是重感情的。我知道我是重感情的。要是我不能肯定是这样的人,我是不会这么说的。可以问问佩格蒂。我相信她一定会告诉你,我是个重感情的人。"

"一味的软弱,不管程度如何,克莱拉,"谋得斯通先生回答说,"对我都毫无影响。你喘不过气了。"

"求你啦,让我们和好吧,"我母亲说,"我无法在冷淡或不友好的情况下生活。我很抱歉。我知道自己缺点很多;爱德华,用你坚强的心智尽力来为我改正缺点,你真是太好了。简,我一切都听你的好啦。要是你想离开,我一定会很伤心的——"我母亲难过得再也说不下去了。

"简·谋得斯通,"谋得斯通先生对自己的姐姐说,"我想,我们之间是极少有什么难听的话的。今天晚上发生这种不平常的事情,这不是我的错。我这是受了别人的连累,才误入了歧途。这也不是你的错。你也是受了别人的连累,才误入了歧途。让我们俩都设法忘了这事吧。"他说了这几句宽宏大量的话后,又补充说,"再说,这种场面让孩子看到也不合适——大卫,去睡吧!"

我满眼是泪,几乎连门都找不着了。我为母亲的痛苦和悲伤感到非常难过;不过我还是摸索着走出客厅,摸黑回到自己的房间,连对佩格蒂道一声晚安,或者向她要一支蜡烛的心情都没有了。过了个把小时后,她上楼来看我时,唤醒我对我说,我母亲因身体不适已经去睡了,坐在客厅里的只有谋得斯通先生和谋得斯通小姐了。

第二天早上,我下楼来比平常早。一听到我母亲的声音,我便在客厅的门外停了下来。她正在低声下气地恳求谋得斯通小姐宽恕她,那位小姐答应了她的请求,双方总算达成了完全的和解。打那以后,我从未见过我母亲在请示谋得斯通小姐以前,或者是在设法探知谋得斯通小姐的意见以前,在任何事情上发表过一点意见。每当看到谋得斯通小姐一发脾气(她在这方面很不坚定),把手伸向提袋,像是要掏出钥匙,把它交还给我母亲时,我就看到我母亲吓得惊恐万状。

谋得斯通家血统中这种阴郁的病态,使得他家人的宗教信仰,也带上了阴暗沉郁的色彩,变得严酷、愤懑。打那时起我就想到,他们的宗教信仰所以有这种性质,是谋得斯通先生的坚定的必然结果,这使得他只要能找到借口,决不允许任何人免除最严厉的惩罚。正因如此,所以上教堂时他们那可怕的面容,教堂里那种改变了的气氛,我记得一清二楚。我现在回想起来,仿佛那可怕的星期天又来到了;一队人中,我第一个坐进教堂里那个老位子,像个被押解去服苦役的囚徒。眼前又出现了谋得斯通小姐,她穿着那件像用棺材罩改做的黑丝绒长袍,紧跟在我的后面;然后是我的母亲,再后面是她的丈夫。现在已跟先前不同,没有佩格蒂了。我仿佛又听到谋得斯通小姐在咕哝着应答文①,带着一种残忍的快感,着重念出所有那些可怕的字眼。我又看到她在说"苦难的罪人"时,她那双黑眼睛在会众们身上不断扫动,就像在咒骂所有的会众。我仿佛又朝我母亲偷偷地看上一两眼,只见她夹在他们两人中间,胆怯地在动着嘴唇,每只耳朵旁都响着他们那闷雷似的咕哝声。我又突然害怕起来,心里纳闷,是不是我们那位善良的老牧师搞错了,谋得斯通先生和谋得斯通小姐是对的,是不是天国里的天使全是死亡天使。我又觉得,只要我动一动手指,或者松一松脸上的肌肉,谋得斯通小姐就会用她的祈祷书捅我,捅得我肋部疼痛不堪。

是的,我又一次回想起,我们从教堂回家时,我发现有些邻居看着我母亲和我,在窃窃私语。我还想到,当他们三人挽着胳臂走在前面,我独自一人在后面缓缓走着时,我随着一些人的目光,也开始怀疑起来,觉得我母亲的脚步,是不是真的不像我以前看到的那么轻盈了,她的美丽和欢乐,是不是真的被折磨得几乎销蚀殆尽了。我还又一次想起,不知道邻居们是否都还像我一样记得,以前我们俩——她和我——怎样一起走回家。每逢寂寞凄凉、令人忧郁的日子,我总是呆呆地回想着这些事情。

曾经有过几次谈到送我去寄宿学校的事情。这是谋得斯通先生和谋得斯通小姐先提出来的,我母亲当然同意他们的意见。不过,这事一直都还没有做出决定。这段时间我都在家里上课。

我永远不会忘记那些上课的情景!主持那些功课的,名义上是我的母亲,实际上是谋得斯通先生和他的姐姐。他们俩总是在场,这正是他们向我母亲进行所谓"坚定"教育的好机会,这种"坚定"是我们母子俩生命中的灾星。我相信,他们是为了这个目的,把我留在家里的。在只有我跟我母亲两人在一起住的时候,我学习得很好,也很喜欢学习。我还模糊地记得坐在她膝上学字母的情景。直到今天,当我看到识字课本上那些又粗又黑的字母时,它们那新奇迷人的样子,还有 O、Q 和 S 这三个字母那副和蔼可亲的样子,仿佛又跟从前一样,出现在我的面前。它们并没有让我感到厌恶或勉

---

① 做祷告时,有一种有启有应的方式,主持牧师先念一句祈祷文,会众或唱诗班随后应答一句,如,启:"天上的天主圣父",应:"怜悯我们苦难的罪人"。

强。恰恰相反，我就像沿着花丛中的小径散步似的，一直走到鳄鱼书，一路上，有我母亲温柔的声音和和蔼的态度作鼓励。可是现在接着学习的是些沉闷的课程，我记得，这对我的宁静生活是致命的打击，它们成了我难以忍受的日常苦役和灾难。这些功课又长、又多、又难——其中有一些我根本不懂——我往往被这些功课弄得手足无措，我相信，我那可怜的母亲也一样。

现在，让我来回忆一下当时的情况，重现一下一天早晨的情景吧。

早饭后，我带着课本、练习本和一块石板，来到小客厅。我母亲早已在她的书桌旁等着我。可是，在那儿等着的重要得多的人物，是坐在靠窗的安乐椅里的谋得斯通先生（虽然他假装在看书），以及坐在我母亲身旁穿钢珠子的谋得斯通小姐。我一见到他们两人，就开始感到，我费了那么大的劲装进脑子的词汇，一下子全都溜走了，溜到不知什么地方去了。顺便说一句，我实在不知道它们究竟去了哪儿。

我把第一本书递给我母亲。那也许是本语法，也许是本历史或地理。当我把书递到她手里时，我还要拼命朝那一页最后看上一眼，趁着刚念过，赶紧用赛跑的速度高声背起来。我背错一个字，谋得斯通先生就抬头看着。我背错另一个字，谋得斯通小姐便抬头看着。

我脸红了，背错了六七个字，最后完全停了下来。我想，我母亲要是敢的话，她定会把书给我看，但是她不敢。她只是轻柔地说：

"哦，大卫呀，大卫！"

"嗳，克莱拉，"谋得斯通先生说，"对待孩子要坚定。别老说'哦，大卫呀，大卫！'这是孩子气。他的功课，要么就是学会了，要么就是没学会。"

"他没学会。"谋得斯通小姐恶毒地插嘴说。

"我怕他真没学会。"我母亲说。

"那样的话，你该知道，克莱拉，"谋得斯通小姐回答说，"你得把书还给他，要他学会。"

"是的，是该这样，"我母亲说，"这正是我打算做的，我亲爱的简。哦，大卫，再试一遍，别再这么笨了。"

我遵从这个训谕的第一部分，再试了一遍，可是对它的第二部分，却不怎么成功，因为我还是很笨。这一次，还没背到老地方，也就是我原先背对的地方，我就背错了，停下来动起脑子来了。不过我想的不是功课，我想的是,谋得斯通小姐的帽子的网纱有多少码,我想的是,谋得斯通先生的睡衣值多少钱,以及诸如此类与我毫不相干,而且也根本不想与之有任何相干的荒唐问题。谋得斯通先生不耐烦地动了一下,这是我早就预料到的。谋得斯通小姐同样也不耐烦地动了动。我母亲顺从地朝他们看了一眼,合上书本,作为我的一笔欠债先挂着,待我别的功课都做完后,再要我偿还。没过多久,我的这种欠债就一大堆了,像滚雪球似的越滚越大。我欠的债愈多,我也就变得愈笨。事情已到了毫无希望的地步,我觉得我正陷进一个如此荒谬的泥潭,因此我已放弃从中挣脱出来的一切打算,把自己完全交给我的命运了。当我一路错下去时,我母亲和我面面相觑的失望情景,确实令人忧伤。但是在这些折磨人的功课里,最让人难受的是,我母亲启动嘴唇,想给我一点暗示的时候(她以为没有人注意她)。这时,那位埋伏在那儿一心等待时机的谋得斯通小姐,就会用一种低沉的警告的声音说:

"克莱拉!"

我母亲吓了一跳,两颊绯红,勉强微微一笑。谋得斯通先生从椅子上站了起来,拿起书本,扔到我身上,再不就用书扇我的耳光,接着便扭过我的双肩,把我推出门外。

即便我把功课都做完了,还会有最坏的事情发生,就是让人害怕的演算算术题。这是专为我想出来的,由谋得斯通先生亲自对我口述,开始说:"要是我走进一家干酪店,买了五千块双料格洛斯特硬干酪①,一块干酪的售价为四个半便士,问共需多少钱。"——题目一说出,我就看到谋得斯通小姐为此暗暗高兴。我为这些干酪动透了脑筋,可是直到吃饭时依旧毫无结果,或者说毫无指望。这时石笔粉末倒钻满了我的毛孔,把我弄成一个黑白混血儿了。我只得到一小片面包,靠它来帮助我算出干酪的账,那天整个晚上,我丢尽了脸。时间已经过去这么久了,我现在回忆起来,那些折磨人的功课,好像大致情况都是这样的。要是没有谋得斯通姐弟两人,我本来是可以学得很好的;可是他们姐弟俩对我的影响,就像两条毒蛇施加在一只可怜的小鸟身上的魔力。即使这天上午我功课完成得较好,除了让吃一顿饭之外,别的也什么都得不到;因为谋得斯通小姐决不甘心看到我没有功课;只要我

———————————

① 格洛斯特为英国的一个郡,以产干酪著名。

一不当心露出点无事可做的样子,她就会用下面的话来唤起她弟弟对我的注意:"克莱拉,我亲爱的,没有比工作更好的了——让你的孩子做点功课吧。"这么一来,我就又立即被关进新的功课里了。至于和别的跟我年龄相仿的孩子玩耍,那是很少有的,因为谋得斯通姐弟有一种阴郁的神学理论,把所有的小孩都看成是一群毒蛇(虽然曾经有一个小孩站在圣徒们中间①),他们认定,小孩会相互传播毒素。

我认为,六个多月来我所受到的这种待遇,结果自然是使我变得抑郁、呆笨和执拗。而且这也使得我跟我母亲一天比一天疏远。要不是有另一种情况,我相信我很有可能已经变成一个傻瓜了。

情况是这样的。我父亲在楼上的一个小房间里,留下了为数不多的一批藏书。那间房间我可以自由进入(因为它就在我的卧室隔壁),而家里则不会有别的人去那儿打扰。在那个给我带来欢快的小房间里,罗德里克·蓝登、佩里格林·皮克尔、汉弗莱·克林克②、汤姆·琼斯③、威克菲尔德的牧师④、堂吉诃德⑤、吉尔·布拉斯⑥,还有鲁滨孙·克鲁索⑦这批赫赫有名的人物都出来跟我做伴了。他们使得我得以一直充满幻想,使我对此时此地之外的某些东西抱有希望——这些书,还有《一千零一夜》和《神仙故事集》——对我都毫无害处。因为不管其中有些什么害处,对我可毫无影响。我可不知道它们有什么害处。我现在想起来都觉得惊奇,当时我得白费那么多精力在那些繁重的功课上,我是怎么找出时间来读这些书的呢。处在那样的小小苦难中(当时对我来说这是大大的苦难),我居然还能把自己想象成书里那些我所喜欢的人物(像我当时所做的那样),而把谋得斯通先生

---

① 详见《圣经·新约·马可福音》第九章第三十三至三十七节。耶稣的门徒们争论天国里谁为大,耶稣领过一个孩子来,叫他站在门徒中间,又抱起他来,对他们说:"凡为我名接待一个像这小孩子的,就是接待我。"

② 以上三人均为英国小说家斯摩莱特(1721—1771)所著三部同名小说中的主角。斯摩莱特还曾将《堂吉诃德》和《吉尔·布拉斯》译成英文。

③ 英国小说家菲尔丁(1707—1754)所著同名小说中的主角。

④ 英国作家哥尔德斯密斯(1730—1774)所著同名小说中的主角。

⑤ 西班牙作家塞万提斯(1547—1616)所著同名小说中的主角。

⑥ 法国作家勒萨日(1668—1747)所著同名小说中的主角。

⑦ 英国小说家笛福(1660—1731)所著同名小说(中译名《鲁滨逊漂流记》)中的主角。

和谋得斯通小姐派做书里的坏人（也像我当时所做的那样），以此来安慰自己，这让我现在想起来，也觉得奇怪。我曾当过一个星期的汤姆·琼斯（是个孩子汤姆·琼斯，一个无害的人物）。我确信，我还曾一连整整一个月，充当自己心目中的那个罗德里克·蓝登。我对书架上那几本有关航海和旅行的书——现在我已经不记得是什么名字了——有着特别浓厚的兴趣。我还记得，一连好几天，我在我们家属于我的地盘上走来走去，用旧鞋楦的中间一块作武器——完全像个英国皇家海军的某某舰长，在被野蛮人围攻的危险中，决心以自己的生命来换取重大的代价。这位舰长决不会因被人用拉丁语法书打耳光而失去尊严。而我却是那样。不过舰长还是舰长，毕竟是一位英雄，不管你世界上有什么语言的语法书，不管它们是死是活。

这是我唯一的安慰，也是我经常得到的安慰。现在只要我一想起它，当时的情景就会出现在我的眼前。那是一个夏天的晚上，孩子们都在教堂庭院里玩耍，我却坐在床上，拼命地看书。附近的每一个仓房，教堂墙上的每一块石头，教堂庭院里的每一英寸土地，在我的脑子里，全都跟这些书有关联，代表着书中某些有名的地点。我曾看见汤姆·派普斯①爬上教堂的尖顶，还曾看到斯特来普②背着背囊，在栅栏门边停下来休息。我也知道海军将领特伦尼恩③在我们村小酒馆的客厅里跟皮克尔先生聚会。

现在，读者该跟我一样清楚，我现在重新回忆起来的那段童年生活，是个什么样子。

一天早上，当我带着书本走进客厅时，我发现我母亲的神情非常焦急，谋得斯通小姐的样子十分坚定，谋得斯通先生则在一根藤杖——一根柔软的藤杖的头上扎什么东西。我进来后，他就不扎了，把它举起来在空中挥动着。

"我跟你说吧，克莱拉，"谋得斯通先生说，"我自己从前就经常挨鞭打。"

"真的，是这么回事。"谋得斯通小姐说。

"你说得对，我亲爱的简，"我母亲低声下气地结结巴巴说，"不过——

----

① ③　均为《佩里格林·皮克尔》中的人物。

②　为《罗德里克·蓝登》中的人物。

不过你认为这对爱德华有好处吗?"

"你认为这对爱德华有害处吗,克莱拉?"谋得斯通先生沉着脸说。

"这话说到点子上去了。"他姐姐说。

听了这句话,我母亲回答说:"没错,我亲爱的简。"说完就不再吭声了。

我担心他们的谈话跟我直接有关,于是便偷看一下谋得斯通先生的眼色,这时,他的目光正好跟我的目光相遇。

"嘿,大卫,"他说——他说话时,我又看了看他的眼色——"今天你可得比平时加倍小心啊。"他又举起那条鞭子,在空中抽打了一下。他已经把鞭子准备好,随着便把它放在身旁,脸上带着威严的表情,拿起书来。

这样一个开端,对我的镇定自若来说,真不愧是一服灵丹妙药。我觉得,我功课里的字全都溜走了,不是一个一个,也不是一行一行,而是一整页一整页地溜走了。我极力想抓住它们,可是它们就像(如果我可以这样比方的话)穿上了溜冰鞋,唰地一下就溜走了,你根本别想拦住。

一开始就不妙,接下来更糟糕。刚进来时,我认为自己已经准备得很好,本想露一手,但是事实证明,我的这一想法是大错特错了。一本书接一本书,全都加到不及格的那一堆上了。谋得斯通小姐一直坚定地监视着我们。当我们最后做到那道五千块干酪的算题时(我记得那天他用的是五千条藤杖),我母亲突然哭了起来。

"克莱拉!"谋得斯通小姐用警告的声音说。

"我觉得,我不大舒服,我亲爱的简。"我母亲说。

我看到谋得斯通先生板着脸对他姐姐使了个眼色,一面拿起那条藤杖站起身来说:

"哎,简,今天大卫给了克莱拉这么多烦恼和痛苦,我们是不能要求她完全坚定地忍受住的。那样就成了斯多亚派①了。克莱拉已经坚强多了,进步多了,可是我们不能对她要求那么高。大卫,你跟我上楼去吧,孩子。"

当他拉着我走到门口时,我母亲朝我们跑了过来。谋得斯通小姐一面喊"克莱拉!你是个十足的傻瓜吗?"一面拦住了她。这时,我看到我母亲

---

① 在古希腊和罗马时期兴起的一派思想,或称画廊派,以恬淡寡欲、坚忍不动情为宗旨,甚至迫使自己忍受极大的痛苦,直至结束自己的生命。

捂住了耳朵,听见她放声大哭起来。

谋得斯通先生板着脸慢慢地把我拉向我楼上的卧室——我敢断定,他一定为能进行这场正式的施刑表演而感到快乐——我们刚一进房间,他就突然把我的头一拧,夹到他的腋下。

"谋得斯通先生,先生!"我对他喊道,"不要!求你了,别打我!我是想好好学习的,先生,可是你跟谋得斯通小姐在旁边的时候,我就是学不进去。我真的学不进去!"

"你学不进去,真的吗,大卫?"他说,"那我们就试试。"

他使劲夹住我的头,就像夹在一把老虎钳中,可是我还是设法缠住他,拦住他一会儿,乞求他不要打我。然而我只是拦住他一会儿,紧接着他就重重地打在我的身上。就在这一刹那间,我抓住了他夹住我的那只手,把它塞进我的嘴巴,放到两排牙齿之间,使劲咬了一口,把它给咬破了。直到现在,想到这事,我还忍不住咬牙切齿呢。

跟着他就使劲毒打起我来,好像要把我打死才肯罢休似的。突然有一阵声音压倒了我们的闹腾声,我听到有人哭喊着往楼上跑——我听到了我母亲的哭喊声——还有佩格蒂。这时他走了,房门已在外面给锁上。我躺在地板上,浑身发烧火热,伤口疼痛难当,用我那孩子气的方式发疯似的哭叫着。

我现在还记得很清楚,当我渐渐安静下来时,发现笼罩整座住宅的,是一片多么反常的死寂!我清楚记得,当疼痛开始渐渐减轻,激动开始渐渐冷静下来时,我开始觉得,我真是太不应该了。

我坐起来听了好久,可是一点声音都没有听到。我从地板上爬起来,从镜子里看到了自己的脸,竟是那么肿,那么红,那么丑,这几乎吓了我一大跳。我这么一动,我的鞭伤处又变得疼痛难当,使得我禁不住重又哭了起来。可是这种鞭伤之痛,比起我的负疚之感来,根本算不了什么了。这种负疚之感压在我的心头,我敢说,即使我真的是个十恶不赦的罪人,也不会感到比这沉重。

天色开始渐渐地变暗了,我已经关上窗子(我大部分时间都头枕窗台躺着,轮番地哭一阵,睡一阵,又茫然地朝外面看一阵),这时突然响起了门锁的转动声,谋得斯通小姐开门进来了,拿来了一点面包、肉,还有牛奶。她一言不发,把这些东西放在桌子上,同时怀着堪称典范的坚定态度,朝我瞥了一眼,跟着便转身走出,随手又把门给锁上了。

天黑后过了很久,我依然坐在那儿,心里一直在想,不知道是不是还会有别的人来。直到明白那天晚上显然再也不可能有人来时,我才脱去衣服,上了床。躺在床上,我开始提心吊胆地猜测,不知道他们还会拿我怎么样。我所犯的是不是一种罪行?我会不会受到拘捕,关进监狱?我究竟有没有被绞死的危险?

我永远不会忘记第二天早晨醒来时的情景:刚醒来那一刹那,我感到既高兴又新鲜,可紧接着,便被那陈旧凄苦的回忆压倒了。我还没起床,谋得斯通小姐便又出现了,她告诉我说,我可以在花园里散步半小时,不能再多;说完这几句话,她就走了,走时让房门开着,以便我可以享受那恩典。

我便那样做了。在长达五天的监禁中,每天早上我都获准去花园散步半小时。要是我能单独见到我母亲,我一定会跪在她面前,求她饶恕我。可是在所有那段时间里,除了谋得斯通小姐,我看不见任何别的人——只有在客厅里做晚祷时除外。在所有别的人都就位后,谋得斯通小姐才把我押解到客厅;我像个小犯人似的,单独被安置在靠近门的地方;而在别人还没从虔诚的祈祷姿势中站起来之前,我就被看守严加看管地押回房间。我只看到我母亲离我远远的,老把脸背着我,所以我一直没能看到她的脸;我还看到谋得斯通先生的一只手,用一大块纱布裹着。

在那漫长的五天五夜中,我的心情实在无法向任何人诉说。这几天,在我记忆中所占据的地位,不是几天,而是若干年。我仔细倾听着家里能听到的一切活动的细微声响:门铃声、开门和关门声、嘈杂的人声、上楼的脚步声;还有外面那说笑声、口哨声、歌唱声,使我在那种孤寂和羞辱的心境中感到格外凄凉——时间变得毫无准则,特别是在晚上,我醒过来时本以为已是早晨,结果却发现家里的人还没就寝,漫漫的长夜才刚刚开始——而我不断做着伤心可怕的噩梦——上午、中午、下午、傍晚相继到来时,孩子们在教堂的院子里玩耍,而我只能在房间里远远地看看他们,我甚至羞得不敢在窗口露面,生怕让他们知道我是个囚犯——老是听不到自己的说话声,使我产生一种奇异的感觉——有时见了吃的、喝的,似乎有过伴之而来的瞬间欢快,可是立刻就会随之消逝——一天晚上,下起雨来,带来了新鲜的气息。后来,雨越下越急,倾注在我跟教堂之间,直到雨幕和越来越浓的夜色,仿佛把我淹没在阴森、恐惧和悔恨之中——所有这一切情景,不是一天又一天,而是一年复一年地周而复始了若干年,它如此生动、如此强烈地印在我的记忆之中。

在我被囚禁的最后一个晚上,我突然被轻唤我名字的声音惊醒。我从床上跳了起来,在黑暗中伸出两只胳臂,说:

"是你吗,佩格蒂?"

没有马上回答,可是随着我又听到有人叫我的名字,声音非常神秘,非常吓人,要不是我突然想到,这声音一定是从钥匙孔里传进来的,我想我准会吓昏的。

我摸索到门边,把嘴凑到钥匙孔上,低声说:

"是你吗,佩格蒂,亲爱的?"

"是我,我的宝贝,我的大卫,"她回答说,"你得像老鼠一样,轻轻的,要不,猫就会听到我们了。"

我懂得,她这是说的谋得斯通小姐,我也了解当时处境的险恶;因为她的房间就在近旁。

"妈妈好吗,亲爱的佩格蒂? 她很生我的气吗?"

在她回答之前,我先听到她在钥匙孔那边轻轻哭泣,也像我一样,之后才听到她回答说:"没有,没有很生气。"

"他们打算怎样处置我呢,亲爱的佩格蒂? 你知道吗?"

"送你去学校,在伦敦附近。"这是佩格蒂的回答。我不得不叫她再说一遍,因为她第一遍说的话全进了我的喉咙了。原因是我忘了把嘴从钥匙孔上移开,把耳朵凑上去了,因此她的话虽然把我的喉咙弄得痒痒的,但并没有听清。

"什么时候呢,佩格蒂?"

"明天。"

"谋得斯通小姐把我的衣服从抽屉里拿出来,就是为了这个吗?"她这样做了,可我忘了提这事了。

"是的,"佩格蒂说,"还有箱子。"

"我能见到我妈吗?"

"能，"佩格蒂说，"明天早上。"

然后，佩格蒂就把嘴紧贴在钥匙孔上，说了下面这番充满感情和诚意的话。我敢说，这是一个钥匙孔作为传话媒介传递过的最为热情、诚恳的话。每一句短短的话，都是从那儿断断续续地进出来的。

"大卫，我的宝贝。要说近几天来，我待你没有像以前那么亲，那可不是因为我不疼你。我还一样疼你的，而是更疼你，我的宝贝。我这样做，是因为我觉得，这样对你更好，对另一个人也更好。我的宝贝，你在听吗？你听得见吗？"

"听——听——听——听得见，佩格蒂！"我呜咽着说。

"我的宝贝，"佩格蒂无限痛苦地说，"我要对你说的是，你永远不要忘记我，因为我也永远不会忘记你。我一定会好好照顾你妈的，大卫，像从前照顾你一样。我决不会丢下她走的。兴许有一天，她会高兴把她可怜的头，又枕在那愚蠢、固执的老佩格蒂的胳臂上的。我会给你写信的，我的宝贝。虽然我没上过学，可我要——我要——"说到这儿，佩格蒂就吻起钥匙孔来，因为她吻不到我。

"谢谢你，我的好佩格蒂，"我说，"哦，谢谢！谢谢你！你肯答应我一件事吗，佩格蒂？你能不能写封信给佩格蒂先生和小艾米莉，还有葛米治太太和汉姆，告诉他们，我并不像别人想的那么坏，说我向他们问好——特别是小艾米莉？求你了，你肯吗，佩格蒂？"

这位好心肠的人答应了，于是我们俩都用最大的热情吻起钥匙孔来——我记得，我还用手拍那钥匙孔，仿佛那就是她那老实人的脸——接着我们便分别了。从那一夜起，我心中对她便产生了一种难以说清的感情。她没有替代我母亲，没有人能替代得了，但是她填补了我内心的一处空白，我的心把她关进里面了。我对她有了一种对别的人从未有过的感情。这也是一种有趣的感情；而要是她死了，我真不知道怎么是好，或者说不知道该怎样来演出降临到我头上的这场悲剧。

第二天早上，谋得斯通小姐照常出现了。她告诉我说，我要进学校去了。这对我来说，已经完全不像她所预料的那样是则新闻了。她还通知我，要我穿好衣服后就下楼，去客厅吃早饭。走进餐厅，我发现我母亲脸色非常苍白，两眼通红，我一下就扑进她怀里，满怀悔恨痛苦之情，恳求她宽恕。

"哦,大卫!"她说,"没想到你竟会伤害我爱的人!你得学好啊,千万要学好!我原谅你。不过我很难过,大卫,你心里竟会有这样不好的感情。"

他们已经说服了她,使她相信我是个坏小子,这比我的远离更使她难受。我感到很伤心。我想要吃下我这顿离别的早餐,可是我的眼泪滴在了抹了奶油的面包上,流进了我的茶里。我看见我母亲有时看看我,随即便看看严密监视着的谋得斯通小姐,然后低下头,或者看往别处。

"科波菲尔少爷的箱子在那儿!"当门前响起车轮声时,谋得斯通小姐说。

我寻找佩格蒂,可是没看到她。她跟谋得斯通先生都没有露面。来到门口的是我的旧相识,上次那个赶车的。箱子提到车子跟前,提到了车上。

"克莱拉!"谋得斯通小姐用警告的口气说。

"放心吧,我亲爱的简,"我母亲说,"再见,大卫。你这一去,是为了你自己好。再见,我的孩子。放假了,你就可以回来。做个好孩子。"

"克莱拉!"谋得斯通小姐又叫了一声。

"我知道,我亲爱的简,"我母亲抱着我回答说,"我原谅你了,我的宝贝孩子。愿上帝保佑你!"

"克莱拉!"谋得斯通小姐又叫了一声。

多谢谋得斯通小姐的好意,把我带到车子跟前,她一边走,一边还规劝我说,希望我早日悔改,别落得个悲惨的下场。跟着我就上了车,那匹懒惰的马,也就拉着车走起来了。

第五章

遭 送 离 家

我们大约走了半英里路,我的小手帕全湿透了,赶车的突然停住了车。我朝窗外张望,想弄清为什么停车。使我吃惊的是,我看到佩格蒂突然从一道树篱中奔了出来,爬到车上。她用双手抱住我,使劲把我搂向自己胸口,直压得我鼻子都疼得厉害,不过当时根本就没有想到这一点,直到后来我才发现我的鼻子疼极了。佩格蒂一句话也没有说。她松开一只胳臂,一直伸进衣服口袋,从里面掏出几纸袋点心,塞进我的口袋,又掏出一个钱包,放到我手里,但是她没说一句话。最后又伸出双臂紧紧搂了我一下,便下了车,跑开了。我相信,一直相信,她的长外衣上一定一颗纽扣也不剩了。我从四处滚开的纽扣中拾起一颗,把它作为纪念品珍藏了很久。

赶车的一直望着我,仿佛是询问我她是否还回来。我摇摇头说,她不会回来了。"那就走吧,嗨!"赶车的对懒马吆喝了一声,马就听命走了起来。

这时,我已经哭得不能再哭了。我开始心里想,反正再哭也没有用。特别是,不管是罗德里克·蓝登,还是那位英国皇家海军的舰长,我记得,他们遇到困难的情况时,从来都不曾哭过。赶车的见我有了这样的决心,就提议把我的小手帕铺在马背上晾干。我谢过他,照着他的话做了。这样一来,小手帕就显得更小了。

我现在有空闲来看那只钱包了。那是个硬皮钱包,有一个揿扣,里面装有三个光亮的先令,佩格蒂显然用白粉把它们擦过了,为的是让我见了更喜欢。但是那里面最珍贵的东西,是用一张纸包在一起的两枚半克朗硬币,纸上有我母亲亲笔写的几个字:"给大卫,并附爱心"。我又被这感动得受不住了,要求赶车的帮我拿回我的小手帕。可是他说,他认为我最好还是别用它,我想我真的最好还是别用,于是我用袖子擦了擦眼睛,停下来不哭了。

我再也不哭了。不过,由于我先前太伤心了,还有余悲,有时禁不住还要剧烈抽泣一通。我们慢吞吞地走了不大一会儿工夫后,我问赶车的,他是否送我走完全程。

"全程到哪儿?"赶车的问道。

"到那儿啊!"我说。

"那儿是哪儿呀?"赶车的问。

"伦敦附近呀。"我说。

"嗨,这匹马,"赶车的抖了抖缰绳,指着那匹马说,"没走上一半路,它就会变得比一摊猪肉还不会动了。"

"那么你只到亚茅斯?"我问道。

"差不多,"赶车的说,"到了亚茅斯,我把你送到公共马车上,公共马车再把你送到——不管什么地方。"

对这位赶车的来说,他说的话可算是够多了(他的名字叫巴基斯)——如同我在前面一章里所说,他是个寡言少语的人,一点也不喜欢多说话——为了对他表示客气,我给了他一块点心。他接过去一口就吞下去了,完全像一头象,他那张大脸也跟象脸一样,吃饼时毫无表情。

"这是她做的?"巴基斯先生问道,他总是无精打采地踩在车踏板上,向前弯着腰,两只胳膊分别放在两只膝盖上。

"你说的是佩格蒂吗,先生?"

"哦!"巴基斯先生说,"是她。"

"是的。我们的点心都是她做的,我们的饭也是她烧的。"

"真的?"巴基斯先生说。

他努起嘴,仿佛要吹口哨的样子,可是他没有吹。他坐在那儿,一直凝视着马耳朵,好像在那儿发现了什么新鲜东西,像这样坐了不少时间,后来才说道:

"没有情人吧,我想?"

"你是说杏仁的吗,巴基斯先生?"因为我以为他想吃点别的,于是点名要杏仁糖,杏仁饼什么的。

"是情人,"巴基斯先生说,"情人,还没有人跟她相好吧?"

"跟佩格蒂?"

"嗯!"他说,"跟她。"

"哦,没有。她从来不曾有过情人。"

"是吗?"巴基斯先生说。

他又努起嘴来,作出要吹口哨的样子,可是又没有吹,而是坐在那儿凝视着马耳朵。

"这么说,"巴基斯先生想了老半天后才说,"所有的苹果饼,所有的饭菜,全是她做的?"

我回答说,事实是这样。

"呃,我有事要对你说,"巴基斯先生说,"你兴许要给她写信吧?"

"我当然要给她写信。"我回答说。

"嗯!"他慢慢地把眼睛转向我,说,"呃!要是你给她写信,大概你不会忘了说,巴基斯愿意;行吗?"

"巴基斯愿意,"我天真地重复了一句,"就这么一句吗?"

"是——的,"他琢磨着说,"是——的。巴基斯愿意。"

"不过,你明天又要去布兰德斯通了,巴基斯先生,"我想到当时我已经离那儿很远,就略微迟疑了一下,说,"你可以亲口跟她讲呀,那不更好吗。"

可是,他摇了摇头,反对我的这一建议,同时非常郑重其事地说:"巴基斯愿意。就是这句话。"以此来重申他先前的要求。这样一来,我也就立即答应代他转达这一口信了。就在那天下午,当我在亚茅斯的旅店里等车时,我要了一张纸和一瓶墨水,给佩格蒂写了一封短信,内容如下:"我亲爱的佩格蒂:我已平安抵此。巴基斯愿意。问我妈好。你的宝贝启。又,巴基斯先生说,他特别要你知道——巴基斯愿意。"

我已答应为巴基斯先生转达这个信息,他就一言不发了。我呢,由于被近来发生的一切事弄得疲惫不堪,就躺在车里的一个口袋上睡着了。我睡得很熟,一直到我们到达亚茅斯才醒来。我们的车子径直驶进一家旅店的院子,我发现这地方完全陌生,因原本暗暗希望能跟佩格蒂先生家的一些人,甚至跟小艾米莉见面的念头,现在只好放弃了。

公共马车已经停在院子里,通体光可照人,但是马还没有套上,看情况,一点也不像要去伦敦的样子。我正在考虑这事,这时巴基斯把我的箱子放在院子里标柱旁的人行道上(他把车赶进院子去掉头),于是,我又想到我的箱子最后该怎么安顿呢;还有我本人,最后该怎么安顿呢。正在这时,有个女人从一个挂着一些家禽和猪肉的凸肚窗里探出头来,问道:

"那位就是从布兰德斯通来的小少爷吗?"

"是的,太太。"我回答说。

"你贵姓?"那个女人问道。

"科波菲尔,太太。"我说。

"那不成,"那女人回答说,"没人为这个名字的客人预付过饭钱。"

"那么是谋得斯通吧,太太?"

"如果你是谋得斯通少爷,"女人说,"那你开始时干吗说另一个姓呀?"

我对那女人解释了其中的原因,她这才摇了摇铃,大声叫道:"威廉!领客人上咖啡室!"立即就有一个侍者,从院子对面的厨房里奔出来接待我。他发现要接待的只有我时,似乎显得大为惊奇。

这是一个长形的大房间,里面挂着几张大地图。要是这些地图真的是外国,而我一个人流落到它们中间,我不知道会不会更感到人地两生。我手里拿着帽子,在最靠近门的一张椅子的角上坐下,自己觉得这样有点失礼;当侍者为我铺上一块台布,往上面放上一套调味瓶时,我想我一定羞得满脸通红了。

侍者给我送来一些排骨和蔬菜。他揭开盖子时这般趾高气扬的样子,我真怕他给得罪了。不过他后来的举止使我大为放心,他为我在桌旁放了一张椅子,并且很客气地说:"请,六英尺的高个儿①,来吧!"

我谢了他,在餐桌旁就了座。可是,我发现自己用起刀叉来极不顺手,一点也不灵活,免不了把肉汁也溅到了身上,这都是因为他一直站在我的对面,瞪眼看着我,弄得我每次遇上他的目光,脸就红得要命。他看到我吃第二块排骨时,就说道:

"你还有半品脱麦酒呢,你现在要喝吗?"

我谢过他,说"要喝"。于是他就拿起酒壶,把麦酒斟进一只大玻璃杯,

---

① 因见大卫是个小孩,这是侍者对他的戏称。

然后迎着亮光举起酒杯,使得它显得很好看。

"哎呀,"他说,"好像很多呢,是不是?"

"的确很多。"我笑着回答说。我发现他这人很有趣,心里很高兴。他眼睛直眨巴,脸上长满粉刺,满头的头发竖着,站在那儿,一只手叉着腰,另一只手迎着亮光举着杯子,看上去态度十分友好。

"昨天我们这儿来了一位先生,"他说道,"他长得又胖又壮,名叫陶普索耶——你也许认识他吧?"

"不认识,"我说,"我想我不——"

"他穿着马裤,裹着绑腿,戴顶宽边帽,披件灰外套,围着一条有花点子的领巾。"侍者说。

"不认识,"我难为情地说,"我还无缘——"

"他来到这儿,"那侍者看着透过杯子的亮光说,"点了一杯这种麦酒——我劝他别点——可他偏要点——喝了下去,就倒地死了。这酒太陈了,他受不了。本来是不该倒给他喝的。这是真事。"

听了这个悲惨的故事,我不禁大吃一惊,于是说,我想我最好还是喝点水吧。

"哦,你要知道,"那侍者依然看着透过杯子的亮光,闭起一只眼睛说,"我们这儿的人可不喜欢点了东西又剩下来。这会让他们生气的。不过,要是你同意,我倒可以代你喝掉。我已经喝惯了,喝惯就没什么了。要是我仰起头来,一口气喝下去,我想我决不会出事。你要我代喝吗?"

我回答说,要是他认为他喝下去安全的话,那就劳他代我喝下去,不过如果不是这样的话,那就千万别喝。当他果真仰起头来一饮而尽时,我得承认,我很害怕,怕看到他会遭到陶普索耶先生的悲惨命运,一头倒在地毯上死去。可是,那酒于他丝毫无害。恰恰相反,我觉得他喝了之后更加精神了。

"我们吃的这是什么呀?"他一面说,一面拿起一把叉子伸进我的盘子,"不是排骨吧?"

"是排骨。"我说。

"哎呀,我的天!"他大叫起来,"我还不知道是排骨呢。嗨,排骨正好是解那种酒毒的好东西! 这不是很走运吗?"

于是他一只手抓起一块排骨,一只手抓起一个土豆,津津有味地大嚼起来,我看着觉得非常有趣。接着他又抓了一块排骨,一个土豆,随后又是一块排骨,一个土豆。吃完以后,他给我端来了一客布丁。他把布丁放在我面前,跟着似乎就沉思默想起来,有一会儿变得心不在焉。

"这饼怎么样?"他如梦方醒似的问道。

"这是布丁。"我回答说。

"布丁!"他叫了起来,"哎呀,我的天,真是布丁!嗨!"他往前走近,看着布丁说,"你说的不会是蛋奶布丁吧?"

"是的,是蛋奶布丁。"

"嗨,是蛋奶布丁,"他拿起一把汤匙说,"是我最爱吃的布丁!瞧,运气多好!来,小家伙,让我们来比试一下,看谁吃得多。"

侍者当然比我吃得多。他不止一次要我加把劲赢他,可是他用的是汤匙,我用的是茶匙,他吃得快,我吃得慢,他胃口大,我胃口小,打从第一口起,我就远远落后,根本就没有可能赢他。我想,我从没见过,有人吃布丁吃得这么津津有味的。布丁全都吃完后,他还大笑起来,好像那吃布丁的乐趣,依然留在他心中一般。

我发现他这般友好、和气,于是便向他要笔、墨水和纸张,给佩格蒂写信。他不但立刻就拿来,在我写信的时候,还承他的好意看着我写。等我写完,他问我要去哪儿上学。

我说:"伦敦附近。"我只知道这一点。

"哦,我的天!"他露出一脸丧气的样子说,"我真为你担心。"

"为什么?"我问道。

"唉,天哪!"他摇着头说,"那是所弄断一个孩子肋骨的学校——弄断两根肋骨——他还是个孩子,我得说他还——我问你——你多大啦?大约几岁?"

我告诉他,我八岁多,还不到九岁。

"他就是你这个年纪,"他说,"他们弄断他第一根肋骨时,他才八岁零六个月;八岁零八个月时,他们又弄断了他第二根肋骨,就这样毁了他。"

这真是一个巧合,听了使我感到很不安,对自己、对侍者都无法掩饰这一点。于是我就问他是怎么弄断的。他的回答并没有让我宽心,因为他的答话只有两个让人胆战心惊的字:"打的。"

院子里公共马车的喇叭响了,这岔打得正是时候。于是我就站起身来;因为我有个钱包(我已从口袋中掏出),觉得很得意,但又有点不好意思,便犹犹豫豫地问他,是不是有什么账该付的。

"有张信纸,"他回答说,"你买过一张信纸吗?"

我记不起我买过。

"信纸很贵的,"他说,"因为要缴税。得三便士。在本地,我们就是这样缴税的。还有侍者的小账,别的就没有了。墨水你就别管了,由我贴上吧。"

"请问,你得——我得——我该付多少——我该付侍者多少才合适呢?"我结结巴巴地问道,脸都红了。

"要不是我有一大堆儿女,而那班儿女又生牛痘,"侍者说,"我决不会要六便士。要不是我得供养年老的父母,还有一个可爱的妹妹,"——说到这儿,侍者大大激动起来——"我一分钱也不会要。要是我有个好职位,在这儿有个好待遇,我不但不要你的钱,还要送你一点什么呢。可是我吃的是剩菜剩饭,睡的是煤堆——"说到这儿,侍者一下哭了起来。

对于他的不幸,我非常同情,觉得给他的钱如果少于九便士,那我就太残忍,太狠心了。因此,我就把我那三个亮晶晶的先令给了他一个。他非常谦卑恭敬地收下了,随即便用大拇指把它往上空一弹,然后接住,以试真假。

当人们帮我登上公共马车的后部时,发现人们都以为是我独自一人吃下了所有饭菜,这让我感到有点难堪。我所以发现这一点,是因为我无意中听到凸肚窗里那位太太对管车人说:"乔治,那孩子你可得多照应点儿,要不,他的肚子会爆开的!"我还看到旅店里里外外的一些女仆都跑出来看我,笑我是个小怪物。我那位不幸的朋友,那个侍者,现在已经完全恢复常态,并没有因此显得不安,而是一点也不难为情地跟着她们一起取笑我。如果说我对他产生一点疑心的话,我想多半也是他的这种表现引起的。不过孩子的头脑比较单纯,对人容易信任,总认为比他年纪大的人天生可靠(看到孩子的这种天性过早地变成世故,我感到惋惜),所以,即使在当时,我也没有对他真正怀疑过。

我无端成了马车夫和管车人的嘲笑对象,他们说马车的后部过重,是因为我坐在那儿的缘故,还说我还是坐运货的四轮马车旅行比较合适,我得承认,这使我感到非常难堪。有关我饭量大的事,迅速风传到车子里里外外的乘客中间,他们也拿我寻起开心来,问我进学校是否要按两人或三人交饭费;是不是要专门订约,还是照常规办事;还问了其他一些令人愉快的问题。不过最糟糕的是,我知道,再有机会吃东西时,我就不好意思吃了;而中饭时,又吃得相当少,这一来,就得整夜挨饿了——因为匆忙中,我把点心都丢在那家旅店里了。我担心的事,果然出现。等我们停车吃晚饭时,虽然我很想吃,但怎么也鼓不起勇气来吃任何东西,只好坐在炉子旁,说我什么也不想吃。但这也没能让我免除更多的嘲笑;一位声音沙哑、脸面粗糙的先生,虽然他自己除了老是就着瓶子喝酒外,一路上几乎不断从一只三夹板箱里拿东西吃,可他却说我像条蟒蛇,吃足一顿,就可维持很长时间。说完这话后,跟着就又吃了不少煮牛肉,吃得都发起风疹来了。

我们是下午三点从亚茅斯出发的,预定在第二天早上八点钟左右到达伦敦。那时正是仲夏季节,傍晚时气候宜人,非常适意。我们从一个村庄经过时,我的脑子里就揣想那些屋子里的情景,里面的人们在做些什么;这时,有几个孩子跟着我们的车子跑,还攀在车后,吊了一小段路,我真想知道他们的父亲是否还活着,他们在家里是不是快乐。因此,我的脑子里,除了不断想到我正在去那个地方外——这事想起来让人害怕——我有很多事要想。我记得,有时候我老是想到家里和佩格蒂;而且还胡思乱想、茫无头绪地竭力想回忆起,我在咬谋得斯通先生以前,心情如何,是个怎么样的孩子。可是我想来想去,怎么也不能使自己满意,因为咬他的事,好像是发生在十分遥远的古代似的。

夜里已不像傍晚时那么舒适,因为天气变冷了。为了防止我从马车上跌下去,我被安排在两位先生中间(在那位脸面粗糙的先生和另一位先生之间)。他们都睡着了,把我完全夹住,挤得我几乎被他们闷死。有时,他们把我挤得那么厉害,我不得不大叫起来:"哦,对不起,别挤了!"结果惹得他们很不开心,因为我把他们给吵醒了。坐在我对面的是一个上了年纪的太太,她穿着一件很大的毛皮斗篷,她裹得那么严严实实,黑暗中看去已不像位太太,倒像是个干草堆。这位太太带了一只篮子,有好半天不知道怎么放才好,后来她发现我的腿短,就把它塞到我的下面。那篮子挤得我伸不开脚,还刮得我好疼;可要是我稍微一动,就会使篮子里的一只玻璃杯,跟别的东西碰得丁当响(这是必定的),这时她就会用脚使劲地踢我,口里还说:"嘿,你给我别乱动。我敢断定,你的骨头还嫩着呢!"

后来,太阳终于出来了。这时同车的人好像睡得舒服些了。整夜工夫,他们没命地喘气,打鼾,几乎像活不下去的样子,可怕得让人无法想象。太阳升得越高,他们睡得也没有那么沉了,于是,渐渐地一个个都醒了。可是当时,他们每个人都推说自己根本没有睡着,谁要是说他睡了,他就非常生气,加以否认。我记得,这事使我感到十分诧异。直到今天,我仍对此同样觉得大惑不解,因为根据我不断的观察,发现在人类的所有弱点中,最大的弱点是普遍不肯承认在公共马车里睡过觉(我想不出这是为什么)。

当我远远地望见伦敦时,觉得这是个多么令人惊奇的地方。我也相信,我所喜爱的所有那些角色,都会接二连三不断地在那儿演出他们的种种冒险奇遇;我脑子里不知怎么还迷迷糊糊地断定,伦敦比起世界上任何城市来,有更多的奇迹,更多的罪恶。凡此种种,我就不必在这儿多加叙说了。我们渐渐地驶近伦敦,按时抵达我们预定的目的地白教堂区①的这家旅店。我记不清它叫蓝牛还是蓝猪了,不过我记得它叫蓝什么的,公共马车的后背就绘有它的图像。

管车人下车时,目光正好落在我的身上,于是便对着账房门口大声问道:

"这儿有人等着接一个小孩的吗? 他是从萨福克的布兰德斯通来的,登记的名字叫谋得斯通。有人来接没有?"

没有人回答。

"请你再用科波菲尔的名字问问看,先生。"我无可奈何地站在车上朝下面望着说。

"这儿有人等着接一个小孩的吗? 他是从萨福克的布兰德斯通来的,登记的名字叫谋得斯通,不过他自己说叫科波菲尔。有人来接没有?"管车人大声问道,"喂! 有人来接没有?"

没有。没有人回答。我焦急地朝四下里打量着。但是,他的问话没有

---

① 伦敦东部的贫民区。

引起周围那些人的任何反应，只有一个裹着绑腿、瞎了一只眼的男人除外。那人提议说，他们最好在我脖子上套上一个铜圈，然后把我拴在马棚里。

有人拿来了梯子，我随着那个干草堆似的女人下了车，因为在她的篮子拿开之前，我一动也不敢动。这时，车里的乘客全都下了车，车上的行李也都很快卸清了。马匹则在卸行李前就先卸下牵走。空马车就由旅店里的几个马夫，前拉后推的，弄到不挡路的地方去了。可是直到这时候，仍然不见有人来接从萨福克的布兰德斯通来的这个风尘仆仆的小孩。

当时，我真比鲁滨孙还要孤单，因为他虽然也孤单，但没有人看着他，没有人知道他孤单。我于是走进账房，当班的管事邀我进去，我便走到柜台里面，在称行李的磅秤上坐了下来。我坐在那儿，望着那些大大小小的包裹，还有账册，闻着马棚的气味（从此，这气味就跟那天早上的事联系在一起了），一连串最严重的忧虑开始接踵而来。要是一直没人来接我，他们会让我在这儿待多久呢？他们会让我待到我用完七先令吗？晚上我是不是得跟这些行李在一起，躺在一只木箱子里过夜？早晨我是不是得在院子里的抽水唧筒旁洗脸？还是每天把我赶出门外，第二天账房开门再让我进来，直到有人来把我接走？要是这件事并不是有人出错，而是谋得斯通先生为了除掉我设下的计策，那我该怎么办？即使他们让我待在这儿，直到我的七先令用完，可是当我开始挨饿时，那就不能指望继续待在这儿了。那样一来，显然会使别的顾客感到不便和不快，除此以外，还会连累这家蓝什么旅店，让它冒支付一笔丧葬费的危险呢。要是我立刻动身，想法走回家去，那我怎么能找到回家的路，怎么能指望走那么远呢？而且即使回到家里，我怎么能保证，除了佩格蒂外，别人会收留我呢？如果我找到最近的招兵站，志愿当个步兵或者水兵，可是像我这样小的年纪，他们十之八九是不会要我的。这种种想法，还有上百个诸如此类的念头，使我既担心，又害怕，弄得我燥热如焚，头昏眼花。正当我焦急到极点时，突然进来一人，跟当班的管事轻轻说了几句，管事立刻把我从磅秤上拉起来，推到那人面前，仿佛我已经过了磅，被买走，付过钱，当作货物交出一样。

当这个新相识牵着我的手，走出账房时，我偷偷朝他看了一眼。他是个面黄肌瘦的青年人，双颊深陷，下巴几乎跟谋得斯通先生一样，也是黑黝黝的；不过他们的相似之处仅此而已，因为他的胡子是剃掉的，头发也不光滑润泽,而是一副锈色,干巴巴的。他身穿一套黑色衣裤,也已褪成锈色,干巴巴的;袖子和裤管都很短,脖子上系着一条白领巾,也不太干净。我当时并不认为(现在也如此),这条领巾是他身上唯一的亚麻布,不过露出来的,或者说能让人看到一点的,就是这么一样东西了①。

"你是新来的学生吧?"他问。

"是的,先生。"我回答。

我只是自认为是的,其实并不知道。

"我是萨伦学校的教师。"他说。

我听了这话,肃然起敬,朝他深深鞠了一个躬。对于这样一位萨伦学校的学者和老师,我不好意思提起像我的箱子这类平常的琐事。直到我们离开旅店院子,走出一小段路后,我才大着胆子提到箱子的事。在我低声下气地拐弯抹角暗示说,那只箱子以后也许我还用得着后,我们就又返回旅店。他对账房里的管事说,我的箱子中午时再派脚夫来取。

"请问,先生,"当我们走到原先那么远时,我问道,"学校远吗?"

"在布莱克希斯附近。"他说。

"那地方远吗,先生?"我胆怯地问。

"有好些路呢,"他回答说,"我们得乘公共马车去。大约有六英里。"

我已经累得浑身无力了,想到还得走六英里的路程,实在受不住了。于是便大着胆子告诉他说,我已经一整夜没有吃过东西了,要是他准许我买点什么充饥,那我就太感激他了。他听了我的话,显得很吃惊——我现在好像还看见他停下来望着我的样子——跟着想了想说,他要去看望一位老太太,她就住在离这儿不远的地方,我最好买点面包,或者不管什么我爱吃又有益健康的东西,带到她家去吃,在那儿还可以弄到一些牛奶。

于是我们就往一家面包店的窗口里张望。我提了一连串的建议,想买店里那一样样会消耗胆汁的东西,可是他都一一加以反对,最后我们决定买了一个小小的挺不错的黑面包,只花了我三便士。跟着又在一家食品店里买了一个鸡蛋和一片五花咸肉。我拿出了第二个发亮的先令,而找回来的

---

① 在英语里,"亚麻布"一词可作"衬衣"解,因当时衬衣一般均为亚麻布所制,此处暗示未见此人穿有衬衣。

钱,我觉得还是很多,因此我认为伦敦这地方,东西很便宜。收起这些食品后,我们就朝前走去。一路上车马喧嚣,人声嘈杂,弄得我那本已疲乏不堪的头脑更加头昏脑涨,无法言喻了。后来我们又过了一座桥,毫无疑问,这就是伦敦桥①了(我想这一定是他告诉我的,而我当时正半醒半睡着)。最后,我们终于来到一户穷苦人家的门口。这是某个救济院的一部分,看房子的外表我就知道,还有大门上的石刻,上面说,这些房子是为收容二十五个穷苦妇女而建造的。

这座房子有一排一模一样的小黑门,门的一边都有一个菱形窗玻璃的小窗,门的顶上也有一个菱形窗玻璃的小窗。萨伦学校的老师走到其中的一扇门前,拉开了门栓,我们就走进了其中一个贫苦老妇住的小屋。那位老人正在吹火,要把一只小汤锅里的东西煮沸。她看见老师进来,就停下不吹了,把吹火筒放在膝盖上,叫了一声什么,我听起来好像是"我的小查理!"可是看到进来的还有我,就站起身来,搓着手,有点慌乱地行了一个半屈膝礼。

"请你为这位年轻的先生热一热早饭,可以吗?"萨伦学校的老师说。

"可不可以?"那老妇人说,"可以,我当然可以啦!"

"费比逊太太今天怎么样?"老师看着火炉旁一张大椅子上的另一个老妇问道,她的身上竟裹了那么一大堆衣服,当时我没有错把她当成一堆东西,坐到她的身上,直到现在,我还觉得是件幸运的事呢。

"哦,不好,"头一位老妇回答说,"今天她的身体很不好。要是炉子里的火万一灭了,不管出了什么岔子,那我相信,她也就完了,再也活不过来啦。"

由于他们俩都看着她,我也跟着朝她看。虽然那天天气暖和,她好像什么也不想,只想烤火。我当时心里想,她恐怕连火炉上的那只小汤锅也妒忌;我深信不疑,她看到火炉硬要用来为我煮鸡蛋,烤咸肉,她大为恼火。因为当这种烹调工作正在进行,在别人未加注意时,我的困惑不安的眼睛,亲眼看到,她曾朝我挥了挥她的拳头。阳光透过小窗,照进小屋,她把自己的身体和大椅子的后背冲着阳光,坐在那儿,挡住炉火,用极不信任的态度看

---

① 此处指的是旧伦敦桥,该桥已于 1832 年拆除。

着它,仿佛是她在孜孜不倦地保持着炉火的温暖,而不是炉火在保持着她的温暖。直到我的早饭热好了,炉火空出来了,才使她大为高兴,居然还大声笑了起来——我得说,她的那一声笑声,真是难听极了。

我坐下来吃我那个黑面包,那只鸡蛋和那片咸肉,除此之外还有一盆牛奶;这顿早饭的味道真是好极了。我还在津津有味地大嚼特嚼时,这家的老妇对老师说:

"你的笛子带在身边吗?"

"带了。"他回答说。

"吹一支吧,"老妇好言好语地劝说道,"一定得吹!"

经她这么一说,老师伸手从外套的衣襟下,掏出分成三截的笛子。他把三截拧在一起,跟着就吹了起来。经过多年的衡量,我的印象是,在这个世界上,再也没有人比他吹得更糟的了。在所有我听到的声音中,不管是天然的还是人工发出的,要数他吹出的声音最为凄凉。我不知道他吹的是什么曲子——他吹奏的这种东西是否有曲子,我很怀疑——不过那吹奏声对我可有了影响:首先,听了使我想起了我的所有伤心事,直到我忍不住掉下泪来;其次是弄得我完全倒了胃口;最后是使得我瞌睡难当,怎么也睁不开我的眼睛。我现在回忆起当时的情景来,依然记忆犹新,我的眼睛又会渐渐闭上,头也会开始点起来。那个小房间,房间里那只敞开的三角柜,几张方背椅子,通往楼上房间的尖角形小楼梯,还有装饰在壁炉台上的那三支孔雀翎——我记得,当时我刚一进门时,心里就想,要是那只孔雀知道,它美丽的羽毛竟会注定落得这样一个结局,不知它会有什么感想——全都从我的眼前消失了。我点着头,睡着了。笛声听不见了,听到的却是马车的车轮声,我又上路了。车一颠,把我从睡梦中惊醒了,耳边又传来笛子声,萨伦学校的老师正架着腿坐在那儿,令人伤心地呜呜咽咽吹着笛子,那个老妇人脸上带着笑容,在一旁听着。接着,轮到她消失了,老师也消失了,一切都消失了,没有笛声,没有老师,没有萨伦学校,没有大卫·科波菲尔,什么都没有了,只有沉沉的酣睡。

我当时觉得,我梦见老师在吹这凄惨的笛子时,那个老妇人带着如醉如痴的赞赏之情,缓缓走近他的身边,俯在他的椅背上,亲热地搂住他的脖子,使得他停吹了一会。不知是当时,还是紧接着之后,我正处于半睡半醒状态;因为,在他恢复吹奏时——他停吹过一会完全是事实——我看到也听到那老妇人问费比逊太太美不美(她指的是笛声),费比逊太太回答说:"嗯,嗯!美!"一面对着炉火直点头。我现在还认为,她把全部演奏的成就,都归功于炉火了。

我好像打了很久的盹,醒来时,只见萨伦学校的老师把笛子拆成三截,照原先那样收起,然后就带我离开了。我们发现公共马车就停在附近,于是我们上了车顶。可是,由于我实在困极了,所以当马车在途中停下来上客时,人们把我弄进车厢,这儿没有乘客,我得以好好地在里面睡了一觉,直到发现马车在绿荫丛中缓缓地驶上陡峭的小山。不多一会,车停了下来,原来我们已经到达目的地了。

我们——我是说老师跟我——只走了一小段路,就到了萨伦学校。学校的四周围着砖砌的高墙,看上去非常沉闷。正面的墙上开有一扇门,门上有一块牌子,牌上有萨伦学校的字样。我们拉了拉门铃,门上的格栅后面露出一张阴沉的脸,朝我们看了看;门开了,我发现刚才露脸的人,身材粗壮,脖子粗短,太阳穴突出,头发剃得光光的,装着一条木头假腿。

"这是个新生。"老师说。

装木头假腿的人把我上下打量了一番——不用花多大的工夫,因为我没有多少可看的——我们一进去,他就锁上门,拔出钥匙。我们正朝一座浓密树荫中的屋子走去时,他又对带我来的老师喊道:

"喂!"

我们回头一看,只见他站在他住的那间小屋门口,手里拎着一双靴子。

"呃,"他说,"梅尔先生,你出去时,补鞋匠来过了,他说这靴子没法再补了。他说,这双靴子上原来的皮已经一点也没有了。他还说,他真不明白,你怎么还想补起来穿它。"

说完这话,他就把靴子朝梅尔先生扔了过来;梅尔先生往回走了几步,拾起靴子;当我们一起继续朝前走时,他打量着拾起的靴子(我看他好像很伤心似的)。这时,我才第一次注意到,他脚上穿的那双靴子,破得更加不成样子了;而且他的袜子,也有一个地方,像花蕾似的绽开了。

萨伦学校是一座砖砌的方形建筑,两边带有厢房,外表看上去光秃秃的,没有什么装饰。屋子里到处静悄悄的,于是我就问梅尔先生,是不是学生都出去了。可是,他听了似乎觉得很奇怪,我竟会不知道现在正是假期,所有的学生全都放假回家了,校长克里克尔先生也带着太太、小姐,到海滨度假去了,我所以在假期被送来,是因为我犯了错,以此作为对我的惩罚。所有这一切,都是我们一起走时,他讲给我听的。

我看了看他领我进来的教室,这儿可算是我所见过的最冷清、最荒凉的地方了。我现在还记得。一个长方形的房间,里面有三长排课桌,六排长凳,墙上像猪鬃似的钉满挂帽子和挂石板的钉子。肮脏的地板上满是旧笔记本和旧练习册的碎片。几只用这种纸做的养蚕的小盒子,乱丢在课桌上。两只被它们的主人扔下的可怜小白鼠,在纸板和铁丝做的发出霉臭的笼子里来回跑着,用它们发红的眼睛朝各个角落里张望,想找点什么吃的东西。一只鸟儿,关在一只比它大不了多少的笼子里,不时跳上两英寸高的栖木,随之又跌下,发出凄惨的噼啪声,既不歌唱,也不鸣叫。屋子里一股不卫生的怪味,像发霉的灯芯绒裤子、放在不通气地方的甜苹果和腐烂的书籍。屋子里还到处都是墨水迹。即使这屋子从建起来那天起就没有屋顶,一年四季天上下的都是墨水雨、墨水雪、墨水冰雹,刮的都是墨水风,屋子里也不会洒有这么多的墨水。

梅尔先生丢下我,拎着自己那双没法再补的靴子上楼去了,我蹑手蹑脚地走向教室的另一头。我边走边看着这一切。突然,我发现课桌上放着一块纸板做的告示牌,上面整整齐齐地写着下面几个字:"当心。他咬人。"

我连忙爬到桌子上,害怕桌子底下至少有一条大狗。可是,我虽然焦虑地四处察看,却哪儿也没有看到狗。我还在到处张望时,梅尔先生回来了,他问我为什么爬到桌子上。

"请您原谅,老师,"我说,"对不起,我在找那条狗。"

"狗?"他说,"什么狗?"

"那不是狗吗,老师?"

"什么不是狗?"

"那要人当心的;那咬人的。"

"不,科波菲尔,"他心情沉重地说,"那不是狗,是个学生。我奉命把这个牌子挂在你的背上,科波菲尔。一开始就这样来对待你,我很难过。可是我不能不这样做。"

说完这话，他把我从桌子上扶了下来，然后把牌子像个背包似的系在我的肩上(那牌子是特意为我做的，做得还真平整服帖)，此后无论我走到哪里，我都得背着这个牌子。

就因为背着这个牌子，我受了多少苦，这是没有人能想象出来的。不管有没有人看见我，我总觉得有人在念牌子上的那几个字。即使掉过头去，不见后面有人，也不能让我放心。因为不管我把背朝向哪儿，总觉得背后有人。那个装有木头假腿的狠心家伙，更增加了我的痛苦。因为他大权在握。他只要一看到我背靠树干、墙壁或者房子，他就从他那间小屋门口，用他的大嗓门大声喊道："喂，你呀，你这个科波菲尔，快把你那块牌子露出来，要不我就去告发你！"运动场是个铺着石子的空院子，紧靠学校和厨房的背后；因此我知道，仆人、肉贩子、面包师傅，都会看到我这块牌子。总之，每天早晨，当我奉命在那儿散步时，所有在这个学校里来来往往的人，都会看到我这块牌子，都知道得当心我，因为我会咬人。我记得，我真的渐渐怕起我自己来了，把自己当成是个真会咬人的野孩子。

这个运动场有扇旧门，学生们有一种在这个门上刻自己名字的习惯。因而门上布满了这样的名字。我害怕假期结束，他们回来。因此，我每念到一个人的名字，心里免不了要想象，他会用什么语调、什么口气来念出"当心，他咬人"这几个字呢。有个男孩，名叫詹·斯蒂福思，他的名字刻得很深，也很多，我认为他会用相当响亮的声音来念牌子上的字的，念完后还会扯我的头发。另外还有一个男孩，他的名字叫汤米·特雷德尔。我怕他会拿牌上的字来开玩笑，假装成非常怕我。第三个是乔治·丹普尔，这个人照我的想象，他会把牌上的字唱出来。我，一个畏畏缩缩的小东西，从这扇门上已经看到，所有这些名字的主人——梅尔先生说，当时学校里共有四十五名学生——似乎都会一致表示不理睬我，都会用各自的腔调大嚷："当心，他咬人！"

对着课桌和长凳上的座位，我心里也是这样想。当我去就寝和躺在床上时，瞥见那些成排林立的空床，我心里想的也是如此。我记得，我天天晚上都做梦，梦见我母亲跟往常一样，和我在一起，或者去佩格蒂先生家赴会；要不就梦见坐在公共马车的车顶上外出旅行，或者是跟我那个不幸的侍者朋友一起吃饭；在所有这些场合，我都引起人们的惊叫和注视，因为我不幸被他们发现,身上没有别的,只有一件小睡衫和那块大牌子。

我一方面感到生活单调,但又时时刻刻害怕开学,这份苦恼真让人受不了!我每天得花很长时间跟着梅尔先生做很多功课,不过我都一一完成了,而且由于没有谋得斯通先生和谋得斯通小姐在场,各门功课都得以通过,没有让我丢脸。在做功课前后,我可以到处走走——不过,像我前面说过的那样,那个装木头假腿的人总是监视着我。学校里的潮湿,院子里长满青苔的裂开的石板,一只漏水的旧木桶,还有几棵模样狰狞的老树,树干已失去本色,好像下雨天会比别的树滴水多,而大晴天则比别的树蒸发少。所有这一切,我直到现在回忆起来,依然历历在目。一点钟时,梅尔先生和我两人在一间空荡荡的长餐厅的尽头吃饭,屋子里摆满松木桌子,发出一股油腥气味。吃完饭,又做功课,一直做到吃茶点的时候。喝茶时,梅尔先生用的是一只蓝茶杯,我用的是一个锡盅。一整天,直到晚上七八点钟,梅尔先生都伏在教室里自己那张独立的书桌上,辛勤工作,一刻不停地跟笔、墨水、尺、账簿、书写纸打交道,把上半年的账目一笔一笔地结算出来(据我发现)。晚上做完工作,收拾好东西后,他就拿出笛子来呜呜地吹,一直吹到几乎使我感到,他渐渐把自己整个人吹进笛子顶端的那个大孔,然后又从那些按键里慢慢地冒了出来。

我眼前出现了这样一幅图景,一个一丁点儿大的小孩,手扶着头,坐在灯光昏暗的房间里,一面听着梅尔先生那凄楚的笛声,一面钻研着第二天的功课。我看到自己合上书本,继续听着梅尔先生那凄楚的笛声;从那笛声中,我听到了在家里常听到的声音,也听到了亚茅斯海滩上的风声,我感到非常孤寂,非常悲伤。接着我看到自己起身到那空无一人的房间里去睡觉,我坐在床沿,渴望能听到佩格蒂一句安慰我的话。我还看到,我早上下楼时,从楼梯窗子一道可怕的长口子里,看到悬挂在外屋顶上的那口校钟,上面还有一个风标,我生怕那钟会响起来,把詹·斯蒂福思和别的学生都叫来上课。这还在其次。我最怕的是,那个装了木头假腿的人,打开那扇生锈的大门上的锁,让可怕的克里克尔先生进来。在上面所说的任何一个场合中,我都不能想象我是一个很危险的人物,可是在所有这些场合中,我背上都得背着那个警告人的牌子。

梅尔先生从不跟我多说话,不过他从来没有对我凶过。我认为,我们俩是相对无言的伴侣。有一件事,我忘了说了,他有时会自言自语,咧嘴大笑,还会握起拳头,咬牙切齿,扯自己的头发,让人莫名其妙。不过他确实有这类怪样子。开始时,我看到很害怕,不过很快我也就习惯了。

第六章

相 识 增 多

这样的生活我过了一个月左右，那个装着木头假腿的人，开始拿着一个拖把，提着一桶水，一瘸一拐地到处走动了。我凭这一点推断，他这是在为克里克尔先生和同学们回校做准备了。我的推测没有错，因为没过多久，拖把就光顾到教室里，把梅尔先生和我赶出来了。有好几天，我们俩哪儿能待就在哪儿，能将就着怎么过就怎么过。这时，我们还经常遇见两三个以前很少露面的年轻女人，她们总嫌我们妨碍了她们。我们成天生活在飞扬的尘土中，弄得我老打喷嚏，好像萨伦学校是个大鼻烟壶似的。

一天，梅尔先生告诉我说，克里克尔先生当天就要回来了。晚上，吃过茶点以后，我又听说他已经回来了。睡觉前，木腿人奉命带我去见他。

克里克尔先生住家的那部分房子，要比我们的这一部分舒适多了，他屋外还有一个幽静的小花园。看了我们的尘土飞扬的运动场，再看到他的花园，真让人心旷神怡。我们的运动场简直是一小片沙漠，我想除了双峰或单峰的骆驼之外，谁在那儿都不会感到舒适的。我去见克里克尔先生时，一路上直打哆嗦，就连感到那条过道显得很舒适，自己也觉得是件胆大妄为的事。我给带进去时，由于过于局促不安，几乎都没看见克里克尔太太和克里克尔小姐（她们母女俩也在客厅里）。除了克里克尔先生，我什么也看不见了。克里克尔先生身材肥胖，身上挂着一串表链和纹章，坐在一张扶手椅里，旁边放着一个瓶子和一只玻璃杯。

"哦！"克里克尔先生说，"这就是那位得锉掉牙齿的小先生！把他转过身来！"

木腿人把我转了个身,让克里克尔先生能看到我背上的木牌;让他看个够之后,又把我转了回来,要我面对克里克尔先生,自己则站在他的一旁。克里克尔先生满脸通红,眼睛很小,凹得很深,脑门上青筋毕露,小鼻子,大下巴。头顶已秃,只剩下稀稀拉拉的几根头发,刚刚变白,看上去像是湿漉漉的,从两鬓相对梳过,在前额上交叉会合。不过他给我印象最深的是,他的嗓子沙哑,说起话来声音很低。这一来,害得他说话很费劲,或者是他自己觉得说话提不起劲,从而使他那张本已愤怒的脸更加愤怒,本已粗大的青筋更加粗大。现在回想起来,怪不得觉得这是他最大的特点了。

"嗯,"克里克尔先生说,"关于这个小孩,有什么要报告的吗?"

"还不曾发现他有什么错,"装有木头假腿的人回答说,"他还没有机会呢。"

我觉得克里克尔先生感到很失望。不过我看克里克尔太太和克里克尔小姐(我这会儿才第一次看到她们,她们俩都很瘦,也很文静)并没有失望。

"过来,先生!"克里克尔先生说着朝我招手。

"过来!"木腿人也照他那样打着手势说。

"我有幸跟你继父认识,"克里克尔先生揪着我的耳朵低声说,"他是个了不起的人,意志很坚强。他了解我,我也了解他。你了解我吗? 嘿?"克里克尔先生一面说,一面恶作剧地狠狠拧我的耳朵。

"还没有,校长。"我回答说,痛得直往后缩。

"还没有? 嘿?"克里克尔先生照着说了一遍,"不过你很快就会了解的。嘿?"

"你很快就会了解的。嘿?"装有木头假腿的人也照着说了一遍。我后来才明白,因为他嗓门大,所以当克里克尔先生对学生训话时,他总是当他的传话人。

我当时吓坏了,就说,我希望会这样。在这段时间里,我的耳朵一直像火烧似的;他拧得太狠了。

"我得告诉你,我是个什么人,"克里克尔先生低声说,终于把我的耳朵放开了,可最后那一拧,直痛得我涌出了泪水,"我是一个鞑靼①。"

---

① 过去对中亚北部各游牧民族的统称,后经转义,有"野蛮人""凶恶的人"之意。

"一个鞑靼。"木腿人说。

"我说要干一件事,我就一定会去干它,"克里克尔先生说,"我说要干成一件事,我就一定要它干成。"

"——要干成一件事,我就一定要它干成。"木腿人重复说。

"我是个说一不二的人,"克里克尔先生说,"是的,我就是这样的人。我要尽我的责任。这就是我要做的。哪怕是我自己的亲骨肉,"说到这里,他朝克里克尔太太看了看,"要是他不听我的,那就不是我的亲骨肉,我就把他撵走。那个浑蛋,"他问木腿人说,"又来过吗?"

"没有。"木腿人回答。

"没有,"克里克尔先生说,"他现在明白一点了,了解我的为人了。叫他离得远一点,我说,叫他离得远一点,"说着,克里克尔先生使劲拍了一下桌子,眼睛看着克里克尔太太,"他总算了解我了,这会儿你大概也有点了解我了吧,我的年轻朋友?你可以走啦。把他带走。"

我很高兴他打发我离开,因为克里克尔太太和克里克尔小姐,两人都在擦眼泪,我就像为自己一样,为她们感到难过。不过我心中还有一项请求,这事对我的关系太大了,我不能不提出来,尽管我说不准自己有没有这份勇气。

"要是你许可的话,校长——"

克里克尔先生低声问道:"嘿!什么事?"两眼直盯着我,好像要把我烧化了似的。

"要是你许可的话,校长,"我结结巴巴地说,"我做了那件错事,心里的确很后悔,校长,你要是允许的话,在同学们回来之前,我是不是可以先取下背上的这块牌子——"

我不知道克里克尔先生是真要那么做呢,还是仅仅为了吓唬我,他听了我的话后,一下子从座位上跳了起来。我吓得连连后退,不等木腿人陪伴,就一刻不停地跑回自己的寝室,看看没人追我,我便上了床,因为已到就寝的时候了。我躺在床上,整整哆嗦了两个来小时。

第二天早上,夏普先生回来了,他是一级教师,地位在梅尔先生之上。梅尔先生跟学生一起吃饭,而夏普先生中饭和晚饭都跟克里克尔先生同桌进餐。我觉得,夏普先生身体虚弱,看上去没精打采;他长着一个大鼻子,头总是偏向一边,仿佛有点太重,挺不住似的。他的头发倒是很光滑,而且还有波纹。不过据那个最早回校的学生告诉我说,他那是戴的假发(他还说,那是二手货),夏普先生每周六下午去卷烫一次。

告诉我这事的不是别人,就是汤米·特雷德尔。他是第一个回校的学生。他介绍自己时对我说,我可以在大门右角顶栓的上方,找到他的名字。我听后问他,"是特雷德尔吗?"他回答说:"没错。"接着他就问起我本人和家庭的详细情况。

特雷德尔第一个回校,这对我来说真是一件幸运的事。他觉得我那块告示牌有趣极了,对每个刚回校的同学,不论大小,他都立即这样介绍说,"瞧这儿!这是个有趣的玩意儿!"这一来,就使我免得因露出牌子或掩藏牌子而受窘。另外,还有一点也是我的幸事,回来的同学大多数都垂头丧气的,并不像我预料的那样拿我起哄胡闹。其中固然有几个像野蛮的印第安人似的,围着我又蹦又跳,但大多数人只是忍不住装模作样把我当作一条狗,轻轻地拍拍我,摸摸我,生怕我会咬他们,还说:"躺下吧,老兄!"又管我叫"大虎子"①。在那么多陌生人中间,这自然使我难堪,害得我流了一些眼泪。不过总的说来,要比我预料的好多了。

不过,在詹·斯蒂福思到来之前,我还算不上正式入学。这位同学被公认是个大学问家,样子也长得很帅,至少比我大六岁。他们把我带到他面前时,我就像站在长官面前一样。他在运动场的一个棚子底下,盘问了我受罚的详细情况,随后蒙他表示意见说,这样做"太不像话了"。为了这句话,从此以后我就一直跟着他了。

"你有多少钱,科波菲尔?"他对我的事说了那句话后,就把我带到一边,问我说。

我告诉他,我有七个先令。

"你最好把钱交给我,我来替你保管,"他说,"至少是,要是你愿意的话,你可以交给我。要是你不愿意,就不必这么做。"

他的这番好意,我赶忙表示同意,于是就打开佩格蒂给我的钱包,把里面的钱都兜底倒进他的手里。

---

① 常用作称呼强壮、勇敢的狗。

"你这会儿要不要用钱?"他问道。

"不用,谢谢你。"我回答说。

"要是你想用,你可以用的,你知道,"斯蒂福思说,"跟我说一声就是了。"

"不用,谢谢你,大哥。"我又重复了一次。

"也许你过一会儿想要花一两个先令,买瓶葡萄酒,带到寝室里去吧?"斯蒂福思说,"我发现,你就住在我的寝室里。"

在这之前,我根本没有这么想过,不过我还是说,是的,我是这么想。

"好极了,"斯蒂福思说,"我敢说,你也乐意再花个把先令买杏仁饼吧?"

我说,是的,我也这么想。

"再买个把先令饼干,个把先令水果什么的,是吗?"斯蒂福思说,"我说,小科波菲尔,这一来,你的钱可就花光了!"

我笑了起来,因为他笑了,其实我心里也正有点不是滋味呢。

"好吧!"斯蒂福思说,"我们要尽量把这笔钱用得得当。行了,我会尽量照应你的。我高兴出去就可以出去,我会把吃的东西偷偷地弄进来。"说完这话,他就把钱放进自己的口袋,还友好地对我说,叫我不要不放心。他会当心的,包管不会出错。

要是我暗地里的担心几乎全都错了,那就没事了,他也就说到做到了——因为我怕把我母亲的两枚半克朗的银币全给浪费掉了——虽说我已把包克朗的那张纸保存起来,它成了我的无价之宝。等我们上楼就寝时,他拿出了那七先令买来的东西,摆在我月光照耀下的床铺上,说:

"你来瞧,小科波菲尔,你这是在开一个豪华的宴会了!"

像我这般年纪,又有他在旁边,让我做宴会的主人,这是难以想象的。一想到这,我的手就哆嗦,我求他代替我主持。寝室里其他同学都一致附和我的建议,他就答应了下来,坐在我的枕头上,开始给大家分发食物——我得承认,他分得非常公平——又用一只没有脚的小玻璃杯(这是他自己的)来分发葡萄酒。至于我,就坐在他的左边,其余的人都围着我们,坐在最靠近的床上和地板上。

我记得很清楚,当时我们坐在那儿,低声地谈论着,或者应该说,他们在低声谈论着,我则恭恭敬敬地听着;月光从窗外射进寝室,照着一小片地方,在地板上映出了一个幽暗的窗子。我们大多数人都隐在暗处,只有斯蒂福思要在桌子上找什么东西,把火柴往磷盒里一蘸①时,我们头上才闪过一道瞬间即逝的蓝光! 由于大部分人在黑暗中,宴会又是秘密进行,说话又都是悄声细语的,一种神秘的感觉,又悄然朝我袭来。我怀着一种既庄严又敬畏的恍惚心情,恭听着他们告诉我的一切;这使我感到非常高兴,他们大伙跟我都这般亲近,可是当特雷德尔假装说看见墙角有一个鬼时,也使我吓了一大跳(尽管我仍装出笑脸)。

我听到了学校和跟学校有关的一切情况。我听他们说,克里克尔先生自称是个鞑靼,并不是无缘无故的。他是教师中最苛刻、最残忍的。他每天都左右开弓,朝四周挥鞭抽打,像个骑兵似的在学生中横冲直撞,抽打起来毫不留情。他除了打人的本领外,别的一概不懂,比学校里成绩最差的学生还要无知(这是斯蒂福思说的)。多年以前,他本是伦敦南镇②一个贩卖啤酒花的小酒料商,在生意上破产后,又花光了他太太的钱,这才做起开学店的买卖来。还有一大堆诸如此类的事,我不知道同学们是怎样知道的。

我还听他们说,木腿人叫滕盖,他是个固执、粗野的人,从前帮忙做过啤酒花生意,据同学们推测,他是为克里克尔先生干活时弄断了腿的,还替他干过不少见不得人的事,知道他的底细,所以就随克里克尔先生进了教育界。听他们说,除了克里克尔先生外,他认为整个学校,所有老师和学生,全是他天生的敌人。他生活的唯一乐趣是冷酷恶毒,使坏害人。据说克里克尔先生有一个儿子,在学校里帮过忙,跟滕盖合不来。有一次,因为他父亲惩罚学生过于残酷,他曾劝过他父亲,此外,据说他还曾抗议父亲没有善待他母亲。由于这种种原因,克里克尔先生就把他赶出家门,从此以后,克里克尔太太和克里克尔小姐就一直闷闷不乐。

不过,我所听到的有关克里克尔先生的事中,最让人感到奇怪的是,学校里有一个学生,他从来不敢在他身上碰一碰,这个学生就是詹·斯蒂福思。说到这件事时,斯蒂福思本人也加以证实,还说,他倒很想看到他这么

① 当时的火柴杆上只有硫黄之类,要把它往磷盒里一蘸,火柴才能点燃。
② 在伦敦泰晤士河南岸。

干。有个性情温和的同学(不是我)问他,要是克里克尔先生真的对他动了手,那他怎么办。听了这话,他拿了根火柴往磷盒里蘸了蘸,有意让闪光照出他答话时的样子。他说,他会拿起一直放在壁炉架上那个七先令六便士买的墨水瓶,往他的额头上砸过去,把他打倒。听了这话,我们在黑暗中坐了好一阵子,连大气都不敢出。

我还听说,夏普先生和梅尔先生两人的薪水都少得可怜。吃正餐时,要是克里克尔先生的餐桌上有冷热两种肉,夏普先生总是很识相,说自己喜欢吃冷的。这事也由唯一的优待生詹·斯蒂福思所证实。我又听说,夏普先生的假发戴起来尺寸并不合适,他用不着那么"臭美"——另有人说,用不着那么"神气活现"——因为他自己的红头发,从后面可以被看得清清楚楚。

我听说,有一个学生是煤商的儿子,抵煤账来读书的,因此大家都管他叫"交换品"或"交易物"——这是从算术书里挑出来,用来说明这种安排的字眼。据说,淡啤酒也是从学生家长那儿敲来的,布丁是硬摊派来的。我还听说,全校都公认克里克尔小姐爱上斯蒂福思了。我坐在黑暗中,想到他那动听的声音,他那俊美的脸蛋,他那潇洒的仪态,还有他那拳曲的头发,我相信,这是很有可能的。听说梅尔先生这人并不坏,只是他身上连个六便士硬币也没有;毫无疑问,他的母亲老梅尔太太,穷得和约伯[1]一样。这时,我想到那顿早餐,还有那句像是"我的小查理!"的叫声,不过我当时像老鼠一样,一点没有作声,这是我现在回想起来引以为慰的。

我听了这一切,还有别的事,吃喝完之后,谈话还延续了一些时候。大多数客人一吃喝完就上床睡觉了,只有我们几个人,衣服脱去一半了,还继续坐在那儿低声聊了一阵,有说的,有听的,后来我们也都上床睡觉了。

"晚安,小科波菲尔,"斯蒂福思说,"我会好好照顾你的。"

"你太好了,"我感激地回答说,"我非常感谢你。"

"你没有姐妹吧,有吗?"斯蒂福思打着呵欠说。

"没有。"我回答。

---

① 据《圣经》记载,约伯原为富人,笃信上帝,上帝欲试其是否真诚,突降灾难使其一无所有。详见《圣经·旧约·约伯记》第一章。

　　"真可惜,"斯蒂福思说,"你要是有个姐妹什么的,我想,她一定是个漂亮、害羞、娇小、眼睛水汪汪的那种女孩。那我一定得跟她认识。晚安,小科波菲尔。"

　　"晚安,大哥。"我回答说。

　　我上了床后,心里仍老惦念着他。我记得,我还曾支起身来,朝他张望;他躺在那儿,月光洒在他的身上,他漂亮的脸蛋朝上,头自在地枕在手臂上。在我眼里,他是个能力高强的人物,这当然就是我老惦念着他的原因。在那月光下,还丝毫看不出他晦暗的将来。那天晚上,在我梦中整夜徜徉的花园里,也没有他的身影出现。

第七章

第 一 学 期

第二天,学校隆重开学。我记得,给我印象最深的是,教室里原本一片喧哗,突然间变成一片死寂,原来是克里克尔先生吃完早饭进来了。他站在教室门口,环顾着我们,就像故事中的巨人俯视着他的俘虏。

膝盖站在克里克尔先生的身旁。我想,他根本没有必要这么恶狠狠地大喊"不要吵!",因为同学们早已吓得悄无声息、木然不动了。

我们看到的是克里克尔先生的嘴在动,听到的是膝盖的声音,大意是:

"听着,同学们,新学期开始了。在这个新学期里,你们都得给我小心。我要奉劝你们,你们一上来就得好好地专心念书,因为我一上来就会狠狠地惩罚你们。我是决不会含糊的。你们摩手擦掌毫无用处,我要给你们留下的伤痕,你们是怎么也摩擦不掉的。行啦,现在全体学生都给我上课去!"

这篇可怕的开场白说过之后,膝盖就一瘸一拐地走出教室去了,克里克尔先生来到我的座位跟前,对我说,要是说我以咬人著名,那他也以咬人著名。接着他给我亮了亮他的手杖,问我,这手杖比起牙齿来怎么样? 这是不是也是一种很尖锐的牙齿,嘿? 它顶不顶得上双料的牙齿,嘿? 它有没有长长的尖齿,嘿? 它会不会咬人,嘿? 会不会咬人? 他每问一句,就用手杖在我身上抽打一下,打得我直扭身子。于是我立刻就享受到萨伦学校的"公民权"了(像斯蒂福思说的那样),而且也就立刻泪流满面了。

我并不是说这是对我的特殊优待,只有我一个人能享受。正相反,在克里克尔先生巡视教室的过程中,绝大多数学生(特别是年龄较小的学生)都受到同样的照顾。一天的功课还没开始,全校就有一半学生在那儿扭身子、抹眼泪了。至于一天的课上完以后,有多少人扭身子,抹眼泪,我实在不敢去回想,怕说出来后,有人会怀疑我有意夸大其词。

我得说,决不会有人像克里克尔先生这样喜爱自己的本职。他打起学生来那副高兴的样子,就像一种强烈的欲望得到了满足一样。我相信,见到一个胖乎乎的学生,他特别按捺不住。这样的孩子,对他似乎有一种魅力,一天里要是不给这种孩子来那么几下,他就会心中烦躁,坐立不安。我自己就是个胖乎乎的孩子,因此我应该心里有数。我敢说,直到现在,一想起这个家伙,我还会怒火中烧、义愤填膺。即使我本人没有受过他的虐待,知道了他的一切所作所为,我也会这样的。我现在是怒火万丈,因为我知道,这家伙除了会行凶使坏之外,别的一无所能。他根本不配担任这样重要的职务,正像他没有资格当海军大臣或陆军司令一样。其实,他真要当上这当中的一个,也许他的害处远远还比不上这个校长呢。

一个凶神恶煞属下的一班小可怜虫,在他的面前,我们是多么卑微啊!对这样一副德行的人物,都得低声下气、卑躬屈膝,现在回想起来,这算是怎样一种人生的开端啊!

现在,我仿佛重又坐在课桌旁,留神着他的眼色——小心翼翼地看着他。他这时正在用尺给另一个受难者指出算术本上的错误,这人的双手刚挨过那同一把尺的打,他正在用一块手帕擦着,想要抹去手上的痛楚。我本有许多事要做。我并不是由于无所事事才盯着他看,而是因为我已病态似的为这所吸引,很想知道他下一步会做什么,是不是会轮到我,还是轮到别人。坐在我这边的两排孩子也都跟我一样,很有兴趣地看着他。我想他也知道这一点,尽管他装作不知道。在指出算术本上的错误时,他露出了一副可怕的嘴脸。这时他斜眼朝我们两排看过来了,我们急忙低头看着书本,同时打起哆嗦来。可是过了一会,我们又抬头看起他来了。有个倒霉蛋,由于练习做得不好,让他给逮住了,他把他叫到跟前。这小罪犯结结巴巴地连声求饶,保证明天一定好好做。克里克尔先生在打他以前先说了句笑话,我们听了都笑了——其实,我们这群可怜的小狗仔,虽然笑是笑了,可一个个脸蛋都像死灰般惨白,吓得心都吊到嗓子眼里了。

现在我仿佛重又坐在课桌旁了,这是个令人昏昏欲睡的夏天午后。我四周响起一片嗡嗡的声音,仿佛同学们全都成了绿头苍蝇了。心里有一股半温不热的肥肉那种油腻腻的感觉(一两个小时前我们刚吃过饭)。我的脑袋就像一般大的一块铅那么沉。当时,只要能让我睡上一觉,我真情愿牺牲一切。我坐在那儿,看着克里克尔先生,像只小猫头鹰似的,直朝他眨眼。当睡魔一下子征服我时,他依然隐隐约约地出现在我的睡梦中,在指出算术本上的错误。后来他悄悄走到我的后面,在我的背上抽打出一条红红,把我唤醒,为的是能让我把他看得更清楚一点。

这会儿我在运动场上了,虽然我看不见他,可我的目光依然被他迷住。我知道,他就在离窗子不远的地方吃饭,那窗子代表了他,我就看那窗子。要是他在窗子近旁露了露脸,我的脸上立刻就会露出一副乞求和卑下的神情。要是他透过窗玻璃朝外看,就连最大胆的孩子(斯蒂福思除外)也会停下,不再大叫大喊,改作沉思默想的样子。有一天,特雷德尔(世界上最倒霉的孩子)意外地把球打到了那扇窗上,把玻璃给打碎了。当时我看到了那情景,觉得那球像是打在克里克尔先生那颗神圣的脑袋上,简直吓坏了,现在想起来还直打哆嗦呢。

可怜的特雷德尔!他穿着一身紧绷绷的天蓝色衣服,把他的胳臂和大腿都箍得像德国腊肠或卷筒布丁了。他是所有学生中最快活的,也是最悲惨的一个。他老是挨手杖——我想,在那半年里,他天天挨手杖,只有一个星期一,遇上放假,总算两手只挨了尺子——他老说要把挨打的事写信告诉他叔叔,可是一直都没有写。挨了打后,他把头伏在课桌上靠上一会,不知怎的就会高兴起来,又开始笑了,而且眼泪还没干,就在石板上画满了骷髅。一开始,我老是纳闷,他在画骷髅中能得到什么安慰呢。有一段时间,我把他看成是个修道士一样的人,他是在用那些死亡的象征来提醒自己,棒打不能永远没个完。不过现在我认为,他所以老画骷髅,只是因为它容易画,不需要任何面容相貌罢了。

特雷德尔是个非常正直、值得尊敬的人,他就是这样的人。他认为,同学之间互相帮助,是一种神圣的义务。有好几次,他都为这吃了苦头。特别是有一次,在教堂里做礼拜时,斯蒂福思突然笑了起来,教堂执事以为是特雷德尔在笑,便把他赶出教堂。当时他在会众鄙视的目光下被押出教堂的情景,我现在依然历历在目。尽管第二天挨了打,还被关了很长时间的禁闭,可他只是在他的拉丁文字典上画满了整个教堂墓地里的骷髅,始终没有说出谁是真正犯规的人。不过他也得到了酬报。斯蒂福思说,特雷德尔是个没有半点私心的人。我们大家都觉得这是最高的夸奖了。在我说来,为了能赢得这样的酬报,我愿去做一切(虽然我远远没有特雷德尔勇敢,年龄也没有他大)。

看到斯蒂福思跟克里克尔小姐手挽着手,从我们面前走过去教堂,这是我生平见到的一大世面。从漂亮方面来说,我认为克里克尔小姐比不上小艾米莉,我并不爱她(我也不敢爱她),不过我觉得她确是一位特别动人的年轻小姐,在风度方面,没有人能超过她。斯蒂福思穿着白裤子,替她拿着阳伞。我感到,能跟这样一个人相识,真值得我骄傲。我相信,克里克尔小姐除了全心全意崇拜他之外,还能怎么样呢。夏普先生和梅尔先生,在我眼里都是了不起的人物,可是他们跟斯蒂福思相比,就像是两颗星星跟太阳一样。

斯蒂福思一直保护我,成了我一个很有用的朋友,因为没有人敢得罪他所看得起的人。可是他没能——或者说他不管怎么样都没有——使我免受克里克尔先生的虐待,那人待我实在太凶了。不过每当我受到特别坏的待遇时,他总是跟我说,我得有一点他那样的勇气,换了是他,他是决不会忍受的。我觉得他这是在鼓励我,认为这是他的好意。克里克尔先生对我的虐待中,有过一件好事,这是我所知道的唯一的一件。当他在我坐的凳子后面巡视,想要顺手打我一下时,他发现我背的牌子碍了他的事,因此没过多久,他就把那牌子取下了,从此我就没有再见到过它。

有一天,一件意外的事加强了斯蒂福思跟我之间的友谊。这件事使我感到非常骄傲,也给了我很大的满足。虽然有时也引起了一些不便。有一天,他在运动场上很友好地跟我谈话,我信口说起某件事或某个人——现在我已经忘了是什么了——就像《佩里格林·皮克尔》里的某件事或某个人一样。当时他没有说什么,可是到了晚上,我要上床睡觉时,他却问我,我有没有我说的那本书。

我回答说没有带来,并且告诉他我读那本书的情况,也提到我读过的另外那些书。

"你还记得那些书的内容吗?"斯蒂福思问道。

哦,记得,我回答说。我的记忆力很好,那些书的内容,我相信,我记得很清楚。

"那我就对你说了,小科波菲尔,"斯蒂福思说,"你给我讲讲那些书里的故事吧。晚上睡得很早,我老睡不着。早上总是一大早就醒了。我们可以一本一本地说,就把这当作《一千零一夜》那样来说好了。"

我听到他作这样的安排,感到非常高兴,当天晚上我们就按这办法实行了。当时讲述那些书中的故事时,我到底给我喜爱的那些作家造成多大的损害,我已无法说清,我也很不愿意知道。但是我对他们满怀信任,而且我完全相信,我讲述时,有着一种淳朴、真诚的态度,这定会产生很好的效果。

麻烦的是我一到晚上,就想睡觉,要不就是怎么也提不起精神来,实在不想把故事再继续讲下去,因而这就成了一桩苦差使。可是故事又非说不可,因为让斯蒂福思失望或不高兴,当然无论如何是不行的。早晨也是这样,当我疲惫不堪,很想多睡一个钟头时,却总被叫醒,不得不在起床铃响以前,像山鲁佐德王后①一样,讲上一段长长的故事,这也是一件让人厌烦的事。但是斯蒂福思很坚决。而且作为回报,他给我讲解算术习题和各种练习,以及在所有我觉得太难的功课方面帮助我。所以在这笔交易上我并不吃亏。不过,我也要为自己说句公道话,我给他讲故事,既不是出于私心,也不是由于我怕他。这是因为我敬佩他,爱他,他的称许就是最大的回报。当时我把这看得如此珍贵,现在回想起这些琐事来,还觉得心疼难受呢。

斯蒂福思待我也很周到、体贴,特别是有一次,他的关心表现得非常突出,那种坚决的态度,我怀疑已经使可怜的特雷德尔和别人有点难受。佩格蒂答应给我写的信——这是封多么让人高兴的信啊!——开学后不到几个星期就寄到了,而且随信送来的还有一大堆橘子,中间还放着一大堆糕点,另外还有两瓶樱草酒。这一宗宝物,我理所当然地把它放到斯蒂福思跟前,请他代为处置。

"那,你就听我说吧,小科波菲尔,"他说,"酒应该留着,在你讲故事的时候给你润嗓子用。"

听他这么一说,我的脸都红了。我谦虚地求他不要这么打算。可他说,他已经发现我有时候嗓子嘶哑——他说的是我的嗓子有点发沙——所以这

---

① 即《一千零一夜》中给国王山鲁亚尔讲故事的人。

酒,每一滴都得用在他所说的用途上。于是,两瓶酒都锁进了他的箱子。每次他都亲自把酒倒进一个小玻璃瓶,当他认为我需要恢复精力时,就让我用一根插进软木塞中的细吸管吸上一口。为了使它发挥更大的效用,他还亲自动手,往里挤进一些橘子汁,或者是拌进一点姜汁,要不就滴进几滴薄荷油。尽管我没法断定,这一来是否使酒味得到改善,或者说这正好是一种开胃的混合剂,不过在夜间做最后一件事和早晨做最先一件事时,我总是满怀感激的心情喝下这种东西,对他的关心非常领情。

我记得,"佩里格林"我们好像讲了几个月,别的故事又讲了几个月。我敢说,我们这个团体从来没有因缺少故事而情绪低落的时候。那两瓶酒,几乎也像故事一样延续了很久。可怜的特雷德尔——我一想到这个同学,怪得很,一面忍不住想笑,一面又要掉眼泪——总的说来,他就像是个帮腔的,凡是故事里讲到让人发笑的地方,他就装出笑得前仰后合,凡是讲到让人惊恐的地方,他就假装吓得不知所措。这常常会弄得我的讲述停顿下来。我记得,最让人好笑的是,一讲到跟吉尔·布拉斯的冒险经历有关的西班牙警官时,他就装出怎么也没法让牙齿不捉对儿厮打的样子。我还记得,有一次当我讲到吉尔·布拉斯在马德里遇到强盗的大头目时,这个倒霉的小丑装出吓得直打哆嗦,结果让正在走廊上巡视的克里克尔先生听见了,便以扰乱寝室秩序的罪名,给了他一顿毒打。

在我身上本来就有浪漫、幻想的成分,由于在黑暗中讲了那么多故事,这种成分更进一步得到了增长。因而就这方面来说,这件事对我并没有多大益处。但是我在寝室里几乎已成了一个大家喜爱的宠物,而且我也意识到,我这种讲故事的才能已在同学们中间传开,虽然我在学校里年纪最小,却已引起了大家对我的注意,这一切促使我更加努力上进。在一座专以暴虐手段办学的学校里,不管主持的人是不是个笨蛋,学生都是不可能学到很多东西的。我相信,我们的同学也像当时所有的学生一样,通常都没有多少知识的。他们受到了那么多的折磨和打骂,怎么还能学习呢。他们没法好好地学习进步,就像任何一个人一样,整天生活在不幸、痛苦、忧虑中是什么事也做不好的。可是我自己那点小小的虚荣心,还有斯蒂福思的帮助,不知怎的却鞭策了我,促使我前进。在那儿学习期间,虽然我并没有被少打少罚,但是我在那班同学中间却是一个例外,因为我还是持续不断地学到了一些零星的知识。

在这一方面,梅尔先生给了我很多帮助。他是喜欢我的,使我一想起他就满怀感激之情。眼见斯蒂福思存心诽谤他,从不放过可以使他伤心的机会,或者是唆使别的人这么做,这经常使我感到痛苦。在很长一段时间里,我内心感到非常不安,因为我已把梅尔先生曾带我去看两个老妇人的事告诉了斯蒂福思。我觉得我不能对他隐瞒这个秘密,正像我有了糕点或别的东西时,不能瞒着他一样,可是我心里老是害怕,唯恐斯蒂福思把这件事捅出去,用这来嘲笑他。

说到刚抵伦敦的那个早上,我在呜咽的笛声中吃了顿早饭,后来又在孔雀翎的影子下睡去时,我敢说,我们当中的任何一个人都不会想到,把我这样一个小孩子带进救济院,会产生什么后果。可是这次访问却有着预料不到的后果;而且就它本身来说,还是严重的后果。

有一天,克里克尔先生因身体不适没来学校,全校自然也就洋溢着一种欢乐的气氛。早上上课时,教室里一片吵闹声。孩子们一放松,就随心所欲,很难管束。虽然那个让人害怕的膝盖,拖着那条木腿来过教室两三次,记下了闹得最凶的那几个学生的名字,但是并没有产生多大效果。因为他们非常清楚,不管他们怎么样,明天反正总要有麻烦的,所以毫无疑问,他们认为,最好还是今天闹个痛快再说。

那天实际上只有半天课,因为是星期六。可是要是大家都去运动场,吵闹声会打扰克里克尔先生;那天天气也不好,不适宜外出散步,因此我们奉命下午都留在教室里,做一些专为这种时候布置的较为轻松的功课。这是一星期中夏普先生外出卷假发的日子,所以只有老干苦差的梅尔先生一人在掌管学校。

假如可以把梅尔先生那么温和的一个人联想成一头牛或一只熊的话,在那天下午吵闹得最厉害时,我真会把他联想成其中之一,并正在受到上千条狗的围攻。我现在还记得,他用两只瘦骨嶙峋的手支着作痛的头,伏在书桌上的书本上,可怜巴巴地尽力想完成这份累人的工作,可是周围的吵闹声,就连下议院的议长也会弄得头晕目眩[1]。有几个同学在座位上跑进跑

---

[1]　当时的英国下议院开会时,吵闹异常,此处意为比之更甚。

出,跟别的同学玩着"抢座位"的游戏。同学中有的在大笑,有的在唱歌,有的在谈天,有的在跳舞,有的在号叫,有的用脚在地上乱蹬,有的在梅尔先生周围乱转,龇牙咧嘴,做着鬼脸,也有的在他背后和面前学他的模样,学他的穷酸相,他的靴子,他的外衣,他的母亲,总之,学他的一切,而这一切,他们本该是给予关心和同情的。

"别吵啦!"梅尔先生突然站了起来,用书敲着桌子叫着,"这算是什么意思?真让人受不了。都要把人给弄发疯了。你们怎么能这样对待我,孩子们?"

他用来敲桌子的书是我的,因为我正站在他的旁边。随着他的目光,我朝教室四面看去,只见同学们全都停下不作声了,有的突然大吃一惊,有的好像有些害怕,也有的也许感到惭愧了。

斯蒂福思的座位在教室的最后面,在那长长的房间尽头。梅尔先生看着他时,他正悠闲地靠墙站着,双手插在口袋里,对着梅尔先生,抿着嘴好像在吹口哨。

"别吵了,斯蒂福思先生!"梅尔先生说。

"你自己先别吵吧,"斯蒂福思说,脸变红了,"你这是在跟谁说话?"

"坐下。"梅尔先生说。

"你自己先坐下,"斯蒂福思说,"管管你自己的事吧。"

一阵咻咻的窃笑,还有几声喝彩声;可是看到梅尔先生的脸色是那么苍白,大家也就立即静了下来。有个同学本想奔到他身后去学他母亲,却临时改变主意,假装修起笔来①。

"斯蒂福思,要是你以为我不知道你能影响这儿的每一个人,"他伸出一只手放我的头上,我猜想,他自己并没有意识到在做什么,"或者你以为我没有看到,刚才是你指使比你小的同学用种种方法来侮辱我,那你就错了。"

"我根本就不想为你费神,"斯蒂福思冷冷地说,"所以事实上我也就没有错。"

"当你仗着你在这儿得宠的地位,先生,"梅尔先生接着说,他的嘴唇颤

---

① 指用小刀修尖鹅毛笔。

抖得很厉害,"来侮辱一个绅士——"

"一个什么?——他在哪儿?"斯蒂福思说。

这时,突然有人叫道:"真丢脸,詹·斯蒂福思!太不像话了!"这是特雷德尔。梅尔先生立即拦住了他,不让他再说了。

"你侮辱了一个生来就不走运的人,先生,而且是一个丝毫都没有得罪过你的人,而凭你这样的年龄和这般聪明,你是完全懂得,侮辱这样一个人是毫无理由的,"梅尔先生说道,他的嘴唇颤抖得越来越厉害了,"所以你这种行为是很卑鄙龌龊的。你要坐就坐,要站就站,随你的便吧,先生。科波菲尔,继续背下去。"

"小科波菲尔,"斯蒂福思说着,从教室后面走上前来,"等一等。我把话全都给你说明白了吧,梅尔先生。你竟敢说我卑鄙龌龊什么的,那你就是个大胆无耻的乞丐了。你本来就是个乞丐,这你自己知道;可是现在你这么一说,你就成了个大胆无耻的乞丐了。"

我弄不清楚,当时是他想去打梅尔先生呢,还是梅尔先生想去打他,或者是他们双方都有这个打算。我只看到,全校同学都像石头似的僵着不动了。这时我才发现,原来克里克尔先生已经来到我们教室里,他的旁边站着滕盖;克里克尔太太和克里克尔小姐则站在门口往里张望,像是吓着了似的。梅尔先生双肘支在书桌上,双手捂住脸,有好一会儿,坐在那儿一动不动。

"梅尔先生,"克里克尔先生用手摇着梅尔先生的胳臂说道,这回他的话是如此清楚,因而也就用不着滕盖先生重复了,"我想,你还没有忘掉自己的身份吧?"

"没有,先生,没有,"助理教师回答说,他露出脸,摇着头,异常激动地搓着双手,"没有,先生,没有。我记得自己的身份,我——没有,克里克尔先生,我没有忘掉自己的身份,我——我记得自己的身份,先生。我——我——倒真盼望你能早一点想到我,克里克尔先生,那——那——就更加仁慈了,先生,更加公道了,先生。那就可以让我少惹点麻烦了,先生。"

克里克尔先生狠狠地瞪着梅尔先生,用手扶住滕盖的肩膀,踩上近旁的一条凳子,坐到书桌上。此时的梅尔先生仍摇着头,搓着手,依然非常激动。克里克尔先生在自己的宝座上又朝他瞪了一会后,转向斯蒂福思说道:

"好吧,既然他不愿告诉我,那就你来说说,先生,到底是怎么回事?"

斯蒂福思有一会儿对这一问题避而不答;他只是带着轻蔑和愤怒的神情看着对手,一言不发。我记得,即使在那样的时刻,我也忍不住心里想,瞧他的外表多么高贵,跟他相比,梅尔先生显得太猥琐平常了。

"他说我得宠是什么意思?"斯蒂福思终于开口了。

"得宠?"克里克尔先生重复说,他脑门上的青筋一下暴了起来,"这话是谁说的?"

"他说的。"斯蒂福思说。

"请问,你这话是什么意思,先生?"克里克尔先生怒气冲冲地转向他的助理教师,问道。

"我的意思是,克里克尔先生,"他低声回答说,"像我说的那样,任何学生都无权利用自己得宠的地位来侮辱我。"

"侮辱你?"克里克尔先生说,"我的天哪!请允许我问你,你这位叫什么来着的先生,"说到这儿,克里克尔先生把双手连同手杖都往胸前一抱,紧皱起双眉,皱得眉毛下面那对小眼睛几乎都看不见了。"当你说'得宠'这话的时候,你是否对我表现出应有的尊敬?对我,先生。"克里克尔先生说着突然把头往前一探,接着又缩了回来,"对我这个一校之长,对你的雇主,是否表现出应有的尊敬?"

"我愿意承认,先生,那话是不适当的,"梅尔先生回答说,"要是我当时头脑冷静,我不会这样说的。"

这时斯蒂福思插了嘴。

"他还说我卑鄙,还说我龌龊,所以我就说他是个乞丐。要是我当时头脑冷静,也许不会说他是个乞丐的。不过我已经说了,我愿意为此承担一切后果。"当时,也许我并没有想到是否有什么后果要承担,我只觉得斯蒂福思这番话说得很有气派,使我大为激动,对其他同学也产生了影响,因为他们中间出现了一阵轻轻的骚动,虽然没有人说一句话。

"我感到吃惊,斯蒂福思——虽然你的坦率为你增了光,"克里克尔先生说,"没错,为你增了光——可是我得说,我感到吃惊,斯蒂福思,你居然把这样一个字眼,用在萨伦学校花钱雇来的人身上,先生。"

斯蒂福思笑了笑。

"你这不是对我的问话的回答,先生,"克里克尔先生说,"我希望从你那儿得到更多的解释,斯蒂福思。"

在我看来,跟这个英俊的少年相比,如果说梅尔先生显得猥琐平常,那克里克尔先生有多猥琐平常,就更没法说了。

"让他来否认吧。"斯蒂福思说。

"否认他是个乞丐,斯蒂福思?"克里克尔先生大声问道,"那么,他在哪儿乞讨过呢?"

"即使他自己不是乞丐,他的一个近亲肯定是乞丐,"斯蒂福思说,"这是一样的。"

他朝我看了一眼,梅尔先生的手也轻轻地拍着我的肩膀。我脸上发烧,满怀悔恨地抬头看去,可是梅尔先生的眼睛却盯着斯蒂福思。他继续亲切地拍着我的肩膀,但是眼睛看的却是斯蒂福思。

"因为你希望我能为自己辩护,克里克尔先生,"斯蒂福思说,"那我就把我的意思说清楚吧——我得说的是,他的母亲在一个救济院里,靠救济过活。"

梅尔先生依旧看着斯蒂福思,依旧亲切地拍着我的肩膀。要是我没听错的话,同时低声自言自语地说:"是的,我想是这样。"

克里克尔先生紧锁起眉头,勉强装出一副客气的样子,转向自己的助理教师说:

"你听到这位先生刚才说的话了吧,梅尔先生?劳驾了,无论如何请你在全校学生面前,对他的话作个更正。"

"他没说错,先生,不用更正,"梅尔先生在一片死寂中回答说,"他说的是事实。"

"那就劳你当众声明一下,"克里克尔先生把头歪向一边,眼睛扫视着全校学生说,"在这之前,我是否知道这一情况?"

"我想你没有直接知道?"他回答说。

"哦,这是说你知道我不了解,"克里克尔先生说,"是不是,先生?"

"我看你从来没有认为我的境况是很好的,"助理教师回答说,"你知道我眼下的处境,以及一直以来在这儿的情况。"

"要是你这样说的话,"克里克尔先生说,他脑门上的青筋暴得更厉害了,"我认为,一直以来你完全错了,你错把这儿当成贫民救济院了。梅尔先生,请你走吧。越快越好。"

"没有比现在更好的了。"梅尔先生站起来说道。

"请吧,先生!"克里克尔先生说。

"我向你告辞了,克里克尔先生,还有你们全体同学,"梅尔先生朝整个教室看了一眼,又轻轻拍了拍我的肩膀,说,"詹姆斯·斯蒂福思,我对你最大的愿望是,将来有一天你会为今天的事感到害臊。眼下,我决不能把你当作自己的朋友,不管是对我来说,还是对我所关心的任何人来说,都是如此。"

他再次伸手在我的肩上拍了拍,然后从书桌上拿起自己的笛子和几本书,让钥匙留在那儿给他的接任者,把他的那点财产往腋下一夹,就走出教室去了。接着,克里克尔先生通过膝盖发表了一篇演说,演说中他对斯蒂福思表示感谢,感谢他维护了萨伦学校的自主和体面(虽说也许激烈了一点);演说结束时,他还跟斯蒂福思握了握手,我们则接连欢呼了三声——至于为什么欢呼,我就不大清楚,不过我猜想是为斯蒂福思,所以也跟着他们一起欢呼了,尽管我心里感到很难过。随后,克里克尔先生还用手杖打了托米·特雷德尔一顿,因为他发现特雷德尔不仅没有为梅尔先生的离去欢呼,而且还淌着眼泪。打过以后,克里克尔先生便回到自己的沙发那儿,床铺那儿,或者是回到他原来的不管什么地方去了。

现在只剩下我们学生自己了。我记得,当时我们一个个都茫然地面面相觑。至于我自己,因为牵涉进这件事,我感到非常内疚和后悔,要不是怕流露出这种使我痛苦的感情,斯蒂福思(我发现他不时地在朝我看)会认为我不够朋友,对他不顺从——或者我得说,考虑到我们在年龄上的差距,以及我对他的感情——我早就忍不住要哭出来了。他对特雷德尔非常生气,他说他高兴看到特雷德尔挨打。

可怜的特雷德尔已经度过了把头枕在书桌上的阶段,正像往常那样,在大画骷髅,发泄自己的怨气。他说他不在乎,梅尔先生受到了不公平的对待。

"谁不公平地对待他了,你这小妞?"斯蒂福思问道。

"哼,是你呀!"特雷德尔回答说。

"我做了什么啦?"斯蒂福思说。

"你做了什么?"特雷德尔反驳说,"你伤了他的心,又害他失去了工作。"

"他的心?"斯蒂福思轻蔑地重复道,"我敢保证,他的心很快就会好起来的。他的心可不像你的心,我的特雷德尔小姐。至于说到他的工作——这是个珍贵的工作,是不是?——你以为我不会写信回家,设法给他一点钱吗,我的小妞?"

我们都认为,斯蒂福思的这种打算非常高尚。他的母亲是个寡妇,很有钱,据说不论儿子要她做什么,她几乎都会照办。眼看特雷德尔吃了败仗,我们大家全都异常高兴,把斯蒂福思捧到了天上。特别是他屈尊地告诉我们说,他所以这样做,全是为了我们,为了我们大家好。他丝毫不顾个人利害关系地这样做,是给我们做了一件大大的好事。

不过我得说,那天晚上我在黑暗中讲故事时,梅尔先生凄楚的笛声,不止一次地传进我的耳中。而当斯蒂福思终于疲倦了,我也上床睡下时,我仿佛听到那笛子又在什么地方吹起,声音是这般悲凉,弄得我难过极了。

但是,我很快就把他给忘了,而注意起斯蒂福思来,他竟那么轻松地像个业余教师似的代上了梅尔先生的一些课,甚至连课本也不用(他好像什么东西都记得),直到新的助理教师到来。新教师来自文法学校①。在正式上课前,为了介绍他跟斯蒂福思认识,一天他在小客厅里吃了一顿饭。斯蒂福思很称许他,告诉我们说他是个了不起的人。我不大清楚这指的是什么了不起的学问,但我还是很尊敬他,对于他的高深学问丝毫没有怀疑,尽管他从来没有像梅尔先生那样关心过我——并不是说我是个特殊人物。

在这半年的学校生活中,另外还有一件事给我留下了深刻的印象。这种印象所以一直到现在依然还留着,是有着多方面的原因的。一天下午,我们都已被折磨得晕头转向,而克里克尔先生还在肆意朝四周乱抽乱打时,滕盖进来了,用他那惯常的大嗓门叫道:"科波菲尔,有人找!"

接着,他跟克里克尔先生交谈了几句,讲了来找的是什么人,可以让他

---

① 原指建立于十六世纪前后注重教授拉丁语的学校,后来发展成为教授语言、历史、科学等的中心。

们在哪个房间里跟我见面等。而我,早在他叫我的时候,我就已经按照习惯站起来,而且吃惊得快要晕倒了。我奉命走后楼梯,先去戴上一条干净的荷叶边①,然后再去饭厅见面。我怀着从未经历过的少年人的慌乱心情,一一照着这些命令做了。走到会客室的门口时,我忽然想到,来的也许是我母亲——在这以前我只想到谋得斯通先生和谋得斯通小姐——因而把伸到门把上的手又缩了回来,站在门外先呜咽了一通,才进了屋子。

开始时,我看不见屋里有人。不过觉得门后面有人顶着似的。我朝门后一看,让我大为惊喜,原来是佩格蒂先生和汉姆。他们手里拿着帽子,相互挤在墙边,在朝我鞠躬。我禁不住笑了起来,不过这主要是因为我见到他们心里很高兴,并不是因为他们那可笑的样子。我们非常亲热地握着手,我笑了又笑,一直笑到我掏出手帕来擦眼泪才作罢。

佩格蒂先生(我记得,他这次来看我,一直咧着嘴,从没闭过)看到我擦眼泪,很不放心,便用胳臂肘捅了捅汉姆,要他说点什么。

"高兴起来,我的大卫少爷!"汉姆憨笑着说,"哦,你长大了很多了!"

"我长大啦?"我擦着眼泪说。我并不是为我知道的某件事情而哭,而是见了老朋友,不知怎么的就禁不住哭起来了。

"长大了,大卫少爷!怎么不是长大了!"汉姆说。

"怎么不是长大了!"佩格蒂先生也说。

他们两人相视而笑,引得我也笑了。于是我们三个人全都笑着,直到我又有哭出来的危险才停下来。

"你知道我妈妈吗,佩格蒂先生?"我问道,"还有我最最亲爱的老佩格蒂好吗?"

"好得很。"佩格蒂先生说。

"小艾米莉好吗?还有葛米治太太呢?"

"全都——好得很。"佩格蒂先生说。

这时沉默了一会。为了打破沉默,佩格蒂先生从口袋里掏出两只极大的龙虾,一只很大的螃蟹,还有一大帆布袋小虾,全都把它们堆在汉姆抱起的两臂上。

---

① 装在衬衫前胸,露出在外面的饰物,流行于十九世纪。

"你看,"佩格蒂先生说,"你在我们那儿住的时候,我们就知道你吃饭时,爱吃点有鲜味儿的东西,所以不怕你见笑,带了一点来。这都是那个老嫂子煮的,是她煮的。都是葛米治太太煮的。是的,"佩格蒂先生慢吞吞地说道,他老是逮住这个话题说个没完,我想,这是因为他一时没有准备好别的话题吧,"是葛米治太太,我向你保证,都是她煮的。"

我向他道了谢。佩格蒂先生朝抱着海味站在那儿腼腆地微笑着的汉姆看了一眼,并没有设法帮他一下,说道:"你知道,好在是顺风又顺潮水,我们就乘我们亚茅斯的一条帆船来格雷夫森德①。我妹妹她告诉了我你这儿的地址。信上还说,要是我来格雷夫森德,一定要来这儿看看你大卫少爷,替她向你请安问好,再向你报告,家里人全都十分平安。你知道,我们回去后,小艾米莉她就会写信给我妹妹,告诉她,我们见着你啦,你也很好,一切平安,这一来,我们就让这一切平安兜了个圈子了。"

我想了一下后,才明白佩格蒂先生这个比喻的意思,他是说让一切平安的消息转了一圈。于是我又热诚地向他道了谢,并且说,我相信小艾米莉也变了,跟我们一块儿在海滩上拾贝壳捡石子时不一样了吧。说着我觉得自己的脸红了。

"她都快长成个大人了。她真的快长成个大人了,"佩格蒂先生说,"不信你问他。"

他的意思是叫我问汉姆。只见汉姆抱着那堆海味,笑容满面地直点头。

"她的脸蛋可漂亮啦!"佩格蒂先生说,他自己的脸就亮得像一盏灯。

"还有她的学问呢!"汉姆说。

"还有她的字哪!"佩格蒂先生说,"乌黑乌黑的,就像黑玉!而且写得老大老大的,不管在哪儿都能看清。"

佩格蒂先生一想起他的这个小宝贝,就眉飞色舞,喜滋滋的,那副热情劲,看了真让人高兴。现在,她好像又站在我的面前,他那多毛的坦率的脸上,闪烁出一片欣喜的爱心和骄傲,叫我都无法形容。他那双真诚的眼睛火星四射,闪闪发光,仿佛它们的深处有某种发亮的东西在翻腾捣动。他那宽大的胸膛起伏不止,充满了欢乐。他那双强劲有力的大手,热诚地紧握着。

---

① 在伦敦东南,为泰晤士河上一港口。

他说话时要想加强语气，便挥动着右臂，在我这样的小孩子看来，那手臂就像是一柄大铁锤。

汉姆也像他一样真诚。要不是斯蒂福思出乎意料地进来，使他们感到不好意思，我敢说，有关艾米莉，他们一定还会说很多话的。斯蒂福思看到我站在角落里跟两个陌生人讲话，便停止了唱歌，说道："我不知道你在这儿，小科波菲尔！"（因为这不是平时会客的地方）说着便经过我们面前朝外走去。

我没法断定，是因为有斯蒂福思这样一个朋友感到骄傲呢，还是想对他解释一下我怎么认识佩格蒂先生这样一个朋友，我才在他往外走时把他给叫住。不过，我当时客客气气地对他说——天哪，过了这么长时间，我竟全都记得一清二楚！

"请你别走，斯蒂福思！这是两位亚茅斯的船民——是两位非常和气善良的人——他们是我的保姆的亲戚，从格雷夫森德来看我的。"

"哦，是吗？"斯蒂福思回过身来说，"我很高兴见到他们。你们两位好哇？"

他的态度潇洒大方——这是一种轻松愉快的态度，丝毫没有盛气凌人的样子——直到现在，我依然相信，其中有着一种迷人的东西。由于他有这种举止风度，这种活泼性格，这种悦耳的嗓音，这种英俊的面貌和身材，再加上一种我所知道的天生的吸引力（我认为有这种力量的人并不多），直到现在，我依然相信，他的身上具有一种魅力。对这种魅力屈服，是人类天生的弱点，能抗拒这种魅力的人是不多的。当时我一看就知道，他们俩是多么喜欢他，只一会儿工夫好像就对他推心置腹了。

"佩格蒂先生，写信时，务请你让我家里人知道，"我说，"斯蒂福思先生待我非常好；要是没有他，我真不知道我在这儿该怎么办才好。"

"瞎说！"斯蒂福思笑着说，"你千万别对他们说这种话。"

"要是斯蒂福思先生去诺福克或者萨福克的话，佩格蒂先生，"我说，"碰上我也在那儿，你放心好了，只要他肯赏光，我一定带他到亚茅斯去看看你的房子。你肯定从没见过那么好玩的房子，斯蒂福思。那是用一条船做的！"

"用一条船做的，是吗？"斯蒂福思说，"对于一个真正的船民来说，这样的房子是再适合也没有了。"

"是这样,先生,是这样,先生,"汉姆咧着嘴说,"你说得对,少爷!哦,大卫少爷,这位少爷说得对,他是个真正的船民!哈,哈!他正是他说的那么一个人!"

佩格蒂先生的高兴劲也不亚于他的侄子,不过,他的谦虚不让他在接受对他个人的夸奖时,像他的侄子那样大声嚷嚷。

"啊,先生,"他鞠了一个躬,笑着说,又把领巾的尖头塞进胸前的衣服,"我谢谢你啦,先生!谢谢!我在自己的这一行,尽力想干好,先生。"

"最有本事的人,也不能做得比这更多了,佩格蒂先生。"斯蒂福思说,他已经知道佩格蒂先生的名字了。

"我敢打赌,你也是这样的,先生,"佩格蒂先生摇晃着脑袋说道,"你一定干得很出色——很出色!谢谢你啦,先生。多谢你对我的好意,先生。我是个粗人,先生,不过我还勤快——至少你知道,我盼望我能勤快。我那房子没什么可瞧的,先生,不过你要是跟大卫少爷一起来的话,我们一定会尽心招待你们的。瞧,我这都成了背屋牛了,真的,"佩格蒂先生说,他这是说的蜗牛,用来比方他走得慢,因为他每说完一句话,就打算走,可不知怎么的又回来了,"我祝你们两位都好,祝你们快乐!"

汉姆也做了这样的祝愿,于是我们就在十分热烈的气氛中跟他们分别了。那天晚上,我几乎忍不住要跟斯蒂福思讲漂亮的小艾米莉的事,可是我不好意思提她的名字,很怕他取笑我。我记得,我怀着不安的心情,把佩格蒂先生说的她都快长成个大人了这句话琢磨了老半天。不过,我后来还是断定,他这话没有什么重要意思。

我们把那些虾蟹,或者如佩格蒂先生谦虚地说的"有鲜味儿的东西",偷偷地搬进我们的宿舍,晚上大吃了一顿。可是特雷德尔结果并不快活。他这人太不幸了,连吃点海鲜也不能像别人那样平安度过。当天晚上,他就因吃了螃蟹发病了——他太虚弱了。他服了黑药水和蓝药丸。据丹普尔(他父亲是医生)说,用药量足以让一匹马失去体力。在这以后,特雷德尔还挨了一顿手杖和罚念六章希腊文的《圣经·新约》,因为他不肯招供是怎么得的病。

那半年中的其余日子,在我的记忆中是一片混乱:只记得每天都为我们的生活挣扎；还有逝去的夏天和变换的季节；有闻铃起床的霜晨和闻铃就寝的寒夜；有灯光暗淡、炉火不暖的晚课教室和像架大粉碎机似的只会让人发抖的晨间课堂；有交替上桌的煮牛肉、烤牛肉和煮羊肉、烤羊肉；有一块块的奶油面包，卷起角的课本，裂开的石板，泪迹斑斑的练习本，受笞杖，挨戒尺，理发，下雨的星期天，猪油布丁，以及包围着一切的墨水的难闻气息。

但是我清楚地记得，开始时假期是多么遥遥无期，过了很久好像还是一个固定不动的黑点，后来才开始慢慢地朝我们过来，渐渐愈来愈大。我们先是按月份算，接着按星期算，后来是按日子算。然而这时我又开始害怕了，怕家里不来通知，不让我回家。当我从斯蒂福思那儿知道，家里已经来通知，我一定能回家时，我又有了一种朦朦胧胧的念头，生怕没等回家就摔断一条腿。放假的日子终于很快地改变了位置，由下下星期变成下星期，由后天变为明天，变为今天，今夜——就在那天夜里，我上了去亚茅斯的邮车，回家了。

在亚茅斯的邮车中，我醒了很多次，断断续续地做了许多梦，梦到学校里所有这些事情。可是在我每次醒来时，看到的窗外的地面，已经不是萨伦学校的运动场，我耳朵里听到的，也不是克里克尔先生对特雷德尔的骂声，而是车夫用鞭子轻轻抽马的声音了。

第八章

我 的 假 期

天还没亮，我们就到达邮车停歇的旅店了，这可不是我那个茶房朋友那家旅馆。我被领进了一间门上写有"海豚"两字的舒适小卧室。我记得，当时虽然让我坐在楼下一个大火炉前，给我喝了热茶，可我仍感到很冷。所以能让我爬上"海豚"的床，没头没脑蒙上"海豚"的毛毯睡觉，真是高兴极了。

那个马车夫巴基斯先生约定早上九点来接我。我八点钟就起了床，没到约定时间，我就准备停当等着他了。由于晚上睡得少，我有点头晕。他见了我的时候，那模样仿佛我们刚分手不到五分钟，好像我只是进旅店兑换点零钱或者是做诸如此类的事似的。我跟我的箱子一上了车，车夫一坐定，那匹懒洋洋的马，就用它那惯常的步子，拉着我们向前走动了。

"你看上去很好，巴基斯先生。"我说，满以为他听了会喜欢。

巴基斯先生只是用袖子擦了擦脸，跟着往袖子上打量着，仿佛想在袖子上找出一点擦下的红润气色似的。对我的那句恭维话没有做出表示。

"我已经转告了你的话，巴基斯先生，"我说道，"我给佩格蒂写过信了。"

"嗯!"巴基斯先生哼了一声。

巴基斯先生好像不大高兴，回答得很冷淡。

"有什么不对吗，巴基斯先生?"我稍微迟疑了一下后问道。

"呃，是的。"巴基斯先生回答。

"话传错了?"

"话也许一点没传错，"巴基斯先生说，"只是到那儿也就完了。"

我不懂他这话是什么意思,就重复他的话追问道:"到了也就完了,巴基斯先生?"

"没有结果呀,"他斜眼瞧着我,解释说,"没有回音。"

"你盼望有个回音? 是吗,巴基斯先生?"我睁大了眼睛,问道。因为这是我没有想到的新情况。

"当一个人说他愿意时,"巴基斯先生又缓缓地把目光转向我,说道,"那就是说,他一直在等回音哪。"

"是吗,巴基斯先生?"

"是的,"巴基斯先生说,他把目光又移回到马耳朵上,"打那以后,那人一直在等回音哪。"

"你对她这样说了吗,巴基斯先生?"

"没——有,"巴基斯先生咕哝了一声,接着琢磨了一会后说,"我没法对她这么说。我从来不曾跟她说上过六句话。我是没法跟她说这个话的。"

"你想要我去跟她说吗,巴基斯先生?"我犹疑不定地说。

"要是你肯说的话,那就对她说,"巴基斯先生说道,又缓缓地朝我看了一眼,"巴基斯一直在等回音哪。你就说——她叫什么来着?"

"她的名字吗?"

"嗯!"巴基斯先生点了点头说。

"佩格蒂。"

"是名字? 还是姓?"巴基斯先生说。

"哦,这不是她的名字。她的名字叫克莱拉。"

"是吗?"巴基斯先生说。

从这一谈话中,他似乎找到了一大堆可供他思考的资料,他坐在那儿,轻轻吹着口哨,沉思冥想了一会。

"好吧!"他终于接着说道,"你就说:'佩格蒂啊! 巴基斯一直在等回音哪!'她也许会问:'什么回音呀?'那你就说:'对我转告你的话给个回音呀。'她问:'那是什么话呀?'你就说:'巴基斯愿意呀!'"

伴随着这番极为巧妙的指示,巴基斯先生还用胳臂肘在我的腰部重重捅了一下。在这以后,他又按他的老样子,朝前俯着身子,对这个话题不再多说什么。过了半个来小时,他才从口袋里掏出一段粉笔,在车篷里面写上

"克莱拉·佩格蒂"几个字——这显然作为私人备忘录了。

啊,现在我回的已不是自己的家了,我所看到的一切,都使我想起从前那个快乐的家,而那个家已像我永远不能再做的梦了,这是一种多么奇特的感觉啊!我母亲,我,还有佩格蒂,我们三人相亲相爱,没有任何人插在我们中间的那些日子,一路上一直让人伤心地出现在我的眼前。因而我没法断定,我是愿意回那个家呢,还是宁愿留在外地跟斯蒂福思做伴,忘掉那个家呢。话虽如此,我还是到家了,很快就来到家门口。只见光秃秃的老榆树在凛冽的寒风中扭动着手臂,那些旧鸦巢也一片片地在随风飘零。

马车夫把我的箱子放在花园门边就走了。我沿着园中的小径朝住宅走去,眼睛不住地朝那些窗子打量,每走一步都生怕看到谋得斯通先生或者谋得斯通小姐,从其中的某扇窗口出现。不过,总算没有露面。我来到屋门前,因为知道在天黑前怎样开门,我没有敲门,便悄没声息、战战兢兢地走进屋子。

当我的脚迈进门厅时,就听到从旧客厅里传来我母亲的声音,上帝知道,它在我心中唤起的是多么孩子气的回忆啊。她正低声唱着歌。我想,当我是个婴儿时,我一定也是这样躺在她的怀中,听她这样对我唱歌。我觉得这歌曲是新的,但又那么熟悉,它充满了我的心房,就像是一个久别归来的朋友。

从我母亲低声哼唱时那孤寂和沉思的样子,我断定她是独自一人。于是我轻轻地走进房间。她正坐在火炉旁,在给一个婴儿喂奶。她把婴儿的小手按在自己的脖子上,她的眼睛朝下看着婴儿的小脸,低声对他唱着歌。我猜得一点没错,没有别的人跟她在一起。

我叫她,她吃了一惊,喊出声来。可是一看到是我,立刻就把我叫作她的亲爱的大卫,她的小宝贝了!她走过半个房间朝我迎了上来,跪在地上吻我,又把我的头搂进怀中,挨近偎依在那儿的婴儿,还把他的小手放到我的唇边。

我真盼当时就死去。真盼当时就心怀那份感情死去啊!那时候,我比后来任何时候更有资格进天堂。

"他是你的弟弟,"我母亲爱抚着我,对我说,"大卫,我的好宝贝!我可怜的孩子!"接着她一次又一次地吻我,搂住我的脖子。正在这时,佩格蒂跑进来了。她奔到我们跟前,咕咚一声坐在地上,在我们俩的身旁闹了有一刻钟。

似乎没有想到我会来得这么快,车夫比往常到达时间提前了许多。好像谋得斯通先生和谋得斯通小姐都到邻居家串门去了,要到晚上才回来。我从来不曾有过这样的希望。我也从来不曾想到,我们三个还能不受干扰地待在一起。当时,我只觉得,仿佛旧日的光景又回来了。

我们一起在火炉边吃饭。佩格蒂要按规矩在旁边伺候我们,可是母亲不让她这样做,要她跟我们一起吃饭。我用的仍是我自己的老盘子,上面绘有一艘张着满帆的棕色战舰。我不在家时,佩格蒂一直把它藏在什么地方。她说,哪怕给一百镑,她也不肯把它打破的。我用的杯子也是我自己的,上面刻有"大卫"两字的那只,还有我原来用的不会割破手的小刀和叉子。

当我们坐在餐桌旁吃饭时,我觉得,这是把巴基斯先生的事告诉她的好机会。可是没等我把要告诉她的话说完,她就开始笑了起来,还把围裙蒙到了脸上。

"佩格蒂!"我母亲说,"你这是怎么啦?"

佩格蒂笑得更厉害了。当我母亲想把围裙拉开时,她却用它紧紧地蒙住脸,坐在那儿,就像是头上套着一只口袋似的。

"你这是干什么呀,你这个笨东西?"我母亲笑着说。

"噢,这该死的东西!"佩格蒂叫了起来,"他想要跟我结婚呢!"

"跟你正好相配呀。难道不好吗?"我母亲说。

"噢,我不知道,"佩格蒂说,"别问我了。哪怕他是个金子打的人,我也不要他。我谁也不要。"

"那你为什么不这样告诉他呢,你这可笑的东西?"

"这样告诉他?"佩格蒂从围裙缝里朝外瞧着说,"有关这件事,他从没对我提过一个字呀。他这还算明白事理。要是他胆敢对我说一个字,我一定掴他的耳光。"

她自己的脸就红得厉害,我想,我从没见过她的脸或者是任何别人的脸,有这般红过。每当她发出一阵狂笑时,她就又把脸蒙上一会儿。这样笑过两三次之后,她才接着吃起饭来。

我注意到,我母亲虽然在佩格蒂看着她时面带微笑,却变得更加严肃,更加心事重重了。我第一眼就看出她变了。她的脸依然很美，可是带有忧伤，显得太纤弱了。她的手又细又白，我觉得简直像是透明似的。但是我现在说的变化还不止这些，而是她的神态变了，她的神态变得忧心忡忡，忐忑不安。后来，她伸出一只手，亲热地放在老仆人的手上，说道：

"亲爱的佩格蒂，你一时还不会去嫁人吧？"

"我，太太？"佩格蒂瞪着眼睛回答说，"我的天哪，不会！"

"眼下还不会吧？"我母亲小心翼翼地问道。

"永远不会！"佩格蒂大声说。

母亲握住她的手，说道：

"别离开我，佩格蒂。跟我待在一起吧。也许不会有多久了。没有你，我可怎么办呢？"

"我离开你？我的宝贝！"佩格蒂喊了起来，"说什么也不会的呀！嗨，你这个小傻瓜，你的小脑袋里怎么会有这种想法的？"因为佩格蒂当年跟我母亲说话时，已经习惯时常把我母亲看成孩子。

可是我母亲除了对她表示感谢外，没有做出回答。于是佩格蒂便以自己的那种方式说了下去。

"我离开你？我想我知道我自己。佩格蒂离开你？我倒要看看她做不做得出那种事！不会，不会，不会，"佩格蒂抱起双臂，摇着头说，"亲爱的，她不会的。有那么几个人，要是她那么做了，他们会很高兴的。可是他们高兴不了，他们只会更加恼火。我要跟你待在一起，直到我变成一个脾气古怪的老婆子。等到我耳朵聋了，眼睛瞎了，腿瘸了，牙掉了，话也说不清了，一点用处都没有了，就连毛病也不值得挑了，那时我就去找我的大卫少爷，求他收留我。"

"那时候，佩格蒂，"我说，"我一定非常高兴见到你，我会把你当女王一样欢迎你。"

"谢谢你的好心肠！"佩格蒂叫了起来，"我知道你会的！"接着她预先吻了我一下，对我的款待表示感谢。吻过之后，又用围裙蒙住头，对巴基斯先生笑了一通。接着她从小摇篮里抱起那婴儿，哄了一会，然后才收拾起饭桌来。忙完这些，她重又回到小客厅，头上换了顶帽子，手上端着针线匣，还有那支码尺和那块蜡头，完全跟以前一样。

我们围坐在火炉旁,欢快地交谈着。我告诉她们,克里克尔先生有多凶暴,她们听了都非常同情我。我还对她们说斯蒂福思是个大好人,一直照顾我。于是佩格蒂说,哪怕走几十英里地去看他,她也愿意。小婴儿醒来后,我也把他抱在怀中,亲热地逗他。等他又睡着时,我就悄悄地走到我母亲身旁,按照中断多时的老习惯,紧紧地搂住她的腰,坐在那儿,把我红彤彤的小脸靠在她的肩上,再次感觉到她的秀发垂在我的身上——我记得,当时我老是认为她的秀发就像天使的翅膀——我真是幸福极了。

当我这样坐在那儿,注视着炉火,看到火红的煤火中呈现出种种幻景,我几乎相信,我从来就没有离开过家;几乎相信谋得斯通先生和谋得斯通小姐都是这样的幻景,煤火灭了,他们也就消失了;几乎相信,除了我母亲、我自己和佩格蒂,我所记得的一切,全都不是真的。

在光线亮得能看清时,佩格蒂总是在补袜子。现在她又坐在那儿,袜子像只手套似的套在左手上,右手拿着针,每当火光一亮时,她就缝上一针。我想不出,佩格蒂一直在补的到底是谁的袜子呢?这么多需要补的袜子,究竟是从哪儿来的呢?打从我最早的婴儿时期起,她好像老是做着这种针线活,从来不曾做过任何别的活儿。

"我真想知道,"佩格蒂说,她有时候会对某个最出乎意料的问题追究起来,"这会儿大卫的姨婆不知怎么样了。"

"天哪,佩格蒂!"我母亲突然从沉思中惊醒过来,说,"你这是在胡说些什么呀!"

"呃,我可真的想知道呢,太太。"佩格蒂说。

"你脑子里怎么会想起这样一个人来的?"我母亲问道,"世界上再没有别的人可想了吗?"

"我不知这是怎么一回事,"佩格蒂说,"要不是我生得笨,那就是我的脑子不会挑选人。他们要来就来,要走就走,要不来就不来,要不走就不走,完全听凭他们高兴。这会儿我要想知道,她怎么了?"

"你多荒唐,佩格蒂!"我母亲回答说,"人家还以为你想要她再来呢。"

"但愿上帝不让出这样的事!"佩格蒂叫了起来。

"哦,好了,那就别再提这种不愉快的事了。这你就做了好事啦。"我母亲说,"不用说,贝特西小姐准是关在她那座海边小屋里,一直在那儿过日子了。不管怎么说，她大概再也不会来打扰我们了。"

"不会了！"佩格蒂若有所思地说，"不会了，决不会来了——不过我在想，要是她要死了，是不是会给大卫留点什么？"

"哎呀，佩格蒂，"我母亲回答说，"瞧你这人多糊涂！难道你不知道，这可怜的孩子一生下来，就把她给得罪了吗？"

"我想，到了这会儿她还会不宽恕他吗？"佩格蒂暗示说。

"为什么这会儿她就该宽恕他呢？"我母亲说，语气有点尖锐。

"我的意思是说，这会儿他有个弟弟了。"佩格蒂说。

我母亲听了立刻哭了起来，说她不明白，为什么佩格蒂敢说这样的话。

"你这样说，好像摇篮里这个可怜无辜的小东西害了你跟别的人似的，你这好妒忌的东西！"她说，"你最好还是去嫁给那个马车夫巴基斯先生吧。你干吗不去呀？"

"要是我去的话，那就让谋得斯通小姐高兴了。"佩格蒂说。

"瞧你的心地有多坏，佩格蒂！"我母亲应声说，"你这样妒忌谋得斯通小姐，是会惹人笑话的。我想，你是想由你来掌管钥匙，分发一切东西吧？你要是有这种想法，我一点也不觉得奇怪。你分明知道，她这样做，只是出于好心和好意。你知道她这样，佩格蒂——你知道得很清楚。"

佩格蒂嘟哝了一句什么，好像是说"去她的好心好意吧！"接着又嘟哝了一句，大意是，这种好心好意未免有点太多了吧。

"我知道你的意思，你这爱闹别扭的东西，"我母亲说，"我完全懂得你的意思。你知道我懂，我真觉得奇怪，你的脸怎么不红得像炉火。不过让我们一件一件地说。我们先来说说谋得斯通小姐，佩格蒂，这你是没法回避的。你不是多次听她说过，她认为我太没主见，太——呃——呃——"

"太漂亮了。"佩格蒂提醒说。

"嗯，"我母亲半笑着回答说，"要是她傻得一定要这样说，这能怪我吗？"

"没人说要怪你。"佩格蒂说。

"是啊，我当然希望不会怪我！"我母亲回答说，"你不是听她说了吗？她一遍又一遍地说，由于我刚才说的原因，她愿意让我免去那一大堆麻烦，她认为我适应不了这一切，才来替我，我自己也确实知道，我适应不了。她不是一直起早落夜,整天跑来跑去吗?——她不是什么事都做,什么地方都去吗,煤棚子里,食物室里,还有我不知道的地方?那些地方是不会很舒适的——而你却拐弯抹角地说,这里面没有什么赤胆忠心。"

"我根本没有拐弯抹角。"佩格蒂说。

"你就是那样的,佩格蒂,"我母亲回答说,"除了干活,你就老是拐弯抹角地瞎说,从来不干别的。你就爱好这个。还有你在谈到谋得斯通先生的好意时——"

"我从来没有谈过这个。"佩格蒂说。

"你是没谈过,佩格蒂,"我母亲回答说,"可你拐弯抹角地说了,这就是我刚才对你说的。这就是你最不好的地方。你喜欢拐弯抹角地瞎说。我刚才说,我了解你。你也知道我了解你。你在谈到谋得斯通先生的好意,装作看不起这种好意时(因为我不相信你在心里真的看不起,佩格蒂),你一定跟我一样相信,那是多好的好意,是这种好意促使他去做一切好事。要是他对某个人好像严厉了一点,佩格蒂——你是知道的,我相信大卫也知道,我这并不是指在这儿的什么人——那完全因为他认为这是为了那个人好。由于我的缘故,他自然也爱那个人。他的所作所为只是为了那个人好。对于这种事,他比我更有判断力,因为我十分清楚,我是个软弱、浅薄、幼稚的人,而他是个坚强、深沉、老练的人。他为我,"我母亲说到这儿,由于她那柔弱的性格,禁不住潸下泪来,"他为我尽了很大的力,我应当十分感激他,就连思想上都应该完全服从他。每当我没有这样做时,佩格蒂,我就心里不安,责备自己,怀疑起我自己的心肠,不知道怎么办才好。"

佩格蒂坐在那儿,下巴支在袜底上,看着炉火,一言不发。

"好啦,佩格蒂,"我母亲接着说,这回语气变了,"我们就别再互相过不去啦,我受不了。我知道,要是我在世上有个真正的朋友的话,那就是你了。当我把你叫作荒唐可笑的家伙、让人讨厌的东西或者是类似的什么时,佩格蒂,我的意思只是说,你是我真正的朋友,打从科波菲尔先生第一次把我带回家来,你到栅栏门外迎接我的那天晚上起,你一直就是我真正的朋友。"

佩格蒂的反应并不慢,她紧紧地搂抱了我一下,借此表示她批准了这个友好条约了。我想,当时我对这次谈话的真正性质,只有些许领悟。可是现在我确信,那次谈话,是那个好心眼的人发起和参与的,目的只是为了让我母亲可以用她所喜爱的小小的矛盾结论来安慰自己。佩格蒂的这一主意，很有效果；因为我记得，那天晚上余下的时间里，我母亲似乎格外高兴，佩格蒂也很少说她了。

我们喝过茶，拨过炉火，剪过烛芯后，我又给佩格蒂读了一章鳄鱼书，用以纪念过去的时光——她从口袋里掏出那本书，我不知道她此后是否一直把书藏在那儿——然后我们又谈起萨伦学校，这话题又把我引到了斯蒂福思身上，他是我的一个重大的话题。我们都很快活。那一晚，是我度过的同类晚上的最后一晚，我生活中的那一章注定永远结束了，因而那一晚永远不会从我的记忆中消逝。

快到十点钟时，听到了车轮声。于是我们便都站起身来。我母亲赶忙说，天已经很晚了，谋得斯通先生和谋得斯通小姐都主张年轻人应该早睡，所以看来我还是去睡为好。我吻了吻她，在他们进来之前，便端着蜡烛上楼了。当我朝监禁过我的那间卧室走去时，我那幼小的心灵中，只觉得他们给家里带来一阵冷风，把旧日熟悉的感情像一片羽毛似的吹走了。

第二天早晨，下去用早餐时，我心里感到很不安，因为自从那次犯了令人难忘的过错后，我一直没有见过谋得斯通先生。可是，既然非下去不可，我就下去了，这是在经过两三次踮着脚中途折回我自己的卧室之后。我终于来到小客厅里。

谋得斯通先生正背对炉子站在火炉前，谋得斯通小姐则正在沏茶。我进屋时，他眼睛一直朝我盯着，可是一点要跟我打招呼的表示都没有。

我局促不安了一会，接着便走到他跟前，说："对不起，先生。我为我的行为感到后悔，我请求你能宽恕我。"

"听到你说后悔，我感到高兴，大卫。"他回答说。

他伸给我的那只手，就是我咬过的那只。我的目光禁不住在那上面的红疤上停了一会。但是当我看到他脸上那阴险的表情时，我的脸就变得比那疤痕更红了。

"你好，小姐。"我对谋得斯通小姐说。

"哎呀！"谋得斯通小姐一面叹气，一面伸给我那个掏茶叶的小匙子，代替她的手，"假期有多长？"

"一个月，小姐。"

"从哪一天算起?"

"从今天,小姐。"

"哦!"谋得斯通小姐说,"那么已经过了一天了。"

她就是这样来计算我放假的日子的。每天早上,她都用完全相同的方式画去一天。做这件事时,她总是沉着脸,一直到第十天。可是进入到两位数时,她的神色变得较有希望了;时光更往前推移,她竟露出了逗趣的样子。

就在这回家后的第一天,我不幸竟把她吓了一大跳,虽然一般说来她是没有这种弱点的。当时,我走进她跟我母亲正坐着的那个房间,看到小婴孩(他出生才几个星期)在我母亲的膝盖上,我就非常小心地把他抱到怀里。这时,谋得斯通小姐突然尖声大叫起来,吓得我差一点让婴孩掉到地上。

"我亲爱的简!"我母亲叫道。

"天哪,克莱拉,你看见了吗?"谋得斯通小姐喊道。

"看见什么,我亲爱的简?"我母亲问道,"在哪儿?"

"他弄小宝宝了!"谋得斯通小姐叫道,"这小子把小宝宝给提溜起来了!"

她吓得腿都软了,但她还是挺起身子,朝我扑了上来,一把从我怀中抢走婴儿。接着她便晕过去了;她晕得那么厉害,大家只好给她灌下樱桃白兰地。她清醒过来后,郑重地给我下了一条禁令,我不得再以任何借口碰我的弟弟;我能看出,我那可怜的母亲虽然不希望这么做,可她还是温顺地同意了这一禁令,说:"毫无疑问,你是对的,我亲爱的简。"

还有一次,我们三个人正待在一起,这同一个可爱的小宝宝——因为我母亲的缘故,我觉得他真的非常可爱——不知怎的又成了谋得斯通小姐莫名其妙地大发脾气的起因。当时小婴孩正躺在我母亲的膝盖上,母亲一面看着他的眼睛,一面说:

"大卫! 你过来!"我过去后,她又看着我的眼睛。

我看到谋得斯通小姐把手中正在穿的珠子放下了。

"我敢断定,"我母亲温柔地说,"他们俩的眼睛很像。我想他们全像我。我看他们俩眼睛的颜色,跟我的完全一样。他们俩真是像极了。"

"你在说些什么,克莱拉?"谋得斯通小姐说。

"我亲爱的简。"我母亲听到这问话口气严厉,有点局促不安,结结巴巴地回答说,"我发现这孩子的眼睛跟大卫的完全一样。"

"克莱拉!"谋得斯通小姐怒气冲冲地站了起来,说,"你有时十足是个傻瓜。"

"哟,我亲爱的简。"我母亲不以为然地说。

"十足是个傻瓜,"谋得斯通小姐说,"除了你,谁会拿我弟弟的孩子跟你的孩子去比?他们俩一点也不像。他们俩完全不像。不管是哪一方面,他们丝毫都没有相像的地方。我希望他们永远是这样。我可不愿坐在这儿,听这种胡乱比较。"说着她昂首阔步地走出屋子,砰的一声关上身后的房门。

简单地说,在谋得斯通小姐看来,我不是一个讨人喜欢的人。在任何人看来,甚至在我自己看来,我也不是一个讨人喜欢的人。因为那些喜欢我的人不敢表示出来,而那些不喜欢我的人却表示得这么明显,因而使我深深地感到,自己总是显出一副束手束脚、粗里粗气、笨头笨脑的样子。

我觉得,我使他们不舒服,就像他们使我不舒服一样。要是他们一块儿正在谈话,我母亲本来好像很高兴的样子,可是我一进去,她的脸上立刻就会悄悄蒙上一层愁云。要是谋得斯通先生有说有笑心情正好时,我一进去,他马上就不再高兴了。要是谋得斯通小姐心情正不好时,我一进去,就会使她更加不高兴。我当时就能理解,知道我母亲永远是个受难者;她不敢跟我说话,不敢对我好,生怕那样做了就会得罪他们,随后就要挨一顿训斥。她不仅始终害怕自己得罪了他们,还怕我得罪了他们。因而我只要动一下,她就惴惴不安地注意他们的脸色。所以我决定尽可能躲开他们。在那寒冬的时日里,许多时候我都坐在我那阴暗的卧室里,身上裹着我的小小的大衣,专心看书,倾听教堂的钟声。

晚上,我有时去厨房跟佩格蒂一起坐一会儿。在那儿,我感到心情舒畅,不用害怕露出自己的本相。但是这两种躲避办法,都得不到客厅里的人许可。在那儿统治着一切的以折磨人为乐的恶意,把这两种办法都给禁止了。他们认为,为了要磨炼我可怜的母亲,我仍然是必不可少的。作为一个磨炼工具,我是决不允许不在场的。

"大卫,"一天晚饭后,当我正想像往常那样离开小客厅时,谋得斯通先生说,"看到你脾气这么拗,我心里真不是味儿。"

"拗得像只熊!"谋得斯通小姐说。

我一动不动地站着,低着头。

"听我说,大卫,"谋得斯通先生说,"在所有脾气中,执拗是最坏的一种了。"

"在我见过的有这种脾气的孩子中,"他姐姐说,"这孩子的脾气是最倔强、最执拗的了。我想,亲爱的克莱拉,连你也一定看出了吧?"

"请你原谅,我亲爱的简,"我母亲说,"你是否确信——我相信,我这样问你是不会怪我的,我亲爱的简——你了解大卫?"

"我要是连这孩子,或任何别的孩子都不了解,"谋得斯通小姐回答说,"那我真要没脸做人了。我不能夸口说自己知识渊博,但我自己认为一般的常识还是有的。"

"毫无疑问,我亲爱的简,"我母亲回答说,"你的理解力是很强的——"

"哦,不! 你别这么说,克莱拉。"谋得斯通小姐愤愤地插嘴说。

"可我相信是这样,"我母亲接着说,"大家都认为是这样。我自己就在许多方面由此得到很多益处——至少我应该说是这样——没有人比我更相信这一点了。我这样说是很谦虚的,我亲爱的简,我向你保证。"

"我们可以说,我不了解这孩子,克莱拉,"谋得斯通小姐摆弄着自己手腕上的"小手铐"说,"我们就姑且同意,我根本不了解他。他对我来说太深奥莫测了。不过,也许我弟弟的洞察力能看透他的性格。我相信,刚才他正谈到这个问题时,我们把他的话头给打断了——这不太礼貌。"

"我想,克莱拉,"谋得斯通先生用一种低沉严肃的声音说,"对于这个问题,也许有比你更好、更公正的裁判。"

"爱德华,"我母亲战战兢兢地回答说,"对于一切问题,你都是一个最好的裁判,比我不懂装懂要高明多了。你跟简两人都是这样。我只是说——"

"你只是说了一些不着边际、未加考虑的话,"他回答说,"以后别再这样啦,我亲爱的克莱拉。你要时刻留神你自己。"

我母亲的嘴唇动了动,仿佛回答说"是,我亲爱的爱德华",可她并没有说出声来。

"我刚才说啦,大卫,"谋得斯通先生傲慢地把脑袋和目光转向我,说道，"看到你的脾气这么拗，我心里很不是味儿。我不能眼睁睁地看着你这种脾气越来越发展，而不加以纠正。你自己必须努力改掉这种脾气，先生。我们也得努力帮你改掉它。"

"请你原谅，先生，"我结结巴巴地说，"打从我回来起，我从来不曾有意要执拗过。"

"别用谎言来掩饰啦，先生！"他回答时如此凶相毕露，我看到我母亲不由自主地伸出哆嗦的手，仿佛要把我跟谋得斯通先生隔似的，"就是由于你的脾气拗，你躲进自己的房间。本应该待在这儿时，你却躲在自己的房间里。你现在应该知道，一句话，我要你待在这儿，不要待在那儿。还有，我要你在这儿老老实实地听我的话。你是知道我的，大卫。我说到做到。"

谋得斯通小姐发出一声干笑。

"我要你对我恭恭敬敬，立即服从，而且还要心甘情愿。"他继续说，"对简·谋得斯通也要这样，还有对你母亲，也要这样。我决不允许让一个孩子随自己的心愿，像躲瘟疫似的躲开这个房间。坐下。"

他像对待一条狗一样命令我，我也像一条狗一样服从他。

"还有一件事，"他说，"我发现你老爱跟下等人混在一起。你不得跟仆人们交往。你有许多方面需要改正，厨房里是无法使你改好的。有关那个叫你使坏的女人，我先不说什么——因为你，克莱拉，"他低声对我母亲说，"由于你跟她多年相处，长期对她偏爱，有一种对她盲目尊重的弱点，直到现在都还没有克服。"

"一种最最莫名其妙的错误思想！"谋得斯通小姐大声说道。

"我只说，"谋得斯通先生对着我继续说，"我不赞成你老爱跟佩格蒂那个女人在一起，以后不许这样了。你听着，大卫，你是知道我的。要是你不老老实实听我的话，你知道会有什么结果。"

我知道得很清楚——就我那可怜的母亲来说，我也许比他所想的还要清楚——我老老实实地听他的话了。我不再躲进自己的房间，也不再到佩格蒂那儿去了。而是一天接一天，沉闷乏味地坐在小客厅里，一心盼望着黑夜和睡觉时间的到来。

我几小时几小时地用同一个姿势坐在那儿，生怕动一动胳臂，或者动一动腿，谋得斯通小姐就会指责我不安静（只要有一点借口，她就会这样做），我连眼皮都不敢抬一抬,我一抬,她就会露出不高兴或盘查的样子,让她找到指责我的新借口。我受到的是多么令人恼恨的拘束啊!我呆呆地坐在那儿,听着时钟的嘀嗒声,看着谋得斯通小姐在穿发亮的小钢珠,寻思着她是否会结婚,要是结婚的话,会嫁给哪个倒霉的人。我还数着壁炉搁板上刻的线条,然后又把目光转到天花板上,转到墙纸上的波纹形和螺旋形的花纹中间。这是多么令人痛苦难受啊!

我被困在那间里面有谋得斯通先生和谋得斯通小姐的客厅里,这成了我必须挑着的一副担子,一种我无法打破的白昼梦魇,一种害得我精神沮丧、头脑迟钝的重压。在恶劣的冬日里,在泥泞的小路上,我孤单一人怎么散步啊!

在吃饭的时候,总觉得有一把刀子和一把叉子是多余的,那是我的;总觉得有一张嘴是多余的,那是我的;总觉得有一个盘子和一张椅子是多余的,那也是我的;总觉得有一个人是多余的,那就是我!在默不作声、局促不安中,我吃的是什么样的饭啊!

晚上,蜡烛点燃后,无疑要我找点事儿做,可我又不敢看有趣的消闲书,只好看一些古板、枯燥的算术书。结果那些度量衡表都变成像《统治吧,不列颠!》①或《忘忧歌》②似的歌曲了;它们老是不肯站稳了让我好好学习,而是像给我的老祖母穿针③似的穿过我那不管用的脑袋,从一只耳朵进去,从另一只耳朵出来。这是什么样的晚上啊!

尽管我倍加小心,可仍不断地又打呵欠又打盹;而当从偷偷的打盹中醒来时,我是多么惊恐啊。我偶尔说上一句话,也从来没有人搭理。我就像是一片人人忽视的空白,可我又碍着一切人的事。每当听到时钟敲响九点的第一声,谋得斯通小姐命令我去睡觉时,这对我是多么重大的解脱啊!

我的假期就这样一天一天地拖过去,直到有一天早晨,谋得斯通小姐对我说:"最后一天过去了!"接着她给了我假期中的最后一杯茶。

我又要离家了,可是我没有感到难过。我已经陷入了一种麻木状态。

---

① 英国作曲家托马斯·阿恩(1710—1778)所谱著名歌曲。
② 英国当时流行的一首著名情歌,曲子改编自莫扎特的歌剧《魔笛》。
③ 一种儿童游戏。

不过我的知觉正开始有点恢复，我想念起斯蒂福思来了，虽然在他后面隐约地出现了那个克里克尔先生。巴基斯先生又一次来到栅栏门前。当我的母亲俯下身来和我吻别时，谋得斯通小姐又发出她那警告的声音："克莱拉!"

我吻了我母亲和小弟弟，当时我心里非常难过。但并不是为离家而难过，因为在家里时，在我们之间，日日夜夜都横着一条鸿沟，一直把我们分开。尽管我母亲拥抱我时不知有多热烈，可是永远留在我心中的，主要的并不是她的拥抱，而是她拥抱我以后的情景。

我已经坐进马车，听到她在叫我。我朝车外看去，只见她独自一人站在花园的栅栏门边，双手举着婴儿叫我看。那是个寒冷而无风的天气。她手举婴儿，目不转睛地看着我，一丝头发、一片衣襟都没有飘动。

我就这样失去了她。后来，在学校里的睡梦中，我见到她时也是这样——一个站在我床边的默不作声的影子——同样目不转睛地看着我——双手举着婴儿。

第九章

难忘的生日

在三月份我的生日到来之前,学校里发生的一切,我在这儿全都略过不提了。因为在这段时间里,除了斯蒂福思比先前更让人钦佩羡慕外,我什么都不记得了。他最迟在这一学期的末尾,就要离开学校。在我看来,他比以前更加潇洒不羁,因而也就比以前更让人喜欢了。可是除此之外,我已什么都不记得。当时留在我脑子里印象最深的就是这个,它似乎把所有较小的回忆全都给吞没,独自留存下来了。

就连从我回校到我生日隔了有整整两个月这一点,也难以叫我相信。我只能认为事实是这样,因为我知道事实一定是这样,要不我就会认为它们之间没有间隔,我的生日是紧跟着我返校的日期了。

那一天的事,我记得真是太清楚了。我现在还能嗅到弥漫在四周的雾气,还能看到雾气中那朦胧的白霜,还能觉出那蒙霜的湿漉漉的头发披落在脸颊上。我看着教室中昏暗的景象,一支支毕剥作响的蜡烛,照亮着多雾的早晨。同学们一个个往手上哈气,往地上跺脚;他们呼出的热气,在湿冷的空气中像烟似的缭绕。

那是在早饭以后,我们已被从运动场召进教室,夏普先生进来叫道:

"大卫·科波菲尔,到小客厅去。"

我心里想,一定是佩格蒂给我捎来一篮东西了,所以听到这叫喊声我高兴极了。当我匆匆忙忙从座位上走出时,周围的一些同学都要求我分东西时别忘了他们。

"别急,大卫,"夏普先生说,"有的是时间,我的孩子,别急。"

他说话时那种充满感情的口气，要是我想一想，一定会感到吃惊，可是当时我没有去想。我急忙来到小客厅，只见克里克尔先生正坐在那儿吃早饭，面前放着手杖和报纸；克里克尔太太手中拿着一封拆开的信。但是没有篮子。

"大卫·科波菲尔，"克里克尔太太把我领到一张沙发跟前，在我旁边坐下后对我说，"我特意把你叫来，是要跟你谈谈。我有一件事要告诉你，我的孩子。"

我当然朝克里克尔先生看了，可他只是摇着头，没有朝我看；他本来还想要叹气的，却让一大片涂了奶油的面包给噎住了。

"你还太年轻，不懂得什么是世事变化无常，"克里克尔太太说，"什么叫人有旦夕祸福。可是这种事，我们都得经历的，大卫。我们当中，有的人年轻时就经历了，有的人到老了才经历到，还有的人一辈子老是经历这种事。"

我一直盯住她看着。

"你在假期结束离家回校时，"克里克尔太太停了一会说，"你家里的人都好吗？"接着又停了一会，"你妈妈好吗？"

听了这话，不知为什么我全身都颤抖起来，只是依旧盯住她看着，不想回答。

"因为，"她说，"说起来很难过，我得告诉你，今天早上我听说你妈妈病得很厉害。"

一片迷雾突然在我和克里克尔太太之间升起，她的身影似乎在雾中摇晃了一会，接着我觉得烫人的热泪流淌到我的脸上，她的身影也静止了下来。

"她病得很危险。"她补充说。

现在我全明白了。

"她死了。"

用不着这样告诉我了。我伤心地痛哭起来，觉出我已成了这个大千世界上的一个孤儿了。

克里克尔太太待我非常仁慈。她留我在那儿待了一整天，有时还让我独自一人待着。我一直哭着，哭累了就睡着了，睡醒了又哭。当我再也哭不出来时，我就开始思索起来。当时我感到，我胸口的压力已沉重到极点，我的悲伤是一种使人木然、无法解脱的痛苦。

可是我的思绪非常散乱，并没有专注在重压我心头的巨大不幸上，而是在它的附近徘徊。我想到我们家门窗紧闭，一片静悄悄①。我想到那个小婴儿，听克里克尔太太说，他已经病了一些时候，非常瘦弱，他们认为，他也活不了啦。我想到我家附近教堂墓地中我父亲的坟墓，想到我母亲也要躺到我很熟悉的那棵树的下面。在留下我独自一人时，我站到一张椅子上，照了镜子，看看我的眼睛有多红，我的脸有多悲痛。过了几个小时后，我心里想，我的眼泪现在是不是真的流不出来了，要是果真那样，那我快到家时——因为我要回去参加葬礼——我得想到什么丧亲之痛，才能使我感到最伤心呢。我还清楚地意识到，在其他学生的心目中，我有了一种尊严的气派，由于我的不幸，我成了一个显要人物了。

要是说有哪个孩子曾真正感受过丧亲之痛，那就是我了。但是我却记得，那天下午，别的同学都在教室里上课，只有我独自一人在运动场上散步，我为自己变得这般显要感到很得意。他们去上课时，我看到他们一个个都从窗子里朝我看，我感到与众不同，便摆出更加悲伤的样子，走得也更慢了。下课以后，他们都出来跟我交谈，我觉得自己挺好，对谁也没有摆架子，对待他们完全跟从前一样。

我要在第二天晚上动身回家，不过坐的不是邮车，而是笨重的叫作"农夫号"的夜行马车，这种车主要是给乡下人作短途旅行搭乘的。那天晚上，我们没有讲故事，特雷德尔硬要把他的枕头借给我用。我不知道他认为这样做对我有什么好处，因为我自己原本就有一个枕头。不过这可怜的人能出借的只有这件东西，除此之外，就是那张画满骷髅的信纸了。我们分别的时候，他把那张信纸给了我，作为对我悲哀的一种慰藉，帮助我的心灵得到安宁。

第二天下午，我离开了萨伦学校。当时我根本没有想到，我这一离开，就永远不回来了。车走得很慢，整整走了一夜，直到第二天早上九十点钟，我们才到达亚茅斯。我朝窗外张望，想寻找巴基斯，可是他不在。我只看到

①　西方习惯，家有丧事时，紧闭门窗，静寂无声。

一个胖胖的矮老头,他外表欢快,走起路来直喘气,身上穿一套黑衣服,短裤的膝盖处镶有小束褪色的缎带,脚上穿的是黑袜子,头戴一顶宽边礼帽。他喘着气走到车窗跟前,问道:

"是科波菲尔少爷吧?"

"是的,先生。"

"请你跟我来,少爷,"他说着打开了车门,"由我送你回家,好吗?"

我把手放到他的手里,一面心里嘀咕,不知道他是什么人。我们来到一条狭窄街道上的一家店铺跟前,店门上写着"欧默:零售布匹、服装、零星服饰用品,兼营服装加工、丧葬用品等"。这间铺子很小,屋子里很闷,店堂里满是做好的和没有做好的衣服,还有一个橱窗,里面摆满男式礼帽和女帽。我们走进店堂后面的一间小客厅。我看到有三个年轻女人正在干活,她们面前的桌子上摊着一些黑色布料,地上满是剪下来的布屑。屋子里有一只烧得很旺的火炉,还有一股暖烘烘的黑纱发出的让人喘不过气来的气息。当时我不知道那是什么气息,不过现在我知道了。

那三个年轻女人,看上去非常勤快,干活显得很轻松。她们只是抬起头来朝我看了一眼,接着便又低头干活了。一针,一针,一针,飞快地缝着。同时,从窗外院子那边的一个工场里,传来一种有规律的锤子钉东西的声音;砰——嗒嗒,砰——嗒嗒,砰——嗒嗒,没有任何变化。

"呃,"带我来的老头对三个年轻女人中的一个说,"明妮,你们的活儿做得怎么样啦?"

"试样时我们一准做好,"她没有抬起头,高兴地回答说,"你放心吧,爸爸。"

欧默先生摘下宽边帽,坐下来直喘气。他太胖了,不得不喘上一会气,才能开口说:

"很好。"

"爸爸!"明妮开玩笑似的说,"你真成了一头海豚了!"

"啊,我也不知道这是怎么回事,我亲爱的。"他回答说,一面琢磨着发胖的原因,"我是太胖了。"

"你过得太自在了,你知道,"明妮说,"你什么事都不当一回事。"

"不这样有什么好处呀,我亲爱的。"欧默先生说。

"是啊,这倒也是,"女儿回答说,"谢天谢地,我们这儿全都开开心心的! 是不是,爸?"

"但愿是这样,我亲爱的,"欧默先生说,"我这会儿已经喘过气来了,我想我得给这位青年学生量尺寸了。请到店堂里去好吗,科波菲尔少爷?"

听了欧默先生的话,我走在他前面,进了店堂。他先给我看了一卷布料,还告诉我说,这是特等料子,除了为父母穿孝使用外,做别的丧服就太高级了。说完,他就量我的各种尺寸,一边量,一边记在一个本子上。记尺寸时,他还要我看看他店里的存货,有些款式,他说是"刚流行的",有些款式,他说是"刚过时的"。

"因了这种缘故,我们经常损失不少钱呢!"欧默先生说,"不过款式也跟人一样,没有人知道它们什么时候流行,为什么会流行,怎么流行;也没有人知道它们什么时候过时,为什么会过时,怎么过时。依我来看,一切都像人生,要是你用这样的观点来看的话。"

当时我太悲伤了,顾不上跟他讨论这个问题;不过即使在别的情况下,我大概也没有能力讨论这样的问题。欧默先生有些困难地喘着气,又把我带回到小客厅。

接着,他朝门后面一道很陡的小台阶下面喊道:"把那份茶和面包、奶油端来!"我坐在那儿,朝四周打量着,心里想着心事,耳朵听着屋子里的缝衣声和院子那边传来的敲打声。过了一会,茶和面包、奶油用一只盘子盛着端来了,原来这是专门为我准备的。

"我早就跟你认识了,"欧默先生朝我看了一会后说,在这段时间里,我没有怎么去注意那份早餐,因为那些黑色的东西败坏了我的胃口,"我认识你已经很久了,我年轻的朋友。"

"是吗,先生?"

"你一生下来,我就认识你了,"欧默先生说,"也可以说在那以前。在认识你以前,我就认识你父亲了。他身长五英尺九英寸,他埋的那块地长二十英尺,宽五英尺。"

"砰——嗒嗒,砰——嗒嗒,砰——嗒嗒。"声音从院子那边传来。

"他埋的那块地长二十英尺,宽五英尺,虽说他只用了其中的一小部分。"欧默先生兴致勃勃地说,"这要么是你父亲的遗嘱,要么是你母亲的安排,我记不清了。"

"你知道我的小弟弟怎么样了,先生?"我问道。

欧默先生摇了摇头。

"砰——嗒嗒,砰——嗒嗒,砰——嗒嗒。"

"他在他母亲的怀里了。"他说。

"啊,可怜的小宝宝! 他也死了吗?"

"你无能为力的事,就别操心啦!"欧默先生说,"是的,那娃娃也死了。"

听到这一消息,我的伤痕重新裂开了。我撂下那份几乎一点未尝的早餐,走到那小房间的一角,把头伏在那儿的一张桌子上。明妮急忙收拾掉桌上的东西,生怕我的眼泪会把上面的丧服给弄脏了。明妮是个模样俊秀、性情温和的姑娘,她用温柔的手轻轻地把我的头发从眼睛上捋开。但是,她因为快要完成自己的活儿,而且能及时完成,所以非常高兴,心情跟我完全不同!

过不多久,锤子的敲打声停止了,一个英俊的小伙子穿过院子,走进了房间。他手里拿着一把锤子,嘴上衔着好些小钉子。他得先把钉子掏出来,然后才能说话。

"啊,乔兰!"欧默先生说,"你的活儿干得怎样啦?"

"好了,"乔兰说,"干完了,先生。"

明妮的脸上微微泛起了红晕。另两个姑娘相对微微一笑。

"什么! 这么说,昨天晚上我上俱乐部时,你点上蜡烛开夜工了?"欧默先生说着闭上一只眼睛。

"是的,"乔兰说,"因为你说过,这活干完了,我们就可以去玩一趟,我们一块儿去,明妮和我——还有你。"

"啊,我还以为你们要把我给完全甩了呢!"欧默先生说着大笑,直到笑得咳嗽起来。

"——承你这么好心,说了那样的话,"小伙子接着说,"所以我就拼命去干了,你知道。你是不是去看看,给我提提意见?"

"我去看看,"欧默先生说着站起身来。"我亲爱的,"他又停下来转向我说,"你要不要跟我去看看你的——"

"不,爸爸!"明妮阻拦说。

"我本来想,这样做应该是合适的,我亲爱的,"欧默先生说,"不过,也许你是对的。"

我现在说不上来,当时我怎么知道他们去看的是我那亲爱的、亲爱的母亲的棺材。我从未听说过做棺材的事,也从未见到过我所知道的棺材,可是听到那连续不断的敲打声,我就想到那是什么声音了;而当那个年轻人进来时,我确信,我知道他在做什么了。

现在,活儿都干完了,那两个我没听到叫什么名字的姑娘,刷干净自己衣服上的线头、布屑,便到店堂里把店堂收拾整齐,等待着顾客的到来。明妮留在后面折叠好她们做好的东西,然后把它们装在两只篮子里。她跪着做这些事情时,嘴里哼着一支轻快、动听的小曲儿。乔兰毫无疑问是她的情人,在她正忙着时,他进来偷偷地吻了她一下(他对我一点也不在意),对她说,她父亲套马车去了,他得赶快去做好准备。说完就又出去了。随后她便把顶针和剪刀放进自己的口袋,把一枚穿着黑线的缝针利索地别在裙服的前襟上,照着门后面的一面小镜子,整整齐齐地穿上外面的衣服。从镜子里,我看到了她满面春风的样子。

所有这一切,都是我坐在屋角的桌子旁看到的,当时我用一只手支着头,正想着各种各样的心事。马车很快就来到店前,先往车子上放上那两只篮子,然后又把我扶到车上,跟着他们三人也上了车。我记得这辆车一半像载人的轻便马车,一半像运钢琴的运货马车,漆成灰暗的颜色,由一匹长尾巴的黑马拉着。我们都坐在车上,地方还很宽绰。

跟他们一块儿坐在车上,想到他们干的是什么活儿,看到他们那副兴高采烈的样子,我认为我这一生从未有过这般奇异的感觉(也许我现在变得聪明一些了)。我当时并没有生他们的气,我更多的是怕他们,仿佛我已落到了一群在天性方面跟我毫无共同之处的人中间。他们都非常高兴。那老头儿坐在前面赶车,两个年轻人则坐在他身后。每逢他跟他们说话的时候,他们朝前俯着身子,一个俯在他那胖脸的这一边,一个俯在他那胖脸的那一边,对他非常恭敬。他们也想跟我谈话,可是我避开了他们,愁眉苦脸地坐在一个角落里,对他们的打情骂俏、又说又笑(虽然不到喧闹的程度)感到吃惊,我心里几乎觉得奇怪,他们这样铁石心肠,为什么竟没有受到惩罚。

就这样,当他们停下来喂马、吃喝和逗乐时,凡是他们动过的东西,我就决不去动,一直坚持禁食斋戒。因此,当马车刚刚驶到家门口时,我便尽快地从后面溜下车来,免得在那些充满严肃气氛的窗子(它们原来晶莹明亮,现在却像闭眼瞎子似的看着我)跟前,跟他们混在一起。哦,看到我母亲房间的窗子,还有隔壁我那间卧室(在当年美好的时日里)的窗子,哪里还有必要在回家时想些伤心的事来促使自己流泪啊!

我还没走进屋门,便扑倒在佩格蒂的怀里了。她把我领进家门。她刚一见到我时,伤心得哭起来了,不过很快就控制住了。她低声说话,轻轻走路,好像生怕会打扰死者似的。我发觉她已经很长时间没有上过床了。她晚上依旧坐在那儿守着。她说,只要她这个可怜的、亲爱的宝贝还没下葬,她就决不离开她。

谋得斯通先生坐在小客厅里,我进去时,他没有理睬我。他一直坐在壁炉跟前默不作声地掉眼泪,在扶手椅上想着心事。谋得斯通小姐正在写字台旁忙着,台子上摊着信件和单据。她朝我伸过来冷冰冰的手指甲,用刺耳的嗓音低声问我,我的丧服是否已量过尺寸。

我说:"量过了。"

"还有你的衬衣什么的,"谋得斯通小姐说,"都带回来没有?"

"带回来啦,小姐。我把我的衣服全带回来啦。"

这就是她的坚定所能给我的全部安慰。我毫不怀疑,她有这样一个机会,来表现她所谓的她的自制,她的坚定,她的意志力,她的常识,以及她那令人讨厌的品性中全部恶毒的东西,心里是十分高兴的。她对于自己的办事才能,特别得意。她现在把一切都化之为笔墨,以此来显露自己的才能,对别的任何事都无动于衷。在那天余下的时间,以及后来的几天里,她从早到晚都坐在那张写字台旁,用一支硬笔泰然自若地写着,用同样沉着冷静的态度跟每个人低声说话,脸上的肌肉从未松开,说话的口气从未温和,身上的衣服也从未蓬乱过。

她的弟弟有时拿着一本书,但是据我看来,他根本没有在看。他打开书本,朝书上看着,像是在看书,可是整整一个小时,从来不曾翻过一页,然后又放下书,在房间里来回走动。我一直合着双手坐在那儿看着他,一小时一小时地数着他的步子。他很少跟他姐姐说话,跟我则一句也没说。在整座死寂的房子里,除了时钟之外,他好像是唯一不安静的东西了。

在葬礼前的这几天里,我很少看到佩格蒂,只是在我上下楼时,我老在停放我母亲和她的婴孩的那个房间近旁看到她。除此之外,每天晚上当我要睡时,她就来到我的房间,坐在我的床头陪着我。在葬礼前一两天——我想是在这之前一两天,不过在那段沉痛的时日里,我脑子里一片混乱,根本没有注意到时间的进程——她把我带进那间房间。现在我只记得,在床上一块白罩布的下面,我觉得好像就是这屋子里庄严肃静的化身,床周围是一片很美的洁白和清新。当佩格蒂正想把罩布轻轻掀开时,我叫了起来:"哦,不要! 哦,不要!"并抓住了她的手。

即便葬礼是昨天举行的,我也不可能记得更清楚了。当我跨进那间最好的客厅的门时,就感受到客厅里的那种气氛,壁炉里闪着熊熊的炉火,瓶子里的酒在闪闪发光,各色各样的杯子和盘子,糕点的微香,谋得斯通小姐衣服的气息,还有我们全都穿着的黑衣服。齐利普医生也在房间里,他走过来跟我说话。

"大卫少爷,你好吗?"他和蔼地说。

我不能对他说我很好。我把手伸给他,他握住了我的手。

"哎呀!"齐利普先生亲切地微笑着说,眼睛中像有什么东西在闪闪发光,"我们周围的小朋友都长大了。他们大得我们都不认识了。是不是,小姐?"

这是对谋得斯通小姐说的,但她并没有搭理。

"这儿比从前更好了,是吧,小姐?"齐利普先生说。

谋得斯通小姐只是皱一皱眉头和稍微点了点头,作为回答。齐利普先生碰了这两个钉子后,便握着我的手走到一个角落里,不再作声了。

我所以记得这一点,是因为我记住了发生的一切,并不是因为我关心我自己,或者我回家以来一直关心自己。现在,铃声响了。欧默先生和另一个人走了进来,要我们做好准备。正像佩格蒂时常告诉我的那样,多年以前给我父亲送葬的那些人,也是在这同一间屋子里做好准备的。

参加送葬的有谋得斯通先生,我们的邻居格雷珀先生,齐利普先生,还有我。我们走到门口时,抬棺材的已经抬着棺材,在花园里了。他们走在我们的前面,沿着小径,经过那些榆树,出了栅栏门,来到教堂墓地;这儿,每逢夏天的早晨,我经常听到鸟儿在歌唱。

我们站在墓穴的四周。这一天,我觉得跟任何别的一天都不一样。那天的天色,跟往日也不相同——显得格外惨淡。这时,四周一片肃然的寂静,这寂静是我们和即将入土安息的人从家里带来的。当我们都光着头站立在那儿时,我听到了牧师的声音,在露天之下,它好像从远处传来,但是清晰明白,他说:"主耶稣说,复活在我,生命也在我!"①接着我便听到了呜咽的声音。在离我站的地方一段距离的旁观者中,我看到呜咽的原来是那位善良而忠诚的女仆。在世间所有的人中,她是我最爱的人。我这颗孩提的心完全相信,总有一天上帝会对她说"做得好"的。

在那一小群人中,有不少我熟悉的脸。其中有的是我在教堂里四处张望时见过的;有的是在我母亲充满青春活力初来这个村子时就认识她的。可是我并不关心这些脸——除了我的悲痛,我什么也不关心——不过我看见了他们,也完全认识他们;就连远在人群背后,正在张望的明妮,我也看到了。她的目光还时不时落在站在她近旁的情人身上。

葬礼结束了。开始往墓穴里填土,我们转身回家了。在我们的面前,耸立着我们的房子,仍旧那么漂亮,毫无改变,它使我在心中联想起过去发生的事情;跟眼下唤起的悲痛相比,我过去的那些悲痛都算不得什么了。他们带着我朝前走着,齐利普先生跟我说着话;到家时,他还给我喝了一点水;当我向他告辞,要上楼回自己的卧室时,他带着女人似的温柔跟我分了手。

所有这一切,正如我所说的,就像发生在昨天一样。至于后来发生的事,全都离我而去,漂向大洋彼岸了,一切忘却的事将要到那儿才能再现;可是这一天的事,却像一块高大的礁石,屹然耸立在大洋之中。

我知道佩格蒂一定会到我房间里来的。当时那种安息日般的宁静(那一天很像星期天! 我把它给忘了),这对我们俩都很适宜。她跟我并排坐在我的小床上,握着我的手,有时还把我的手贴到她的嘴唇上,有时她又用自己的手轻轻抚摩着我的手,就像在哄我的那个小弟弟一样。就这样,她用自己的方式,给我讲了发生的一切。

"有很长一段时间,"佩格蒂说,"她一直觉得不很好。她心里总是恍惚

---

① 见《圣经·新约·约翰福音》第十一章,下文为:"信我的人,虽然死了,也必复活;凡活着信我的人,必永远不死。"

不定,闷闷不乐。孩子生下后,我起初以为她会好起来,谁知反而更虚弱了,一天天地差下去。没生小孩前,她老爱一个人坐着,接着还会哭起来;生了小孩以后,她就老爱给小孩唱歌——她唱得那么轻,我听了以后,心里曾经想,这声音就像飘向空中,就那么飘走了。

"近一段时间来,我觉得,她变得更加胆小,更加惊恐不安了。对她说一句重一点的话,就像打了她一拳似的。不过她对我还是老样子,对她的又笨又傻的佩格蒂,她是决不会变样的,我的宝贝女孩是不会变的。"

说到这儿,佩格蒂停住了。她轻轻地拍着我的手,拍了一会儿。

"我最后一次看见她像原先的样子,是你放假回来那天晚上,我亲爱的。你离家回校一天,她对我说:'我再也见不到我那可爱的宝贝了。我觉得是这样。我知道,事情真的会这样。'

"在那以后,她还竭力支持了一段时间。有好几次,他们说她不动脑子、漫不经心时,她还装出承认是这样的样子。其实,当时她根本不是像他们说的那样了。她从来不曾把对我说的话告诉过她的丈夫——她怕对别的任何人说——直到有一天晚上,那是在出事前一个星期多点,她对她的丈夫说:'我亲爱的,我想我就要死了。'

"'我现在去了一桩心事了,佩格蒂,'那天晚上我侍候她睡的时候,她对我说,'他愈来愈相信我说的话了,这可怜的人,他在这几天里,会一天比一天更相信的,然后一切都会过去。我太累了。如果这像是睡眠,那在我睡的时候,你就坐在我旁边,别离开我。愿上帝保佑我的两个孩子吧!愿上帝多多保佑我那没有父亲的孩子!'

"打那以后我一直没有离开她,"佩格蒂说,"她也时常跟楼下那两个人说话——因为她爱他们;对她周围的人,她是没有一个不爱的——不过当他们从她床前离开时,她总是转向我,仿佛只有佩格蒂在的地方才有安宁似的,要不她怎么也没法入睡。

"在那最后的一夜,那天晚上,她吻了我,对我说:'要是我的小婴儿也活不了的话,佩格蒂,请你告诉他们,要他们把他放在我的怀里,把我们埋在一起。'(他们这样办了,因为那可怜的小宝贝只比她多活了一天。)'让我那最亲爱的小宝贝跟我一起去我们安息的地方吧!'她说,'你还要告诉他,说他母亲躺在这儿时,为他祝福过,不是一次,而是上千次。'"

说到这儿,佩格蒂又默不作声了,她又用手轻轻地拍着我的手。

"一直到深夜的时候,"佩格蒂说,"她向我要水喝。喝了以后,她对我微微一笑,哎呀!——漂亮极了!

"后来天亮了,太阳正在升起。这时她对我说,科波菲尔先生待她总是那么和蔼可亲,温存体贴,对她总是那么宽容;每当她对自己信心不足时,他就对她说,一颗仁爱的心,比智慧更宝贵,更有力量,由于她有这样一颗心,他感到很幸福。'佩格蒂,我亲爱的,'接着她说,'让我跟你挨得更近一些,'因为当时她已经非常虚弱了,'把你那好心的胳臂放到我的脖子下面吧,'她说,'把我转向你一边,因为你的脸离我太远了,我要跟它靠近一点。'我照她的吩咐做了。哦,大卫呀!那一时刻已经到了,我第一次跟你分别时说的话,应验了——她高兴地把她可怜的头放在她的又傻又笨、脾气又坏的老佩格蒂的胳臂上——就这样,她像个睡着的孩子似的,死去了!"

佩格蒂的叙述就这样完结了。打从我知道我母亲死时的情况那一刻起,她一生的最后那段生活,便从我的心中消失了。从那时起,我能记得的,只是那个给我留下最初印象的年轻母亲,那个老爱把自己发光的鬈发在手指上一圈圈缠绕,以及常在黄昏时分跟我在客厅中跳舞的母亲。佩格蒂这会儿对我说的这番话,不仅没能把我带回到她一生的后期,而且使她的早期的印象在我心中扎了根。这说来或许有点奇怪,但事实确实如此。她这一死,就又飞回到她那宁静安详、无忧无虑的青春时代,其余的一切全都消逝了。

躺在坟墓中的母亲,是我婴儿时期的母亲;在她怀里的那个小婴孩,就是我自己,像我当年曾在她怀里睡过那样,永远长睡在她的胸前。

第十章

遭 受 遗 弃

　　丧事已经办好，阳光也自然地照进屋子了。这时，谋得斯通小姐做的第一件事，就是通知佩格蒂，一个月后她将被解雇。虽然佩格蒂不愿意伺候他们姐弟俩，但是我相信，她为了我，本来是宁愿丢掉世界上最好的工作，依然留在我家的。现在她对我说，我们不得不分离了，还告诉了我原因。于是我们十分真诚地互相作了安慰。

　　至于有关我或我的前途，他们什么也没有说，什么步骤也没采取。我敢说，要是他们也能在一个月后就把我解雇的话，他们一定是非常高兴的。有一次，我鼓起勇气问谋得斯通小姐，我什么时候可以回学校。她冷淡地回答说，她认为我根本不用回学校了。别的话她就没有多说。我非常焦急地想要知道，他们到底打算怎么来处置我，佩格蒂也是这样。可是不管我还是她，有关这件事的消息，一点也没有得到。

　　我的情况有了一个变化，这种变化虽然缓解了当时我心中的许多疑虑，可要是我能仔细考虑一下的话，那就会使我对自己未来的前途更加忐忑不安了。事情是这样的：他们原先对我的种种约束，全都取消了。他们不仅不再要我死死钉在客厅里我那单调的岗位上，而且有好几次，当我坐在那儿时，谋得斯通小姐甚至还对我皱眉头，要我走开。他们不但不再禁止我跟佩格蒂在一起，而且要是我不在谋得斯通先生面前时，他们决不会来寻找我，或问起我。开始时，我每天都提心吊胆，生怕谋得斯通先生又要亲自来给我上课，或者由谋得斯通小姐亲自负责。可是不久我就发现，这种担心害怕是毫无根据的。我应该想到的不是别的，而是对我不加理睬。

当时,我并没有感到,发现他们这样待我给了我多大的痛苦。我还处于遭受丧母痛击的昏晕之中,对于一切次要的事都像傻了愣了一般。我记得,当时我偶尔也曾想到,也许我再也不能受教育了,再也没有人照管了,我会长成一个庸俗消沉的人,在乡下虚度一生;也有可能摆脱这种境遇,像故事中的人物一样,远走高飞,去寻找我的幸运。不过,这些全是瞬间即逝的幻想,全是我睁眼坐着做的白日梦,这些幻景好像隐隐约约地画在我房间的墙上,可一会儿又消失了,留下的仍是一片空白。

"佩格蒂,"一天晚上,我在厨房的火炉旁烘手时,思索着低声说,"谋得斯通先生现在比以前更不喜欢我了。他一向不大喜欢我,佩格蒂,可是现在,要是能办到,他连见都不想见到我了。"

"也许他正伤心难受吧。"佩格蒂抚摩着我的头发说。

"我得说,佩格蒂,我也很伤心。要是我相信他是因为伤心才这样,我是根本不会那么想的。可是事情并不是那样。哦,不,决不是那样。"

"你怎么知道事情不是那样呢?"佩格蒂沉默了一会后问道。

"哦,他的伤心是另一回事,跟这完全不同。这会儿,他跟谋得斯通小姐坐在壁炉前,正在伤心。可要是我一进去,佩格蒂,他就会变成另一副样子了。"

"会变成什么样子呢?"佩格蒂问道。

"生气,"我回答说,同时不由自主地学着他的模样,阴险地眉头一皱,"如果他只是因为伤心,那他就不会那样看着我。我要是只是伤心的话,会使我变得更和气的。"

佩格蒂沉默了一会儿,什么也没说。我烘着手,也像她一样,没有作声。

"大卫。"她终于开口了。

"什么,佩格蒂?"

"我亲爱的,我想尽了我能想到的办法——一句话,办得到的也好,办不到的也好,我都想了——我想要在这儿,在布兰德斯通,找个合适的活儿。可是,我亲爱的,我没能找到这样的活儿。"

"那你打算怎么办呢,佩格蒂?"我带着依依不舍的心情问道,"你打算去寻找你的幸运吗?"

"我看我只能去亚茅斯了,"佩格蒂回答说,"先在那儿住下再说。"

"我还以为你要走得更远,我们再也见不着面了呢,"我听了心里一亮,说,"我有时会去亚茅斯看你的,我亲爱的老佩格蒂。你不会去世界的另一头吧,会吗?"

"不会的,感谢上帝!"佩格蒂非常激动地叫了起来,"只要你在这儿,我的宝贝,我这辈子每个星期都会来看你,我这辈子每个星期都要来看你一趟!"

听了她这一许诺,我心里感到如释重负,但是不仅这样,佩格蒂还接着说:

"你听我说,大卫,我打算先去我哥哥家住两个星期——直到我重又定下神来,有时间细细盘算一下。我正在琢磨,这会儿他们不想你待在这儿,也许会让你跟我一起去呢。"

当时,我除了盼望能跟周围的人(佩格蒂除外)改善关系外,如果还有别的什么事能使我高兴的话,那就是佩格蒂的这个提议了。我想到自己重又来到那些忠厚老实的人中间,看到他们对我的笑脸相迎;重新领略美妙的周日清晨的宁静,听着悠扬的钟声,往海水中扔石子,看朦胧的船影从雾中冒出;重又跟艾米莉一块儿到处游荡,把我心中的烦恼告诉她,在海滩上捡拾贝壳和小石子来化解烦恼;想到这一切,使我的心情平静了下来。可是过不多久,说实话,一想到谋得斯通小姐也许不让我去,我的心又乱了。不过就连这一担心,很快也得到了解决,因为正当我在谈话时,她来储藏室作晚间巡查来了;这时,我万没想到,佩格蒂竟鼓起勇气,当场把这一要求提出来了。

"这孩子在那儿会变懒的,"谋得斯通小姐一面说,一面往泡菜坛子里瞧着,"懒惰是万恶的根源。不过,老实说,我看他在这儿——或者在任何地方,都会变懒的。"

我可以看出,佩格蒂已经准备给她一个不客气的回答,可是为了我,话到嘴边又咽下了,而是不作一声。

"哼!"谋得斯通小姐说,眼睛仍看着泡菜,"眼下,我弟弟决不能受到侵扰,不能让他感到不舒服,这比什么都重要——这是最最重要的,所以我想,我还是答应让他跟你去的好。"

我向她道了谢,但是一点没有流露出高兴的样子,生怕我一高兴会使她收回成命。她的目光从泡菜坛子里出来转向我时,像带着一大股酸气,仿佛她那双黑眼睛已经摄进了坛子里的东西。因而我不禁心里想,我的谨慎做法是对的。好在她这句出了口的诺言,一直没有收回。一个月的期限到了,佩格蒂和我做好了动身的准备。

巴基斯先生来我家替佩格蒂搬箱子。以前,我从来没有看到他进过花园的栅栏门,可是这一回,他直接走进我们的屋子里来了。当他扛着佩格蒂那只最大的箱子往外走时,他朝我看了一眼,我想其中是有意思的,如果可以说巴基斯先生的脸上能流露出意思的话。

佩格蒂多年来一直把这儿当作自己的家,何况这儿还有她一生中最疼爱的两个人——我母亲和我——一旦要离开这儿,心里自然很难过。那天一大早,她还在教堂墓地里徘徊了很久。她上了马车后,坐在那儿,一直用手帕捂着眼睛。

在她这样坐着的时候,巴基斯先生也没有一点活动的迹象。他以往常的姿势坐在往常坐的地方,活像一个模型人。可是,当佩格蒂开始朝四周观望以及跟我说话时,他就频频地点头咧嘴起来。当时我一点也不明白,他这是在跟谁点头咧嘴,为什么要点头咧嘴。

“今天的天气真好啊,巴基斯先生!”为了表示礼貌,我说道。

“天气不坏。”巴基斯先生回答说,他总是说话不多,很少明确表态。

“这会儿佩格蒂很舒服了,巴基斯先生。”我说道,为了让他放心。

“是吗?”巴基斯先生说。

琢磨了一会后,巴基斯先生带着一种乖巧的神气朝佩格蒂看着,问道:“你真的很舒服吗?”

佩格蒂笑了笑,做了肯定的回答。

“你知道,我问的是:是不是真的、确实的?”巴基斯往佩格蒂坐的地方挪近了一点,还用胳膊肘朝她轻轻捅了一下,说,“怎么样? 是不是真的、确实很舒服? 是吗? 呃?”每问一句,巴基斯先生都要朝她挪近一点,都要轻轻捅她一下。因此,最后我们都给挤到了车子左边的角落里,我都被挤得受不了啦。

佩格蒂提醒他,说我已经被挤得受不了啦,巴基斯先生立即给我们腾出了一点地方,一点一点地离开我们。不过我不得不说,他似乎认为自己已想出一种绝妙的方法，用一种干净利落、直截了当的方式来表达自己的意思，从而免去找话说的麻烦。他显然因了这种方式暗中乐了一阵。他又慢慢地转向佩格蒂，重复问道："你真的很舒服吗？"接着又像先前那样朝我们这边挤，挤得我几乎连气都喘不过来了。过上一会，他又问了同样的话，接着故伎重演，重又朝我们挪过来，我就急忙站起来，站到踏板上，假装去看四周的景色。在这以后，我就很舒服了。

巴基斯非常殷勤，为了款待我们，他特意在一家酒馆门口停下车子，请我们吃烤羊肉，喝啤酒。而正当佩格蒂在喝啤酒时，他又来那一套了，差点把佩格蒂呛死。不过当我们快到旅行的终点时，他要做的事比较多，调情的时间就比较少了。等到我们到了亚茅斯的石铺路上时，我觉得，我们都被颠簸折腾得够受了，已经没有闲情做任何别的事了。

佩格蒂先生和汉姆在老地方等候我们。他们非常亲热地接待了我和佩格蒂，也跟巴基斯先生握了手。巴基斯先生帽子戴在后脑勺上，据我看来，他不仅脸上一副忸怩的样子，就连两条腿也是一样，显得无所适从。佩格蒂先生和汉姆各提起佩格蒂的一只箱子，正当我们要离开时，巴基斯先生用食指郑重地跟我打招呼，把我叫到门廊的下面。

"我说，"巴基斯先生哼声说，"事儿很顺利。"

我抬头看着他的脸，故意做出很深沉的样子，回答了一声："啊！"

"事儿并没了结，"巴基斯先生对我信任地点着头说，"一切顺利。"

我又回答了一声："啊！"

"你知道谁愿意，"我的朋友说，"是巴基斯，只有巴基斯呀。"

我点了点头，表示赞同。

"事儿很顺利，"巴基斯先生握着我的手说，"咱们俩真称得上是朋友。你一开头就使得事儿很顺利。一切顺利！"

为了想把事情说得特别清楚，巴基斯先生显得格外神秘，要不是佩格蒂叫我走，我真想站在那儿朝他脸上看上一个小时，但从他的脸上不会看到什么信息，就像从一只停走的钟的钟面上看到的一样。当我们一块儿往前走着时，佩格蒂问我巴基斯先生跟我说些什么；我告诉她说，他说事儿很顺利。

"他太放肆了，"佩格蒂说，"不过我不在意。亲爱的大卫，要是我打算结婚，你怎么想呀？"

"哦——我想到那时你一定会像现在这样疼我的吧,佩格蒂?"我考虑了一下回答说。

听了我的话,这位好心人立刻停了下来,把我搂在怀中做了许多她对我的爱永远不变的表示,使得街上的行人和走在前面的她的亲戚都大为惊讶。

"告诉我,你的意见怎么样,亲爱的?"她放开我后,我们一起往前走时,她又问道。

"你是说,要是你打算结婚——嫁给巴基斯先生,我有什么意见,佩格蒂?"

"是的。"佩格蒂回答。

"我认为这是一桩很好的事情。因为那样的话,你知道,佩格蒂,你就随时有马车载你来看我了,不用付车钱,而且想什么时候来就什么时候来。"

"瞧我的小宝贝多有见识!"佩格蒂叫了起来,"这正是我一个月来心里想的!没错,我的宝贝;你知道,我想我就可以更自主了。至于在自己家里干活,比给随便哪家人家干活更舒畅,这就不用说了。这会儿要我到陌生人家去当个仆人,我真不知道该怎么干才好呢。要是我嫁到那儿,还可以一直不远离我那心肝宝贝的坟地,"佩格蒂沉思着说,"我多会儿想去她那儿看看,马上就可以去。到了我也闭眼躺下那一天,我可以躺在离我那宝贝姑娘不远的地方!"

我们俩有一会儿什么也没有说。

"不过这事要是我的宝贝大卫不赞成,"佩格蒂高兴地说,"我是想都不会去想的——哪怕在教堂里问我三十个三遍,哪怕磨烂我口袋里的订婚戒指,我也决不会去想的。"

"你看着我,佩格蒂,"我回答说,"看看我是不是真的乐意,是不是真的盼望你结婚呀!"我真的是全心全意赞成这件事的。

"好吧,我的命根子,"佩格蒂说,又紧紧地搂抱了我一下,"我日日夜夜都在琢磨着这件事,我能想到的都想了,我盼望这是一个好办法;不过我还得再琢磨琢磨,另外我还得跟我哥哥商量商量。这会儿咱们先别告诉别人,大卫,只有你和我知道。巴基斯是个忠厚的好人,"佩格蒂说,"只要我对他尽我的本分,我一定会很舒服的;要是我不是——要是我不是很舒服,那一定是我的错。"佩格蒂说着开怀大笑起来。

巴基斯先生那儿来的这一句话,用得这般恰当,把我们两个都逗乐了,我们笑了又笑,十分开心,直到来到看得见佩格蒂先生的船屋的地方。

船屋的样子仍和从前一样,不过在我眼里,也许缩小了一点。葛米治太太又在门口迎接,仿佛打从上次以来,她一直站在那儿似的。屋子里的一切仍跟从前一样,就连我卧室中那只蓝杯子里的海草,也没变样。我走进外面的那间小木屋,朝四下里看了看,只见那儿堆着同样的龙虾、螃蟹和大海虾,它们仍旧碰到什么就夹住什么,在原先那同一角落里,还是那么互相纠结在一起。

可是我没有见到小艾米莉,于是我就问佩格蒂先生,她上哪儿去了。

"她去上学了,少爷。"佩格蒂先生一面说,一面从额上擦去给佩格蒂搬箱子搬出来的汗水,"她很快就要回来了,"他朝那只荷兰钟看了一眼,"再过二十分钟到半个小时。哟,我们大伙全都惦记着她呢!"

葛米治太太叹了一口气。

"高兴起来吧,老小妞!"佩格蒂先生大声说。

"我可比别的人更惦记她,"葛米治太太说,"我是个孤苦伶仃的苦命人,不跟我作对的恐怕只有她一个人了。"

葛米治太太抽泣着,摇着头,专心吹火去了。当她这样做时,佩格蒂先生转身朝着我们,用手遮住嘴低声说:"又是那个老头子!"从这一点,我可以正确地断定,打从我上次来过以后,葛米治太太的心情并没有好转。

啊,这整个地方,依然是,或者说一直是,像以前一样可爱。可是它给我的印象却又有所不同,总觉得不免有点扫兴。也许是因为小艾米莉不在家的缘故吧。我认识她回来要走的那条路,于是便立刻沿着那条路走去接她。

过不了多久,远处便出现了一个人影,我很快就认出,那正是小艾米莉。她虽然年岁长了,看身材依旧还是一个小女孩。可是待她走近时,我发现她的蓝眼睛更蓝了,她那生有酒窝的脸更有光彩了,她整个人都更漂亮、更动人了。这时,我脑子里突然冒出一个奇怪的念头,装作不认识她,像在看远处的什么东西似的,自顾自从旁走过去。要是我没弄错的话,后来我也曾做过这种事情。

小艾米莉一点也不加理会。她分明看见了我,可是她不但没有转过身来叫我,反而笑着跑开了。这样一来,我只好在后面追她;她跑得很快,直到快到船屋时,我才追上她。

"啊,原来是你,是吗?"小艾米莉说。

"你知道是谁,艾米莉。"我说。

"难道你不知道是谁吗?"艾米莉说。

我打算上去吻她,可是她用双手捂住自己红红的嘴唇,还说她现在已不是小孩子,说完便大声地笑着跑进屋里去了。

她好像喜欢戏弄我,她的这一变化使我感到很奇怪。茶桌已经摆好,我们原来坐过的那个小矮柜,也放在了老地方,可是她并没有过来跟我并排坐,而是跑到那个爱抱怨的葛米治太太身边,跟她做伴去了。佩格蒂先生问她为什么这样做时,她故意挓乱头发,把脸遮住,一味笑着,什么也没说。

"真像一只小猫!"佩格蒂先生用大手拍着她说。

"是这样!是这样!"汉姆大声说,"大卫少爷,她是像只小猫!"他坐在那儿,对着她笑了一阵,满怀着又喜又爱的心情,这使她满脸通红。

说实在的,小艾米莉让大家给宠坏了。特别是佩格蒂先生,比谁都宠她。只要她跑到他跟前,把她的小脸蛋靠在他那蓬乱的连鬓胡子上,她要求他做什么,他就会去做什么。这是我的看法,至少我看到的时候是这样。我认为佩格蒂先生完全没错。艾米莉是这般热情、温柔,而且举止动人,既俏皮又腼腆,比以往更使我着迷了。

小艾米莉也是个心肠很软的姑娘。当我们吃过茶点,围坐在火炉边时,佩格蒂先生吸着烟,提起了我母亲不幸去世的事,她眼中噙着泪水,从桌子对面那么温存地看着我,使我对她非常感激。

"啊!"佩格蒂先生说,一面把她的鬈发握在手中,让它像流水一般地在手中滑过,"你瞧,少爷,这也是一个孤儿。这儿,"他用手背在汉姆胸口拍了一下说,"还有一个。尽管他看起来不太像个孤儿。"

"要是有你做我的监护人,佩格蒂先生,"我摇着头说,"那我想,我也不太会感到像个孤儿的。"

"说得好,大卫少爷!"汉姆欣喜若狂地喊了起来,"好哇!说得好!你不会再觉出的!哈!哈!"说到这儿,他也用手背朝佩格蒂先生胸口拍了一下,小艾米莉也站起身来吻了吻佩格蒂先生。

"你那个朋友怎么样啦,少爷?"佩格蒂先生问我说。

"斯蒂福思吗?"我说。

"正是这名字!"佩格蒂先生大声说,把脸转向汉姆,"我知道,这名字跟咱们这一行有关。"

"你原来说他叫鲁特尔福思。"汉姆笑着说道。

"嗨!"佩格蒂先生反驳说,"你还不是用舵来操纵方向①的吗? 这还不是一码事。他怎么样,少爷?"

"我离开学校时,他一切都很好,佩格蒂先生。"

"这才是朋友!"佩格蒂先生把烟斗往外一伸说道,"要说朋友的话,这才是朋友! 嗨,我的老天爷,能见到他真是一种眼福呢!"

"他长得很英俊,是不是?"我说,听到这样夸奖他,我心里热乎乎的。

"英俊!"佩格蒂先生大声说,"他往你面前一站,就像——就像一个——哦,是个什么像什么! 他胆量大得很呢!"

"是啊! 他正是那样的人,"我说,"他勇敢得就像一头狮子。你还真想不到,佩格蒂先生,他有多坦率。"

"哦,我相信,"佩格蒂先生透过他烟斗里冒出来的烟雾看着我说,"说到书本上的学问,什么都难不倒他吧。"

"没错,"我高兴地说,"他什么都知道。他聪明得让人吃惊。"

"这才是朋友!"佩格蒂先生庄严地突然把头一抬低声说。

"好像什么都难不倒他,"我又说,"不管是什么功课,他只要看一下,就会了。他还是个最好的板球手。下棋也是这样,他可以随你的意让你多少子儿,最后照样轻轻松松地赢你。"

佩格蒂先生又突然抬了抬头,意思等于说:"他当然可以。"

"他的口才真是好极了!"我继续说,"辩论起来他能赢任何人。还有,要是你听到他唱歌,我真不知道说什么才好呢,佩格蒂先生!"

佩格蒂先生又突然抬了抬头,意思等于说:"我完全相信。"

"还有呢,他也是个非常大方豪爽、非常杰出高尚的人。"我说道,这时我已完全让这个我最喜欢的话题弄得飘飘然了,"反正不管你怎么夸他,都

---

① 斯蒂福思,原文为 Steerforth,其中 steer 意为"操纵方向、操舵、驾驶";鲁特尔福思,原文为 Rudderforth,其中 rudder 意为"舵"。

不算过分。我要说,在学校里他那样仗义护着我,我对他真是感激不尽,而且我年纪比他小得多,班级也比他低得多。"

我一面口若悬河、滔滔不绝地说着,一面朝小艾米莉的脸上看了一眼,只见她正俯身在桌子上,屏气凝神地听着,蓝眼睛像宝石似的闪闪发光,两颊布满了红晕。她的模样是那么诚挚,那么漂亮,惊奇得使我打住了话头。这时大家也都看到了她的模样,因为我一停下来,大家都看着她大笑起来。

"艾米莉也像我一样,"佩格蒂说,"很想见见他呢。"

艾米莉让我们大家看得不知所措起来,低下头,羞得满脸通红。她透过披散的鬈发,朝外面偷偷看了看,看到我们大伙仍在看她(我敢肯定,拿我来说,我就可以一连看她几个小时),就拔腿跑开了,直到快就寝时都没露面。

我躺在船尾小屋里原先那张小床上,风仍像从前一样呜呜地掠过荒滩。可是,这时候我不由得想象,它这是在为那些死去的人悲叹;这会儿我想的,已不是海水会涨起来把船屋漂走,而是打从上次我听到它的声音之后,海水已经涨起,把我的幸福的家给淹没了。我记得,当风声和涛声在我耳中开始变弱时,我在我的祷告中加了一句话,祈求上帝保佑我长大后能娶小艾米莉为妻。我就这样满怀爱意进入了梦乡。

日子几乎像从前一样一天天过去,只有一点不同——这是个很大的不同——那就是现在小艾米莉跟我很少一起去海滩游玩了。她得学习功课,还得做针线活,每天大部分时间都不在家。不过我觉得,即使不这样,我们也不可能像以前那样到处游玩了。艾米莉虽然依旧无拘无束,活泼天真,满脑子孩子念头,但她已不再是我想象中的小姑娘,而是成了个小大人了。在这短短的一年多时间里,她似乎跟我大大地拉开距离了。她依旧喜欢我,可是她笑话我,作弄我。我特意去接她,她却故意偷偷走另一条路回家;看到我失望地回来时,她却站在门口哈哈大笑。我们俩最美好的时光是,她静静地坐在门口做活儿,我坐在她脚旁的木头台阶上,念书给她听。直到现在,我仍觉得,我从没再见过像那些明亮的四月下午那般灿烂的阳光;我从没再见过像坐在船屋门口那个如此温柔快乐的小姑娘;我也从没再见过那样的天,那样的水,那样驶进金色海空中的美丽航船。

我们抵达亚茅斯的第一个晚上,巴基斯先生就带着一副呆头呆脑的木讷神情出现了,他还带来了一包用手帕包着的橘子。由于他对这包东西只字未提,当他离开时,大家还以为他偶尔忘了带走了,直到追去还他的汉姆回来,才知道这是送给佩格蒂的。打这以后,他每天晚上同一时间都会出现,总是带来一个小包,而且照旧只字不提,把它留在门背后。这些表示爱情的礼物,种类繁多,而且也颇为古怪。我记得,其中有两对猪蹄子,一只很大的针插,半蒲式耳①左右的苹果,一副黑玉耳环,一些西班牙洋葱,一匣骨牌,一只金丝雀外加一只笼子,还有一只腌猪腿。

巴基斯先生的求婚方式,据我所记得的,是颇为奇特的。他很少说话,总是像坐在马车上的姿势那样坐在火炉旁,呆呆地瞧着坐在对面的佩格蒂。一天晚上,我猜是受了爱情的激励,他突然抢过佩格蒂用来润线的那块蜡头,放进自己的背心口袋,带走了。打那以后,每当佩格蒂要用它时,他就把那黏在口袋里的半融化状蜡头掏出来,待她用过后,再把它放回自己的口袋。这件事成了他的一大乐趣。他好像非常自得其乐,一点也没觉得有谈话的必要。即便在他带着佩格蒂到海滩上散步时,我相信,他也没为这感到不自在,而只是偶尔问一声,她是不是很舒服,就心满意足了。我还记得,有时候,他走了之后,佩格蒂会用围裙蒙住脸,笑上半个来小时。说实在的,我们大家多多少少都觉得这事很有趣,只有那个成天愁眉苦脸的葛米治太太是例外。她当年经历的求婚方式大概跟这完全一样,因而这些举动使她不断地想起她的老伴来了。

当我做客的日子快近结束时,他们终于宣布说,佩格蒂和巴基斯先生要去度一天假,叫我和小艾米莉跟他们一块儿去。想到可以一整天跟艾米莉待在一起的欢乐,头天晚上我一夜都时睡时醒。第二天,我们很早就起来了。当我们还在吃早饭时,巴基斯先生就在远处出现,赶着一辆轻便马车,朝着他钟爱的对象驶来了。

佩格蒂还是平常打扮,穿着那身整洁、素净的孝服,而巴基斯先生却穿得焕然一新。他上身穿的是一件蓝色的新外套,裁缝给他量的尺码真是太妙了,袖子大得在天冷时可以不用戴手套,那条领子高得使他的头发全都竖到了头顶。那些发亮的纽扣也是最大号的。再配上浅褐色的裤子和暗黄色的背心,打扮得整整齐齐,我认为巴基斯先生真可说是一位了不起的体面

---

① 谷物、水果、蔬菜等的容量单位,在英国等于 36.368 升。

人物。

当我们都在门外忙着做准备时，我发现佩格蒂先生准备了一只旧鞋，为的是朝我们身后扔过来，求个吉利。他把鞋子递给葛米治太太，要她来扔。

"不，最好还是让别人来扔吧，丹，"葛米治太太说，"我是个孤苦伶仃的苦命人，一切让我想起不孤苦伶仃的人的事，都不合我的意，都跟我作对。"

"来吧，老小妞！"佩格蒂先生叫道，"你就把它拿起来扔出去吧！"

"不，丹，"葛米治太太摇着头，抽泣着说，"要是事情往我心里去得少一点，我就可以做得多一点。你不像我这样什么事都爱往心里去，丹，事情不跟你作对，你也不跟它们作对，最好还是你自己扔吧！"

可是这时，佩格蒂已经匆匆地一个个吻过所有的人。我们都已坐在车上（艾米莉和我并排坐在两把小椅子上）。佩格蒂在车上喊着，一定要葛米治太太扔。葛米治太太扔倒是扔了，可是说起来我感到难过，她给我们这次欢天喜地的出游泼了一盆冷水，因为她扔了以后立即大哭起来，正要晕倒，幸亏让汉姆给抱住了。她嘴里还说，她知道自己是个负担，最好还是立刻把她送到救济院去。我当时觉得，这确实是个很合理的好主意，汉姆应该照着这主意去办。

不过，我们还是动身去作我们的假日旅行了。路上我们做的第一件事，是把车停在一座教堂门前，巴基斯先生把马拴在一排栏杆上，就跟佩格蒂进教堂去了，把艾米莉和我留在了马车上。我趁这机会搂住了艾米莉的腰，提议说，因为我很快就要离开了，我们应当相亲相爱，快快活活地度过这一整天。小艾米莉答应了，还允许我吻她。于是我变得不顾一切了，我记得，我对她说，我永远不会再爱别的人了，如果有什么人企图向她求爱，我就要放他的血。

小艾米莉听我这么一说，乐得有多厉害啊！这个小仙女似的小姑娘，带着一种比我老成、懂事得多的严肃神情，说我是"一个傻孩子"，接着她大笑起来，笑得那么迷人，使我在看着她的快乐中，忘了她这一很不中听的说法给我带来的痛苦。

巴基斯先生和佩格蒂在教堂里待了不少时间，不过后来到底还是出来了。跟着我们便赶车往乡间驶去。我们往前走着的时候，巴基斯先生转身朝我眨了眨眼——顺便说一句，我以前真没想到，他还会眨眼使眼色——说：

"还记得我写在车篷上的名字是什么吗？"

"克莱拉·佩格蒂呀！"我回答说。

"要是这辆车也有篷的话，现在我得写什么名字呢？"

"还是克莱拉·佩格蒂吧？"我试着说。

"克莱拉·佩格蒂·巴基斯！"他回答说，接着迸出一阵大笑，笑得马车都震动了。

一句话，他们俩结婚了，他们去教堂就是为了办这件事。佩格蒂决定悄悄地举行婚礼，所以请教堂执事做了主婚人①，连观礼的人也没有。当巴基斯先生突然宣布他们俩结合的这一消息后，佩格蒂显得有点不知所措，一味紧紧地搂着我，以表明她对我的爱决不会因此受到损害。不过不多久后，她便又镇静下来，并且说，她很高兴这件事已经过去了。

我们驱车来到支路旁一家事先约好的小旅店，在那儿美美地吃了一顿，心满意足地度过了这一天。哪怕佩格蒂在最近十年里每天结一次婚，对结婚这件事，她也不可能比现在更若无其事的了。结婚并没有使她发生任何变化。她仍跟以前一样，在吃茶点之前，带着我和小艾米莉出去散了一会儿步。巴基斯先生则在旅店里泰然自若地抽着烟，我猜想，他正在自得其乐地玩味着自己的幸福。如果真像我想的这样，那他的这番玩味使得他胃口大开。我清楚地记得，他在吃饭时已经吃了许多猪肉和青菜，还吃了一两只鸡，可是吃茶点时，他还要吃冷的煮咸肉，而且是不动声色地吃了很多。

打那以后，我时常想，这是一场多么奇特、简朴、不同寻常的婚礼啊！天黑后不久，我们又上了马车，高高兴兴地赶车回家了。一路上，仰望着天空的星星，我们便谈论起星星来。我是主要的讲解人，我的讲解使巴基斯先生大大地长了见识。我把我所知道的一切全都对他讲了，不过，不管我脑子里想到对他讲什么，他全都相信，因为对我的才能深深地钦佩，而且就在那一次，他当着我的面，对他的太太说，我是个"小罗西乌斯"②——我想他的意

① 按英国风俗，本应由自己的家长主婚。

② 罗西乌斯（公元前126—前62），罗马著名喜剧演员，其名字已成为成功演员的荣誉称号。如童年成名的英国演员 W. 贝蒂（1791—1874）即有"小罗西乌斯"之称。巴基斯所指即此人。

思是说我是个神童吧。

当我们把有关星星的这个话题说够，或者不如说当我把巴基斯先生的那点理解力耗尽时，小艾米莉和我就用一块旧包袱布做成一件斗篷，一路上我们俩就一起披着它，直到这次旅行结束。哦，我多么爱她啊！（我心里想）要是我们结了婚，随便去什么地方，住在林中和田间，不会再长大，不会更懂事，永远是孩子，手牵手在光辉灿烂的阳光下散步，在鲜花盛开的草地上闲游，晚上倒头躺在青苔上，进入清纯宁静的甜蜜梦乡，死了就由鸟儿来把我们埋葬，那我们该多幸福啊！一路上，我心里老想着这样的情景，完全脱离了真实世界，只闪烁着我们的天真的光辉，像远处的星星一般扑朔迷离。想到在佩格蒂结婚时，有小艾米莉和我这样两颗天真无邪的心灵相伴，我感到高兴。想到爱神和美神能以这般轻快欢乐的姿态，参加他们简朴的婚礼，我欣喜万分。

就这样，当天晚上我们又按时回到了船屋门前。巴基斯先生和巴基斯太太向我们告别，高高兴兴地赶着车去他们自己的家了。到这时，我才第一次感到，我已经失去了佩格蒂。要不是我睡的屋子里有个小艾米莉，那我去睡时，心里真不知有多痛苦了。

佩格蒂先生和汉姆也像我一样，知道我心里的想法，所以准备了晚餐，满脸热情地款待我，为我解愁。小艾米莉特意过来坐在我的身旁，两人并排坐在那只小矮柜上，这是我这次做客期间唯一的一次。这真是一个奇妙日子里的一个奇妙的结束。

那一晚涨夜潮，所以我们上床不久，佩格蒂先生和汉姆就出海捕鱼了。他们把我一个人留在这所孤零零的房子里，做艾米莉和葛米治太太的保护人，我觉得自己非常勇敢，真盼望有狮子、大蟒，或者什么凶恶的怪物来袭击我们，我可以消灭它们，使自己获得荣誉。可是那天晚上，并没有那类东西来亚茅斯的海滩活动，于是我便尽可能想法加以代替：整夜做有关毒龙的梦，一直做到天亮。

天刚亮，佩格蒂就来了。她仍像往常一样，在我的窗下叫我起床，仿佛那位马车夫巴基斯先生，从头到尾却是一场梦。吃过早饭，她带我到她自己的家。这个家虽小，但是很美。在所有家具中，我最感兴趣的是小客厅（砖地的厨房是通用的起居室）里一个相当旧的乌木书柜。它有一个活动的顶盖,可以打开、放下,变成一张书桌。那里面放有一本大四开本的福克斯的《殉教者书》①。我一下就发现了这部宝典(现在可一个字也记不起来了),而且还立即读了起来。此后我每次来这儿,总要跪在一张椅子上,打开藏有这部宝典的柜子,把我的两只胳臂放在书桌上,重新贪婪地读起这部书来。我现在想,这本书中最让我受启迪的,恐怕是那些图画。里面图画很多,画有各种各样令人毛骨悚然的恐怖场面。从那时起,这些殉教者和佩格蒂的房子,在我的脑子里已经再也分不开了,直到现在还是这样。

就在那一天,我告别了佩格蒂先生、汉姆、葛米治太太,还有小艾米莉,在佩格蒂家阁楼上的小房间里过了一夜(床头的一个架子上放着那本鳄鱼书)。佩格蒂说,这个小房间永远是我的,永远为我这样保持着。

"不管年轻还是年老,亲爱的大卫,只要我活着,只要我头顶还有这座房子,"佩格蒂说,"你就会看到,我无时无刻不盼着你来这儿。我每天都要把它收拾得整整齐齐,就像收拾你从前那间小房间一样,我的宝贝。哪怕你去了中国,你也可以这样想,你不在时,这儿仍会保持得跟现在一样。"

我衷心感到我这位亲爱的老保姆的笃实和真诚,想尽情向她道谢。可是这已经不大可能了,因为她搂着我的脖子对我说这番话时,是在早晨,而就在这天早晨,我就要回家了。这天早晨,我在佩格蒂和巴基斯先生的陪同下,乘马车回到了家里。他们在栅栏门旁心情沉重、难舍难分地跟我道了别。我眼看着马车渐渐远去,载走了佩格蒂,把我留在那些老榆树下望着那座房子,房子里再也没有一张怀着爱心或欢心的脸来看我了,我感到一片凄凉的景象。

当时我完全处于一种没人理睬的境况,那种境况,即使现在回想起来,都不能不使人感到辛酸。我立刻落入了一种孤零零的境地——没有任何友爱的关心,没有任何同龄孩子的交往,除了我独自无精打采的沉思,也没有任何伴侣——这种境况,现在写来,似乎都还在纸上投下了阴影。

哪怕把我送进有史以来最严厉的学校,让我学点什么也好啊!——不管学点什么,不管怎样学,也不管在哪儿学——可是看不到一线希望。他们

———————————

① 约翰·福克斯(1516—1587),英国圣公会牧师,所著《殉教者书》叙述新教徒从十四世纪到玛丽一世在位期间所受的磨难,在英国清教徒中广为传诵。

讨厌我,他们阴沉沉地板着脸,神情严肃冷酷,对我不理不睬。我现在想,也许谋得斯通先生当时在经济上比较紧张。不过问题并不在这里,他就是容不下我这个人。我认为,他这是想用这种把我打发开的方法,来排除掉他对我负有一切责任的想法——他如愿以偿了。

他们并没有没命地虐待我,我也没有挨打或挨饿,但是他们对我的使坏、对我不理不睬,一时半刻都没有收敛,而是按部就班、冷酷无情地进行着。过了一天又一天,过了一周又一周,过了一月又一月,他们一直对我不理不睬,冷酷无情。我有时候想,要是我病了,不知道他们会怎样对待我;我是否得躺在我那间孤寂的小房间里,像平常那样孤苦伶仃,慢慢死去,还是会有什么人来帮助我,把我拯救出去呢?

谋得斯通先生和谋得斯通小姐在家时,我跟他们一起吃饭,他们不在家时,我就独自一人吃喝。不论什么时候,我都可以随便在住宅附近溜达,只是他们不许我交任何朋友。也许他们觉得,要是我交了朋友,我就会对某个人诉苦。因为这个缘故,虽然齐利普先生经常叫我去看他(他是个鳏夫,他的淡色头发的小个子太太在几年前去世了。我只记得,在我的印象里,把她跟一只灰白色的玳瑁猫连在了一起),我却去得很少。我很喜欢在他的手术室里过一个下午,读读某本我不曾读过的药气扑鼻的书,或者在他温和的指点下,在一个药钵子里捣某种药,可是我很少能享受到这种欢乐。

出于同样的原因,再加上他们无疑对佩格蒂的旧恶,所以他们也很少允许我去看她。佩格蒂则信守自己的诺言,每星期都来看我一次,或者到家里来,或者在附近的什么地方,而且从来都不是空着手来的。可是我要求到她家去看她,却得不到允许,这种失望有过多次,味道是很苦的。不过日子久了,也有过很少的几次,他们允许我上她家看她一次。直到这时候我才发现,巴基斯先生有点吝啬,或者像佩格蒂不失妇道的说法那样:"手紧了点。"他把钱都藏在自己床底下的一只箱子里,但却佯称里面装的只是衣服和裤子。在这个金库里,他把自己的财产保存得那么严密,要想从那儿弄出一丁点儿来,都得费尽心机。

因此,为了每个星期六的花费,佩格蒂都得设计出一个像火药阴谋案[1]

那样的详尽计划。

在这段时间里,我深深感到,我的一切希望和前途正在消失,完全没有人关心我、理睬我,要不是还有几本旧书,我毫无疑问真是要痛苦不堪了。那些旧书是我唯一的安慰;正如它们忠于我一样,我也忠于它们,我把它们读了又读,不知道读了几遍。

我现在正写到我一生中的这一阶段,只要我还能记事,我是决不会忘却这段时期的。对这段时期的回忆,往往不需要我的祈求召唤,就会像鬼魂似的来到我的面前,把我的较为欢乐的岁月,搅得不再安宁。

一天,我无精打采、神情恍惚地默想着(这是我这种生活造成的)在外面溜达了一会后,正当走到我家附近一条篱路的拐弯处时,遇上谋得斯通先生和另一位先生迎面走来。我慌了,正打算从他们旁边走过时,那位先生突然叫道:

"哟!布鲁克斯!"

"不,先生,我是大卫·科波菲尔。"我说。

"别说了,你是布鲁克斯,"那位先生说,"你是谢菲尔德的布鲁克斯,这就是你的名字。"

听了这话,我再仔细地朝那位先生看了看。他的笑声也提醒了我,我认出他是昆宁先生。以前我跟谋得斯通先生去洛斯托夫特时曾见过他——至于什么时候这无关紧要,用不着想了。

"你过得好吗,在哪儿上学,布鲁克斯?"昆宁先生问道。

他把手放到我的肩上,把我转过去,要我跟他们一同走。我不知道怎么回答才好,犹豫不决地看着谋得斯通先生。

"他现在待在家里,"谋得斯通先生说,"没在哪儿上学。我不知道拿他怎么办才好。真是个难题。"

他那老奸巨猾的目光在我身上停了一会;接着眉头一皱,两眼便暗了下来,带着憎恶,转向别的地方。

"嘿!"昆宁先生说,我觉得他朝我们俩看了看,"天气真好!"

接着大家都没有作声。我则正在琢磨,怎样才能更好地让我的肩膀摆脱掉他的手,我好赶快走开。这时他开口了:

"我猜你仍跟从前一样犟吧?是不是,布鲁克斯?"

"哼！他覃得够可以的，"谋得斯通先生不耐烦地说，"你最好还是让他走吧。你这样烦他，他不会感激你的。"

听了这话，昆宁先生放开了我，于是我就赶紧往家里走。我走进屋前花园时，回头一看，只见谋得斯通先生靠在教堂墓地的边门上，昆宁先生正跟他说着什么。他们俩都朝我这边看着，我知道，他们正在谈论我。

那天晚上，昆宁先生在我家过的夜。第二天早上，吃完早餐，我推开椅子正要走出屋子时，谋得斯通先生把我叫了回去。随后他严肃地走到另一张桌子跟前，他的姐姐正坐在自己的写字台旁。昆宁先生双手插在口袋里，站在那儿朝窗外看着。我则站在那儿看着他们几个。

"大卫，"谋得斯通先生说，"对年轻人来说，这个世界是个立身创业的地方，不是供人游荡、无所事事的处所。"

"就像你这样。"他姐姐插嘴说。

"简·谋得斯通，请你让我来说吧。我说，大卫，对年轻人来说，这个世界是个立身创业的地方，不是供人游荡、无所事事的处所。对一个像你这样脾气的年轻人来说，更是这样。你的这种脾气需要大改特改。对你这样的脾气，除了强迫你遵守这个立身创业的世界的规矩，把这种脾气压服、摧垮外，没有其他更好的办法。"

"脾气倔强，在这儿不管用，"他的姐姐说，"它需要的是压服，必须把它压服，它也一定能压服！"

谋得斯通先生朝她看了一眼，一半是叫她不要再说，一半是赞成她说的话，然后他接着说：

"我想你是知道的，大卫，我并不富有。不管怎么说，你现在该知道了。你已经受了不少教育。教育是很费钱的；而且即使不费钱，我能供得起，我也认为，继续上学对你毫无益处。你的前途是，自己到社会上去奋斗，而且越早开始越好。"

我想，我当时就觉得我已经开始奋斗了，虽然我人小力薄。反正不管怎么说，我现在觉得我早就开始了。

"你大概听说过'货行'吧。"谋得斯通先生说。

"货行，先生？"我重复道。

"谋得斯通-格林比货行，专做酒买卖的。"他回答说。

我想,当时我一定露出疑惑的样子,因为他连忙接下去说:

"你一定听说过这个'货行',再不就听说过买卖、酒窖、码头,或者别的跟这有关的什么。"

"我想我听人说起过这个买卖,先生?"我说,我记起,我隐隐约约地知道一点他跟他姐姐的生活来源,"不过我不记得是什么时候了。"

"什么时候无关紧要,"他回答说,"昆宁先生负责管理那桩买卖。"

昆宁先生正站在那儿朝窗外看着,我满怀敬意地朝他看了一眼。

"昆宁先生提议说,货行既然雇用了几个别的孩子,他觉得为什么不能以同样的条件雇用你呢。"

"这是因为,"昆宁先生半转过身子来低声说,"他没有别的前途了,谋得斯通。"

谋得斯通先生做了个不耐烦的、甚至有些生气的手势,没有去理睬他说的话,顾自继续说道:

"这些条件是,你挣的钱足够供你自己吃、喝和零用。你的住处已安排好,可以由我付钱。你的洗衣费也由我负担。"

"这些开支不得超出我的预算。"他姐姐插嘴说。

"你的衣着也由我负责,"谋得斯通先生说,"因为你自己一时还没法负担。因此,大卫,你眼下就得跟昆宁先生去伦敦,靠你自己去开创一番事业了。"

"简单地说,你受到了扶养,"他的姐姐说,"以后你就得尽自己的义务了。"

尽管我十分清楚,他们的目的是要除掉我,不过我已记不清当时我是高兴还是害怕。我的印象是,有关这一问题,我心里很乱,动摇于这两点之间,任何一点都没有触及。再说,我也没有很多时间来清理我的思想,因为昆宁先生第二天就要走了。

看看我吧!第二天,我头上戴了顶破旧的小白帽,为了给我母亲戴孝,上面缠了条黑纱,上身穿了件黑色短上衣,下身穿的是一条又硬又厚的灯芯绒裤子——谋得斯通小姐认为,这条裤子是现在我走上社会去奋斗时,保护双腿最好的装备了——瞧,我就是这样一副穿着打扮,带着装在一只小箱子里的全部家财,正像葛米治太太说的那样,成了个"孤苦伶仃"的小家伙,坐上载昆宁先生去亚茅斯的轻便马车,然后在那儿改乘去伦敦的邮车。瞧啊!我们家的房子和教堂渐渐地越来越远,教堂墓地里树下的坟墓已被别的东西挡住,教堂的尖塔已不再从我嬉戏的地方耸起,天空一片空虚了!

第十一章

独 自 谋 生

　　如今,我对世事已有足够了解,因而几乎对任何事物都不再引以为怪了。不过像我这样小小年纪就如此轻易地遭人遗弃,即使是现在,也不免使我感到有点吃惊。好端端一个极有才华、观察力强、聪明热情、敏感机灵的孩子,突然身心两伤,可居然没有人出来为他说一句话,我觉得这实在是咄咄怪事。没有一个人出来为我说一句话。于是在我十岁那年,我就成了谋得斯通-格林比货行里的一名小童工了。

　　谋得斯通-格林比货行坐落在河边,位于黑衣修士区。那地方经过后来的改建,现在已经变了样了。当年那儿是一条狭窄的街道,街道尽头的一座房子,就是这家货行。街道弯弯曲曲直达河边,尽头处有几级台阶,供人们上船下船之用。货行的房子又破又旧,有个自用的小码头,紧靠码头处,涨潮时是一片水,退潮时是一片泥。这座房子真正是老鼠横行的地方。它那些镶有护墙板的房间,我敢说,经过上百年的尘污烟熏,已经分辨不出是什么颜色了;它的地板和楼梯都已腐烂;地下室里,成群的灰色大老鼠东奔西窜,吱吱乱叫;这儿到处是污垢和腐臭;凡此种种,在我的心里,已不是多年前的事,而是此时此刻眼前的情景了。它们全都出现在我的眼前,就跟当年那倒霉的日子里,我颤抖的手被昆宁先生握着,第一次置身其间见到的完全一样。

　　谋得斯通-格林比货行跟各色人都有生意上的往来,不过其中重要的一项是给一些邮船供应葡萄酒和烈性酒。我现在已经记不起这些船主要开往什么地方,不过我想,其中有些是开往东印度群岛和西印度群岛的。我现在还记得,这种买卖的结果之一是有了许多空瓶子。于是有一些大人和小孩就着亮光检查这些瓶子,扔掉破裂的,把完好的洗刷干净。摆弄完空瓶子,就往装满酒的瓶子上贴标签,塞上合适的软木塞,或者是在软木塞上封上火漆,盖上印,然后还得把完工的瓶子装箱。这全是我的活儿,我就是雇来干这些活儿的孩子中的一个。

连我在内,我们一共三四个人。我干活的地方,就在货行的一个角落里。昆宁先生要是高兴,他只要站在账房间他那张凳子最低的一根横档上,就能从账桌上面的那扇窗子里看到我。在我如此荣幸地开始独自谋生的第一天早上,童工中年纪最大的那个奉命前来教我怎样干活。他叫米克·沃克,身上系一条破围裙,头上戴一顶纸帽子。他告诉我说,他父亲是个船夫,在伦敦市长就职时,曾戴着黑色天鹅绒帽子参加步行仪仗队①。他还告诉我说,我们的主要伙伴是另一个男孩,在给我介绍时,我觉得他的名字很古怪,叫粉白·土豆。后来我才发现,原来这并不是这个孩子受洗礼时的名字,而是货行里的人给他取的诨名,因为他面色灰白,像煮熟的土豆般粉白。粉白的父亲是个运水夫,还兼做消防队员,以此受雇于一家大剧院。他家还有别的亲人——我想是他的妹妹吧——在那儿扮演哑剧中的小鬼。

我竟沦落到跟这样一班人为伍,内心隐藏的痛苦,真是无法用语言表达;我把这些天天在一起的伙伴跟我幸福的孩提时代的那些伙伴作了比较——更不要说跟斯蒂福思、特雷德尔那班人比较了——我觉得,想成为一个有学问、有名望的人的希望,已在我胸中破灭了。当时我感到绝望极了,对自己所处的地位深深感到羞辱;我年轻的心里痛苦地认定,我过去所学的、所想的、所喜爱的,以及激发我想象力和上进心的一切,都将一天天地渐渐离我而去,永远不再回来了,凡此种种,全都深深地印在我的记忆之中,绝非笔墨所能诉说。那天上午,每当米克·沃克离开时,我的眼泪就直往下掉,混进了我用来洗瓶子的水中。我呜咽着,仿佛我的心窝也有了一道裂口,随时都有爆炸的危险似的。

账房里的钟已到了十二点半,大家都准备去吃饭了。这时,昆宁先生敲

---

① 按旧规,伦敦老城的市长每年选一次,11月9日为市长就职日,去法院宣誓时,前有仪仗队。

了敲账房的窗子,打手势要我去账房。我进去了,发现那儿还有一个胖墩墩的中年男子,他身穿褐色外套,黑色马裤,黑色皮鞋,脑袋又大又亮,没有头发,光秃得像个鸡蛋,他的大脸盘完全对着我。他的衣服破旧,但装了一条颇为神气的衬衣硬领。他手里拿着一根很有气派的手杖,手杖上系有一双已褪色的大穗子,他的外套的前襟上还挂着一只有柄的单片眼镜——我后来发现,这只是用作装饰的,因为他难得用来看东西,即使他用来看了,也是什么都看不见的。

"这个就是。"昆宁先生指着我说。

"这位,"那个陌生人说,语调中带有一种屈尊降贵的口气,还有一种说不出的装成文雅的气派,给我印象很深,"就是科波菲尔少爷了。你好吗,先生?"

我说我很好,希望他也好。其实,老天爷知道,当时我心里非常局促不安,可是当时我不便多诉苦,所以我说很好,还希望他也好。

"感谢老天爷,"陌生人回答说,"我很好。我收到谋得斯通先生的一封信,信里提到,要我把我住家后面的一间空着的屋子——拿它,简而言之,出租——简而言之,"陌生人含着微笑,突然露出亲密的样子说道,"用作卧室——现在能接待这么一位初来的年轻创业者,这是本人的荣幸。"说着陌生人挥了挥手,把下巴架在了衬衣的硬领上。

"这位是米考伯先生。"昆宁先生对我介绍说。

"啊哈!"陌生人说,"这是我的姓。"

"米考伯先生,"昆宁先生说,"认识谋得斯通先生。他能找到顾客时,就给我们介绍生意,我们付他佣金。谋得斯通先生已给他写了信,谈了你的住宿问题,现在他愿意接受你作他的房客。"

"我的地址是,"米考伯先生说,"城市路,温泽里。我,简而言之,"说到这儿,米考伯先生又带着先前那种文雅的气派,同时突然再次露出亲密的样子,"我就住在那儿。"

我朝他鞠了一个躬。

"我的印象是,"米考伯先生说,"你在这个大都市的游历还不够广远,要想穿过这座迷宫似的现代巴比伦①,前往城市路,似乎还有困难——简而言之,"说到这儿,米考伯先生又突然露出亲密的样子,"你也许会迷路——为此,今天晚上我将乐于前来这里,以便让你知道一条最为便捷的路径。"

我全心全意地向他道了谢,因为他愿不怕麻烦前来领我,对我真是太好了。

"几点钟?"米考伯先生问道,"我可以——"

"八点左右吧。"昆宁先生回答。

"好吧,八点左右,"米考伯先生说,"请允许我向你告辞,昆宁先生,我不再打扰了。"

于是,他便戴上帽子,腋下夹着手杖,腰杆笔挺地走出去了,离开账房后,他还哼起了一支曲子。

昆宁先生于是便正式雇用了我,要我在谋得斯通-格林比货行尽力干活了,工资,我想是,每星期六先令。至于到底是六先令,还是七先令,我已记不清了。由于难以肯定,所以我较为相信,开始是六先令,后来是七先令。他预付给我一星期的工资(我相信,钱是从他自己的口袋里掏出来的),我从中拿出六便士给了粉白·土豆,要他在当天晚上把我的箱子扛到温泽里;箱子虽然不大,但以我的力气来说,实在太重了。我又花了六便士吃了一顿中饭,吃的是一个肉饼,喝的则是附近水龙头里的冷水了。接着便在街上闲逛了一通,直到规定的吃饭时间过去。

到了晚上约定的时间,米考伯先生又来了。我洗了手和脸,以便向他的文雅表示更多的敬意,跟着我们便朝我们的家走去,我想,我现在得这样来称呼了。一路上,米考伯先生把街名、拐角地方的房子形状等等,直往我脑子里装,要我记住,为的是第二天早上我可以轻易地找到回货行的路。

到达温泽里他的住宅后(我发现,这住宅像他一样破破烂烂,但也跟他一样一切都尽可能装出体面的样子),他把我介绍给他的太太。米考伯太太是个面目消瘦、憔悴的女人,一点也不年轻了。她正坐在小客厅里(楼上的房间里全都空空的,一件家具也没有,成天拉上窗帘,挡住邻居的耳目),怀里搂着一个婴儿在喂奶。婴儿是双胞胎里的一个。我可以在这儿提一下,

---

① 古代东方巴比伦王国的首都,以奢华淫靡著称。伦敦则有"现代巴比伦"之称。

在我跟米考伯家的整个交往中,我从来不曾见过这对双胞胎同时离开过米考伯太太。其中总有一个在吃奶。

他们家另外还有两个孩子:大约四岁的米考伯少爷和大约三岁的米考伯小姐。在这一家人中,还有一个黑皮肤的年轻女人,这个有哼鼻子习惯的女人是这家的仆人。不到半个小时,她就告诉我说,她是"一个孤儿",来自附近的圣路加济贫院。我的房间就在屋顶的后部,是个闷气的小阁楼,墙上全用模板刷了一种花形,就我那年轻人的想象力来看,那就像是一个蓝色的松饼。房间里家具很少。

"我结婚以前,"米考伯太太带着双胞胎和其他人,领我上楼看房间,坐下来喘口气说,"跟我爸爸妈妈住在一起,当时我从来没有想到,有一天我不得不招个房客来住。不过,既然米考伯先生有困难,所有个人情感上的好恶,也就只好让步了。"

我回答说:"你说得对,太太。"

"眼下米考伯先生的困难,几乎要把我们给压垮了。"米考伯太太说,"到底是否能让他渡过这些难关,我不知道。当我跟爸爸妈妈一起过日子时我真的不懂,我现在用的困难这两个字眼是什么意思。不过经验能让人懂得一切——正像爸爸时常说的那样。"

米考伯先生曾当过海军军官,这是米考伯太太告诉我的,还是出于我自己的想象,我已弄不清楚。我只知道,直到现在我依然相信,他确实一度在海军里做过事。只是不知道为什么会这样相信。现在,他给各行各业的商家跑街招揽生意,不过恐怕赚不到多少钱,也许根本赚不到钱。

"要是米考伯先生的债主们不肯给他宽限时间,"米考伯太太说,"那他们就得自食其果了。这件事越快了结越好。石头是榨不出血来的。眼下米考伯先生根本还不了债,更不要说要他出诉讼费了。"

这是因为我过早地自食其力,使米考伯太太弄不清我的年龄呢,还是由于她老把这件事放在心上,总得找个人谈谈,要是没有别的人可谈,哪怕跟双胞胎谈谈也好,这一点我一直不太清楚。不过她一开头就对我这么说了,以后在我跟她相处的所有日子里,她一直就是如此。

可怜的米考伯太太!她说她曾尽过最大的努力;我毫不怀疑,她的确如此,想过一切办法。朝街的大门正中,全让一块大铜牌给挡住了,牌上刻有

"米考伯太太青年女子寄宿学舍"的字样,可是我从来没有发现有什么青年女子在这一带上学,没有见到有什么青年女子来过这儿,或者打算来这儿;也没见过米考伯太太为接待什么青年女子做过任何准备。我所看到和听到的上门来的人,只有债主。这班人没早没晚地都找上门来,其中有的人凶得不得了。有个满脸污垢的男人,我想他是个鞋匠,经常在早上七点就挤进过道,朝楼上的米考伯先生大喊大叫:"喂,你给我下来!你还没出门,这你知道。快还我们钱,听到没有?你别想躲着,这你知道,那太不要脸了。要是我是你,我决不会这样不要脸面。快还我们钱,听到没有?你反正得还我们钱,你听到了没有?喂,你给我下来!"他这样骂了一通后,仍旧得不到回答,他的火气更大了,于是就骂出"骗子""强盗"这些字眼来。连这些字眼也不起作用时,有时他就跑到街对面,对着三楼的窗子大声叫骂,他知道米考伯先生住在哪一层。遇到这种时候,米考伯先生真是又伤心,又羞愧,甚至悲伤得不能自制,用一把剃刀做出抹脖子的动作来(这是有一次他太太大声尖叫起来我才知道的)。可是在这过后还不到半个小时,他就特别用心地擦亮自己的皮鞋,然后哼着一支曲子,摆出比平时更加高贵的架势,走出门去。米考伯太太也同样能屈能伸。我曾看到,她在三点钟时为缴税的事急得死去活来,可是到了四点钟,她就吃起炸羊排、喝起热麦酒来了(这是典当掉两把银茶匙后买来的)。有一次,她家刚被法院强制执行,没收了财产,我碰巧提前在六点钟回家,只见她躺在壁炉前(当然还带着双胞胎中的一个),头发散乱,披在脸上;可是就在这天晚上,她一面在厨房的炉子旁炸牛排,一面告诉我她爸妈以及经常来往的朋友们的事。我从未见过她的兴致有比那天晚上更好的了。

我就在这座房子里,跟这家人一起,度过我的空闲时间。每天我一人独享的早餐是一便士面包和一便士牛奶,由我自己购买。另外买一个小面包和一小块干酪,放在一个特定食品柜的特定一格上,留作晚上回来时的晚餐。我清楚地知道,这在我那六七个先令工资里,是一笔不小的开销了。我整天都在货行里干活,而整个一个星期,我就得靠这点钱过活,从星期一早晨到星期六晚上,从来没有人给过我任何劝告、建议、鼓励、安慰、帮助和支持,这一点,就像我渴望上天堂一样,脑子里记得一清二楚!

我毕竟太年轻、太孩子气、太没有能力了——我怎么能不这样呢?——

担负不了自己的全部生活重担,因而早晨去谋得斯通-格林比货行时,看到点心铺门口摆着的半价出售的陈糕点,我往往就忍不住在这上面花掉了本该留着买午餐的钱。这么一来,我就只好不吃午餐了,要不只买个小面包卷或一小块布丁充饥。我记得附近有两家布丁铺,我经常根据自己的财政状况,在这两家之间做出选择。其中一家在离圣马丁教堂不远的一条死胡同里——在教堂后面——现在全都拆迁掉了。这家铺子的布丁里面有小葡萄干,味道颇为特别,可是价钱贵,两便士一块的还没有一便士的普通布丁大。卖普通布丁的一家好铺子在河滨街——就在后来经过改建的那一段上。这家卖的布丁块儿大、分量重、松软、颜色灰白、稀稀拉拉地粘着几颗扁扁的大葡萄干。每天在我吃中饭的时间,布丁正好出炉,热烘烘的,我大多数日子都吃这个。每当要吃得正规和丰盛一点时,我就买一根调味极浓的干熏肠和一便士的面包,或者从小饭馆里花四便士买一盘炖牛肉,要不就在我们货行对面的一家叫狮子或者狮子什么的老酒馆里,叫一盘面包加干酪和一杯啤酒。有一次,我记得我像夹一本书似的,在腋下夹了一块用报纸包着的面包(是早晨从家里带来的),到德鲁里街①附近一家著名的专卖浓汁炖牛肉的牛肉馆里,叫了一"小碟"这种美味就着面包吃。当时,我这样一个小孩,独自一人跑进去吃牛肉,堂倌见了有什么想法,我不知道。不过,在我吃着我的午饭时,他一直盯着我看,还叫另一个堂倌也出来看我,他的那副模样,我直到现在还历历在目。我给了他半个便士小费,不过心里希望他不收才好。

我记得,我们有半个小时吃茶点的时间。要是我还有足够的钱,就买半品脱煮好的现成咖啡和一片涂上奶油的面包。要是没有钱时,我通常去弗利特街②一家野味店看看,要不有时就一直走到科文特加登③市场去细细看看菠萝。我很喜欢在阿戴尔菲④一带溜达,因为那是个神秘的地方,到处都是阴暗的拱顶。现在我还如在眼前般清楚地记得,有一天晚上,我从这样一个拱顶底下出来,来到一家临河的小酒馆门前,酒馆门口有块空地,有几个卸煤的工人正在那儿跳舞。我就在一张长凳上坐了下来,看他们跳舞。

①　伦敦西区一街道,曾以剧院集中著称。
②　伦敦中部一街道,以报馆集中著称,常用来喻指英国新闻界。
③　伦敦一广场,曾为伦敦主要的水果、花卉、蔬菜市场。
④　伦敦一地区,临泰晤士河,有"地下城"之称。

我心里一直嘀咕,不知道他们对我有什么想法!

我还是个小孩,个子又这么小,每当我走进一家陌生的小酒馆叫一杯麦酒或黑啤酒,来润一润我带来当午餐的食物时,他们往往不敢卖给我。我记得,有一天晚上,天气很热,我走进一家小酒馆的酒吧间,对店主说:

"你们这儿最好的——真正最好的——麦酒,多少钱一杯?"因为那是一个特别的日子。我忘了是什么日子了,也许是我的生日吧。

"两便士半,"店主说,"就可以买一杯正宗的斯屯宁牌麦酒。"

"那么,"我说着掏出钱来,"就请给我来一杯正宗的斯屯宁吧,浮头上泡沫要满满的。"

店主脸上带着奇怪的笑容,隔着柜台朝我从头到脚打量了一番;他没有去放酒,先扭头对着屏风后面,跟他太太说了几句什么。他太太手上拿着针线活儿,从屏风后面走了出来,跟她丈夫一起打量起我来。此刻,我们三人仿佛又全都出现在我的面前。店主只穿着衬衣,没穿外衣,靠在柜台的橱窗架上,他太太则从那半截的小门上边朝我看。我呢,有些不知所措地从柜台外面朝他们俩仰望着。他们问了我许多问题,如我叫什么名字,我几岁啦,家住哪里,做什么的,怎么来这儿,等等。为了不牵连别人,对这些问题,我恐怕都假造了一些合适的回答。他们给我端来了麦酒,不过我怀疑那并不是正宗的斯屯宁。店主的太太打开那半截小门,俯下身子,把酒钱还给了我,还吻了我一下,一半出于称赏,一半出于同情,不过我相信,这完全出于女性的温情和慈爱。

我相信,对于我的收入有限和生活困难,我并没有不知不觉或出于无心而夸大其词。我认为,不管什么时候,要是昆宁先生给我一先令,我一定会把它花在中饭或茶点上。我知道,我从早做到晚,跟普通的成年人和孩子在一起干活,是个衣衫褴褛的孩子。我记得,我在街上到处游荡,吃不饱,喝不够。我知道,要不是上帝可怜我,单凭我所受到的那点照顾,我很容易变成一个小强盗或小流氓。

虽然如此,我在谋得斯通-格林比货行里也还有点地位。昆宁先生是个粗心大意的人,事情那么忙,做的买卖又这么不正规,他并没有把我跟别的人一样对待,已经很难为他了。除此之外,我从来没有对任何人,不管是大人还是孩子说过,我是怎么来这儿的,也从来没有透露过我在这儿心里有多难过。我只是默默地忍受着痛苦,千方百计地忍受着,除了我自己,没有一个人知道。我究竟受了多少苦,正像我已经说过的那样,这完全超出了我的叙述能力。我把一切痛苦完全都藏在自己的心里,只是埋头干活。打从来到这儿的第一天起,我就知道,要是我干活不及别人,我就不可能不受人轻视和侮辱。没过多久,跟两个孩子中的任何一个比,我至少都一样快捷,一样熟练了。我虽然跟他们已混得很熟,可是我的行为和态度跟他们有所不同,跟他们之间有着不小的距离。他们和那几个成年人,提到我时,总管我叫"小先生"或"小萨福克人"。有一个叫格雷戈里的成年人,是装箱工的头儿,另外还有一个成年人叫蒂普,是个赶车的,老穿着一件红短褂,他们有时候就叫我"大卫"。不过我想,这多半都在我们说体己话时,或者是干活中,我设法给他们消遣,讲一些以前在书里读到的故事给他们听时(这些故事快要从我的记忆中消失了)。有一次粉白·土豆起来反对我,对我受到这样的待遇表示不满,但米克·沃克立即就把他给制服了。

当时我认为,要想摆脱这种生活,毫无希望,因此也就完全死了心。现在,我坚决相信,当时我一时一刻也没有甘心于那种生活,而且一时一刻也没有不感到万分的不幸和痛苦,可是我忍受着。就连给佩格蒂的信中,我也只字未提(虽然我们之间通信很多),这一来是我爱她,二来是因为我怕丢脸,不好意思说。

米考伯先生的困难更增加了我精神上的痛苦。我的处境这样孤苦伶仃,也就对这家人产生了深厚的感情。每当我四处溜达时,老是想起米考伯太太那些筹款的方法,心里总压着米考伯先生的债务负担。星期六的晚上,是我最高兴的时候——一方面是因为我回家时口袋里有六七个先令,一路上可以进那些店铺看看,琢磨琢磨这笔钱可以买些什么,这是件很适意的事;另一方面是那一天回家比平时早——可米考伯太太却往往对我诉说起最伤心的知心话来。星期天早晨也是如此,当我把头天晚上买来的茶或咖啡,放进刮脸用的小杯子里冲水搅动一番,然后坐下来吃早饭时,米考伯太太又会对我诉说起来。有一次,这种星期六晚上的谈话刚开始,米考伯先生泣不成声,可是到了快结束时,他竟又唱起"杰克爱的是他可爱的南"①来。

---

① 英国作曲家查理斯·迪布丁(1745—1814)所作歌曲《可爱的南》中的第一句。

我曾见过他回家吃晚饭时,泪如泉涌,口口声声说,现在除了进监狱,再也没有别的路了;可是到了上床睡觉时,他又计算起来,有朝一日,时来运转(这是他的一句口头禅),给房子装上凸肚窗得花多少钱。米考伯太太跟她丈夫完全一样。

我想,由于我们各自的处境,所以我跟这对夫妇之间就产生了一种奇特而平等的友谊,虽然我们之间年龄差别大得可笑。不过,在米考伯太太把我完全当成她的知己以前,我从来没有接受过他们的邀请,白吃白喝过他们的东西(我知道他们跟肉铺、面包铺的关系都很紧张,他们那点东西往往连他们自己都不够吃喝)。她把我当成知己的那天晚上,情况是这样的:

"科波菲尔少爷,"米考伯太太说,"我不拿你当外人,所以不瞒你说,米考伯先生的困难已经到了最危急关头了。"

我听了这几句话,心里非常难过,带着极度同情看着米考伯太太通红的眼睛。

"除了一块荷兰干酪的皮儿外,"米考伯太太说,"食物间里真是连什么渣子都没有了。可干酪皮儿又不适合给孩子们吃。我跟爸妈在一起时,说惯了食物间,这会儿几乎不觉又用起这个词来了。我的意思是说,我们家什么吃的都没有了。"

"哎呀!"我很关切地说。

我口袋里一个星期的工资还剩有两三先令——从这钱数来看,我认为我们的这次谈话一定发生在星期三晚上——我赶紧掏了出来,真心诚意地要求米考伯太太收下,就算是我借给她的。可是那位太太吻了吻我,定要我把钱放回口袋,并说,这样的事她想也不能想。

"不,亲爱的科波菲尔少爷,"她说,"我丝毫没有这种想法!不过你年纪虽小,已经很懂事了;你要是肯答应的话,你可以帮我另外一个忙,这个忙我一定接受,而且还十分感激。"

我请她说出要我帮什么忙。

"我已经亲自拿出去一些银餐具了,"米考伯太太说,"悄悄拿了六柄茶匙,两只盐匙和一对糖匙,分几次亲自送去当铺当了钱了。可是这对双胞胎老是缠得我分不开身。而且想到我爸妈,现在我得去做这种事,心里就很痛苦。我们还有几件小东西可以拿去处理掉。米考伯先生容易动感情,他是决不肯去处理这些东西的。而克莉基特，"——这是从济贫院来的那个女仆——"是个粗人，要是过分信任她，她就会放肆起来，弄得我们受不了的。所以，科波菲尔少爷，要是我可以请你——"

现在我懂得米考伯太太的意思了，就求她尽管支使我，做什么都行。从那天晚上起，我就开始处理起她家的那些轻便的财物来了。此后，几乎每天早上，在我上谋得斯通－格林比货行以前，都要出去干一次同样的事。

米考伯先生有几本书，放在一个小矮柜上，他把这叫作图书馆。这些是我最先处理的东西。我一本接一本地把它们拿到城市路的一家书摊上——当时，那条街上，离我们住房不远处，有一段几乎全是书摊和鸟店——不管能卖多少钱，全给卖了。这家书摊的摊主，就住在书摊后面的一间小屋子里，每天晚上都喝得醉醺醺的，每天早上总要挨老婆的痛骂。不止一次，当我一早上他儿去时，他都是在一张折叠床上接见我的，不是额头上有什么伤口，就是有只眼睛青肿，这都证明，头天晚上他又喝多了（我想，他恐怕一喝酒就爱吵架）。他伸出一只哆嗦着的手，从掉在地上的衣服里，一个口袋一个口袋地寻找急需的先令。这时，他太太则抱着个小孩，趿着一双破鞋，一直不停地在骂他。有时候，他的钱丢了，就要我下次再去。可他的老婆身上往往带有一点钱——我敢说——这是在他喝酒时，从他那儿拿的。当我们一块儿下楼时，就在楼梯上偷偷地做成这笔交易。

在当铺里，我也渐渐成了大家熟悉的人物了。那位坐在柜台后面管事的先生，对我非常注意；我记得，他跟我做生意时，常常要我把一个拉丁文名词或形容词的变格形式悄悄地在他耳边变给他听，或者要我给他背一背某个拉丁文动词的变化形式。我帮米考伯太太做了这些事之后，她总要稍微款待我一次，通常是吃一顿晚饭。我记得很清楚，这种饭吃起来总有点特别的味道。

最后，米考伯先生的困难终于到了危急关头，一天清晨，他被捕了，被关进塞德克的王座法院监狱。在走出家门时，他对我说，他的末日到了——我真以为他的心碎了，我的心也碎了。可是我后来听说，就在那天上午，有人看到他正兴高采烈地在玩九柱戏呢。

在他入狱后的第一个星期天，我就决定去看看他，并跟他一起吃顿中饭。我向人问了路，说得先到一个地方，快到时就会看到另一个跟它一样的地方，在它附近会看到一个院子，穿过那院子，再一直往前走，就能看到一个监狱看守。我一一照办了。最后，终于看到了一个看守（我真是个可怜的小家伙），我心里想起，罗德里克·蓝登关在负债人监狱里时，跟他同狱的只有一个人，那人除了身上裹的一块破地毯外，一无所有①。这时我泪眼模糊，心里直扑腾，那个看守在我面前直摇晃。

米考伯先生正在栅栏门里面等着我，我走进了他的牢房（在顶层下面的一层），我们大哭了一场。我记得，他郑重地劝告我，要拿他的这种结局引以为戒；他要我千万记住，一个人要是每年收入二十镑，花掉十九镑十九先令六便士，那他会过得很快活，但要是他花掉二十镑一先令，那他就惨了。在这以后，他向我借了一先令买黑啤酒喝，还写了一张要米考伯太太归还的单据给了我，随后他收起了手帕，变得高兴起来了。

我们坐在一个小火炉前，上锈的炉栅上，一边放着一块砖头，免得烧煤太多。我们一直坐着，直到跟米考伯先生同牢房的另一个人进来。他从厨房里端来了一盘羊腰肉，这就是我们三人共同享用的饭菜了。接着，米考伯先生派我去顶上一层"霍普金斯船长"的牢房，带去米考伯先生对他的问候，对他说明我是他的年轻朋友，问他是否可以借给我一副刀叉。

"霍普金斯船长"借给我一副刀叉，并要我转向米考伯先生问好。他的那间小牢房里有一个很邋遢的女人，还有两个面无血色的女孩，长着一头蓬乱的头发，是他的女儿。我当时想，好在是向"霍普金斯船长"借刀叉，而不是向他借梳子。船长自己，衣服也褴褛到不能再褴褛了，留着长长的络腮胡子，身上只穿着一件旧得不能再旧的褐色大衣，里面没有穿上衣。我看到他的床折起放在角落里，他的那点盘、碟、锅、罐全都放在一块搁板上。我猜想（只有上帝知道我为什么会这样想），那两个头发蓬乱的女孩虽然是"霍普金斯船长"的孩子，但那个邋遢的女人并不是他明媒正娶的妻子。我怯生生地站在他们门口最多不过两分钟，可是我从他那儿下楼时，心里却清楚地意识到这一切，就像那副刀叉清楚地握在我手里一样。

不管怎么说，这顿中饭倒也有点吉卜赛人的风味，颇为有趣。午后过不多久，我把刀叉还给了"霍普金斯船长"，便返回寓所，向米考伯太太报告探

① 出自英国小说家斯摩莱特（1721—1771）所著《蓝登传》。

监的情况,好让她放心。她一见我回来,就晕过去了。后来她做了一小壶鸡蛋酒①,在我们谈论这件事时,作为慰藉。

我不知道,这家人家为了维持家庭生活,是怎样卖掉家具的,是谁给他们卖的;我只知道,反正不是我。不过家具的确给卖掉了,是由一辆货车拉走的,只剩下床、几把椅子和一张厨房用的桌子。带着这几件家具,我们:米考伯太太、她的几个孩子、那个孤儿,还有我,就像露营似的,住在温泽里这座空荡荡的房子的两个小客厅中。我们日夜住在这两间房间里,我已说不清我们究竟住了多久,不过我觉得已经很久了。后来,米考伯太太决定也搬进监狱去住了,因为这时候米考伯先生搞到了一个单独的房间。于是我就把这所住房的钥匙交还给房东,房东拿到钥匙非常高兴。几张床都搬到王座法院监狱里去了,留下了我的一张。我把它搬到了另外租的一个小房间里。这个新寓所就在监狱大墙外不远的地方,我为此感到很满意,因为我跟米考伯一家患难与共,彼此已经很熟,舍不得分开了。他们也给那个孤儿在附近租了个便宜的住处。我的新住所是间清静的阁楼,在房子的后部,房顶是倾斜的。下面是个贮木场,看起来景色宜人。我到那儿住下时,想到米考伯先生到底还是过不了关,就觉得我这里实在是一个天堂了。

在这段时间里,我依旧一直在谋得斯通-格林比货行里干着普通的活儿,跟那几个普通人做伙伴,心里仍和开始时一样,感到不应该这样落魄,受这样的屈辱。不过,我每天去货行,从货行回家,以及中饭时在街上溜达,都会看到许多孩子,可我从来没有结识过其中的任何一个人,也没有跟其中的任何一个人交谈,当然对我来说,幸亏如此。我过的同样是苦恼自知的生活,而且也跟从前一样,依旧孑然一身,一切都靠自己。我感到自己的变化只有两点:第一,我变得更加褴褛了;第二,米考伯夫妇的事,现在已不再像以前那样重压在我的心头了。因为他们的一些亲戚朋友,已出面来帮助他们渡过难关了,因而他们在监狱里的生活,反倒比长期以来住在监狱外面更舒服一些。靠了某些安排,现在我可以经常跟他们一起吃早饭了,至于这种安排的详情,现在我已经忘记了。监狱早上什么时候开门,什么时候允许我进去,我也记不清了。不过我记得,当时我通常在六点钟起床,在去监狱前

---

① 用麦酒、鸡蛋、糖、肉豆蔻煮成的饮料。

的这段时间,我就在街上溜达。我最喜欢溜达的地方是伦敦桥。我习惯坐在石桥的某个凹处,看过往的人们,或者趴在桥栏上,看太阳照在水面泛出万点金光,照到伦敦大火纪念塔①顶上的金色火焰上。有时,那孤儿也会在这儿碰上我,我就把有关码头和伦敦塔的事编了些惊人的故事,说给她听。有关这些故事,我只能说,我希望我自己也相信是真的。晚上,我又回到监狱里,有时跟米考伯先生在运动场上来回走动散步,有时则跟米考伯太太玩纸牌,听她讲她爸妈的往事。谋得斯通先生是否知道我住在什么地方,我说不上来。反正我从来没有对谋得斯通-格林比货行里的人说过这些事。

米考伯先生的事,虽然渡过了最危急的关头,但是由于过去有张"契据"什么的,所以依然还有纠葛。有关这种契据的事,我以前听他们谈得很多;现在我想,那一定是他以前立给债权人的某种约定偿还债务的借据,不过当时我弄不清这是怎么一回事,把它跟从前在德国流行一时的魔鬼的文件②混为一谈了。最后,这个文件不知怎么一来,好像不碍事了;米考伯太太告诉我说,"她娘家的人"认定,米考伯先生可以援用破产债务人法,请求释放。这么一来,她指望,再过六个星期,他就可以获得自由。

"到那时,"当时在场的米考伯先生说,"谢天谢地,毫无疑问,我就会手头有钱,可以过上全新的生活了——简而言之,要是时来运转的话。"

为了要把所有的事尽可能都写下来,我记得,在这段时间米考伯先生还曾起草过一份给下议院的请愿书,要求修改因债务而入狱的法律。我所以把这段回忆写在这儿,是因为它可以作为我创作方法的一个例证,说明我如何把早年读过的书中的内容,掺和到我现在不同于早年的生活经历里,用市井见闻和男女情事来给自己编造故事;同时,我想这也说明我在写我的自传时,不知不觉发展起来的某些主要特点,是如何在整个这段时间里逐步形成的。

监狱里有一个俱乐部,米考伯先生因为是位绅士,所以成了俱乐部里很有权威的人士。他把要写这样一份请愿书的事告诉了俱乐部里的人,俱乐部里的人都一致热烈赞成。于是米考伯先生(他本是个不折不扣的好好先

---

① 为纪念伦敦 1666 年大火所建,顶上盆状,从中发出火焰的样子。
② 指浮士德把自己的灵魂出卖给魔鬼所立的契约。

生,只要不是自己的事,干起任何事来都干劲十足,忙起跟自己利益毫无关系的事来,总是欢天喜地)便着手写起这份请愿书来;写好后,又誊在一大张纸上,铺在一张桌子上,并约定了一个时间,叫俱乐部的成员,甚至全监狱的人,只要愿意,都可以来他的房间,在上面签名。

听到说这一活动就要举行,我急于想看看他们一个个进来签名的情况,虽然他们当中的大部分人我都熟识,他们也认识我。为此,我特意向谋得斯通-格林比货行请了一个小时的假,站在房间的一个角落里。俱乐部里的要员能挤的都挤进这个小房间了。大家把米考伯先生拥到那张请愿书前。我的老朋友"霍普金斯船长"(为了对这一庄严的仪式表示敬意,他特意梳洗了一番)站在请愿书附近,准备把请愿书念给那些不清楚它的内容的人听。随后房门打开了,狱友们排成长行,一个个进来,有些人就等在外面;进来的人签上名字,然后走出去。对进来的每个人,"霍普金斯船长"都要问一声:"你看过请愿书了吗?""没有。""你要不要我念一遍给你听?"要是那人稍有一点要听的表示,"霍普金斯船长"就大声给他从头到尾念一遍。哪怕有两万个人要听他念,他也会一遍又一遍地念上两万遍的。我现在还记得,每当他念到"集会于议会之议员诸公""为此请愿人谨向贵议院提出请求""仁慈陛下之不幸子民"等词句时,声调洪亮悦耳,仿佛这些字眼是吃在嘴里的东西,味道鲜美可口。这时,米考伯先生则一面带着几分作者的得意之态,侧耳倾听着,一面(不太严肃地)望着对面墙头上的铁蒺藜。

我每天都往来于塞德克和黑衣修士区之间,吃饭时间就到偏僻的街上转悠,街上的石头想必都让我那双孩子的脚给踩坏了。我不知道,当年在"霍普金斯船长"的朗读声中,一个个从我面前走过的人里,还有多少人已经不在了!现在,每当我回忆起我少年时代那一点点挨过来的痛苦岁月时,我也不知道,我替这些人编造出来的故事中,有多少是被我想象的迷雾笼罩着的记得十分真切的事实!可是我毫不怀疑,当我重踏旧地时,我好像看到一个在我面前走着、让我同情的天真而富于想象的孩子,他凭着那些奇特的经历和悲惨的事件,创造出了自己的想象世界。

第十二章

决 计 出 逃

　　过了一段时间,米考伯先生的申诉得到了受理的机会;根据破产债务人法,他奉命得到了释放,这让我大为高兴。他的债主们也不是毫无通融的余地。米考伯太太告诉我说,就连那个凶狠的鞋匠,都在法庭上当众宣布,他对米考伯先生并无恶意,只不过人家欠他钱,他总是想收回的,这是人之常情。

　　米考伯先生的官司结案后,他又回到了王座法院监狱,因为在他正式出狱以前,还有一些费用得结清,有些手续得办理。俱乐部里的人欢天喜地地迎接了他,当天晚上,还特地为他举行了一次联欢会。米考伯太太则跟我在睡着的家人中间,悄悄地吃了一顿羊杂碎。

　　"在这样的时刻,科波菲尔少爷,"米考伯太太说,"我们就再来一点加料酒①吧!"因为我们已经喝过一些了,"纪念纪念我爸爸妈妈。"

　　"他们都不在了吗,夫人?"我喝了杯里的纪念酒后问道。

　　"我妈妈在米考伯先生遇上困难之前,"米考伯太太说,"或者说,至少在困难还没压着他时,就去世了。我爸爸生前曾保释过米考伯先生好几次,后来也去世了。大家都很惋惜。"

　　米考伯太太说到这儿,摇着头,一滴思亲之泪,滴落在手中抱着的双胞胎身上。

　　我发觉,想要问那个跟我密切相关的问题,没有比现在更合适的机会

---

　　① 在啤酒、苹果酒中加香料、牛奶、鸡蛋等加水而成的酒。

了,于是我便对米考伯太太问道:

"我可以问一句吗,夫人? 现在米考伯先生的困难已经过去,已经获得自由,你们有什么打算呢? 考虑好了吗?"

"我娘家,"米考伯太太说(她说这几个字时,总显得很神气,但我从来没能发现她指的是什么人),"我娘家的人的意见是,米考伯先生应该离开伦敦,到别处去发挥他的才能。米考伯先生是个很有才能的人,科波菲尔少爷。"

我说,我完全相信这一点。

"他很有才能,"米考伯太太重复说,"我娘家人的意思是,像他这样一个有才能的人,只要有人帮点忙,完全可以在海关上找个事做。我娘家在普利茅斯当地还有点势力,所以他们希望米考伯先生去那儿。他们认为,他本人必须等在那儿。"

"这样人就现成了,是吧?"我接过话头说。

"一点没错,"米考伯太太回答说,"这样人就现成了,要是有什么机会的话。"

"你也去吗,夫人?"

那天发生的事情,加上那对双胞胎,即使不算上那加料酒,也已使米考伯太太有点歇斯底里了,她流着泪回答说:

"我决不会抛弃米考伯先生的。米考伯先生最初也许瞒过我,没把他的困难对我说。不过他是个性格乐观的人,他也许盼着自己能克服困难。我妈留给我的珍珠项链和镯子,连一半的价格都不到,就卖掉了。我爸给我的结婚礼物,一套珊瑚首饰,简直等于白扔掉一样。不过不管怎样,我决不会抛弃米考伯先生。决不会!"米考伯太太比先前更激动地大声喊着说,"我决不会做这种事! 硬要我那么做,也办不到!"

我感到很不是味儿——米考伯太太冲着我这样喊,像是疑心我要她那么做似的——于是便惊慌失措地坐在那儿看着她。

"米考伯先生有他的短处。他不懂得省吃俭用,这我不否认。他不让我知道有多少收入,多少债务,这我也不否认。"她继续说着,两眼直盯着墙壁,"可我决不会抛弃米考伯先生!"

这时,米考伯太太的声音提得更高了,完全变成了尖叫,吓得我急忙奔

到俱乐部。只见米考伯先生正坐在一张长桌的首席上,领着大家合唱:

> 快跑,道宾,
> 快呀,道宾,
> 快跑,道宾,
> 　快跑,快呀——哦——哦!①

　　我把米考伯太太情况吓人的消息告诉他,他听后立即哭了起来,急忙跟我一起出了俱乐部。他的背心上,挂满他刚才在吃的小虾的头尾。

　　"艾玛,我的天使!"米考伯先生冲进房间,大声叫道,"你怎么啦?"

　　"我决不会抛弃你,米考伯!"她喊着说。

　　"我的命根子,"米考伯先生把她搂在怀里说道,"这我完全知道。"

　　"他是我孩子的爹呀!是我的双胞胎的父亲!他是我心爱的丈夫!"米考伯太太挣扎着叫喊道,"我决——决——不会——抛弃米考伯先生!"

　　她的这忠贞的表白,使米考伯先生深为感动(至于我,这时已经泪流满面了),他亲热地朝她俯下身子,求她抬起头来看着他,求她安静下来。可是,他越求她抬头看着他,她的目光越飘忽不定,他越求她安静,她越不肯安静下来。结果,米考伯先生很快也受不了啦,开始泪如雨下,跟他太太的、我的,全都流在一起了。后来,他求我,要我找把椅子在楼梯口坐一下,让他先把米考伯太太弄到床上躺下。这时天色已晚,我本打算回家过夜了,可是他坚持要等送客铃响了才让我走。于是我就在楼梯的窗口那儿坐着,直到他拿了另外一把椅子,过来跟我坐在一起。

　　"这会儿米考伯太太怎么样了,先生?"我问道。

　　"很不好,"米考伯先生摇了摇头,回答说,"紧张过度。啊,今天真是个可怕的日子!现在我们成了光杆儿了——我们已经一无所有了!"

　　米考伯先生紧握住我的手,呻吟着,接着便哭了起来。我非常感动,但也十分失望,因为我原来以为,在这样一个盼望多时才到的好日子,我们应该快快活活才是。不过我想,米考伯先生和米考伯太太已经过惯往日的那

---

　　①　歌曲《有一天我正赶着马车》中的合唱部分。"道宾"是马名。

种艰难日子了,一旦想到他们已经脱离那种生活,他们反而觉得遭受海难似的绝望了。他们所有的那些顺应环境的能力,全都失去了。我从没见过他们像这天晚上那样伤心过,像那样的一半伤心都没见过。因此,当铃声响起,米考伯先生陪我走到门房,在那儿为我祝福,跟我分手时,我真感到很担心,竟让他留在那儿,因为他是那么伤心,那么痛苦。

但是,在我们卷入的这番使我感到意外的混乱和情绪低落中,我清楚地看出,米考伯夫妇一家就要离开伦敦,我们的分别是近在眼前了。那天晚上,在我回住所的路上,以及后来躺在床上久久睡不着时,我第一次有了一个想法——虽然我不知道这想法是怎么进入我的头脑的——这想法,后来成了我坚定不移的决心。

我已习惯于跟米考伯家相依为命,跟他们成了患难之交,亲密无间,除了他们,我就举目无亲了;一想到我又得重找住所,又得生活在陌生人中间,仿佛旧时的光景又回到目前的生活中,因为我对以往的经历,记忆犹新。一想到这一点,我所有受到过它狠狠伤害的敏感的感情,所有它在我心中永远留下的耻辱和不幸,就会变得更加痛苦难当。因此我认定,这样的生活我再也无法忍受下去了。

我当时十分清楚,要是我自己不采取行动,我就没有逃离这种生活的希望。谋得斯通小姐很少给我来信,谋得斯通先生更是只字未写。他们只给过我两三包现成的或修补过的衣服,由昆宁先生转交给我。每次只在里面夹个字条,上面写的大意是:简·谋希望大·科努力工作,专心尽职——我除了老老实实安心做个苦力外,是否还有别的什么指望,他们连一丁点儿暗示也没有。

就在第二天,我心里正在为自己打定的主意七上八下时,事实已向我证明,米考伯太太并不是无缘无故说到他们要走的。他们在我住的那家租了个地方,说好只住一个星期,到期后,他们就要动身去普利茅斯。当天下午,米考伯先生亲自到货行账房间,告诉昆宁先生说,到他动身那天,他不得不撇下我了,而且还对我的人品大大称赞了一番,我相信,对这种称赞我是当之无愧的。于是,昆宁先生叫来了车夫蒂普,他是个结了婚的人,而且有一个房间可以出租。昆宁先生定下这个房间,让我寄住在他家——他有一切理由相信,我们双方一定都会同意,因为我什么话也没说,虽然此时我已经下定了决心。

在我跟米考伯夫妇住在一起的那几天里，晚上我都是跟他们一块儿度过的。在这几天里，我觉得我们相互之间更加亲密了。最后那天星期天，他们请我吃中饭。我们吃的是猪腰肉蘸苹果酱，还有一个布丁。在头天晚上，我买了一只带斑点的木马，送给小威尔金斯·米考伯——那个男孩；又买了一个布娃娃，送给小艾玛，作为临别的礼物。我还给了那个孤儿一个先令，她就要给遣散回去了。

这天我们过得很愉快，尽管我们想到即将到来的离别，心中都有些伤感。

"科波菲尔少爷，"米考伯太太说，"以后只要提到米考伯先生这段艰难的日子，我决不会不想起你。你的所作所为都表明，你是一个最能体贴别人，最肯帮助别人的人。你决不是我们的房客，你是我们真正的朋友。"

"我的亲爱的，"米考伯先生说，"科波菲尔。"近来他已经习惯这样称呼我了，"这孩子心眼好，别人有困难、不得意时，他能同情他们；而且头脑灵活，会打算，有一手——总而言之，有能耐，能把用不着的东西处理掉。"

对他的这番称赞，我表示领受，同时说，我为我们的即将分别，心里感到很难过。

"我亲爱的年轻朋友，"米考伯先生说，"我比你年长几岁，在做人方面总算有点经验了，而且——简而言之，在对付困难方面，也算有点经验了，总的说来是这样。眼下，在我还没有时来运转之前（我可以说，我时刻都有可能时来运转），我无可奉赠，只有几句忠告。不过我的忠告还是很有价值的。我自己——简而言之，我自己就是因为没有接受这一忠告，才成了"——米考伯先生一直眉飞色舞，有说有笑，可是说到这儿，却一下停住了，皱起了眉头——"你眼前的这个悲惨的可怜人。"

"我亲爱的米考伯！"他太太求他不要这样说。

"我要说，"米考伯先生回答说，这时他已完全忘了自己，重又微笑着，"成了你眼前的这个悲惨的可怜人。我要给你的忠告是，今天能做的事，决不要留到明天。拖延乃光阴之窃贼①。要抓住他！"

---

① 出自英国诗人、剧作家爱德华·扬（1683—1765）的著名长篇讽喻诗《哀怨：或夜思》。

"这是我那可怜的爸爸的座右铭。"米考伯太太说。

"我亲爱的,"米考伯先生说,"你爸爸,从他的作风来说,是很好的。老天决不会让我说损害他名声的话的。拿他整个人来说,我们也许再也不可能——简而言之,再也不可能结识到像他那样的人了。他那么大年纪,还打那样的绑腿,还能不戴眼镜读那么大的字。不过,他把那座右铭用在我们的婚事上了,我亲爱的。我们的婚事实在办得太早了,结果,弄得我永远弥补不上花掉的那笔费用。"

说到这儿,米考伯先生转脸看着米考伯太太,补充说:"我并不是为这件事懊悔。完全相反,我的宝贝。"说完这话,他有一两分钟神情很严肃。

"我另外的一句忠告,科波菲尔,"米考伯先生说,"你是知道的。年收入二十镑,年支出十九镑十九先令六便士,结果是快乐。年收入二十镑,年支出二十镑零六便士,结果是痛苦。那样,花就谢了,叶就萎了,太阳就西沉了,只留下一片凄凉景象,这一来——这一来,简而言之,你就永远给打败了。就像我这样!"

为了要使他这个榜样给人以更深印象,米考伯先生带着十分欢畅满意的神情,喝下了一杯潘趣酒①,接着还用口哨吹起了《学院角笛舞曲》②。

我没有忘记要他放心,我说我一定把他的规诫牢记在心,其实我用不着这么做,因为当时这些话显然已经深深感动了我。第二天早上,我在公共马车站跟他们全家相聚,看着他们心情凄楚地上了马车的后部,坐在车厢的外面。

"科波菲尔少爷,"米考伯太太说,"上帝保佑你!我永远也不会忘了你的一切,你知道,即使我能忘记,我也决不肯忘记。"

"科波菲尔,"米考伯先生说,"再见啦!祝你一切幸福,万事如意!要是在岁月的流逝中,我能使自己相信,我这遭受摧残的命运,能成为你的一个鉴诫,那我就会觉得,我活在世上一场,还不完全是白白地占了别人的位置。如果有朝一日时来运转(我相信会有这一天),我有能力改善你的前

---

① 一种用酒、果汁、牛奶等调和的饮料。

② 英国作曲家、演员查尔斯·迪布丁(1745—1814)所作。他因创作海洋歌曲和歌剧而闻名。角笛舞系流行于水手中的一种生动活泼的单人舞。

程,那我就太高兴了。"

我想,当时米考伯太太带着孩子,坐在马车车厢的后面,我站在路上依依不舍地望着他们,她眼前大概一下子云开雾散,看到我其实还只是一个小孩。我所以这样想,是因为她带着一种新的慈母的表情打手势叫我爬上车,用双手搂住我的脖子,吻了我一下,就像吻她自己的孩子一样。马车走动起来时,我差一点没来得及下车。他们朝我挥动着手帕,弄得我几乎看不到他们一家人了。马车一会儿就看不见了。我和孤儿茫然相对地站在路中央,随后我们就握手道别。我猜想,她又回圣路加济贫院去了,我则上谋得斯通-格林比货行,开始我那疲劳乏味的一天。

不过,我已经不打算再在那儿过更多疲劳乏味的日子了。不打算过了。我已经打定主意要逃走了——决定不管用什么办法,到乡下去,到世上我唯一的亲戚那儿,把我的遭遇告诉我姨婆贝特西小姐。

我已经说过,我不知道这个胆大妄为的主意,怎么会跑进我的脑子里来的。不过,我的脑子里一旦有了这个主意,它就在那儿生根了,成了一个追求的目标。我一辈子从来不曾有过比这更坚定的目标。这件事有没有什么希望,我一点也没有把握,不过我的主意已定,非实现它不可。

打从那天晚上我第一次想到这个主意,弄得觉也睡不着以来,我一次又一次,上百次地重温了我可怜的母亲对我说的我出生的故事。从前听母亲讲这个故事,是我的一大乐事,因而我已经记得滚瓜烂熟。故事里说到我姨婆的到来,也说到她的离开。这是个令人可畏的威风凛凛的人物。不过,在她的行为举止中,有一个我喜欢的小小特点,这给了我一点小小的鼓励。我忘不了母亲说的,她觉得姨婆曾用那并不粗暴的手抚摸她美丽的秀发。虽然这也许完全是我母亲的幻想,事实上没有任何根据,我却据此创作出一幅小小的图画,认为可怕的姨婆,被母亲的少女之美所打动,心肠变软了(母亲的少女之美我记得很真切,爱得很深),因而使得整个故事也变祥和了。很可能这一想法在我心中留存已久,渐渐地形成了我的决心。

可是,我连贝特西小姐住在哪儿都不知道。我给佩格蒂写了一封长信,装作不经意地问她,她是不是还记得,我托词说,听说有这样一位太太住在某个地方(地名是我胡诌的),我很想知道是否就是这个地方。在信中我还对佩格蒂说,我有项特殊的用途,急需半个几尼,要是她能借给我,待我有钱时再还她，我将对她非常感激，至于派什么用场，我以后会告诉她。

佩格蒂的回信很快就来了。跟往常一样，她对我充满了挚爱和忠心。信中附来了半个几尼（恐怕这是她费尽心机才从巴基斯的箱子里弄出来的），还告诉我说，贝特西小姐住在多佛附近，但是是在多佛本地呢，还是在海斯、桑德盖特，或者福克斯通，她就说不清了。不过，我问过我们货行里的一个人，据他说，这几个地方都离得很近。我认为，这对于达到我的目的，已经足够了。于是就决定在那个周末动身。

我人虽小，但我生性诚实，我不愿自己离开后，在谋得斯通-格林比货行留下个坏名声，所以我认为，我一定得待到星期六晚上才能走。而且，因为我初来时预支了一个星期的工资，因而决定，在平时领工资的时候，我就不去账房间。就是由于这个特殊的原因，我向佩格蒂借半个几尼，以免在路上一点旅费也没有。这样，到了星期六晚上，大家都在货行里等着领工资，我看到车夫蒂普第一个进账房领钱时（他总是占先的），我就握住米克·沃克的手，请他在轮到他领钱时，对昆宁先生说一声，说我去把自己的箱子搬往蒂普家了。然后，我又跟粉白·土豆说了最后一声再见，就跑开了。

我的箱子还在河对岸的旧寓所里，我已经拿了一张我们钉在酒桶上的店址卡片，用作行李签，在背面写了几个字："大卫少爷，暂存多佛公共马车站，待领。"我把这张卡片放在口袋里，准备从寓所里取出箱子后，再把它拴上。在我往寓所走去时，我直朝四周张望，看看是不是有什么人，可以帮我把箱子搬往车站售票处。

我看到有一个双腿长长的青年，赶着一辆空着的小驴车，站在黑衣修士路上的方尖碑①附近。我从他身边走过时，我的目光正好跟他的相遇，他就骂起我来了，骂我是个"只值六个假便士的小无赖"，想"看清了好做证"，这是在找死哪——我知道，他这准是指我盯着他看这件事。我站住脚对他说，我朝他看并不是有意冒犯他，只是不知道他是不是想干一件活儿。

"啥活儿？"长腿青年问道。

"搬一只箱子。"我回答说。

---

① 位于黑衣修士路南端，于1717年为伦敦市长克罗斯比而立，1905年迁往帝国战争博物馆。

"啥箱子?"长腿青年又问道。

我告诉他,我有一只箱子在那边那条街上,我愿出六个便士,要他把箱子搬到多佛车站。

"就六便士吧,我替你搬!"长腿青年说,接着便跨上自己的车(他那辆车,只不过在轮子上装了个大木盘),咕噜噜地向前飞驰而去。我竭力追赶,好不容易才追上了它。

这青年有一副目空一切的蛮横神气,跟我说话时,嘴里总叼着一根草棍儿,我看着很不喜欢。不过交易既已谈妥,我就带他到了那家楼上我要搬离的房间,一起把箱子搬下来,放到他的车上。此刻我还不愿把行李签拴上,怕被房东家的什么人看穿我的行动,把我扣留。所以我对那青年说,到王座法院监狱没有窗户的墙外时,请他停一会儿。我的话刚一说完,他就把车赶得咕噜噜地飞跑了,仿佛他、我的箱子、车子,还有那头驴子全都发疯了。我在他后面一面跑着一面喊着,到约定的地点赶上他时,我累得气都喘不过来了。

由于过于激动、紧张,我在掏行李签时,把我的半个几尼也从口袋里带出来了。为了安全起见,我急忙把它放进嘴里,虽然我的两只手哆嗦得厉害,让我满意的是,我总算把行李签拴到箱子上了。可就在这时,我只觉得我的下巴被那个长腿青年重重拍了一下,于是眼看着我的半个几尼从我嘴里飞进了他的手中。

"好哇!"青年抓住我的衣领,可怕地咧嘴狞笑着说,"这是桩违警案,是吧?你这是想溜,是不是?走,上警察局,你这小坏蛋!走,上警察局!"

"请你把钱还给我,"我说,当时让他给吓坏了,"放我走吧!"

"走,上警察局!"青年说,"你到警察局里去说去。"

"请你把我的箱子和钱还给我吧,好不好?"我喊着说,一下哭了起来。

青年嘴里仍在说,"走,上警察局!"一面恶狠狠地把我拖到驴子跟前,仿佛这头牲口跟治安官之间有什么密切关系似的。就在这时,他突然改变了主意,跳上车子,坐到我的箱子上,大声嚷嚷说,他要驾车直接去警察局,同时比先前更快地把车一阵风似的赶走了。

我拼命地在他后面追赶,可是我已上气不接下气,叫不出来了,而且即使有力气,也不敢叫。我追了他有半英里地,路上至少有二十次,我差一点让车给碾过。我时而看不见他,时而看见他,时而又看不见他,时而遭鞭打,时而受吆喝,时而跌进烂泥里,时而爬起身来,时而冲进什么人怀里,时而一头撞在柱子上。到末了,由于既怕又热,弄得昏头颠脑,同时又担心,不知道这时是不是半个伦敦的人都出来捉拿我了,我只好由着那个青年带着我的箱子和钱,去他要去的地方了。我一面喘气,一面哭着,但是决不停下脚步,直朝格林威治前进,我知道它在多佛大道上。我一直朝我姨婆贝特西小姐隐居的地方走去,身上带的东西是如此之少,比起那个惹得我姨婆大为恼怒的晚上,我来到这世上时所带的多不了多少。

第十三章

决心的结局

　　我决定不再去追那个赶驴车的青年,而动身径直朝格林威治走去时,当时我说不定有过荒唐的想法,要一路跑到多佛。要是我有过这种想法,在这点上,我那混乱的思绪,很快就清醒过来了,因为我在肯特路上的一排房子跟前站住了。房子前面有一个水池,池子中央有一座笨拙可笑的大塑像,吹着一个干涸的海螺。我在这儿一家门前的台阶上坐了下来。由于大大地辛苦了一番,我已经筋疲力尽,连为我丢掉的箱子和半个几尼痛哭一场的劲儿几乎都没有了。

　　这时,天已经黑了。我坐在那儿休息时,听到钟打了十下。不过,好在当时正是夏天,天气又好。待到喘过气来,喉头已不再那么堵得慌时,我就站起身来,继续朝前走去。尽管我已陷入困境,我却丝毫没有往回走的念头。我想,即使肯特路上有瑞士那样深的积雪,我也不相信我会有往回走的念头。

　　我身上一共只有三枚半便士的硬币(星期六晚上,我口袋里怎么竟会留下这笔钱,我自己也感到纳闷!),我虽然在朝前走,可心里并没有少焦急。我开始想象,一两天之内,报纸上有条新闻,说有人发现我倒毙在一排树篱之下。我虽然心情悲苦,步履艰难,但我还是尽快朝前走着,直到来到一家小铺子跟前。小铺子门前写着:收购男女服装,高价收买破布、骨头和厨房废品。铺子老板只穿件衬衣,正坐在门口抽烟。铺子里低矮的天花板下,挂着许多外套和长裤,里面又只点着两支光线暗淡的蜡烛,影影绰绰地照在那些衣裤上。因而我想象,那老板就像是个报仇雪恨的人,他已把所有仇人吊

死,正在那儿自得其乐呢。

我新近从米考伯夫妇那儿得到的经验提醒我,这儿也许有办法给我救急,使我暂时免得挨饿。我走近附近的一条小巷,脱下身上的背心,把它整整齐齐地卷了起来,夹在腋下,然后回到那铺子门前。"老板,你要是给个公道价,"我说,"我就把这件背心卖给你。"

道勒毕先生——至少店门上写的是道勒毕这个名字——接过我的背心,把他的烟斗,斗儿朝下靠在门柱上,走进铺子,我跟在他后面。他用手指掐掉两支蜡烛的烛花,把背心铺在柜上,在那儿看了一遍,又把背心提起来,就着烛光再看了一遍,然后说:

"嗯,这件小背心,你要卖多少钱?"

"哟!老板,你在行。你说吧!"我谦虚地回答说。

"我不能既做买主,又做卖主,"道勒毕先生说,"这么件小背心,你开个价吧。"

"十八便士怎么样?"我迟疑了一下,试着说。

道勒毕先生重又把背心卷了起来,递还给我。"就算出九便士买下它,"他说,"我也得掠夺我一家大小了。"

这样做买卖,真叫人不愉快。因为硬让我这样一个跟道勒毕先生素不相识的人,为了我的缘故,要他去掠夺自己的家人,实在不是件好事。不过,我的处境太窘迫了,只好说,要是他肯的话,我愿意九便士卖给他。道勒毕先生嘴里咕哝着,给了我九便士。我跟他道了晚安,走出店门。手上多了一笔钱,身上却少了件背心。不过我扣上了外套的纽扣,也就没什么了。

说实在的,我早就清楚地料到,接下去我得卖掉我的外套了,为此我应该尽快赶路,争取能穿着衬衣和长裤到多佛,即便能保住这样的穿着到那儿,都算是非常侥幸了。不过,我并没有像人家推测的那样,把心思都集中在这件事情上。当我口袋里装着九个便士,重又上路时,心里除了对前面的路程有多远,以及那个赶驴车的青年待我太狠等常有的想法外,当时我并没有迫切地想到眼前有多大困难。

我想到了一个过夜的办法,我打算就按这个办法实行。办法是:睡到我读过书的学校后面围墙外一个角落里,那儿通常都堆有一堆干草。我想象,我能跟哪个同学,以及我以前在里面讲故事的宿舍那么近,就像是有人做伴了,虽然同学们对我的到来一无所知,那宿舍也不能给我遮风挡雨。

我已经辛苦了一整天,到我终于爬上布莱克希斯平原时,我真累坏了。为了找萨伦学校,费了点事,不过到底还是找到了,而且也找到了墙角里的那堆草垛。我就在草垛旁边躺了下来;在躺下之前,我先沿墙走了一圈,仰头朝那些窗户看了一番,只见里面漆黑一片,寂静无声。生平第一次躺在头上没有屋顶的地方过夜,那种孤寂凄凉的感觉,真是永世难忘!

无家可归的人,家家对他们紧闭门户,所有的狗都朝他们狂吠。那天晚上,我也像许多这样的人一样,睡着了——我梦见自己躺在学校里从前的床上,跟同屋的同学在聊天;随后却发现自己正直挺挺地坐着,嘴里咕哝着斯蒂福思的名字,眼睛失魂落魄似的望着头顶天空闪烁的星星。当我忽然想到,在这种时刻,自己在这种地方,有种感觉突然偷偷朝我袭来,使得我站起身来,怀着一种无名的恐惧,四下里徘徊。不过,闪烁的星光已渐渐黯淡,曙色来临的那方天空,出现了灰白的光芒,这让我放下心来。我感到眼皮沉重,便又躺下身来睡着了——虽然睡着了也知道冷——一直睡到温暖的阳光和萨伦学校的起床铃把我唤醒。要是有希望斯蒂福思还在学校里的话,我就会躲在附近,直到他单独出来。不过我知道他一定早就离开那儿了。特雷德尔也许还在那儿,不过也很难说;而且,我对于他的好心肠虽然深信不疑,但是对于他的谨慎和运气,却没有足够的信心,我不想把我的处境告诉他。所以,当克里克尔先生的学生正在起床时,我就悄悄地离开了那堵围墙,走上了那条尘土飞扬的漫漫长路。我第一次知道这条路就是多佛大道,还是在做萨伦学校的学生时,不过当时万万没有想到,会让大家看到,我成了现在这样在这条路上走的行人。

这是个星期天的早晨,可是这跟从前在亚茅斯的星期天早晨是多么不同啊!当我脚步沉重地朝前走去时,到时候会听到教堂的钟声,还会遇到上教堂的人们。我经过一两个教堂,听到人们正在里面做礼拜,歌声传到外面的阳光里。教区里的执事坐在门廊阴处乘凉,要不就站在紫杉树下,手遮着额头,恶狠狠地怒目瞪着我走过。不过,一切仍如往日的星期天早晨一样宁静和安详,只有我例外。不同之处就在这里。我满身尘污,头发蓬乱,连自己都觉得像个坏人。要不是我想起那幅恬静的图画——我母亲年轻貌美,坐在火炉旁哭泣,姨婆对她动了怜悯之心——我很难想象,到第二天还有继续走下去的勇气。可是这幅图画一直在我眼前，于是我便跟着它走去。

那个星期天，我在那条笔直的大道上，整整走了二十三英里，这很不容易，因为我从来没有吃过这种苦。傍晚时分，我发觉自己过了罗彻斯特的大桥。这时两脚疼痛，全身疲乏，我就坐下来吃买来做晚饭的面包。有一两座小房子外面，挂着"旅人客栈"的招牌，使我动心，可是我怕花掉身上仅有的几个便士，更怕碰见或赶上过的那班流浪汉那副凶恶的样子，因此，除了青天，我不再找别的遮身之处。我经过艰苦跋涉，来到了查塔姆①——这地方晚上看去，就像梦中一般，只见一片白垩、几座吊桥，以及在混浊河水中一些诺亚方舟②般有篷无桅的船只——我终于爬上一座长满草的炮台，炮台下方有一条小径，有个哨兵在那儿来回走动。我便在一尊大炮旁躺了下来，好在有哨兵的脚步声为我做伴，虽然他并不知道我就睡在他上面，就像萨伦学校的同学不知道我就睡在墙外一样。我一觉沉睡到天明。

早晨起来的时候，只觉得两条腿又僵又疼。当我走下坡来。朝那又长又狭的街道走去时，军队的鼓声和行进声，好像从四面八方包围住我，把我弄得头昏眼花。我觉得，要是我想要留点力气，以便能到达旅途的终点，那我那天就不能多走路，我决定把变卖我的外套，作为我当天的主要工作。因此我脱下外套，为的是使自己适应，没有外套也能对付。我把外套夹在腋下，开始巡视起各家旧衣店来。

要在这儿卖旧衣服，似乎很合适，因为这儿买卖旧衣服的铺子很多，而且，一般说来，铺子的老板们都站在门口守候着雇主。不过，他们多数都在他们的货物中间，挂上一两件军官制服，上面连肩章什么的都很齐全。我认为他们的买卖价格都很高，心里害怕，吓得不敢进去，来回走了许久，也不敢把我的货物向任何人兜售。

我的这种自惭心理，使得我把注意力转向那些卖旧船具的商品和道勒毕先生那样的铺子，而不想跟这些正规的商人打交道。最后我终于找到了一家看样子有希望的铺子。这家铺子坐落在一条脏胡同的拐角处，一头是一个长满大荨麻的院场，对面的栅栏上挂着一些旧的水手服，好像是这家铺

---

① 英国海军造船厂所在地，附近的小山为白垩质。
② 见《圣经·旧约·创世记》第六章第十四节。

子里多得满出来似的;还有吊床、生锈的枪、油布帽子,以及一些盘子,盘子里盛满许多生锈的旧钥匙,它们大小不一,式样各异,多到好像足以打开世界上的所有门似的。

我心里七上八下地走下几级台阶,走进这家又矮又小的铺子。铺子里只有一扇小窗,它不但没能使屋子里变亮,反而变得更暗了,因为上面挂满了衣服。进了铺子后,我扑腾的心并没有松缓下来,一个丑陋的、下半张脸全给又短又硬的白胡子遮满的老头,从铺子后面一间肮脏的、洞穴似的小房间里冲了出来,一把抓住了我的头发。这老头看起来很可怕,穿一件很脏的法兰绒背心,散发出一股强烈的酒气。他冲出的小房间里,放着一张床,上面乱堆着一床碎布块缀成的破烂被子。那儿也有一扇小窗,从窗口往外看,能看到更多的大荨麻,还有一头跛脚的驴子。

"哦,你要干什么?"老头子龇牙咧嘴,用恶狠狠的咕哝声问道,"哦,我的眼睛胳膊腿,你要干什么? 哦,我的心肝肺,你要干什么? 哦,咕噜咕噜!"

我听了这些话,害怕极了,特别是最后那句在喉咙里咕噜咕噜连声发出的、听不懂的话,吓得我话也说不出来了,因此那老头继续抓住我的头发,再次问道:

"哦,你要干什么? 哦,我的眼睛胳膊腿,你要干什么? 哦,我的心肝肺,你要干什么? 哦,咕噜!"——最后这声咕噜,是他使劲挤出来的,由于用力太猛,眼珠子都从眼眶里突出来了。

"我想问一声,"我浑身哆嗦着说,"你要不要买一件外套。"

"哦,让我们来看看这件外套!"老头嚷道,"哦,我的心冒火了,快把外套拿出来看看! 哦,你这小坏蛋,快把外套拿出来!"

说着,他那像大鸟的爪子似的哆嗦着的手,松开我的头发,戴上一副眼镜。可是,这一点也没有给他那双血红的眼睛增光添色。

"哦,这外套多少钱?"老头仔细看过后问道,"哦——咕噜! ——这外套多少钱?"

"半克朗①。"我回答说,这时我已镇静下来。

"哦,我的心肝肺,"老头叫了起来,"不值! 哦,我的眼睛,不值! 哦,我

---

① 英国旧币制一克朗为五先令,一先令为十二便士。

的胳膊腿,不值! 十八便士。咕噜!"

每次他发出这一声音的时候,他的眼珠子好像都有从眼眶里迸出来的危险似的。他每说一句话,用的都是同一种腔调,总是一个样,就像一阵风,开始的时候低,接着渐渐高起来,最后又低下去,我再也找不到比这更合适的比方了。

"好吧,"我说,认为交易已经成功,心里很高兴,"那就十八便士吧。"

"哦,我的心肝!"老头嚷道,一面把外衣扔在一个架子上,"你给我到铺子外面去! 哦,我的肺,你给我到铺子外面去! 哦,我的眼睛,我的胳膊腿——咕噜! 别跟我要钱,换东西吧!"

我这辈子从来没有这样惊恐过,以前没有,以后也没有。不过我还是低声下气地告诉他说,我急需的是钱,别的任何东西我都没有用处。我可以像他说的那样在外面等着,不会去催他。于是我就走出铺子,在一个角落的阴处坐了下来。我一连坐了好几个小时,阴处照到了阳光,后来又成了阴处。我还是坐在那儿等他给我钱。

我真希望,在买卖人中别再有他这种酒疯子了。原来他在那附近一带是很有点名气的,他已经把自己出卖给魔鬼了。这是我过后不久就知道的。因为来了不少孩子,不断在铺子门口侵扰他,高声嚷着那个传说,要他把金子拿出来。"你别装穷,查理,你并不穷。把你的金子拿出来。把你卖给魔鬼的金子拿点出来。喂! 金子在床垫子里哪,查理,查理。把床垫拆开,拿点出来给我们!"他们这么叫喊着,许多人还提出要借刀子给他,供他拆床垫。这惹得他怒不可遏,成天冲出去追那班孩子,孩子们则一再逃窜。有时候,他在盛怒之下把我当成了他们当中的一个,直朝我冲来,咬牙切齿的,仿佛要把我撕成碎片;这时,幸好想起是我,于是便奔回铺子里。我从他的声音听出,他又躺到床上了,接着便发疯似的大唱起那首《纳尔逊之死》①来。而且在每一句的开头都加上一个"哦!"字,中间还插进一大堆"咕噜"。好像这还不够我受似的,那班孩子见我衣服欠缺,而且是这般有耐心、有恒心地坐在铺子门口,以为我跟这家铺子有关系,便整天用石头扔我,作弄我。

---

① 当时流行的一首悼念死于特拉法尔加角之役的英国海军名将纳尔逊(1758—1805)的歌曲。

　　那老头想了很多办法,想骗我跟他交换物品,有一次拿出一根钓鱼竿来,另一次拿出一把提琴;还有一次是一顶三角帽,又有一次是一支笛子。不过所有这一切提议,我全都拒绝,始终咬紧牙关坐在那儿,眼中含着泪水,每次都求他给我钱,或者是还我外套。最后,他总算开始给我付钱了,每次给半便士,足足花了两个小时,陆陆续续总共给了我一先令。

　　"啊,我的眼睛,我的胳膊腿!"停了好久以后,他凶相毕露地朝铺子外面吼道,"再给你两便士,你走不走?"

　　"不成,"我说,"那样我会饿死的。"

　　"哦,我的心肝肺,再给你三便士,你该走了吧?"

　　"我要是不等钱用,你一个钱不给我也走,"我说,"可是我急着等钱用啊。"

　　"哦,咕——噜!"(当他从门框后面只露出一颗狡猾的老脑袋瞧着我时,发出了一声真让我没法形容的别扭的喊叫)"四便士,你该走了吧?"

　　当时我已经筋疲力尽,所以也就同意了他提出的数目,颤抖着从他那爪子似的手中接过钱,便走开了。这时太阳已经快要下山,我从来没有这样又饥又渴过,不过待我花了三个便士后,我便又不饥不渴了,恢复了精力。由于精力较好,我又继续走了七英里。

　　这天晚上,我的床就在另一垛干草堆下,我把磨起泡的脚在小河里洗了洗,用阴凉的叶子尽可能把它们包起来,然后躺下来休息。第二天早上继续上路时,我发现四周全是啤酒花地和果园。这时已是深秋季节,果园中嫣红的成熟苹果,挂满枝头,在一些地方,收摘啤酒花的人已经在忙碌。我觉得这一切真是太美了,打算当天晚上就睡在啤酒花地里,想象着跟那些上面缠绕着啤酒花优美藤蔓和叶子的一溜溜杆子,结为舒心的伴侣。

　　那一天遇上的流浪汉比以前的更坏,他们在我心里引起的恐惧,直到今天我还记忆犹新。其中有些面目十分狰狞的恶棍,在我走过他们身旁时,眼睛直盯着我,或者是停下脚步,把我叫回去,对我问话;我要是撒腿逃开,他们就用石头扔我。我记得有个年轻的家伙——从他带着的工具袋和炭火炉来看,我猜想他是个补锅匠——带着一个女人。他就是那样转脸直盯着我,接着便扯开嗓门,大声叫我回去。我只得停下脚步,回头望着。

　　"叫你回来,你就回来!"那补锅匠说,"要不,我就把你那小身子给撕了。"

我想我最好还是回去。快到他们跟前时,我满脸堆笑,想讨补锅匠的好。我看到那女人有只眼睛四周一片青肿。

"你去哪儿?"补锅匠一只黝黑的手抓住我衬衣的前襟,问道。

"我要去多佛。"我回答说。

"你从哪儿来?"补锅匠问道,他的手把我的衬衫一拧,抓得更紧了。

"我从伦敦来。"我说。

"你是干哪一路的?"补锅匠问,"是个扒儿手吧?"

"不——不是。"我说。

"不是?妈的,你要是不跟我说实话,"补锅匠说,"我就把你的脑浆给砸出来!"

说着他举起另外那只空着的手,做出要打我的样子,威吓我,还朝我全身上下打量着。

"你身上有买一品脱啤酒的钱吗?"补锅匠说,"有的话,快拿出来,免得你大爷动手!"

我本来一定会掏钱出来的,可是我看到了那女人的眼色,看到她微微摇着头,嘴唇做个"不!"字的样子。

"我很穷,"我装出笑脸回答说,"我没钱。"

"什么?你这是什么意思?"补锅匠说道,恶狠狠地直盯着我,吓得我只当他已经看到我口袋里的钱了。

"先生!"我结结巴巴地叫道。

"你这是什么意思?"补锅匠说,"你围我弟弟的丝围巾?拿过来!"他一下子就从我脖子上抢走了我的丝围巾,把它扔给了那个女人。

那女人哈哈大笑起来,好像认为他这是在跟我开玩笑,把围巾扔还给了我。同时跟先前摇头时那样,微微地朝我点了点头,嘴唇还做出个"走!"字的样子。不过,我还没来得及照她的话做,补锅匠又从我手上把围巾给抢走了。因为用力过猛,我就像一根羽毛似的被他甩得老远。他把围巾胡乱地往自己脖子上一围,转身就朝那女人骂了一句,一拳把她打倒在地。只见她被打得仰面朝天跌倒在坚硬的路上,帽子已被打落,头发全给尘土染白了。那番情景,我永世难忘。我撒腿跑了一段路,从远处回头看去,只见她坐在人行道上（那是大路旁的一个土坡），用自己那披肩的角儿在擦脸上的血。补锅匠则顾自朝前走着。这也是我永世难忘的情景。

这次遇险，把我给吓坏了，因此打这以后，每当看到这样的人过来，我就退到一旁，先找个地方躲起来。等到他们走得看不见了，我才再上路。这种情况一再发生，因此我在路上耽搁了不少工夫。但是遇到这种困难的时候，我也像在路上遇到所有其他困难时一样，想象中我母亲在我还没出生时的少女形象，好像一直在支持着我，引导着我，而且一直在陪伴着我。当我在啤酒花丛中躺下睡觉时，这幅形象就在啤酒花丛中。我早晨醒来时，她也跟着我一起醒来。我上路，她就跟我同行，整天走在我前面。从那时起，我看到坎特伯雷①那在灼热的阳光下打盹的街道，就联想到母亲的容颜；看到那古老的房舍和城门，它那古老、庄严的大教堂，以及那些围绕着钟楼飞翔的白嘴鸦，我也联想到她的容颜。后来，当我终于来到多佛附近光秃广阔的丘陵地带时，母亲的容颜给了我希望，消除了这儿的荒凉景象。直到我出逃的第六天，在我到达我旅程的第一个大目标，真正踏上那个市镇时，母亲的容颜才离我而去。不过说来奇怪，当我脚穿破鞋，衣衫不全，浑身尘土，皮肤黝黑，站在渴望已久的地方时，母亲的容颜竟像梦一样突然消失，撇下我独自一人，无依无靠，倍感凄凉。

我先在渔夫中间打听姨婆的消息，他们的回答说法不一。一个说，她住在南岬的灯塔里，所以胡子都给烧焦了；另一个说，她被绑在港外的大浮标上，要等潮水半涨半落时，才能去看她；第三个又说，她因为拐了小孩，给关在梅德斯通②的监狱里了；第四个则说，上次刮大风时，有人看见她骑着一把扫帚，往加来③去了。接着我又在马车夫中间打听。他们同样爱开玩笑，很不正经。至于那些开铺子的，一看到我这副样子就讨厌，没等我开口，就说他们没有什么可以给我。我感到，我现在比出逃后的任何时候都更加悲惨、更加困苦。我的钱都花光了，也没有什么东西可卖了。我又饥又渴，筋疲力尽。现在，离我的目的地，似乎跟在伦敦时一样遥远。

---

① 英国古城，以大教堂著称，是从伦敦到多佛的必经之地。
② 英国肯特郡郡府所在地。
③ 和多佛隔海相望的法国城市。

一上午的时间就这样消磨在打听上了。我在市场附近街角的一家空铺子前的台阶上坐了下来，盘算着是不是要到前面那些去过的地方再打听一番。就在这时，一个赶车的赶着马车经过，掉下了马衣。我拾起马衣递给他，发现这人脸相和蔼，便大胆地问他，是否知道特洛伍德小姐住在哪儿。虽然因为这句话问的次数太多，我几乎没说出口就咽回去了。

"特洛伍德？"车夫说，"让我想一想。我知道有这么个人。是个老太太？"

"是的，"我说，"没错。"

"腰板儿挺直的，是不是？"他说，同时也伸直了自己的腰板。

"没错，"我说，"我想是这样。"

"常拎个手提包？"他说，"一个能装很多东西的大提包，是不是？脾气挺倔的，跟你说话的时候，老斩钉截铁似的，是不是？"

我承认他这番形容很准确，但心里不由得却凉了半截。

"那我就告诉你吧，"他说，"往那边上去，"他用鞭子指着前面的高坡，"一直往前走，走到有几座朝海的房子那儿，我想，到那儿你准能打听到她。不过，我看她什么也不会给你的。所以还是我这儿给你一个便士吧。"

我感激不尽地收下他的赠款，用它买了一个面包。我一路走，一路吃，照那位车夫朋友所指的方向走去。走了好久，还没有看到他说的那几座房子。最后，终于看到前面有几座房子。我走上前去，走进一家小店铺（就是我们家乡通常叫作杂货铺的那种），求铺子里的人告诉我，他们是不是知道特洛伍德小姐住在哪儿。我本是向柜台后面那个男人打听的，他正在给一个年轻的女人称米，但那个年轻女人以为我是在问她，连忙转过身来。

"你问我家小姐吗？"她说，"你找她有什么事，孩子？"

"对不起，"我回答说，"我有话要跟她说。"

"你是说，你要向她讨乞吧。"那姑娘接嘴说。

"不是，"我说道，"真的。"不过我突然想到，实际上我来这儿并非为了别的目的，于是一时间慌乱得说不出话来，觉得脸也红了。

我姨婆的女仆（从她说的话里，我认为她是我姨婆的女仆）把米放进一只小篮子里，然后走出店门，她对我说，要是我想知道特洛伍德小姐住在哪儿，可以跟她走。我当然用不着再求得她的允许，便跟她前去了，可是当时我心里又惶恐又激动，两腿禁不住直打哆嗦。我跟着那年轻女人，不久就来到一座整齐干净的小屋子跟前。小屋有着敞亮的凸肚窗，屋前是一个铺有石子的四方小院或花园，里面种满花草，收拾得整整齐齐，到处是一片芳香。

"特洛伍德小姐就住在这儿，"那年轻女人说，"这会儿你已知道；我就只能说这么多了。"说完就匆匆走进屋去，好像要推卸带我来的责任似的。留下我独自一人站在花园的栅栏门旁，忧郁不安地从门上朝小客厅的窗子里张望。只见纱布的窗帘半开半掩，窗台上安有一个绿色小圆屏或者扇子，还有一张小桌子和一把大椅子，这使我想到，这会儿我姨婆也许正在那儿凛然端坐呢。

当时我的鞋子已经破烂不堪。鞋底已一片片脱落，鞋帮的皮也已多处破裂，失去了鞋的样子。我的帽子（也被用作我的睡帽）也已压得又扁又皱，就连垃圾堆上没柄的破汤锅，跟它相比也不用自惭不如了。我的衬衣和裤子上，全是汗渍、水迹，沾满草茎和肯特郡的泥土（我就睡在它上面），而且也撕破了。现在我这副模样站在姨婆的花园门口，园里的鸟儿也许都要让我给吓飞了。我的头发，打从离开伦敦那天起，就没有碰过梳子和刷子。我的脸、我的脖子和我的手，由于从来没有受过这样的风吹日晒，现在已烤成紫褐色。我从头到脚，沾满白垩和尘土，好像刚从石灰窑里出来似的。就这样一副狼狈相，而且对此还有着强烈的自知之明，我等着把我自己介绍给我那位令人生畏的姨婆，等着她对我的初步印象。

过了一会儿，小客厅的窗子那儿仍旧静悄悄的，因而我断定，我姨婆并没在那儿。于是我便抬头往小客厅上面的那个窗子看去。只见那儿有一位和蔼可亲的先生，面色红润，满头白发。他闭上一只眼睛，做了个怪相，朝我点了几下头，又摇了几下头，然后笑了笑，走开了。

在这以前，我的心绪本来就够乱的了，看了他这种意外的举动，我更加不安了。我正想偷偷溜开，先考虑一下怎么办再说。这时从屋子里走出来一位女士，帽子上扎着一条手帕，手上戴着一副园丁的手套，身上围了个收税人的围裙似的园丁工具袋，手上拿着一把大刀子。我一看就知道，这一定是贝特西小姐。因为她从屋子里昂首阔步走出来的样子，跟我可怜的母亲常对我说的她昂首阔步走进布兰德斯通我们家鸦巢的花园时一模一样。

"去！"贝特西小姐说着，摇着头，还用手中的刀子做出一个砍劈的样

子,"走开！这儿不许小孩进来！"

我提心吊胆地看着她,只见她走到园子的一个角落里,俯下身子在那儿挖掘什么小根子。这时,我虽然一点勇气都没有了,但是我有着不顾一切的决心,于是便悄悄走进园子,站在她身边,用手指碰了碰她。

"对不起,小姐。"我开口说。

她吃了一惊,抬起了头。

"对不起,姨婆！"

"啊?"贝特西小姐惊叫了起来,我从来没有听到过类似这样的惊叫声。

"对不起,姨婆,我是你的侄孙儿。"

"哎呀,我的天！"姨婆说,一下子坐在花园的小径上。

"我是大卫·科波菲尔,住在萨福克的布兰德斯通——我出生那天,你去过那儿,见过我的好妈妈。我妈妈去世以后,我的日子过得很苦。没有人关心我,什么都不管我,还逼我独自谋生,要我干不该我干的活儿。所以我就逃到你这儿来了。我刚一上路,便让人给抢了,我是一路走来的,打从出发那天起,我就没在床上睡过觉。"说到这里,我的自制力一下子完全失去了。我用手朝自己指了指,要姨婆看看我褴褛的样子,证明我确实吃了不少苦头,接着便伤心地大哭起来。我相信,这场哭已在我心中憋了整整一个星期了。

我说这番话的时候,我姨婆的脸上,除了惊讶,什么表情都不见了。她一直坐在石子铺的小径上,两眼直愣愣地盯着我。一见我开始放声大哭起来,她便急忙站起身子,揪住我的衣领,把我带进了小客厅。她到了那儿后,做的第一件事,是打开一个高柜子的锁,拿出好几个瓶子,把瓶子里的东西各往我嘴里倒了一些。我想,这些瓶子她一定是随便拿的,因为她倒进我嘴里的东西,我尝出有茴香水、鳀鱼酱、色拉调料。她给我服了这些补精益神的东西后,见我还是歇斯底里的哭个不停,就把我放在沙发上,在我的头下垫了一条披巾,她头上的手帕则给我垫了脚,为的是免得我把沙发套弄脏。然后她自己就坐到我上面提到过的绿色团扇或小圆屏的后面,因此我就看不到她的脸了,只听到她过一会便叫一声"我的天哪！"就像是放致哀礼炮或分炮①似的。

过了一会,她摇了摇铃。"珍妮特,"当她的女仆进来时,我的姨婆说,"上楼去,给我禀告狄克先生,说我有事想跟他谈一谈。"

珍妮特见我直挺挺地躺在沙发上(我生怕动起来会让我姨婆不高兴),显得有点吃惊,不过她还是执行她的使命去了。我的姨婆背着双手,在小客厅里来回踱着,直到从楼上窗口冲我挤眼的那位先生笑着走了进来,她才停下脚步。

"狄克先生,"我姨婆说,"别傻里傻气的了,你只要愿意,比谁都有见识。这我们都知道。所以不管怎么样,你都别犯傻了。"

那位先生的神情立即变得严肃起来,他朝我打量着。看他那表情我心里想,好像是求我别说出他在窗口的样子。

"狄克先生,"我姨婆说,"你听说我对你提起过大卫·科波菲尔吧?行了,别装作你记性不好,因为你对这都很清楚。"

"大卫·科波菲尔?"狄克先生说,我看他那样子,对这好像不太记得,"大卫·科波菲尔?啊,没错,是的。大卫,我当然记得。"

"行啦,"我姨婆说,"这就是他的孩子,他的儿子。要不是这孩子也像他的母亲,就十分像他的父亲了。"

"他的儿子?"狄克先生说,"大卫的儿子?真的!"

"对,"我姨婆接着说,"他还干了件相当出色的事。他是逃到这儿来的。啊!要是他姐姐,贝特西·特洛伍德,就决不会干出这样的事来。"我姨婆坚定地摇摇头,对那个未出世的女孩的品格、行为,充满信心。

"啊!你认为她不会逃跑?"狄克先生说。

"啊呀,你这人真是的!"我姨婆厉声地叫了起来,"你瞎说些什么呀!我还不知道她不会吗?她一定会跟我这个监护人生活在一起,我们俩彼此一定相得很好。请问,如果是他的姐姐贝特西·特洛伍德,她会从哪儿逃跑?又会跑到哪儿去呢?"

"没有去处。"狄克先生说。

"那就行了,"我姨婆听他这样回答,口气缓和了下来,"狄克,你原本看

---

① 每隔一分钟放一次,船舶遇险时施放。

问题很尖锐,像外科医生的手术刀似的,怎么又装作心不在焉,发起傻来了呢?瞧,你已经看到小大卫·科波菲尔就在你的面前了。我要问你的问题是,我该拿他怎么办?"

"你该拿他怎么办呢?"狄克先生搔着头皮,有气无力地说,"噢!该拿他怎么办呢?"

"对,"我姨婆表情严肃地举起一个食指,说,"喂!我要你给我出个好主意。"

"啊,我要是你的话,"狄克先生一面考虑,一面茫然地看着我,说,"我一定——"他注视着我,好像突然灵机一动,想出了一个主意,便轻松地接着说,"我一定先让他洗个澡!"

"珍妮特,"我姨婆暗暗得意(当时我并不懂为什么),转过身来叫道,"狄克先生给我们指明道路了。烧洗澡水!"

虽然我用心细听着他们的这番谈话,但是在对话进行中,我也禁不住对我姨婆、狄克先生和珍妮特观察了一番,同时也完成了对房间里的情况做进一步的审视。

我姨婆是一个高高的、面色严厉的女人,但是绝不难看。她的面容、她的声音以及她的步态和举止里,都有着一种刚强不屈的神情,难怪像我母亲那样温顺的人对她会有那样的印象。不过她的面貌虽然严峻凛然,五官倒也颇为端正。我特别注意到,她的眼睛灵活明亮,炯炯有神。她的头发已经花白,朴朴实实对半分开,上面戴着一项我想是叫作"头巾式女帽"的帽子——我的意思是说,这种帽子当时比现在流行得多,它两边各有帽翼,用带子系在下巴下面。她的衣服是淡紫色的,非常整洁,但是做得很简朴,好像她尽量要求轻便,少受拘束。我记得,当时我认为她的衣服式样十分像骑马服,不过把多余的下摆给剪掉了。她在腰上挂了一只男式金表(我这是根据它的大小和式样看出来的),还带有跟它相配的链子和坠子。脖子上围着一条颇像衬衫领口的领子,手腕上还有着衬衫袖口似的东西。

至于狄克先生,我已经说过,面色红润,满头白发。我这么一说,本是可以概括他的全貌了,不过他的头老是奇怪地耷拉着——这并不是年纪大的关系;他的这一模样,让我想起萨伦学校的学生挨打以后的样子——而且他那双灰色的眼睛又大又凸出,里面还含有一种奇怪的水汪汪的亮光。这一切,再加上他那副呆头呆脑的样子,对我姨婆的驯服态度,以及受到她夸奖时那副孩子般的高兴劲儿,都使我疑心,他这个人,精神可能有些不太正常。可是他要是真的精神不正常,怎么又会到我姨婆这儿来的呢,这真让我十分迷惑不解。他的穿着打扮,跟一般的绅士一样,上身是宽大的灰色晨衣和背心,下身是白色长裤;表放在裤子的表袋里,钱放在衣服的口袋里;他老把钱弄得喀啦喀啦作响,好像自己有钱很神气似的。

珍妮特是个漂亮的花季少女,大约十九岁或二十岁,十分整洁。虽然当时我并未对她做进一步的观察,但我得在这儿提一下我后来的发现。原来我姨婆接连雇用过不少女孩,她就是其中之一。姨婆的用意,分明是要把她们教育成跟男人断绝关系,可结果,她们总是以嫁给面包师来实践不嫁人的誓言。

小客厅里也收拾得跟珍妮特和我姨婆一样整洁。刚才我放下笔来想了想当时的情景。从海上吹来的风,带着花香,又吹进了房间。我又看到了擦得雪亮的老式家具,看到了在凸肚窗里绿团扇旁我姨婆神圣不可侵犯的椅子和桌子,看到了盖着覆毯①的地毯,看到了那只猫,用以防止烫手的锅柄裹布,两只金丝雀,古瓷,装满干玫瑰花瓣的酒钵,摆着各种瓶瓶罐罐的高橱;同时,我还看见了我自己,浑身尘土,躺在沙发上,观察着一切,跟这儿的所有东西都显得极不调和。

珍妮特给我做洗澡的准备去了。这时,我姨婆突然使我大吃一惊,她有一会儿工夫,突然气得全身发僵,几乎都喊不出声音来了,她叫道:"珍妮特,驴子!"

珍妮特听到这一声喊,就像房子着火似的,急忙从台阶那儿跑上来,往外冲到屋前的那一小块草地上,原来草地上竟大胆闯进来两头驮着两个女人的驴子。她把这两头驴子赶了出去。这时,我姨婆也冲出屋外,抓住了另外一头驮着一个小孩的驴子的缰绳,让驴子转过身去,把它拉出这个神圣的地方。同时还给那个倒霉的赶驴孩子扇了几个耳光,因为他竟敢亵渎这片神圣的土地。

一直到现在,我都不知道我姨婆是否拥有这片草地的法定通行权。不

①　盖在地毯上保护地毯的粗毛毯。

过她自己心里认定她有这个权利。有或没有,对她来说,反正都是一样的。她一生认为最无法无天的行为,要不断给予惩罚的,就是驴子践踏这片圣洁的草地。不管她正在做着什么事,也不管她正在跟别人兴致勃勃地谈着什么,只要一出现驴子,她的思路马上就会改变,她就会立刻朝它扑过去。她把水罐、喷壶都装满水,藏在秘密的地方,准备随时用来浇淋前来侵犯的孩子。门后还藏有棍子,随时准备出击,战事不断发生。也许,那些赶驴子的孩子觉得这好玩,很刺激,也许是那些更聪明的驴子懂得这是怎么一回事,出于它们倔强的天性,偏偏爱走这条路。我只知道,在洗澡水烧好之前,就有过三次警报,以最后一次最危急。我看见我姨婆单枪匹马地跟一个十五岁的浅棕色头发男孩交起手来。当她抓住他的头往栅栏门上撞时,那孩子好像没闹明白这是怎么回事。这场插曲,让我觉得特别可笑。因为当时我姨婆正用大匙子在给我喂汤(我已经使她完全相信,我确实一直在挨饿,所以一开始只能给我吃少量的东西),我张开嘴正要接她喂我的那匙汤时,她突然把匙子放回盆子,大叫一声:"珍妮特,驴子!"便冲出去发起进攻了。

这个澡洗得舒服极了。由于我几天来都睡在田野里,这时开始感到四肢剧痛难当,而且我的身子又那么疲乏和虚弱,要想连续五分钟不合眼都办不到了。洗完澡,她们(我指的是我姨婆和珍妮特)给我穿上了狄克先生的衬衣和裤子,又用两三条大披巾把我裹了起来。我被裹成像个什么,我现在说不上来,当时只觉得全身很热,而且又累又困,很快便在沙发上睡着了。

这也许是个梦,是我长期以来的想象引起的,但我醒来后有一个印象,觉得我姨婆曾来到我跟前,俯下身子,拨开我脸上的头发,把我的头摆得舒服些,然后站在旁边瞧着我。好像还听到她说了"漂亮的孩子""可怜的孩子"这类话。但是待我醒来时,却又确实没有别的迹象表明,可以相信这话是我姨婆说的,因为她正坐在凸肚窗内,从那绿团扇后面凝视着大海。那团扇是安在一种转轴上的,能朝任何方向转动。

在我醒后不久,我们就吃饭了,有烤鸡和布丁。我坐在餐桌旁,跟一只捆扎着的鸡①没有多大不同,我的两臂动起来非常困难。不过,既然是我姨婆把我裹扎成这样,虽然感到不方便,我也就忍着不抱怨了。在这整段时

---

① 英国人习惯在烹调鸡、鸭前,把它们的翅膀和脚捆扎住。

间,我都急于想知道,她打算拿我怎么办。可是她吃饭时始终默不作声,只是偶尔朝坐在对面的我看上一眼,说一声"我的天!",可这一点也不能减轻我的焦急。

桌布撤去了,桌子上放上了雪利酒,也给了我一杯。这时姨婆又打发人去楼上请来了狄克先生,跟我们坐在一起。姨婆要他仔细听我的话,他就尽量作出明白事理的样子。姨婆一连串问了我不少问题,一步步把我的经历都套出来了。在我讲述的时候,姨婆的眼睛一直看着狄克先生,要不我想他早就睡着了。而且每当他露出笑脸时,我姨婆就会皱一皱眉头,把他给制止住。

"我真弄不明白,"我讲完后,姨婆说,"到底是什么迷住了那个倒霉的可怜娃娃,使得她又去嫁一次人!"

"也许是她爱上了她的第二个丈夫了吧。"狄克先生推测说。

"爱上了!"我姨婆重复说,"你这是什么意思? 她为什么要这样做?"

"也许,"狄克先生想了想,傻笑着说,"她这么做是为了找快乐吧。"

"找快乐! 真不错!"我姨婆回答说,"那可怜的娃娃,竟把她天真无邪的痴心诚意,寄托在这样一个狼心狗肺的人身上,他那样千方百计地虐待她,她可真是找到快乐了。她自己到底打的是什么主意,我倒真想知道! 她已经有过一个丈夫了,她眼看着大卫·科波菲尔离开了这个世界——那孩子从摇篮里起就爱追蜡娃娃了。她已经生过一个孩子——啊,在那个星期五的晚上,她生下坐在这儿的这个孩子时,就有了一对娃儿了——她还有什么不满足的呀?"

狄克先生暗地里朝我摇了摇头,好像是说,这真是没有办法。

"她连养孩子都跟别人不一样,"我姨婆说,"这孩子的姐姐贝特西·特洛伍德在哪儿呀? 一直没出世。真是哪儿的事!"

狄克先生好像感到十分吃惊。

"那个脑袋总是歪在一边的小个子医生,"我姨婆说,"那个吉利普,或者叫别的什么吧,他会点什么? 只会像只知更鸟似的——他真的像只知更鸟——说:'是个男孩!'呸! 他们那一伙全是白痴!"

这一声突然的大叫,把狄克吓了一大跳。如果说实话的话,我也是这样。

"还有,好像这还不够,她还没有害够这孩子的姐姐贝特西·特洛伍德似的,"我姨婆说,"她还要嫁第二次——嫁给一个谋财害命者——或者是名字像个谋财害命者——结果把这个孩子也害了!这么一来,自然而然的结果是,这孩子只好独自谋生,到处流浪了。除了吃奶的孩子,这一结果是谁都可以预料到的。他还没有长大,就像个该隐①了。"

狄克先生仔细地朝我打量着,仿佛要看看我像不像这个人。

"还有那个姓'异教徒'②的女人,"我姨婆说,"那个佩格蒂,后来也跟着她嫁了人了。因为她还没有看够嫁人带来的害处,据这孩子说,她也跟着嫁人了。我只希望,"我姨婆摇着头说,"她的丈夫是报上常登的那种拨火棍丈夫,常用拨火棍揍她才好。"

听到我的老保姆受到这样的诋毁和诅咒,我忍受不住了。我对我姨婆说,她实在错怪了佩格蒂了。我说,佩格蒂是世界上最好、最可靠、最诚实、最忠心、最肯自我牺牲的朋友和仆人。她一直非常疼爱我,也一直非常疼爱我的母亲;我母亲临死的时候,头就是靠在她的手臂上的,我母亲最后的感激的一吻,也是亲的她的脸。我想起我母亲和佩格蒂,就哽咽住了。我正想说下去时,便禁不住哭起来了。我断断续续地哭着说,她的家就是我的家,她的一切就是我的一切,我本想去她那儿安身,只是因为她家境贫寒,去了怕给她添麻烦——我说着这些话的时候,忍不住一直哭着,把我的脸伏在桌子上的双手中。

"好啦,好啦!"我姨婆说,"这孩子懂得卫护护着他的人,很不错——珍妮特!驴子!"

我完全相信,要不是那些倒霉的驴子,我们双方本可以互相取得很好的了解的。因为我姨婆已把手放在我的肩上,在这种鼓励下,我正胆大起来,想要搂住她,求她保护了。可是这一打岔,以及她投身进去的外面这场扰乱,把眼前较为温馨的气氛给破坏了,惹得我姨婆气愤地朝狄克先生直嚷嚷,说她决定要诉诸国家法律,把多佛所有侵犯别人的养驴人都告上法庭。

---

① 《圣经》人物,他是亚当和夏娃的儿子,因杀死弟弟亚伯,被耶和华罚过流浪生活。详见《圣经·旧约·创世记》第四章。

② "异教徒"的原文"pagan"和"佩格蒂"(Peggotty)读音相近。

她一直这样叫嚷到喝茶的时候。

喝完茶以后，我们就坐在窗口——从我姨婆脸上那严肃的表情来看，我猜想，为的是怕有人畜再来侵犯——一直坐到黄昏时刻。这时，珍妮特端来了蜡烛，还往桌子上摆了一副双陆棋盘，然后放下了窗帘。

"现在，狄克先生，"我姨婆说，像以前那样表情严肃地举起一个食指，"我要问你另一个问题。你瞧这孩子。"

"大卫的儿子？"狄克先生说，脸上的表情既专心致志，又显得不知所措。

"一点没错，"我姨婆回答说，"现在，你打算拿他怎么办？"

"拿大卫的儿子怎么办？"狄克先生说。

"对，"我姨婆回答，"拿大卫的儿子怎么办。"

"哦！"狄克先生说，"对。怎么办——我得让他去睡觉。"

"珍妮特！"我姨婆喊道，她同样面带喜色，跟我以前说过的一样，"狄克先生给我们指明道路了。要是床铺好了，我们带他睡觉去。"

珍妮特报告说床早已铺好，于是她们就带我上楼。她们的态度很和蔼，但是我有点像个囚犯，我姨婆走在前面，珍妮特殿后。给我一点新希望的唯一一个情况是，我姨婆在楼梯上问，那儿有股烟火味是怎么回事。珍妮特回答说，她在厨房里拿我的旧衬衫引火了。可是在我的房里，除了我身上穿的那堆可笑的东西外，没有别的衣服。现在只留下我一个人了，还有一支小小的蜡烛，我姨婆预先警告过我，这支蜡烛只能点五分钟。我还听到她们把我的门从外面锁上了。我把这些事在心里琢磨了一番后，认为可能我姨婆还不了解我，也许疑心我有逃跑的习惯，所以采取了预防措施，以保证我的安全。

我住的房间非常舒适，高踞顶楼，俯瞰大海，海面上闪耀着皎洁的月光。我做完祷告，蜡烛也已熄灭，我记得我仍坐在那儿眺望着海上的月光。我觉得，那仿佛是一本发光的书，我希望能从中看出我的命运，或者看到我母亲，带着她的孩子，沿着那条发光的路从天上飞来，像我最后一次看到她那慈爱的面容时那样，望着我。我记得，后来我把目光从海上移开，看到挂着洁白帐子的卧床，庄严的感觉变成了感激之情，安适之感——至于躺在松软的床上，盖上雪白的被单，这种感激之情、安适之感就更强烈了！——我记得，我

怎样想起了夜空下我睡过的那些荒凉的地方,我怎样默默祈祷,但愿永远不要再做无家可归的人,也永远不要忘记那些无家可归的人。我记得,后来我好像就沿着海面上那道发人忧思的辉光,飘飘然进入了梦乡。

第十四章

姨婆为我做主

第二天早上下楼时,我发现我姨婆低头坐在早餐桌前,想得出了神,她的一只胳膊搁在茶盘上,水罐往茶壶里倒的水都满出来了,整块台布都泡在了水中,直到我进来才把她从沉思中唤醒。我敢断定,她想的一定是关于我的事,因此更加焦急地想知道,她要把我怎么样。可我又不敢露出焦急的样子,生怕会惹得她生气。

不过,我的眼睛可没有舌头那么听话,吃早饭时老朝我姨婆看。我看她看不了一会儿,发现她也在看我——用一种奇怪的、有心事的神态,好像我离她远远的,并不是坐在小圆桌的对面。吃完早饭,我姨婆就满腹心思地仰靠在椅子上,皱着眉头,交叉起双手,从容地朝我打量着,她那么全神贯注,弄得我完全不知所措。当时我的早饭还没吃完,我想用继续吃饭来掩盖我的不安。可是我的刀子落在了叉子上,叉子又绊到刀子上。切下的咸肉还没送到嘴里,肉的碎片却飞到了空中,高得吓人。连茶都要呛我,不肯走正路下去,走了错路。结果我只好完全认输,坐在那儿一任姨婆仔细打量,弄得我面红耳赤。

"喂!"过了很久,我姨婆才开口说话。

我抬头望去,恭恭敬敬地遇到她那犀利明亮的目光。

"我已给他写了信了。"我姨婆说。

"给——?"

"给你的后爸,"我姨婆说,"我给他写了封信,麻烦他好好看一看,要不我跟他可要闹翻了。我可以明白告诉他!"

"他知道我在哪儿吗,姨婆?"我大吃一惊,问道。

"我告诉他了。"我姨婆点了点头说。

"你要——把我——交给他吗?"我结结巴巴地问道。

"我还说不上来,"我姨婆说,"我们还得看一看。"

"啊,要是我得回到谋得斯通先生那儿去的话,"我喊了起来,"我真不知道该怎么办才好!"

"这会儿我对这件事,还不知道该怎么办,"我姨婆摇着头说,"我只知道,我还没法说。我们还得看一看。"

我一听这话,心都凉了,我变得精神沮丧,心情沉重。我姨婆对我并没有太多理会,自顾自从柜子里拿出一条有围嘴的围裙。她围上围裙,亲自洗起茶杯来。她把一切全都洗干净后,放回到茶盘里,还折好台布放在上面,然后打铃叫珍妮特把东西拿走。接着她又戴上手套,用小扫帚把面包屑打扫干净,直到地毯上看不到一丁点儿极小的碎屑才作罢。然后又把屋子里的东西掸了一遍灰尘,还整理了一番,其实那儿早已一尘不染、整齐到毫发无差了。把这一切活儿都做得称心如意后,她脱下手套,解下围裙,把它们折叠好,放回到原先拿出来的那个柜子的专门角落里。接着拿出针线盒,放在敞开的窗子旁她自己的桌子上,然后在为她挡住阳光的绿团扇后面坐下,开始做起针线活来。

"我要你到楼上去一趟,"姨婆一面把线穿过针眼,一面说,"替我问候狄克先生,另外我还很想知道,他的呈文写得怎么样了。"

我非常乐意地迅速站起身来,去完成这项任务。

"我想,"我姨婆像往针眼里穿线似的,眯缝起眼睛看着我,说,"你一定觉得狄克先生的名字很短吧,呃?"

"我昨天就觉得这名字相当短。"我承认说。

"你别以为他要想用个长点的名字都没有,"姨婆带着高傲的神气说,"巴布利——理查德·巴布利——是这位先生的真姓名。"

我觉得自己年纪小,应该对他表示恭敬,先前那样不拘礼节,已经不对了。我刚要说,我最好用这个全名称呼他,可是还没等我说出口,我姨婆就接着说:

"不过,不管怎样,你可千万别叫他这个名字,他受不了。这是他这个人古怪的地方。不过,我也不知道这算不算很怪,因为他被一些同姓的人害苦了,老天爷知道,所以他对这个姓厌恶透了。狄克先生是他在这儿的称呼,现在别处也这么称呼了——如果他上别处的话,不过他不上别处了。所以,孩子,你得小心,除了叫他狄克先生,不要叫他别的。"

我答应一定听她的嘱咐,便上楼去传达口信了。我一路走,一路想,要是狄克先生像我下楼时从敞开的门口看到那样,在那儿以那样的速度写呈文,那看来他一定进行得很顺利。我进屋时,只见他仍手握一支长笔,在急急忙忙地书写,他的头几乎都要贴到纸上了。他是那么专心致志,直到我从从容容地看到屋角放着一个大风筝,看到一堆堆乱七八糟的手稿,还有很多笔,尤其是一瓶瓶的墨水(好像他有成打半加仑瓶的墨水)之后,他才发觉我进了他的屋子。

"哈!斐伯斯①!"狄克先生放下笔说,"这个世界怎么样? 我跟你说吧,"他放低声音说,"我本不想说的,不过这是个"——说到这儿,他朝我示意了一下,把嘴贴近了我耳朵——"这是个疯狂的世界,疯得像贝德兰姆②,孩子!"说完,狄克先生从桌子上一个圆盒子里取出了一撮鼻烟,一面哈哈大笑。

我不敢冒昧对这个问题发表自己的意见,我只转达了我的口信。

"啊,"狄克先生回答说,"你也替我向你姨婆问好。我——我相信我已经开了个头。我想我已经动手了。"说到这儿,他用手摸了摸自己的白发,毫无信心地朝自己的稿子瞥了一眼,"你上过学吗?"

"上过,先生,"我回答说,"上过很短一段时间。"

"你可记得,"狄克先生认真地看着我问道,拿起笔,准备把我说的记下来,"查理一世的脑袋是什么时候让人砍下来的?"

我说,我相信,这事发生在一六四九年。

"哦,"狄克先生回答说,一面用笔搔着耳朵,狐疑地望着我,"书上是这么说的;不过我弄不懂怎么会是那样。因为,事情既然过去这么久了,为什

---

① 希腊神话中的太阳神和诗歌音乐之神。
② 位于伦敦的英国第一家精神病院伯利恒王家医院的俗称。Bedlam 一词,亦泛指所有的疯人院。

么他身边的人还会干出这等错事来,在那以后误把他脑子里的一些麻烦,放进我脑袋里来呢?"

听了这个问题,我感到非常诧异,但我对此无话可说。

"这事很奇怪,"狄克先生说,神情沮丧地看着自己的稿子,又用手搔着自己的头发,"我怎么也理解不了;我永远也弄不明白。不过不要紧!"他变得高兴起来,振作起精神说,"有的是时间! 替我问候特洛伍德小姐,告诉她——我的呈文写得很顺利。"

我正要离开时,他指着要我看看那风筝。

"你看这只风筝怎么样?"他问道。

我回答说,这风筝很漂亮。我当时想,这玩意儿总有七尺高吧。

"是我自己扎的。赶明儿我们一起去放,你跟我两人。"狄克先生说,"你看到这个了吗?"

他指给我看,风筝是用手稿纸糊的,上面的字写得密密麻麻,很费工夫,不过很清楚;我一行行看下去时,我觉得,我看到有两个地方又提到了查理一世国王的头。

"线很多,"狄克先生说,"把它放得高高的,就能把这些事传得很远。这就是我传播这些事的方法。我不知道风筝会落到什么地方,这得看情况,如风向等等;不过这我就随它去了。"

他的脸色看上去很精神,却温良和蔼,令人可敬可亲,所以我不敢断定他是不是在跟我开玩笑。因此我笑了起来,他也笑了;分手时,我们成了再好也没有的好朋友。

"我说,孩子,"我下楼后姨婆问道,"今天早上狄克先生怎么样?"

我告诉她,狄克先生要我代向她问好。他也一切都好。

"你觉得他人怎么样?"我姨婆问。

我当时隐隐约约地想要避开这个问题,便用"我觉得他是一个很好的人"来回答她。可是我姨婆不是这么容易敷衍过去的,她把针线活放到膝上,双手交叉搁在活儿上说:

"得啦! 要是你姐姐贝特西·特洛伍德的话,不管怎么想,她都会直截了当地把心里想的告诉我。你得好好学学你姐姐,老实说吧!"

"他是不是——狄克先生是不是——我这么问是因为我不知道,姨婆,他的精神是不是不太正常?"我结结巴巴地说,因为我觉得,我正处在一种危险的境地。

"一丁点儿不正常的地方都没有。"我姨婆说。

"哦,当然!"我有气无力地回答。

"不管说他什么都成,"我姨婆斩钉截铁地肯定说,"可决不能说他精神不正常。"

我没有别的更好的回答,只是战战兢兢地重又说了一声:"哦,当然!"

"别人居然把他叫作疯子,"我姨婆说,"把他叫作疯子,我倒是求之不得、暗中高兴呢,要不,这十多年来——实际上,打从你姐姐贝特西·特洛伍德让我失望以来——我就得不到他的陪伴,失去向他讨教的机会了。"

"这么久啦?"我说。

"那些胆敢把他叫作疯子的人,可真是班好人呢。"我姨婆接着说,"狄克先生是我的一个远房亲戚——是怎么样的亲戚就不用管了,我也不必细说。要不是因为有我,他那位亲哥哥会把他关一辈子的。就是这么回事。"

看到我姨婆说到这件事时显得义愤填膺,我也做出非常愤慨的样子,不过,恐怕这是我的虚伪表现。

"他哥哥是个妄自尊大的蠢东西!"我姨婆说,"由于他的弟弟脾气有点怪——其实他还没有许多人一半那么怪——他不愿他住在家里让人看见,就把他送进一家私立的疯人院。虽然他们死去的父亲几乎把狄克看成是个白痴,吩咐他哥哥要特别照应他。真亏他对狄克有这种看法,真是个聪明人!毫无疑问,他自己一定是个疯子!"

由于我姨婆的态度十分肯定,我也跟着做出十分肯定的样子。

"所以我才插手这件事,"我姨婆说,"我给他出了一个主意。我对他说:'令弟的神志很清醒,比你要清醒得多。料到将来永远会这样。他那点小小的进账就给了他吧,让他来跟我住好了。我可不怕他,我也不会看不起他,我会照顾他,我决不会像有些人那样虐待他——我这是指疯人院外面的人。'我跟他哥哥争了一大通以后,"我姨婆说,"我终于把他弄来了。从那时起,他就一直待在这儿。他是现在世界上待人最友好、最听话的人。至于说到出主意,那就更不用说了!不过除了我,没有一个人知道他的心地和才智是怎样的。"

我姨婆一面抚平衣服,一面摇着头,好像要把整个世界的抗拒全都抹去,全都摇掉似的。

"他还有一个心爱的妹妹,"我姨婆说,"是个好人,待他很好,可是她也做了女人都做的事——嫁了一个丈夫。而那人,也做了男人都做的事——把她弄得苦恼不堪。这一情况大大地影响了狄克先生的情绪,我想,这不能说他是疯了!再加上他怕他哥哥,心里明白他哥哥无情无义,这一切弄得他精神上非常紧张。这是来我这儿之前的事。不过即使现在,一想起这些事,他还是受不了。他有没有跟你说起过查理一世的事,孩子?"

"说过,姨婆。"

"啊!"我姨婆说,用手擦了擦鼻子,好像有点烦恼的样子,"那是他的一种比喻的表达方式。他把他自己的病跟大变乱、大动荡联系在一起了,这是很自然的,这就是他采用的比喻手法,或者叫明喻,或者随便叫什么吧。要是他认为合适,为什么不可以用呢?"

我说:"那当然,姨婆。"

"不过这种说法不合乎实际,"我姨婆说,"也有悖于世俗。这我很清楚,所以我坚决主张,在他的呈文里不该有一个字提到这个。"

"他正在写的呈文,是说他自己的身世的吗,姨婆?"

"没错,孩子,"我姨婆擦了擦鼻子说,"他是给大法官或者是别的什么大臣写的,总之是给那些拿了薪水、专门接受呈文的人写的——写的是他的身世。我想,在今后的日子里,他的呈文总有递上去的一天的。他还没能起草好稿子,是因为他还摆脱不了那种表达方法。不过这不要紧,他只要有事做就行了。"

实际上,我后来发现,十多年来,狄克先生千方百计想把查理一世从呈文中去掉,可是查理一世老是缠着呈文,直到现在还没法把它撇开。

"我再说一遍,"我姨婆说,"除了我之外,没有人知道他心里想些什么。他是现在世界上待人最友好、最听话的人。要是他有时候喜欢放风筝,那又有什么呢?富兰克林也喜欢放风筝。要是我没搞错的话,他还是个贵格派教徒,或者是那一类的人呢。一个贵格派教徒放风筝,比别的任何人都要可笑。"

要是我能假定,我姨婆特别为了我才讲这些细节,以表示对我的信任,那她就太看得起我了。而且如果她对我有这么好的看法，那可以预料，她以后待我也不会怎么不好的。但是我不能不注意到，她所以跟我大谈这番话，主要是因为这些话早就放在她心里，跟我没有多大关系，只是因为没有别的人在她跟前，所以才对我说罢了。

同时，她对可怜的、不会伤害别人的狄克先生这样慷慨仗义，不仅鼓舞起我这少年人对自己前途的希望，也激起了我为他人着想而生发的对姨婆的热爱。我现在认为，当时我就开始认识到，我姨婆虽然有许多古怪脾气，但是她却有一种品格，值得尊敬，可以信赖。那一天，虽然她仍跟头一天一样严厉，也跟头一天一样为驴子的事频繁地跑进跑出，特别是有个青年从窗口跟珍妮特打飞眼，惹得她大为生气（这是冒犯我姨婆的威严最严重的罪过之一），但是这好像更使我尊敬她，即使没有减少我对她的畏惧。

自从给谋得斯通先生去信后，在收到他的回信之前，自然得经过一段时间。在这段时间里，我焦急到了极点。不过我竭力压制住这种焦虑，尽可能乖乖地讨姨婆和狄克先生两人的喜欢。我本来可以跟狄克先生出去放那只大风筝，可是除了第一天给我穿上的那套奇装异服外，我没有别的衣服，只好死死地待在家里。只是在天黑之后，我姨婆为了我的健康，才带我出去到悬崖上走一个小时，然后再上床睡觉。谋得斯通先生的回信终于来了。我姨婆告诉我说，他第二天要亲自来跟我姨婆谈我的问题。我听了吃惊不小。第二天，我依旧穿着那套古怪的衣服，坐在那儿计算着时刻，心里有时希望低落，有时恐惧上升，此起彼落地冲突着，弄得脸上一阵红，一阵白。我就这样坐在那儿，等待着那张阴沉的脸来吓唬我，他人还未到，我已经时刻心惊胆战了。

我姨婆比往日稍微傲慢、严肃了一些，不过除此之外，我注意到，为了接待那位我所惧怕的来客，她并没有做别的什么准备。她坐在窗前做针线活，我就坐在她旁边，心里七上八下地胡乱琢磨着，把谋得斯通先生来了之后的结果，可能的和不可能的，全都想到了。我们就这样待到下午很晚的时候。我们的正餐本已无限期地向后推迟了。可是天色已经很晚，我姨婆刚吩咐备饭，接着便突然惊叫起来，说是驴子又来了。我抬头一看，大吃一惊，只见谋得斯通小姐坐在驴背的女鞍上，像是故意似的，走过那片神圣不可侵犯的草地，在门口停了下来，朝四下里打量着。

"滚开!"我姨婆在窗口摇头挥拳嚷道,"不许你来这儿!你怎么敢擅自闯进来?滚!哼!你这个大胆的东西!"

谋得斯通小姐只是无动于衷地四下观望着,我姨婆看了气得简直发了昏,她一动也不能动,一时都没法像平常那样冲出去了。趁着这机会,我告诉她这人是谁,还告诉她此刻走到那捣乱的女人跟前的男人(由于上来的路很陡,他落在了后面),就是谋得斯通先生本人。

"我可不管他是谁!"姨婆继续嚷道,依然在凸肚窗里摇着头,做出绝不是表示欢迎的姿势,"我决不让人擅自进来。我决不允许。滚开!珍妮特,让驴子掉头,把它牵走!"接着我躲在我姨婆后面,看到了整个混战场面,那头驴立定在那儿,对谁都抵抗,四条腿直挺挺地分别立在不同方向,珍妮特抓住它的缰绳,要拉它掉过头去,谋得斯通先生则想赶上前进,谋得斯通小姐用一把阳伞敲打珍妮特,一些来看热闹的小孩使劲地叫嚷着。我姨婆突然在这群孩子中发现了那个赶驴的坏小子,他虽然还不到十三岁,却是个老是冒犯她的死对头了,于是便冲到出事地点,朝他扑过去,一把抓住他,把他拖进花园,拖得他外衣都蒙住了头,两只脚跟直在地上拖着。我姨婆把他拉进花园,抓住他不放,一面喊珍妮特去叫警察和治安法官来逮捕他,审问他,当场惩罚他。可是这场战斗并没有持续多久,因为这坏小子是闪转腾挪的能手,而我姨婆对此却一窍不通,所以没过多久,这小子便呼喊着跑开了,在花坛上留下了钉靴深深的印子。他还得意扬扬地把驴子也牵走了。

谋得斯通小姐在战斗的后期便已下了驴背,这会儿正跟她的兄弟站在台阶下面,等待着我姨婆抽出时间来接见他们。由于刚才这场战斗,我姨婆的怒气还未全消,她大踏步地昂然走过他们面前,进了屋,根本不把他们放在眼里,后来还是珍妮特向她通报了客人的姓名。

"我要走开吗,姨婆?"我战战兢兢地问道。

"别走,少爷,"我姨婆说,"当然别走!"说完她就把我推到靠近她的一个角落里,用一张椅子把我拦在里面,就像是监狱或法庭上的审判栏。在他们的整个会谈时间,我一直都站在那儿,我也就是从那儿,看到谋得斯通姐弟俩走进了房间。

"哦!"我姨婆说,"开始的时候,我还不知道跟谁闹矛盾呢。不过我是不允许任何人骑着驴子踏上那片草地的。没有例外,任何人我都不允许。"

"你这种规矩,对陌生人来说,是有些不合适的。"谋得斯通小姐说。

"是吗?"我姨婆说。

谋得斯通先生大概害怕战事重起,连忙插嘴说:

"特洛伍德小姐!"

"对不起,"我姨婆用锐利的目光看着他说,"我故去的外甥,就是住在布兰德斯通鸦巢的大卫·科波菲尔——不过为什么叫鸦巢,我就不知道了——有一个遗孀,娶这个遗孀的谋得斯通先生,就是你吧?"

"是我。"谋得斯通先生说。

"先生,我冒昧地说一句,"我姨婆接着说,"我想,要是你不去招惹那个可怜的孩子,事情会好得多,她也会幸福得多。"

"在这一点上,我完全同意特洛伍德小姐的说法。"谋得斯通小姐昂首收颔,轻蔑地说道,"我也认为,我们那个死去的克莱拉,在所有主要的方面来说,都还是一个孩子。"

"像你我这样就不用烦心了,小姐,"我姨婆说,"我们都已上了年纪,再也不会因长得漂亮受人折磨,也没人会用同样的话说我们了。"

"你说得没错!"谋得斯通小姐回答说,不过我总觉得,她这样赞同,并不是很情愿,口气也欠和蔼,"而且像你说的一样,我兄弟要是不结这门亲,那对他一定是一桩好事,一种福气。我一直就有这种看法。"

"我毫不怀疑,这是你的看法。"我姨婆说。"珍妮特,"她摇了摇铃,喊道,"替我问候狄克先生,同时请他下来一趟。"

在他下来之前,我姨婆一直挺直腰板坐在那儿,对着墙直皱眉头。待他到来后,我姨婆就按规矩先来一番介绍。

"这位是狄克先生,我的一位亲密的老朋友。我一直信任,"我姨婆说,她因为狄克先生正在咬自己的食指,看上去傻头傻脑的,特意加重语气,对他提出警告,"狄克先生的判断。"

狄克先生听我姨婆这么一说,赶紧把食指从口中取出,脸上露出一副严肃认真的表情,站在几个人当中。我姨婆把头微微偏向谋得斯通先生那边,听他接着说。

"特洛伍德小姐,接到你的信,我觉得,为了表白我自己,更为了表示对你的尊敬——"

"谢谢你,"我姨婆说,仍用锐利的目光盯着他,"你用不着考虑我。"

"我觉得应该亲自来一趟为好,尽管出门有着诸多不便,"谋得斯通先生接着说,"这样要比用书信答复好得多。这个淘气的孩子,居然丢下朋友和工作,出逃了——"

"瞧他这副模样,"他姐姐插嘴说,她要大家注意我身上那套说不出名堂的装束,"多不像话,多丢人!"

"简·谋得斯通,"她弟弟说,"请你别打我的岔。这个淘气的孩子,特洛伍德小姐,曾闹得我一家不和,全家不安。在我新近去世的亲爱的太太活着时是这样,去世后也是这样。这孩子,性格乖戾,桀骜不驯,态度粗暴,脾气倔强、执拗。我姐姐跟我,都曾尽力设法想把他的毛病改过来,可是毫无成效。我认为——我可以说,我们两人都认为,因为我姐姐完全信任我——你应该听我们认真公正地亲口说一说这孩子的真实情况才对。"

"我弟弟说的这些话,句句属实,完全不需要我来证明,"谋得斯通小姐说,"我只要求说一句话,世界上所有的孩子中,我相信,再也找不出比他更坏的了。"

"这话太过分了!"我姨婆立即说。

"可事实上一点也不过分。"谋得斯通小姐说。

"哈!"我姨婆说,"还有什么,先生?"

"至于教养这孩子的最好方法,"谋得斯通先生接着说,他跟我姨婆眯缝着眼睛,互相打量得愈久,他的脸色愈阴沉,"我有我自己的主张。我的主张,一部分是凭我对他的了解,一部分是根据我自己的收入和财力。我会对我自己的主张负责,我要照此办理,所以关于这一点,我就不必多说。我只要这样说就够了:我把这孩子托付给我的一个朋友照顾,叫他学一门体面的职业。可是他不喜欢这种职业,逃跑了,成了一个乡下的流浪汉,衣衫破烂地跑到这儿来,来向你诉冤来了,特洛伍德小姐。你要是听了他的一面之词就袒护他,那必然的后果,我愿就我所知,直率地对你说一说。"

"你还是先说说那体面的职业吧,"我姨婆说,"要是这孩子是你的亲生儿子,你也会要他去学那门职业吗?"

"要是他是我弟弟亲生的,"谋得斯通小姐插嘴说,"那我敢担保,他的性格脾气就会完全不同了。"

"要是那可怜的孩子——他妈妈——还活着,你仍会要他去学那体面的职业吗,会吗?"我姨婆问。

"我相信,"谋得斯通先生点了点头说,"只要我跟我姐姐简·谋得斯通一致认为最好的事,克莱拉是决不会有异议的。"

谋得斯通小姐轻轻咕哝了一声,对她弟弟这种说法表示赞同。

"哼!"我姨婆说,"不幸的娃娃!"

在这段时间里,狄克先生一直把口袋里的钱弄得喀啦喀啦作响。这会儿弄得更响了,我姨婆觉得有阻止他的必要,所以先瞪了他一眼,然后才接着说:

"那可怜的孩子一死,她的年金也没有了吧?"

"她一死也没有了。"谋得斯通先生回答说。

"那份小小的财产——那幢房子、花园——那座没有乌鸦的鸦巢——就没有她儿子的份了吗?"

"那是她第一个丈夫无条件留给她的。"谋得斯通先生开始说道,可是我姨婆带着极大的愤慨和不耐烦,打断了他的话头。

"哎哟,你这个人,跟我说这个有什么必要。无条件留给她!大卫·科波菲尔那个人,就是条件放在他眼皮底下,他也不会想到什么条件的。他当然是无条件留给他太太的。可是当她再嫁的时候,说得更明白一些,当那个娃娃走出极其不幸的一步,跟你结婚时,当时就没有人出来为这个孩子说句话吗?"

"我的亡妻很爱她第二个丈夫,小姐,"谋得斯通先生说,"她完全信赖她的第二个丈夫。"

"你那位亡妻,先生,是一个最不通世事、最可怜、最不幸的娃娃,"我姨婆说着,对他直摇头,"她就是那样一个人。行了,你还有什么要说的吗?"

"我要说的只是,特洛德伍德小姐,"他回答说,"我到这儿来,就是要把大卫领回去,无条件地领回去,按照我认为合适的办法安排他,根据我认为正确的方法对待他。我不是到这儿来对什么人应允什么,保证什么的。你,特洛伍德小姐,对他的逃跑,对他的诉冤,都有可能袒护他。看你的态度,不像是要息事宁人的样子,所以我认为你有这种可能。现在,我要警告你,要是你袒护他一次,你就得永远袒护下去,要是你要在他跟我之间插手管事,那你就得管到底。我决不跟别人无理取闹,也决不允许别人跟我无理取闹。我到这儿来,是来领孩子的,而且只来一次,决不来第二次。他打算跟我走吗? 如果不打算走,——你告诉我一声,他不打算走,不管用的是什么借口,我不管是什么借口——从此以后,他就别上我的门,而你的门,我认定,可就得永远为他开着了。"

他这番话,我姨婆十分注意地听着,她身体坐得笔直,双手交叉放在一个膝盖上,两眼严厉地盯着说话的人。他说完后,姨婆又把目光转向谋得斯通小姐,姿势一点没变,问道:

"哦,小姐,你有什么话要说吗?"

"哦,特洛伍德小姐,"谋得斯通小姐说,"我要说的,其实我弟弟全都已经说清楚,我所知道的一切事实,他也都已经说明白,所以我没有什么别的要补充了,只有一点:我要感谢你的礼数太周到了,我敢说,非常有礼貌。"她的这种讽刺话,一点也没有对我姨婆产生影响,就像对我在查塔姆靠着睡觉的那尊大炮一样。

"这孩子有什么要说?"我姨婆问道,"你要跟他走吗,大卫?"

我回答说,我不要跟他走,同时求她不要让我走。我说谋得斯通先生跟谋得斯通小姐,从来都没有喜欢过我,也从来都没有好好待过我。我妈是很疼我的,可他们老让我妈为我感到苦恼,这事我知道得很清楚,佩格蒂也知道。我说,我过去受的苦,我相信,凡是知道我年纪多么小的人,决不会相信的。我乞求和央告我姨婆——现在我已经忘记用的是什么字眼了,不过我记得那些字眼当时非常感动我——看在我父亲分上,照顾我,保护我。

"狄克先生,"我姨婆说,"你看我该拿这孩子怎么办?"

狄克先生考虑了一下,犹豫了一下,忽然喜上眉梢,回答说,"马上给他量量尺寸,做一套衣服。"

"狄克先生,"我姨婆得意扬扬地说,"把你的手伸给我。因为你的见识真是无价之宝。"她跟狄克先生热烈地握了一番手之后,就把我拉到自己跟前,然后对谋得斯通先生说:

"你喜欢什么时候走,就请便好了。这孩子我倒要留下碰碰运气看了。即使他完全像你说的那样,那我替他做的事,至少也可以跟得上你替他做的。不过你的话,我是一句也不会相信的。"

"特洛伍德小姐，"谋得斯通先生站起身来，耸了耸肩膀，回答说，"要是你是个男子汉——"

"什么！胡说八道！"我姨婆嚷道，"你快给我住嘴！"

"礼数多周到啊！"谋得斯通小姐站起身来说，"周到得却让人受不了啦！"

"你以为我不知道，"我姨婆对谋得斯通小姐的话只当没有听见，继续对她弟弟直摇头，无限愤慨地说，"那个可怜、不幸、一步走错的娃娃，你给她过的是什么日子啊？你以为我不知道，你第一次遇见她时——我敢肯定，你对她一定大送媚笑，大飞媚眼，好像你连对鹅都不敢嘘一声①——那一天，是那个软弱的小东西多么倒霉的日子！"

"我从来没有听到过这般文雅的言谈！"谋得斯通小姐说道。

"你以为我不能像亲眼目睹的那样了解你的为人吧，"我姨婆接着说，"现在我可真的亲眼看到你了，听到你了。我的耳闻目睹给了我什么呢？——我坦白对你说吧，是极不痛快。哦，是的，我的天！第一次见到谋得斯通先生时，还有谁能像他那样温柔、平和啊！那个可怜、无知和天真的娃娃，从来没有见过这样的男人。他简直是个糖人儿。他崇拜她，他疼爱她的孩子——非常疼爱他。他要当他的第二个父亲。他们要一起住在玫瑰园里，不是吗？呸，你给我滚！你给我滚出去！滚！"我姨婆说。

"我一辈子从没听见过这样说话的人。"谋得斯通小姐大声嚷道。

"你一旦把那小傻瓜弄到手，"我姨婆说，"上帝饶恕我这样称呼她，她已经去了你还没忙着要去的地方——因为你觉得还没把她和她的亲人害够，你就着手调教她，是不是？你就开始驯服她，好像她是一只关在笼子里的可怜的小鸟，教她唱你的曲子，一直到她送掉了那条上了别人当的性命，是不是？"

"这人不是疯了，就是喝醉了，"谋得斯通小姐痛苦极了，她没法把我姨婆的话锋转向她那一方，"我疑心是喝醉了。"

贝特西小姐对她这种打岔的话丝毫不加理睬，仍像没这回事似的，继续对谋得斯通先生发话。

---

① 意为胆小怯懦。

　　"谋得斯通先生,"她朝他摇着手指头说,"对那个单纯的娃娃来说,你是个暴君,你把她的心都砸碎了。她是个挺可爱的娃娃——这我知道;在你认识她之前好几年,我就知道了——你利用了她大部分的弱点,伤害她,要了她的命。我可不管你爱不爱听,反正这是真情实况,说了让你舒服舒服,也好让你跟你的狗腿子好好受用一番。"

　　"请允许我问一句,特洛伍德小姐,"谋得斯通小姐插嘴说,"你选了一些我不熟悉的字眼,你说的我弟弟的狗腿子,是指谁呀?"

　　我姨婆仍像没有听到她的话一样,丝毫不为所动,顾自继续说道:

　　"我已经对你说了,在你认识她之前好几年,事情就很清楚——至于上天为什么会作这样的安排,让她遇上你,这种奥秘人类是理解不了的——事情很清楚,那个可怜、软弱的小东西,早晚是要嫁人的,不过我万万没想到,事情竟会糟到这步田地! 谋得斯通先生,那是在她生这个孩子的时候,"我姨婆说,"后来,你就时常借用这个可怜的孩子来折磨她——这件事一想起来就让人难受——把他弄成现在这副让人讨厌的样子。唉,唉! 你用不着往后缩!"我姨婆说,"不往后缩我也知道这完全是事实。"

　　在所有这段时间,谋得斯通先生一直站在门旁,脸带微笑地看着我姨婆,可是他那道浓眉却紧紧地锁在一起。这时我发现,虽然他脸上仍带着笑容,但顷刻间脸色变得如同死灰,像刚刚奔跑过似的直喘气。

　　"再见了,先生,"我姨婆说,"再见! 跟你也再见了,小姐,"我姨婆突然转身对谋得斯通小姐说,"要是再让我看到你骑着驴子走过我的草地,我就要敲下你的帽子,用脚把它踩扁! 这就像你肩膀上长有一颗脑袋一样,毫不含糊!"

　　当我姨婆说出这几句让人非常意外的话时脸上的神情,以及谋得斯通小姐听了这话后的脸色,得有一位画家,而且还不是普通的画家,才能描绘出来。不过我姨婆说这话的态度,不下于话的本身,就像一团烈火。谋得斯通小姐则一言不发,审慎地伸出胳膊挽住弟弟的胳膊,以不屑一顾的傲慢态度,走出屋子。我姨婆仍留在窗口望着他们;我觉得毫无疑问,她已做好准备,谋得斯通小姐的驴子要是一出现,她一定会把她的警告付诸实施的。

　　不过,谋得斯通姐弟方面,并无任何挑衅表现,我姨婆的脸也就渐渐舒展开来。还现出了愉快的样子,使得我有了胆量去吻她,去谢她。我怀着极大的诚意,双臂紧搂着她的脖子,然后又跟狄克先生握了手,他也跟我握手,并且握了好多次。同时还一再哈哈大笑,庆贺我姨婆在这场唇枪舌战中,取得满意的结局。

"狄克先生,我要你跟我一样,把自己看成是这个孩子的监护人。"我姨婆说。

"我很高兴,"狄克先生说,"能给大卫的儿子当监护人。"

"很好,"我姨婆说,"就这么说定了。你可知道,狄克先生,我正琢磨着叫他特洛伍德呢。"

"那敢情好,那敢情好。叫他特洛伍德,那敢情好。"狄克先生说,"大卫的儿子就是特洛伍德。"

"你的意思是说,叫他特洛伍德·科波菲尔?"我姨婆说。

"是的,一点没错。是的,叫他特洛伍德·科波菲尔。"狄克先生有点难为情的样子说。

我姨婆觉得这个意见非常好,所以那天下午,她给我买的几件现成衣服,在我没穿上身以前,就用永不褪色的墨水,亲手在上面一一写了"特洛伍德·科波菲尔"这个名字;同时规定,以后凡是给我定做的衣服(那天下午就定做了一套)都要写上这样的名字。

就这样,我在名字新,衣服新,无一不新的情况下,开始了我的新生活。现在,心中的疑虑已经消除,好几天来我都觉得如在梦中。我从来没有想到,我会有这样一对监护人:我的姨婆和狄克先生。我从来没有清清楚楚地想过有关我自己的一切。我心里只有两件事最清楚。一是旧日的布兰德斯通的生活已经变得很遥远——仿佛在一片遥远的迷雾之中;二是我在谋德斯通-格林比货行的生活,永远被一幅帷幕挡着,打那以后,从来没有人把这幅帷幕揭开过。即使在本书中,我也只是用一只不情愿的手,把那幅帷幕揭开一下,接着便急急忙忙地把它放下来。想起那段生活,就使我觉得无限辛酸,精神上倍感痛苦和绝望,我甚至连想一想那段生活熬了多久,都没有勇气。那是一年,还是一年多,还是一年不到,我都弄不清了。我只知道,我有过那段生活,但是结束了;现在我已把它写下来,这就完了。

第十五章

重 新 开 始

　　我跟狄克先生不久便成了最要好的朋友,他一天的工作做完后,经常和我一起去放那只大风筝。他每天都要花很长时间坐下来写那份呈文,尽管他一直为这埋头苦干,可几乎毫无进展。因为查理一世国王早晚总要混进里面,弄得他只好把它丢弃,从头再写。虽然他一次次遭受挫折,但耐心不减,希望依旧;对查理一世国王,他感到有一些不对头,但又无力把他抛开,而这个查理一世国王,总是要钻进这份呈文来,把呈文搅得不成样子。这一切都给我留下了深刻的印象。至于这呈文要是一旦写成了,那狄克先生能得到什么结果,这呈文应该往哪儿送,以及这呈文会起什么作用,等等,有关这些问题,我相信,狄克先生并不见得比别人知道得多。其实,他也根本用不着费心去考虑这些问题,因为,如果说这世上有一件事是十拿九稳的话,那就是这个呈文永远不会有写成的一天。

　　我当时经常感到,看到他把风筝放到高高的天空时,那情景是非常感人的。他曾在房里告诉我说,他相信风筝能将他糊在它上面的那些陈述(其实那只是一张张未完成的呈文)传播出去。他的这种想法,也许只是他一时心血来潮的幻想。可是到了屋外,仰望着空中的风筝,感到风筝在他手中又拉又扯的时候,那就不像是幻想了。他的神态从来没有像现在这样宁静过。黄昏时分,我坐在长满青草的斜坡上,坐在他的身旁,看他注视着那高飞在恬静的空中的风筝,我心里时常想,风筝把他的那颗心,从烦忧混乱的境地中带出,飞上了万里晴空(这只是我幼稚的想法而已)。可是当他一点点收起线,风筝在美丽的晚霞中愈来愈低,直到飘飘摇摇地跌落在地,像死了似的一动不动躺在那儿时,他才仿佛从睡梦中慢慢醒来。我还记得,当时我看到他把风筝拿在手里,茫然四顾,好像他自己也跟风筝一起跌落尘埃,为此我对他感到满心怜悯。

我跟狄克先生的友爱和情谊日有增进,他的忠实朋友——我姨婆——对我的欢心也丝毫没有减退。她对我宠爱无比,在短短的几个星期内,就把她给我取的名字特洛伍德,缩成特洛了。她甚至还鼓励我说,要是我能像开始时这样一直下去,在她的宠爱方面,我有希望跟我的姐姐贝特西·特洛伍德取得同样的地位。

"特洛,"有一天晚上,当十五子棋棋盘像往常那样为她和狄克先生摆好时,我姨婆说,"我们可不能忘记你念书的事。"

这正是我唯一焦心的事,所以她一提到这事,我心里就非常高兴。

"你喜欢进坎特伯雷的学校吗?"我姨婆问道。

我回答说,我很喜欢,因为那儿离她家近。

"好,"我姨婆说,"你喜欢明天就去吗?"

对我姨婆的这种说干就干的脾气,我已经不再陌生,所以对她的这一突然提议,我并不感到吃惊,就回答说:"喜欢。"

"好,"我姨婆又说,"珍妮特,明天早上十点钟,你把那匹小灰马和那辆双轮轻便马车去雇来,今天晚上把特洛伍德少爷的衣服也收拾好。"

我听了姨婆的这番吩咐,心里大为高兴。但是看到这消息对狄克先生的打击,又感到我这样只顾自己,良心上很过意不去。因为狄克先生看到我们分离在即,情绪大为低落,结果连十五子棋也走得很差。我姨婆几次用骰子筒敲敲指关节警告他,仍毫无用处,气得她索性合拢棋盘,不跟他下了。不过,当他听我姨婆说,遇上星期六我有时还可以回来,遇上星期三他有时也可以去看我,他又高兴了起来,还发誓说,他要再做一只比现在这只大得多的风筝,到那时跟我一起去放。第二天早上,他的情绪又变得低落了,为了使自己的心情有所好转,他坚持要把身边所有的钱,不论是金的还是银的①,全都给我。后来还是我姨婆出来阻拦,限定最多赠送我五先令,经过他再三的恳求,最后增加到十先令。我们在花园门口依依不舍地告别,狄克

---

① 金的是金镑,银的是先令。

先生一直站在那儿,直到我姨婆把载着我的马车赶得看不见了,他才走进屋去。

完全不在乎公众意见的姨婆,以娴熟的技术,驾驭着小灰马经过多佛。她像个贵宾车的车夫似的,腰板笔挺,高踞在驭者座上,不管马走到哪儿,始终把目光盯在马身上,而且无论如何都不让马由着自己的性子乱走。不过,待我们走上乡间大路时,她就对马放松一点了。我坐在她旁边的一个垫子上,她低下头来问我快活不快活。

"真是快活极了,谢谢你,姨婆。"我回答说。

她听了这话,非常满意,因为两只手都没有空,她用鞭子轻轻敲了敲我的头。

"那个学校大吗,姨婆?"我问道。

"哟,我也说不上来,"我姨婆说,"我们得先去威克菲尔先生家。"

"他是办学校的吗?"我问道。

"不,特洛,"我姨婆说,"他办了个事务所。"

有关威克菲尔先生的情况,由于我姨婆不想多说,我就没有再问下去。我们一直谈着别的事,直到来到坎特伯雷市。这天正碰上该市的集日,这给了我姨婆一个大显身手的好机会。她赶着那匹小灰马,穿行在大车、篮筐、蔬菜、小贩的货物堆中间。我们东弯西拐的时候,差一点就要碰到人身上,引得站在周围的人对我们议论纷纷,这些话并不总是恭维我们的,但是我姨婆一点也不加理会,照旧赶着车走自己的路。我敢说,哪怕就是在敌国的国土上,她也会以同样的冷静态度,走自己的路的。

我们终于在路旁一座很古老的房子前停了下来。这座房子的上层突出到路面上方,它那又长又低的方格窗,就伸得更凸出了,头上刻有头像的椽子也都突了出来。因此我当时想象,这房子探身向外,是想看看从下面狭窄的人行道上经过的是些什么人呢。房子干净得一尘不染。低矮的拱门上的老式铜门环,上面刻有花果交缠的图案,像星星似的直闪亮。两磴下通大门的石头台阶,洁白得像蒙着干净的细麻布。所有的凸角、凹角、雕镂、模塑、别致的小块玻璃,以及更为别致的小窗,虽然都像群山一样古老,但也像山上的积雪一样洁净。

当马车停在门口,我正聚精会神地打量着这座房子时,只见一张惨白的脸在一楼的一个小窗口(在形成房子一侧的小圆塔上)出现了一下,很快就不见。接着那低矮的拱门开了,那个人走了出来。他的脸仍像窗口看到的一样惨白,不过皮肤上有着细小的红点,这在红头发的人皮肤上有时可以见到。他果然是个红头发的人——照我现在推测,这是个十五岁的小伙子,不过看上去要比这大得多——头发剪得短短的,只留着紧贴头皮的发茬。他几乎没有眉毛,睫毛根本没有,一双红褐色的眼睛,竟这样无遮无挡。记得当时我颇为纳闷,他这样怎么能睡得着呢。他双肩高耸,全身瘦骨嶙峋,穿一件素净的黑衣服,系一条白领饰,一排纽扣一直扣到下巴底下。他的手又长又瘦,皮包骨头。他站在小灰马的马头前,用手摸着下巴,仰头朝坐在马车上的我们看时,他的那只手特别引起我的注意。

"威克菲尔先生在家吗,乌利亚·希普?"我姨婆问道。

"威克菲尔先生在家,小姐。"乌利亚·希普说,"请往那边走。"他用那瘦长的手朝他所说的屋子指着。

我们下了马车,把马留给他去照料,走进一间临街的、又长又矮的客厅。当我走进客厅时,从客厅的窗口一眼看到乌利亚·希普往马鼻孔里吹了口气,吹完马上又用手把马鼻孔捂住,好像对马施巫术似的。客厅里高高的老式壁炉架对面,挂有两幅画像:一幅画的是一个花白头发、黑眉毛的男子(不过决不是一个老人),正在看一些用红丝带扎在一起的文件;另一幅画的是位女士,脸上的表情恬静、温柔,她正对着我看。

我相信,当我正往四周打量,想找一找是否有乌利亚的画像时,客厅另一头的门开了,进来一位先生。一见他,我立刻就又回过头去看第一幅画像,想要证实一下,画像并没有从画框中走出来。画框里的画像一动也没动;而当进来的那位先生走到亮处时,我看出,他现在比别人给他画像时,又长了几岁了。

"贝特西·特洛伍德小姐,"进来的那位先生说,"请进,请进。刚才我有一会儿因为有点事缠身,脱不了身,实在是因为忙,我想你会原谅我的。你是知道我的动机的,我生平只有一个动机。"

我姨婆对他表示了谢意。我们走进了他的房间,这儿布置成事务所的样子,有书籍、文件、白铁皮的箱子等。外面就是一座花园。房内还有一个砌进墙里的铁保险箱,它就在壁炉架的上面。我坐下来时,心里感到纳闷,扫烟囱的来扫烟囱时,怎样才能避开它呢。

"哦,特洛伍德小姐,"威克菲尔先生说——我不久就发现,这一位就是威克菲尔先生,还发现他是一位律师,替我们郡里一位有钱的先生经营产业——"是什么风把你吹到这儿来的? 我希望不是不吉利的风吧?"

"不是,"我姨婆回答说,"我不是为打什么官司来的。"

"这就好了,小姐,"威克菲尔先生说,"你最好为别的事情来,不管是什么事情。"

他现在的头发已经全部白了,不过他的眉毛仍旧是黑的。他的脸看上去相当舒服,我认为也很好看。他的脸色红润,我在佩格蒂的指点下早就知道,这跟喝原产葡萄牙的波尔图葡萄酒有关。他的嗓音也是如此①,还有他的发胖也出于同一原因。他的衣着很整洁,穿一件蓝色上衣、条纹背心和棉布长裤,他那上好的皱边衬衫和细纱领饰,看上去格外柔软和白净,当时使得我想入非非(现在记起来了),把这想象成天鹅胸部的羽毛。

"这是我的外甥。"我姨婆说。

"我从没听说你还有个外甥,特洛伍德小姐。"威克菲尔先生说。

"严格地说,得说是我的甥孙。"我姨婆解释说。

"说实话,我也从没听说你还有个甥孙。"威克菲尔先生说。

"他是我收养的,"我姨婆挥一挥手说,意思是你知道也罢,不知道也罢,对她来说反正都一样,"我把他带到这儿来,为的是要给他找一所学校,好让他受到真正良好的教育和良好待遇。现在请你告诉我,这样的学校在哪里,是什么学校,以及有关这所学校的一切情况。"

"在我好好给你出主意前,"威克菲尔先生说,"我还是那个老问题,这你知道。你这样做的动机是什么?"

"这人真见鬼了!"我姨婆喊了起来,"动机不就在表面嘛,还老是要往深处挖! 嘿,还不是要让这孩子过上好日子,成个有用的人呗!"

"我认为,这一定有个复杂的动机。"威克菲尔先生摇了摇头,表示怀疑地微笑着说。

"胡扯什么复杂不复杂,"我姨婆回答说,"你总说自己不管做什么,只

---

① 指声音混浊。

有一个纯朴的动机。我希望你不会认为,世界上只有你一个动机纯朴的老实人吧!"

"对,特洛伍德小姐,我生平可只有一个动机,"他笑着回答说,"别人有成打成打、几十几百个动机,可我只有一个,这就是我与众不同的地方。不过这是题外的话了。你刚才说要找一所最好的学校?不管动机是什么,反正要找一所最好的学校,是不是?"

我姨婆把头点了点,表示正是这样。

"在我们这儿最好的学校里,"威克菲尔先生考虑了一下后说,"你的外孙眼下还不能寄宿。"

"不过,我想他可以在校外找个寄宿的地方。"我姨婆提议说。

威克菲尔先生认为可以这样做。他们讨论了一下后,他建议先带我姨婆去那所学校看一看,然后由她自己做出决定。同时,为了同样的目的,再带她到两三家他认为可以安排我寄宿的人家看一看。我姨婆欣然同意这一建议。我们三人正要一块儿出发,他却停下来说:

"我们的这位小朋友也许有什么动机,不赞成我们这样的安排。所以我认为,我们最好还是先让他留在这儿。"

我姨婆为这一点好像想跟他争论;可是为了能使事情顺利进行,我就说,只要他们认为合适,我很愿意留在这儿不去。于是我便回到威克菲尔先生的事务所,又在原先坐过的那张椅子上坐了下来,等待他们回来。

我坐的这张椅子刚好跟一条狭窄的过道相对,过道的一头是一个圆形的小房间,先前乌利亚·希普那张苍白的脸,就是在这个房间的窗口让我看到的。乌利亚把我们的马牵到临近的马棚后,就回到这个房间伏案工作。桌子上有一个挂文件的铜架子,上面挂着他正在抄录的文件。他的脸虽然正对着我,但因有那份文件挡在我们之间,我想,他并没有看到我。可是当我更留神地朝他那边看去时,我却发现,他那双无法入睡的眼睛,像两轮红日一般,不时从文件下面偷偷地瞧着我,每瞧一回,我敢说,都足有整整一分钟之久。在这期间,他的笔仍照常写着,或者说假装着写个不停。这一发现,使我深感不安。我试了好几次,试图设法避开他的眼睛——如站在椅子上看房间里另一面墙上挂的一幅地图,或者是专心致志地读一份肯特郡当地的报纸——可是它们总是又把我吸引回去;不管我什么时候往那边看,总能看到那两轮红日,不是正在升起,就是正在降落。

最后,经过相当长的一段时间,我姨婆跟威克菲尔先生终于回来了,这使我如释重负。他们的这次行动,并没有像我希望的那样成功,因为学校的优点虽然无可否认,可是为我介绍的几处寄宿公寓,没有一处令我姨婆满意。

"非常不幸,"我姨婆说,"我真不知道该怎么办,特洛。"

"确实很不幸,"威克菲尔先生说,"不过我告诉你一个办法,你可以考虑,特洛伍德小姐。"

"什么办法?"我姨婆问。

"让你的甥孙暂时住在我这儿再说。我看这孩子挺文静的,决不会打扰我。我这儿是个读书的好地方,清静得像座修道院,而且几乎也像修道院一样宽敞。你最好还是让他在这儿住下吧!"

我姨婆对这个提议显然很喜欢,不过她觉得不好意思就答应。我也是这样。

"行啦,特洛伍德小姐,"威克菲尔先生说,"这是个解决困难的办法。你知道,这只是个权宜之计。如果不合适,或者我们双方都感到不方便,他要向后转是很容易的。先在这儿住下,这样就有时间给他找个更好的地方了。眼下,你最好还是决定先让他留在这儿吧。"

"你的好意我很感激,"姨婆说,"我想,他也是这样;不过——"

"得啦,我知道你的意思!"威克菲尔先生叫了起来,"你不用为领这份情过意不去的,特洛伍德小姐。要是你喜欢,那就为他付膳宿费吧。我们用不着费神谈什么价格了,你随意付就得啦。"

"这样的话,"我姨婆说,"那我就很高兴让他先住下了,不过你的这番真情厚意,并不因此就减少了。"

"那你们就来见一见我的小管家吧!"威克菲尔先生说。

于是我们便上了一座很精致的老式楼梯,楼梯的栏杆很宽阔,踩在它上面几乎也可以轻易地走上楼。然后我们走进一间阴暗的老式客厅,这儿的采光全靠那三四个古雅的窗子,也就是我在下面仰头见到的。窗里边摆有几张橡木椅子,用的料子好像跟橡木地板、天花板上面的大梁是一样的。客厅里的陈设装修很华丽,里面还有一架钢琴和一些红红绿绿颜色鲜亮的家具,还摆了一些花。这儿好像到处都是古老的角落,每个角落里都有一张古怪的小桌子,或者是古怪的柜子、书架、座椅,或者是这样、那样别的东西,使我以为这客厅里再也没有比这更好的角落了,直到看到第二个角落时,发现这角落同样的好,即使不是更好的话。每一件东西上面都有一种幽静和整洁的气氛,就像这座房子在外面看到的那样。

威克菲尔先生在装有护墙板的墙壁拐角处一扇小门上轻轻敲了敲,一个跟我年龄相仿的女孩很快跑出来,吻了吻他。从她的脸上,我一下就看到了楼下画像上那位女士恬静、温柔的表情。依照我的想象,仿佛那画中人已经长大成人,而本人依然还是个孩子。她的脸虽然显得十分活泼、快乐,但在她的脸上,在她全身,也有着一种宁静和安详——一种文雅、善良、平和的神态——这是我从来不曾忘记的,也是我永远不会忘记的。

这就是他的小管家,他的女儿爱格妮斯,威克菲尔先生说。听到他说这话的表情,看到他握她手的样子,我就猜出,什么是他生平唯一的动机了。

她的腰间挂着一个小篓子,里面放着钥匙。她的神态是那么庄重、审慎,这座古老的宅子正应该有这样的管家。当她的父亲对她说到我的情况时,她静静地听着,脸上带着愉快的表情。他说完后,就对我姨婆提议,我们应该上楼去看看我的房间。于是我们便一起上楼,她在前面引路。那是一间非常雅致的老式房间,有更多的橡木梁和菱形窗玻璃,还有栏杆宽阔的楼梯,一直通到那儿。

在童年时代——现在已记不起在哪儿和什么时候了——我曾在一个教堂里见过一扇彩绘玻璃窗,画的题材已想不起了。不过我记得,当我看到爱格妮斯在那古老楼梯上的幽暗光线中,转过头来,在上面等着我们时,我想起了那扇彩绘玻璃窗,而且打那以后,我一直就把窗子的那种宁静的亮光跟爱格妮斯·威克菲尔连在一起了。

我姨婆跟我一样,对于给我所作的安排,感到非常满意。我们又满心高兴地下楼来到客厅。我姨婆说什么也不肯留下来吃晚饭,她怕那匹小灰马不能在天黑以前赶回家。正像我所想的那样,威克菲尔先生对我姨婆的脾气非常清楚,什么事都不会跟她争论,所以就在那里给她准备了一份便餐。爱格妮斯回到她的家庭教师那儿,威克菲尔先生去了自己的事务所,于是就剩下我们两个,可以不受任何拘束地互相道别了。

姨婆告诉我,威克菲尔先生会给我安排好一切,我所需要的,什么都不会短缺,她还对我做了最慈爱的嘱咐和最真挚的忠告。

"特洛,"最后姨婆说,"你要为你自己争光,也给狄克先生争光!愿上帝保佑你!"

我大为感动,只有一次又一次地向她表示感谢,并请她代为向狄克先生致以敬爱之意。

"无论在什么时候,"我姨婆说,"决不可卑鄙自私,决不可弄虚作假,决不可残酷无情。你要是能免除这三种恶习,特洛,那我就能对你永远抱有希望了。"

我尽我所能对她保证说,我决不会辜负她的恩情,也决不会忘记她的告诫。

"马车就在门口,"我姨婆说,"我走了!你就待在这儿不要出来了。"

她说完这几句话,匆匆地搂抱了我一下,便走出房外,并随手带上了房门。一开始,我不禁为这样突然的分别吃了一惊,几乎害怕起来,是不是自己得罪了姨婆,不过待我往街上一看,发现她上车时神色沮丧,头也不朝上看一看便驾车离去了,这时我才对她的心情有了更好的了解,不再无端地误以为她生气了。

到了五点钟,这是威克菲尔先生吃晚饭的时间。这时我已重新振作起精神,准备拿起刀叉来吃饭了。餐桌上只给我跟威克菲尔先生两人摆了餐具,不过爱格妮斯早在开饭前就等在客厅里了,跟她父亲一块儿下了楼,坐在他对面的位子上。我怀疑,要是没有她陪着,威克菲尔先生是不是能吃得下饭,都成问题呢。

吃完饭,我们并没有留在饭厅里,而是又上楼回到客厅①。在客厅的一个舒适的角落里,爱格妮斯为她父亲摆上酒杯和一瓶波尔图葡萄酒。我想,要是那酒是别人为他摆上的话,他一定会觉得喝不出它往常的那种味道。

他坐在那儿喝了两个小时的酒,喝得真不少。在这段时间里,爱格妮斯则又弹起钢琴,又做针线活,还跟她父亲和我聊天。威克菲尔先生跟我们在一起时,大部分时间都很愉快、高兴,不过有时会把目光停留在爱格妮斯身

---

① 按惯例,饭后妇女先回客厅,男人继续留在饭厅饮酒、吸烟。

上,一言不发,陷入沉思。据我看来,她往往很快就能看出这一点,于是便对他问长问短,对他爱抚亲昵,使他从沉思中苏醒,然后又喝起酒来。

爱格妮斯煮好茶,给大家都斟上一杯。喝茶以后的时间,也像晚饭后一样度过,直到她去就寝。她父亲把她搂在怀里,吻了她。等她离去之后,他才吩咐在他的事务所里点上蜡烛。这时,我也就睡觉去了。

不过那天晚上,在就寝之前,我曾下楼步出大门,在街上走了一会,为的是可以再看一眼那些古老的房舍和那座灰色的大教堂。也许是因为我想到了我出逃时曾经过这座古城,想到了现在我栖身其中而当时一无所知地走过的这座房子。回来时,我看到乌利亚·希普正在关闭事务所的门窗。我觉得应该对所有人都表示友好,于是便走进去跟他说了几句,分别时还跟他握了握手。可是,我的天哪,他的手又冷又黏湿!握起来跟看上去一样,都像一只鬼手!事后我把我的手使劲搓了一通,为的是把它搓暖,也为了把他的那只手的感觉搓掉。

那是只让人感到如此不舒服的手。一直到我回到自己的房里,在我的记忆中依然有那种又冷又黏湿的感觉。我把头探出窗外,看到椽子上头刻的一张怪脸朝我瞟着,我想象中,那就是乌利亚·希普,他不知怎么的,竟跑到那上头去了。于是我急忙把窗子关上,把他关在外面。

第十六章

我又成了新生

第二天早上,吃过早饭以后,我重又开始过起学校生活。我由威克菲尔先生陪着,来到我未来求学的地方——一座坐落在一个大院子里的庄严建筑,周围学术空气弥漫。看来好像很适合那些从大教堂钟楼顶上飞下来闲步的乌鸦和鹳哥,它们正带着学者的派头,在草坪上踱着方步——把我介绍给我的新校长斯特朗博士。

我觉得,斯特朗博士几乎像这座房子外面高高的铁栅栏和铁大门一样陈旧、迂腐,也差不多像铁栅栏、铁大门两侧的大石瓮一样僵硬、沉重;这些大石瓮隔开一定距离,分别立在围着院子的红砖墙上,就像是供时光老人玩的巨大的九柱戏柱子。他正在自己的图书室里(我说的是斯特朗博士),他的衣服没有好好刷过,他的头发也没有好好梳理,他的紧身齐膝裤没有系带子,他的黑色长护腿没有扣扣子,他的一双鞋子张着两个黑洞似的大嘴,扔在炉边的地毯上。他转过那昏暗无神的眼睛看着我,这使我想起忘记多时的一匹老瞎马,那匹马以前老在布兰德斯通的教堂墓地里啃青草,时常被坟墓绊倒。他说,他见到我很高兴,接着朝我伸出一只手来;我不知道对这只手该怎么办,因为这只手什么动作也没有。

不过,离斯特朗博士不远处,有一位漂亮的年轻女士,坐在那儿工作——博士叫她安妮,我当时猜测,这一定是他的女儿——是她替我解了围,她跪下去给他穿上鞋子,扣上他护腿上的扣子;她在做这些事时,动作敏捷,满脸高兴。待她做完这些后,我们就离开这儿去教堂。威克菲尔先生跟那位女士告别时,我听到他称呼她"斯特朗太太",我着实吃了一惊。我正在纳闷,她是斯特朗博士的儿媳妇呢,还是斯特朗博士的夫人,这时斯特朗博士自己无意中解开了我的疑团。

"顺便问一句,威克菲尔,"在过道里,他把手放在我的肩上,停了下来,说,"你还没有给我内人的表兄找到工作吧?"

"没有,"威克菲尔先生说,"没有,还没有。"

"我真盼望这事能尽快地办妥,威克菲尔,"斯特朗博士说,"因为杰克·麦尔顿这人,既穷又懒。这两种坏事,有时会生出更坏的事来的。瓦茨博士①曾经说过,"他接着说,一面看着我,摇头晃脑地以配合他引用的那句诗的抑扬顿挫,"'魔鬼总要找些坏事,交给懒汉去做。'"

"哦,博士啊,"威克菲尔先生回答说,"要是瓦茨博士真正了解人类,他也许会写:'魔鬼总要找些坏事,交给忙人去做。'这一句同样也有道理。忙人在这个世界上,已经做够坏事了,你可以相信这一点。在这一两个世纪里,那些最忙于争权夺利的人,他们干了些什么?不都是坏事吗?"

"我看杰克·麦尔顿决不会为争权夺利而奔忙。"斯特朗博士手摸下巴,深有所思地说。

"他也许不会,"威克菲尔先生说,"你引我言归正传了。我得为我刚才岔开话题表示歉意。没有,我还没能为杰克·麦尔顿先生安排好。我相信,"他说到这儿,显得有点犹豫,"我看穿你的动机,所以使得这事变得更加困难了。"

"我的动机,"斯特朗博士说,"只是为安妮的表兄,也是她从前的一个玩伴,找份合适的工作。"

"是的,这我知道,"威克菲尔先生说,"无论是在国内还是国外,全都可以。"

"是呀!"博士回答,显然他不明白为什么他说这句话时这般着力,"无论是在国内还是国外,全都可以。"

"你可弄清楚,这是你自己说的。"威克菲尔先生说,"国外也可以。"

"当然!"博士回答说,"当然。国内或者国外。"

"国内或者国外?你没有选择吗?"威克菲尔先生问道。

---

① 伊萨克·瓦茨(1674—1748),英国神学家和赞美诗之父。此句引自他的《戒懒》一诗。

"没有。"博士回答。

"没有?"威克菲尔先生颇为吃惊。

"一点也没有。"

"有没有希望在国外而不是在国内的动机?"威克菲尔先生问道。

"没有。"博士回答。

"我不能不相信你,我当然也相信你,"威克菲尔先生说,"要是我事先知道这一点,那我的任务要简单多了。不过我得承认,我原先是有另外想法的。"

斯特朗博士看着他,带着疑惑不解的神色,但这种神色几乎立即就化成了笑容,这使我受到很大的鼓舞。因为他的笑充满了和蔼和亲切,其中还有着纯朴和真诚。其实,透过他脸上那层好学深思的冰霜,他整个的态度里,都蕴含着纯真,这对我这样一个年轻学子来说,具有很大的吸引力,也燃起了希望。斯特朗博士一再说着"没有","一点也没有",以及同样肯定意义的短句,踏着奇特的不匀的步子,在我们前面一摇三摆地走着;我们则跟在他后面;我看到,威克菲尔先生神情严肃,对自己摇着头,却不知道,这都让我给看见了。

教室在大楼最清静的一边,是间相当大的厅堂,让对面将近半打的大石瓮严肃地瞅着。从这儿还可以看到博士私人享用的古老、僻静的花园,园中的桃子正在向阳的南墙上成熟。教室窗外的草坪上,有两大棵种在大木盆里的龙舌兰,这种植物的叶子又阔又硬(看上去像是用刷了漆的白铁皮做的似的),打那以后,在我的联想中,一直是肃穆和幽静的象征。

我们进教室时,大约有二十五名学生正在专心致志地埋头读书,一见斯特朗博士进来,全都站起来向他问早安,看到同来的还有威克菲尔先生和我,便一直站着,没有坐下。

"年轻的先生们,这位是新来的同学,"博士说,"叫特洛伍德·科波菲尔。"

这时,一个叫亚当斯的学长,从自己的座位中走出,前来对我表示欢迎。他系了条白领饰,看上去像个年轻的教士,不过非常和蔼、热情。他把我的座位指给我,又把我介绍给各位老师,态度文静优雅。如果说当时有什么能使我不再局促不安的话,那就是他的这种态度了。

不过,我跟这样的同学,或者说跟我年龄相仿的伙伴(米克·沃克和粉白·土豆除外)待在一起,像是很久以前的事了,因此现在跟这些同学在一起,我感到从未有过的生疏。我曾经有过那么些他们一无所知的境遇,有过许多跟我这个年龄、外表和作为他们当中一员的身份完全不配的经历,对此种种,我是一清二楚的。因此我几乎相信,现在我作为一个普通的小学生到这儿来,简直是一种欺骗。我在谋得斯通-格林比货行的那段时间,不论多长多短,反正对学生的这些运动和游戏,我全都不习惯了。因此我知道,就连学生们认为最普通的玩意,我做起来也会笨手笨脚,很不在行。我从前学的那点东西,由于从早到晚都得为日常的卑琐生活而担忧,也都离我而去了。因而,当他们对我进行测试,看看我有点什么知识时,我竟什么都不知道,于是便把我编进学校里成绩最差的一个班。我缺乏小学生的技能和书本的知识,这固然使我心里很不好受,而我所懂得的,比起我所不懂的,更使我跟他们疏远,这使我更感到难过。我心里老是想到,要是他们知道我对王座法院监狱的情况如此熟悉,他们会有什么想法呢?要是我在举止中无意地透露出和米考伯家的关系——帮他们典当、卖东西、跟他们一起吃晚饭,他们对我又有什么看法呢?要是同学中有人见过我衣衫褴褛、筋疲力尽地经过坎特伯雷,现在已认出我来,那我该怎么办?他们花起钱来毫不在乎,要是他们知道我当年半便士半便士地积攒起一点钱,用来买每天那点干腊肠和啤酒,还有几片布丁时,他们会怎么说呢?他们对伦敦的生活和街市都一无所知,但要是他们发现,我在这两方面的某些最肮脏的东西如此精通(而且我引以为羞),他们会有什么反应呢?在斯特朗博士学校里的第一天,所有这种种念头,老在我脑子里折腾,闹得我对自己极小的一举一动都放心不下。不管什么时候,一见有新同学朝我走来,我便退避;刚一放学,我就匆匆离开,生怕有人跟我搭话,对我友好,怕在应答他们时露出破绽来。

不过,在威克菲尔先生的那座老宅子里,却有这样一种作用:只要我腋下夹着书,往那座宅子的门上一敲,我感到我的不安就会渐渐消失。当我往自己那间空气流通的老式房间走去时,楼梯上那片肃穆的阴影,好像会把我的疑虑和恐惧覆罩住,使往日的旧事变得朦胧。我坐在房间里,用心地伏案苦读,一直到吃晚饭的时候(我们三点钟就放学回家了),才下楼去。我心里充满希望,认为自己还能成为一个过得去的学生。

爱格妮斯在客厅里等她父亲,当时他被人绊住在事务所里了。她愉快地对我微笑相迎,问我是否喜欢那所学校。我告诉她,我希望会非常喜欢这所学校,只是一开始我感到有点生疏。

"你从没上过学校,"我说,"是不是?"

"哦,上过! 我天天都上学。"

"啊! 你是说在这儿,在你自己家里上学吧?"

"爸爸就是不让我去别的地方,"她微笑着摇摇头回答说,"他的管家自然得在他家里待着,这你知道。"

"我敢说,他一定非常爱你。"

她点点头,表示"是的",接着便跑到门口,听听她父亲来了没有,以便她好到楼梯上去接他。可是他没有来,于是她便又回到原来的地方。

"我刚一生下来,妈妈就去世了,"她平静地说,"我只见过她的画,就是楼下的那幅。我昨天见你尽朝那幅画像看。你想到那是谁的画像吗?"

我告诉她我想到了,因为画上的人非常像她。

"爸爸也这么说,"爱格妮斯高兴地说,"听! 这一回爸爸来了!"

她急忙跑出去迎接,当他们手牵手一同进来时,她那张欢快、平静的脸上露出了欣喜的光彩。威克菲尔先生亲热地跟我打了招呼,还对我说,斯特朗博士是所有人里最温和、仁慈的,在他那儿学习,一定会非常愉快的。

"也许有的人——我不知道有没有这种人——会滥用他的仁慈,"威克菲尔先生说,"不管遇到什么事,千万不要做这样的人,特洛伍德。斯特朗博士是世人中最不会怀疑别人的人。不管这是一个优点,还是一个缺点,反正你跟博士的交往中,无论大事还是小事,这一点都得好好考虑。"

我觉得,他说这番话的时候,好像很疲倦的样子,或者是对什么事不满。不过我并没有进一步去想这个问题,因为就在这时候,仆人报告说饭已经准备好了,于是我们都下了楼,照先前一样的位子就座。

我们几乎还没坐定,乌利亚·希普就往门内伸进他的红脑袋并把他的瘦手扶住门,说:

"麦尔顿先生来了,他要求跟您说句话,先生。"

"我刚把麦尔顿先生打发走呀!"他的主人说。

"是的,先生,"乌利亚回答说,"不过麦尔顿先生又回来了,他要求跟您说句话。"

乌利亚用手推开门,我觉得,他看看我,看看爱格妮斯,看看盘子,看看碟子,看看房内的所有东西——却又像什么也没有看,在所有这段时间里,他装出一直都用那双红眼睛忠顺地看着他主人的样子。

"请原谅,我想了想,只想再说一句,"乌利亚身后有个声音说,这时乌利亚的脑袋被推到一边,由那说话人的脑袋取而代之了,"很对不起,打扰了。我只是想说,在这件事情上,既然我似乎已无法选择,那我就去外国好了,越快越好。我表妹安妮跟我谈到这件事时,她确实说过,她希望她的亲人朋友都近在跟前,不愿意让他们发配去充军,而那位老博士——"

"你说的是斯特朗博士吧?"威克菲尔先生严肃地打断他的话头问道。

"当然是斯特朗博士,"那人回答说,"我管他叫老博士,你知道,这是一回事。"

"我可不知道。"威克菲尔先生回答说。

"好吧,那就斯特朗博士吧!"那人说,"我相信,斯特朗博士也是这样想的。可是,好像你对我的态度使他改变了主意,那就没有别的话可说了,只有越早走越好。因此我才想到,我得回来跟你说一声,我越早走越好。既然非得往水里跳不可,老在岸上磨蹭是没有用处的。"

"在你的这件事情上,决不会多磨蹭的,麦尔顿先生,你放心好了。"威克菲尔先生说。

"那就谢谢啦,"那人说,"十分感激。我不能对别人的帮忙还挑毛病,那就太不得体了。要不是这样,我敢说,我表妹安妮要按自己的心意把这事办好,是轻而易举的。我相信,安妮只消跟那个老博士说一声——"

"你是说,斯特朗夫人只消跟她的丈夫说一声——我说得对吗?"威克菲尔先生说。

"一点没错,"那人回答说,"只消说,某某件事情,她要如此这般地办,那这件事就理所当然如此这般地办。"

"为什么理所当然呢,麦尔顿先生?"威克菲尔先生不动声色地吃着饭,问道。

"啊,因为安妮是个迷人的年轻姑娘,而老博士——我指的是斯特朗博士——并不是个很迷人的年轻小伙子,"杰克·麦尔顿笑着说,"我这并不是想得罪任何人,威克菲尔先生。我的意思只是说,在这种婚姻中,我认为,总得有点补偿才算公平、合理。"

"补偿给那位太太吗,先生?"威克菲尔先生严肃地问道。

"补偿给那位太太,先生。"杰克·麦尔顿先生笑着回答说。不过他似乎注意到,威克菲尔先生仍跟原先一样,继续丝毫不动声色地在吃着饭,而且要想使他脸上的肌肉有点松弛已毫无指望,于是便补充说:

"不过,我要回来说的话,已经说了。再次为打扰了您表示歉意。现在我得告辞了。考虑到这件事只是在您我之间安排,就不必在博士那里提起了。当然,我听从您的吩咐。"

"你吃过饭了吗?"威克菲尔先生问道,用手指了指桌子。

"谢谢,我这会儿就要去吃了,"麦尔顿先生说,"跟我表妹安妮一起吃。再见了!"

威克菲尔先生并没有起身相送,而是若有所思地看着他离去。我认为,麦尔顿先生只是个相当浅薄的青年,脸蛋漂亮,谈吐快捷,一副自信自负、无所顾忌的神气。这是我第一次见到杰克·麦尔顿先生。那天早上,听到威克菲尔先生提到他时,我没有想到这么快就会见到他。

吃完饭,我们又回到楼上,一切都跟前一天完全一样。爱格妮斯在同一角落里摆上酒杯和酒瓶。于是威克菲尔先生又坐下来喝酒,喝了很多。爱格妮斯给他弹了一会钢琴,然后坐在他身边做针线活、聊天,还跟我玩了一阵多米诺骨牌。到了时候,她又去张罗茶点。后来,当我从楼上拿了几本我看的书下来时,她看看书,告诉我哪些是她学过的(虽然她说这算不上什么,其实是很了不起的),还对我讲了学习和理解的最好方法。此刻,写到这些词句时,我又看到了她那端庄谦逊、有条不紊、温和文静的态度,听到了她那悦耳的镇定的声音。日后她对我的一切良好影响,此时就已开始落入我的心坎。我爱小艾米莉,不爱爱格妮斯——说的不爱,是指不是爱艾米莉的那种爱——但是我觉得,无论爱格妮斯在哪儿,那里就有仁爱、和平,还有真诚。而且多年以前我见过的教堂彩色玻璃窗上那柔和的光线,永远笼罩在她的身上,在我挨近她时,也笼罩在我身上,笼罩在她周围的一切上。

到了她离开客厅就寝的时候了,待她离开我们以后,我也把手伸给威克菲尔先生,准备走了。可是他拦住了我,对我说:"特洛伍德,你喜欢住在我们这儿呢,还是想住到别处去?"

"住在这儿。"我立即回答说。

"真的吗?"

"只要你不嫌我,能让我住下去!"

"啊,我怕我们这儿过的生活太沉闷了,孩子。"他说。

"爱格妮斯都不觉得沉闷,我怎么会比爱格妮斯觉得沉闷呢,先生。一点也不沉闷!"

"比爱格妮斯,"他缓缓走到大壁炉的搁板那儿,身子靠在搁板上,重复说,"比爱格妮斯!"

他那天晚上喝的酒很多(也许是我的想象),喝到两只眼睛都发红了,这并不是我这会儿看到的,因为这会儿他眼睛一直朝下望,还用手遮着。这是我早一会儿看到的。

"现在我真想知道,"他嘟哝着说,"我的爱格妮斯是不是已经讨厌我了。我什么时候会讨厌她啊!不过那可不一样,完全不一样。"

他这是在自言自语,并不是对我说话,所以我没有作声。

"这座房子,古老沉闷,"他说,"这儿的生活,单调、古板。可是我一定得把她留在我的身边。我一定要她待在我的身边。要是我想到,我会死去,留下我的宝贝,或者是我的宝贝死去,留下我。这种念头像鬼怪似的,把我最快乐的时光变成忧伤,那我就只好沉溺在——"

他没有把这句话说完,只是缓缓地踱到他原来坐的地方,机械地拿起空瓶来做出倒酒的动作,然后放下酒瓶,又踱了回来。

"要是她在这儿时我都伤心得受不了,"他说,"她走了那还得了?不行,不行。我不能做这种实验。"

他靠在壁炉的搁板上,沉思了很久,这时我拿不定主意,是冒惊动他的危险离开呢,还是静静地留在原地等他从沉思中醒来。最后,他终于还是醒过来了,朝房内四处打量着,直到他的目光跟我的目光相遇。

"住在我们这儿,特洛伍德,呃?"他说话的口气跟平常一样,好像答复我刚才说的什么话似的,"我为这感到高兴。你对我们两人来说,都是个好伴儿。有你在这儿,对我们俩的身心健康都有好处。对我有好处,对爱格妮斯也有好处。也许对我们大家都有好处。"

"我相信对我一定也有好处,先生。"我说,"我住在这儿好极了。"

"你真是个好孩子!"威克菲尔先生说,"只要你高兴在这儿住,那就在这儿住下去好了。"说着他为这跟我握了握手,拍了拍我的背脊,还告诉我说,晚上爱格妮斯离开后,我要是想做什么事,或者想读书消遣时,只要他在房里,只要我想有个伴,我可以随时下楼去他的房间,跟他一起坐坐。对他的这番好意,我道了谢。过后不久,他下楼去了,我也还不觉得累,既然承他许可,于是便拿了本书,准备下楼跟他一起待上半个小时。

可是,当看到那间圆形的小办公室里还有灯光,我立刻感到有一股力量把我吸引到乌利亚·希普那儿(他对我有一种魔力),于是我改变了初衷,走进了他的这间办公室。我发现乌利亚正在读一本又大又厚的书,读时显得特别专心,每读一行,都用他那瘦长的食指,跟着在书页上留下一道黏湿的痕迹,就像有蜗牛爬过一般(我完全相信是这样)。

"今天晚上你工作得很晚了,乌利亚。"我说。

"是的,科波菲尔少爷。"乌利亚回答。

为了跟他谈话方便,我在他对面的凳子上坐了下来。这时我发现,他这人脸上从来不曾有笑这回事,他只会把嘴咧开,在腮帮上留下两条僵硬的皱纹,一边一条,算作笑容。

"我并不是在办公事,科波菲尔少爷。"乌利亚说。

"那你在做什么呢?"我问道。

"我这是在提高法律知识,科波菲尔少爷,"乌利亚说,"我正在读提德①的《审理程序》。啊,提德真是位了不起的作家,科波菲尔少爷!"

我坐的凳子简直就像一座瞭望台,我看他在说完这句赞叹的话以后,重又用食指指着一行行的字,读起书来。我发现他的鼻孔处尖削,鼻孔之间深深凹进,鼻翼一翕一张的很古怪,让人看了怪别扭的——也许是因为他的眼睛几乎从来不眨,所以由鼻孔来代替了。

"我想,你一定是位大法学家吧?"朝他打量了一会后,我说。

"我,科波菲尔少爷?"乌利亚说,"哦,不! 我只是一个卑微的人。"

我发现,我不喜欢他的那双手,因为他老是相对搓他那两只手掌,好像

---

① 提德(1760—1847),英国法学专家。

要把它们搓暖似的。此外,他还时常偷偷地用手帕擦它们。

"我自己很清楚,不管别人有多高,我是这个世界上最卑微的人。"乌利亚·希普谦虚地说,"我妈也是一个卑微的人,我们住的房子也很简陋,科波菲尔少爷,不过也有很多地方得感谢上帝。我爸以前做的也是卑微的工作,他是个教堂里打杂的。"

"现在他在做什么?"我问道。

"他现在在分享天堂上的光荣了,科波菲尔少爷。"乌利亚·希普说,"不过有很多地方得感谢上帝。我能跟威克菲尔先生在一起,这么多值得感谢啊!"

我问乌利亚,他跟威克菲尔先生是不是已经很久了?

"我已经跟了他四年了,科波菲尔少爷。"乌利亚说。他小心地在读到的地方做了记号,然后合上了书。"我爸死后一年,我就跟了威克菲尔先生了。这件事我该多么感谢上帝啊!威克菲尔先生仁慈地免费收我做学徒,我该怎样感谢上帝啊!要不,像我妈跟我这样卑微的人,无论如何都出不起这笔钱的!"

"那么,等你学徒期满,我想,你就可以成为一个正式的律师了。"我说。

"但愿上帝保佑,科波菲尔少爷。"乌利亚回答。

"也许有一天你会跟威克菲尔先生合伙,"为了讨好他,我说,"那这家事务所就要叫威克菲尔-希普事务所,或者希普-已故威克菲尔事务所了。"

"啊,不,科波菲尔少爷,"乌利亚摇着头回答说,"我太卑微了,那是不可能的啊!"

他坐在那儿,一副谦卑的样子,两眼斜视着我,嘴咧得大大的,腮帮上露出两道皱纹,那模样,跟窗外橡子上头刻的脸,真是像极了。

"威克菲尔先生是个最了不起的人,科波菲尔先生,"乌利亚说,"要是你跟他认识久了,你就知道了,我相信,一定比我告诉你的更清楚。"

我回答说,我相信他是那样的人;不过,虽说他是我姨婆的朋友,我自己跟他认识还不久。

"啊,真的,科波菲尔少爷,"乌利亚说,"你姨婆是一位非常和气的人,科波菲尔少爷!"

当他要表露自己的热情时,身子就不断扭动,样子非常难看,开始我还注意听他对我亲戚的恭维,可看到他的脖子和身子扭动得像条蛇,我的注意力便被吸引到这上面了。

"一位非常和气的人,科波菲尔少爷!"乌利亚·希普说,"我想,她非常赞赏爱格妮斯小姐吧,科波菲尔少爷?"

我竟大胆地说了声"是的",其实我对此一无所知。上帝宽恕我吧!

"我希望你也这样,科波菲尔少爷,"乌利亚说,"不过我相信,你一定已经赞赏她了。"

"人人都会这样的。"我回答说。

"啊,科波菲尔少爷,"乌利亚·希普说,"谢谢你这句话啦!你这句话千真万确!我虽然卑微,也知道这句话千真万确!啊,谢谢你,科波菲尔少爷!"

他由于情绪激动,扭动得就更厉害了,竟从凳子上滑了下来;既然已经滑下凳子,于是他便开始做起回家的准备来。

"母亲在等着我呢,"他说,一面看了看口袋里的一只颜色灰暗、表面模糊的怀表,"她一定要不放心啦!因为我们虽然很卑微,科波菲尔少爷,我们互相是非常关心的。要是哪一天下午,你肯赏脸来寒舍看看,在我们那卑微的家里喝杯茶,我母亲跟我一样,会由于你的光临感到十分荣幸的。"

我说,我很高兴去拜访他们。

"那就谢谢你啦,科波菲尔少爷,"乌利亚回答说,同时把他看的书放回书架,"我想,你还得在这儿待些日子吧,科波菲尔少爷?"

我说,我将在这儿受教育,我相信,在我上学期间,我会一直待在这里。

"啊,真的!"乌利亚嚷道,"那我想,最后你也会干这一行的,科波菲尔少爷!"

我极力说,我并没有要干这行的想法,旁人也没有为我作过这样的打算。可是乌利亚不顾我的所有保证,坚持说,"啊,准是的,科波菲尔少爷,我想你一定会干这行的,真的!"或者说,"啊,没错,科波菲尔少爷,我想你一定会干这行的,一定的!"说了一遍又一遍。最后,他终于收拾完,要离开事务所回家了,他问我,要是把灯熄了,对我有没有妨碍,我刚说了一声"没有",他立刻就把灯熄灭了。接着,他跟我握了握手——黑暗中,他的手像条鱼似的——他把临街的门打开一点点,侧身挤了出去,随手就把门关上了,把我丢在黑暗中，我只好摸索着回自己的房间。这可给了我一点麻烦，我在他的凳子上绊了一跤。我想，大概正是由于这个原因，我几乎大半夜都梦见他。在梦中，除了别的一些事之外，我梦见他把佩格蒂先生的那座船屋驶到了海上，去干打劫的勾当，船桅上挂着一面黑旗，上书"提德的审理程序"，就在这面穷凶极恶的旗帜下，他把我和小艾米莉载去西班牙海①，要在那儿把我们淹死。

第二天上学的时候，我的不安心情减少了一些，再过一天，又减少了许多，就这样，我逐渐地完全摆脱掉这种心情，不到两个星期，在我的新学伴中已感到很自在，跟他们在一起也很愉快了。他们玩的游戏，我做起来虽然仍笨手笨脚，功课也还赶不上他们，不过我希望，经常去做能改进第一点，勤奋学习可以改进第二点。于是我在游戏和学习方面，都非常努力，因此大受人们的称赞。没过多久，谋得斯通-格林比货行的生活，我已感到如此生疏，几乎不相信自己曾有过那段经历。而现在的这种生活，已变得如此熟悉，好像我已经过了很久了。

斯特朗博士的学校办得非常出色，它跟克里克尔先生的学校比起来，就像善跟恶不同一样。这所学校的工作十分认真严肃，而且有条有理，有着健全的制度；在一切事情上，校方都充分尊重学生的自尊和真诚，公开表明，相信学生都具有这样的品质，除非有人表现出自己不配得到这种信任。这种做法有意想不到的效果，我们全都觉得，在学校的管理工作上，我们人人有份，在维护学校的名誉和声望方面，我们人人有责。因此，我们不用多久就全心全意地跟学校融为一体——我确信我自己无疑就是这样一个学生，而且，在我整个在校学习期间，我从来不知道有过不是这样的学生——我们全都勤奋学习，竭力想为学校争光。课外我们有许多很好的游戏，还有不少自由活动的时间。不过我记得，即使在游戏或自由活动时，也受到镇上居民的交口称赞。我们很少在仪表和态度方面会有所失当，使斯特朗博士和斯特朗博士的学校的名声受到损害。

有一些高年级的同学就寄宿在博士家，我从他们那里间接听到一些有

---

① 即加勒比海，尤指靠近南美大陆北岸一带海面，十六至十八世纪，这一带常有西班牙商船来往，也是海盗出没的地方。

关博士生平的细节。例如,他跟我在图书室里见到的那位美丽的少妇结婚还不到一年,他是因为爱她才娶她的。而她呢,穷得连六便士也没有,却有一大堆穷亲戚(我们的同学是这么说的),他们随时会蜂拥而来,想把博士挤出屋子,挤出家门。还有,博士那一直都在苦思冥想的样子,他们说是因为他总在找希腊的根。由于我当时天真无知,还以为博士对植物有癖好,特别是他散步时两眼老爱看地上。直到后来我才知道,他找的原来是词根,这跟他打算编的一本新词典有关。我们的学长亚当斯颇有数学才能,据说,他曾按照博士的计划和编写进度,对完成这部词典所需的时间作过测算。他认为,从博士上一个生日,即他的六十二岁生日算起,还得花一千六百四十九年的时间。

不过,博士本人却是全校崇拜的偶像。如果不是这样,那这所学校一定就乱糟糟了;因为他是人类中最仁慈的人,他的那份单纯和真诚,就连墙头上那些石瓮的心都能感动。当他在房子旁边的院子里来回溜达时,那些离群的乌鸦和鹡哥,都会狡黠地侧着头看着他,仿佛它们知道自己在人情世故方面比他要懂得多。这时候,不管是哪一类无业游民,只要能走到他那双吱嘎响的皮鞋跟前,用一言半语的诉苦引起他的关注,那此后两天的生活就有着落了。这种事,学校里的人都一清二楚,教师们和班长们,得煞费苦心地截住这些躲在角落里的土匪,或者从窗户里跳出来,在博士发现他之前,就把他撵出院子。有时候,这种堵截和驱逐行动,就在离他散步处几码远的地方进行,而他顾自来回溜达着,对这一无所知。他一走出自己的领地,要是没有人卫护,他就十足成了剪羊毛人的羊了。他可以把自己的裹腿从腿上解下来,送给别人。事实上,在我们中间一直流传着一件事(我不知道,从来都不知道这事有什么根据,不过多少年来我一直相信这件事,因此就觉得这件事一定是真的),据说,有一年冬天,在一个严寒的日子,他真的把自己的一副裹腿,送给了一个女乞丐。她用这裹住一个很好看的婴孩,挨家挨户给人看,因而在附近一带惹出了一些闲话。因为博士的这副裹腿,在这一带人人都认识,就跟大教堂一样。传说还说,唯一不认识这裹腿的,只有博士自己。因为不久以后,这副裹腿陈列在一家名声不太好的小旧货店门口,平时常有人拿这类东西来这儿换杜松子酒喝,据说,人们不止一次看到博士抚摸着这副裹腿,颇为欣赏,觉得款式很新颖,认为比他自己的那副好。

看到博士跟他那位漂亮的年轻太太在一起时，是很令人愉快的。他对他的太太表现出一个慈父般的宠爱，就凭这一点也可以看出，他是一个好人。我常常看到他们俩一起在长满桃树的花园里散步，有时则在书房或客厅里，我可以从更近处观察他们的一举一动。我觉得，她对博士照顾得非常周到，也很喜欢他，不过我从来没有认为，她对博士编的那本词典会有很大的兴趣。博士总爱把一些难解的词条，随身带在口袋里或者帽衬里；他们一块儿散步时，博士通常好像都在讲给她听。

我常常见到斯特朗太太，一是因为打从那天早上我第一次拜见博士时，她就喜欢上我了，以后对我一直很亲切，也很关心；二是因为她非常喜欢爱格妮斯，两家经常来往。我觉得，她跟威克菲尔先生之间，有着一种永远无法消除的特别的拘束（她好像有点怕威克菲尔先生）。她遇上晚上来时，总是不要威克菲尔先生送她回家，而要我陪她一同回去。有时，当我们俩正高高兴兴地一块儿跑过大教堂前的空地，本以为不会遇上什么人时，却往往会碰上杰克·麦尔顿先生，他见了我们总是显出很吃惊的样子。

斯特朗太太的母亲是我极为喜欢的人。她本该叫马克勒姆太太，可是我们这些学生通常都叫她"老兵"，因为她有将才，有率领大批亲戚来斗博士的才能。她个子瘦小，目光锐利，打扮起来时，老爱戴一顶一成不变的便帽，帽上饰有一些假花，花上还有两只翩翩起舞的假蝴蝶。在我们学生中间，有一种迷信的说法，认为这种帽子一定产自法国，只有那个聪明的国家，才有造出这种帽子的手艺。不过我确切知道的情况是：不论马克勒姆太太晚上在哪儿出现，那顶帽子也就会在那儿出现。遇到要到亲友家赴会时，她就把帽子放在一只印度篮子里带去①，那两只蝴蝶则有不停地颤动的本事，就像忙碌的蜜蜂一样，善于利用良好的时机，来占斯特朗博士的便宜。

有一天晚上，发生了一件让我永远难忘的事，让我有了极好的机会对这位"老兵"——我这样称呼她，并没有不尊敬她的意思——看个仔细。现在我来说一说这件事。那天晚上，博士家有一个小小的聚会，欢送杰克·麦尔顿先生去印度。因为威克菲尔先生终于为他安排了一份工作，他要去那儿当一名低级职员或者是这一类的差使。而且，那天也是斯特朗博士的生日。

---

① 按当时习惯，妇女的便帽，只在室内戴。

这天学校放假,上午我们给博士送了生日礼物,由班长向他致祝词,大家对他欢呼,直到我们都喊哑了嗓子,博士感动得流下了眼泪。到了晚上,威克菲尔先生、爱格妮斯和我一起到他家,赴他以私人身份开的茶会。

杰克·麦尔顿先生在我们之前就到了。我们进去时,只见斯特朗太太穿一身白色衣服,戴着几朵樱桃红的缎带花结,正在弹钢琴,麦尔顿俯身在她身边,在为她翻乐谱。当她回过头来时,我觉得,她那红白分明的容颜不像往常艳丽如花,不过她的样子依然很美,非常美。

"博士,我忘了为今天这个日子给你祝贺了,"我们落座后,斯特朗太太的妈妈说,"不过,我的道贺不仅仅是道贺,这你也可以想到,我要祝你长命百岁。"

"谢谢你,夫人。"博士回答说。

"长命百岁,长命百岁,长命百岁,""老兵"说,"这不仅为了你个人,也为了安妮和约翰·麦尔顿①,还有许多别的人。约翰,当年你还是个小孩子,比科波菲尔少爷还矮一个头时,你跟安妮在后园的醋栗丛后面扮一对小情人的情景,我现在想起来,就像是昨天的事一样。"

"我的好妈妈,"斯特朗太太说,"现在别再提那件事了。"

"安妮,你别犯傻了,"她母亲回答说,"你现在已经是个结了婚的老女人了,要是你听了这种话还要脸红,那你要到什么时候听了才不脸红呀?"

"老了?"杰克·麦尔顿先生叫了起来,"安妮老了? 呃?"

"是的,约翰,""老兵"回答说,"她确实是个结了婚的老女人了。当然,论年纪,她并不老——你什么时候听我说过,或者是什么人听我说过,一个二十岁的姑娘论年纪已经老了!——我这是说,你表妹是博士的太太,而正因为她是个博士太太,所以我才这样说。约翰,你表妹是个博士太太,对你来说也是件好事。你已经找到了他这样有势力、肯帮忙的朋友。只要你配得到他的好处,我敢说,他以后对你还会更好呢! 我可不喜欢硬充好汉,我一向不怕坦率承认,我们家有些人要靠朋友帮忙。在你表妹有能力为你找到一个这样的朋友之前,你就是一个要靠朋友帮忙的人。"

斯特朗博士心地善良,听了这话,摆摆手,好像说,这算不了什么,不必

---

① 即杰克·麦尔顿,杰克为约翰的昵称。

再提杰克·麦尔顿先生的事了。可是马克勒姆太太却换了个座位，在博士旁边的一张椅子上坐了下来，把手中的扇子放在博士的衣袖上，说：

"不，这是真的，我亲爱的博士，要是这件事我说多了，你可一定得原谅我，因为这事太让我感动了。我把这叫作偏执狂，我就是爱说这事。你是我们的福星，你要知道，你真是一位大恩人。"

"瞎说，瞎说。"博士说。

"不，不是瞎说，对不起，""老兵"反驳说，"这会儿除了我们这位亲爱的知心朋友威克菲尔先生，没有别的人在座。我可不能答应别人来阻拦我。你要是再这样，我可要拿出丈母娘的特权来骂你了。我这人就是心眼儿实，爱说实话。我这会儿要说的是，你第一次向安妮求婚时，可把我惊异得给怔住了——你还记得吧，我当时有多惊讶？这并不是说，求婚这件事本身有什么出格的地方——要是那么说就太可笑了！——而是因为你一直就认识她那可怜的父亲，而且早在她还是六个月大的娃娃时，你就认识她了，因而我一丁点儿都不曾往这方面想过，不管怎么说，确实从来没有想到你会是个向她求婚的人——你知道，就是这么回事。"

"好啦，好啦，"博士和蔼地说，"这些话就别提了。"

"我可一定要提，""老兵"把手中的扇子挡在博士的嘴唇上说，"我非提不可。我回想起的这些事情，要是有什么地方记错了，你们可以反驳我。好啦！于是我就对安妮说了，告诉她是怎么回事。我说：'我亲爱的，斯特朗博士这是郑重其事地正式向你求婚来啦。'我这话里可曾有一点逼迫的意思？没有。我说：'哦，安妮，这会儿你得跟我说实话，你到底有没有心上人？''妈妈，'她哭着说，'我年纪还很轻哪，'——她说的一点不假——'我还不知道我究竟有没有心上人呢。''我的亲爱的，'我又说了，'那你就是说你还没有心上人了。不管怎么说，我的宝贝，'我接着说，'人家斯特朗博士可正焦急不安地等着呢，我们得给他一个回音。不能老让他像现在这样悬着。''妈妈，'安妮依旧哭着说，'没有我，他会不快乐吗？要是这样，那我想，我为了尊重他、敬佩他，我就嫁给他吧。'于是这件婚事就这么定下来了。这时，直到这时，我才对安妮说：'安妮，斯特朗博士不仅是你的丈夫，而且还要代表你去世的父亲，做我们的一家之长。他要代表我们家的名声和地位，我还可以说，他是我们家的资产。总之，他是我们家的大恩人。'当时我用了这个字眼,今天我还是要用这个字眼。要是说我这人还有一点什么长处的话,那就是我前后永远一致。"

她说这番话时,她女儿一直一声不响,一动不动地坐在那儿,两眼看着地面;她表兄站在她身边,两眼也看着地面。待她母亲说完后,她才用一种颤抖的声音,非常轻柔地说:

"妈妈,我希望你的话说完了吧。"

"没有,我亲爱的安妮,""老兵"说,"我还没有都说完呢。我的宝贝,既然你问我了,那我就回答你吧,我还没有说完呢。我还要抱怨你呢,你对自己家里的人,实在有点不近人情。不过,抱怨你也没有用,我还是说给你丈夫听吧,哦,亲爱的博士,你瞧瞧你这位糊涂的太太吧。"

博士转过他那慈祥的脸,带着纯朴温存的微笑,向着他太太,这时,他太太的头垂得更低了。我看到威克菲尔先生一直注视着她。

"我前几天跟这淘气的孩子说,"她母亲接着说,一面开玩笑地对她摇着头,挥着扇子,"我们家有件事,她也许该跟你提一下——说实在,我想是一定得跟你提一提的——可她说,跟你一提,就等于要你帮忙,而你这人又太慷慨,对她总是有求必应,所以她不肯跟你提出。"

"安妮,我亲爱的,"博士说,"你这样就不对了。这就夺去我的一种乐趣了。"

"当时我对她说的,差不多也是这句话!"她的母亲叫了起来,"哦,说真的,下次再碰上什么事,我认为她本该告诉你,而由于这个原因不肯对你说时,我亲爱的博士,我倒很想我来亲自告诉你呢。"

"要是你肯亲自告诉我,那我就太高兴了。"博士回答说。

"我可以亲自跟你说?"

"当然可以。"

"那好吧,我一定亲自跟你说!""老兵"说,"一言为定。"我想,她的目的已经达到了。她用自己的扇子在博士的手上轻轻拍了好几下(她先在扇子上吻了吻),然后得意扬扬地回到自己原先坐的地方。

这时,又进来一些客人,其中有两位教师和亚当斯,于是话题变得广泛了,自然而然地转到杰克·麦尔顿先生身上,谈到他的航程,他要去的国家,以及他的各项计划和前程。当天晚上,晚饭后他就要乘驿递马车去格雷夫森德,他这次要搭乘的船就停泊在那儿。他这一去——除非请假回家或回国养病——不知得多少年呢。我记得,当时大家都认为,印度这个国家已被人们歪曲得失实了,其实,那儿除了偶尔有一两只老虎、白天气温高时有点热之外,并没有什么让人讨厌的地方。我自己这方面呢,则把杰克·麦尔顿先生看成现代的辛巴达①,把他想象成所有那些坐在华盖下、吸着弯曲的金烟管——这种烟管要是拉直了,足有一英里长——的东方君王的密友。

斯特朗太太很会唱歌,这我已知道,因为我时常听到她独自一人在唱。不过她是怕当众唱呢,还是那天晚上嗓子不好,不管怎么样,反正一点也唱不出来。一次,她本想跟她的表兄麦尔顿来个二重唱,可是一开始就没能唱出来。后来,她想来个独唱,尽管开始时唱得很好,可是唱着唱着,突然发不出声音来了,弄得她非常难堪,把脑袋低垂在钢琴上。好心眼的博士说,她这是太紧张了。为了让她放松下来,他提议大家玩轮回纸牌戏②——其实他玩这玩意儿的水平,就跟他吹长号的本领差不多。不过我看到,"老兵"马上就把他逮住了,要他跟她合伙。她教他的第一招是,要他把他口袋里的钱全都交给她。

尽管有一对交际花监督着他,博士还是出了数不清的错,惹得那对交际花大为恼火,不过大家还是玩得很开心。斯特朗太太不肯参加玩牌,理由是她感到身体不太舒服;她的表兄麦尔顿声称还有点行李要收拾,也谢绝参加。不过他收拾完行李,就又回来了。他们俩一起坐在沙发上低声交谈。斯特朗太太不时跑过来看看博士手上的牌,告诉他该打哪一张。她在他背后俯下身子时,脸色很苍白,我觉得她指着牌时,手指也在发抖。可是博士只看到她这样关心他,感到很高兴,即使他太太的手指真的在发抖,他也看不出来了。

吃晚饭时,我们都没有玩牌时那么高兴了。一个个好像都觉得,这种别离是一件难堪的事,别离的时间越来越近,这种心情也就越来越强烈。杰克·麦尔顿先生尽管想多说说话,可是说得结结巴巴,反而把局面弄得更糟。据我看来,那位"老兵"也没能使局面有所改善,她老是喋喋不休地说

---

① 《一千零一夜》中人物,七篇航海故事的主人公。
② 由四人或四人以上参加,但互不结为同伴。

些杰克·麦尔顿先生小时候的陈年琐事。

不过我敢说,博士却认为他使得每个人都很开心,所以自己也很高兴,一点也没有想到会有别的情况,一心认定我们都已开心到极点。

"安妮,我亲爱的,"他看了看表后说,一面把自己的杯子斟满酒,"你表兄杰克动身的时间已经过了,我们不该再留住他了,因为时光和潮水——眼下的情况两者都有关——都是不等人的。杰克·麦尔顿先生,你前面有一段很长的航程,还有一个陌生的国度。不过这两者,许多人都曾经历过,而且永远会有许多人去经历。你现在正要乘风远行,这种风曾把成千上万的人送往富有和幸福,也把成千上万的人欢欢喜喜地送回自己的家乡。"

"眼看一个从小看他长大的好端端的小伙子,"马克勒姆太太说,"撇下所有的熟人,去到世界的另一头,不知道前途是凶是吉,这总是件叫人伤心的事。不管怎么看,这都是件叫人伤心的事。一个年轻人做出这样的牺牲,真该有人不断地好好支持,好好照顾。"她说到这儿,拿眼睛看着博士。

"你的日子将会过得很快,杰克·麦尔顿先生,"博士接着说,"我们大家的日子,也会过得很快。我们当中的有些人,按照事理常情,也许很难指望等你回来时去欢迎你了。其次,最好的事就是希望能去欢迎你,我就是这样希望的。我也不必唠唠叨叨地对你进什么忠告了,免得让你讨厌。你眼前很久以来就有一位好榜样,就是你表妹安妮。你要尽一切努力,学习她的美德。"

马克勒姆太太打着扇,摇着头。

"再见了,杰克先生,"博士说着站起身来,看到这,大家也都跟着站了起来,"祝你一路顺风,在国外事业有成,回来时欢天喜地!"

我们都为杰克·麦尔顿先生干杯,都跟他握了手,接着他便匆匆地跟在座的女宾告别,然后急步走向门口。在他跨上马车时,他受到了特意聚集在草坪上的我们同学一片惊天动地的欢呼。我连忙跑进他们中间,以壮声势。马车经过时,我离得很近。当时的情景,在我脑子中留下了生动的印象;在震耳的欢呼声和飞扬的尘土中,只见麦克顿先生脸上表情激动,手中拿着一件樱桃色的东西,隆隆而过。

接着,同学们又对博士一阵欢呼,还对博士夫人一阵欢呼,然后才散去,我也回到屋里。只见客人们全都围着博士站成一堆,在那儿谈论杰克·麦尔顿离去的事,他如何忍受离别之苦,会有怎样的感觉,以及其他等等。大家正在谈论这些事时,马克勒姆太太突然叫了起来:"安妮哪儿去了?"

安妮不在那儿,大家高声叫她,也听不到她的回答。于是大家都挤着奔出房间,看看是怎么回事。我们发现她躺在门厅的地上。起初大家吓坏了,后来才发现她晕过去了。大家用普通的治晕方法,就把她弄醒过来了。这时,博士把她的头搁在自己的膝盖上,用手把她的鬈发分开,朝周围看着说:

"可怜的安妮!她待人这样真诚,心软!她这是因为要跟小时的玩伴、朋友、她喜欢的表哥分别,才晕过去的。啊,真可怜!我很难过!"

她睁开眼睛,看到自己在什么地方,还看到大家都围着她站着,便在别人的搀扶下站起身来。她这样做时,掉过头去,把头搁在博士的肩上——或者是为了把脸遮住,我不知道她这究竟是为了哪一桩。我们大家都回到客厅,想让她留给博士和她母亲照顾。不过她好像说,她觉得这会儿比早晨以来都好,她很想跟我们大家在一起。于是大家就把她带到客厅里,把她安置在沙发上。我觉得她看上去脸色很苍白,身子非常虚弱。

"安妮,我亲爱的,"她母亲一边为她理好衣服,一边说,"瞧这儿!你丢了一个花结了。你们哪一位帮忙找一找一个缎带花结——一个樱桃红的缎带花结好吗?"

这就是她戴在胸前的那个。我们大家都去找了,我敢肯定,我也到处去找了一通,但是谁也没能找到这个缎带花结。

"你还记得起来吗,你最后在什么地方还戴着它的,安妮?"她母亲问道。

她回答说,一会儿之前她觉得还戴着的,不过丢了就丢了,不值得去找了。她说这话时,我自己也感到不解,我怎么一直觉得她脸色苍白,根本没有想到她脸色泛红呢。

尽管如此,大家又去找了一通,还是没有找到。她请求大家别再找了,可是大家还是乱哄哄地瞎找一气,直到她完全恢复过来,大家告别的时候。

我们三人,威克菲尔先生、爱格妮斯和我,慢慢地走回家去。爱格妮斯和我欣赏着美妙的月色,威克菲尔先生却一直看着地上,难得抬起头来。当我们终于来到自己的门前时,爱格妮斯才发现,她把她的小网袋忘记在博士家了。有这么一个为她效劳的机会,我非常高兴,连忙就跑回去取了。

　　我走进吃晚饭的屋子,爱格妮斯的小网袋就忘在那儿,可是这会儿那儿已经漆黑一片。不过这屋子有个门和博士的书房相通;门正开着,书房里还有灯光。于是我便走到门边,打算说明来意,并想要支蜡烛。

　　博士正坐在壁炉边的安乐椅上,他年轻的妻子坐在他脚旁的小凳上。博士脸上挂着沾沾自喜的微笑,正在高声朗读他那部永远编不完的词典里解释或说明某种理论的手稿。他太太则仰望着他。可那是一张我从没见过的脸,脸形那么漂亮,而脸色却那么苍白,神情那么恍惚,充满狂乱的恐怖,像魂灵出窍的梦游病人似的,可究竟是什么恐怖,我不得而知。她的眼睛睁得大大的,褐色鬈发分成两大绺,披散在她的双肩,也披散在她那因失去缎带花结而显得零乱的白色衣服上。她的那副神情,直到现在我仍记忆犹新,但是我说不出它表露了什么。即使到现在,我的判断能力已经老练多了,可回想起来依然说不出它表露的是什么。悔恨、惭愧、羞耻、骄傲、爱情、信赖,我全看到了;而在这所有一切中,我都看到了那种我无以名之的恐怖。

　　我走了进去,并说了我的来意,把她给惊醒了,也搅乱了博士。因为我回到这屋子,把从桌上拿走的蜡烛送回来放回原处时,博士像个慈父似的正在轻拍她的头,还说自己是个冷酷无情的老头,居然硬要她听他念稿子;他本应该让她去睡了。

　　可是她急忙用迫切的口气请求他容她留在那儿,让她感到那天晚上他对她很信任,她好放心(我听到她嘟囔着断断续续地说了这一类的话)。在我离开书房出门时,她瞥了我一眼。接着,我看到她把自己的手交叉着放在博士的膝盖上,带着同样的眼神看着他,直到博士重又念起他的手稿来,她的脸上才稍稍露出几分平静。

　　这番情景给我留下了极深的印象,事后很久,我都还清楚地记得,关于这一点,到时候,我还要详细叙述。

第十七章

故 友 重 现

自从我出逃以来，我还不曾想到提及佩格蒂的情况。不过，我一在多佛有了安身之所，不用说，我几乎立即就给她写了一封信。在我姨婆正式决定当我的监护人后，我又给她写了一封更长的信，报告了全部详情。当我进了斯特朗博士学校后，又给她写了第三封信，详细叙述了我的幸福生活和光明前途。在最后这封信里，我还随信附去了半个几尼金币，用狄克先生给我的钱，来偿还以前向她借的债。当时我所感到的快乐，是我一生中从来没有过的。有关那个赶驴的小伙子的事，我以前从没向她提过，只是在这封信中，我才告诉了她。

对我这几封信，佩格蒂简直像个商务秘书似的，回复得非常迅速，当然不及他们写得简明扼要。为了写出她对我旅途跋涉所感受的心情，她使尽了她的全部表达能力（她用墨水表达的能力无疑是不够大的）。四页布满污渍，全是前后不连贯的有头无尾的感叹句，依然不足以抒发她的感情。不过对我来说，这些墨痕污迹所表达的感情，大大超过最动人的书信。因为它们告诉我，佩格蒂写信时一直痛哭流涕，所以才满纸泪痕，那我还要她怎么样呢？

我不用费多少劲就能看出，她对我姨婆仍然没有多大好感。她对姨婆的成见已那么久，而得到我的消息的时间则过于短暂，一时难以转变。她信上说，我们决不可能看清一个人；而贝特西小姐竟跟大家原来想的那么不同，想想实在是个教训！这就是她的话。她显然仍旧怕见贝特西小姐，因为她向姨婆道谢致意显得有几分胆怯。她也明明怕我，怕我过不多久又会设法逃跑。因为她一再示意,只要我向她要,她随时可以给我去亚茅斯的车费。由此可以做出判断。

她还告诉我一个消息,使我感到非常难过,那就是,我们老家的家具全都卖掉了,谋得斯通先生和谋得斯通小姐已经搬往别处,那座屋子也封上了,打算出租或者出卖。上帝知道,只要谋得斯通姐弟住在那儿,那座房子就没有我的分,不过想到这座亲爱的老住宅竟完全让人抛弃,花园里会长满高高的野草,小径上积着又厚又湿的落叶,总让人感到伤心。我想象冬天的寒风在房子周围呼啸,冷雨敲打着窗玻璃,月光照在空房的墙上,映出幢幢鬼影,终夜伴守着它们的寂寞。我重又想起教堂墓地树下的那座坟墓,如今,仿佛那座房子,也跟我的父母一样死去了,跟我父母有关的一切,全都消逝了。

在佩格蒂的信里,再没有别的消息了。她说,巴基斯先生是个好丈夫,虽然依旧有点吝啬,不过我们大家都有短处,她就有很多(我可不知道她有些什么短处)。巴基斯先生也向我问好,我住过的那间小卧室一直为我准备着。佩格蒂先生很好,汉姆也很好,葛米治太太仍不太好,小艾米莉不肯附笔问候,不过她说,要是佩格蒂乐意,可以代她向我问好。

所有这些消息,我都尽本分如实禀告了姨婆,只是没提艾米莉的事。我本能地觉得,姨婆不会很喜欢她。我进斯特朗博士学校后不久,姨婆来坎特伯雷看了我几次,每次来都不是在寻常的时候,我猜想,她的用意是趁我不备来查考我。不过发现我学习用功,品行端正,从各方面都听说我在学校进步很快,过不多久她就不再来看我了。我每隔三四个星期,在星期六回多佛看她一次,度一个假日。每隔一个星期的星期三我总能见到狄克先生一次,他都是坐驿车来的,中午到达,一直待到第二天早上才回去。

狄克先生每次来总是带着一只皮的书写文具箱①,里面盛着文具用品,还有那份呈文;关于这文件,他有一个想法,觉得现在时间已经趋向紧迫,真该是脱手的时候了。

狄克先生非常爱吃姜饼。为了要使他对来访更加高兴,姨婆吩咐我在一家点心铺里开个赊账户头,并且规定每天赊购的姜饼不能超过一先令。

---

① 这种文具箱的盖子打开就是一块书写板。

这笔支出,还有他在旅馆里的零星账单,在付款之前,都得先经过我姨婆过目。这引起了我的疑心,大概只许他把钱弄得丁当响,不许他随意花钱。通过进一步的调查,我发现事情果然如此,或者至少也是他跟我姨婆已商议好,他的任何开支,都得向我姨婆报账。由于他根本不想欺骗她,而且总想讨她的欢心,因此他花钱就非常小心了。在这一点上,也像其他方面一样,狄克先生确信,我姨婆是女人当中最聪明、最了不起的。他一再把他的这一看法极其秘密地告诉我,而且总是悄声说的。

"特洛伍德,"一个星期三,狄克先生说了这句心腹话之后,用神秘的口气问我道,"躲在我们家附近,吓唬你姨婆的男人是谁呀?"

"吓唬我姨婆,先生?"

狄克先生点点头。"我总以为什么也吓不了她的,"他说,"因为她——"说到这儿,他轻声地悄悄说,"不用说,是女人当中最聪明、最了不起的人。"说完这话,他往后一靠,看看他对她的这一评价,对我产生什么影响。

"他第一次来的时候,"狄克先生说,"是——让我想想看——一六四九年,是查理国王处死刑的年份吧。我记得,你说过,是一六四九年吧?"

"是的,先生。"

"我不明白,怎么会这样,"狄克先生说,摇着头,一副大惑不解的样子,"我不相信我有那么大年纪。"

"就在那一年,那个男人露面了吗,先生?"我问道。

"呃,真的,"狄克先生说,"我真不明白,怎么会是那一年,特洛伍德。你是从历史书上查出这个年份的吗?"

"是的,先生。"

"我想,历史是决不会撒谎的。会吗?"狄克先生抱着一线希望说。

"哦,不会的,先生!"我十分肯定地回答说。我当时既天真,又年轻,自以为是这样。

"这我就想不通了,"狄克先生一面摇头,一面说,"准是什么地方出错了。不过,就在查理国王脑袋里的一些麻烦,错放进我的脑袋以后不久,那个人就第一次来了。当时天刚黑下来,我跟特洛伍德小姐喝完茶,正一块儿去散步时,那人出现了,就在我们房子的附近。"

"在那儿走来走去?"我问道。

"在那儿走来走去?"狄克先生把我的话重复了一遍,"让我想一想。这我可得好好想想。不,不——是,他没有在那儿走来走去。"

为了要弄清真相,我就直截了当地问他,那人到底在干什么呢?

"啊,开始他根本不在那儿,"狄克先生说,"后来才来到特洛伍德小姐背后,对她低声说了句什么。这时她回头一看,一下就晕过去了。我呆住了,站在那儿看着那个人,那人就走了。不过打那以后,他就藏起来了(藏在地底下或者什么地方),这事真是奇怪极了!"

"打那以后,他就一直藏着没露面?"我问道。

"一点没错,他一直藏着,"狄克先生郑重地点着头,回答说,"没有露面,一直到昨天晚上!昨天晚上,我们正在散步,他又出现在你姨婆背后,我又认出了他。"

"他又把我姨婆吓坏了吗?"

"吓得全身直哆嗦,"狄克先生一面说,一面装出受惊的样子,牙齿咯咯直打颤,"扶着栅栏,哭了起来。不过,特洛伍德,你过来。"他把我拉到身边,轻声地对我耳语说,"孩子,为什么你姨婆在月光底下给他钱呢?"

"他也许是个乞丐。"

狄克先生摇摇头,表示完全不同意我的说法,同时很有把握地重复了好多次,"不是乞丐,不是乞丐,不是乞丐,先生!"接着又说,后来在夜深的时候,他从窗口里看到,我姨婆在花园栅栏外面的月光地里给那人钱;那人拿了钱,就悄悄地溜走了——狄克先生认为可能又钻进地里——再也看不到了。随后我姨婆就急急急忙忙、偷偷摸摸地回到屋里,甚至到第二天早上,她的神色还跟她平日迥然不同,让狄克先生看了心里直难受。

刚听说这件事的时候,我一点也不相信,那个不知是谁的人,不过是狄克先生的一种幻觉,跟那个给了他这么多麻烦的倒霉的国王是一码事。可是待我想了一番之后,我开始产生一个疑问,是不是有人有一种企图,或者是企图通过恐吓,两次想把狄克先生从我姨婆的保护下劫走,而我姨婆也许由于对狄克先生的爱护之心太强(这是我从她自己那儿知道的),舍不得他离开,所以被迫拿出一笔钱,好让狄克先生安生和安静。由于我本来就跟狄克先生非常亲密,也很关心他的平安,我的担心加强了这种假设。因而很长一段时间以来,每逢星期三,在他没有到达之前,我心里总是胆战心惊,生怕他不能像往常那样,坐在驿车的车厢里。不过到了那一天,白发苍苍的他,总会笑容满面、心情愉快地照常出现,再也没有提起那个让我姨婆害怕的人。

这些星期三是狄克先生一辈子最快乐的日子,这些日子给我的快乐也绝对不会少。过不多久,全校的同学没有一个不认识他了。虽然除了放风筝,他没有亲身参加过任何别的游戏,但他对我们的所有运动,都很感兴趣,兴趣之大,不亚于我们当中的任何一个学生。有多少次,我看到他全神贯注地看打弹子和抽陀螺比赛,脸上有说不出的滋味,遇到紧要关头时,连气都不敢喘一口!有多少次,在玩犬兔越野追逐①时,我看到他爬上小山坡,大声喊叫着为全体参赛者加油,在花白的头顶挥动着帽子,完全忘记了那位被处死的查理国王的头,以及跟这相关的一切!夏天时,有多少次,他在板球场上看板球赛,我知道那是他的幸福时刻!在冬天,有多少次,我看到他站在飞雪和寒风中,鼻子冻得发紫,看同学们滑下长长的雪坡,高兴得使劲拍着戴了毛线手套的双手!

他是个人人都喜欢的人物,要做个小玩意儿什么的,他堪称是一把好手。他能把橘子雕成各种我们谁也想不到的东西。他可以用任何东西,甚至是烤肉用的串肉扦,做出一条小船。他还能用羊膝骨做棋子,用旧纸牌做罗马战车,用线轴做带轴条的轮子,用旧铁丝做鸟笼子。不过他最擅长的也许是用细绳和麦秆制作物品。我们都深信,凡是能用手做出来的,任何东西都可以用这两样东西做成。

没过多久,狄克先生的名声就不局限于我们学生中间了。只过了几个星期三,斯特朗博士本人就跟我打听起狄克先生的情况来了。于是我便把姨婆对我说的,全告诉他。博士听了非常感兴趣,他要我在狄克先生下次来时,介绍给他认识。这一介绍任务,我及时完成了。博士对狄克先生说,不管什么时候,他来时要是在驿车站找不到我,他可以直接来学校,先休息一下,等我上完上午的课。有了博士这句话,过后不久,狄克先生一下驿车就直接来学校,这自然也就成了习惯。要是我们下课较晚(这是星期三常有

---

① 一种户外游戏,假扮兔子者在前面边跑边撒下纸屑,假扮猎犬者在后面跟踪追赶。

的事),他就在院子里散步,等我。就是在那里,他认识了博士年轻漂亮的太太(这阵子,她比以前更加苍白了,我觉得,我自己或任何别的人,都更少见到她;她也没有以前那样快乐了,不过漂亮不减当年),渐渐地变得越来越熟起来。因此到后来,他一来学校,就直接进教室等我。他总是坐在一个固定的角落里,一张固定的凳子上,于是那张凳子也由于他被叫作"狄克"了。他坐在那儿,头发花白的头朝前探着,不管上的是什么课,他都非常注意地听着,对他没有机会得到的学问,深怀敬意。

这种敬仰之情,狄克先生推而广之,及至博士本人。他认为,博士是任何时代最为渊博、最有造诣的哲人。很长一段时间来,他不脱帽露顶是决不跟博士讲话的。即便在他跟博士成为好友,两人按时在我们称之为"博士路"的院子一起散步时,狄克先生也还是时时脱帽,对智慧和知识表示尊敬。至于在这种散步时,博士是怎么开始读起他那本著名词典的片段来的,我就不知道了。起初,也许他觉得这跟读给自己听是一样的。总之,后来这也就成了一种习惯了。而狄克先生呢,倾听时面带得意之色和快乐之感,从心坎里确信,这部词典是世界上最令人喜爱的作品。

我看到他们两人,在教室的窗户外面来回地走着——博士脸上挂着得意的笑容,读着他的词典片段,有时则挥摆着手中的文稿,或者是庄重地点着头;狄克先生则兴趣盎然地倾听着,其实,他那点可怜的智力,早已附在那些艰深的词语之翼上,天知道神游到哪儿去了——我一看到这番情景,就觉得这是我所见过的一桩最不显眼的趣事。我只感到,他们两位仿佛会永远这样走下去,而世界不知怎么的会因此变得好起来。好像世界上千百桩引得众口喧嚷的大事,对世界、对我都没有这桩事一半有益似的。

不久,爱格妮斯也成了狄克先生的朋友;由于他常到这家来,因而也认识了乌利亚。狄克先生跟我之间的友谊,则日益增进,而且我们俩相交的基础颇为奇特:一方面,狄克先生是以监护人的身份来照应我的;但另一方面,他遇上疑难不决的小事,总是找我商量,而且始终遵照我的意见行事。他不仅对我本身的聪明深为佩服,而且还认为我得到了我姨婆的很好遗传。

在一个星期四的早晨,在我回校去上课以前(因为我们早饭前有一个钟点的课),我正陪着狄克先生从旅馆步行去驿车站时,在街上碰见了乌利亚。他提醒我说,我以前曾答应去他家跟他和他母亲一起喝茶,末了还身子一扭补充说,"不过我可没有期望你会不失约,科波菲尔少爷,因为我们太卑微了。"

我真的还拿不定主意,对乌利亚这个人,到底是喜欢还是厌恶。当时我跟他面对面站在街上,对此依然还是疑惑不定。不过我觉得,让人认为骄傲,总是一件很不好的事。所以我就说,我只是等着人邀请罢了。

"哦,要是就这么回事,科波菲尔少爷,"乌利亚说,"你要不嫌弃我们卑微,那请你今天晚上来好吗? 不过要是因为我们卑微,你不肯赏脸,我也希望你别把这当作一回事,放在心上,科波菲尔少爷,因为我们都很清楚自己的地位。"

我说,这事我得跟威克菲尔先生说一声,要是他没有意见,我是很乐意去的。我觉得,毫无疑问,他一定不会有意见的。于是那天傍晚六点钟(那天事务所下班算是早的了),我对乌利亚说,我已准备停当,可以去他家了。

"母亲一定会感到骄傲的,"我们一起离开事务所时,乌利亚说,"要是骄傲不是罪过①的话,科波菲尔少爷,她一定会感到骄傲的。"

"可是今天早上你却毫不在乎地认为我骄傲呢。"我回答说。

"啊呀呀,没有的事,科波菲尔少爷!"乌利亚回答说,"哦,请你相信我,没有的事! 我的脑子里从来不曾有过这种想法! 即使你认为我们太卑微,配不上你,我也决不会认为这是骄傲。因为我们实在是太卑微了。"

"你近来一直在钻研法律吧?"为了换个话题,我问道。

"哦,科波菲尔少爷,"他做出谦逊的样子说,"我只是读点有关的书,谈不上什么钻研。有时候,我在晚上跟提德先生②混上一两个小时。"

"我想,不大读得懂吧?"

"对我来说,提德有时候很难懂,"乌利亚回答说,"不过对一个有才气的人来说会怎么样,我就不知道了。"

他一面朝前走着,一面用瘦削的右手食指和中指,在自己的下巴上打出一个小调的拍子,接着又补充说:

"你知道,科波菲尔少爷,提德先生书里的有些东西——像拉丁文和拉

---

① 天主教教义,骄傲为七罪之一。
② 见十六章注。

丁术语——对我这样一个学识浅薄的读者来说,是很难的。"

"你喜欢有人教你拉丁文吗?"我不假思索地说,"我倒很乐意教你,因为我自己正在学。"

"哦,谢谢你,科波菲尔少爷,"他摇着头回答说,"我相信,你肯教我,完全是出于一片好意。可是我太卑微了,实在不敢当。"

"这是什么话,乌利亚!"

"哦,我真得请你原谅我,科波菲尔少爷!我非常感激你。我对你说实话,这是我最喜欢的了,不过我太卑微了。没等我因为有了学问把人惹恼,就已经有够多的人因为我身份低,要踏扁我了。学问不是我这种人应该有的。像我这样的人,最好不要有上进心。要是想活下去,就得安于过卑微的日子,科波菲尔少爷!"

在他不停地摇着头、谦卑地扭动身子说出这些伤心的话时,我从没见过,他的嘴竟咧得那么大,颊上的皱纹竟那么深。

"我认为你错了,乌利亚,"我说,"我敢说,要是你真想学,有一些东西我可以教你。"

"哦,你这话我不怀疑,科波菲尔少爷,"他回答说,"一点也不怀疑。不过因为你自己不是卑微的人,也许就难以理解了。谢谢你了,我不能为了求知识而去惹恼那些比我上等的人。我太卑微了。这儿就是我卑微的住处了,科波菲尔少爷!"

我们走进一个低矮的老式房子,从街上一直就通到屋内。我看到了希普太太,她长得跟乌利亚像极了,只是矮了一点。她接待我时谦卑到极点,连吻自己的儿子时,也对我说了一番抱歉的话。她说,他们虽然地位卑下,但仍有着互相关爱的天性,他们希望,这不会让任何人看着不顺眼。房间看起来还过得去,一半作客厅,一半作厨房,但是并不见得舒适。茶具都摆在桌子上,炉台上水壶里的水正在沸腾。房内还有一只五斗柜,上面装了块写字台的台面,供乌利亚晚上读书写字用。那儿放着乌利亚的蓝色提包和一些纸张文件;还放着几本书,主要是提德的著作。另外还有一只角橱,以及一些常用的家具。我已经想不起哪件东西看上去有一种裸露、皱缩和剥落的样子;不过我的确记得,整个房间都好像有这种味道。

希普太太仍穿着寡妇穿的丧服,这也许是她表示卑微的一部分。尽管希普先生去世已经多年,希普太太却依旧穿着丧服。我认为,她的穿戴只是在帽子方面作一点让步,其他方面,她还是跟开始居丧时一样。

"我敢说,今天是个值得永远记住的日子,我的乌利亚,"希普太太说,一面在烧茶,"因为科波菲尔少爷来我们家看我们来了。"

"我早就说过,你会这样想的,妈妈。"乌利亚说。

"要是我能找出什么理由,盼望你父亲仍跟我们在一起的话,"希普太太说,"那理由就是,他应该活到现在,可以认识认识今天下午来我们家的客人。"

我听了这些恭维话,感到很窘;不过我也意识到,他们是拿我当贵宾招待的,因此我认为,希普太太是一个讨人喜欢的女人。

"我的乌利亚,"希普太太说,"盼这一天,已经盼得很久了,少爷。他一直怕你嫌我们卑微,不肯赏脸,我自己心里也跟他有同样想法。我们这会儿卑微,我们从前卑微,我们以后还是卑微。"

"我相信,你们一定不会那样的,希普太太,"我说,"除非你们喜欢那样。"

"谢谢你,少爷,"希普太太说,"我们知道自己的地位,能过上这样的日子,已经谢天谢地了。"

我觉得,希普太太渐渐地离我越来越近,乌利亚也慢慢地凑到我的对面。他们恭恭敬敬地硬要我吃桌子上他们认为最精美的食品,其实也没有什么特别可口的东西。但是我认为物轻人情重,所以也就觉得他们的招待非常周到。不久,他们谈起自己的姨婆来,我也跟他们谈了我姨婆;他们又谈起父母,我也跟他们谈了我父母;接着希普太太又谈起继父来,于是我也开始对他们谈起了我继父的情况;不过我很快就打住了,因为我姨婆嘱咐过我,要我不要谈这方面的事。可是,一个松软的木塞是对付不了一对瓶塞钻的,一颗稚嫩的牙齿是敌不过两个牙医的;一个小小的板羽球是拗不过两只板羽球球板的;同样,我也对付不了乌利亚和希普太太两个人。他们爱怎么搬弄我,就怎么搬弄我;把我原来不想说的、说了都要脸红的事,全都慢慢套了出来;特别是当时我年幼天真,以为我这样对人推心置腹,是自己的长处,完全是对两个恭恭敬敬款待我的人的一种眷顾。

他们母子俩非常相亲相爱,这是毫无问题的。这一情况也影响了我,认为这是一种天性。可是他们俩,一个说了什么,另一个就接着说什么,这种一呼一应的技巧,还是使我难以抵御。等到有关我自己的情况已经没有什么可套问时(有关我在谋得斯通-格林比货行的那段生活以及出走的情况,我只字未提),他们又开始议论起威克菲尔先生和爱格妮斯来。乌利亚先把球抛给希普太太,希普太太接住后,又回抛给乌利亚,乌利亚把球捧了一会儿,接着又把球抛给希普太太。他们就这样不断地把球抛来抛去,直弄得我闹不清球到底在谁的手里,把我完全给搞糊涂了。而且这个球本身也老在变化,一会儿是威克菲尔先生,一会儿是爱格妮斯小姐;一会儿是威克菲尔先生如何杰出,一会儿是我对爱格妮斯如何赞赏;一会儿是威克菲尔先生的业务和收入,一会儿是我们晚饭后的家常生活;一会儿是威克菲尔先生喝什么酒,他喝酒的原因,以及他不该喝那么多酒。一会儿是这个,一会儿是那个,然后是这个那个,诸事并提。在所有这段时间里,我好像并没有怎么说话,除了怕他们因过于自卑以及因我的光临而太受拘束,偶尔说几句给他们凑点趣之外,我好像什么也没有做,可我还是发现,自己一直在那儿透露这样或那样不该透露的情况,这只要看看乌利亚那凹陷的鼻孔,那一翕一张的样子,你就知道了。

我开始有点不安起来,但愿自己这次拜访能安然结束。就在这时,街上有个行人经过门口——因为当时天气闷热,房间里热,所以开着门透风——又走了回来,朝屋内瞧了瞧,就走了进来,一面高声叫道:"科波菲尔!竟会有这么巧的事?"

原来是米考伯先生!正是米考伯先生!他身上挂着他那只单片眼镜,手里拿着他那根手杖,脖子上挺着他那副硬领,全身摆出他那副绅士气派,说话带着他那有优越感的洪亮声调,一切俱备!

"我亲爱的科波菲尔,"米考伯先生说,同时把手伸了出来,"这次相逢真让人感到世事沧桑,变幻无常——简而言之,这次相逢,真是不同寻常。我正在沿街走着,心里琢磨,也许会有什么事发生(我现在对这一层相当乐观),没想到竟遇上了一位年轻但受我敬重的朋友,是我一生中最多事之秋结交的一位年轻朋友,可以说,跟我的生存转折点相关。科波菲尔,我亲爱的年轻朋友,你好吗?"

我现在不能说——实在不能说——我在那儿见到米考伯先生很高兴;

不过见到他我还是高兴的,跟他亲热地握了手,问他米考伯太太可好。

"谢谢你,"米考伯先生说,像以前那样握了握手,把下巴顶在衬衫硬领上,"她渐渐复原了,还过得去。那对双胞胎不再从天然源泉里取得食物了,简而言之,"米考伯先生又露出对我说体己话的样子,说,"他们断奶了——米考伯太太现在是我旅途中的伴侣。科波菲尔,她要是能跟她这位从各方面都证明在友谊的圣坛前是位忠诚挚友重叙旧好,一定会非常高兴的。"

我说,我见到她也会非常高兴的。

"你真是太好了。"米考伯先生说。

说完,米考伯先生脸露微笑,又把下巴顶在衬衫硬领上,看看四周围。

"我可以看出,我的朋友科波菲尔并非一人独处,"米考伯先生文质彬彬地说,说时并没有特别冲着某个人,"而是能参加社交宴会,同座的有一位孀居的太太,还有一位显然是她的后裔,简而言之,"米考伯先生做出说体己话的样子,"是她的儿子。你要是能介绍一下,我将感到无上光荣。"

在这种情况下,我不能不把米考伯先生介绍给乌利亚·希普和他的母亲。于是我就作了介绍。当他们在他面前极力贬低自己时,米考伯先生坐了下来,以最优雅的姿势挥着手。

"凡是我的朋友科波菲尔的朋友,"米考伯先生说,"都是我的朋友。"

"我们太卑微了,先生,"希普太太说,"我儿子跟我,不配做科波菲尔少爷的朋友。他太好了,肯赏脸来跟我们一起喝茶。他能光临,我们真是太感激了。我们也很感激你,先生,承你看得起我们。"

"太太,"米考伯先生鞠了一个躬,说,"你太客气了。科波菲尔,你现在在做什么?还做酒的生意吗?"

我急着只想把米考伯先生支开,于是就拿起帽子,无疑脸也已经通红,回答说:"我是斯特朗博士学校的学生。"

"学生?"米考伯先生扬起了眉毛说,"我听到这话,真是太高兴了。尽管像我的朋友科波菲尔这样的头脑,"他对乌利亚和希普太太说,"根本不需要这种培养。只有那些对人对事知识都没有他那么丰富的人,才有这种需要。他的大脑依然是一片沃土,蕴藏着勃勃生机——简而言之,"米考伯先生微笑着,又做出说体己话的样子说,"他这种智力用来研究古典文学,要多深就能多深。"

乌利亚慢慢地交缠起两只瘦长的手,还从腰部以上可怕地扭动着身子,表示赞同米考伯先生对我的奉承。

"我们去看看米考伯太太好吗,先生?"我说道,一心想把米考伯先生支开。

"如果你肯赏脸,那好,科波菲尔,"米考伯先生站起身来,回答说,"在在座的我们的朋友面前,我要毫无顾虑地说,我这个人,一些年来,一直就跟经济困难的压力作斗争。"我知道他一定会说出一些这类事来的,因为他总是爱拿自己的困难来夸口。"有时候,我战胜了困难,有时候,困难——简而言之,把我打得趴下。也有过这种时候,我接连不断地给困难迎头痛击;但也有过这种时候,困难太多了,我不得不认输。我借加图①的话对米考伯太太说:'柏拉图啊,你的论说确实有理。现在一切都完了,我再也不能挺身战斗了。'不过在我这一生中,"米考伯先生说,"能把我的悲伤(如果我可以用这个词来形容主要由保证书和两个月及四个月期票所引起的困难的话)倒进我朋友科波菲尔的胸腔,是我最大的快慰。"

米考伯先生用下面的话,结束了这篇对我恭维的精彩讲话:"希普先生,再见! 希普太太,我告辞了!"说完,他以他那最优雅的仪态,跟我一起走出门外,在人行道上,他的皮鞋一路高响不绝,他一面走,一面还哼着小曲。

米考伯先生落脚的是一家小旅馆,而且住的是这家小旅馆里的一个小房间,跟那些旅行商贩的房间只有一墙之隔,因而房内弥漫着浓烈的烟草味。我想这房间的下面一定是厨房,因为地板缝里一直冒出一股热烘烘的油膻味,墙上也挂着淋漓欲滴的水珠儿。我知道,房间还靠近卖酒的吧台,因为这儿能闻到烈酒味,听到玻璃杯丁当丁当的声音。就在这样一个地方,我看到了米考伯太太。她斜倚在一幅赛马图下面的一张小沙发上,脑袋紧靠火炉,双脚搁在房间另一头的一个食品架上,把上面的芥末瓶都推下来了。米考伯先生先走进房间,他对米考伯太太说:"我亲爱的,让我向你介绍一位斯特朗博士的学生。"

---

① 加图(公元前95—前46),古罗马政治家,斯多亚学派哲学家,支持元老院共和派,反对恺撒,因共和军战败自杀。下面引文引自英国作家艾迪生(1672—1719)所著悲剧《加图》第五幕第一场。

我顺便说一下,虽然米考伯先生仍跟以前一样,弄不清我的年龄和身份,但是他始终记得我是斯特朗博士的学生,因为这是件体面的事。

米考伯太太起初大吃一惊,不过看到我她很高兴。我见到她也非常高兴,双方亲切地互相问好之后,我挨着她在那张小沙发上坐了下来。

"我亲爱的,"米考伯先生说,"你把我们的近况跟科波菲尔说说吧。我认为,毫无疑问,他一定很想知道;我先去看一会儿报纸,看看广告里有什么机会没有。"

"我本来还以为你们在普利茅斯呢,米考伯太太。"米考伯先生出去后,我对他太太说。

"我亲爱的科波菲尔少爷,"她回答说,"我们是去普利茅斯了。"

"人在当地好找事嘛。"我提醒了一句。

"正是这样,"米考伯太太说,"人在当地好找事。可是真实情况是,当地的海关不用有才能的人,要想给米考伯先生这样有才能的人,在那个部门安排个什么位置,我娘家在当地的势力还够不上。他们情愿不用米考伯先生这样有才能的人。因为用了米考伯先生,只会显出别人不中用。除了这个以外,"米考伯太太说,"不瞒你说,我亲爱的科波菲尔少爷,我娘家在普利茅斯的那一房,知道米考伯先生除了带我,还带了小威尔金斯、他的妹妹,还有那一对双胞胎一起去后,他们就没有热情接待他,本来他们是应该热情接待他的,因为他刚从羁绊中摆脱出来呀。事实上,"米考伯太太放低了声音,"这话我可只跟你说——他们对我们是很冷淡的。"

"有这样的事!"我说。

"没错,"米考伯太太说,"人会变成这样,想想真让人痛心,科波菲尔少爷。不过他们待我们确确实实冷淡得很,这毫无疑问。我对你说实话吧,我们还没有待上一个星期,我娘家在普利茅斯的那一房,就很不客气地攻击起米考伯先生来了。"

我嘴里说,心里也这样想,他们真该为自己感到羞愧呢。

"然而,事情就是这样,"米考伯太太接着说,"在这种情况下,像米考伯先生这样一个有骨气的人,你说该怎么办?明摆着只有一条路,跟我娘家的那房人借钱回伦敦,不管有多大牺牲,都得回伦敦。"

"这么说,你们一家又全都回伦敦啦,米考伯太太?"我问道。

"我们一家又全都回伦敦啦,"米考伯太太回答说,"打那时起,我又跟我娘家的另外几房商议,怎样为米考伯先生找个最适合的事做——因为我始终认为,他总得找个什么事做,科波菲尔少爷,"米考伯太太理由充足地说,"一个六口之家,还不算仆人,总不能靠喝西北风过日子呀。"

"当然,米考伯太太。"我说。

"我娘家另外那几房,"米考伯太太接着说,"都认为,米考伯先生应该马上把注意力转向煤炭方面。"

"转向什么,米考伯太太?"

"转向煤炭方面,"米考伯太太说,"转向煤炭业。米考伯先生打听下来,也觉得麦得维河①的煤炭业,也许用得着他那种才能的人。于是,正像米考伯先生正确指出的那样,第一个应该采取的步骤,显然是得先来看看这条麦得维河。所以我们就来看了。我说'我们',科波菲尔先生,因为我决不会,"米考伯太太动感情地说,"我决不会抛弃米考伯先生的。"

我嘟囔了一句,表示我对她的敬佩和称赞。

"我们来了,"米考伯太太又重复说,"看了麦得维河。我对那条河上煤炭业的意见是:这个行业也许需要才能,但它确实需要资本。才能,米考伯先生有的是;资本,米考伯先生一无所有。我想,我们已看了这条河的大部分,这就是我个人的结论。我们既然来了,离坎特雷这么近,米考伯先生认为,要是不来这儿看看大教堂,就显得太性急了。第一,大教堂是如此值得一看,而我们从来没有看过;第二,在一个有大教堂的城市里,很可能会碰上什么好机会。我们已经来这儿三天了,"米考伯太太说,"还没有碰上什么机会。我亲爱的科波菲尔少爷,你听了也许不会像陌生人那样诧异的。我们现在正在等伦敦来的一笔汇款,好付这家旅馆的账。那笔款子要是汇不来,"说到这儿,米考伯太太非常伤感,"那我就跟我的家(我指的是在彭通维尔②的寓所)隔绝了,也见不到我的儿子、女儿跟双胞胎了。"

米考伯先生和米考伯太太处在这种山穷水尽的绝境之中,我感到无限同情,于是就把这份意见对米考伯先生说了(这时他已回来),我还说,要是

---

① 位于英国东南部,在泰晤士河下游与之汇合。
② 在当时的伦敦西部,为住宅区。

我有钱就好了,他们需要多少,我就借给他们多少。米考伯先生的回答,表明他心里很乱。他一面跟我握手,一面说:"科波菲尔,你是一个真正的朋友;不过一个人到了糟到不能再糟的时候,无论是谁,总能找到一个有刮脸用具的朋友的。"米考伯太太一听到这句含义可怕的话,立刻就用双手搂住米考伯先生的脖子,求他镇静下来。米考伯先生哭了起来。不过他很快就恢复常态,几乎立刻就揿铃叫来侍者,预定了第二天的早餐:一客热腰子布丁和一盘小虾。

我跟他们告别的时候,他们俩都恳切地再三邀我再去,在他们离开前去吃一餐饭,我无法谢绝,便答应了他们。不过我知道,第二天不能去,晚上还有很多功课要准备,于是米考伯先生跟我约定,第二天上午来斯特朗博士学校(他有预感,汇款会在那一邮班送来),还提出,要是我方便的话,改在第三天晚上去他家。果然,第二天上午,我给叫出教室,发现米考伯先生正在客厅中;他是来告诉我,晚上仍照原来的约定时间不变。我问他汇款到了没有,他只是紧握了一下我的手,就走了。

就在那天晚上,当我朝窗外看时,突然看到米考伯先生和乌利亚手挽手走过,这使我吃惊不小,也使我颇感不安。乌利亚自感卑微,认为米考伯先生这是给他增光,米考伯先生则怡然自得,觉得这是对乌利亚的眷顾。而第二天,我在约定时间——下午四点——应邀去那家小旅馆吃饭时,更使我吃惊的是,米考伯先生说,他曾跟乌利亚一起去他家,在希普太太那儿喝了掺水的白兰地。

"我要跟你说,我亲爱的科波菲尔,"米考伯先生说,"你的朋友希普是一个将来有可能当大法官的青年。要是当年我的困难达到顶点时,我就跟这位年轻人认识,我可以说,我相信,我对付我那些债主,就会高明得多。"

我不很弄得懂怎么会高明得多,因为事实上,米考伯先生一分钱也没有给他的债主偿还过,不过我不喜欢追问。我不喜欢说,希望他不要跟乌利亚说得太多,也不愿意问,他们是否谈了很多有关我的事。我怕伤米考伯先生的感情,或者说,不管怎么样,我不愿伤米考伯太太的感情,因为她很敏感。不过这件事也弄得我颇为不安,后来时常想到它。

我们吃了一顿非常可口的便饭——有味道鲜美的鱼,烤小牛里脊,煎肉末香肠,还有鹌鹑、布丁;我们喝的是葡萄酒,还有烈性的麦酒。饭后,米考

伯太太还亲手给我们调制了一钵滚热的潘趣酒。

　　米考伯先生的兴致特别好,我从来没有看见他跟人这样有说有笑过。潘趣酒喝得他容光焕发,就像脸上抹了一层油彩。他对这座城市大有好感,频频举杯祝它繁荣。他说,米考伯太太跟他在这儿过得非常舒适愉快,他们永远不会忘记在坎特伯雷度过的这段美好时光。接着,他又为我干杯;他、米考伯太太,还有我,我们三人还把我们往日的友谊,重新回忆了一番,回忆中又把家具财物等重卖了一遍。随后,我向米考伯太太敬酒,或者,至少是很有礼貌地说:"要是你允许,米考伯太太,我现在就荣幸地祝你身体健康啦,太太。"接着,米考伯先生就趁机对米考伯太太的人格,发表了一大篇颂词,说她一直是他的导师、军师、朋友。他还建议我,等到了结婚年龄时,应该娶一个像她这样的女子,要是能找到这样的女子的话。

　　潘趣酒喝完后,米考伯先生更加亲热、更加高兴了。米考伯太太的精神也大为振奋,于是我们唱起了《往日的时光》①,当我们唱到"忠实的老友,伸出你的手"时,我们全都围着桌子,牵起手来;当唱到"再干一杯友情的酒"时,我们虽然一点不懂这句苏格兰方言的意思,可我们真的都深为感动。

　　总之,直到那天晚上,我跟他和他和蔼可亲的太太热诚告别的最后时刻,我从来没有见过有人像米考伯先生这样快乐过。因此,第二天早上七点钟时,当我收到写于头天晚上九点半钟——我离开他们后一刻钟——的下面这封信时,完全出于我的意料之外:

　　　　我亲爱的年轻朋友:

　　　　大势已去——一切全完了。今晚,我用故作欢乐的面具,掩盖了遭到毁灭的悲痛,没有把汇款无望的消息告诉你!在这样的情况下,受之可耻,思之可耻,言之同样可耻。旅居此店的债务,我已开出一张期票,约定十四天后,在伦敦彭通维尔我的寓所付清全部款项。此票到期,我一定无钱可付,届时唯有毁灭而已。雷霆当头,树木势必击倒。

　　　　让写此信给你的可怜虫,我亲爱的科波菲尔,做你终身的灯塔吧。

---

　　①　此歌的歌词为著名苏格兰诗人彭斯(1759—1796)一首同名的诗。原诗用苏格兰方言写成。

他所以写此信,目的在此,希望也在此。要是此人尚可认为自己还有如许用处,则一线阳光也许还能射进他度过余生的暗无天日的地牢之中——虽然他的寿命目前(至少在目前)极成问题。

这是给你的最后一封信,我亲爱的科波菲尔。

沦为乞丐的游民

威尔金斯·米考伯

这封内容令人断肠心碎的信,使我大为震惊,立即朝那家小旅馆奔去,想在去斯特朗博士学校时绕道去那儿,设法说几句劝慰的话,来安慰安慰米考伯先生。可是跑到半路上,迎面遇见了驶往伦敦的驿车,车的后部高坐着米考伯先生和米考伯太太。米考伯先生一副泰然自若的样子,微笑着在听米考伯太太说话,一面从一个纸袋里往外掏胡桃吃,胸前的口袋里,还伸出一只酒瓶。他们并没有看见我,我觉得,从各方面来看,我最好也装作没有看见他们。于是,我心中除去了一个沉重负担,便拐进一条去学校最近的胡同。总的来说,他们走了,我也感到轻松了;虽然如此,我还是非常喜欢他们。

第十八章

一 次 回 顾

我的学生时代啊！我生命的那一阶段，从童年到青年——看不见，觉不出，一天天过去——就那么无声无息地流逝了！回顾那条流水，如今已成了蔓草丛生的干渠。让我来看看吧，沿途是否还留下点什么痕迹，可让我想起那水是如何奔流的。

刹那间，我就又坐在大教堂里了。每个星期天早上，为了上教堂，我们都先在学校集合，然后一起去那儿。泥土的气息，阴暗的空气，与世隔绝的感觉，萦回在黑白拱形楼厢和侧廊间的风琴声，如同一对翅膀，把我带回到过去，进入半睡半醒的梦中，在往日的上空翱翔。

我已不是学校里最差的学生，在几个月内，我已超过了好几个同学，不过那个考第一名的学生，在我看来是个非凡的人物，和我相距甚远，高不可攀，令我目眩。爱格妮斯则说"不见得"，可我说"是这样"，同时告诉她，那个了不起的人积累和掌握的知识之多，她简直难以想象。但是她却认为，即使像我这样一个较少抱负的人，到时候也可以赶上他。他不像斯蒂福思那样私下是我的密友，公开是我的保护人，不过我对他一直恭而敬之。我想知道的主要是：离开斯特朗博士学校后，他会成为怎样一个人，人们会用什么办法来不让他取得任何地位。

可是，突然一个人出现在我的面前，这是谁呢？是我所爱的谢珀德小姐。

谢珀德小姐是奈廷格尔小姐学校的寄宿生。我爱慕谢珀德小姐。她是个讨人喜欢的女孩，穿一件紧身短上衣，圆圆的脸蛋，一头淡黄色的鬈发。

奈廷格尔小姐学校的学生，也到大教堂做礼拜。我没法看我的公祷书，因为我得看谢珀德小姐。唱诗班唱歌时，我只听到谢珀德小姐的声音。祈祷时，我心里暗暗把谢珀德小姐的名字，放进祷文里，把她放在王室成员①之中。有时候在家里，在我自己的房间里，我也会情不自禁地大叫起来："啊，谢珀德小姐！"

有一阵子，我对谢珀德小姐的心事捉摸不透，不过到后来，多亏命运之神慈悲，我们在舞蹈学校里遇见了，谢珀德小姐成了我的舞伴。我的手碰到了谢珀德小姐的手套，只不过觉得一阵酥麻的感觉，直透穿着外套的右臂，一直向上，再从我的头发梢冒出。我并没有对谢珀德小姐说什么甜言蜜语，不过我们俩彼此心领神会。谢珀德小姐和我，生来就是一对儿。我为什么要送谢珀德小姐十二颗巴西核桃作礼物，我自己也不明白。巴西核桃并不能表示爱情。巴西核桃，不管你把它包成什么样子，都很难包得像模像样；巴西核桃还很难弄开，你就是用房门来轧，也不容易轧开，而且轧开了也是油腻腻的；可我却认为，送这东西给谢珀德小姐是挺合适的。我还给谢珀德小姐送过松软的果仁饼干，还有数不清的橘子。有一次，我还在存衣室里吻了谢珀德小姐。真让人心醉神迷！第二天，我听到流言蜚语说，为了要矫正谢珀德小姐走路时脚尖向内，奈廷格尔小姐要给她戴上脚枷。我听了后，难受极了，愤慨极了！

谢珀德小姐既然是我生活中唯一所思所想的人，我怎么又会跟她分手的呢？我也弄不清是怎么回事。然而谢珀德小姐和我之间，渐渐变得冷淡了。谢珀德小姐的悄悄话传到了我的耳中，说是她不希望我老是瞪眼盯着她，还公开承认说，她喜欢的是琼斯少爷——喜欢琼斯少爷！一个什么长处也没有的男生！我跟谢珀德小姐之间的隔阂，不用说更深了。后来，有一天，我遇见奈廷格尔小姐学校的女生出来散步。谢珀德小姐经过我面前时，做了个鬼脸，还跟自己的同学笑了起来。这下全完了。一生——就像是一生，反正是一回事——的恋情全完了。早祷的祷文里，没有了谢珀德小姐的名字，王室成员中也不再有她了。

我在学校中的地位又提高了，没有一个人来打破我的平静。现在，我对

---

① 按当时英国惯例，做礼拜时先为国王祈祷，其次为王室成员祈祷。

奈廷格尔小姐学校里的那班年轻姑娘们,不再客客气气了,而且即使她们的人数增加到两倍,她们的漂亮增加到二十倍,我也不会爱上她们当中的任何一个了。舞蹈学校的舞蹈课,在我心里成了让人厌烦的玩意儿,我真弄不明白,那班女孩子为什么不能自己跳,老把我们也拉进去。我在拉丁文诗歌方面,已经大有进步,可在系鞋带方面就不大注意了。斯特朗博士当众说我是个前途无量的青年学子。狄克先生听了欣喜若狂,我姨婆在下一个邮车也给我寄来了一个几尼。

这时,一个年轻的屠夫的影子出现了,就像《麦克白》里那个戴头盔幽灵①。这个年轻屠夫是个什么人呢?他是坎特伯雷年轻人中的一霸。大家好像都模模糊糊地相信,由于他用牛油涂头发,就有了超凡的力气,所以连成年的汉子也打得过。他是个阔脸膛、粗脖子的年轻屠夫,两颊长着通红的横肉,有着一肚子坏水和一张臭嘴。他那张臭嘴,主要用来诋毁斯特朗博士学校的年轻学生。他公开说,要是他们想要挨几下,他就给他们来几下。他还点了他们当中一些人的名(其中也有我)。他说他只需要一只手,另一只手绑在背后,就可以把他们打得趴下。他拦路袭击那个年纪较小的同学,而且还当街跟我挑战。为此我决定跟这个屠夫打上一场。

时间是一个夏天的傍晚,地点是在一个墙角的草洼中。我如约在那儿跟这个屠夫见了面。事先我挑选了几个同学为我助阵,为屠夫助阵的是另外两个屠夫、一个年轻的小店主和一个扫烟囱的。一切准备停当,我和那个屠夫相对而立。一眨眼工夫,那个屠夫就在我的左眼上点亮了千万支蜡烛。再一眨眼工夫,我就不知道墙在哪儿,我自己在哪儿,其他人在哪儿了。我也分不清哪个是我,哪个是屠夫,我们一直纠缠在一起,扭打在一起,在那片惨遭蹂躏的草地上翻来滚去。有时,我看到屠夫血流满面,但仍沉着不乱;有时,我就什么也看不见,只是坐在助阵人的膝上,张嘴直喘气。有时,我发疯似的朝屠夫冲去,挥拳猛击他的脸,把我自己的指节都打破了,可似乎一点也没使他着慌。最后,我从昏迷中醒过来了。脑袋晕得厉害,像是从昏睡中醒来。我看到屠夫在另两个屠夫、扫烟囱的和小店主的祝贺下,披上外衣,扬长而去。根据这一情况,我猜想(完全正确),胜利是属于他的了。

----

① 详见莎士比亚著《麦克白》第四幕第一场。

同学们把我弄回家中，我的样子很惨。他们在我的眼睛上贴了生牛肉，伤处用醋和白兰地涂擦，还发现我的上嘴唇也肿了一大块。我在家里待了三四天，样子很难看，眼睛上还戴着一个绿色的眼罩。要是没有爱格妮斯像姐妹般照顾我，安慰我，念书给我听，使时光过得轻松、愉快，我真要闷死了。我把心里的话全都跟爱格妮斯说了，把屠夫的事，他怎么欺负我，等等，全都告诉了她。她认为，我除了跟那个屠夫打上一架外，没有别的办法，可我跟屠夫打架的事，让她怕得发抖。

时光不知不觉地悄悄过去，现在亚当斯已不再是学长，他不当学长已经很久了。他早就离开学校，因此他回到学校里来看望斯特朗博士时，除了我之外，认识他的人已经不多了。亚当斯差不多很快就要有律师资格，戴上假发，做辩护人了。我发现他比以前我所认识的谦逊了，外表也没有以前那么神气了，这一点使我颇为诧异。他还没有震惊世界，因为照我看来，世界差不多仍是老样子，跟他没有加入进去时几乎一个样。

现在有了一段空白时期，在这段时期中，诗歌中和历史上的勇士们，像是没完没了似的，威武地列队而过。在他们后面跟着而来的是什么呢？现在，我是学长了！我朝下看着我下面的那排学生，对其中那些让我想起我初来时情景的同学，我都特别加以照顾。往日的那个小家伙仿佛跟我无关。我所记得的他，好像只是件遗落在人生道路上的什么东西——像是件我从旁经过的什么东西，而不是过去的我——几乎把他看成是另外一个人了。

还有，我第一天在威克菲尔先生家见到的那个小女孩呢？她在哪里？她也不见了。代替她在这个家里到处活动的，是那个画中人最完美的化身，而不再是一个画中人的孩子了。爱格妮斯，我亲爱的妹妹（我心里这样称呼她），我的良师和挚友，一切受过她恬静、善良、克己精神感化过的人的福星，现在已经完全长成一个大姑娘了。

在这段时间里，我长大了，模样变了，知识积累起来了，除了这些之外，我还有别的什么变化吗？有。我身上有了带链子的金表，小指上戴了枚戒指，穿上了燕尾服，还有头发上抹了好多熊油①。头发上的熊油，再加上手指上的戒指，样子实在不好看。我又恋爱了吗？是的。我崇拜起拉金斯家

---

① 当时的一种发油。

的大小姐来了。

拉金斯家大小姐不是个小姑娘了。她是个高个子、深肤色、黑眼睛、身材苗条的成年女子。拉金斯家大小姐已不是个小雏儿，因为最小的拉金斯小姐都不是小雏儿了，而拉金斯家大小姐，比她最小的妹妹至少大三四岁。也许她已经三十来岁了。我对这位小姐的热恋，简直是出了格。

拉金斯家大小姐认识好些军官，这简直让人无法忍受。我亲眼看到他们在大街上跟她说话。我看见，他们一见到她那顶软帽（她对软帽很有鉴赏力），在她妹妹的软帽陪衬下，一起从人行道上过来，就穿过马路，迎上去会她。她又说又笑的，好像很喜欢这样。我花了很多空闲时间，有意在街上来回溜达，为了想碰见她。一天中，我要是能对她鞠上一个躬（我因为认识她父亲拉金斯先生，所以等于认识她，可以给她鞠躬），那一天我就会感到格外高兴。有时，我也应该得到这一鞠躬的荣幸。在赛马舞会的那个晚上，我知道拉金斯家大小姐会跟那些军官跳舞，我要承受巨大的痛苦，要是这世界上还有公道的话，我的痛苦总该得到一点补偿吧。

我对拉金斯家大小姐的迷恋，使得我饮食无味，还使得我不断地结上最新的丝领巾。不穿上最好的衣服，不把我的靴子擦得雪亮，我就不放心。我觉得，好像只有这样，才较为配得上拉金斯家大小姐。凡是她的东西，或者是跟她有关的东西，我都视为至宝。拉金斯先生（一位粗鲁的老绅士，双下巴，脸上有一只眼睛不会转动），我也觉得非常有趣。每当我遇不见他女儿的时候，我就去到能遇见他的地方，对他说："你好吗，拉金斯先生？小姐们和府上的人都好吗？"也许是因为太露骨，我的脸都红了。

我老琢磨着自己的年龄。你说我只有十七岁，你说对拉金斯家大小姐来说，十七岁太年轻了；那有什么关系？再说，几乎用不了多久，我就是二十一岁了。傍晚，我经常在拉金斯家门外散步，看到军官们走进屋去，听到他们在客厅里交谈，或者拉金斯家大小姐在那儿弹竖琴，我心如刀割。有两三次，我甚至在这家人都上床睡觉之后，仍像有毛病似的、痴情地在他们家周围转圈子，心里猜测，哪一间是拉金斯家大小姐的卧室（我现在敢说，当时我一定把拉金斯先生的卧室错当成她的了），同时希望突然发生一场大火，而聚在那儿的人全都吓呆了；我则背着一架梯子，冲过人群，把梯子竖在她卧室的窗口，抱着她把她救了出来，接着又回去抢救她留在卧室里的东西，结果葬身在烈火之中。因为一般来说,我的恋情是没有私心的,因此我觉得,我要是能在拉金斯家大小姐面前一显身手,然后死去,也就心满意足了。一般来说是这样,但并非永远如此。有时候,我眼前也会出现较为美满的幻景。当我穿着打扮起来(得花两个小时)去参观拉金斯家的大舞会时(盼望了三个星期),我就以美好的想象来满足自己的幻想了。我想象自己鼓起勇气,对拉金斯家大小姐作了表白。我想象拉金斯小姐把自己的头依偎在我的肩膀上,说:"哦,科波菲尔先生,我能相信自己的耳朵吗?"我想象第二天早上,拉金斯先生亲自来拜访我,对我说:"我亲爱的科波菲尔先生,我女儿把什么都告诉我了。你年纪小一点不碍事。这两万英镑是给你们的。你们好好去过幸福的日子吧!"我想象姨婆也大发慈悲,为我们祝福;狄克先生和斯特朗博士都来参加我们的婚礼。我相信——我的意见是说,现在回忆起来,我相信——我是个明白事理的人,我也敢说,我并不轻浮浪漫。不过尽管如此,我的这一切幻想依旧继续产生。

我来到那座迷人的仙宫,里面灯火辉煌,人声喧闹,音乐悠扬,鲜花缤纷,军官云集(我见了最难受),当然还有拉金斯家大小姐,艳丽照人。她穿一身蓝色衣衫,头上戴几朵蓝色花朵——勿忘我。其实她哪里还用得着戴勿忘我啊!这是我第一次被邀参加真正的成年人聚会,所以有点儿不自在,因为我好像跟谁都没有来往,大家对我似乎都无话可说,只有拉金斯先生例外。他问我,同学们都好吗,其实他根本不需要问这种话,因为我不是来这儿让人揭短的。

不过,当我在门口待了一会,看着我心中的女神,饱了一阵眼福之后,她来到我的跟前——她呀,就是拉金斯家大小姐!——亲切地问我跳不跳舞。

我鞠了一个躬,结结巴巴地说:"我只跟你跳,拉金斯小姐。"

"不跟别人跳?"拉金斯小姐问道。

"不管跟别的什么人跳,我都觉得没有意思。"

拉金斯小姐笑了起来,脸上泛起红晕(或许是我觉得她脸红了),说:"等再下一次,我很高兴跟你跳。"

到时候了,当我走上前去时,拉金斯小姐带着疑虑说道:"我想,这是华尔兹。你会跳华尔兹吗?要是不会,贝利上尉——"

可是我会跳华尔兹(而且碰巧跳得相当好),因此就带着拉金斯小姐上场。我硬把她从贝利上尉身边拉过来,毫无疑问,贝利上尉一定很难受,不过我才没把他当一回事呢!我不也难受过吗?我跟拉金斯家大小姐跳华尔兹了!至于在什么地方跳,在哪些人中间,以及跳了多久,我一概弄不清了。我只知道搂着一位蓝色天使,在无限幸福的狂喜中,如痴如醉地在空中飘浮,直到最后发现我跟她单独地在一个小房间中,坐在一张沙发上休息。她很赞赏我插在纽扣眼里的一朵花(一朵粉红色的山茶花,花半克朗买的),我就摘下送给了她,并且说:

"我要求换你的一件无价宝,拉金斯小姐。"

"真的!是什么呀?"拉金斯小姐问道。

"你戴的一朵花,我会像守财奴珍爱金子一样珍爱它。"

"你是个有胆量的男孩,"拉金斯小姐说,"拿去吧!"

她给了我一朵花,并没有不高兴的样子。我把花放到唇边吻了吻,然后把它放进胸口。拉金斯小姐笑着把一只手伸进我的胳臂弯,说:"现在你把我带回到贝利上尉那儿去吧。"

我正在回味这一美好的相会和华尔兹舞时,拉金斯小姐又来到我的跟前,还搀着一位相貌平常的年长绅士,此人整个晚上一直都在玩纸牌。拉金斯小姐说:

"哦,这位就是我那位有胆量的朋友!科波菲尔先生,切斯特尔先生想要认识认识你呢。"

我马上觉出他是这一家的朋友,心里大为高兴。

"我很佩服你的眼力,科波菲尔先生,"切斯特尔先生说,"你有这种眼力是很了不起的。我想,你对啤酒花大概不太熟悉吧。我是个种植园主,种有大量啤酒花。要是你什么时候想到我们那一带——阿什福一带——游览一下我们那个地方,欢迎你来,你爱住多久就住多久。"

我对切斯特尔先生表示了衷心的谢意,并和他握了手。我觉得我正在一个幸福的梦中。我又跟拉金斯家大小姐跳了一曲华尔兹。她说我华尔兹跳得好极了!我在一种说不出有多幸福的心情下回到家里,整个晚上,脑子里都想象着手臂搂住我心爱的女神的蓝色腰肢,跳着华尔兹。此后好几天,我一直都沉浸在如痴如狂的回忆之中。不过我再也没有在街上见到她,去她家也见不到她。我只好用那神圣的盟物,那枯萎的花朵,来对这种失望略作安慰了。

"特洛伍德，"一天晚饭后，爱格妮斯对我说，"你猜明天谁要结婚了？一个你爱慕的人。"

"我想不会是你吧，爱格妮斯？"

"才不是我呢！"她从正在抄着的乐谱上，抬起一团高兴的脸，说，"你听到他说的话了吗，爸爸？——结婚的是拉金斯家大小姐啊。"

"跟——跟贝利上尉？"我只有气力问这句话。

"不，不是跟贝利上尉。是跟切斯特尔先生，一个种啤酒花的。"

大约有一两个星期，我心情沮丧至极。我摘下了戒指，穿上最差的衣服，不再抹熊油，还不时对拉金斯小姐那朵枯萎的花唉声叹气。这时候，我对这种生活已经有些厌倦了，而且那个屠夫又对我进行了新的挑衅，于是我就扔掉那朵花，又到外面跟那个屠夫打了一架，光荣地把他给打败了。

这件事，以及我重又戴上了戒指，又适量地抹起了熊油，是在我长到十七岁的那年中，我现在还能辨认出来的最后痕迹。

第十九章

见 见 世 面

我的学校生活即将结束,离开斯特朗博士学校的日子就要到了,我说不出心里是喜是悲。我在学校里一直过得很快活,对斯特朗博士有着莫大的依恋,在那个小小的世界里,我地位显赫,名声出众。由于这些原因,要离开那儿,我感到惆怅;可是由于别的原因,虽说不够充分,离开却使我觉得高兴。我自认为是个能独立的青年,而一个能独立自主的青年是很了不起的,这个了不起的两足动物,能见到、做到形形色色的奇事,他对社会决不会不产生重大的影响,这种种模糊的想法,都引诱我离此而去。在我这少年的心里,这些不切实际的想法,力量是如此强大,竟使我在离开学校时,几乎没有常情应有的哀伤(照我现在的想法)。这次分离不像别的分离,并没有给我留下多少印象。我曾极力回忆,当时自己对这有什么感触,详细情况怎么样,但是怎么也想不起来;这次离开,在我的记忆中并不重要。我想,这是我的前景把我给弄糊涂了。我现在知道,我当时那点少年的阅历,用处很小,或者说毫无用处。当时对我来说,跟别的相比,人生更像一部童话,而我就要开始读它了。

有关我应该从事什么职业,我姨婆和我已经郑重其事地研究过多次了。一年或一年多以来,对于姨婆反复提出的"你想要做什么?"这个问题,我很想找出一个满意的答案。可是我发现,我对任何一行都没有特殊的爱好。要是我在一点航海学知识的鼓舞下,能率领一队快速航行的探险船队,威武地周游世界,做发现新地的航行,我想,我当时也会觉得自己是挺合适的。不过,既然我没有任何这类非凡的装备,我的愿望只是想从事一门不要让姨婆太破费的职业;而且不管是什么职业,我都会尽力去做好的。

我们商议的时候,狄克先生经常都沉思着,摆出一副明智的样子参加。他从来没有提出过什么建议,只有一次,他突然提出,说我应该做个铜匠(我不知道他怎么会想到这个的)。我姨婆听了他的建议,大大不以为然,这一来,他就再也不敢再提什么了。打这以后,他只是小心翼翼地望着姨婆,倾听着她的意见,同时把口袋里的钱弄得喀啦喀啦作响。

"特洛,你听我说,我亲爱的,"我离校后,在圣诞节的一个早上,我姨婆对我说,"由于这个难题还没有得到解决,而且我们在做决定时得尽量避免出错,所以我想,我们最好还是把这件事暂时搁一搁再说。在这期间,你得想法用一种新的观点来看待这个问题,不要老用学生的观点。"

"我会的,姨婆。"

"我想,"我姨婆接着说,"你最好还是换一换环境,去看看外面的世界,这也许对你有好处,能帮助你了解自己的意向,做出比较冷静的判断。要是现在让你去作一次小小的旅行,比如说,要是你再到乡下那老地方去一趟,去看看那个——那个有个最野蛮名字的怪女人,怎么样?"我姨婆说着摸了摸鼻子,因为这个姓,她永远也不能原谅佩格蒂。

"在世界上所有的事情中,姨婆,没有比这更让我喜欢的了。"

"哦,"我姨婆说,"这倒巧,因为我也喜欢这个。不过,你喜欢这个是合情合理的。我非常相信,特洛,不管你将来做什么,都是合情合理的。"

"我希望这样,姨婆。"

"你姐姐贝特西·特洛伍德,"我姨婆说,"也一定会是一个最合情合理的女孩子。你要对得起她,好吗?"

"我希望我将来能对得起您,姨婆。这我就满足了。"

"可惜你那个可怜可爱、像个娃娃的母亲不在了,"我姨婆看着我,带着赞许的神色说,"要不,这会儿看到你这样一个儿子,一定得意得完全晕头转向了,要是她那个又嫩又软的小脑袋里还剩下什么可转的话。"(我姨婆为了要开脱自己对我溺爱的弱点,总爱用这种方法,把毛病推到我可怜的母亲身上。)"唉,特洛伍德啊!看到你,就会让我想起她来!"

"我希望,你想起她时还愉快吧,姨婆?"我说。

"狄克,他真像他母亲,"我姨婆加重语气说,"他就像他母亲那天下午

开始产痛前的样子。哦,他用他那双眼睛朝我一瞧,活像他母亲。"

"真的吗?"狄克先生问道。

"他也像他父亲大卫。"我姨婆肯定地说。

"他很像他父亲大卫!"狄克先生说。

"不过,我要你成为一个坚强的人,特洛,"我姨婆接着说,"——我不是说在体格方面,而是说在性格方面;你在体格方面已经很壮实了——我说的是,一个高尚、坚强的人,有自己的意志,处事果断。"我姨婆说着,头上的帽子冲我直摇晃,还紧握着拳头,"有决心,有品格,特洛。要有坚强的品格,除了真理,不受任何人、任何事的驱使。我要你成为的,就是这样的人。这本来是你父母都可以做到的。老天知道,他们俩要是这样就好了。"

我表示,我希望能成为她说的那样的人。

"你可以从小处着手,依靠自己,自力更生,"我姨婆说,"我要你独自一人外出旅游。本来,我曾想叫狄克先生跟你一起去。不过我再想了想,还是留他下来照顾我吧。"

狄克先生有一会儿露出一点失望的样子,但听到要他负担照顾这位世界上最了不起的女人的光荣、崇高任务,他的脸立刻就恢复了光彩。

"除此之外,"我姨婆说,"他还有那个呈文要写。"

"哦,没错,"狄克先生急忙跟着说,"我打算,特洛伍德,马上把它写好——真得马上写好!然后就好递上去,这你知道——然后——"说到这儿,狄克先生止住不说了,停了老半天,才接着说,"就要乱成一团了!"

按照我姨婆好心的计划,过不多久她就给我准备了一个装得满满的钱包和一只手提箱,亲切地送我上路。分别时,我姨婆对我再三作了叮咛,还亲切地吻了我好多次。她说,她的用意是要我四处看看,动动脑筋,所以主张我去萨福克的途中,或从那儿回来的路上,如果喜欢的话,最好能在伦敦待上几天。总之,在三个星期或一个月内,我爱干什么就干什么。除了前面说的要动动脑筋、四处看看以及保证每星期给她写三封信,如实报告自己的情况外,别的会约束我自由的条件就没有了。

我先到坎特伯雷,以便跟爱格妮斯和威克菲尔先生告别(我还没有退掉原来租住他家的那间房间),同样也为了跟博士告别。爱格妮斯见了我很高兴,还告诉我说,打从我离开后,他们家都变了模样了。

"我敢说,离开这儿后,我也变了模样了。"我说,"没有你跟我在一起,我就像缺了右手似的。不过这样说还远远不够,因为我的右手既没有智慧,也没有感情。凡是认识你的人,没有一个不是遇事就向你请教,请你指点的,爱格妮斯。"

"我相信,凡是认识我的人,没有一个不是宠着我,惯着我的。"她微笑着回答说。

"不。那是因为你与众不同。你心地善良,脾气极好。你的性情温柔,而你的见解又总是那么正确。"

"你这样一说,"爱格妮斯坐在那儿做着针线活,突然高兴地笑起来说,"就像我是从前的拉金斯家大小姐了。"

"得啦! 我跟你说心里话,你却笑我,这不应该吧。"我回答说,想起那穿蓝衣服的主儿,我的脸红了,"不过我还是会对你说心里话的,爱格妮斯。我永远不会改变。不管我遇到什么困难,或者是堕入谁的情网,只要你准许,我都会告诉你的——即使我认真恋爱起来,也要告诉你。"

"哟,你一向都认真的呀!"爱格妮斯又笑着说。

"嗨! 那是小孩子或者是做学生的时候,"我说,现在轮到我笑了,不无些许难为情,"现在时代变了,我想我迟早有一天会变得非常认真的。我奇怪的是,你怎么直到现在还没有认真呢,爱格妮斯。"

爱格妮斯又笑了起来,还摇着头。

"哦,我知道你还没有!"我说,"因为要是你认真起来,你一定会告诉我的。或者说,至少,"我看到她脸上泛起淡淡的红晕,"你一定会让我发现的。可是我认识的人中,没有一个人配得上爱你的,爱格妮斯。得出来一个比我在这儿认识的任何一个品格更高尚、各方面都更相配的人,我才会答应。从今以后,我要睁大眼睛留神盯着那些爱慕你的人。对于成功的那一位,我的要求可多、可苛刻呢,这我敢对你保证。"

我们俩就这样推心置腹地既说笑又认真地谈着。这种亲密的关系,是从孩提时代开始,长期亲密相处,自然而然地逐渐形成的。可是这时,爱格妮斯突然抬眼看着我的眼睛,用另一种态度对我说:

"特洛伍德,我有件事要问你。要是现在不问,也许要过很久才有机会问你了。这件事,我想,没有别的人好问。你有没有看出爸爸有什么变化?"

我早已看出了变化。而且还曾多次猜测过,不知她是否也已看出。现在,我这种心情一定流露在脸上了,因为她的眼睛马上就垂下去了,我看到她眼中含有泪水。

"告诉我,有什么变化。"她低声问道。

"我觉得——我是这样爱你爸爸,爱格妮斯,我可以实说吗?"

"可以。"她说。

"我觉得,打从我来这儿起,他的嗜好就越来越厉害,这对他没有好处。他常常心神不定,不过这也许是我的幻想。"

"不是幻想。"爱格妮斯摇着头说。

"他的手老是哆嗦,他的话含糊不清,目光涣散。我已经注意到,他最不自在的时候,通常总是在有人找他,要他办事的时候。"

"乌利亚找他时。"爱格妮斯说。

"对。这种时候,你爸爸大概觉得自己已不能胜任,或者由于对事情不了解,或者是不由自主地露出不行的样子,这一切似乎使他感到非常不安。因此第二天,他的情况更糟,再过一天,他的情况就更糟了。这一来,他就变得愈来愈迟钝,愈来愈憔悴了。爱格妮斯,你听了我的话可别吃惊。在前儿天的一个晚上,我就看到他这副样子,头趴在桌子上,像个孩子似的在哭泣。"

我正说着,她突然伸手轻轻在我嘴上一捂,接着一会儿工夫,她就在房门口迎接到她的父亲,倚在他的肩膀上。当他们父女俩都朝我看时,我觉得爱格妮斯脸上的表情十分动人。在她那美丽的脸庞上,可以看到她对父亲深深的爱,对父亲全部关爱的感情,也有对我的热切祈求,要我即便在内心深处,也要善待她的父亲,不要有一丁点儿苛评。她是那么以他自豪,忠心于他,可又那么怜悯他,为他难过。她还那么信赖我,知道我也会跟她一样。以上种种,即使用嘴说出来,也不会对我表达得更清楚,使我更感动的了。

那天,博士请我们去他家喝茶。我们按通常的时间到了那里。在书房的壁炉旁见到了博士、他年轻的太太,还有博士太太的母亲。博士把我的离校当作天大的事,仿佛我要远去中国似的,把我当作贵宾接待,特地吩咐在壁炉中放了一大段圆木,为的是他可以在熊熊的火光中,看到他这个老学生的脸映得通红。

"威克菲尔,特洛伍德离校后,我不想再见到多少新面孔了。"博士一面烘着手一面说,"我近来变得越来越懒了,老想舒适一点。再过一个月,我就要辞别我的全体年轻人,去过一种比较安逸的生活了。"

"这十年来,你一直就是这样说的呀,博士。"威克菲尔先生回答说。

"不过这一回我可要这么做了,"博士回答说,"我的首席教师将接我的班——我终于真的要这么做了——因此你得尽快把我的合同订好,把我们俩牢牢地绑在那上面,就像一对恶棍一样。"

"还得当心,"威克菲尔先生说,"别让你受骗上当,是不是?要是你自己去订合同的话,不管是什么合同,你一定非上当不可。好吧!我现成着哪。干我这一行,比订合同更糟的活多着呢。"

"这么一来,我就没有什么牵挂了,"博士微笑着说,"只有我的那本词典了。还有另外一个订约人——安妮。"

安妮正坐在茶桌旁,挨近爱格妮斯,当威克菲尔先生把目光投到她身上时,我看到她好像带着不同寻常的迟疑和畏怯,想要避开他的视线。这反而使得他更加把注意力集中在她身上,仿佛他的思想得到了什么暗示似的。

"我看到,有一班邮船从印度来了。"威克菲尔先生沉默了片刻后,说。

"顺便想起来了!杰克·麦尔顿来过几封信!"博士说。

"真的!"

"可怜的亲爱的杰克!"马克勒姆太太摇着头说,"那种要命的天气!他们告诉我,就像住在聚光镜下的沙丘上一样!他这个人,看样子好像很壮实,其实不是的。我亲爱的博士,他这样勇敢地去冒险,并不是他的身体好,而是他的精神好。安妮,我亲爱的,我相信,你一定记得很清楚,你表哥的身体,从来没有壮实过,不是那种可以称为壮实的人,这你知道,"马克勒姆太太强调说,目光把我们统统扫了一遍,"从我这个女儿和他还是小孩,整天手拉手到处跑的时候起,他就一直没有壮实过。"

安妮听她母亲这样说了之后,并没有作答。

"听你这么一说,太太,麦尔顿先生是病了吗?"威克菲尔先生问道。

"病啦!"这位"老兵"回答说,"我亲爱的先生,他什么都摊到了。"

"除了好事以外?"威克菲尔先生说。

"一点不错,除了好事以外!""老兵"说,"毫无疑问,他中过暑,而且非常严重,得过丛林热和疟疾,总之,凡是你说得出的病,他全得过。至于他的肝脏,""老兵"一副听天由命的样子说,"当然,当时一出去,也就什么都不顾了!"

"这全是他自己说的吗?"威克菲尔先生问道。

"他自己说?我亲爱的威克菲尔先生,"马克勒姆太太又是摇头,又是摇扇子,说,"你问这话,可见你对我那可怜的杰克·麦尔顿不太了解。他自己说?他才不会说呢!你得先用四匹野马拖他。"

"妈妈!"斯特朗太太叫了一声。

"安妮,我亲爱的,"她的母亲说,"就这一次,我真得求你了,我说话时你别打岔,好不好?除非你要证明我说的是对的。你跟我一样,完全知道,你的麦尔顿表哥不管用多少匹野马拉——我干吗要说四匹马呀!我不一定说四匹——八匹,十六匹,三十二匹,他都不会说任何想要推翻博士的安排的话的。"

"是威克菲尔的安排,"博士说,他摸了摸自己的脸,看着帮他出主意的人,露出悔愧的神色,"我这是说,我们两人共同商议出来的安排。是我说的,国外国内都可以。"

"是我说的,"威克菲尔先生郑重地说,"去国外。安排他去国外的是我。这个责任应该由我来负。"

"哦!别说什么责任不责任啦!""老兵"说,"一切安排都出于好心,我亲爱的威克菲尔先生;我们知道,一切全都出于好心善意。不过,要是那可爱的孩子没法在那儿活下去,那他在那儿就是活不下去;要是他在那儿活不下去,那他就宁愿死在那儿,也不会推翻博士的安排的。我是了解他的。""老兵"怀着一种预知结局的痛苦,镇定地扇着扇子说,"我是了解他的,他宁愿死在那儿,也不会推翻博士的安排的。"

"好了,好了,夫人,"博士真心诚意地说,"我的安排并不是不可改变的。我可以自己来把它推翻。我可以设法另外给他安排点什么。要是杰克·麦尔顿先生因为身体不好回国,那就不能让他再回去了,我们得设法在国内给他寻个比较合适、顺当的差使。"

马克勒姆太太听了他这番宽宏大量的话,十分感动(不用说,这番话完全出于她的意料之外,或者说她根本没有把话题引向这方面),只能对博士说,这正像他的为人,接着她先吻了吻扇骨,然后用扇子轻拍博士的手,这一动作她重复了好几次。表演完这些动作后,她又轻描淡写地责怪她女儿安妮,说博士为了她,对她旧日的玩伴给予这样的恩惠,而她居然没有特别表示感激。随后,她又对我们说了她家别的一些值得看重的人和一些事情的细节,说这些人都是值得加以扶植的。

在所有这段时间里,她女儿安妮从头到尾一句话也没有说,也不曾抬起过眼睛。在所有这段时间里,威克菲尔先生则一直看着她,看她坐在他女儿的身边。我觉得,威克菲尔先生好像根本没有想到会有人注意他,只是专心致志地看着安妮,全神贯注地想着跟她有关的事情。后来他开了口,问道,杰克·麦尔顿先生的信里,关于他自己到底说了些什么,信是写给谁的。

"瞧,在这里,"马克勒姆太太说着,从博士头部上方的壁炉搁板上拿下一封信来,"那可爱的孩子是对博士本人说的——在哪儿呢? 哦,在这儿! ——'我要抱歉地相告,我的健康受了严重的损害,恐怕不得不回国一段时间,因为这是恢复健康的唯一希望。'这已说得很清楚了,可怜的孩子! 他恢复健康的唯一希望! 不过给安妮的信上,说得还要清楚。安妮,你把那封信再给我看一看。"

"这会儿就别看了吧,妈妈。"她低声恳求说。

"我亲爱的,在有些事情上,你呀,是个世界上最荒唐的人,"她母亲说,"对自己家里人的需要,你也许是最不关心的一个了。我相信,要不是我亲自问你,我们根本就不知道有这么一封信。我的宝贝,你这算对斯特朗博士信得过吗? 我真没想到你会这样。你应该更懂事一点呀。"

安妮很勉强地把信拿了出来;当我接过信来把它递给那位老太太时,我看到那只极不情愿地交出信来的手在颤抖。

"好,让我们来看看,"马克勒姆太太戴上了眼镜,说,"那段话在哪儿? '对往昔的回忆,我最亲爱的安妮,'——等等,不是这里。'那位和和气气的老传教士'——这是谁呀? 哎呀,安妮,你麦尔顿表哥的字写得真难认。嗨,我也真叫笨! 当然是'博士'啰,哪来'传教士'呀! 嗯,和和气气的,一点没错!"说到这儿,她停了下来,又吻了吻扇子,举起它冲博士摇了几下,博士则带着一副宁静、满足的神态,看着我们。"哦,找到了! '你听了我下面的话是不会吃惊的,安妮,'不会吃惊,那当然啦,她知道他身体一直就没真正强壮过。我刚才念到哪儿了？'我在这远离家乡的地方已经受够了罪，因此我决定，不管有什么风险，我都要离开这儿。能请病假，就请病假，请不到病假，就干脆辞职。我在这儿受过的罪和正在受的罪，我实在受不了啦。'要不是有这位好心人这么快就帮忙解决，我真是想想都受不了啦。"马克勒姆太太说着，又像先前那样用扇子对博士表示了感激，然后折起了信。

威克菲尔先生一句话也没有说，尽管那位老太太一直看着他，像是要他对这个消息发表一点意见。他顾自一本正经地坐在那儿，默不作声，两眼盯着地面。这个话题撇开很久，我们都在谈别的事情了，可他还是老样子，除了沉思地皱着眉头，偶尔朝博士，或者他的太太，或者是他们两人看上一眼外，很少抬起眼睛。

博士十分喜欢音乐。爱格妮斯唱起歌来非常悦耳动人，斯特朗太太也一样。她们两人一起唱了歌，还表演了二重奏，我们可算开了一个小小的音乐会。不过我注意到了两件事：第一，虽然安妮过不多久就恢复了常态，依旧变得很自在，但她跟威克菲尔先生之间，总有着一道隔阂，把他们完全分开。第二，威克菲尔先生好像并不喜欢爱格妮斯跟斯特朗太太那么亲密，总是怀着不安的心情看着她们。现在，我得承认，我回想起了麦尔顿先生临走那天晚上我所见到的情景，它第一次带着我从来不曾感到的意义，开始重又在我的脑子里出现，使我心里感到不安。斯特朗太太脸上那天真无邪的美丽，已不再像以前那样天真无邪。我已经不相信她那自然的优雅和动人的仪态了。我看到她身旁的爱格妮斯，想到爱格妮斯的真挚、善良，心里就产生一个疑问，我觉得她们两人之间的友谊是不般配的。

可是，爱格妮斯觉得跟安妮做朋友很快乐，安妮也同样感到很快乐，因为她们使得那天晚上的时光过得飞快，仿佛只过了一个小时一样。最后，发生了一件意外的事，直到现在我还记忆犹新。她们俩互相道别，爱格妮斯正要上去抱吻斯特朗太太时，威克菲尔先生突然走到她们两人之间，仿佛无意似的，很快把爱格妮斯推开了。接着，麦尔顿先生动身那晚到现在这段时间仿佛全消失了，我仍像那天晚上一样站在门口，看到了那天晚上斯特朗太太面对威克菲尔先生时，脸上出现的表情。

我现在说不上来，这副表情给了我什么印象；我也说不上来，为什么打这以后，我发现，每当想起她来，我总没法把这副表情跟她那个人分开，也没法再想起她脸上原先那种天真无邪的可爱之处。到我回到家里,这副表情仍在我脑际萦绕。离开博士的家时,我感到他家的屋顶上仿佛压着一团乌云。在我对他那苍苍白发的敬意中,还掺杂着几分怜悯,因为他居然对那些对他忘恩负义的人还那么相信,而对那些伤害他的人,我感到愤慨。眼看一场大灾的阴影已经临头,还有一场尚未明朗成形的大辱,它们像两块污斑污染着我童年时代学习、嬉戏的这片净土,使它成了一片邪恶污秽之地。那些古老的封存着百年岁月的阔叶沉香木、那平整的草地、那些石瓮、博士散步路,以及在这一切上空萦回荡漾的大教堂悦耳的钟声,想到所有这一切时,我已经不再有任何乐趣。仿佛我童年时代的这座圣殿,已经当着我的面被人洗劫一空,它的宁静和光荣都已随风四散,无影无踪了。

可是早晨一到,我就要跟弥漫着爱格妮斯精神影响的老房子告别,我的心思也就完全被这占据了。毫无疑问,我很快还会回到那儿,我可能还会睡在我住过的那间房子里——也许还会时常去睡。不过我常住那儿的日子已经过去,旧日的时光已经一去不复返了。当我整理捆扎暂时留在那儿准备运往多佛的书本和衣服时,我的心情虽然沉重,但是我不愿流露在脸上,免得让乌利亚·希普看到。因为他正殷勤地在帮我收拾。我不很厚道地想,他见到我走,心里正万分高兴着呢。

不知怎么的,我跟爱格妮斯以及她父亲告别时,竟显出一副满不在乎的男子汉气概,然后便坐上去伦敦的公共马车车厢。从城里经过时,我看到了旧日的敌人,那个屠夫,我的心软了,也原谅他了,几乎想跟他打招呼,还想扔给他五个先令买酒喝。但是那家伙正站在铺子里刮着大刹墩,显出还是一个毫无悔改的屠夫的样子;而且由于让我给打掉了一颗门牙,他的模样一点不见改进,我想还是别跟他接近为好。

我记得,我们正式上路后,我心里主要考虑的是,对车夫尽量摆出年纪不小的样子,说话非常粗暴。后面这点,我感到装起来挺别扭,但我还是硬着头皮装下去,因为我认为,这是成年人的标志。

"你要坐到底吧,先生?"车夫问。

"没错,威廉,"我傲慢地回答说(我原本认识他),"我要去伦敦。过后还要去趟萨福克。"

"去打猎吗,先生?"车夫问道。

他跟我一样清楚,这种季节去那儿打猎,就像去那儿捕鲸鱼一样。不过我也觉得受到了恭维。

"我不知道,"我装出还没打定主意的样子,说,"是不是还要去打上一回。"

"我听说,现在,鸟儿都变得见人就躲了。"威廉说。

"我也听说。"我说。

"萨福克是你的老家吗,先生?"威廉问道。

"没错,"我有点郑重其事地说,"萨福克是我的故乡。"

"听说那儿的水果布丁可好吃啦。"威廉说。

其实我对这并不了解,不过我觉得有必要维护家乡的名产,并且表示自己对那东西很熟悉,因此我就点了点头,等于说,"我同意你的看法!"

"还有矮壮驮马,"威廉说,"那才叫好牲口呢!萨福克的矮壮驮马,好的价值就跟金子一样,分量有多重,就值多重金子。你自己养过萨福克矮壮驮马吗,先生?"

"没——有,"我说,"算不上真正养过。"

"我背后有位先生,我敢打赌,"威廉说,"他就是大批养这种马的。"

他说的这位先生,有只眼睛斜得厉害,长了个大下巴,戴了顶帽檐又窄又平的高顶白帽,穿一条紧身的淡色长裤,裤子的外侧,就像有扣子从靴子一直扣到臀部似的。他的下巴凸出在车夫的肩膀上,靠我这么近,喘出的气直冲得我的后脑痒痒的。当我转过身来朝他看时,他用那只不斜的眼睛看着拉套的马,一副很内行的样子。

"你是不是?"威廉问道。

"我是不是什么?"他身后的那位先生说。

"是不是大批养萨福克矮壮驮马?"

"我想是这样,"那位先生说,"没有我不养的马,也没有我不养的狗。马呀,狗呀,有些人养了为了好玩,可对我来说,是我的吃的、喝的——住处、老婆、孩子——读的、写的、算的——鼻烟、烟袋、睡眠。"

"这种人让他坐在车厢后面,看起来总不大好,是吧?"威廉一面摆弄着缰绳,一面对我耳语说。

听他这么说,我想他是希望那人能坐我的座位,于是我便红着脸,主动提出让位给他。

"好吧,要是你不介意,先生,"威廉说,"我想,那样就更适合了。"

我总把这件事看作我一生中的第一次失败。我在马车售票处订座时,特意在登记簿上写明是"厢座",还给了那个登记的半个克朗。我上车时还特意穿上不常穿的大外套,披了披肩,显然是为了不辱没这个显赫的高级座位。坐在那个座位上,我觉得自己非常风光,也使这辆马车大为增色。而现在呢,第一站还没完,我就让一个衣衫褴褛和有只斜眼的人给挤到后面去了;此人没有别的长处,只有浑身一股马厩味;当马的步子慢下来,以便让他从我身边跨过时,他不像个人,更像只苍蝇。

我的一生中,在一些并不重要的场合,我往往为自馁所困扰,其实这种时候最好不要这样。可这次在坎特伯雷的马车上发生的这件小事,仍使我的自馁有增无减。我想用说话粗暴的办法来掩饰,结果毫无用处。此后一路到底,我讲起话来都运用了丹田之气,但仍觉得自己已经完全泄了气,而且幼稚得可怕。

尽管如此,高坐在四匹大马的后面,受过良好教育,衣着华贵,口袋里有很多钱,望着车外那些我在艰苦的旅行中曾经睡过的地方,心里还是感到新奇、有趣的。我朝下看着我们从旁驶过的那些流浪汉,看到我还清楚记得的那类脸型仰望我们时,我就感到,好像那个补锅匠乌黑的手,又抓住我的衬衫胸部一样。我们的马车在查塔姆狭窄的街道上辘辘而过时,我瞥见了买我夹克那个老怪物住的那条小胡同,我伸长脖子急切地想找到我为等着拿钱,从阳光下坐到阴影中的地方。后来,我们终于来到离伦敦不到一站路的地方,经过那座冷酷的萨伦学校,也就是克里克尔先生的毒手向四面八方打去的地方。当时,我真想尽我所有来换得一个合法许可,下车来狠揍他一顿,然后像放掉笼子里的许多麻雀似的,把全部学生全都放出来。

我们来到位于查灵克罗斯①的金十字旅馆,这是当时坐落在人烟稠密地区一家糟透的旅店。一个侍者把我带进了咖啡室,然后一个女侍把我带到一间小小的卧房里。这间卧房里有一股出租马车的气味,闷得像一个家

---

① 大伦敦威斯敏斯特市的一处地方,该地常被视为首都的中心。1649 年,查理一世在此被处死,现立有他的骑马塑像。

庭地窖。我仍然痛苦地感到自己太年轻,因为没有人对我有一点敬畏。女侍完全不管我在任何事情上的意见,男侍则对我很随便,认为我没有经验,就尽替我出主意。

"喂,我说,"男侍用一种说知心话的口气说,"晚饭你来点什么?年轻的先生们通常都爱吃鸡鸭,你来只鸡吧!"

我尽可能气派十足地对他说,我对鸡没有兴趣。

"没有兴趣?"男侍说,"年轻的先生们通常都吃腻牛羊肉了,那就来个小牛里脊片吧!"

我一时想不出别的什么,只好同意他的建议。

"你爱吃土豆吗?"男侍歪着脑袋,带着谄笑说,"年轻的先生们通常都让土豆撑坏了。"

我用最低沉的嗓音吩咐他,要他来一客小牛里脊片加土豆,以及所有应有的配菜。又叫他到柜台上去问一问,有没有给特洛伍德·科波菲尔老爷的信——我明知道没有,也不会有,不过我觉得,装出等信的样子显得有气派。

他一会儿就回来了,说没有我的信(我听了大为诧异),并开始在一个靠近壁炉的座位上铺台布,准备让我吃饭。他一面铺台布,一面问我喝点什么。我回答说"来半品脱雪利酒",心里想,这恐怕给了他一个好机会,他可以把几个小瓶瓶底里走了味的残酒倒在一起,凑足这半品脱。我所以有这种想法,因为我在看报时,看到他在一道低矮板壁后面的私室里,像个药剂师配药似的,忙着把几个瓶子里的剩酒倒进一个瓶子里。酒端来后,我觉得它走了气,不起沫子,而且里面的确有不少英国的面包屑,这在纯净的外国酒里是不会有的。可是我不好意思说,将就着把酒喝下去了,什么也没有说。

当时我的心情非常愉快(由此我得出结论,人中毒后,在它发生作用的过程中,有一段时间并不总是让人不好受的),于是我决定去看一回戏。我选的是科文特加登剧院①,我坐在中部包厢的后座,看了《裘力斯·恺撒》②

---

① 位于伦敦科文特加登广场,建于1731年,1858年后改为皇家歌剧院。
② 莎士比亚的剧本。

和一出新哑剧。那些高贵的罗马人都活在我的面前,进进出出地供我消遣娱乐,不再像以前在学校里那样,是严厉监督我们的监工了,这是让人觉得最新奇、有趣的事情。不过全剧中交织在一起的现实和神秘,那诗歌、灯光、音乐、演员,还有那频频迅速变换的壮丽华美的布景,所有这一切,都看得我眼花缭乱,也给我平添了无限乐趣。因此,半夜十二点钟,我从剧院出来,来到下雨的街道上,我觉得自己仿佛在九霄云外过了多年的逍遥生活,现在突然落到尘世,只觉得人声嘈杂,泥水四溅,火把乱照,雨伞互碰,出租马车横冲直撞,木套鞋咔嗒乱响,一片泥泞,满是苦恼。

我从另一个门口出来,在大街上站了一会,仿佛我真的是个初来尘世的生客,可是人们对我毫不客气的拥挤和推撞,很快就把我唤醒,使我走上了回旅馆的路。我朝旅馆走去,一路上还反复想着那辉煌的景象。回到旅馆,我喝了点啤酒,吃了点牡蛎;都过了一点钟了,我仍坐在那儿回想,眼睛望着咖啡室的炉火。

我脑子里满是那出戏,满是过去的情景——因为那出戏有点像个闪光的透明物体,透过它,我看到了我早年生活的进程——因而,当我面前真正出现一个穿戴风流潇洒、长得英俊漂亮的青年人的身影时,我竟浑然不知(这个人我理应记得很清楚)。不过现在回想起来,当时我意识到有这么一个人在,只是不曾注意到他进来——我还记得,当时我仍坐在那儿,对着咖啡室里的炉火沉思。

后来,我终于站起身来,准备去睡了。困倦想睡的男侍如释重负,他正在那间小小的餐具室里摆弄他那两条腿,又是扭动,又是捶打,还做着窝腿踢腿的活动。在走向门口,经过那个进来的青年身边时,看清了他。我立刻回身又看了他一下。那人没有认出我来,我却一下就认出他了。

要是在别的时候,我可能会害怕过于唐突,不敢贸然跟他搭话,因而也许会拖迟到第二天,也许会因此跟他失之交臂。可是当时剧情还在我心中翻腾;他以前对我的照顾,看来好像应该得到我的感激,我对他的旧情,重又在我胸中涌现,使得我立刻走到他面前,心怦怦地跳着说:

"斯蒂福思!你不搭理我了吗?"

他打量着我——就像他以前有时候那样——可我在他脸上看不出有认识的表情。

"恐怕你不记得我了吧?"我说。

"我的天哪!"他突然喊了起来,"你是小科波菲尔啊!"

我两手紧抓住他,不让松开。要不是怕难为情,怕他不高兴,我一定会搂住他的脖子哭起来。

"我从来——从来——从来没有这样高兴过! 我亲爱的斯蒂福思,见到你,我真是乐坏了!"

"我见到你,也太高兴了!"他说着,一面热烈地跟我握手,"哦,科波菲尔,我的小兄弟,别激动得沉不住气了!"话虽这么说,可我觉得,看到我见了他这样快活,他也是很高兴的。

我虽然下了最大的决心,但还是忍不住流下了眼泪。擦去眼泪后,我笨拙地笑了笑,然后我们两人并排坐着。

"喂,你怎么上这儿来了?"斯蒂福思拍拍我的肩膀,问道。

"我今天刚坐公共马车从坎特伯雷来。我姨婆就住在那儿,她收养了我。我刚在那儿念完了书。你怎么到这儿来啦,斯蒂福思?"

"哦,我现在是人们说的'牛津人'了。"他回答说,"也就是说,我在那儿时常腻得要死——我这是回家去看我母亲。你真是个怪可爱的家伙,科波菲尔。现在我仔细一看,你还是跟从前一样,一点也没有变呢!"

"我一下就认出你来了!"我说,"不过你这人比较容易让人记住。"

他一面用手挠着成束的鬈发,一面兴冲冲地说:

"对了,我这一次是为尽孝道回家探亲。我母亲就住在城外不远的地方。去那儿的路糟透了,我们家又够乏味的,所以今晚我决定留在这儿,不走了。我进城还不到六个小时,这段时间,我都消磨在戏院里打瞌睡和发牢骚上头了。"

"我也去看戏了,"我说,"在科文特加登剧院。看戏有趣极了,非常动人,斯蒂福思!"

斯蒂福思纵声大笑。

"我亲爱的小大卫,"他又拍着我的肩膀说,"你真是一朵小雏菊。太阳刚升起时,地里的雏菊都没有你嫩。我也上科文特加登剧院去了,没有比那儿的戏演得更糟的了。喂,你,老兄!"

他这是叫侍者。我跟斯蒂福思相认后,他就从远处留神地看着。这时毕恭毕敬地走上前来。

"你把我的这位朋友科波菲尔先生,安排在哪儿了?"斯蒂福思问。

"对不起,先生,您说什么?"

"他睡哪儿?几号房间?你懂得我的意思的。"斯蒂福思说。

"哦,先生,"侍者带着抱歉的神情说,"科波菲尔先生现在住四十四号房间,先生。"

"你竟把科波菲尔先生安排在马棚上面的一个小阁楼里,"斯蒂福思说,"你这是什么意思?"

"哦,对不起,先生,我们不知道呀,"侍者仍抱歉地说,"因为科波菲尔先生并没有什么特别要求。要是他喜欢的话,先生,我们可以给他七十二号。就在您隔壁,先生。"

"当然喜欢,"斯蒂福思说,"马上去办。"

侍者立刻退出,给我换房间去了。斯蒂福思觉得把我安排在四十四号房很有趣,又大笑起来,再次拍拍我的肩膀,还请我第二天早上十点钟跟他一起吃早饭——这一邀请,我觉得太有面子、太高兴了,于是便接受了。这时,时间已经很晚了,我们端着蜡烛上了楼,在他的房门口亲切地道了别。我发现新搬进的卧房比原先那间好多了,一点也没有发霉的气味。房里有一张很大的四柱床,简直就是一小片领地。我的头一睡在足够六个人睡的枕头上,很快就进入了幸福的梦乡。我梦见了古罗马、斯蒂福思,还有友谊。到了第二天清晨,早班公共马车在下面的拱道辘辘驶出,又使我做起打雷和看见天神的梦来。

第二十章

斯蒂福思家

　　早晨八点钟,那个女侍来敲我的门,告诉我,供我刮胡子的热水已经在外面准备好。我因为没有必要刮胡子,听了感到很不好受,躺在床上,脸都红了。我还疑心,她通知我时,自己也笑了。这种想法,在我穿衣服时,一直苦恼着我。当我下楼去吃早饭,在楼梯上从她身边经过时,我都觉得自己竟有些畏怯自惭的神气。的确,我本想让人看起来年龄大一点,但没能做到,我对这一点非常敏感。因此,在这种自卑的情况下,有一阵子我根本不想从她身边走过;听见她拿着一把扫帚在那儿打扫,我就站在那儿从窗口朝外面看,只见那座骑马的查理国王塑像,周围全是横七竖八的出租马车,在那蒙蒙细雨和深褐色的浓雾中,看起来一点也没有王者的尊严显赫。我在那儿一直看到那个男侍来催请,说那位先生已在下面等着我,我才下去。

　　我发现斯蒂福思并没有在咖啡室等我,而是在一个舒适雅致的包厢里,那儿挂着大红窗帘,铺着土耳其地毯,炉火烧得通红,铺着洁白台布的餐桌上,已摆着热气腾腾的精美早餐。餐具架上的小圆镜里,生动地映照出缩小了的房间、壁炉、早餐、斯蒂福思跟别的一切。开始时,我颇为局促不安,因为斯蒂福思举止从容,风度优雅,各方面都在我之上,年龄也比我大。不过他的无拘无束的照顾,很快就纠正了我的态度,使我也变得潇洒自如起来。他在金十字旅馆造成的变化,使我称赞不已。昨天我是那么孤单、备受冷落,今天早上却受到如此舒适的款待,简直无法相比。至于侍者那种随便放肆的态度,一下去得无影无踪,好像从来没有过。他侍候我们的样子,我可

286

以说,简直像个身穿麻衣、头面涂灰的忏悔者①。

"听我说,科波菲尔,"只剩下我们两人时,斯蒂福思说,"我很想知道,你现在在干些什么,正要去哪儿,以及有关你的一切。我觉得,你就像是我的财产似的。"

发现他对我还是这样关心,我高兴得激动异常,就把我姨婆怎样叫我出来作这次短暂的旅行,我打算去哪儿,全都告诉了他。

"既然你并不忙着赶路,"斯蒂福思说,"那你就跟我一起去海盖特②我家一趟吧,在那儿待上一两天。你见了我母亲,一定会喜欢的,只是她提起我这个儿子来,有些扬扬得意,会唠唠叨叨说个没完没了,不过你会原谅她的——她见了你,也一定会喜欢的。"

"承你说得这样亲切,我也相信一定会这样的。"我微笑着说。

"哦!"斯蒂福思说,"凡是喜欢我的人,就有权要求她喜欢他,这一点她一定会承认的。"

"这样说来,我准能受到她的宠爱了。"我说。

"好!"斯蒂福思说,"那我们就去证实一下。我们先花一两个小时游览一下名胜——带你这样一个年轻小伙子去游览名胜,还是有点意思的,科波菲尔——然后我们就乘公共马车出城去海盖特。"

我几乎不能相信,我这不是在梦中,真担心一觉醒来,依旧住在四十四号,依旧孤孤单单地坐在咖啡室的座位上,依旧是那个随便放肆的侍者。我先给姨婆写了一封信,告诉她我很走运,遇上了一个我所钦佩的老同学,并接受了他的邀请。然后我们就乘出租马车前去游览。我们去看了一处"全景图"③和别的一些名胜,还去博物馆转了一下。在那儿我不能不注意到,斯蒂福思面对那么多的科目,知识竟如此渊博,而他并不拿自己的知识当一回事。

"你在大学里一定会得到高级学位的,斯蒂福思,"我说,"要是这会儿还没得到的话。他们理所当然地会以你为荣。"

---

① 犹太习俗,身穿麻布,头面涂灰,表示忏悔或哀悼。
② 位于伦敦北部郊区。狄更斯的父母即埋葬在海盖特的公墓里。
③ 一种叙事或写景的连续性图画,盛行于十八世纪后期和十九世纪。此处指当时在伦敦摄政公园东南角一游艺场内展出(1829—1854)的伦敦全景图。

"我得学位！"斯蒂福思叫了起来，"我才不呢！我亲爱的雏菊——我管你叫雏菊，你不介意吧？"

"一点也不！"我说。

"这才是个好小伙子！我亲爱的雏菊，"斯蒂福思笑着说，"我根本不想，也没有打算在这方面出人头地。为了满足我自己，我已经做得够多了。我觉得，像我现在这个样子，已经够迂腐的了。"

"可是名声——"我的话刚说出口。

"你这朵想入非非的雏菊！"斯蒂福思说，笑得更厉害了，"我为什么要自找麻烦，让一班蠢家伙对我目瞪口呆和举手呢？让他们对别的人去搞这一套吧。名声是给那种人的，让他们去出名吧。"

原来我犯了这么一个大错，心里感到很不好意思，因此很想换个话题。幸亏这并不是什么难事，因为斯蒂福思一向有个本领，能毫不经意、轻而易举地从一个话题转换到另一个话题。

游览过后就吃中饭。冬天的白天短，过得很快，公共马车把我们载到海盖特小山顶上一座老式砖房前停下时，已经是黄昏时分了。我们下车时，一位上了年纪但并不很老的太太，已站在门口，她态度高傲，面貌俊秀，嘴里叫着"我心爱的詹姆斯"，伸开两臂把斯蒂福思搂进了怀中。斯蒂福思把我介绍给这位太太，说这就是他母亲。她庄重地对我表示欢迎。

这是一座式样古老、气派非凡的住宅，环境清静幽雅，布置井然有序。从我住的房间窗口，可以看到远处的伦敦全城，像一大片烟雾，烟雾中疏疏落落地闪烁着点点灯光。我只是在换衣服的时候，看了一眼房中沉重结实的家具，镶着镜框的刺绣（我猜是斯蒂福思的母亲做姑娘时绣的）；墙上还有一些蜡笔画，画的是女士，头发上撒着粉，穿着紧身胸衣，由于新生的炉火毕剥作响，火光闪烁，照得这些墙上的女士都飘忽不定了。这时我就给叫去吃晚饭了。

餐厅中还有另外一个女人，她身材矮小，皮肤黝黑，看上去不太让人喜欢，但也还有几分姿色。这女人引起了我的注意，也许是由于我见到她出乎意料，也许是因为我正好坐在她的对面，再不也许就是因为她这人确有一些不同寻常的地方。她长着黑头发，有着一对渴望的黑眼睛，脸庞瘦削，嘴唇上有一道疤。这是一道老疤——我应该把它叫作缝痕，因为它并没有变色，而且多年前就治好了——当年一定有什么东西割开了她的嘴,一直割到下巴。现在隔着餐桌看去,已经不太明显,只有上唇的上面和下唇,因为形状有变,还能看出。我心里暗自认定,她大约三十岁,盼望结婚,有点色衰——像一所招租过久的房子——不过我已说过,她还有几分姿色。她好像是让心中的那团消耗她的火烧瘦的,她那对憔悴的眼睛,就是这团火找到的出口。

斯蒂福思给我介绍时,说她是达特尔小姐,不过他跟他母亲都叫她罗莎。我发现她就住在斯蒂福思家里,多年来是斯蒂福思太太的女伴。我觉得,她想说什么时,从来不直截了当地说出,总是转弯抹角地暗示一下,她用这种方式说的话是挺多的。举例说吧,当斯蒂福思太太玩笑多于认真地说,她担心她儿子在大学里过的也许是放荡不羁的生活时,达特尔小姐就插嘴说:

"哟,真的吗? 你知道我多么无知无识,我只是想多增加点知识,才这么问的。不过是不是总是这样的呢? 我想,那种生活,人们一般都认为那是——呃?"

"那是一种很严肃的职业应有的教育,要是你的意思是这样的话,罗莎。"斯蒂福思太太用一种冷淡的态度说。

"哦,是的! 一点也没有错,"达特尔小姐回答,"不过,要是不是那样呢? ——要是我错了,我希望得到别人纠正——真的不是那样吗?"

"什么真的?"斯蒂福思太太说。

"哦,原来你不是那个意思!"达特尔小姐回答说,"嗨! 这话我听了很高兴。这会儿我知道该怎么办了! 这就是多问的好处。再提到那种生活时,我就再也不许别人在我面前说什么浪费、放荡一类的话了。"

"你这话说对了,"斯蒂福思太太说,"我儿子的导师是位正人君子。即使我不能完全相信我儿子,我也应该相信他呀!"

"你应该?"达特尔小姐说,"哎哟! 正人君子,是吗? 哦,真是个正人君子?"

"没错,我相信这一点。"斯蒂福思太太说。

"这就太好了!"达特尔小姐嚷了起来,"这就可以让人放心了! 真的是个正人君子? 那他就不会是——不过,要是他真是个正人君子,当然就不会了。好了,打现在起,我对他的看法好极了。确切知道他真是个正人君子后,你想不到,我对他的看法提得有多高啊。"

达特尔小姐对每个问题的看法,以及她的话受到反驳后每次作更正时,她都是用这种拐弯抹角的方式来表达的。有时,我费了很大的劲也没法装作不曾觉察,甚至为此跟斯蒂福思闹起矛盾来。吃晚饭时发生的一件事,就是一个例子。斯蒂福思太太跟我谈起我打算去萨福克的事,我信口说,要是斯蒂福思能跟我一起去那儿,那我该有多高兴。我对斯蒂福思解释说,我这是去看我的老保姆,还有佩格蒂先生一家,我还提醒他说,佩格蒂先生就是以前他在学校里见过的那个船夫。

"哦,就是那个挺直爽的家伙!"斯蒂福思说,"他还带了一个儿子,是不是?"

"不,那是他侄子,"我回答说,"不过他收养了,跟儿子一样。他还有个很漂亮的小外甥女,他也当女儿一样收养了。简单说吧,他那个家里(倒不如说船里吧,因为他就住在一条搁在陆地上的船上)全是他慷慨、善心收养的人。你要是见到那一家人,你一定会喜欢的。"

"是吗?"斯蒂福思说,"嗯,我想我会的。我得考虑一下,看看行不行。一起去看看那种人,跟他们一起生活生活,这是很值得走一趟的。更不用说跟你一起旅行的快乐了,雏菊。"

新的期望使我的心高兴得怦怦直跳。不过斯蒂福思说到"那种人"的口气,引得达特尔小姐(她那双闪闪发光的眼睛一直在盯着我们)又插嘴了:

"哦,可是,真的吗?一定得告诉我。他们是吗?"

"他们是什么?谁是什么呀?"斯蒂福思说。

"那种人呀!他们真的像牲畜、泥巴、木头,是另一种人吗?我很想知道呢。"

"哦,他们跟我们之间有很大的距离,"斯蒂福思不当回事地回答,"他们不像我们这样敏感。他们的感情不大容易受震惊,也不大容易受伤害。我敢说,他们都是了不起的正派人。关于这一点,至少有人替他们争辩,我呢,我敢说,决不想跟他们持相反的意见。不过他们的感觉确实不很灵敏,他们那些人,也跟他们那粗糙厚实的皮肤一样,不容易受伤,他们也许应该为这谢天谢地。"

"真的!"达特尔小姐说,"哦,我不知道有比听到这话更高兴的时候了。这就让人放心了!知道他们受了苦也感觉不到,这多让人高兴啊!有时,我很为那种人担心;可是现在,我完全可以不把他们挂在心上了。活到老,学到老。我承认,我曾有过怀疑,可是现在一清二楚了。原先我不懂,现在懂了,这正表明多问的好处——不是吗?"

我相信,斯蒂福思的话是说了玩的,或者是为了要把达特尔小姐的话引出来。因此达特尔小姐走后,当我们俩一块儿坐在壁炉前时,我原以为他会这么说的。可是他却只问我,对达特尔小姐有什么看法。

"她很聪明,是不是?"我问道。

"聪明!她什么都要拿到磨刀石上去磨,"斯蒂福思说,"把它磨锋利了,就跟这些年来,磨她自己的脸和身躯一样。她不断地磨,把自己都给磨掉了,磨得全是棱角了。"

"她嘴唇上的那个疤很显眼!"我说。

斯蒂福思沉下了脸,停了一会,没有作声。

"呃,事实上是,"他回答说,"那是我给弄的。"

"是由于一次不幸的意外吧?"

"不。当时我还是个小孩子。有一次她把我给惹火了,我就拿起一把锤子朝她扔去。我当年一定是个很有指望的小天使。"我为揭了这样一个疮疤感到后悔,可是现在后悔也没有用了。

"从那以后,她就有了你见到的那个疤,"斯蒂福思说,"她要把那个疤一直带进坟墓了,要是有一天她会在坟墓里休息的话;不过我很难相信,她会在任何地方好好休息的。她是我父亲一个表兄弟之类的女儿,从小没有母亲,后来她父亲也死了。当时我母亲已经守寡,于是就把她带来做伴。她自己名下有两千镑,又把每年的利息都攒起来,加到本钱上。这就是可以告诉你的达特尔小姐的全部历史。"

"毫无疑问,她一定把你当亲弟弟一样爱你的吧?"

"哼!"斯蒂福思眼望着炉火回答,"有些当弟弟的是得不到过多的爱的,有些爱——不过,还是喝酒吧,科波菲尔!为了对你致敬,我们来给地里的雏菊祝酒!为了对我致敬——使我有更多的羞愧!——我们来给山谷里也不劳苦、也不纺线的百合花①祝酒吧！"他高高兴兴地说这番话时，原先脸上的苦笑已一扫而光，又恢复了他那坦率动人的本色。

到了我们进去喝茶时，我不由得怀着又难过又感兴趣的心情，看了看她的那个疤痕。我不久就发现，这是她脸上最敏感的部分；当她的脸变苍白时，那个疤痕就先变，从头到尾变成一条暗淡的铅灰色，就像用隐形墨水画的一道杠子，让火一烤给显出来似的，走双陆时，她跟斯蒂福思为掷骰子发生了一点小口角，有一会儿，我想她已大动肝火，于是我就看到这道疤痕像古代墙上的字迹②般显现出来。

我发现斯蒂福思太太非常宠爱自己的儿子，这事我一点也不感到奇怪。除了儿子，她好像没有别的什么可谈，也没别的什么可想了。她给我看了放在项链小金盒里，斯蒂福思婴儿时的照片，里面还有一些他儿时的头发；她还给我看了我最初认识他时的照片；她胸前挂的是他现在的照片。她把他所有写给她的信，全都放在壁炉前她椅子旁边的一个柜子里。她本想拿出几封来念给我听，要不是斯蒂福思拦住她，哄得她打消了这个打算，我倒也很乐意听听呢。

"我儿子告诉我，你们最初是在克里克尔先生的学校里认识的。"斯蒂福思太太说，这时她和我坐在一张桌子旁，斯蒂福思他们在另一张桌子上走双陆，"不错，我记得当时他曾告诉过我，说有一个比他小的小同学，跟他很投缘；不过你的名字，我可没记住，这你可以想到。"

"在那些日子里，他对我非常宽厚，很讲义气，老太太，"我说，"我正需要这样一个朋友。没有他的话，那我就遭殃了。"

"他待人一向宽厚、讲义气。"斯蒂福思太太得意地说。

老天在上，我真心诚意地表示赞同。她也知道这一点，因为她对我的态度，已经不像原先那么威严了。只有在夸奖斯蒂福思的时候，她的态度又会变得傲慢起来。

---

① 详见《圣经·新约·马太福音》第六章第二十八节："何必为衣裳忧虑呢？你想：野地里的百合花怎么长起来；它也不劳苦，也不纺线。"

② 典出《圣经·旧约·但以理书》第五章。大意为：迦勒底王伯沙撒设宴招待群臣，忽见一指头在墙上写字，王大惊，召但以理解释。但称，墙上文字意为王和国家气数已尽。当夜，伯沙撒被杀，迦勒底国灭亡。

"总的说来,那所学校并不适合我的儿子,"她说,"很不适合。不过当时有些特殊的情况需要考虑,这比选择学校更加重要。我的儿子性格高傲,得有承认他的优越,肯向他低头的人在一起。我们在那所学校里找到了这样一个人。"

我知道这一情况,也认识那个人。不过我并不因为这一点而更鄙视他,反倒认为,要是像斯蒂福思这样一个不能不让人佩服的人,他也还知道佩服,这也算是一个能为他补过的优点吧。

"我儿子的大才所以能在那儿得到激发,是由于他有自发的好胜心和自觉的自尊心,"这位溺爱儿子的太太继续说,"他本来会挺身而出反对一切束缚,可是他发现他是那所学校里的君王,于是便高傲地决定要保持自己应有的身份。这就是他的为人。"

我全心全意附和说,这就是他的为人。

"因此我的儿子,由着自己的意志,不受任何强制,养成作风,只要他高兴,总能胜过任何一个跟他竞争的人。"她接着说,"我儿子告诉我,科波菲尔先生,说你对他非常爱戴,昨天你遇见他,让他认出时,你都高兴得流泪了。我儿子能这样让人感动,要是我装出大为吃惊的样子,那我就是个装模作样的女人了。不过,对于任何一个能这样赏识他的优点的人,我是决不会漠然相待的。因此我很高兴能在这儿见到你,我也可以向你保证,他觉得跟你有一种不同寻常的友谊,所以你准能得到他的保护。"

达特尔小姐玩起双陆来也像做别的事一样死认真,要是我第一次见到她是在双陆棋盘前,那我一定会认为,她的身材所以这样瘦,她的眼睛所以这样大,完全是由于这种娱乐,而不是别的原因。不过,当我因斯蒂福思太太的信任感到受宠若惊,心花怒放,觉得自己打从离开坎特伯雷以来,已经老练了许多时,如果我以为,对我们的谈话,达特尔小姐漏听了一个字,或者少看了我一眼的话,那我就大错特错了。

时间已经消磨到深夜了,一个盛着酒杯和酒瓶的盘子端进来时,斯蒂福思在炉边烤着火,对我答应说,有关跟我一起去乡下的事,他要认真考虑一下。他说,别急,过一个星期再说。他的母亲也殷勤地这样说。我们谈话的时候,斯蒂福思叫了我好几次雏菊,这又把达特尔小姐的话引出来了。

"不过,说真的,科波菲尔先生,"她问道,"这是个绰号吗?他为什么给了你这么个绰号呢？是不是——呃？——是不是因为他认为你年轻、天真？在这些事上，我是很蠢的。"

我红着脸回答说，我认为，是这么回事。

"哦！"达特尔小姐说，"知道了这个，很让我高兴。我发问是为了长知识，现在知道了，我很高兴。他认为你年轻、天真，所以你就成了他的朋友？哦，这太有趣了。"

说了这话不久，她就去睡了。斯蒂福思太太也告退就寝去了，留下斯蒂福思跟我，在炉边又多待了半个小时，我们谈了谈特雷德尔和萨伦学校其他同学的事，然后一起上楼。斯蒂福思的房间就在我的隔壁，我进去看了看。这是一幅舒适安逸的写照，到处是安乐椅、靠垫、脚凳，全由他母亲亲手布置装饰，真是应有尽有，无一短缺。最后，墙上还挂有一幅她的画像，端庄秀美的她从那儿俯视着她的爱子，好像即便在斯蒂福思睡觉时，也该由她的画像来照看着他，对她来说，这是件很重要的事情。

我发现，我房间里的炉火已经烧得很旺，窗上的窗帘和床四周的帷幔都已拉上，使房内显得非常温暖舒适。我在炉边的一张大椅子上坐了下来，细细地领略着我的幸福；享受了一些时候这种沉思的乐趣后，我忽然发现达特尔小姐的一幅画像正从壁炉架上方热切地看着我。

这是一幅令人吃惊的画像，自然也就有一副令人吃惊的面目。画家没有画出那道疤痕，可是我给她补上了，在画像上时隐时现，有时只出现在上唇，就像我吃晚饭时看到的那样，有时则显出锤子扔伤的整个疤痕，像她在感情激动时我所见到的那样。

我心里一肚子的气，不明白为什么不把这幅像挂在别处，偏偏挂在我的房间。为了躲开她，我赶紧脱掉衣服，熄灭蜡烛，上床睡下。可是即使睡着了，我也忘不了她还在那儿看着我。"不过这是真的吗？我很想知道。"夜里醒来时，我发现自己在梦中不安地问各式各样的人，那是不是真的——但不知道，我这是什么意思。

第二十一章

小 艾 米 莉

斯蒂福思家有个男仆,据说通常总是侍候斯蒂福思,是他在上大学时雇的。这个男仆,在外表上是个体面的样板。我相信,在他那种地位的人中,再没有外表比他更体面的了。他寡言少语,步履轻捷,态度安详,举止毕恭毕敬,善于察言观色,用得着他时,总在眼前,用不着他时,永不靠近,不过最值得重视的是他的那份体面。他脸上不见柔顺,脖子直挺僵硬,头上平整光滑,短发紧贴两鬓,说话低声下气,有把 S 这个音发得特别清楚的习惯,好像这个音他比哪一个人都用得多。不过他能使他有的每一个特点都变为体面。即使他的鼻子长倒了,他也能使那个倒着长的鼻子体面起来。他用体面的气氛把自己团团围住,稳稳地活动其中。他是那么彻头彻尾地体面,疑心他有什么不对的地方,几乎是不可能的。没有人会想到要他穿上仆人的制服,因为他是那么体面。硬要他做有伤体面的事,就等于恣意侮辱一个最体面的人。我看出,这一家的女仆们,全都凭直觉了解这一点,她们总是自己把这些事做掉,让他在餐具室的火炉旁坐着看报纸。

我从没见过像他这样沉默寡言的人。不过他的这种性格,也像他有的所有别的方面一样,只使他显得更加体面而已。就连没有人知道他的教名叫什么这件事,好像也成了他体面的一部分。大家只知道他姓利提摩,而这个姓完全无可非议。姓彼得的也许受绞刑,姓汤姆的也许要充军,而姓利提摩的,却是十分体面的。

在这个人面前,我觉得自己特别年轻。我想,原因在于体面理应受人尊敬。至于他有多大年纪,我可猜不出来。出于同一理由,这又使得他得以提高身价;因为他那么体面镇静,说他五十岁可以,说他三十岁也成。

早晨,我还没有起床,利提摩就进房来了,为我送来了那令人难堪的刮脸水,还给我摆好了衣服。我拉开床帷,朝床外看去,只见他依然保持着一种平稳的体面派头,丝毫不受一月里的寒风影响,甚至连呼吸都不见白气。他把我的靴子,按跳舞起步的样子,分左右并排摆齐,还用嘴吹去我衣服上的微尘,然后像放一个婴儿似的放下。

我向他说了声早安,并问他几点钟。他从口袋里掏出一只我从未见过的最体面的双盖表,用大拇指挡着表盖,不让它弹开得太大,然后像向神蚝问卜似的,朝表面看了一眼,便又把表盖合上,对我说:"回您话,现在是八点半。斯蒂福思先生很想知道,您休息得好不好,先生。"

"谢谢你,"我说,"休息得好极了。斯蒂福思先生休息得好吗?"

"谢谢您,先生,斯蒂福思先生休息得还好。"这是他的另一个特点。从来不用"最××""极××"一类词,总是用冷静、平稳的中度词。

"还有什么您赏脸要我替您做的吗,先生? 我们这里九点摇预备铃,九点半用早餐。"

"没有了,谢谢你。"

"是我得谢谢您了,先生。"说完他走过我床边时,微微低了低头,算是对纠正我的话表示歉意。他出去了,关门时那么小心翼翼,仿佛我刚进入于我生命攸关的甜蜜梦乡。

每天早上,我们两人都有一番这样的谈话,既一句不多,也一句不少。可是,尽管由于斯蒂福思的友谊,斯蒂福思太太的信任,或者是跟达特尔小姐的交谈,隔夜后使我的地位提高,更加成熟,可是在这位最体面的人面前,我却始终像我们那些三四流诗人所吟咏的那样,"又成了一个孩子"了。

斯蒂福思真是无所不知。利提摩替我们备好马,斯蒂福思就教我骑马。利提摩替我们准备好剑,斯蒂福思就教我击剑。利提摩替我们准备了拳击手套,我就在这同一位老师指导下,开始学习拳击。斯蒂福思认为,我在这些技术方面全不在行,我丝毫都不在乎,可是在体面的利提摩面前显得外行并且出丑,我可怎么也受不了。我没有理由相信利提摩本人会这些技艺,由于他那体面的睫毛一根也没有颤动,他决不可能使我有这样的想法。可是不论在什么时候,当我们在练习时,只要有他在场,我就觉得自己是人类中最稚嫩、最没经验的一个。

我特别详细地讲述了这个人，是因为当时他对我产生了特殊的影响，还因为后来发生的事情。

这个星期过去了，我觉得过得非常愉快。因为玩得神魂颠倒，可以想象，一个星期过得很快。由于这给了我这么多更好认识斯蒂福思的机会，同时使我对他赞赏的地方不止成百上千，所以在这个星期终结时，我只觉得跟他相处的时候，好像要比这长得多。他那种把我当成玩物似的满不在乎的态度，比起别的任何态度来，都更合我的心意。这使我想起我们旧日的交情，仿佛这是旧日交情自然的接续，这也让我觉得他一点都没有变。我把自己的长处跟他的长处相比，以及用任何同样的标准来衡量相互间在友谊上的所得时，我总会感到不安，现在他这样待我，化解了我所感到的不安。更重要的是，这是一种对任何别的人所没有的亲密、诚挚、无拘无束的态度。在学校里，他待我跟待任何别的同学不同，现在我高兴地相信，在人世间，他待我也跟待任何别的朋友不同。我相信，我比他的任何别的朋友更贴近他的心。我自己的心，也由于对他的爱慕而感到温暖。

他决定跟我一起去乡下一趟，而我们动身的日子也到了。开始他曾犹豫过，要不要把利提摩也带上，可是最后决定把他留在家里。这位体面的人，不管要他做什么，他总是称心满意的。他把我们的手提箱放置在将要带我们去伦敦的小马车上，他放得那么妥帖稳固，仿佛要让它们经得起千百年的颠簸震动似的。我给了他一笔自觉太少的赏钱，他神态非常平静地收下了。

当我们跟斯蒂福思太太和达特尔小姐告别时，我说了许多感谢的话，那位慈母则作了千叮万嘱。我最后看到的是利提摩那泰然自若的目光。我想象，那目光中隐含着没有说出的话，这就是，他认定我确实非常年轻幼稚。

我这样风光地回到旧日熟悉的地方，都有些什么感想呢？这我就不打算多说了。我们是搭邮车去的。我记得，我甚至为亚茅斯的名声担心，因此，当我们乘车穿过它那昏暗的街道前往小旅馆时，听到斯蒂福思说，据他看来，这是个有趣、奇特、罕见的黑洞，我感到大为高兴。一到旅馆，我们就上床睡觉了（当我们经过我的老友"海豚"的门口时，我看到那儿放着一双肮脏的鞋子和鞋罩），第二天的早餐吃得很晚。斯蒂福思的兴致很高，我还没起床,他就独自去海滩散步了,说他已经跟当地的半数船民认识了。他还说,他看到了远处的一座房子,烟囱在冒烟,他认定,那一定是佩格蒂先生的房子。他还告诉我,他很想去那儿,进屋去对他们发誓说,他就是我,长得他们都认不出了。

"你打算什么时候去那儿,把我介绍给他们呀,雏菊?"他说,"我完全听你的,你要怎么安排就怎么安排。"

"哦,我想过了,今天晚上去最好,斯蒂福思,那时候他们正好都围炉坐着。我想要让你在那个家温馨舒服的时候看到它。那真是个非常奇妙的地方。"

"就这样吧!"斯蒂福思回答说,"今天晚上去。"

"我告诉你,我要一点不让他们知道我们已到这儿,"我高高兴兴地说,"我们得给他们一个冷不防。"

"哦,那当然!不给他们一个冷不防,"斯蒂福思说,"那就没有趣味了。让我们去看看这些当地人的原形本色吧。"

"尽管他们是你说的那种人。"我接着说。

"哟!你这是怎么啦!你记起我跟罗莎的拌嘴了吧,是吗?"他迅速地朝我看了一眼,叫了起来,"那个该死的丫头,我还真有点怕她。我觉得她就像个小妖精。不过别理会她。你现在打算干什么呢?我猜你是要去看看你的保姆吧?"

"哦,没错,"我说,"我得先去看看佩格蒂。"

"好吧,"斯蒂福思说,看了看自己的表,"要是我把你交给她,让她抱着你哭上两个小时,这总该够了吧?"

我笑着回答说,我想,有两个小时大概总够了。不过他也得一起去,因为他会发现,他的名声早在他来之前已经传到这儿,几乎也跟我一样,是个大人物了。

"你想要我去哪儿,我就去哪儿。"斯蒂福思说,"你想要我做什么,我就做什么。你告诉我去哪儿找你吧。两个小时后,我一准出场,而且你要我怎么出场都可以,悲剧也行,喜剧也行。"

我详细告诉他,怎么能找到往来于布兰德斯通和别处的马车夫巴基斯先生的住处。跟他这样约定后,我就独自出去了。那天空气清新,地面干爽,海面微波荡漾,一片晶莹,太阳虽不太温暖,但也晴光普照,万物都生意盎然,生机勃勃。我自己也因沉浸在能来此地的欢乐中,感到精神焕发,精力充沛,以至很想拦住街上的行人,跟他们一一握手。

当然,这儿的街道都非常狭小。我相信,凡是小时见过的街道,后来重新再去时,总是显得狭小的。不过这儿的一切,我什么也没有忘记,而且发现什么也没有改变。后来我来到欧默先生的店铺门口,现在招牌上写的是"欧默和乔兰"了,从前只有"欧默"两个字。不过"零售布匹、服装、零星服饰用品、兼营服装加工、丧葬用品等"字号照旧。

我在街道对面看了招牌上的字后,我的脚步自然而然想要往欧默先生的店铺迈去,于是我便穿过街道,来到他的店铺门口,探头朝里面张望。店堂后部有一位漂亮的女人,正抱着一个婴儿在逗弄,另一个稍大的小孩则牵着她的围裙。我毫不费力就认出那是明妮和她的孩子。通往小客厅的那扇玻璃门没有打开,不过,我可以隐隐约约地听到从院子那边的工场里传来昔日听到过的声音,那声音好像一直没有停止过似的。

"欧默先生在家吗?"我走进铺子问道,"要是他在家,我想见见他,只一会儿工夫。"

"哦,在家,先生,他在家,"明妮说,"他有气喘病,这种天气,不宜出去。乔,叫你外公来!"

牵着她围裙的小家伙便使劲大叫了一声,他的叫声竟这么大,连他自己都弄得害起臊来,把脸埋进了他母亲的围裙里,引得他母亲大大夸奖了几句。接着我听到一阵气喘吁吁的声音,冲着我们过来,不一会儿,欧默先生就站在我的面前了,他比当年喘得更厉害了,不过并没有显得很老。

"您好,先生,"欧默先生说,"有什么要我为您效劳的,先生?"

"欧默先生,要是你愿意的话,我要你跟我握握手,"我说着,伸出了一只手,"有一回,你待我非常和蔼亲切,不过当时我恐怕并没有表示出我心里的这种想法。"

"不过,我真的是那样吗?"老人回答说,"我听了这话当然很高兴,不过我记不得这是什么时候的事了。您能断定那确实是我吗?"

"确确实实是你。"

"我看,我的记性也跟我的呼吸一样,愈来愈不中用了,"欧默先生说,一面看着我,一面摇着头,"因为我记不起您了。"

"你不记得了吗?那一回,是你到公共马车跟前来接我的,我还在你这儿吃了早饭,后来我们一起坐车去布兰德斯通,一起去的有:你、我、乔兰太太,还有乔兰先生——那时候他还不是她的丈夫呢。"

"哎呀,我的老天爷!"欧默先生吃惊得咳嗽了一阵后,大声嚷道,"可不是吗!明妮,我亲爱的!你还记不记得?哎呀,没错!那是一位太太的丧事吧,我想?"

"是我母亲。"我回答说。

"没——错,"欧默先生用食指点点我的背心,说,"还有一个小孩!是两个人的丧事。小孩躺在大人的旁边。在布兰德斯通那边,没错。哦,打那以后,你过得好吗?"

很好,并对他表示了谢意,同时希望他也好。

"哦,没什么可抱怨的,你知道,"欧默先生说,"只觉得喘气越来越急了,不过,一个人年纪愈来愈大,喘气是不会愈来愈长的。我是听天由命,尽量自得其乐。这是最好的办法,是不是?"

欧默先生因为笑了笑,又咳嗽起来了。明妮站在我们身边,扶着小儿子和在柜台上蹦跳的女儿,帮着他缓过气来。

"哎呀!"欧默先生说,"是的,没错。两个人的丧事!哦,要是你相信我,就是在那趟车上,定下了我的明妮和乔兰结婚的日子。'你定个日子吧,大叔。'乔兰说。'对,你定吧,爸爸。'明妮也说。瞧,现在他成了这铺子的合伙人了。你再瞧瞧这儿!最小的孩子都有了!"

明妮笑了,当她的父亲伸出一个肥胖的手指,插进正在柜台上蹦跳着的孩子手中时,她往两鬓捋了捋扎着束发带的头发。

"两个人的丧事,没错!"欧默先生带着回忆的神情点着头说,"一点也没错!这会儿乔兰正在干活呢,在做一具灰色的,用的是银色钉子,比这尺寸,"——正在柜台上蹦跳那个孩子的尺寸——"足足大两英寸呢。你吃点什么好吗?"

我谢绝了。

"让我想想,"欧默先生说,"我记得,那个马车夫巴基斯的老婆——船夫佩格蒂的妹妹——她跟你们家是不是有点关系?她在你们家做过事,是吧?"

我回答说是的,他听了大为满意。

"我相信,我的气喘以后会好起来的,我的记性就好多了嘛,"欧默先生说,"哦,对了,先生,她有一个年轻的亲戚在我们这儿当学徒;她对制衣这一行,趣味高雅得很呢。我敢向你保证,我相信全英国没有一个公爵夫人能及得上她。"

"莫不是小艾米莉吧?"我不由自主地问道。

"她正是叫艾米莉,"欧默先生说,"也很小。不过要是你相信我的话,她长的那张脸蛋儿,这个城里的一半女人都妒忌她呢。"

"你胡说,爸爸!"明妮叫了起来。

"我亲爱的,"欧默先生说,"我并没有说,你也妒忌她呀,"他对我挤挤眼睛,"不过我得说,亚茅斯有半数的女人——呃! 在方圆五英里地以内——对她都妒忌得发疯呢。"

"那她就应该安分守己,爸爸,"明妮说,"不给她们说她闲话的把柄,那她们就不会那样了。"

"不会那样,我亲爱的!"欧默先生回答说,"不会那样! 这就是你懂得的人情世故吗? 凡是女人,还有什么不该做和做不出的事——特别是谈到另一个女人的漂亮问题时?"

欧默先生说了这一通诽谤女人的戏言后,我真以为他这下子完了。他咳得那么厉害,一个劲儿地喘气,但就是喘不过来。我满以为他的头会倒到柜台后面,他那膝部饰有褪色小缎带的黑短裤,在最后无力的挣扎中会颤抖着翘起来。可是他到底还是缓过气来了,尽管咳得仍很厉害,已经筋疲力尽,不得不在账桌的踏脚凳上坐了下来。

"你知道,"他擦着额头,艰难地喘着气说,"她在这儿,没结交什么人,没有什么特别要好的熟人和朋友,更不用提什么情人了。这样一来,一个恶意的说法就传开了,说艾米莉想当阔太太。我的看法是,这一说法所以流传开来,主要是她上学时,有时曾说,要是她做了阔太太,她要如何如何孝敬她的舅舅——你知道吗? ——要给他买这样那样的东西。"

"我对你实说吧,欧默先生,"我急切地接上去说,"我们两个还是小孩子时,她就对我说过这样的话。"

　　欧默先生又点脑袋，又摸下巴。"正是这样。而且，你知道，她穿戴的东西很少，可是打扮起来，比极大多数有很多穿戴的人都漂亮，这也惹得别人不痛快。再说，她这人也许还可以说有点任性。就连我也会毫不客气地说那是任性，"欧默先生说，"不太摸得透她本人的想法，有点惯坏了。开头的时候，不能很好地约束住自己。别人说她的坏话，再没有别的了吧，明妮？"

　　"没有啦，爸爸，"乔兰太太说，"我认为，这是最不中听的了。"

　　"有一回，她找到一个工作，"欧默先生说，"给一个脾气不太好的老太太做伴，两人就相处得不太好，她也就没有再做下去。后来她才到我们这儿来，约定做三年学徒。差不多已经学了两年了。她是个要多好有多好的女孩子，一个人能顶六个人。明妮，她是不是能顶六个人，呃？"

　　"是的，爸爸，"明妮回答说，"你可千万别说我说过她坏话。"

　　"很好，"欧默先生说，"这就对了。"他摸了一会下巴后，补充说，"好啦，年轻的先生，免得你以为我喘气短，说话长，我想，我把有关的话全说完了。"

　　刚才他们讲到艾米莉时，就放低说话的声音，所以我相信，她准在附近。现在我问他们是不是这样，欧默先生点头表示的，他还朝小客厅的门那边点了点头。我急忙问他们，我是不是可以朝里面偷偷看上一眼，他们回答说，随我的便。于是我便隔着玻璃门往里面偷看，看到她正坐在那儿干活。我看到她已长成一个绝对漂亮的小美人，那双曾窥视过我的童心的明亮蓝眼睛，正含笑望着在一旁玩耍的明妮的另一个孩子，她那容光焕发的脸上，带着一副任性的神情，这足以证明方才听到的话没有错；其中也隐藏着昔日那种难以捉摸的腼腆。不过，我相信，她那漂亮的面貌中，没有别的，只有一心向善和追求幸福的意味，而且走的也是追求善良和幸福的路。

　　院子那边传来那似乎永不休止的声音——唉！那本来就是一种永不休止的声音啊！——全部时间一直都在轻轻敲打着。

　　"你不想进去跟她说几句吗？"欧默先生说，"进去跟她说几句吧，先生！用不着受拘束的。"

　　当时我太怕羞了，不好意思进去——我怕我一进去会把她弄得不知所措，我也担心我自己会不知所措；不过我问清了她晚上离开回家的时间，为的是我们可以按时去她家。接着，我向欧默先生、他漂亮的女儿，还有她的孩子——告别，然后朝我亲爱的老保姆佩格蒂家走去。

佩格蒂正在那间砖铺的厨房里做饭。我一敲门,她就把门打开了,问我有什么事。我面带笑容地看着她,她却面无笑容地看着我。我虽然从来不曾间断过给她去信,但我们毕竟有七年没有见面了。

"巴基斯先生在家吗,太太?"我故意粗声粗气地对她说。

"他在家,先生,"佩格蒂回答说,"不过他害了风湿病,躺在床上呢。"

"他现在还去布兰德斯通?"我问。

"他身体好时还常去。"她回答说。

"你也曾去过那儿吗,巴基斯太太?"

她更仔细地朝我打量着,我注意到,她两只手很快地往一起合拢。

"因为我想打听一下那儿的一座房子,他们叫它——叫它什么来着?——哦,叫'鸦巢'。"我说。

她往后退了一步,露出一副吃惊的样子,犹疑不决地伸出两手,仿佛要把我推开似的。

"佩格蒂!"我对她喊道。

她大叫了一声:"我的宝贝孩子!"接着我们两人都哭了起来,紧紧地搂抱在一起了。

至于她是怎样得意忘形,怎么对我又哭又笑,她显得有多骄傲,有多高兴,有多伤心——那个原本会为我感到万分骄傲和喜悦的女人,永远也不能把我亲热地搂在怀中了——我就没有心思去细述了。我也不必担心自己太孩子气,跟佩格蒂一样大动感情。我敢说,在我的一生中,从来没有——就连对佩格蒂也没有——像那天早上那样尽情地哭笑过。

"巴基斯看到你一定非常高兴,"佩格蒂用围裙擦着眼睛说,"对他来说,比涂上几品脱药还灵呢!我去告诉他你来了好吗?你上楼去看他怎么样,宝贝?"

我当然愿意。不过佩格蒂要像她说的那样出这个房间,实在不容易,因为她每回一走到门口,便又回头看我,接着便又跑回来,重又笑了一阵,重又伏在我肩上哭上一通。最后,为了能使事情顺利办成,我就跟她一起上楼。我先在门外等了一会,好让她跟巴基斯先生说上一声,让他有个准备,然后我才来到病人的跟前。

巴基斯先生非常热情地接待了我。他的风湿病太严重了,没法跟我握手,他要求我握握他睡帽顶上的缨子,我真心诚意地照办了。我在他床边坐下后,他对我说,这会儿他好像又在去布兰德斯通的路上,赶车送我回家,这一来,使他的病痛感到好多了。他仰身躺在床上,全身盖得严严实实,几乎只剩下一张脸——就像传统画派画的小天使——这是我见过的最奇特的东西了。

"我在马车上写的是什么名字呀,先生?"巴基斯带着风湿痛病人那种缓缓的微笑说。

"啊,巴基斯先生! 关于那件事,我们还曾郑重其事地谈过呢,是不是?"

"我愿意了很长时间吧,先生?"巴基斯先生说。

"是花了很长时间。"我说。

"这事我一点也不后悔,"巴基斯先生说,"你有一次告诉我,说所有的苹果饼,所有的饭菜,都是她做的,你还记得吗?"

"记得,记得很清楚。"我回答说。

"跟萝卜①一样,"巴基斯先生说,"千真万确。跟税收一样,"巴基斯先生说着,点着他的睡帽,因为这是他唯一可以表示加强语气的方法,"千真万确。没有什么比这更真确的了。"

巴基斯先生的眼睛直盯着我,仿佛要我同意他在病床上反复思考得出的结果。我表示赞同。

"再没有比这更真确的了,"巴基斯先生又重复了一遍,然后说,"这是像我这样一个穷人,躺在病床上想出来的。我是个很穷的人,先生!"

"这话叫我听了很难过,巴基斯先生。"

"我的确是个很穷的人。"巴基斯先生说。

说到这儿,他的右手无力地慢慢从被窝里伸了出来,毫无目的地胡乱抓了一会,最后才抓住松松地系在床边的一根手杖。他用这手杖胡乱地戳着,脸上露出各种焦躁的神情,最后终于戳到了一只箱子,这只箱子的一头,我一直都看见。直到戳到这只箱子后,他脸上的神情才平静下来。

---

① 此处用"萝卜"及下文用"税收"在原文中均无特别意义,只取其和"真确"双音,用作比喻。

"净是些旧衣服。"巴基斯先生说。

"嗯!"我应道。

"我真盼望是钱就好了,先生。"巴基斯先生说。

"我也这样盼望,真的。"我说道。

"可是那才不是钱呢。"巴基斯先生把两只眼睛睁得老大说。

我表示完全相信他说的话,巴基斯先生才把眼睛转过去,更温柔地望着自己的太太,说:

"克·佩·巴基斯是女人中最肯干活、心眼最好的啦。不管谁怎么夸奖克·佩·巴基斯,她都配得上,而且还夸奖得不够呢!我亲爱的,你今天得好好做顿饭,请请客。弄点好吃的,好喝的,好吗?"

我觉得对我实在用不着这样客气,想加以阻拦,可是我看到站在床对面的佩格蒂着急地对我直使眼色,要我不要阻拦,我也就不作声了。

"我身边还有点钱,不知放到哪儿去了,我亲爱的,"巴基斯先生说,"不过这会儿我有点累了,要是你跟科波菲尔先生先出去一会儿,让我打个盹,待我醒来后,我会想法把它找出来的。"

我们按照他的意思走出房间,走到门外后,佩格蒂告诉我说,巴基斯先生现在比以前"更加抠门"了,总是用这同样的计策,把人支开,才把储藏的钱拿出一点来。当他独自爬下床来,从那只倒霉的箱子里取出钱来时,他得忍受多大闻所未闻的痛楚啊。其实,当时我们听到了他强抑住的最痛苦的呻吟,因为他的这一喜鹊行为①,弄得他全身的关节像上肢刑②似的。不过,佩格蒂虽然两眼满含对他的怜悯,却说他这样忍痛慷慨,对他很有好处,最好不要拦他,因此他就这样呻吟着,直到重又回到床上。我相信,他一定忍受了巨大的痛苦。接着,他又把我们叫进房间,假装着刚从恢复精神的一觉中醒来,伸手从枕头底下掏出一个几尼。他自己以为,他这样巧妙地骗了我们,保住了那只箱子不可透露的秘密,心里感到十分满意,刚才受的那番酷刑,似乎都得到了充分的补偿。

我把斯蒂福思要来的消息告诉了佩格蒂。没过多久,他就来了。尽管

---

① 喜鹊习惯把叼来的东西藏在最隐蔽的地方。

② 旧时酷刑,以转轮牵拉四肢,使关节脱离。

斯蒂福思只是我的要好朋友,不是她亲身受惠的恩人,但是我深信,佩格蒂无论如何都会同样以最大的感激和热情来接待他的。而斯蒂福思的平易近人、精力充沛、性格活泼、态度和蔼、面貌俊秀,以及不管什么人,只要他喜欢就合得来的天性,还有他那善于随人之意、投人所好的才能,只有五分钟的工夫,就使得佩格蒂对他完全倾倒了。单是他对我的态度,就足以赢得佩格蒂的好感。综合以上种种原因,我衷心地相信,那天晚上在他离开这个家之前,佩格蒂已经对他崇拜得五体投地了。

他跟我一起留在那儿吃晚饭——要是我只说他很愿意,那他的那份欣喜和高兴劲,我连一半也没说出呢。他像阳光,像空气,来到巴基斯先生的卧室里,仿佛他就是有益健康的天气,使室内变得明亮、清新,使人心旷神怡。他的一举一动,不声张,不费力,不经营,可是件件事做来难以形容地轻快,而且好像恰到好处,非此不可,做别的就做不得那么好。一切都那么优雅、自然、讨人喜欢,甚至直到现在,回想起来,都使我感到不胜钦佩。

我们就在那间小小的客厅里说笑谈天。那本自我离开从未有人翻过的《殉教者书》,仍像以前那样摆在这儿的书桌上。现在我又一页页翻看着那些吓人的插图,虽然还记得当年看它们时曾感到恐惧,但是那种感觉现在已经没有了。佩格蒂说她叫作我的房间的那间屋子,为让我过夜,一切都已拾掇好,她希望我能住在那儿;我犹豫不决地还没来得及朝斯蒂福思看上几眼,他就完全明白了。

"当然啰,"他说,"我们在这儿停留期间,你就在这儿过夜,我住旅馆。"

"可是我把你带到这么远的地方来,"我回答说,"结果分开住,这好像不够朋友吧,斯蒂福思。"

"嗨,老天在上,你按理本该住在哪儿?"他说,"'好像'比起这个来,算得了什么呀?"于是,问题马上就解决了。

他一直保持着他的这种讨人喜欢的做法,直到最后一刻,即直到八点钟,我们动身去佩格蒂先生的船屋。实际上,随着时间的推移,他的这种讨人喜欢的品质越来越明显,因为当时我就认为,现在则更加毫无疑问地认为,他既然立意要讨人喜欢,而且又轻易获得成功,这就使他更加来了精神,更加细心揣测别人的心思,虽然他的用心难以看出,却使他更加讨人喜欢了。如果当时有人对我说,这一切全是精彩的表演,只为了凑一时的热闹,使自己的好心情有所发泄，全为了出无谓的风头，是一种为要得到他无用、随即扔掉的东西而毫不在意地浪费精力的行径。我想，要是那天晚上不管谁对我这样说的话，我听了都会发不知多大的脾气呢！

我怀着一种有增无已（如果还有增加的可能的话）、浪漫情调的忠诚、友爱之情，伴同斯蒂福思穿过寒冷黑暗的沙滩，朝那座旧船屋走去。寒风在我们四周呜咽，比我第一次去看望佩格蒂先生的那天晚上，还要哀婉和凄凉。

"这真是个荒凉的地方，是不是，斯蒂福思？"

"黑魆魆的，真够凄凉的，"他说，"大海吼叫着，就像饿得要把我们吞掉似的。我看到那边有灯光，那就是那条船吧？"

"就是那条船。"我回答说。

"今天早上我看到的就是它，"他接着说，"我想，也许是出于本能吧，我一下子就认出它来了。"

走近灯光时，我们就不再说话了，轻轻地走到门口。我伸手放在门栓上，悄声叫斯蒂福思挨近我，然后就走了进去。

还在外面时，我们已经听到一片嗡嗡之声，一进屋内，就听到一阵鼓掌声，我吃惊地发现，这掌声竟是从一向闷闷不乐的葛米治太太那儿发出的。不过，兴高采烈的并不是只有葛米治太太一个人。佩格蒂先生也是满面春风，扬扬得意，尽情欢笑着，还大张着粗壮的双臂，仿佛正等待小艾米莉投入怀中。汉姆的脸上则表情复杂，既有赞赏，又有狂喜，还有跟他那张脸颇为相配的傻头傻脑的羞怯；他正握着小艾米莉的一只手，好像要把她介绍给佩格蒂先生。小艾米莉自己则满脸通红，又羞又怯，但是看到佩格蒂先生高兴，她也高兴了，这从她那喜悦的眼神中可以看出。她正要从汉姆身边往佩格蒂先生怀里扑去时，被我们的进来给止住了（因为她第一个看到我们）。我们从黑暗寒冷的夜色中走进这温暖明亮的屋内时，第一眼见到的就是这样的情景。站在后面的葛米治太太，像个疯女人似的一直在鼓掌。

我们一进去，这幅小小的画面立刻就消失了，真让人疑心，这幅画面是否真正存在过。我来到这家惊呆了的人中间，跟佩格蒂先生面对面地站着，朝他伸出了我的手，这时汉姆嚷了起来：

"大卫少爷！是大卫少爷！"

我们大家立刻就握起手来,互相问好,双方都说能在这儿会面真是高兴极了,紧接着,全都七嘴八舌地说起话来。佩格蒂先生见了我们,是那样得意和高兴,不知道说什么好,做什么好了,只是一次又一次地跟我握手,然后又跟斯蒂福思握手,握了又跟我握,把自己的头发抓得满头蓬乱。他那样高兴得意,大笑不止,看到他真是一件开心的事。

"哎呀,你们两位先生——两位已经长大的先生,今儿晚上你们来到这儿,"佩格蒂先生说,"这可是我一辈子都没遇到过的好事啊!我相信,这没错!艾米莉,我的宝贝,上这儿来!上这儿来!我的迷人的小美人!这位是大卫少爷的朋友,我亲爱的!这就是你常听说的那位先生,艾米莉。他跟大卫少爷一起看你来了。今儿晚上,是你舅舅一辈子从头到尾顶顶快活的晚上,别的日子全都滚他妈的蛋吧,去它的!"

佩格蒂先生一口气发表完这篇演说后,就非常热情欢快地用两只大手捧起艾米莉的脸,一连吻了十来次,接着又怀着得意和温存的疼爱,把她搂在自己宽阔的胸口,用手轻柔地拍着,仿佛那是一只女人的手似的,然后才放开她。当她跑进我以前住过的那个小房间里去时,佩格蒂先生朝我们周围的人看着,由于过分的激动和高兴,他热得满脸通红,连气都喘不过来了。

"要是你们两位先生——两位现在已经长大的先生,是这样的先生——"

"他们是这样的,他们是这样的!"汉姆大声嚷道,"说得对!他们是这样的。大卫少爷,我的哥儿们——是已经长大的先生了——他们是这样的先生!"

"要是你们两位先生,两位已经长大的先生,"佩格蒂先生说,"知道了是怎么回事后,还不能原谅我的这种心情,那我就要请你们宽恕了。艾米莉,我亲爱的!——她知道我要宣布什么,"说到这儿,他又兴高采烈起来,"所以跑开了。劳你驾,老嫂子,你去照看她一下好吗?"

葛米治太太点了点头,进屋去了。

"要是说今天晚上,"佩格蒂先生在炉子旁我们两人中间坐了下来,"不是我这一辈子顶顶快活的晚上,那我就是一只螃蟹——而且是煮熟了的——别的我就说不上来了。我们的这个小艾米莉,先生,"他低声对斯蒂福思说,"你看见的,刚才在这儿她脸都红了。"

斯蒂福思只是点了点头，但是带着一种兴趣盎然、跟佩格蒂先生有同感的欢快表情，因此佩格蒂先生接下去对他说话的口气，就好像他已经作了回答。

"一点没错，"佩格蒂先生说，"那就是她。她就是这样的。谢谢你啦，先生。"

汉姆对我点了好几次头，好像他也想这么说的。

"我们的这个小艾米莉，"佩格蒂先生说，"一向住在我们家，我是个粗人，可是我相信，只有一个眼睛明亮的小东西才能这样。她不是我的孩子，我自己从来没有儿女，可是我对她疼得不能再疼了，你明白我的话！疼得不能再疼了！"

"我很明白。"斯蒂福思说。

"我知道你明白，先生，"佩格蒂先生回答说，"太谢谢你啦！大卫少爷他记得她从前的样子，你可以看她现在是什么样子。不过你们俩谁也不可能完全清楚，她在我的心里，从前、现在、将来是什么样子。我是粗人，先生，"佩格蒂先生说，"粗得像海胆。不过，我想，也许没有人能知道小艾米莉在我心中是什么样子，除非是一个女人。这话只能在我们之间说说，"说到这儿，他放低了声音，"那个女人可不叫葛米治太太，尽管她有无数好的地方。"

佩格蒂先生又用双手把自己的头发抓得满头蓬乱，为他将要说的话做好进一步的准备，然后把两只手放在两个膝盖上，接着说：

"有这么一个人，打从我们艾米莉的父亲淹死，就跟她熟，以后一直常见到她，打她还是个小娃娃，到一个小姐儿，直到长成一个大姑娘。他不是个有多大看头的人，不是的，"佩格蒂先生说，"模样儿跟我差不离——粗人一个——吃饱狂风暴雨，浑身海水咸味，不过，整个儿说来，是个忠厚的小伙子，心眼儿长得正。"

汉姆坐在那儿冲我们咧嘴直笑，我想，我从来没有看到他的嘴咧得像现在这么大过。

"你猜怎么着，就是这个活宝水手，不管干什么，不管去哪儿，"佩格蒂先生说着，脸上的喜色如同正午的太阳，"他的心全都悬在我们的小艾米莉身上了。他到处跟着她，成了她的跟班，连吃饭的胃口都快倒光了。末了，他总算让我明白毛病出在哪儿啦。你们知道,这会儿我当然盼望我们的小艾米莉顺顺当当地出嫁。不管怎么看,我都盼望能见到她嫁给一个有权保护她的老实人。我不知道自己还能活多久,多久会死去;不过我知道,不定哪一夜,在亚茅斯的海面上,狂风把我的船掀翻,我从顶不住的浪头上最后看一眼市镇上的灯光时,想到'岸上有个人,对我的小艾米莉忠实得像钢铁,上帝保佑她,只要那人活着,什么坏事都不敢碰一碰我的艾米莉',我就可以安心地沉下去了。"

佩格蒂先生怀着纯朴的真诚挥了挥右臂,仿佛跟市镇上的灯光最后挥手告别,然后跟汉姆的目光相遇,互相点了点头,又同刚才一样接着说:

"得!我劝他自己跟艾米莉去说去。可别看他个子这么高大,却比个小孩还要害臊,他不好意思自己去说,于是只好我去说了。'什么!他呀!'艾米莉说啦,'我跟他熟悉这么多年了,我也很喜欢他。哦,舅舅啊!我可决不能嫁给他。他是那么好的一个人!'我听了这话,吻了吻她,没说别的,只说,'我的宝贝,你实话明说,很对,你自个儿选吧,你跟小鸟一样自由哪!'跟着我就对汉姆说了,'我是巴望事儿能办成的,可是没能成功。不过你们俩还要跟从前一样;我要对你说的是,你待她还要跟从前一样,要像个男子汉。'他握握我的手,'我一定会的!'他说。他果真是个——堂堂正正的男子汉——两年过去了,我们这个家还跟从前一样。"

随着叙述的不同阶段,佩格蒂先生脸上的表情有过不同的变化,现在又完全恢复原先那种扬扬自得、兴高采烈的样子了。他把一只手放在我的膝盖上,把另一只手放在斯蒂福思的膝盖上(放之前,先往手心吐了吐唾沫,表示更加郑重其事),分别对我们两人说了下面的话:

"突然有一天晚上——也就是今天晚上——小艾米莉下班回来,他也跟她一起回到家里!你们会说,这有什么。对,是没什么,每逢太黑了,他就像亲哥哥一样照顾她。不但天黑以后,不论什么时候,他都没有不照顾她的。不过今晚这个驾船的小伙子,却牵着小艾米莉的手,欢天喜地地对我大声嚷嚷说:'你瞧,这个人就要做我的小媳妇了!'小艾米莉则半大胆半害羞,半笑半哭地说:'没错,舅舅!要是你允许的话。'——要是我允许!"佩格蒂先生高兴得使劲点头说:"天哪,好像我会有别的主张似的!——'要是你允许,那我得说,这会儿,我的心冷静下来了,我也想得比较清楚了,我要尽力做他的一个好媳妇，因为他是个可爱的好人！'跟着，葛米治太太就像看到一出好戏似的，鼓起掌来了。就在这时候，你们两位进来了。好啦！谜底揭开了！"佩格蒂先生说——"你们进来了。这就是刚才发生的事，这就是要娶小艾米莉的那个人。一到她学徒期满，就娶她。"

为了表示信任和亲密，乐不可支的佩格蒂先生打了汉姆一拳，打得他几乎站立不稳。汉姆觉得他也应该对我们说几句，于是便结结巴巴、非常艰难地说：

"大卫少爷，你第一回来时——她还没有你高呢——那时候我心里想，她会长成个什么样儿呢。我亲眼看她长大——先生们——跟一朵花儿一样。我愿意为她豁出这条命——大卫少爷——哦！最满意，最喜欢！她是我的一切——先生们——她对我来说——比——比我想要的一切还多，比我——比我，说得出的一切还多。我——我真心爱她。所有的人，不管是陆上的——还是海上的——对他们的太太的爱，没有一个能比得上我爱艾米莉，尽管有许多人——把心里想的——说得更好听。"

眼看汉姆这样一个健壮的大汉，竟为成为他心上人的一个漂亮小人儿激动得发抖，我觉得很激动。我认为，佩格蒂先生和汉姆对我们如此真诚信任，这件事本身就让人深为感动。整个故事没有一处不使我感动。我的感情，受了我童年回忆多大影响，我说不上来，我去那儿，是否存有什么难舍的幻想，心里仍爱着小艾米莉，我也说不上来，我只知道，我听到这个消息，满心欢喜；不过，最初有的却是一种无法形容、易于变异的欢乐，差一点点就会变成痛苦。

因此，当时要是靠我来设法弹出能配上他们共有的调子的和声，我是无能为力的。靠的是斯蒂福思；他弹得那么娴熟，只几分钟工夫，我们就要多随便有多随便，要多快活有多快活了。

"佩格蒂先生，"斯蒂福思说，"你真是一位再好没有的好人。今天晚上的这份欢乐，是你应该享受的。我可以保证！汉姆，祝你快乐幸福，老兄。我也可以保证！雏菊，把火炉拨一拨，让它烧得旺些！还有，佩格蒂先生，要是你不能把你那位文静的外甥女儿劝说回来，那我就要告辞了（我把角上的座位都给她让出来啦）。今天晚上这样的日子，让你府上火炉边的任何位子——尤其是这样一个好位子——空出来，哪怕把东、西印度群岛上的财富全给我,我也决不依的!"

于是,佩格蒂先生便到我住的那个房间,去叫小艾米莉了。开始,小艾米莉怎么也不肯出来,后来汉姆也去了。没过多久,他们就把她带到了火炉旁。她显得既惊惶又害羞——不过看到斯蒂福思对她说话那么温柔,那么恭敬,也就很快定下心来,不那么拘束了。斯蒂福思多有技巧啊,凡是会让小艾米莉受窘的话,他一概不提,而是跟佩格蒂先生大谈大船、小船、潮汐、鱼类。他又跟我提起那次在萨伦学校见到佩格蒂先生的事,还说他非常喜欢这座船屋和里面的一切,他一直那么轻松自如地高谈阔论着,直到一步步把我们全都带进魔圈之中,跟着,我们大家也都无拘无束地谈论起来。

的确,那整个晚上,艾米莉都没说多少话,可是她却留心看着,听着,她的脸上神情兴奋,十分迷人。斯蒂福思讲了一个船只失事的凄惨故事(这是他跟佩格蒂先生的谈话引起的),他说得那么活灵活现,像是亲眼目睹一般——小艾米莉的眼睛一直盯着他,好像她也看到似的。为了让大家轻松一下,他又给我们讲了一个他自己的有趣的历险故事。他说起来眉飞色舞,好像这故事对他也像对我们一样新鲜似的——小艾米莉乐得大笑,笑得整个船屋都发出优美的回声。听了这样一个开心有趣的故事,我们大家(也包括斯蒂福思)全都忍不住大笑起来。他还要佩格蒂先生唱,或者不如说吼"当暴风猛刮、猛刮、猛刮时"①。他自己也唱了一支水手歌,唱得那么伤感动人,竟使我几乎以为,在船屋周围悲鸣、趁我们沉默时呜咽的真正的风,也在屋外倾听呢。

至于葛米治太太,斯蒂福思也引得她喜笑颜开。佩格蒂先生对我说,打从那个老头子死了以后,她一直悲观丧气,从来没有这样高兴过。而斯蒂福思几乎不让她有空闲的时间来伤心痛苦,葛米治太太第二天说,她想头天晚上自己一定是着了魔了。

但是斯蒂福思并没有垄断大家的注意力,也没有独占话坛。当小艾米莉变得较为大胆,隔着火炉跟我讲起(不过还是羞答答的)我们以前怎样在海滩上闲逛、拾贝壳、拾石子,我问她还记不记得我对她多么忠贞不渝时,我们俩都红着脸笑了;回想过去的那些欢乐时日,现在看来是如此虚幻。这时

---

① 苏格兰诗人托马斯·坎贝尔(1777—1844)所作《英国水兵之歌》中的叠句。

候,斯蒂福思则默不作声,留心地听着,若有所思地看着我们。整个晚上,小艾米莉都坐在靠火炉一角的那只旧矮柜上,汉姆则坐在她一旁以前我坐的地方。可是她坐在那儿,一直往墙边靠,老想躲开他。我弄不清,她这是在玩她那爱作弄人的小把戏呢,还是为了在我们面前保持少女的矜持。不过我注意到,那天整个晚上,她都是这样。

我记得,我们告辞时,已经快半夜了。我们吃了些饼干和鱼干,当作晚餐;斯蒂福思从口袋里掏出满满一瓶荷兰杜松子酒,我们几个男人(现在我可以毫无愧色地说"我们男人"了)把这瓶酒全都喝光了。我们高高兴兴地互相告别;当他们都聚在门口,举着灯尽可能为我们照亮道路时,我看到了从汉姆身后注意着我们的小艾米莉那双甜美的蓝眼睛,也听到了她嘱咐我们一路当心的温柔的声音。

"一个最迷人的小美人!"斯蒂福思挽着我的胳臂说,"唔,他们这地方真怪,他们这些人也很怪,跟他们交往,很有一种新鲜的感觉。"

"我们的运气还真好,"我回答,"正好碰上他们订婚的欢乐时刻!我从来没见过有人像这样快乐过。像我们这样,能看到这种情景,能分享他们纯朴的欢乐,真让人高兴啊!"

"那个蠢家伙配不上这个姑娘,是不是?"斯蒂福思说。

他刚才对汉姆,对他们所有的人,都那么亲热友好,现在竟会说出这样出人意料、冷酷无情的话来,我听了不觉一惊。不过当我急忙转头朝他一看,看到了他眼中的笑意时,我就松了口气,回答说:

"哎,斯蒂福思!尽管你爱拿穷人开玩笑,还是会跟达特尔小姐斗嘴,或者用玩笑对我掩饰你的同情心,可是我对你很清楚。我知道你完全了解他们,能敏锐地体会到这位纯朴渔民的快乐心情,能够迎合像我的老保姆那样的爱心。我知道,这些人的悲欢忧乐、思想感情,没有一样不是你所关心的。正因为是这样,斯蒂福思,我要二十倍地爱你、敬佩你!"

他停下脚步,看着我的脸,说:"雏菊,我相信你是真诚的,你是个好人。我希望我们都是这样的人!"接着,他便高兴地唱起佩格蒂先生唱的歌来,同时我们快步走回亚茅斯。

第二十二章

旧 景 新 人

斯蒂福思和我两人,在那一带整整待了两个多星期。我们俩大部分时间都在一起,这是不必说的,不过偶尔也会一连分开几个小时,各自独立活动。他从来不会晕船,我可就不行了,因此,当他跟佩格蒂先生乘船外出时(这是他爱好的一种娱乐),我总是留在岸上。我住在佩格蒂为我特备的房间里,也受到一定约束,而他就没有这种约束了,因为我知道佩格蒂整天要服侍巴基斯先生,非常辛苦,所以晚上我不愿在外面待得太晚。斯蒂福思住在旅馆里,不用顾别人,行动可以随自己高兴。因此我听人说,在我回屋就寝后,他还在佩格蒂先生常去的那家乐意居酒店作小东,招待那些渔夫;有几个月夜里,他还穿上渔夫的衣服,整夜在海上漂荡,直到涨早潮才回来。不过,到这时,我已知道他生性好动,又有勇敢精神,喜欢在艰苦的粗活和恶劣的天气中得到发泄,就跟他总爱从任何新鲜事物中寻找刺激一样。所以他种种行动,一点也没有引起我的惊异。

我们有时分开的另一个原因是,我对于去布兰德斯通,重访童年时代熟悉的旧景,当然很有兴趣,而斯蒂福思,去过一次之后,当然就没有兴趣再去了。因此,有那么三四天(这是我立刻就能想起来的),我们提前吃了早饭后,就各奔东西,各干各的,直到吃晚饭才碰面。在这段时间里,他是怎么消磨时光的,我就不清楚了,只是约略知道,他在当地很讨人喜欢,他能想出二十种办法让自己开心消遣,换了别人,一种办法也想不出来呢。

至于我自己呢,踽踽独行,走着往日走过的路,步步忆旧,寻访往日到过的地方,而且从不厌倦。现在我亲身在那些地方徘徊,就像记忆中常在那儿徘徊一样，我在那些地方流连，也像少年时身在远处思绪回那儿流连一样。树下的那座坟墓，是我父母的长眠之地，当初坟内只有我父亲一人时，我从家里朝它望去，心里总是充满好奇的怜悯之感；当掘开它埋葬我漂亮的母亲和她的婴儿时，我站在一旁，心中是那么凄凉——打那以后，由于佩格蒂的忠心看护，这座墓一直收拾得整齐干净，像座花园。我一个小时一个小时地在墓旁流连。这座墓坐落在一个僻静的角落里，离教堂墓地的小径很近，我在小径上来回徘徊时，都能清楚地看到墓碑上的名字。教堂报时的钟声，使我心惊肉跳，因为在我听来，总像是死亡的声音。这些时候，我的思绪总是跟我一生要成为一个人物，要做出伟大事业有关。我回响的足音，应和的不是别的，只是不断地跟这种思绪呼应，好像我已经回到家中，在活着的母亲身旁，建造起我的空中楼阁。

我老家的面貌已经大变，那些早已被乌鸦遗弃的残巢，现在也都不见了，树已被砍伐或斩去顶冠，已不像我记忆中的样子了。花园已经荒芜，房子的半数窗户都已封闭。房子里现在只住着一个可怜的疯子和照顾他的人。这个疯子老是坐在当年我那个小窗口旁，朝教堂墓地张望。我不知道他那杂乱无章的思绪中，是否也有过我当年的那种幻想。当年在旭日初升的早晨，我穿着睡衣，伏在那同一个小窗口上，朝外眺望，看见羊群在初升的阳光下静静地吃草。

我们的两位老邻居，格雷珀先生和他太太，已经去了南美洲，雨水从他们那座空屋的屋顶漏进屋内，外墙也是水渍斑斑；齐利普先生又结婚了，娶了个又高又瘦的高鼻梁太太，他们生了个瘦弱的孩子，头重得撑不住，一双无力的小眼睛直瞪着，好像总感到疑惑，想知道为什么把他生出来。

当我在故乡旧地独自徘徊流连时，心里总是怀着一种悲喜交集的复杂感情，直到变红的冬日夕阳提醒我，该是踏上归途的时候。可是，当我离开那儿，特别是跟斯蒂福思一起舒舒服服地坐在熊熊炉火旁吃晚饭时，想起自己曾在那儿流连，才感到身心愉快。晚上，当我走进那间整洁的卧室时，我也有着同样的感觉，只是没有那么强烈就是了。在那间屋子里，我一页页翻着那本鳄鱼故事书（它总是放在那儿的一张小桌子上），想起我有斯蒂福思这样的朋友，有佩格蒂这样的朋友，有像我姨婆这样一位了不起的、慷慨慈爱的人代替我失去的亲人，我是何等的幸福，因而，心中的感激之情便油然而生。

我长途步行重访旧地后回亚茅斯时,最近的路是乘渡船。渡船把我载到市镇和大海之间的那片沙滩上,我就可以直接从那儿去市镇,免得走大路拐一个大弯。佩格蒂先生的家就在那片荒滩上,离我走的那条路不到一百码,我经过那儿时,总要去他家看一看。斯蒂福思通常都在那儿等我,然后我们穿过寒气和越来越浓的雾霭,朝市镇上闪烁的灯光走去。

一天晚上,天已经黑了,我回来得比往常晚了一些——因为我们很快就要回家了,那天我去布兰德斯通,是和它作最后告别的——我发现佩格蒂先生家只有斯蒂福思一个人,独自坐在火炉前出神。当时他那么全神贯注,竟没有觉察我的到来。的确,即使他不是那么全神贯注,也很难觉察,因为在屋外的沙地上,脚步声是不易听到的。可是,这回是我进屋之后,竟也没有把他惊醒。我站在他身旁,看着他,他依旧皱着眉头,一味全神贯注地沉思着。

我把手往他肩上一放,他竟大吃一惊,因而我也被他吓了一跳。

"你就跟一个讨厌鬼一样,"他差不多发怒说,"附到我身上来了!"

"我总得让你知道我来了呀,"我回答说,"我是不是把你从天上叫下来了?"

"不,"他回答,"不。"

"那是把你从地下什么地方叫上来了吧?"我说着,在他旁边坐了下来。

"我在看炉火里的图画。"他回答说。

"可是你把图画给我捣毁了,"我说,因为这时他正用一块烧着的劈柴,迅速地捣那炉火,捣得炉火迸出一串又红又热的火星,飞上那小小的烟囱,呼呼地冲到空中。

"你本来就看不到那些图画的,"他回答说,"我讨厌这种不三不四的时刻,既不是白天,又不是晚上。你来得这么晚!你去哪儿了?"

"我去跟老地方告别啊。"我说。

"我坐在这儿,"斯蒂福思说,一面朝整个房间扫了一眼,"心里想,在我们初来这儿的那个晚上,我们看到的那么兴高采烈的那些人,也许——从眼下这儿的这种荒凉气氛来看——他们会四散分开,会死掉,或者会遭到我说不上来的什么灾祸。大卫,这二十年来,我要是有个严明的父亲就好了啊!"

"我亲爱的斯蒂福思,你这是怎么啦?"

"我过去要是能受到较好的管教就好了!"他嚷道,"我要是能好好管教管教自己就好了啊!"

看到他这般伤心沮丧的样子,我大为惊讶。他比我所能想象的还要反常。

"哪怕做这儿这个可怜的佩格蒂,或者是他那个呆头呆脑的侄子,也比做我这样一个人强,"他说着站起身来,恼人地靠在壁炉搁板上,脸对着炉火,"尽管我比他们有钱二十倍,聪明二十倍。在过去这半小时里,在这条该死的船里,我都成了折磨自己的人了!"

看到他的心情有这么大的变化,我都给弄糊涂了,开始只好一声不响地看着他。他站在那儿,一只手托着头,忧郁地朝下凝视着炉火。后来,我终于十分恳切地请求他告诉我,到底出了什么事,使他这样不同寻常地烦恼,即使我不能为他出主意,让我对他表示一点同情也好。可是还没等我把话说完,他就大声笑了起来——开头还有点嫌烦,可是很快就恢复了平时的欢畅。

"得了,没什么,雏菊!没什么!"他回答说,"我在伦敦的旅馆里对你说过,我有时候对自己很讨厌。刚才我像是做了一场噩梦——我想,一定是做了一场噩梦。在特别烦闷的时候,往往会让人想起一些童话故事,可是通常都认识不到那些故事的真正意义。我相信,刚才我就想起了那个'什么都不在意',结果喂了狮子——我想这是一种较有气派的送命方式——的坏孩子了。那些老太婆叫作恐怖的东西,已经从头到脚地从我身上爬过。我都自己怕自己了。"

"我想,你别的全不怕吧。"我说。

"也许是的,不过也许还有很多我怕的东西,"他回答说,"好啦!事情已经过去啦!我不会再烦闷了,大卫。不过我还是要再次对你说,我的好朋友,我要是有个严明的父亲就好了,这不光是对我,对别人来说也一样!"

他的脸上总是很富有表情的,不过当他看着火炉、说出这几句话来时,他脸上流露出一种我从未见过的含义不明的认真。

"好啦!话就说这么多了!"说着,他把手一挥,好像把什么很轻的东西扔向空中。

"'嘿,他一去,我又是个男子汉了'。①

"像麦克白一样。现在是吃饭的时候了! 但愿我并没有像麦克白那样,疯疯癫癫地打断了宴会,雏菊。"

"可是他们都到哪儿去了呢,真让我纳闷!"我说。

"谁知道呀,"斯蒂福思说,"我先到渡口找你,你没来,我就溜达到这儿来了,可是这儿一个人也没有。这才引得我动起念头来的,所以你才看到我在沉思冥想。"

这时,葛米治太太提着个篮子回来了,这才弄清屋子里空无一人是怎么回事。原来她是趁佩格蒂先生赶潮还没回来之前,忙着去买点必需用品。那天汉姆和小艾米莉回来早,她怕他们在她出门时回来,所以就没有锁门。斯蒂福思高高兴兴地向葛米治太太问了好,还开玩笑地拥抱了她一下,使得她的心情大大变好后,就挽起我的胳臂,拉着我匆匆离开了。

他不仅使葛米治太太的心情大大变好,他自己的精神也振作了起来,又像往常那样热情洋溢了。我们朝前走着,一路上他都谈笑风生。

"这么说,"他轻松愉快地说,"我们的这种海盗生涯明天就要结束了,是不是?"

"我们是这样说好的,"我回答说,"我们连公共马车上的座位都订好了,你知道的。"

"唉! 我想这是没有办法了,"斯蒂福思说,"除了在这儿出海去风浪中颠簸外,我差不多忘了世界上还有什么别的事好做了。我真巴不得没有。"

"只要这儿还有新鲜感。"我笑着说。

"这倒也是的,"他回答说,"尽管我这位天真和气的年轻朋友的这句话中含有讽刺挖苦的意味。行了! 我承认我是个做事没有长性的家伙,大卫。我想我是那么回事。不过有时,趁着铁正热的时候,我也能使劲敲打的。我想,要做一个这一带海域的领航员,我是能够通过严格的考验的。"

"佩格蒂先生说你是一个奇才呢!"我接过话头说。

"一个航海奇才,是吗?"斯蒂福思笑了。

———————————

① 详见莎士比亚剧本《麦克白》第三幕第四场:宫中宴会时,鬼魂出现,麦克白受惊;鬼魂隐去后,麦克白说了这句话。

"他确实是这么说的,你知道这话有多真实。你自己也知道,你不管学什么都很热情,精通起来也不费事。这是你让我感到惊奇的地方,斯蒂福思——可你竟满足于这样断断续续地凭一时高兴使用一下自己的才华。"

"满足?"他笑嘻嘻地说,"我从来没有满足过,除了对你的这股新鲜感,我尊贵的雏菊。至于说凭一时高兴,我从来没有学会把自己绑在永世旋转的火轮上,像现在的这些伊克西翁①一样,转个不停。不知怎么,我以前学得不好,没有学会这一点,现在我更不想了。我在这儿买了一条船了,你知道吗?"

"你是个什么怪家伙啊,斯蒂福思!"我听了愣住了,不觉喊了起来——因为这事我第一次听到,"你恐怕想都不会想到再来这一带吧!"

"那可难说,"他回答说,"我喜欢上这儿了。反正不管怎么样,"他一面说,一面挽着我朝前走,"这儿有人要出卖一条船,我就买下了。佩格蒂先生说,这是条快船;是这么回事——我不在时,佩格蒂先生就是它的主人。"

"哦,斯蒂福思! 现在我懂得你的意思了!"我非常高兴地说,"你这是假装给自己买船,其实是买了作为礼物,送给佩格蒂先生。我知道你的为人,本该一开始就猜到的。我的好心肠的斯蒂福思,想到你这样慷慨,你叫我对你说什么才好呢?"

"得了!"他回答说,脸都红了,"说得越少越好。"

"我还不知道吗?"我喊了起来,"我不是早就说过,这些忠厚老实人的喜、忧、哀、乐,不管是什么感情,你都没有不关心的吗?"

"对,对,"他回答说,"你全都对我说过了。就让它到此为止吧。我们已经谈得够多了!"

他既然不把这当一回事,我怕再说下去会惹恼他,也就只好在心里继续想这件事了。这时,我们的脚步比先前更快了。

"这条船得重新装备一下,"斯蒂福思说,"我要把利提摩留在这儿,照料这件事,这样我就可以了解装备得是不是很完备了。利提摩来这儿了,我告诉过你没有?"

_____

① 据希腊神话,帖萨利王伊克西翁为人狡诈,累累作恶,后宙斯以雷电将他击伤,打入冥府,并把他捆绑在永世旋转的火轮上,作为惩罚。

"没有。"

"哦,他来了!今天早上来的,带来了我母亲的一封信。"

当我们的目光相遇时,我发现,他虽然很镇定地看着我,却连嘴唇都变白了。我想,也许就是他跟他母亲之间有了分歧,影响到他的心情,所以我才发现他独自一人坐在火炉边。我委婉地表示了这一想法。

"哦,不!"他摇着头说,微微一笑,"没这种事!对了,他来了,我那个底下人。"

"还是老样子?"我说。

"还是老样子,"斯蒂福思说,"像北极一样,离人很远,默默无声。我要他照看这条船,给它换个新船名。它这会儿叫'暴风海燕'。佩格蒂先生怎么会喜欢暴风海燕哪!我要给它重新起个名字。"

"起个什么名字?"

"小艾米莉。"

他依旧镇定地看着我,我认为他这是提醒我,不赞成我再夸赞他关心别人。我禁不住在脸上流露出我对这事有多喜欢,不过我嘴里没说什么。于是他恢复了往常的微笑,似乎放了心。

"你瞧,"他看着前方说,"真正的小艾米莉来了!那个家伙跟她在一起,是吗?天哪,他可真像个骑士,一时一刻都不离开她!"

现在,汉姆已是个船匠。对这门手艺,他本来就有天分,经过学习,已经成了熟练工人了。他穿着工装,虽是粗人样子,但却是一条汉子,卫护着身边这个如花似玉的小人儿,是再合适不过了。他脸上流露出一片坦率和真诚,也有着一种不加掩饰的为她得意的神色和对她的钟爱之情。依我看来,这是再好看也没有了。当他们朝我们走来时,我觉得,即便在这方面,他们也是非常相配的一对。

我们停下来跟他们打招呼。这时,艾米莉羞答答地从汉姆的胳臂弯里抽回自己的手,红着脸跟斯蒂福思和我握了握手。当我们交谈了几句后,他们又继续往回家的路上走去时,她不愿再挽住汉姆的胳臂,而是依然流露出羞怯、拘束的样子,顾自一人走着。我们望着他们的背影,看他们渐渐消失在新月的朦胧月色中,我觉得,这一切都非常美丽动人,斯蒂福思似乎也有同感。

突然间,从我们身边过去一个年轻女人——显然是在追汉姆他们——她走近我们面前,我们没有看见,不过从我们面前走过时,我看到了她的脸,而且觉得我好像见过她。她的衣着很单薄,她的样子看上去放肆、强悍、招摇,但又贫穷。不过当时,她好像把所有这一切,全都给了正在刮着的寒风,没有别的念头,只想追上他们。当时,远处昏暗的地平线已经吞没了汉姆他们两人的身影,只留下地平线显现在我们跟海和云之间。那个女人的身影也同样消失了,离他们两人仍跟以前一样远。

"那是追那个女孩的黑影,"斯蒂福思停住脚步说,"这是怎么回事?"

他说这话时声音很低,我听起来觉得好像有点怪。

"我想,她一定是想向他们乞讨。"我说。

"是个乞丐的话,就没什么新奇了,"斯蒂福思说,"不过今天晚上这乞丐的样子,倒是挺奇怪的。"

"为什么呢?"我问他道。

"老实说,也没有别的,"他停了一下接着说,"只是因为这黑影从我们身边经过时,我正想到类似的东西。我真不明白,这鬼东西是从哪儿出来的!"

"我想是从这堵墙的影子里跑出来的吧!"我说,这时我们走过的路旁正好有堵墙。

"黑影不见了!"他回头看了看说,"但愿所有的灾祸都跟它一起消失。现在去吃饭吧!"

可是,他还是一再回头看那远处闪光的海平线。在我们余下的短短的路程中,他断断续续地几次表示,他不明白这是怎么回事。一直到我们坐下来吃饭,炉火和烛光照得我们又暖和、又欢快时,他好像才忘了这件事。

利提摩已在那儿,他对我的影响仍跟从前一样。我对他说,希望斯蒂福思太太跟达特尔小姐都好。他恭恭敬敬地(当然体面地)回答说,她们都还好,并对我道了谢,还代她们向我问了好。他的话就这么多,可是我总觉得他好像还老实不客气地对我说,"你还很年轻,先生。你还非常年轻呢!"

当我们差不多要吃完饭时,利提摩从一直看着我们,或者我觉得不如说从看着我的角落里出来,朝我们的餐桌走了一两步,对他的主人说:

"打扰您了,请原谅,少爷。莫彻小姐来这儿了。"

"谁?"斯蒂福思颇为吃惊地叫了起来。

"莫彻小姐,少爷。"

"嘿,她来这儿干什么?"斯蒂福思说。

"这儿好像是她的老家,少爷。她告诉我说,她每年都来这儿,作一次职业上的访问,少爷。今天下午我在街上遇见她。她说,等你吃过晚饭后,她是不是有幸可以来伺候您。"

"我们说的这位女巨人,你认识吗,雏菊?"斯蒂福思问我说。

我不得不承认,我跟莫彻小姐完全不认识——即使在利提摩面前承认这一点,我也觉得害羞。

"那你一定得认识认识她,"斯蒂福思说,"因为她是世界七大奇迹之一。莫彻小姐来时,带她进来。"

我对这位女士起了好奇心,也有一种兴奋感,特别是我一提起她,斯蒂福思就大笑起来,怎么也不肯回答我提的有关她的问题,因此我一直都处于渴望见到她的期待之中。直到撤去桌布后半个小时左右,我们在炉边喝葡萄酒时,门终于开了,利提摩仍像他平时那样,泰然自若地报告说:

"莫彻小姐到!"

我朝门口看去,但什么也看不到。我还以为这位莫彻小姐要过好一会儿才会到,一直朝门口张望着。就在这时,使我大吃一惊的是,从我和门之间的一张沙发后面,摇摇摆摆地出来一个气喘吁吁的矮胖子,年纪在四十到四十五岁上下,长着一颗很大的脑袋,一张很大的脸,一对狡诈的灰眼睛,而两只胳臂却如此短小,因而当她向斯蒂福思飞媚眼时,为了要把她的手指调皮地按在她的塌鼻子上,她不得不中途去迎接那个指头,让鼻子放到指头上。她的下巴是所谓双下巴,因为长的肉太多,把帽带连同带结,整个儿都埋起来了。脖子,她没有,腰,也没有,腿,则根本不值得一提,因为,她虽然在腰部(如果她有腰的话)以上,超过通常的长度,虽然她也跟常人一样,到一双脚为止,但她整个人太矮,站在一张普通高度的椅子旁,就跟一般人站在桌子旁一样,因此她只好把带来的一个袋子,放在椅座上。这位女子——衣服穿戴非常随便,如前所说,她好不容易把鼻子和食指凑到一起,站在那儿,脑袋不得不歪在一边,目光犀利的眼睛闭着一只,作出一副异常机灵的嘴脸——跟斯蒂福思飞了一阵媚眼之后,滔滔不绝地说起话来。

"哟，我的花朵儿!"她冲他摇着她的大脑袋，讨人喜欢地说，"你也在这儿哪，是嘛! 嗨，你这淘气的孩子，真不怕害臊，跑到离家这么远的地方来，干什么呀? 我敢肯定，一定是玩什么鬼把戏来啦。嘿，你真是个机灵的家伙，斯蒂福思，你就是这种人，我也是。难道不是吗? 哈! 哈! 你一定敢打一百镑对五镑的大赌，说你决不会在这儿见到我，是不是? 哎呀，我的天哪! 我这人可是哪儿都去。这儿，那儿，没有不去的地方，就像变戏法的人包在太太们手帕里的那半个克朗一样。说起手帕——还有太太——我得说你那位有福气的妈妈，有你这样一个好儿子，有多舒心啊。我亲爱的孩子，不过我这话可正相反，至于到底是正是反，我这就不说了!"

在说这番话的时候，莫彻小姐解开帽带，把它们抛到脖子后面，然后气喘吁吁地在炉子前的一张脚凳上坐了下来——这一来，挡在她头顶的红木餐桌，就成了凉亭了。

"哎呀呀，我的天哪!"她接着说，两只手分别拍着两个小膝盖，眼睛机警地瞟着我，"我长得太丰满了，这是事实，斯蒂福思。我爬了一层楼梯后，吸一口气就像汲一桶水那样困难。你要是看到我站在楼上的窗口那儿朝外看，你一定会认为我是个漂亮女人呢，是不是?"

"我不管在哪儿看到你，都认为你是个漂亮女人。"斯蒂福思回答说。

"去你的，你这只哈巴狗。去!"小矮人嚷了起来，还用她正在擦脸的手帕，冲斯蒂福思甩了一下，"别这么没大没小的。不过我跟你说真的，上星期我到米塞斯太太家去了——那真叫漂亮女人! 她一点不见老! ——我正在等米塞斯太太时，米塞斯本人也进我等的房间来了——也称得上是个美男子! 他也一点不见老! 还有他的假发也是，都戴了十年了——他一直对我献殷勤，弄得我都开始想，我不得不按铃叫人了。哈哈哈! 他是个讨人喜欢的家伙，不过他得正经点才好。"

"你都给米塞斯太太搞了些什么名堂?"斯蒂福思问道。

"我可不能给你露这个底，我的小宝贝，"她回答说，同时轻轻拍了拍鼻子，扭歪脸，眨巴着眼睛，像个聪明绝顶的小精灵似的，"这就用不着你操心啦! 你想要知道我怎么使她不掉头发，是不是给她染了发，是不是给她整过容，是不是给她修过眉毛，对不对? 等着吧，我的宝贝——到我告诉你的时候，你就会知道的! 你知道我的曾祖父叫什么吗?"

"不知道。"斯蒂福思说。

"他叫沃克，我的小乖乖，"莫彻小姐说，"传到他已经有好多代了，我就是从他们那儿继承了胡克·沃克①的全部遗产的。"

我从没见有什么比得上莫彻小姐的眨眼使眼色的，只有她自己的沉着镇定可以与之一比。在听别人跟她说话时，或者她说了话等别人回答时，她总是狡黠地歪着脑袋，一只眼睛像喜鹊那样往上翻着，那模样实在奇妙。总之，我惊奇得忘了形，坐在那儿一直盯着她看，我怕是把礼貌规矩全都给忘了。

这时，她已经把那张椅子拖到自己身边，忙着从那只袋子里掏出一些小瓶子、海绵、头梳、刷子、小块法兰绒、几把小烫发夹子和一些别的工具，在椅子上堆了一堆。她每次掏时，都把胳臂伸到了袋子里，一直伸到肩头。她掏着掏着，突然停了下来，对斯蒂福思问道（弄得我大为狼狈）：

"你这位朋友是谁呀？"

"科波菲尔先生，"斯蒂福思说，"他想要跟你认识认识呢。"

"好啊，那他就认识认识吧！我原以为，他看起来好像已经认识我了！"莫彻小姐回答说，手上提着袋子，一摇一摆朝我走来，一面走一面朝我笑着，"脸蛋儿像个桃子！"我坐在那儿，她踮起脚尖在我的脸颊上捏了一把，"多迷人啊！我就爱吃桃子。我要说，跟你认识很高兴，科波菲尔先生。"

我说，能认识她我感到很荣幸，这种高兴是双方共有的。

"哎哟哟，我的老天爷，我们可真是礼貌周全！"莫彻小姐大声嚷了起来，一面妄想用她那只小手捂住自己那张大脸，"可这是个多会骗人、说谎的世界啊！不是吗？"

这是对我们两人说的体己话。这时，她的小手已从大脸上拿开，连同胳臂什么的，重又伸进了袋子里。

"你这是什么意思，莫彻小姐？"斯蒂福思问道。

"哈哈哈！我们是一伙给人提神的骗子，没错！难道不是吗，我的宝贝孩子？"那个小女人回答说，歪着头，抬着眼，在袋子里摸索着，"瞧！"她从袋

---

① 胡克·沃克（Hookey Walker）据传原为一个叫约翰·沃克的专说谎话的钩鼻子间谍的绰号，后作"瞎话""胡说"解。

子里掏出一点什么东西，"俄国王爷的指甲屑。我管他叫颠三倒四的'字母王爷'，因为他的名字里，把所有字母都颠三倒四地拼凑进去了。"

"这位俄国王爷也是你的主顾吧，是不是？"斯蒂福思问道。

"你说得对，我的宝贝，"莫彻小姐回答说，"我给他包修指甲。一礼拜两次！手指甲，再加脚指甲。"

"但愿他出手还大方。"斯蒂福思说。

"他花钱也跟他说话一样，他是说大话，也花大钱，我的宝贝孩子，"莫彻小姐说，"王爷才不是你们这种胡子刮得精光的人呢。要是你看到他的胡子，一定会这么说的。红的是天然的，黑的是人工的。"

"自然是你给加工的了？"斯蒂福思说。

莫彻小姐眨了眨眼睛，表示同意。"非找我不可，没办法。他染的色受气候影响，在俄国很好，一到这儿，就不行了。你一辈子都决不会见到像他那样一股锈色的王爷，简直像废铁！"

"你刚才就是因为这个叫他骗子？"斯蒂福思问道。

"哟，你真是个好小伙子，不是吗？"莫彻小姐猛地摇着头回答说，"我是说，我们大家全是骗子。我把王爷的指甲屑给你看，就是为了证明这句话。在那些上流人家的宅院里，王爷的指甲，比我的全部本事加在一起还要有用。我不管到哪里，总要带着这些指甲屑，这是最好的推荐书。既然莫彻小姐给王爷修指甲，那她一定错不了。我拿这种指甲屑送给年轻的小姐、太太们，我相信，她们准会把它们放到珍藏册里。哈哈哈！我敢说，'这整个社会制度'（像人们在国会里发表演说时说的那样），就是王爷指甲制度！"这个小女人说这番话时，尽量想把她的两只短胳臂往胸前一抱，把大脑袋一点。

这话引得斯蒂福思开怀大笑，我也禁不住笑了起来。莫彻小姐则一直摇着头（头往一边歪得很厉害），一只眼睛朝上看，另一只直眨巴。

"好啦，好啦！"她说着，捶捶自己的那双小膝盖，站起身来，"这可不是正经事。来，斯蒂福思，让我们先来探一探两极地带①，把这事儿办完再说吧。"

于是她选了两三件小器具和一个小瓶子，然后问桌子是不是受得了

---

① 指察看一下斯蒂福思的头。

（这使我颇为吃惊）。她听斯蒂福思回答说受得了以后，推了张椅子到桌边，请我扶她一把，便相当灵活地爬上了桌子，好像桌子是个舞台似的。

"要是你们当中的哪一位，看到了我的脚踝①，"她在桌子上站稳后，说，"就说出来，我好回家自杀。"

"我可没看见。"斯蒂福思说。

"我也没看见。"我说。

"那好吧，"莫彻小姐喊了起来，"我就答应活下去啦。现在，小鸭，小鸭，小鸭，快到邦德太太这儿来挨杀！②"

这是叫斯蒂福思过去，好由着她摆布。于是斯蒂福思便坐了下来，背向着桌子，脸朝着我，笑着把头交给莫彻小姐去检查，目的显然没有别的，只是为了逗乐。看着莫彻小姐站在那儿，居高临下，从口袋里掏出一只又大又圆的放大镜，察看斯蒂福思那浓密的棕色鬈发，实在是一番让人叫绝的景象。

"哎呀，你这好小子！"莫彻小姐检查了一下后，说，"要不是遇上我，不出十二个月，你的头顶就要秃得像个托钵僧了。只要花上半分钟，我的年轻朋友，我给你擦上一擦，今后十年，保证能保住你的头发！"

她一面这样说着，一面把小瓶子里的东西，往一小块法兰绒上倒了一些，又倒了点在一把小刷子上，接着就用这两样东西，在斯蒂福思头顶又刷又擦的，忙个不停，那种忙忙碌碌的劲儿，我从来不曾见过。在这期间，她的嘴里还说个不停。

"有个叫查利·派格雷夫的，是位公爵的少爷，"她说，"你认识查利吗？"她扭头朝斯蒂福思的脸瞥了一眼。

"有一点。"斯蒂福思说。

"他是个多了不起的人！还有他那连鬓胡子！至于查利的腿，要是成双的话（可惜不是），那就没有人比得上他了！他竟想不要我伺候，你会相信吗？——他还是个王室近卫骑兵团的人呢！"

"他疯了！"斯蒂福思说。

"看来是这样。不过，疯也罢，不疯也罢，反正他那么试了，"莫彻小姐

---

① 按当时规矩，妇女应该长裙遮脚，不让露出脚踝。
② "小鸭，小鸭，小鸭，快到……"为英国儿歌中一叠句。

说,"你猜他干什么来着,瞧,他走进一家香水店,说要买一瓶马达加斯加水①。"

"查利这么做了?"斯蒂福思问道。

"查利这么做了。可是他们什么马达加斯加水也没有。"

"那是什么——是喝的东西吗?"斯蒂福思问道。

"喝的?"莫彻小姐停下手上的活儿,拍了拍他的脸蛋,回答说,"打扮他的连鬓胡子用的,知道吗?那个店里的女人——年纪已不小——简直是个怪物——她甚至连这个名字也从来没有听说过。'对不起,先生,'那位怪物对查利说,'那是不是——是不是就是胭脂?是吗?''胭脂!'查利冲着那怪物说,'你对有教养的人说这种话多不中听,你怎么会想到我要胭脂的?''别生气,先生,'那怪物说,'人们到这儿来买胭脂,用了那么多名字,所以我以为,您要的也许就是这东西。'②还有,我的孩子,"莫彻小姐接着说,仍跟以前一样,一直忙着刷这擦那,"我再说一个有趣的骗人的例子。我自己就那样干过——也许只是多一点或少一点——关键在于乖巧,我的宝贝孩子——别的甭管——只要乖巧就成!"

"你说的是哪一方面呢?是说胭脂吗?"斯蒂福思问道。

"把这个和那个合在一起的东西,你这不懂事的小学生,"老练的莫彻小姐摸摸自己的鼻子回答说,"按照各行各业自己的秘方来调制,调制出来的就是合你用的东西。我说的是,连我自己也搞过一点那种名堂。有一位阔寡妇,她把它叫作唇膏,另外一位,她把它叫作手套,又有一位,她把它叫作衣领花边,还有一位,她把它叫作扇子。我呢,她们叫什么,我就叫什么。我把这东西供应给她们,可我们相互间一直都玩着这种骗人的把戏,脸上装出一副若无其事的样子,弄到后来,她们在满堂宾客面前,也像在我们面前一样,急于想使用它了。我伺候她们时,她们有时就对我说——搽点那东西——搽得厚一点,没错——'我的气色怎么样,莫彻?我的脸色苍白吗?'哈哈哈哈!这不让人觉得有趣吗,我的年轻朋友?"

---

① 马达加斯加盛产香精,产量占世界的五分之四,故有此说。

② 因胭脂原为颜料,当时上流社会虽用它当化妆品,但不屑说出它的真名,认为有失身份。

我这一辈子,从没见过像莫彻小姐这样,站在饭桌上,一面为这种有趣的事乐得不可开交,一面忙着在斯蒂福思的脑袋上擦个不停,还要隔着他的脑袋朝我挤眉弄眼。

"啊!"她说道,"这一带不大需要我的这种东西,所以我又得走了!打从我来到这儿,我从没见过一个漂亮女人,詹米①。"

"没见过?"斯蒂福思说。

"连个鬼影子都没见过。"莫彻小姐回答说。

"我们可以给她看一个真实的美人,我想,"斯蒂福思眼看着我,说,"怎么样,雏菊?"

"当然可以。"我说。

"真的?"小矮子目光锋利地朝我脸上一扫,接着又扭头看了看斯蒂福思的脸,说,"是吗?"

她那第一声像是对我们两人的发问,第二声像只是对斯蒂福思一个人所发。她这两声似乎都没有得到回答,于是她继续擦着,脑袋歪向一边,一只眼珠朝上翻着,好像要在空中找到答案,而且显得很有信心,认为答案很快就会出现。

"是你的姐妹吧,科波菲尔先生?"她停了一会后大声说,一面仍像先前那样要想找答案的样子,"是不是? 是不是?"

"不是,"斯蒂福思还没等我答话,便抢先回答说,"完全不是那么回事。正相反,科波菲尔先生从前还曾非常爱慕过她——要不,就是我大错特错了。"

"哟,这么说他这会儿不爱啦?"莫彻小姐问道,"是他用情不专吗? 真羞人! 他是不是每朵花都采,每个钟点都变,直到波丽来酬报他的爱②? 她的名字叫波丽吗?"

这个小精灵突然对我提出这样的诘问,还用一种寻根问底的目光盯着我,一时间直把我弄得不知所措。

---

① 詹姆斯的昵称。

② 引自英国诗人、戏剧家约翰·盖依(1685—1732)代表作《乞丐的歌剧》第一幕第十三场中麦奇斯所唱之歌《我的心多么自由》。

"不是的，莫彻小姐，"我回答说，"她叫艾米莉。"

"啊哈？"她跟刚才一样叫了起来，"是吗？我真多嘴！科波菲尔先生，我老是说漏了嘴，不是吗？"

她在这个话题上的强调和态度，都暗暗使我感到有点不快，所以我就改用较为严肃的态度——在这之前我们三人中谁也没有这般严肃过——说道：

"她不仅容貌漂亮，而且品行端正。她已订了婚，就要嫁给一个跟她身份相符的、最好的、最配娶她的人了。我像赞美她的美貌一样，也敬重她的美德。"

"说得好！"斯蒂福思叫了起来，"听啊！听啊！说得太好了！现在，为了满足这位小法蒂玛①的好奇心，我把话都说了吧，我亲爱的雏菊，免得她胡猜乱想。莫彻小姐，这位姑娘现在正在学手艺，或者说当学徒，或者不管怎么说都行。学艺的地点就在本镇的欧默和乔兰商店，该店专营布匹服装，服饰用品、兼营服装加工，等等。你听清了没有？欧默和乔兰商店。我的朋友刚才说她已订了婚，跟她订婚的是她的表兄；他教名汉姆，姓佩格蒂，职业，船匠，也住本镇。她跟她的一个亲戚住在一起；这个亲戚，教名不详，姓佩格蒂，职业，渔夫，也住本镇。她是世界上最漂亮、最讨人喜欢的小仙女。我也爱慕她——跟我的朋友一样——非常爱慕她。要不是显得似乎有意贬低她的未婚夫（我知道这是我这位朋友不喜欢的），我还会再加上一句，我觉得她这是把自己给糟蹋了。我认为，她完全可以攀一门更好的亲；我敢起誓，她生来就是做阔太太的人。"

斯蒂福思的这番话说得很慢，也很清楚，莫彻小姐仔细地倾听着，脑袋歪在一边，一只眼珠朝上翻着，好像还在寻找那个答案。待他一说完，她又立刻变得非常活跃，以惊人的口才滔滔不绝地说了起来。

"哦！就这么些？是吗？"她大声说着，一面用一把小剪刀不停地修剪着斯蒂福思的连鬓胡子，剪刀直在他脑袋四周闪光，"很好，很好！一个很长

---

① 法国童话中蓝胡子的第七个妻子，出于好奇心，她打开密室，发现了她丈夫杀害的以前的妻子的尸体。

的故事。结束语应该是'从此以后,他们过着快乐幸福的日子'①,对吗?啊!罚物游戏②是怎么玩的?啊?我爱我的爱人有个 E,因为她长得真迷人(enticing),我恨我的爱人有个 E,因为她跟别人订了婚(engaged),我对她说的名义多美妙(exquisite),我要请她跟我去私奔(elopement),她的名字就叫艾米莉(Emily),她的家就住在东方城(East)。哈哈哈!科波菲尔先生,你瞧我轻浮不轻浮?"

她只是带着过分的狡黠朝我看了一眼,没等我回答,连气也没喘一口,便接着说:

"行啦!要是说我给哪个淘气鬼修饰过,把他打扮得十全十美,那就是你,斯蒂福思。要是说我知道世界上哪个人的脑袋在转什么念头,那也就是你。我对你说的这几句话,你听到了没有,我的宝贝?我知道你脑袋里转什么念头。"说到这里,她低头偷着看了看他的脸,"詹米,现在你可以撤下了(像我们在法庭上说的一样)。要是科波菲尔先生肯坐到这张椅子上,我就为他修理一下。"

"你看怎么样,雏菊?"斯蒂福思笑着问道,同时让出了座位,"要打扮一下吗?"

"谢谢你,莫彻小姐,今晚就不用了。"

"不要说不,"矮女人说,摆出一副鉴定家的神气朝我打量着,"眉毛得加长一点。"

"谢谢你,"我回答说,"改天吧。"

"朝太阳穴延八分之一英寸就好了,"莫彻小姐说,"我们能叫它在两个星期内就长出来。"

"不啦,谢谢你,这会儿就不弄了。"

"修一修眉梢吧,"她怂恿说,"不?那我们就来把两撇胡子弄得往上翘吧。来!"

我在拒绝时不禁脸红了,因为我觉得,这会儿揭到了我的伤疤。莫彻

---

① 民间的故事、童话中常用的一句结束语。

② 类似嵌字游戏,如要求为"E",则后面六个句子中最后一个词的第一个字母必须是"E",否则就要受罚。

小姐看出，眼下我无意要她做任何修饰打扮，同时，尽管她把那个小瓶子举到一只眼睛前，以此来招引我，说服我，我也不为所动，于是她说，那就下一回吧，下次趁早给我开个头。接着她求我帮她一把，扶她从桌子上下来。我这样一帮忙，她就很灵巧地从桌上跳了下来，然后动手把自己的双下巴扎进帽带里。

"费用，"斯蒂福思说，"是……"

"五先令，"莫彻小姐回答，"便宜极了，我的孩子。我是不是轻浮，科波菲尔先生？"

我挺客气地回答说："一点也不。"不过，当她像个卖馅饼的小贩似的，把那两枚半克朗的辅币往上一抛，然后接住，投进口袋，再往口袋上重重一拍时，我觉得她是有一点轻浮。

"这是钱柜，"莫彻小姐说，然后又站在椅子旁，把先前从口袋里掏出来的那些杂七杂八的小玩意儿，重又放回口袋，"我的家伙都收起来没有？好像都收起来了。可别像那个高个子奈德·比得伍德①，别人带他进教堂'跟什么女人结婚'，他却说，他把新娘给弄丢了。哈哈哈！奈德是个大坏蛋，不过也挺滑稽逗笑！好啦，我知道这会让你们伤心，可我还是不得不离开你们了。你们得拿出自己的全部坚忍精神，尽力忍受。再见了，科波菲尔先生！多多保重，诺福克的乔基②！瞧我多会耍贫嘴！这都是你们两个淘气鬼惹的，不过我不怪罪你们！'鲍勃发誓！'③——初学法语的英国人，用法语说'晚安'，觉得还很像英语呢。'鲍勃发誓'，我的小乖乖！"

她把口袋往胳臂上一拎，嘴里唠叨着摇摇摆摆地朝门口走去。刚走到门口，她又停了下来，问我们要不要她留一绺她的头发给我们。"我是不是有点轻浮？"她又补了一句，作为对自己的这一提议的评语，接着便把一个手指放到鼻子上，扬长而去。

斯蒂福思大笑了起来，笑得那么厉害，引得我也忍不住笑了。其实，要

---

① 这一人物及以下所述，均源自当时的一首流行歌曲。

② 指英王理查三世的亲信、死于博斯沃之役的诺福克公爵约翰·霍华德，在战死前夕，他在帐中发现两行警告的诗句："诺福克的乔基，不要太大胆，因为你的主子迪肯已被人出卖。"（乔基、迪肯分别为约翰、理查的小名）。详见莎士比亚著《理查三世》第五幕第三场。

③ 法语 Bonsoir（晚上好）和英语 Bobswore（鲍勃发誓）发音相近。

不是他引得我这样,我自己都不能肯定,我本来会不会笑。我们着实笑了一阵子,才算笑够。接着,斯蒂福思告诉我说,莫彻小姐交际很广,她对许多人来说,在许多事情上都很有用处。他说,有的人却看不起她,把她看成一个小怪物。其实她看人看事都非常机灵、精明,比得上他认识的任何一个人。她是胳臂短、见识长。他告诉我,莫彻小姐说自己在这儿、在那儿,处处有足迹,这话全是真的。因为她一直在各个地区东闯西荡,好像不论哪儿都能找到主顾,不论什么人都能搭上关系。我问他,她为人怎么样,是一贯爱惹是生非呢?还是大体上对正确的事物表示支持?我试了两三次,想把他的注意力引到这些问题上,结果都没有成功。于是我也就没有再去提它,或者是忘了再提。他反倒连珠炮似的对我说了一大堆莫彻小姐的技巧、收入,以及她用科学方法拔罐放血的技术,还说要是我什么时候有这种需要时,可以找她。

莫彻小姐是那天晚上我们的主要话题。当我们分手,我下楼时,斯蒂福思在楼梯的栏杆上对我喊了一声:"鲍勃发誓!"

我来到巴基斯先生的家门口时,发现汉姆正在屋前来回溜达,这使我颇为诧异,又听他说小艾米莉就在里面,更使我大为吃惊。我自然问他,为什么他不进屋去,而独自一人在街上闲逛。

"哟,你知道,大卫少爷,"他犹犹豫豫地回答说,"艾米莉正在里面跟人说话哪。"

"我认为,"我笑着说,"正因为她在里面,所以你也应该进去啊,汉姆。"

"是呀,大卫少爷,按常理我是该进去的,"他回答说,"不过你知道,大卫少爷,"他放低了声音,郑重其事地说,"是个年轻女人哪,少爷——是个艾米莉从前有过来往、这会儿不该再有来往的年轻女人。"

我听了这话,恍然大悟,想起几个钟头以前,跟在他们后面的那个人影。

"那是条可怜的蛆虫,大卫少爷,"汉姆说,"整个镇上的人都把她踩到脚下。前街后巷,左邻右舍,没有不踩她的。教堂坟地里的死人,都没有她这样让人厌恶。"

"今天晚上,我们碰见你们之后,汉姆,我在沙滩上见过她吧?"

"她远远跟着我们?"汉姆说,"你可能见过她,大卫少爷。那时我还不知道她跟着我们,是过后不多久才知道的。她偷偷溜到艾米莉的那扇小窗口外面,看到里面有了灯光,就悄悄叫道:'艾米莉,艾米莉,看在基督的面上,拿出女人的心肠来待我吧!我以前也跟你一样的呀!'这些话,听起来是很正经的,大卫少爷!"

"确实是这样,汉姆。艾米莉怎么待她呢?"

"艾米莉就说啦:'玛莎,是你吗?哦,玛莎,是你!'因为她们坐在一起干过活,很长一段日子,在欧默先生的铺子里。"

"这会儿我想起她来了!"我叫了起来,想起第一次去那儿时,见到有两个女孩,她就是其中的一个,"我记得很清楚!"

"她叫玛莎·恩德尔,"汉姆说,"比艾米莉大两三岁,跟她同过学。"

"我从没听说过她的名字,"我说,"我这可不是打你的岔。"

"在这件事情上,大卫少爷,"汉姆说,"差不多就这么几句话,'艾米莉,艾米莉,看在基督的面上,拿出女人的心肠来待我吧!我以前也跟你一样的呀!'她还要跟艾米莉说话,可是艾米莉不能在那儿跟她说话,因为那位疼她的舅舅已经回家了。他不许——不许,大卫少爷,"汉姆十分认真地说,"不许她们在一块儿。虽然他脾气好,心肠软,可是,哪怕把沉在海里的所有珍宝都给他,他也见不得她们在一块儿的。"

我觉出这话是多么真实,对这一点我立即就像汉姆一样清楚了。

"所以艾米莉就用铅笔在一张小纸条上写了几个字,"他接着说,"递到窗口给了她,要她拿到这儿来。'你把这条子给我姨妈巴基斯太太看,'她写道,'她会看在我的面上,让你在火炉边待着。等我舅舅出去了,我就过来。'跟着,大卫少爷,她就对我说了我告诉你的这些话,要我陪她到这儿来。我有什么办法呀?她不该再跟这种人来往的,可是我没法回绝她,她脸上满是眼泪了。"

他把手伸进自己粗毛上衣的怀里,小心翼翼地掏出一个很好看的小钱包。

"要是说,她脸上满是眼泪,我还可以回绝她的话,大卫少爷,"汉姆说,一面轻柔地把那钱包放在粗糙的手心里托着,"她还把这东西给了我,要我替她拿着——而且我也知道她为什么要带上它——我怎么还能回绝她呢?这样一个小玩意儿似的小钱包!"汉姆满腹心思地看着那个小钱包说,"里面只有一点点钱呀,艾米莉,我亲爱的!"

当他把小钱包放回怀中后,我就跟他热烈地握手——因为这比任何语言更能表达我的满意心情——然后我们都默不作声地来回走了一两分钟。接着,门开了,佩格蒂出现在门口,招呼汉姆进去。我本想趁势走开,可是她追了上来,一定要我也进去。即使在这时候,我还是想避开不去他们待的房间,可是他们待的地方,就是我不止一次提到过的那间砖铺的厨房。门一打开就是,因而没等我考虑好要不要进去,我发现自己已经在他们中间了。

那个女孩——就是我在沙滩上看到过的那个——正坐在壁炉旁的地上,她的头和一只手搁在一张椅子上。从她的姿势看来,我想,艾米莉大概刚从椅子上站起来,这个可怜的女孩的头,原本也许是伏在艾米莉的腿上的。我不大看得见这女孩的脸,她的头发披散在脸上,好像是她自己用手抓乱了似的。不过我仍能看出她还很年轻,肤色白净。佩格蒂刚哭过。小艾米莉也刚哭过。我们刚进房时,谁也没有说话。在一片寂静中,碗碟柜上荷兰时钟的嘀嗒声,好像比往常加倍地响亮。

还是艾米莉先开口。

"玛莎想要,"她对汉姆说,"去伦敦。"

"干吗要去伦敦?"汉姆问道。

他站在玛莎和艾米莉之间,心情复杂地望着那个伏在椅子上的女孩,既可怜她,又不愿她跟他如此深深爱着的艾米莉有来往。这一情景,在我脑子里一直记忆犹新。艾米莉跟汉姆两人说话时,好像都把玛莎看成是个病人似的,语气柔和,声音压得比耳语高不了多少,但是能让人听清。

"去那儿比在这儿好,"响起另一个声音——是玛莎的声音——但她的身子没有动,"那儿没有人认识我,而在这儿,人人都认识我。"

"她去那儿做什么呢?"汉姆问道。

玛莎抬起头,黯然地朝汉姆打量了一会,接着又低下头去,用右臂钩着脖子,像个发烧或中弹受伤的女人似的,痛苦地扭动着身体。

"她会努力学好的,"小艾米莉说,"你不知道她刚才对我们说什么来着。他知道吗——他们知道吗——姨妈?"

佩格蒂充满同情地摇了摇头。

"要是你们能帮我离开这儿,"玛莎说,"我一定会努力的。我决不会比在这儿搞得更糟。我会学好的。哦!"说到这儿,她打了个可怕的寒噤,

"求你们帮我离开这些大街小巷吧。这儿全镇的人,打我小时候起就认识我了!"

艾米莉向汉姆伸过手去,我看见汉姆往她的手里放了一只小帆布袋。她接过后,像是以为这是她自己的钱包,可是朝前迈了一两步后,发现自己错了,便又回身走到汉姆跟前(这时汉姆已退到我的身旁),把袋子给他看。

"这全是你的,艾米莉,"我听到汉姆说,"我在这世界上的所有东西,没有一样不是你的,我亲爱的。要不是给你用,我就什么快乐也没有了。"

艾米莉的眼里重又涌出泪水,她转身回到玛莎跟前。她给了玛莎什么,我不得而知。只见她朝玛莎俯下身子,把钱放在她的怀里,还低声对她说了什么,问她这些钱够不够。"不但够,而且有得多了。"另一个说,然后捧起她的手,吻了吻。

接着,玛莎站起身来,围上披肩,遮住脸,哭着慢慢走到门口。出门前,她停了一下,好像想说点什么或者想回过身来。可是她什么话也没有说出口,只是裹紧披肩,跟先前一样,低声发出伤心、悲苦的呻吟,出门去了。

门刚关上,小艾米莉便迫不及待地朝我们三人看了一眼,跟着双手往脸上一捂,抽抽噎噎地哭了起来。

"别哭呀,艾米莉!"汉姆轻轻拍着她的肩膀说,"别哭,我亲爱的! 你用不着哭得这么伤心,亲爱的!"

"哦,汉姆!"她依然伤心地哭着说道,"我没有做到我应该做的那么好,我知道,我应该知情知义,可我有时候没有做到!"

"不,不,你做到了,我敢保证。"汉姆说。

"没有! 没有! 没有做到!"艾米莉哭着说,一面抽噎,一面摇头,"我本该做个好姑娘的,可是我没有做到。差远啦,差远啦!"

她依然哭个不停,好像心都要碎了。

"我太辜负你的情意了,我知道,我太辜负了!"她呜咽着说,"我常常跟你发脾气,对你三心二意的,我应该跟这大不相同。你对我从来不是这样。为什么我总是对你这样呢! 按理我应该只想到怎样来感激你,怎样来使你快乐才对呀!"

"你总是使我快乐的,"汉姆说,"我亲爱的! 我一看到你就快乐。只要想到你,我一天到晚都快乐。"

"哎哟,那样是不够的!"她喊着说,"这是因为你人好,不是因为我好。哦,我亲爱的,要是你爱的是另一个女人——一个远比我稳重、贤惠,全心全意爱着你,决不像我这样爱虚荣和变化无常的女人——你会比这幸福多的!"

"这可怜的小软心肠,"汉姆低声说,"玛莎把她完全闹糊涂了。"

"姨妈,"艾米莉说,"请你过来,让我把头枕在你怀里吧!哦,姨妈啊!我今天晚上难过极了。我没有做到我应该做的那么好。我没有做到,我知道!"

佩格蒂急忙跑到壁炉前的椅子上坐下。艾米莉双手搂住她的脖子,跪在她的身旁,非常真诚地仰望着她的脸。

"哦,求求你,姨妈,想法帮帮我吧!汉姆,亲爱的,想法帮帮我吧!大卫先生,看在往日的分上,请你也一定想法帮帮我吧!我要做一个比现在更好的好女孩。我要比现在多一百倍地知情知义,我要更加懂得做一个好男人的妻子,过一种平静的生活,是多么幸福。哎呀,我这个人啊!我这个人啊!哎呀,我这颗心啊!我这颗心啊!"

她把脸埋在我的老保姆的怀中,渐渐停止了她那半是妇女半是孩子的(其实她的一切举止都是这样,我觉得,这比任何别的姿态更加自然,更能和她的美相配)痛苦哀求,只是默默地流着泪,我的老保姆则把她当成一个婴儿似的抚拍着她。

她慢慢地平静下来,于是我们就用好言安慰她,时而说些鼓励她的话,时而跟她开几句玩笑,直到她抬头跟我们说起话来。我们就这样继续说个不停,引得她先是微笑,继而大笑,最后半含羞涩地坐直身子。佩格蒂则理齐她散乱的鬈发,擦干她的眼泪,重又把她修饰整齐,免得回家时引起她舅舅的怀疑,为什么他的宝贝哭了。

那天晚上,我看到她做了我以前从没见她做过的事。我看到她天真地吻了她未婚夫的脸,紧倚在他那粗壮的身躯上,仿佛那是她最可靠的依靠。当他们在朦胧的月色中一块儿离去时,我一直望着他们,心里把他们的离去和玛莎的离去作了比较,我看到艾米莉双手挽着汉姆的胳臂,依然紧紧地依偎着他。

第二十三章

选 定 职 业

　　第二天早上醒来,我对头天晚上玛莎走后小艾米莉的情绪,想了很多。我觉得,他们对我如此推心置腹,让我知道那些家庭里的隐情和伤感,这完全出于神圣的友情,我要是把这泄露出去,即使泄露给斯蒂福思,也是错误的。我对这位作过我童年游伴的小美人,比对任何人怀有更深的感情,不仅过去和现在,而且直到将来我死的那一天,我都永远深深相信,我曾真心诚意地爱过她。要是我把她情不自禁、偶尔向我袒露的心事告诉别人,哪怕是斯蒂福思,都是一种不道德的鲁莽行径,这有负于我自己,也有负于我们俩童年纯洁天真的光辉,这光辉,我一直看到环绕在她的头顶。因而,我决心把这番情景深藏心中,使她的形象增添了新的光彩。

　　我们正在吃着早饭的时候,我接到我姨婆寄来的一封信。因为信里所提的事,我觉得斯蒂福思也跟任何人一样,能给我出出主意,而且我也知道,我也乐意跟他商量这件事的,所以我就决定,把这作为回家路上讨论的话题。因为当时为了要跟所有的朋友辞行告别,就够我们忙的了。巴基斯先生在惜别方面,也不亚于旁人,我相信,要是能让我们在亚茅斯再留上四十八小时,哪怕要他再次打开他的箱子,再牺牲一个几尼,他也在所不惜。佩格蒂和她娘家所有的人,都因我们的离去感到伤心。欧默和乔兰商店的人,也都全店出动,前来给我们送行。我们的旅行包装车时,竟有那么多的水手渔民自动前来为斯蒂福思效劳,即使我们有一团人的行李,也用不着雇脚夫搬运。总之,我们的离去,使所有有关的人都感到惋惜和羡慕,使许许多多人感到难过。

"你还要在这儿待很久吗,利提摩?"我问道,这时他正在那儿等待马车出发。

"不会很久,先生,"他回答说,"大概不会待得太久,先生。"

"这会儿,他还很难说,"斯蒂福思毫不经意地说,"他知道他得办的事,他自然会办妥的。"

"我也相信他一定会办妥的。"

利提摩举手往帽檐上一碰,答谢我的赞许,我觉得我一下成了个八九岁的孩子了。他又举手再次碰了碰帽檐,祝我们一路平安。我们的车离去时,他站在人行道上,显得体面、神秘,像埃及的金字塔一样。

有一阵子,我们俩谁都没有开口。斯蒂福思异乎寻常地沉默,我则一直在想,不知道什么时候还能再来此地,不知道到那时我自己和这些人会有什么新的变化。后来,斯蒂福思突然变高兴了,开始说起话来,他这人是说变就变的。他拉了拉我的胳臂说:

"说句话呀,大卫。吃早饭时,你提到的那封信,是怎么回事?"

"哦!"我从口袋里掏出那封信来,说,"是我姨婆写来的。"

"她说了些什么? 有什么需要考虑的吗?"

"嗨,她提醒我,斯蒂福思,"我说,"我这次出来旅行,目的是开开眼界,动动脑筋。"

"当然,你已经这么做了?"

"说实话,我很难说我已经这么做了。告诉你实话吧,我怕是把这全都给忘了呢。"

"得! 现在你就赶快睁眼朝四周看看,补救一下你的疏忽吧!"斯蒂福思说,"往右看,你能看到一片平野,其中有许多沼泽;往左看,你能看到同样的景色;往前看,前面没有不同;后面还是一样。"

我禁不住笑了起来,回答说,在这全部景色中,我没有看到有适合我的职业,也许是因为这一带地势太平坦了吧。

"关于这个问题,你姨婆怎么说?"斯蒂福思朝我手中的信瞥了一眼,问道,"她有什么建议吗?"

"嗯,有,"我说,"她在信里问我,愿不愿意当一个代诉人①。你认为怎么样?"

"哦,这我可说不上来,"斯蒂福思冷冷地回答说,"我想,你干这个,跟干别的完全一样。"

他把所有的职业都看成一样,我听了禁不住又大笑起来。我就把这意思跟他说了。

"代诉人到底是干什么的,斯蒂福思?"我说。

"哦,那是一种苦行僧般的初级律师,"斯蒂福思回答说,"在博士公堂②——圣保罗教堂墓地③附近一个冷僻、破旧的角落里——设的一些不大用得着的法庭上出庭,就跟在普通法庭和平衡法庭上出庭的代讼师一样。这种人员,按理大约在两百年前就该顺应自然淘汰了。最好的方法是,我只要告诉你博士公堂是个什么,你就知道代诉人是什么了。博士公堂是个偏僻的小处所,他们在那儿审理所谓宗教法案件,根据国会那些陈旧荒唐的法案,玩弄各种各样的把戏。那些法案,世界上有四分之三的人完全不知道,其余四分之一的人则以为,它们是从爱德华时代④挖出来的化石似的东西。那儿自古以来是个包揽人们有关遗嘱和婚姻诉讼以及大船小舟纠纷案件的地方。"

"你这就胡说了,斯蒂福思!"我大声喊了起来,"你的意思不是说航海案件跟宗教案件之间有关联吧?"

"我当然没有这个意思,我的好朋友,"他回答说,"我的意思是说,这两类案件都在那个博士公堂里,由同一班人来审理、判决的。哪一天你要是去那儿,你会看到他们正在审理'南希号'撞沉了'萨拉·简号',或者是佩格蒂先生和亚茅斯的船民们,带了铁锚和缆索,冒着暴风出海去营救来往印度的'纳尔逊号'遇险遭难等案件,结果把《杨氏海事词典》里一半以上的航海术语都搞错了。另一天你要是再去那儿,你还会看到他们又在审理一个品

①　代当事人处理有关民法、教会法及海事法案件的律师。
②　在伦敦圣保罗教堂南面,为民法博士协会会址,内设民法、教会法及海事法案件的法庭。
③　圣保罗教堂为伦敦最大的教堂,在旧城的中心,其周围地区称为圣保罗教堂墓地。
④　英王名爱德华的共有十个,此处指爱德华第一至第三的时代(1272—1377)。

行不端的牧师的案子,正在埋头研究正反两方的证据。你会发现,审理那桩海事案的法官,成了这桩牧师案的辩护士。而海事案的辩护士,则成了审理牧师案的法官。他们就像演员似的,有时候是法官,有时候不是法官,有时候扮演这个,有时候扮演那个。他们就这样变来变去,不过这是一出非常有趣和有利可图的私下演出的戏剧,是演给极少数特别选出的观众看的。"

"辩护士和代诉人不是一回事吗?"我有点糊涂了,问道,"是不是?"

"不,"斯蒂福思回答说,"辩护士是一些民法学家——在大学里获得博士学位的人——这是有关这事我所了解的第一个理由。代诉人雇用辩护士。他们双方都能得到很丰厚的酬金,共同组成一个严密而强有力的小团体。总的说来,我劝你高高兴兴进博士公堂,大卫。我可以告诉你,那儿的人都认为自己很高贵,他们得意得很呢,要是这有什么可以让人觉得得意的话。"

斯蒂福思对待这件事的态度如此轻薄,我当然要对他的话打个折扣。我把那个"圣保罗教堂墓地附近的冷僻、破旧的角落",跟那种严肃、古老、庄严的气氛联系起来考虑后,对于我姨婆的建议,并没有感到有什么不适合。而且她只是提个建议,一切全由我自己决定。她毫不迟疑地径直告诉我说,她为了要在遗嘱中立我为继承人,最近去博士公堂拜访了她的代诉人,因而想到了这个建议。

"不管怎样,从你姨婆那方面来说,这是一个值得称颂的做法,"我说了前面提到的情况后,斯蒂福思说,"我没有别的主张,完全赞同。雏菊,我的意思是,你高高兴兴进博士公堂好了。"

我也就打定主意去博士公堂。于是我告诉斯蒂福思说,我姨婆已经到伦敦,在那儿等我(这是我从她的信里看出的),她在林肯法学院广场一家私家旅馆,租下了为期一周的住所。这家旅馆有石砌楼梯,屋顶上还有一个太平门,因为我姨婆固执地认定,伦敦的每一座房子,每天晚上都有可能被烧成一片瓦砾①。

此后的那段旅程,我们过得很愉快。有时重又提起博士公堂的话题,想象着多年后我当代诉人的情况。斯蒂福思用各种滑稽、古怪的想法,描绘我

---

① 伦敦曾在 1666 年 9 月 2 日发生大火,连烧五天,全城几乎成为一片焦土。

做了代诉人的样子,把我们两人都逗得哈哈大笑。我们到达旅途的终点后,他回家去了,约定后天再来看我,我就坐马车来到林肯法学院广场。姨婆正在等着吃晚饭,还没有就寝。

我们重逢的喜悦,即便我是周游全世界回来,也不过如此。姨婆一下把我搂进怀中,接着便哭了起来。她假装笑着说,要是我那可怜的母亲还活着,那个小傻瓜一定也会淌眼泪的。

"这么说你把狄克先生留在家里了,姨婆?"我说,"他没来,我心里很难过。哦,珍妮特,你好吗?"

珍妮特一面对我行了屈膝礼,一面向我问了好。这时,我发现我姨婆的脸拉得长长的。

"我心里也不好过,"我姨婆擦擦鼻子说,"打从来这儿后,特洛,我一直就不放心。"

还没等我问为什么,她就把话告诉我了。

"我相信,"我姨婆怀着执拗的忧郁神情,把一只手放在桌子上,说,"凭狄克的性格,决不是那种能把驴子赶跑的人。我相信他缺乏这种意志力。我本该把他带来,把珍妮特留在家里的,那样的话,我也许就可以放心了。如果有驴子闯进来践踏我的草地的话,"我姨婆加重语气说,"那今天下午四点钟时准有一头!当时我觉得从头到脚,浑身发冷。我知道,准是有头驴子闯进来了!"

我想为这件事安慰她几句,可是她怎么也听不进去。

"准是有头驴子闯进来了,"我姨婆说,"而且准是'谋杀人'的姐姐那女人来我家时骑的那头秃尾巴驴子。"打从那次以后,"谋杀人"的姐姐是我姨婆知道的谋得斯通小姐的唯一名字,"如果说多佛有一头驴子,胆子大得比别的驴子更让我受不了,"我姨婆说着,把桌子一拍,"那就是那头驴子!"

珍妮特壮起胆子提醒说,我姨婆也许是不必要地在自找烦恼;她相信,我姨婆说的那头驴子,这阵子正忙着在干驮沙石的活儿,没工夫来践踏草地的。可是我姨婆根本听不进她的话。

虽然我姨婆的房间高高在上——是因为花了钱就得多几道石砌楼梯呢,还是为了更靠近屋顶的太平门,我就不得而知了——我们的晚饭还是吃得舒舒服服,而且饭菜都热气腾腾,有烤鸡、煎牛排,还有几道蔬菜,我大吃了一顿，觉得味道都好极了。可是我姨婆对伦敦的食品，有自己的看法，她吃得很少。

"我看这只倒霉的鸡，是在地窖里出生、长大的，"我姨婆说，"除了在运货马车的停车场上，还从来没有见过天日呢。我真希望这牛排是牛身上的，不过我可不相信是这样。据我看来，这地方没有一样东西是真的，除了泥巴。"

"你看这鸡会不会是从乡下运来的，姨婆？"我提醒说。

"当然不会，"我姨婆回答，"伦敦的生意人，是不高兴嘴里吆喝什么就真卖什么的。"

我没敢去反驳她的这种看法，不过我饱饱地吃了一顿，让我姨婆看了大为满意。桌子收拾干净后，珍妮特帮姨婆挽起头发，戴上睡帽（比平时更讲究一些，姨婆说，"以防万一有火灾"），把长袍的下摆撩起，盖在膝盖上，这是她通常上床前焐暖身子的准备工作。我则按照千篇一律、不许有丝毫改动的老例，为我姨婆热了一杯掺水的白葡萄酒，还为她准备了一片切成细长条的烤面包。这样安排好以后，就剩下我们两个一起来度过这一晚上了。姨婆坐在我的对面，喝着掺水的葡萄酒，吃着烤面包，吃之前先把面包条往酒里蘸了蘸，同时从睡帽的饰边间慈祥地看着我。

"哦，特洛，"她开口说，"做代诉人的打算，你觉得怎么样？还是你没有开始考虑这件事？"

"这件事，我已经反复考虑过了，我的好姨婆。我还跟斯蒂福思讨论过很长时间。我非常喜欢这个打算。喜欢极了。"

"好，"我姨婆说，"这听了真让人高兴。"

"我只有一个问题，姨婆。"

"说说，你有什么问题，特洛。"她回答说。

"嘿，我想问一下，姨婆，据我了解，这好像是个人员有限制的职业，我要进这一行，是不是得花很大一笔钱？"

"为了能让你订约学艺，"我姨婆回答说，"正好要花一千镑。"

"哦，我亲爱的姨婆，"我把椅子朝她拖近一点说，"关于这一点，我心里感到很不安。这是很大一笔钱。为了让我受教育，你已经花了很多钱，而且在各方面待我都很大方，你已经是个慷慨好施的典范了。我相信，一定还有一些别的工作,一开始进去不需要花什么钱,而且只要有决心,肯努力,也会有希望,有前途的。你不认为那样做会更好一些吗?你确信,你真能付得起那么大一笔钱?而且这样花钱正当吗?你是我的再生父母,我只是求你再考虑一下。你考虑成熟了吗?"

姨婆把正在吃着的一条烤面包吃完,两眼一直朝我脸上看着,接着把酒杯放到壁炉架上,双手交叉放在撩起的长袍下摆上,说了下面的话:

"特洛,我的孩子,如果说我这辈子还有什么目的的话,那这个目的就是要千方百计培养你,使你成为一个心地善良、明白事理、快乐幸福的人。我一心一意要做到这一点——狄克也是这样。但愿我认识的人,都能听一听狄克对这件事的说法。他的洞察力简直令人吃惊。可是除了我,没有一个人认识到他的才能有多卓越!"

说到这儿,她停了一会,拉过我的一只手,放在自己的两手中间,接着说:

"特洛,回忆过去,是无益的,除非对现在还有点好处。也许我本该跟你那可怜的父亲更好一点,跟那个可怜的娃娃、你的母亲更好一点,即便她没能给我生个你姐姐贝特西·特洛伍德,使我失望。你到我这儿来的时候,是个逃跑出来的孩子,满身泥土,疲惫不堪,当时也许我就这样想过。从那时到现在,特洛,你一直替我争气,使我骄傲,给我快乐。我的财产,没有别的人有权来争,至少,"说到这儿,她停了一下,神色有点慌乱,使我吃了一惊,"不,没有别的人有权来争我的财产——你又是过继给我的孩子。我这样一把年纪,就凭你这样乖乖地爱我、孝顺我,能容忍我的古怪念头和怪僻脾气,那你对我这个年轻时没有得到应有幸福和慰藉的老婆子的好处,已经远远超过这个老婆子对你所做的一切了。"

这是我第一次听姨婆提起自己的往事。她这样平静安详地提起又放下,内中包含有一种宽容和大度的高尚气质,这使我对她敬爱倍增,再没有别的什么能这样感动我了。

"好了,这件事我们俩全同意了,特洛,全都说清楚了,"我姨婆说,"我们就用不着再谈它了。吻我一下,明天吃过早饭,我们就去博士公堂。"

在就寝前,我们在炉边谈了很长时间。我的卧室和我姨婆的卧室就在同一层楼上。那天晚上,我受到几回小小的打扰,因为我姨婆一听到远处出租马车和运菜马车的声音,就来敲我的门,问我"听见救火车的声音没有?",不过快到天亮时,她睡得比较好,也让我好好睡了一觉。

将近中午时,我们动身前往博士公堂的斯潘洛-乔金斯事务所。对于伦敦,我姨婆有一种概括的看法,认为她所见到的每一个人都是扒手。因此她把钱袋交给我替她拿着,钱袋里有十个几尼和一些银币。

我们在弗利特街的玩具店门前停了一会,看圣丹斯登教堂的木头巨人敲钟①——我们算好时间去到那儿,正好赶上它们敲十二点钟——然后继续前往拉盖特山②和圣保罗大教堂墓地。我们正走过拉盖特山时,我发现姨婆的脚步突然加快了,而且脸上还露出惊慌之色。同时,我还看到有个面色阴沉、衣着褴褛的男人,刚才我们过马路时,曾站住盯着我们看,这会儿竟跑上来紧跟在我们后面,近得都快要碰到姨婆了。

"特洛,我亲爱的特洛!"姨婆紧握着我的胳臂,惊慌失措地低声叫道,"我不知道这该怎么办才好。"

"别慌,"我说,"没什么可怕的。你先进一家商店去,我很快就能把这家伙打发掉。"

"不,不,孩子!"她回答说,"千万别跟他说话。我求你啦,我叫你别跟他说话!"

"哎呀,姨婆!"我说,"他只不过是个倔强的乞丐罢了。"

"你不知道他是什么人!"姨婆回答,"你不知道他是谁!你不知道你都说了些什么!"

我们这样说着,在一个空无一人的门道里停了下来,那人也跟着站住了。

"别瞧他!"我非常生气地掉过头去看他,姨婆立刻说,"去给我叫辆马车来,亲爱的,你去圣保罗教堂墓地等着我。"

"等你?"我重复道。

"是的,"我姨婆说,"我得一个人去。我得跟他一起去。"

"跟他一起去,姨婆?跟这个人?"

---

① 该教堂之巨钟当时为伦敦一景,有两个木头人按时敲钟报时。1831 年迁至别处。

② 亦为街名,原为一座小山。

"我头脑清醒着呢,"她回答说,"我对你说啦,我得跟他一起去。去给我叫辆马车来!"

不管我有多吃惊,我知道,这样严厉的命令,我是没有权利拒绝的。我赶紧往前走了几步,叫住了正好从前面驶过的一辆空马车。我几乎还没来得及放下踏板,我姨婆不知怎么的就跳进车里了,那人也跟着跳了进去。姨婆冲着我直挥手,要我走开,她的样子那么坚决,因此,尽管我感到迷惑不解,但我还是立刻转身离开他们。这时,我听到姨婆对马车夫说:"随便去哪儿! 径直朝前走吧!"接着马车就从我身边驶过,往山上去了。

狄克先生对我说过的话,我原以为只是他的幻觉,这时却涌上我的心头。我觉得,没有疑问,这就是他那么神秘地提到过的那个人,虽然我姨婆到底有什么把柄抓在他手里,我一点也想象不出来。我在大教堂墓地那儿待了半个来小时,才慢慢定下神来,这时我看到姨婆的那辆车回来了。车夫把车停在我的身旁,车里只坐着我姨婆一个人。

她还没有从那受到骚扰的激动心情中完全恢复平静,还没法作我们打算作的访问。于是她把我也叫到车上,吩咐车夫再缓缓地来回走一会儿。她没有说别的话,只说:"我亲爱的孩子,永远不要问我这是怎么回事,也永远不要再提这回事。"直到她完全恢复平静,她才告诉我说,她这会儿完全没事了,我们可以下车了。她把钱袋递给我,要我付车钱给车夫。这时我发现,钱袋里的几尼全不见了,只剩下了那些零散的银币。

进博士公堂得经过一条低矮的小拱道。我们离开街市,走进拱道,没走上几步,城市的喧闹声,就像受到魔力的作用似的,消融在幽静的远处了。我们穿过几处萧条的院落和几条狭窄的通道,来到了靠天窗采光的斯潘洛-乔金斯事务所。在这座不用敲门礼节即可入内朝拜的庙堂的前厅里,有三四个文书正在那儿伏案抄写。其中有一个干瘪瘦小,独坐一桌,戴着仿佛姜饼做的硬邦邦棕色假发的,站起身来迎接我姨婆,把我们带到斯潘洛先生的办公室。

"斯潘洛先生出庭去了,太太,"干瘦的人说,"今天是拱形法庭①开庭日;不过法庭离这儿很近,我立刻派人去请他。"

---

① 即教会上诉法庭,因该法庭原设有拱门的圣玛利教堂,由此得名。

　　去请斯潘洛先生的时候,我们就利用这一机会四处看看。办公室里的家具古色古香,积满灰尘,写字台台面上的绿色粗呢,已经完全褪色,就像一个老乞丐似的枯槁苍白。写字台上放着许多大捆大捆的文件,有的上面标有"指控",有的(令我诧异)标有"诽谤"①,有的则标有归属法庭的名称,如"主教法庭"②、"拱门法庭"、"遗嘱案件法庭"、"海事法庭"以及"代表法庭"③等。这让我看了大为纳闷,这儿总共到底有多少法庭呢,得花多长时间才能把它们全都弄清楚呀。除此之外,还有各种口供的笔录,一大本一大本的,装订得很结实。分套捆在一起,每案一套,仿佛每一案都是十卷或二十卷的历史。我想这一切看来都很费钱,因此使我觉得,代诉人这个行业是很惬意的。我正在看着这些和许多类似的东西,越看越得意时,忽然听到外屋有急促的脚步声,身穿白毛皮镶边黑袍的斯潘洛先生,匆匆忙忙地进来了,一面走,一面摘下帽子。

　　他是一位淡黄头发的小个子绅士,穿了双无可挑剔的皮靴,有着极硬的白领饰和衬衫领子。全身的纽扣都扣得整齐妥帖;他的连鬓胡子卷得很精致合适,一定花了他很大的工夫。他的金表链是那么又粗又沉,使我看了不免想入非非,觉得他应该有金店门前挂的那种强壮的金胳臂才行,那样才能把表从口袋里掏出来。他的装束打扮一丝不苟,样样僵直硬挺,因而身子几乎弯不下来,当他在椅子上坐下,为看桌子上的一些文件要转动身子时,他只能像潘趣④一样自脊椎的尾骨以上整个儿转动。

　　我先前已由姨婆作过介绍,斯潘洛先生很客气地接待了我。他说:

　　"这么说,科波菲尔先生,你真想加入我们这一行? 前几天我有幸会见你姨婆,"说到这儿,他身子往前一俯——又做了一次潘趣——"当然,我无意中提到,我们这儿恰好有一个缺额,有幸承特洛伍德小姐说起,她有一位她很疼爱的外孙,想为他找一份有身份有地位的职业。现在,我相信,我有幸跟她这位外孙——"说到这儿,他又做了一次潘趣。

---

　　①　此处原文"libel"实为海事法、教会法中的"原告诉状",因大卫不懂,只知作"诽谤"解,所以"令我诧异"。
　　②　即审理宗教案件的法庭。
　　③　即由国王委派代表审理宗教和海事案件的法庭。
　　④　英国传统滑稽木偶剧《潘趣与朱迪》中的滑稽木偶。

我鞠了一个躬，承认就是我，同时说，我姨婆跟我提起，有这样一个机会，我相信，我会很喜欢。我说，对这一行，我是很倾心的，所以立即就接受了这个提议。但是，我还不能绝对保证喜欢这一行，我还得对这有更多了解。虽然这只不过是个形式问题，不过我觉得，在一无改悔地投身其中之前，最好还是有机会让我先试一试，看看我对这一行到底有多喜欢。

"哦，当然！当然！"斯潘洛先生说，"在我们这个事务所里，通常都给一个月——一个月的试习期。在我个人来说，给两个月——三个月——其实，即便不拘期限，也是没有关系的——不过，我还有一位合伙人，乔金斯先生。"

"学费，先生，"我问道，"是一千镑吗？"

"学费，包括印花税，是一千镑，"斯潘洛先生，"我已跟特洛伍德小姐说过，我这人是从不在金钱上计较的，我相信，很少有人能像我这样。不过乔金斯先生在这类事情上，有他自己的主张，我不能不尊重他的意见。简单地说吧，乔金斯先生认为，一千镑还太少呢。"

"我想，先生，"我仍想替姨婆省点钱，说，"这儿也许还没有这种规矩，要是一个签约的见习文书特别能干，对这一行完全精通时——"说到这儿，我不由得脸红了，因为这话听起来太像是夸奖我自己了，"我想，这儿还没有这种规矩吧，就是说，在他签约期内的后几年，允许给他一点——"

斯潘洛先生费了很大的劲，把他的头从硬领饰中伸出到可以摇动的部位，然后摇了摇头，他已预料到我要说出"薪水"这个词，回答说：

"没有这个规矩。要是我能做主的话，我本人对这一点有什么看法，我就不用说了。乔金斯先生的主张是绝对改动不了的。"

这位可怕的乔金斯先生，让我一想起来就惊恐万状。可是后来我却发现，他其实是个性情温和、外表忧郁的人，在这个事务所里，他始终置身幕后，只是老让人假他的名，把他说成是个人类中最顽固不化、最冷酷无情的人。要是有个雇员要求加点薪水，乔金斯先生坚决不予理睬。要是有个当事人迟付诉讼费，乔金斯先生会坚决要他立即付清。尽管这类事会使斯潘洛先生感到多么于心不忍（他总是这样），但是乔金斯先生死也不肯放松。天使斯潘洛的心和手一直都是张开的，可是让魔鬼乔金斯给管住了。直到后来，到了我年纪大一点时，我才想到，我亲身经历过的，还有另外一些单位和机构,那儿的人也是用斯潘洛-乔金斯事务所的这种手法来办事的!

当时我们就讲定,我可以随意在什么时候开始我那一个月的试习期,我姨婆也不必待在伦敦,一个月试习期满后,她也不必再来,因为以我为主体签订的合约,可以寄到家里让她签字。商量到这里,斯潘洛先生提议马上就带我去法庭,让我看看这是个什么样的地方。由于我也很想知道这一情况,我们便起身去看法庭了,让姨婆留下。她说,她可信不过那些地方,我想,她这是把所有法庭都看成随时会爆炸的火药厂了。

斯潘洛先生带我走过一个砖石铺地的院子,院子四周是整齐的砖房,从门上标着的那些博士的名字来推断,这些就是斯蒂福思对我说的那些学问渊博的辩护士的官邸了。我们穿过这个院子后,进了位于左首的一间阴森森的大房间,我觉得这很像个小教堂。屋子的上首一头,有栏杆隔开,里面有一个马蹄形的台,台两侧老式舒适的餐厅椅上,坐着几位穿红色长袍、戴灰色假发的绅士。我发现他们就是前面提到的博士。在马蹄形台的弯曲处,上面有一张讲台似的小桌子,桌子后面坐着一位半闭着眼睛的老绅士。要是我在鸟棚里看到他的话,准会把他当成一只猫头鹰的。可是我听说,原来他就是首席法官。在马蹄形台子凹进的部分,也就是说跟地面差不多高的地方,有几位跟斯潘洛先生同样级别的绅士,他们也都穿着白毛皮镶边的黑色长袍,坐在一张绿色的长桌后面。他们的领饰都又硬又挺,我觉得他们看上去都很神气。不过后来我发现,说他们神气,实在是冤枉了他们,因为当他们中的两三位,站起来回答首席法官的问话时,我从来没见过比他们更温顺的人了。作为代表旁听审判的,只有一个围围巾的男孩,和一个偷偷从口袋里掏面包屑吃的破落户,他们正在法庭中央的一个火炉旁烤火。打破这儿死气沉沉冷寂气氛的,只有火炉发出的吱吱声和一位博士的说话声。这位博士正在整整一图书馆的证据中漫游,偶尔停下来发表一点议论,就像长途旅行中在路边的小客栈里停下休息一下似的。总之,我这一生中,从来没有参加过像这般舒适安逸、昏昏欲睡、古色古香、忘记时间、脑疲眼乏的小小家庭聚会。我心里想,如果得以加入,不管担任什么角色,都是十分舒服的,让人有如吸鸦片之感——只是别作一个打官司的当事人。

对于这个隐蔽之地,如梦似的情景,我感到非常满意,就对斯潘洛先生说,看过这儿就够了,于是我们就回到事务所,然后就跟姨婆一起离开博士公堂。当我们走出斯潘洛-乔金斯事务所时,我感到自己非常年轻,因为那些文书雇员都用笔互戳,朝我指指点点。

我们回到了林肯法学院广场,一路上没有遇到什么新的意外,只有一头拉小贩的果菜车的倒霉驴子,引起我姨婆痛苦的联想。平安回到旅馆后,我们又就我的计划作了一番长谈。我知道姨婆急于想回家,火警、饮食、扒手全都苦恼着她,使她在伦敦不得有半个小时的安宁。所以我劝她不必为我放心不下,让我独自留下来自己照顾自己好了。

"虽然,到明天,我来这儿还不到一个星期,不过我也一直都在考虑这个问题,我亲爱的,"姨婆说,"在阿戴尔菲区有一小套带家具的公寓要出租,特洛,给你住再合适不过了。"

她说了这几句简短的开场白后,就从口袋里掏出一张小心地从报纸上剪下来的广告,上面说,阿戴尔菲区的白金汉街有一套带家具的公寓出租,精致合宜,俯视河景,适合作年轻绅士——不论是否为法学会成员——之幽雅住所,租金低廉,立时即可迁入。如因条件所限,仅住一月亦可。

"哦,这正是我要找的,姨婆!"我说道,想到我能独住一套房间,好不神气,脸都红了。

"那就走吧,"姨婆回答,立刻戴上她一分钟前刚摘下的帽子,"我们去看看。"

我们就去了。广告上说租房可找同一幢屋的克拉普太太,于是我们就拉门铃,以为就能通知到克拉普太太。可是直到我们一连拉了三四次门铃,才好不容易使她跟我们见面。她终于出现了,是个粗壮高大的女人,穿一件紫花布长袍,下面露出法兰绒衬裙的荷叶边。

"请你让我们看看你那套要出租的房间,太太。"姨婆说。

"是给这位先生住吗?"克拉普太太说,伸手到口袋里掏钥匙。

"是的,给我的这个外孙住。"我姨婆说。

"那套房间给这位先生住真是太好了!"克拉普太太说。

于是我们上了楼。

这套房间就在这幢房子的顶层——这是我姨婆认为很重要的一点,因为离太平门近——有一个半明半暗的小门厅,你在这儿几乎看不清东西,有一间黑暗的小食具间,这儿什么也看不见,还有一间起居室,一间卧室。家具相当旧,不过对我来说,已经很不错了。果然,窗外就是泰晤士河。

既然我喜欢这地方,我姨婆和克拉普太太就退到食具间里去讨论租金的事了,我则坐在起居室的沙发上,几乎不敢奢望自己居然有幸能住上这样一套高贵的房间。经过一段时间一对一的格斗后,她们回到了起居室,我从克拉普太太和我姨婆的脸上看出,租约已经订好了。我大为高兴。

"这些家具,都是前一位房客的吗?"我姨婆问道。

"没错,是他的,太太。"克拉普太太回答。

"他怎么了?"我姨婆问。

克拉普太太突然剧烈地咳嗽起来,她一面咳,一面费劲地断断续续说:"他在这儿病了,太太,后来——咳!咳!咳!哎呀,我的天!——他死啦!"

"喂!他怎么死的?"我姨婆问道。

"嘿,他呀,太太,喝酒喝死的,"克拉普太太像说悄悄话似的低声说,"还有烟。"

"烟?你说的不是烟囱的烟吧?"我姨婆说。

"不是的,太太,"克拉普太太说,"是雪茄烟和烟斗。"

"不管怎么样,特洛,这不会传染。"我姨婆转向我说。

"当然不会。"我说。

简单地说,我姨婆看到我这样喜欢这套房间,就租了一个月,到期后可续租十二个月。克拉普太太要供应床单、桌布,负责我的饮食;至于所有其他的必需品,也都已全部齐备。克拉普太太则明白表示,她要永远像对待自己的儿子一样来对待我。我决定后天就搬来住。克拉普太太说,谢天谢地,她这回可找到一个她可以照顾的人儿了!

我们在回旅馆的路上,我姨婆对我说,她坚信,我将要过的这种生活,一定会使我增强坚定精神和自立能力,而这正是我所需要的。第二天,我们忙着安排怎样把放在威克菲尔先生家的衣服和书籍运来伦敦的事,在这中间,她又把前面说的那番话重复了好几遍。关于运衣服、书籍的事,以及我这次度假的全部情况,我给爱格妮斯写了一封长信,请姨婆带去,因为姨婆明天就要回去了。有关的一切细节,我就不必在这儿赘述了,我只需补充一句:在我试习的这个月里,一切可能需要的开支,姨婆都给足了钱。斯蒂福思没有在她走之前来,这使我和姨婆都大失所望。我看到她安然地坐在开往多佛的公共马车上,想到那些乱闯的驴子就要倒霉了,心里感到很高兴;珍妮特就坐在她的旁边。马车走了之后,我转脸朝向阿戴尔菲,想起了从前我经常在那些地下拱门一带闲逛的日子,也回味着把我带到上层来的种种幸运变化。

第二十四章

初涉放荡生活

独自占有一座高高的城堡,把外面的那道门一关,就像鲁滨孙进入自己的堡垒后把梯子扯起①一样,实在是件十分舒心的事。口袋里放着自己房间的钥匙,在城里四处闲游,知道可以邀任何人来家作客,相信只要对自己没有什么不便,就决不会对别人有什么不便,这是件了不起的美事。进进出出,来来去去,完全由着自己,用不着跟任何人关照一声,有事时把铃一拉,克拉普太太就得气喘吁吁从地底下上来——当她愿意上来时——这也是件很愉快的事。所有这一切,我说,都是舒心愉快的美事,不过我也得说,也有非常寂寞无聊的时候。

在早晨,特别是天气好的时候,一切都很美好。白天,我自由自在,生活很新鲜。在灿烂的阳光下,生活则更加新鲜,更加自由自在。可是一到太阳西沉,这种生活似乎也就随之消沉了。我不知道是怎么回事,烛光之下很少有美好的时候。这种时候,我很想有人跟我谈谈话。我想念爱格妮斯。没有那个微笑着倾听我心声的人儿在场,我感到眼前一片可怕的空虚。克拉普太太则离我似乎有千里之遥。我想起了前面那个死于烟酒的房客,真希望他活得好好的,不要用死来惹得我孤寂烦恼。

才过了两天两夜,我却觉得好像已经在那儿住了整整一年了。我未见有什么成长,仍和往常一样,为自己的年轻幼稚而苦恼。

斯蒂福思仍未露面,我担心他一定病了。第三天,我就提前离开博士公

---

① 见笛福所著《鲁滨孙漂流记》。

堂,徒步前往海盖特。斯蒂福思太太见了我很高兴,她告诉我说,她儿子跟一个牛津的同学一起,去看另一个住在圣奥尔本斯附近的同学去了,不过她估计他明天就能回来。我实在太喜欢斯蒂福思了,我觉得,我都妒忌起他那两位牛津同学来了。

斯蒂福思太太硬要留我在她家吃晚饭,我也就遵命留下了。我相信,那一天我们没谈别的,净谈斯蒂福思的事。我告诉她说,亚茅斯的人有多喜欢他,他是个多么令人愉快的伙伴。达特尔小姐作了许多委婉的暗示,还提了不少诡秘的问题,对我们在那儿的活动很感兴趣,老是问:"可这是真的吗?"这话说了多次,把她想知道的事,全从我嘴里给套出来了。她的外表,跟我第一次见到她时所描绘的完全一样。可是跟这两位女人相处,是如此令人愉快,使我感到非常舒畅自然,我却觉得有点爱上她了。那天整个晚上,特别是在夜间走回寓所时,我禁不住几次提到,要是她能在白金汉街和我做伴,那该多美好啊。

早上,在去博士公堂前,我正在喝着咖啡,吃着面包卷时——我不妨在这儿顺便提一句,克拉普太太放的咖啡那么多,可那咖啡却那么淡,想想真让人觉得奇怪——斯蒂福思突然走进我的房间,这使我感到无比的高兴。

"我亲爱的斯蒂福思,"我喊着说,"我开始以为我这辈子再也见不到你了啊!"

"我回家的第二天早上,"斯蒂福思说,"就让人给硬拉走了。嗨,雏菊,你在这儿是个多么少见的老光棍啊!"

我极为得意地带他看了我的这套房间,连那间食具间也没漏掉。他看了后大加称赞。"我告诉你吧,小老弟,"他补充了一句,"我要把这儿当成我在城里的下榻处,除非你对我下逐客令。"

我听了这话有说不出的高兴。我对他说,要是他等我下逐客令,那可得等到世界末日呢。

"不过你得先吃点早饭!"我说着,把手放在拉铃的绳子上,"克拉普太太会给你新煮点咖啡,我给你在这儿的光棍用的荷兰烤炉上烤点咸肉。"

"不,不!"斯蒂福思说,"别拉铃!我不能在这儿吃!我要去跟那两个家伙中的一个一起吃早饭,他住在科文特加登的皮阿艾旅馆。"

"那你会回来吃晚饭吧?"我说。

"不成,我说的是实话。能来你这儿吃晚饭,我真是再高兴也没有了。不过我得跟他们两个在一起。我们三个明天一早就要一块儿上路。"

"那就把他们两个也带来这儿吃晚饭吧,"我回答说,"你想他们会来吗?"

"哦!他们跑着来还来不及呢,"斯蒂福思说,"不过这会给你添麻烦。你最好还是跟我们一起,去哪个饭馆吃一顿吧。"

我怎么也不能同意他这个建议,因为我本来就想到,我一定得搞一次小小的乔迁宴会,再没有比这更好的机会了。我这套房间经斯蒂福思一称赞,我更引以为荣了,极想把它的效能大大发挥一下。因此我硬逼他全权代表他那两位朋友,答应保证前来赴宴,我们把宴会的时间约定在六点钟。

斯蒂福思走后,我拉铃叫来了克拉普太太,把我这不顾一切的计划告诉了她。克拉普太太说,第一,不能指望她亲自来伺候,这一点大家当然都很清楚,不过她认识一个伶俐的小伙子,她想她能够劝说他前来干这个活,酬劳大约五先令就行,小费可以随意。我说,我们当然要用他。其次,克拉普太太说,她一个人不能同时分身在两个地方,这是很明显的(我也认为这很有道理),所以食具间里少不了得有个"小丫头",给她点上一支卧室用的蜡烛,让她在那儿不停地洗碗洗盘子。我问用这么个年轻姑娘得花多少钱,克拉普太太说,她料想,十八个便士既不会让我富起来,也不会使我穷下去。我说,我也认为不至于那样,于是这件事也就这样说定了。克拉普太太接着说,现在再说说晚宴的菜吧。

给克拉普太太打造厨房炉灶的铁匠,实在缺乏远见,明显的例子是,她的这个炉灶,除了能烧排骨和土豆泥外,什么菜都不能做。至于说到煎鱼锅,克拉普太太说,行啦!你是不是只消去厨房看一下就明白了?她不能说得比这更清楚了。我是不是去厨房看一下?我即使去看了,也不见得能明白多少,所以我就推辞了,同时说,"那就不要海味了吧?"可是克拉普太太却说,别这么说,这会儿牡蛎正当令,为什么不来道牡蛎呢?于是这道菜也就定下来了。接着,克拉普太太说,她的建议是这样:两只熟烤鸡——从食品店里买,一盘炖牛肉,外加蔬菜——从食品店里买,两只小配碟,如一只发面馅饼,一碟腰子——从食品店里买,一道水果馅饼,再加一道果子冻(如果我喜欢的话)——从食品店里买。这样,克拉普太太说,她就可以不受牵制,把精力全都集中在土豆上,以及她但愿能做好端上桌面的干酪和芹菜上了。

我就按照克拉普太太的意见办理,亲自到食品店订购了各种菜肴和点心。过后从斯特兰德大街经过时,我看到一家火腿牛肉铺的橱窗里,摆有一种坚硬的、上面有斑点的东西,看上去像大理石,而标签上标的是"仿海龟"①,我就进去买了一大块,我一直以来有理由相信,那块东西本来是够十五个人吃的。我好不容易才说服克拉普太太,把它热一热,可是等端上来时,全化成了汤,竟缩得这样厉害。我们发现,正像斯蒂福思说的,四个人吃都"相当紧张"了。

各种菜点总算准备齐全,我又在科文特加登的市场上买了点水果甜点,还在附近的酒类零售店里订购了不少酒。当我下午回寓所时,看到食具间的地上,酒瓶摆成了方阵,竟有这么多酒(虽然还少了两瓶,把克拉普太太弄得很不好意思),简直都把我吓了一大跳。

斯蒂福思的朋友,一个叫格兰杰,一个叫马卡姆。他们两个都是非常欢快、活泼的小伙子。格兰杰比斯蒂福思稍为大一点,马卡姆看上去很年轻,我看还没过二十。我发现,马卡姆说到自己时,总是用不定式"一个人",很少或从来不用第一人称单数。

"一个人在这儿,可以过得很好,科波菲尔先生。"马卡姆说——他这是指他自己。

"这儿环境不错,"我说,"房间还真宽敞方便。"

"我希望你们两位把胃口都带来了。"斯蒂福思说。

"说实话,"马卡姆说,"伦敦这地方让一个人胃口大开。一个人一天到晚老觉得饿。一个人得一直不断地吃东西。"

一开始,我感到有点尴尬,觉得自己太年轻,做不了主人,所以晚餐开始时,我硬要斯蒂福思坐在主人位子上,我则坐在他对面。一切都很好,我们都敞开喝酒;斯蒂福思当主人当得好极了,他尽力发挥自己的才能,使得席上的一切无不尽善尽美,欢乐的笑声一刻也没有间断。但是在整个晚宴中,我自己并没有尽到我希望尽到的地主之谊,因为我的座位正对着门,我的注意力常常被那个伶俐的小家伙所吸引,他老是溜出房间,随后他的影子便映

---

① 由小牛肉加作料等制成。

在门口的墙上,嘴巴对着酒瓶。那个"小丫头"也弄得我坐立不安,倒不是她不尽本分,没洗盘子,而是她老是敲破盘子。原因是她生性好奇,不肯待在食具间里(像事先吩咐她的那样),不断地朝我们的房里张望,但又怕被我们发现,有好几次她吓得往回缩时,都踩到了她自己仔细地摆在地上的盘子上,踩坏了不少。

不过这些都是小小的憾事,当桌布撤去,摆上甜点水果时,这些事很快就忘了。到了这时,我发现那个伶俐的小伙子,已经舌头僵硬,连话都说不出来了。我悄悄对他说,要他去找克拉普太太,同时把那个"小丫头"也打发到地下室去,这样我自己就可以尽情享乐了。

我开始觉得愈来愈高兴,心情变得越来越轻松。各种各样大半忘记的可谈之事,全都涌上我的心头,使我的话不同寻常地滔滔不绝。听了自己的笑话和别人的笑话,我都纵情大笑。由于斯蒂福思不肯把酒递过来,我对他大声发出警告。我说了不止一次,要跟他们一起去牛津,还当众宣布,打算每周都来一次这样的宴会,如有变更,另行通知。我发疯似的从格兰杰的鼻烟盒里吸了那么多鼻烟,结果不得不跑进食具间,偷偷打了十分钟的喷嚏。

我继续这样胡闹着,酒递得愈来愈快,没等一瓶酒喝完,就又拿起瓶塞钻打开另一瓶。我提议为斯蒂福思的健康干杯,说他是我最亲密的朋友,我童年时代的保护人,壮年时代的伴侣。我说,能为他的健康干杯,我感到十分高兴。我还说,我欠他的情,永远也还不清,我对他的敬佩,永远也无法用语言表达。我用下面的话作为结束:"我提议为斯蒂福思干杯!愿上帝保佑他!万岁!"我们敬了他三次三连杯,后来又来了一次三连杯,最后又干了一大杯作为结束。我绕过桌子去跟他握手时,打破了我的酒杯,我一口气对他说:"斯蒂福思,你是我一生的指路明星。"

我说着,说着,突然发现有个人在唱歌,正唱到一支歌的中间。唱歌的是马卡姆。他唱道:"当一个男人心情烦恼苦闷时,"①唱完后他提议为"女人!"干杯。我反对他的提议,不许他这样做。我说,这样干杯不恭敬,在我家里决不允许这样干杯,要是说"夫人""小姐",那就另当别论了。我对他

---

① 引自《乞丐的歌剧》第二幕第三场中的一支歌。接下去的一句为"只要女人一露面,满天云雾都散去"。

火气很大,主要是因为我看到斯蒂福思和格兰杰在笑我——或者是笑他——要不就是在笑我们两个人。他说,一个人不能听别人的指使,我说,一个人得听别人的指使。他又说,一个人决不能受别人的侮辱,我说,他这话倒说对了——在我家里,绝不会有这种事,这里的家庭守护神是神圣的,敬客的礼数在这里是至高无上的。他说,承认我是个极好的人,并不损害一个人的尊严。我听了这话,马上提议为他的健康干杯。

有人吸烟。我们就全都吸烟。我也吸起烟来,同时使劲忍住想要颤抖的感觉。斯蒂福思发表了一篇有关我的演说,我听着听着感动得几乎流下眼泪。我对他作了答谢,同时希望在场的几位朋友,明天、后天都再来跟我一起吃晚饭——每天五点钟开始——这样我们就可以享受到一长夜相聚、交谈的乐趣。我觉得我应该提出一个人来为之干杯。我对他们提出了我姨婆,于是我们为女性中的杰出人物,贝特西·特洛伍德小姐干杯!

有个人从我卧室的窗口探身出去,把前额贴在阳台冰冷的石栏杆上,一面感受拂在脸上的微风。这个人就是我。我对自己叫了一声"科波菲尔",并且说:"你为什么要学抽烟啊?你原本就该知道,你是不会抽烟的呀。"这时,有个人摇摇晃晃地站在那儿照镜子。这个人也是我。镜子里的我,面色煞白,两眼失神,头发——只有我的头发,没有别的——看起来喝醉的样子。

有个人跟我说:"我们去看戏吧,科波菲尔!"我眼前没有了卧室,只有上面杯盘狼藉的桌子,还有灯。格兰杰在我右边,马卡姆在我左边,斯蒂福思在我对面——我们全都坐在雾中,而且相隔得很远。看戏去?好极了,是该看戏去。走呀!不过我要看着大家先出去,他们得让我最后一个走,我得把灯熄掉——以防火灾。

由于在黑暗中有点慌乱,门不见了。我一直在窗帘那儿摸索,想找到门。斯蒂福思笑着挽起我的胳膊,把我领出门外。我们一个接一个地下了楼。快到底下时,有个人跌倒了,滚下了楼梯。另外有个人说,跌倒的是科波菲尔。我听了这句胡说八道的话,大为恼火。后来我发现自己仰卧在过道里,才想到,这句话也许有点根据。

那天晚上雾很大,街上的路灯都有个大圈圈!有人含含糊糊地说,下雨了。我却认为这是霜气。斯蒂福思在路灯柱子下给我掸去身上的泥土,把我的帽子整理好。这顶帽子,不知是什么人从什么地方弄来的,又瘪又皱的已经完全不成样子,而我原来是没有戴帽的。这时,斯蒂福思说:"你没事吧,科波菲尔? 怎么样?"我对他说:"再熬(好)也没有了。"

有个人,坐在一个鸽子笼似的窗洞里面,朝外面的雾气中看着,他不知从什么人的手里接过钱,问我是不是跟付钱的先生是一起的。他显得有点犹豫的样子(我瞥了他一眼时看出),是不是要收下给我买票的钱。一会儿工夫,我们来到热气腾腾的戏院里一个很高的地方,朝下看有个大坑,我觉得坑里好像正在冒烟。坑里的人挤得满满的,一点也看不清楚。还有一个大舞台,比起刚才见到的街道来,干净光滑多了。台上有人,正在说着什么,可是一点也听不懂。有很多明亮的灯,有音乐,下面的包厢里还有女客,此外还有什么,我就不知道了。我觉得,整个房间好像都在学游泳,我想要它稳住时,它却做出那样莫名其妙的样子。

按照不知是什么人的提议,我们决定转移到楼下有女客的礼服包厢①。一个身穿大礼服的绅士,伸腿靠在沙发上,手里拿着一具看戏用的小望远镜,从我眼前移动而过,移动而过的还有我自己在镜子里的整个身影。接着有人把我领进一个包厢。我就座的时候,听到自己说了一句什么,我四周的人就对着一个人喊"安静!"女客们都愤愤地看着我——还有——哎呀! 没错! ——爱格妮斯,也坐在这个包厢里,就坐在我前面的位子上,身旁有一位女士和一位绅士,我都不认识。现在我又看到她的脸了,我敢说,比当时看到的还清楚。她掉过头来看看我,带着令人难忘的痛心和惊诧。

"爱格妮斯!"我口齿含糊地叫她,"哎呀呀! 爱格妮斯!"

"别嚷嚷! 我求你了,"她回答说,我不明白她为什么不让我叫她,"你打扰了别人啦。看台上吧!"

听了她的话,我尽量想把目光盯在台上,想听一听台上都在说些什么,可是白费力气,渐渐地我又朝她看,发现她退缩到一个角落里去了,还用戴着手套的手按着前额。

"爱格妮斯!"我说道,"我怕你不太苏(舒)服呢。"

"没事,没事,你别管我,特洛伍德,"她回答说,"听我说! 你一会儿就走吗?"

---

① 坐这种包厢的人,需穿大礼服。

"我一贯(会儿)就斗(走)吗?"我重复了一遍。

"是呀。"

我有一个愚蠢的念头,想回答她说,我要等在这儿,送她下楼。我现在想,当时我不知怎么的总算把这表达出来了,因为她仔细地看了我一会后,好像明白了,然后低声对我说:

"要是我对你说,我这话是非常认真的,我知道,你是会听我的话的。现在就走吧,特洛伍德,看在我的分上,请你的朋友送你回家吧。"

她的话使我的头脑清醒了不少,因为这时我虽然生她的气,但是心里觉得很羞愧。我只简单地说了一声"再淹"(我的意思是说"再见"),就站起身来走了。他们跟在我的后面。我一脚跨出包厢的门,便进了我的卧室。这时只有斯蒂福思一个人跟我在一起了,他帮我脱了衣服。我告诉他说,爱格妮斯是我的妹妹,并且恳求他把瓶塞钻拿给我,我好再开一瓶酒。

有个人躺在我的床上,一整夜做着乱七八糟的梦,这些梦反反复复做着,说着互相矛盾的话,做着互相矛盾的事——那张床则成了波涛起伏的海洋,永无静止! 那个人,慢慢地变成了我。我开始感到干渴,我浑身上下的皮肤,好像都成了硬邦邦的木板,我的舌头像用久生垢的空水壶壶底,像在慢火上烤干似的;我的手掌像灼热的铁板,冰也没法使它冷却!

可是到了第二天,我清醒过来之后,我在思想上感到多么痛苦,多么后悔,多么羞愧! 我犯了上千种我已记不清的过失,而且再也无法补赎了——我想起了爱格妮斯朝我看时那令人永远难忘的神情——没法跟她联系,使我痛苦不堪。我真像个畜生,不知道她怎么来到伦敦,也不知道她住在什么地方——这间行乐欢宴房间里的景象,看了让我作呕——我的脑袋疼得像要裂开似的——难闻的烟味,狼藉的杯盘;不要说出不了门,就连起床都起不来了! 唉,那是怎样的一天啊!

唉,那天晚上,那是一个怎样的晚上啊! 我坐在火炉旁,面前放着一盆浮满油星的羊肉汤。我心里思忖,我就要重蹈前一个房客的覆辙了,不但接住他的房间,还要承袭他悲惨的身世了,我真想立即前往多佛,袒露这一切! 那是一个怎样的晚上啊! 当克拉普太太来撤掉汤盆,端上一个用干酪碟子盛着的腰子,说这是昨晚宴会剩下的唯一东西时,我真想要伏在她穿着紫花布上衣的胸口,怀着衷心的悔意,对她说:"哦,克拉普太太,克拉普太太,别

管什么剩下的东西了,我心里难过极了!"不过,即使在那种情况下,我还是怀疑,克拉普太太是不是那种可以对之推心置腹的人。

第二十五章

吉神和凶神

过了那头痛、恶心、后悔的糟透的一天之后,到了第二天早上,对我请客的那个日子,我心里有着一种奇怪的混乱想法,仿佛有一群力大无穷的巨神,用一根硕大无比的撬棍,把前天这一天,撬推到几个月前去了。当我怀着这种想法正准备出门时,看到一个佩戴证章的差役①,手里拿着一封信,正往楼上走来。他原本正在慢条斯理地消磨他的出差时间,可是一看见我正在楼梯顶上的栏杆旁看着他,便急忙来了一阵小跑,气喘吁吁地跑上楼来,仿佛他是一路跑来,跑得筋疲力尽似的。

"特·科波菲尔老爷的。"信差用小手杖往帽檐上碰了碰说。

我几乎不敢承认这就是我的名字,因为我深信这封信是爱格妮斯写来的,感到心慌意乱。不过,我还是对他说,我就是特·科波菲尔老爷。他相信了,把信递给了我,并说要带回回信。我把他关在门外,要他在楼梯口那儿等我的回信。我又回到自己的屋子里。由于太紧张,我不得不把信放在餐桌上,先熟悉一下信封,然后才下决心开封。

等把信拆开后,我发现信里只有短短的几句非常亲切的话,一点没有提及我在戏院里的情况。信上只说:"我亲爱的特洛伍德,我现住我爸爸的代理人沃特布鲁先生家,在霍尔本大街的伊利路。今天你能来看我吗?时间随你定。你永远的朋友爱格妮斯。"

为了要写一封比较满意的回信,我花了很长时间,不知道那个佩戴证章

---

① 当年伦敦市一种有执照的差役。

的差役会怎么想,也许会认为我是个初学写字的呢。我至少写了六封回信。有一封是这样开头的:"我亲爱的爱格妮斯,我多么希望能从你的记忆中抹去那令人作呕的印象。"——写到这儿,认为不好,便撕掉了。从头写了一封:"我亲爱的爱格妮斯,莎士比亚曾经说过,一个人居然会把一个仇敌放进自己的嘴里①,这多么奇怪啊!"——这使我想起了马卡姆,所以又写不下去了。我甚至想写成一首诗,用六个字一行来写封短信,"哦,千万别忘记,"——不过这使我联想起十一月五日②,会变得荒唐可笑。我试着写了好几次,最后才写道:"我亲爱的爱格妮斯,你的信正如你的为人,此外,我还能说出什么比这更高的赞美呢? 我四点钟去看你。你亲爱而又悔恨交加的特·科。"佩戴证章的差役,终于拿着这封信走了(信一交给他,我心里立刻就开始动摇,数十次想把信要回来)。

博士公堂里那班执法的先生们,那一天要是有我一半的恐慌不安,那我就真诚地相信,他们在那个腐朽陈旧的教会机构中所犯的罪过,就可以得到一定的赎免了。我虽然三点半就离开事务所,几分钟后就到达约定地点,可是我一直在那儿徘徊,根据霍尔本大街圣安德鲁教堂的钟,直到超过约定时间整整一刻钟,我才鼓足勇气、孤注一掷地去拉沃特布鲁先生家左首门柱上的门铃。

沃特布鲁先生事务所,一般公务都在楼下办理,高雅的事务(这种事务有不少)则在楼上接待。我被领进一间布置精致,但似欠宽敞的客厅,只见爱格妮斯就在里面,正在编织一个小钱袋。

她看上去那么安详、和蔼,使我想起了在坎特伯雷快活新鲜的学生生活,也想起那天晚上酒醉烟熏、神志不清的可鄙模样。当时没有别的人在场,于是我就痛加自责,羞愧万分——简单地说吧,我出了丑,我也不必隐瞒,我流下了眼泪。直到现在,我仍不能断定,整个说来,我当时那样做,是我所能做的最聪明的一招呢,还是最丢人现眼的下策。

---

① 出自莎士比亚的《奥赛罗》第二幕第三场,原文为"哦,人们居然会把一个仇敌放进自己的嘴里,让它偷去他们的头脑!"此处"人们"改成了"一个人",所以使大卫联想起了马卡姆,因马卡姆惯用"一个人"。文中的"仇敌"指"酒"。

② 英国有一首民歌,歌词为"千万别忘记/十一月五日/火药阴谋案/……"。有关"火药阴谋案",见第十章注。

"要是当时看到的是别人,而不是你,爱格妮斯,"我把脸转过一边说,"我就决不会这样在意了。可是看到我出丑的偏偏是你!一开始,我真恨不得死掉才好!"

她的手在我的肩膀上放了一下——这一接触跟别的任何手都不一样——使我感到那么温存,那么舒畅,我禁不住把那只手放到我的嘴边,感激万分地吻了吻。

"坐下吧,"爱格妮斯高高兴兴地说,"别难过啦,特洛伍德。你要是连我都不能推心置腹地信任,那你还能信任谁呢?"

"哦,爱格妮斯!"我回答说,"你是保护我的吉神!"

她微微一笑,我觉得,笑得相当惨然,她同时摇了摇头。

"你是的,爱格妮斯,是我的吉神!永远是我的吉神!"

"要是我真是你的吉神的话,特洛伍德,"她回答说,"那有一件事,我非做不可。"

我带着探询的表情看着她,不过我已料到她说的是什么了。

"那就是,我得对你提出警告,"爱格妮斯说,目不转睛地看着我,"要提防你的凶神。"

"我亲爱的爱格妮斯,"我说,"要是你指的是斯蒂福思——"

"我指的正是他,特洛伍德。"她回答说。

"要是那样,爱格妮斯,你就大大冤枉他了。他怎么会是我的凶神!或者是任何别的人的凶神呢!他,不是别的,而只是我的指导者,我的支持者,我的朋友!我亲爱的爱格妮斯!你看到我那天晚上的情形,就对他下判断,这是不是太不公平了?是不是也不像你的为人?"

"我不是凭那天晚上看到你的样子,来断定他的为人的。"爱格妮斯平静地回答说。

"那凭的是什么呢?"

"凭许多事——这些事,就它们本身来说,都不是什么大不了的事,不过把它们合在一起,在我看来,就不是那么简单了。我判断他的为人,部分是根据你平时提到他的事,特洛伍德,部分是根据你的为人,以及他给你的影响。"

她的柔和的声音,似乎始终有着一股力量,触动着我的心弦,从而跟她的声音相呼应。她的声音从来是恳切真挚的,不过当它像现在这样十分恳切真挚时,就有一种使我非常驯服的感动力。我坐在那儿看着她,她低头看着手中的针线活。我坐在那儿,好像依然在倾听她说话,而斯蒂福思,虽然我非常爱戴他,却在她的声调中变得暗淡无光了。

"我这是太大胆了,"爱格妮斯又抬起头来说,"像我这样一个离群索居、对于世事人情知道得那么少的人,居然给你提出如此明确的忠告,或者说有这样强烈的意见,在我来说,的确是太大胆了。不过我清楚,我所以会这样做,特洛伍德——是因为我们从小一块儿长大,我记得很真切,对于你的一切我都真心关切。正因如此,我才有这么大的胆子。我敢说,我说的都是对的,是十分有把握的。当我警告你,说你结交了一个危险朋友时,我觉得,跟你说话的像是另一个人,而不是我。"

我又朝她看着,当她住口之后,我依然倾听着,斯蒂福思的形象,虽仍深藏我心中,但变得更加暗淡无光了。

"我还不至于那么不近情理,"爱格妮斯停了一会,接着又用她往常的那种声调说,"指望你会,或者你能马上改变你已形成观念的感情,是办不到的。更不能指望你立即改变你根深蒂固的轻信人的脾气。你也用不着匆匆忙忙地就改。我只是要求你,特洛伍德,要求你一旦想起我时——我的意思是说,"说到这儿,她平静地微微一笑,因为我正想打断她的话头,而她也知道我这是为什么,"每当你想起我时——你都得想想我对你说过的话。我说了这番话,你能原谅我吗?"

"到你能对斯蒂福思作出公正的判断,而且也能像我一样喜欢他时,"我回答说,"我就原谅你,爱格妮斯。"

"不到那时候就不原谅吗?"爱格妮斯说。

我这样说到斯蒂福思时,我看到她脸上闪过一片阴影,不过看到我对她微笑,她也立刻对我报以微笑。我们又像先前一样,无拘无束地坦诚相见了。

"那么,到什么时候,爱格妮斯,"我说,"你才会原谅我那天晚上的行为呢?"

"到我再想起那番情景的时候。"爱格妮斯说。

她本想把这件事就这样带过去了,可是我有满肚子的话要说,不答应让它就这样过去,硬要对她说明经过,我怎么会出丑,出了一连串怎样的偶然事件,最后怎么去了戏院。我把这一切全说了,又把我欠斯蒂福思的情,在我自己照顾不了自己时,他如何照顾我的详细情况,说了一番,心里才感到如释重负。

"你可别忘了,"我刚一说完,爱格妮斯就平静地改变话题,说,"你不但在陷入窘境时,而且在陷入情网时,也一定会告诉我的。现在接替拉金斯小姐的是谁呀,特洛伍德?"

"没有人,爱格妮斯。"

"有一个吧,特洛伍德。"爱格妮斯笑着说,还举起了一个手指。

"没有,爱格妮斯,我敢保证! 不错,斯蒂福思太太家有一位女士,人很聪明,我很喜欢跟她聊天——她叫达特尔小姐——不过我并不爱慕。"

爱格妮斯又为自己敏锐的洞察力笑了起来,同时还对我说,要是我不瞒她,对她推心置腹,她就用个小本子,记下我每次热恋开始的日期、持续的时间、终结的年月,像英国史里国王和女王的朝见代表一样。跟着她又问我,有没有看到乌利亚。

"乌利亚·希普?"我说,"没有看到。他在伦敦?"

"他每天都来楼下的事务所,"爱格妮斯回答说,"他比我早一个星期来伦敦。我怕他来办让人不愉快的事,特洛伍德。"

"我能看出,是一件让你不安的事,爱格妮斯,"我说,"会是什么事呢?"

爱格妮斯把手上的针线活放到一旁,双手交叉在一起,满腹心思地用她那双美丽、温柔的眼睛看着我说:

"我相信,他想要跟爸爸合伙。"

"什么? 乌利亚? 那个溜须拍马的卑鄙小人,他爬到那么高的地位了!"我愤愤不平地大声说道,"这件事你没有提出反对吗,爱格妮斯? 你想一想,要是合伙了,会有什么结果。你一定要大胆地提出来。你决不能由着你父亲走这蠢透了的一步。你无论如何要阻止住,趁现在还来得及。"

我这样说时,爱格妮斯仍看着我,对我的激愤,脸露微笑地摇着头,然后回答说:

"上次我们谈起爸爸的事,你还记得吗? 在那以后不久——最多不过两三天——爸爸就把我刚才说的事,第一次透露给了我。他对我说这事时,尽量想把这说成是他自己的主意,但他又无法掩饰这是别人逼他做的。看到他在这两者之间挣扎,真让人心酸。我感到非常难过。"

"别人逼他,爱格妮斯! 是谁逼他呀?"

"乌利亚,"她犹豫了一会,回答说,"他已经弄得爸爸非依赖他不可了。他奸诈阴险,无孔不入。他抓住爸爸的弱点,助长这些弱点,利用这些弱点,直到——我就用一句话把我的意思说出来吧,特洛伍德——直到爸爸怕他为止。"

我清楚看出,她本可以说得更多,她知道的,她猜疑到的也更多。可是我不便追问她,不能使她更加痛苦,因为我知道,她所以没对我都说出来,是为了不使她父亲受伤害。我意识到,这事酝酿已久,所以才到了这种地步。是的,只要稍微想一下,就不能不感到,事到如今,决不是一朝一夕的事。因而我也就不作声了。

"他控制爸爸的能力,"爱格妮斯说,"是很大的。他嘴里说自己卑微,要知恩图报——这话也许是真的,我希望如此——不过他的地位是真正有实权的,我怕他滥用权力。"

我说他是个卑鄙小人,对这一说法,当时我觉得很满意。

"就在我刚才说到的那个时候,也就是爸爸对我说的时候,"爱格妮斯接着说,"他对爸爸说,他要离开,还说,他心里很难过,很不愿意离开,但是离开的话,可以有更好的前途。当时爸爸沮丧极了,你我从来没有看见过他那么忧伤。有了合伙这个补救计划后,他好像才放下心来,虽然他同时似乎也因合伙的事受到打击,既伤心又羞愧。"

"那这事你是怎么对待的呢,爱格妮斯?"

"我做了我希望是对的事,特洛伍德,"爱格妮斯回答说,"既然认定,为了爸爸的平安,就得作出这样的牺牲,我就只好劝爸爸这么做了。我说,这样可以减轻他的工作负担——希望真能那样! ——使我有更多跟他在一起的机会。唉,特洛伍德!"说到这儿,她哭了起来,泪流满面,用双手捂住了脸,"我几乎感到,我好像已经成了爸爸的仇人,而不是他的乖孩子了。因为我知道,由于疼爱我,他变了。为了把全部精力集中在我身上,他还缩小了交往和职务的圈子。我知道,他为了我,抛开了不知多少事;由于为我担心焦虑,使他的生活蒙上了阴影,削弱了他的身心健康,因为他总是把一切都倾注在一个念头上了。要是我能把这纠正过来就好了！要是我能使他恢复原来的样子，那该有多好啊！因为我已经不知不觉地成了他衰老消沉的原因了！"

我还从来没有看到爱格妮斯哭过。以前，当我在学校里受到奖励回家时，我见过她眼含泪水；上次我们谈到她父亲时，也曾见过那种模样；当我们互相道别时，我曾见她把脸撇向一旁。不过我从来没有见过她这样伤心。看到她这样，我难过极了，我只能呆头呆脑、无能为力地说："求你了，爱格妮斯，别哭！别哭了，我的好妹妹！"

可是，爱格妮斯在品格和意志方面都比我强多了，不需要我长久恳求，不管当时我是否知道这一点，现在我可是清楚地知道了。她那美丽、沉静的仪态（在我的记忆中，她在这方面和任何一个人都不同）又恢复过来了，仿佛乌云已经散去，重又出现明朗的晴空。

"我们两人单独在一起的时间，不可能很多，"爱格妮斯说，"所以我得趁这机会，诚恳地求你，特洛伍德，要用友好的态度对待乌利亚，别讨厌他。别因为跟你意气不相投就憎恨他（我想你通常会那么做的）。他也许不应该受到那样的对待，因为我们还不能断定，他一定会干坏事。反正不管怎样，你要先想到爸爸和我！"

爱格妮斯没有时间再说下去了，因为房门打开了，沃特布鲁太太像张扬帆的船似的走了进来，她长得身材肥大——也许是穿的衣服肥大，我不能确切地说出哪是衣服，哪是人。我模模糊糊记得，好像在戏院里见过她，仿佛在一张灰蒙蒙的幻灯片里见过似的。但是她却十分清楚地记得我，而且还疑心我酒醉未醒呢。

不过，沃特布鲁太太渐渐发现，我是清醒的，而且（我希望如此）还是个谦虚谨慎的青年，对我的态度也就大大温和起来。起初她问我是不是常去公园，接着又问我是不是常去社交场所。当我对这两个问题都作了否定的回答后，我看出，她对我的好感又降低了，但是她优雅地掩盖了这种态度，邀请我第二天去吃晚饭。我接受了她的这一邀请，接着就向她们告辞。出门时，我又去事务所看了一下乌利亚，他不在，我留下了一张名片。

第二天我去赴晚宴时，一走到敞开着的沿街大门门口，就像一下子进了一股羊腰肉味的蒸汽浴室，我发现我并不是唯一的客人，因为我立刻认出了那个佩戴证章的差役,他已换了衣服,帮助那家的仆人,在楼梯口通报客人的姓名。他低声问我姓名时,尽量装出从来不曾见过我,但是我清清楚楚地认得他,其实他也清清楚楚地认得我。良心使我们俩变成懦夫①。

我发现沃特布鲁先生是位中年人,脖子很短,衬衣硬领宽大,只要再加上一个黑鼻子,就像一只哈巴狗了。他对我说,他有幸能认识我,非常高兴。我向他太太问好致敬后,他就郑重其事地把我介绍给一位令人敬而生畏的女士,她身穿黑丝绒长袍,头戴一顶很大的黑丝绒帽子。我记得,她的样子很像是哈姆雷特的近亲——姑且说是他的姑母吧。

这位女士叫亨利·斯派克太太,她的丈夫也在这儿,他是个冷冰冰的人,因此他的脑袋上长的不是白发,而是像撒了白霜。大家对亨利·斯派克夫妇,不管是对男的还是对女的,都极其尊敬,爱格妮斯告诉我说,因为亨利·斯派克先生是某个机关或某个人物(我记不清是机关还是人物了)的律师,而这个机关或人物,是跟财政部有间接关系的。

我看到乌利亚·希普也在客人中间,他穿一套黑色衣服,一副卑躬屈膝的样子。我跟他握手的时候,他对我说,我还看得起他,他感到十分荣幸,我能屈尊跟他交往,他心里非常感激。我倒希望他对我少感激一点,因为由于感激,他整个晚上都在我身旁转悠,而且不论什么时候,只要我跟爱格妮斯说一句话,他一定用他那毫无遮掩的眼睛和死人般的面孔,从我们后面凶险地盯着我们。

还有别的客人——我觉得,他们为了应付这种场合,全像是冰过的酒一样。不过有一个客人,还没进来就引起我的注意,因为我听见仆人禀报,他的名字叫特雷德尔先生!我听到这名字,脑子里立刻就回想起萨伦学校,我想这个人会不会是汤米——那个老爱画骷髅的!

我怀着异常的兴趣,寻找着特雷德尔先生。他是个外表稳重、沉着的青年,有点怯生生的样子,长着一头令人发笑的头发,两只眼睛睁得大大的。他一进来就退避到一个偏僻的角落里去了,把他找到真还有点困难。后来我终于把他看清楚了。要不是我的视觉欺骗了我,那他毫无疑问是那个倒霉的汤米了。

---

① 语出莎士比亚《哈姆雷特》第三幕第一场,原句不是"我们俩",而是"我们大家"。

我来到沃特布鲁先生的面前,对他说,我相信我有幸在这儿见到一位老同学了。

"真的!"沃特布鲁先生颇为诧异,说,"你年纪这么轻,决不会跟亨利·斯派克先生同学吧?"

"哦,我说的不是他!"我回答说,"我说的是那位姓特雷德尔的先生。"

"哦,对,对!真的!"主人说,他的兴趣大减,"那倒可能。"

"要是他真是我说的那个人,"我说着,朝那人那边瞥了一眼,"那是在一所叫萨伦学校的学校里,我们在那儿同过学,他是一个非常好的人。"

"嗯,不错,特雷德尔这人是不错,"主人带着一种勉强迁就的神气,点着头说,"特雷德尔是个很不错的小伙子。"

"这真是太巧了。"我说。

"真是的,"主人说,"特雷德尔竟也在这儿,太巧了。因为本来请的是亨利·斯派克太太的兄弟,他身体有些不舒服,不能来,宴席上空出了一个位子,今天早上才补请了特雷德尔的。斯派克太太的兄弟是一位极有绅士风度的人,科波菲尔先生。"

我嘟囔了一声,表示同意。这已经够客气的了,因为我对亨利·斯派克太太的兄弟一无所知。我问沃特布鲁先生,特雷德尔现在从事什么职业。

"特雷德尔,"沃特布鲁先生说,"是个正在学法律的青年。是的,他是个很不错的小伙子——除了跟自己之外,他从不跟任何人作对。"

"他老跟自己作对?"我听了这话心里感到很不安,问道。

"嗯,"沃特布鲁先生噘起嘴回答说,一面带着一副满足得意的样子玩弄着表链,"我得说,他就是那种自碍前途的人。是的,我认为,举例说,他一年永远也挣不到五百镑。特雷德尔是我一个同行朋友介绍给我的。嗯,是的,是的。他在起草诉讼要点和书面案情陈述方面,还是有点才能的。一年当中,我还能给他一点事做,这点事——对他来说——算是不少了。嗯,是的,是的。"

沃特布鲁先生时不时就带着一副满足得意的样子,说出"是的"这两个字,这给我留下深刻的印象。他说这两个字时,有着一种了不起的表情。这完全表明,这个人不仅生来就嘴含银匙①,而且还随身带着云梯,一级级攀登上人生的各个高度,现在他正站在堡垒的顶上,用哲人和恩人的眼光,看着下面那些壕沟里的芸芸众生。

我脑子里一直还在想着这个问题,主人家宣布晚餐开始。沃特布鲁先生和哈姆雷特的姑母一起下楼去了。亨利·斯派克先生搀了沃特布鲁太太。我本想去搀爱格妮斯的,结果被一个脸带傻笑、两脚软弱无力的家伙搀走了。乌利亚、特雷德尔,还有我,我们三个是客人中的后生之辈,尽可能后下楼。我没能搀扶到爱格妮斯,倒也不那么着恼,因为这一来,我就有机会在楼梯上跟特雷德尔相见了。他非常热情地向我问了好。乌利亚则扭动着身子,装出一副既满意又自卑的样子,我真恨不得把他从栏杆上扔下去。

在餐桌上,特雷德尔和我被分开了,我们都被打发到两个很远的角落里,他坐在一位身穿大红丝绒的太太身边,笼罩在耀眼的红光中,我则坐在哈姆雷特的姑母一旁,落在幽暗的阴影下。用餐的时间很长,席上谈的尽是贵族社会的事——还有血统。沃特布鲁太太不止一次对我们说,如果她有什么癖好的话,那就是血统了。

我不止一次想到,要是我们不这么讲高雅,那我们的谈话一定会进行得好一些。正由于我们大讲高雅,所以我们谈话的范围就非常狭窄了。席上有一对夫妇,格尔皮吉先生和格尔皮吉太太,他们跟英伦银行的法律事务有点间接关系(至少格尔皮吉先生是这样),于是一会儿谈英伦银行,一会儿谈财政部,像宫廷公报似的,我们便都排除在外了。使这种局面有所好转的是,多亏哈姆雷特的姑母有一种家传的毛病,喜欢独白②,不管别人提出什么话题,她就会自言自语、杂乱无章地说个没完。话题当然还是不多的。不过,既然大家说来说去总要说到血统上,她也就跟她的那位侄儿一样,海阔天空地作起抽象的思考来了。

我们简直都成了一群吃人魔王了,谈话竟这么血淋淋的。

"我承认,我跟沃特布鲁太太的看法一致,"沃特布鲁先生说着,把酒杯举到眼睛跟前,"别的尽管一切都好,不过我要的还是血统。"

---

① 意为生于富贵人家。
② 此处戏指莎士比亚的《哈姆雷特》中哈姆雷特有很多独白。

"哦,"哈姆雷特的姑母说,"没有什么能比血统更让人感到这么快意的了!总之,在所有那些事物中,没有什么能像它这样尽善尽美的了。有些思想庸俗的人(我相信,这种人幸好不多,但有一些),他们宁愿如我说的去崇拜偶像。的的确确是偶像!崇拜功绩,崇拜知识,等等。但是这些东西都是捉摸不到的,而血统就不是这样。我们能在鼻子上看到它,知道那就是血统。我们能在下巴上看到它,我们就说,'那就是!那就是血统!'这是实实在在的东西,我们可以把它指出来。这是不容怀疑的。"

那个挽着爱格妮斯下楼,脸带傻笑、两腿软弱无力的家伙,我看,把这个问题说得更加明确。

"哦,各位知道,说到究竟,"这位先生说着,脸带傻笑地朝餐桌周围扫了一眼,"各位知道,我们不能不讲血统。各位知道,我们一定要讲血统。有些年轻人,各位知道,也许在教育和品行方面,有点配不上他们的身份地位,或许是做了一些错事,各位知道,这使得他们自己和别人陷入了各种困境——反正就那么回事——但是说到究竟,想到他们是有血统门第的,也就高兴了!在我来说,不管什么时候,我情愿让一个有血统门第的人打得趴下,也不愿让没有血统门第的人把我扶起。"

这番把全部问题概括无余的宏论,使大家极为满意,因而都对他另眼相看,直到太太小姐们退席。在这之后,我发现,一直都冷淡待人的格尔皮吉先生和亨利·斯派克先生,现在结成了防御联盟,来对付我们这些共同敌人,隔着桌子进行了一番神秘莫测的对话,为了打败我们,把我们打倒在地。

"那份四千五百镑债券的事,并没有像原先预料的那样进展顺利,斯派克。"格尔皮吉先生说。

"你是说 A 公爵的债券吗?"斯派克先生说。

"是 B 伯爵的债券!"格尔皮吉先生说。

斯派克先生把眉毛一扬,露出非常关心的样子。

"这个问题提交到一位爵爷那里——他的名字我就不说了,"格尔皮吉先生说到这儿,就停下不说了——

"我明白,"斯派克先生说,"是 N 爵爷。"

格尔皮吉先生微微点了点头:"提交给他后,他的答复是,'拿钱来,要不,不能豁免。'"

"哎呀,我的天!"斯派克先生叫了起来。

"拿钱来,要不,不能豁免,"格尔皮吉先生又斩钉截铁地重复了一句,"第二继承人——你明白我说的是谁吗?"

"是 K 吧。"斯派克先生脸色阴沉地说。

"K 明确表示不能签字。他们为这事特意到纽马克特找他,可他断然拒绝签字。"

斯派克先生对这事如此关心,听了这话竟变得呆若木鸡了。

"因此,这件事眼下就成了僵局了,"格尔皮吉先生说着,把身子向后往椅子上一靠,"因为这件事关系重大,要是我没能一一讲清的话,我想我们的朋友沃特布鲁一定会原谅我的。"

据我看来,能在自己的餐桌上,听到这样重大的事件和这些大人物的情况,即使是说得很委婉,沃特布鲁先生其实还是感到很荣幸的。他装出一副听了后沮丧的样子(其实,我相信,对这番谈话的了解,他不见得比我多),还对格尔皮吉先生的审慎态度表示赞同。斯派克先生在听了这样的秘闻之后,自然也就乐于把自己知道的秘闻惠赠给他的朋友了。因此在前一番对话之后,紧接着又来了另一番对话。不过在这番对话中,吃惊的轮到格尔皮吉先生。在这番对话后,又轮到斯派克先生吃惊了。他们就这样,轮来轮去,轮个不停。在所有这段时间里,我们这些局外人,都因为他们的这些对话中事关重大而弄得心情沉重,不敢多言。我们的主人则得意地看着我们,认为我们是这种对我们有益的敬畏和惊异下的牺牲品。

我非常高兴,能上楼见爱格妮斯,跟她在一个角落里交谈,还能把特雷德尔介绍给她。特雷德尔有些羞羞答答,不过很讨人喜欢,仍像从前那样温和善良。由于他第二天早上就要离开伦敦,外出一个月,不得不早走一步,所以我们没能尽情畅谈。不过我们交换了地址,约定待他回来后,再次聚首。他听说我见过斯蒂福思,大感兴趣,谈起他来非常起劲,因而我要他告诉爱格妮斯,他自己对斯蒂福思的看法。但是爱格妮斯这时一味看着我,只有在我一个人注意她的时候,微微地摇了摇头。

我相信,她待在这家人家,跟这班人不可能很合得来,因此听她说过几天就要回家,我几乎感到高兴,虽说一想到这么快就要跟她分离,又觉得难过。这使得我一直留在那儿,直到客人们全都散尽。我同她谈天,听她唱歌,使我愉快地想起在那座庄严的古宅——是她使得那座古宅变得那么美丽——中度过的幸福生活。我本可以在那儿逗留到半夜的,可是,既然沃特布鲁先生宾客中的那些显赫人物都走了,我也就没有再待下去的理由。只好十分不情愿地告辞了。当时,我比任何时候都更加感到,爱格妮斯是我的吉神。要是我把她那甜美的面庞和恬静的微笑,想象成某个天使般的神灵从远处发出的光辉,照耀在我的身上,我希望我的想象没有亵渎神明。

我曾说过,客人全都散尽了,但是我应当把乌利亚排除在外,因为我并没有把他包括在那些客人之中。整个晚上,他老是缠在我们身边。我一下楼,他就紧跟着我,我离开主人家,他也跟在我后面,慢慢地把他那骷髅般又瘦又长的手指,伸进更大更长,像盖·福克斯①的手的手套里。

我并不打算跟乌利亚交往,可是想到爱格妮斯对我的嘱咐,所以我就问他要不要到我的寓所去喝杯咖啡。

"哦,说真格的,科波菲尔少爷,"他回答说——"对不起,科波菲尔先生,我叫惯少爷这个称呼了——我不愿意让你感到勉强,邀我这样一个卑微的人去你府上。"

"这有什么好勉强的,"我说,"你去不去?"

"我当然很想去。"乌利亚扭动了一下身子,回答说。

"那好,一起走吧!"我说。

我忍不住对他显得很不客气,不过他好像对我并不介意。我们走的是近路,一路上没有多说话。乌利亚对自己那双破破烂烂的怪手套,竟如此谦逊,直至到了我的寓所,还在那儿往手上套,而结果却好像并无多大进展。

我拉着他的手带他上了黑暗的楼梯,免得他把脑袋撞在什么东西上。他那又湿又冷的手,在我的手中就像一只青蛙,我真想把它扔掉跑开。可是出于爱格妮斯的嘱咐和待客的礼貌,我还是把他领到火炉边。待我点起蜡烛,他看到房中的光景后,就谦恭地表示非常高兴。而当我用一只克拉普太太常爱用来煮咖啡的极为平常的锡罐(我想,主要是因为这原来并不是派这用场,而是用来盛刮脸水的,而一把价格很贵、专门用于煮咖啡的咖啡壶,

---

① 盖·福克斯(1570—1606)为1905年英国火药阴谋案的同谋者。此处指每年11月5日为纪念这次事件而游行中他的模拟像。

却在食具间里上锈腐烂),煮沸咖啡时,他竟表现得那么激动,我真恨不得烫他一下才称心呢。

"哦,说真格的,科波菲尔少爷——我的意思是说,科波菲尔先生。"乌利亚说,"看到你这样招待我,这是我从来连想都不敢想的!不过,这样也好,那样也好,有那么多好事,是我从来连想都不敢想的,都给我碰上了。我认为,我的地位这样卑微,而好事竟像下幸福雨似的落在我的头上。我猜,有关我的前程的变化,你已经听到一些了吧,科波菲尔少爷——哦,我应该说,科波菲尔先生。"

他坐在我的沙发上,两条长腿的膝盖拱起,咖啡杯就放在上面,他的帽子和手套,放在身边的地板上。他用茶匙轻轻地在杯子里搅动着,那双无遮无挡的红眼睛,看上去就像睫毛已经烧光似的,虽然朝着我,但并没有看着我。我前面已经说过的他鼻子旁两个令人恶心的凹痕,随着呼吸一起一伏;他的整个身子,从下巴到靴子,都像蛇似的在扭动。我心里想,我对这个人实在厌恶极了。有这样一个人在我寓所里作客,真让人难受,因为当时我还年轻,还不习惯掩饰起我那如此强烈的感情。

"我猜,你已经听到一点了吧,我的前程有了一些变化,科波菲尔少爷——哦,我该说,科波菲尔先生。"乌利亚说。

"是的,"我说,"听到一点了。"

"哦!我本来就想,爱格妮斯小姐应该知道这件事的!"他沉着地回答说,"现在,发现爱格妮斯小姐知道这件事,我感到很高兴。哦,谢谢你啦,科波菲尔少爷——科波菲尔先生!"

我本可把我的脱靴器朝他扔过去(它就放在炉前的小地毯上),因为他设下圈套,把有关爱格妮斯的话,从我嘴里套出去了,虽然这无关紧要。但是我只顾喝我的咖啡。

"我已经表明,你是一位多么了不起的预言家,科波菲尔先生!"乌利亚接着说,"哦,说真格的,你已经证明你是一位多么了不起的预言家!有一次你曾对我说过,我也许会成为威克菲尔先生的合伙人,也许会有一个威克菲尔-希普事务所。你还记得吗?你也许不记得了,不过,当一个人处于卑微的地位时,科波菲尔少爷,他会把这种话牢记在心的!"

"我记得我曾说过这种话,"我说,"不过当时,我的确没有想到会有这种可能。"

"哦！当时谁会想到有这种可能呀,科波菲尔先生!"乌利亚兴奋地回答说,"我得说,我自己也没想到。我记得我曾亲口说过,我太卑微了。当时我确确实实是这样看待我自己的。"

我看着他,他坐在那儿,脸上带着橡子头上那种龇牙咧嘴的笑容,望着炉火。

"可是那些最卑微的人,科波菲尔少爷,"他马上接着说,"也许能成为好帮手呢。想到我一直是威克菲尔先生的好帮手,而且以后也许还能成为一个更好的帮手,我心里感到十分高兴。哦,他是个多么值得尊敬的人,科波菲尔先生,不过他一直以来太不谨慎了!"

"听了这话,我很难过,"我说,忍不住又加了一句,语气相当尖刻,"不管从哪方面看,都很难过。"

"的确如此,科波菲尔先生,"乌利亚回答说,"不管从哪方面看。特别是从爱格妮斯小姐方面看! 你不记得你说过的那些很动人的话了吧,科波菲尔少爷。不过我记得很清楚,有一天你曾说过,人人都会爱慕她的。我还为这句话对你非常感激呢! 我相信,你一定忘了吧,科波菲尔少爷?"

"没忘。"我冷冷地说。

"哦,你没忘,我听了真高兴!"乌利亚嚷了起来,"是你第一个在我卑微的心中点燃野心的火花,你居然还没有忘记! 哦! ——请原谅,能再赏我一杯咖啡吗?"

他在说点燃火花这句话时的强调语气,以及说时朝我一瞥的神情,使我有了警觉,好像看到他被一片火光照得通明。他用完全不同的腔调提出的请求,唤醒了我,我又拿起盛刮脸水的锡罐,尽地主之谊,不过我倒咖啡的手有点颤抖,突然感到我不是他的对手,心中不知所措,疑虑重重,急于想知道他下一步要说什么,而我的这种心情,是逃不过他的眼睛的。

可是他什么也没有说。他只是把咖啡搅了又搅,然后一小口一小口地喝着,还用他那可怕的手轻轻摸着下巴。他只看着炉火,朝房间四周打量着,对我与其说是微笑,不如说是张着嘴喘气。他全身忸怩作态,表现出一种惯于顺从的卑微态度,他只是把咖啡一次又一次地搅动着,一小口一小口地啜着,但是他没有开口,而是让我来恢复我们之间的谈话。

"这么说,威克菲尔先生,"最后我开口说,"抵得上五百个你——或者是我,"——我想,就是要了我的命,我也不得不把这句话分成两半来说,"可他太不谨慎了,是吧,希普先生?"

"确实是太不谨慎,科波菲尔少爷,"乌利亚谦恭地叹息着回答说,"哦,非常不谨慎!不过我希望你叫我乌利亚,如果你肯赏脸。那样就跟从前一样了。"

"好吧,那我就叫你乌利亚。"我费了不少劲,才把这名字吐出来。

"谢谢你啦,"他热情地回答说,"谢谢你,科波菲尔少爷!听你叫我乌利亚,就像吹来从前的凉风,传来从前的钟声。对不起,我刚才说到什么啦?"

"说到威克菲尔先生。"我提醒他。

"哦,是的,没错,"乌利亚说,"嘿!他太不谨慎啦,科波菲尔少爷。不过这话我只跟你说说,对别人我决不会说的。即使对你,我也只是提一提,不便多说。这几年来,处在我这个地位的,要是换了另一个人,到这时候,他一定把威克菲尔先生(哦,他是一个多好的人,科波菲尔少爷!)揿在自己的大拇指下面了。揿在——大拇指——下面。"乌利亚慢腾腾地说着,把自己那魔掌似的手伸到我的桌子上,用大拇指往桌子上使劲一揿,揿得桌子都颤动起来,甚至连整个房间都颤动了。

哪怕我不得不眼看他把八字脚踩在威克菲尔先生头上,我想,我也不会比这会儿更恨他了。

"哦,是的,科波菲尔少爷,"他轻声柔气地接着说,这跟他用大拇指揿桌子的动作,形成了强烈的对比,可他那揿桌子的劲头一点也没有放松,"这毫无疑问。他一定会遭到损失,受到羞辱,以及我不知道的一切。威克菲尔先生知道这一点。我是卑贱地伺候他的一个卑微的帮手,他把我提到这样高的地位,我是想都没有想到的。我该多么感激他呀!"他说完这番话,把脸转向我,但是并没有看我;他把他那弯着的大拇指从揿着的地方挪开,满腹心事地用它在自己那瘦削的下巴上慢腾腾地擦刮着,就像在刮胡子。

我记得很清楚,当时我看到他那张阴险狡猾的脸,被炉火的红光映照着,显然又在转别的念头,我的心愤怒得剧跳。

"科波菲尔少爷!"他又开口说,"我耽误你睡觉了吧?"

"你没有耽误我睡觉,我通常都睡得很晚。"

"谢谢你,科波菲尔少爷!打从你第一次跟我交谈以来,我已经从卑微的地位提升了,这是事实,可是我还是卑微的。我希望我永远是卑微的,而不是别的样子。我要是对你说几句心里话,科波菲尔少爷,你不会更觉得我卑微吧?会吗?"

"哦,不会。"我费力地说。

"谢谢你!"他从口袋里掏出手帕,擦起掌心来,"爱格妮斯小姐,科波菲尔少爷——"

"怎么回事,乌利亚?"

"哦!让人自自然然地叫一声乌利亚,多愉快啊!"他大声说道,身体扭动着,像条抽搐的鱼,"你觉得她今天晚上很漂亮吧,科波菲尔少爷?"

"我觉得她跟平常一样漂亮,不管在哪方面,她都永远超过周围的人。"我回答说。

"哦,谢谢你!你说得对极了!"他叫了起来,"哦,你这么说,我十分感谢!"

"完全不必,"我傲慢地说,"你没有谢我的理由。"

"啊,科波菲尔少爷,"乌利亚说,"说实话,这正是我斗胆要对你说的心里话。尽管我很卑微,"他更起劲地擦着手,轮番看着手心和炉火,"尽管我母亲也很卑微,我们那个贫穷而清白的家也是如此,可是多年来,爱格妮斯的形象(我大着胆子把心里的秘密都告诉你,科波菲尔少爷,因为打从我有幸第一眼看到你坐在小马车里起,我就对你无话不谈)早就深埋在我的心里了。哦,科波菲尔少爷,就连我的爱格妮斯走过的地面,我都用多么纯洁的爱爱它啊!"

我相信,当时我有一个疯狂的念头,我真想抓起火炉里那通红的通条,用它把这家伙戳穿。这一念头,随着我全身一震,从我的胸中飞出,犹如一颗子弹射出枪膛。但是,爱格妮斯的形象,虽然受到了这红毛畜生妄念的侮辱,却依然留在我的心中,使我头晕目眩(这时我看他坐在那儿,全身扭动着,仿佛他那卑鄙的灵魂正在折磨着他的躯体)。他似乎在我眼前膨胀了,长大了;屋子里好像充满了他说话的回声。我有了一种奇怪的感觉(这种感觉也许每个人多少都曾有过),我觉得,这一切以前某个时候曾经发生过,而

且我也知道他接下去要说什么。这种奇怪的感觉完全控制了我。

我及时地看到了他脸上那种大权在握的得意神情，比我所能作的任何努力，更能使我想起爱格妮斯的请求，让她的请求发挥全力。于是，我带着一分钟前还想不到我能做到的镇静问他，他有没有向爱格妮斯表白过这种感情。

"没有，没有，科波菲尔少爷！"他回答说，"噢，没有！除了对你，我对谁都没说过。你知道，我只是刚从低微的地位冒上来呀。我的最大希望是，能让她看到，我对她父亲多有用处（因为我相信自己对他大有用处，科波菲尔少爷），我怎样为他铺平道路，使他得以畅通无阻。她是那么爱她的父亲，科波菲尔少爷（有这样一个女儿多好啊！），我想，为了她的父亲，她会对我好起来的。"

我已经探测到这个恶棍全部诡计的底细，也懂得他向我透露这个诡计的用意。

"要是你好心为我保守这个秘密，科波菲尔少爷，"他接着说，"一般来说，不反对我，我就把这看作你对我的特殊恩惠了。你不会希望惹出不愉快的事来的。你的心眼很好，这我是知道的。不过，你是在我卑微的时候认识我的（我得说，是在我最卑微的时候，因为我现在仍很卑微），你说不定会暗地里在我的爱格妮斯面前反对我，我把她叫作我的，你知道，科波菲尔少爷，因为有一首歌里是这样说的，'宁愿舍王冠，为能把她叫我的'①。我希望，有一天我能做到。"

亲爱的爱格妮斯啊！你那么可爱，那么贤惠，我根本想不出谁能配得上你，难道竟会成为这样一个坏蛋的妻子吗！

"眼下还不必着急，你知道，科波菲尔少爷！"当我坐在那儿，怀着这种想法，盯着他看时，他用他那副卑鄙的模样继续说，"我的爱格妮斯还很年轻，而且我母亲跟我也得再往上爬，还得做许许多多新的安排，才能使时机十分成熟。因此，我还有时间，待有适当的机会时，我可以慢慢地把我的希望透露给她。哦，你能跟我这样知心，我真是太感激你了。哦，知道了你了

---

① 出自英国歌曲《里奇蒙希尔的少女》，诗人麦克奈里（1752—1820）作词，音乐家胡克（1746—1827）作曲。

解我们的情况,而且你必定不会反对我(因为你不想在这家人中惹出不愉快的事),你想象不出,我有多放心啊!"

他握住我不敢不伸出的手,湿漉漉地使劲握了一下,接着掏出表面灰白的表看了看。

"哎呀!"他说,"都过一点啦。老朋友叙起旧来,时间过得真快,科波菲尔少爷,差不多快到一点半了!"

我回答说,我原以为还要晚呢。这倒不是我真的那么想过,只是因为我的谈话口才已经完全化为乌有了。

"哎呀,真是糟糕!"他沉思着说,"我现在住的地方——类似一种私人旅馆和私人公寓,科波菲尔少爷,靠近新河的尽头——他们早在两个小时前就睡了。"

"很抱歉,"我回答说,"我这儿只有一张床,而且我——"

"哦,根本用不着提床的事,科波菲尔少爷!"他欣喜若狂地说,一面缩回了一条腿,"我躺在炉子跟前就行,这你不会不同意吧?"

"如果那样的话,"我说,"那就请你睡我的床吧,我睡炉子前面。"

他坚决拒绝我的提议,他那表示极度惊诧和谦卑的几近尖叫的喊声,我猜想已刺进克拉普太太的耳朵里。她睡在远处一间大约位于低水位线水平的房间里,一向要用那只修不好的钟的嘀嗒声来给她催眠;每当我们在时间问题上发生小争议时,她老要我以那只钟为准,其实,那只钟至少要慢三刻钟,每天早上得根据标准钟校正。当时,在那种使得我手足无措的情况下,我提出让乌利亚睡在我的卧室里的提议,由于他的谦逊,怎么也没能说服他接受,我只好尽量设法给他安排得好一点,让他睡在炉子前。沙发上的坐垫(对他那瘦长的身子来说,垫子实在太短)、靠垫、一条毯子、一块台布、一块干净的早餐桌布,还有一件大衣,凑成了他的铺的和盖的;对于这样的安排,他再三表示感谢。我还借给他一顶睡帽,他接过帽子,立刻戴到头上,看上去一副丑态,打那以后,我没有再戴那顶帽子。然后我就走开,让他休息了。

我永远不会忘记那一个晚上。我永远忘不了那天晚上我怎样辗转反侧,为考虑爱格妮斯和这个家伙的事弄得疲惫不堪。我考虑我能够做些什么,我应该做些什么,最后得出结论,为了她的平安,最好是什么也别做,把我听到的话放在心里。我刚睡去一会儿,有着一对温柔眼睛的爱格妮斯,以及慈爱地看着女儿的她父亲的身影（像我常见到的那样），带着恳求的神色出现在我的眼前，使我心中充满莫名的恐惧。当我醒来时，想起乌利亚就睡在隔壁房间，这一念头就像一个把人吓醒的噩梦似的，沉重地压在我的心头，使我感到害怕，好像我让一个比魔鬼还卑劣的东西在家留宿似的。

此外，那根通条也来到我朦朦胧胧的脑子中，让我难以摆脱。在半睡半醒中，我觉得，那根通条依然又红又热，我已从炉子中把它抽出，把乌利亚的身子给戳穿了。这一念头老是缠绕着我，虽然我也知道这事并没有发生，可最后我还是悄悄地起身，到隔壁房间去看他。只见他仰面躺在那儿，两条长腿也不知道伸到哪儿去了，喉咙里咯咯作响，鼻子堵塞，嘴张得老大，像个邮筒。他实际的样子，比在我恼人的想象中见到的，还要丑陋得多，因而到后来，竟因为令人厌恶，我反而被他吸引，每隔半小时，便不由自主地跑到隔壁房间，看他一趟。可是，那漫漫长夜似乎依旧像先前那样沉重和无望，在昏暗的天色中，一点没有出现白昼将要到来的样子。

第二天早上，我看着他走下楼去（因为，谢天谢地，他不肯在我这儿吃早饭），我觉得，仿佛黑夜也跟着他一起离去了。动身去博士公堂时，我特意关照克拉普太太，让我房间的窗子全都开着，好使我的起居室通通风，以便清除掉乌利亚的气息。

第二十六章

坠 入 情 网

　　直到爱格妮斯离开伦敦那天，我才再次见到乌利亚·希普。当时，我去公共马车站跟爱格妮斯道别，为她送行，看到他也在那儿，预备搭同一辆车回坎特伯雷。我看到他身穿紧身、束腰、高肩、深紫色的外套，拿了一把像小帐篷似的大伞，高坐在车顶后部的一个边座上；而爱格妮斯，当然坐在车厢里面，这使我多少觉得有点快意。不过，为了当着爱格妮斯的面，我要勉强跟乌利亚表示友好，我得受多大的罪啊！不过这点小小的补偿，也许是应该的。上车前，在马车的窗口那儿，他也像在那次宴会席上一样，一刻不停地一直在我们跟前打转，像只大兀鹫似的，把我对爱格妮斯说的话，以及爱格妮斯对我说的话，一字不漏地全都吞了下去。

　　打从他在火炉旁对我透露了他的心事后，一直使我忐忑不安，因而我经常想起爱格妮斯对我说的有关合伙的那番话："我做了我希望是对的事，既然认定，为了爸爸的平安，就得作出这样的牺牲，我就只好劝爸爸这样做了。"为了她的父亲，她愿意作出任何牺牲。她受着这一想法的支配，靠同一想法忍受着痛苦。这种使我痛苦的预感，打那以后一直压在我的心头。我知道她多么爱她父亲，知道她本性多么孝顺。我从她嘴里知道，她认为自己是无意地使她父亲走上歧途的原因，所以她欠他的太多，她热切地想要报答他。看到她跟那个穿深紫色大衣的赤发鬼①那么不同，我感到极度的不安。

---

　　① 英国威廉二世(1056—1100)的绰号，其人红发红脸，相貌奇丑，性情残酷，外出打猎时被暗杀身亡。

爱格妮斯灵魂纯洁,会自我牺牲,而乌利亚为人卑鄙,下流无耻,因而我觉得,正是这不同之处,有着最大的危险。所有这一切,毫无疑问,乌利亚心里一清二楚,而且他狡诈成性,一切全都深思熟虑过了。

可是,我确切地相信,虽然爱格妮斯的这种牺牲还是一种前景,但结果一定会把她的幸福完全毁灭。从她的态度看来,我敢断定,当时她还没有看到这一点,心头还没有蒙上这一阴影;因而要是我把这将要到来的灾难告诉她,向她提出警告,那马上就会伤害到她。因此和她分手的时候,我并没有对她作什么解释——她在车窗口微笑着对我挥手告别,她的那个恶魔则坐在车顶,扭动着身子,好像她已经落入他的魔掌,他正凯旋。

很久以来,我都无法忘怀跟他们告别的这番情景。当爱格妮斯来信说,她已经平安到达时,我仍像跟她告别时一样伤心。不论什么时候,我只要一陷入沉思,这件事就会涌上心头,我的不安就会成倍增长。我几乎没有一夜不梦见这件事。它已成了我生命的一部分,变得像我的脑袋一样,跟我的生命再也分不开了。

我有充分的闲暇来琢磨我的不安,因为斯蒂福思给我来信说,他回牛津去了,因此我不去博士公堂时,通常都一人独处,非常寂寞。我相信,在这段时间,我对斯蒂福思隐隐约约有了一些不信任的想法。虽然我给他写回信时,仍表现得非常热情,但是我想,他当时正好不能来伦敦,总的说来,我是高兴的。我猜想,真正的原因是,爱格妮斯的那番话对我的影响,见不到他,就不会受到干扰。这种影响对我的力量就更大,因为她在我所用心和关心的方面,都占有很大的比重。

这当儿,一天一天,一星期一星期,就这样悄悄地溜过去了。我正式成了斯潘洛-乔金斯事务所的学徒。姨婆每年给我九十镑(不包括房租和有关开支)。我的寓所订了十二个月的租约。虽然我仍觉得这儿的晚上寂寞得可怕,而且又特别长,不过我却能在千篇一律的快快不乐中,保持心情的平静,靠一味喝咖啡消遣。现在回想起来,在我一生的这段时间里,我喝的咖啡恐怕得以加仑计算了。也是在这段时间里,我有了三个发现:第一是,克拉普太太患有一种叫"抽筋"的怪病,病一发,鼻子就跟着发炎,要不断地用薄荷治疗;第二是,我的食具室里的温度有点特别,老是使白兰地酒瓶炸裂;第三是,我在这世界上孤单一人,我非常喜欢用英文韵文,零零星星地把这种情况记录下来。

在正式签约开始习业那天,我除了带去三明治和雪利酒,款待那些文书,以及晚上独自一人去看了一场戏之外,没有别的庆祝活动。我看的戏叫《生人》①,跟博士公堂的情况颇为相似,我看了大为伤感,回家后站在镜子前面一照,自己几乎都不认得自己了。签约那天,我们办完一切手续后,斯潘洛先生说,他本想请我到他诺伍德的家里去,庆祝我跟他确立的师徒关系;可是由于他女儿刚在巴黎完成学业,就要回来,家里的事还没有安排就绪,所以暂时不能请我。不过他说,待他的女儿回来,他希望有幸招待我。我知道他一直鳏居,只有一个女儿,我当即对他表示感谢。

斯潘洛先生没有食言,一两个星期之后,他又提起了这件事,说如果我肯赏光的话,下星期请我去他家,待到星期一,那他就太高兴了。我当然说我一定会去拜访,于是说定他用他的四轮敞篷马车把我载去,然后再把我带回来。

当那天到来时,连我的毡绒提包也成了拿周薪的小雇员们崇敬的对象了。因为在他们的心目中,诺伍德的那座宅子是个神秘的圣地。他们中有一个告诉我说,他听人说,斯潘洛先生的餐具,全是金盘银碟,名窑细瓷;另一个则暗示说,他家的香槟酒,也像平常喝啤酒一样,是不断地从桶里放出来的。那位戴假发的叫提费先生的老文书说,他曾因公去那儿几次,每次都进到早餐厅。他把那餐厅形容得豪华无比,还说他曾在那儿喝过东印度的褐色雪利酒,那酒十分名贵,喝着都让人直眨眼。

那天,在主教法庭里,有一宗延期续审案件——关于把一个面包师逐出教会的事。因为他在教区会议上反对交纳铺路捐——照我估计,这个案件的证词口供,比《鲁滨孙漂流记》还要长一倍,因此到结束时,已经很晚了。最后,我们判他逐出教会六个星期,还罚了他一大笔罚金。然后那个面包师的代诉人、法官,以及原、被告两边的辩护士(他们的关系都是很密切的)都一同出了城;斯潘洛先生和我,也一起坐着他的四轮敞篷马车,驾车而去。

这辆四轮敞篷马车非常漂亮,两匹马都把长颈高拱,四蹄高举,仿佛它

---

① 德国戏剧家科策布(1761—1819)所作悲剧,原名《愤世与忏悔》,译成英文后改名《生人》。

们都知道自己是属于博士公堂似的。在博士公堂里,在各种派头排场方面,存在着很多竞争,因而出了些非常讲究的马车和精选的仆从。不过我自己却一向认为,而且将来也要一直认为,我那个时候,竞争最烈的是衣服浆的硬度,我相信,博士公堂里公诉人的衣服,已硬到人类的天性难以忍受的程度。

我们一路前行,非常愉快。斯潘洛先生就我的职业对我作了一些教诲。他说这是世界上最高雅的职业,断断不可以跟一个诉状律师混为一谈,因为这个职业完全是另一回事,它比起别的来,非常独特专业,较少机械刻板,而且更加有利可图。我们在博士公堂里办起案子来,比任何别的地方都自由随便,因此我们就成了特权阶层,高高在上,与众不同。他说,我们主要受雇于诉状律师,这一让人不快的事实,是无法隐瞒的。但是他又告诉我,说诉状律师全是低能儿,所有代诉人,不管有什么抱负的,一律都瞧不起他们。

我问斯潘洛先生,在我们这行里,他认为最好的业务是什么?他回答说,一宗案值为三四万镑的遗嘱争议案,也许是最好的了。他说,在这种案子里,不仅在审理过程每一程序的辩论中,而且在质询和反质询中,有着堆积如山的证据(更不用提先后上诉于代表法庭和贵族院了),在这当中是可以有不少额外收入的。而且,最后诉讼费保证可以从遗产中扣除,所以原、被告两边打起官司来,都是精神抖擞,花费是在所不计的。接着,他又把博士公堂全面地赞扬了一通。他说,博士公堂特别值得称颂的是它的紧凑周密,这是世界上组织得最妥帖的地方了,有着完美的周密的考虑。一句话可以说尽,例如,要是你把一宗离婚案或赔偿案,在主教法庭里提起诉讼,很好,那你就在主教法庭里审理这个案子。你把这个案子,在你们亲如一家的自己人中间,不动声色地玩了一套小小的把戏,不慌不忙地把它玩完。要是你对主教法庭不满意,那怎么办?好吧,那你就把案子送到拱门法庭。拱门法庭是什么呢?它跟主教法庭是同一个法庭,同一个房间,同一个被告席,还是原来的律师,只是换了个法官,因为在那儿,主教法庭的法官,可以在任何开庭的日子,以律师的身份出庭作辩护。好啦,你又把那一整套把戏玩了一通。你还是不满意,很好。怎么办呢?啊,你可以把案子提到代表法庭。代表是些什么人呢?嗯,教会代表是些无所事事的辩护士。当前两个法庭在玩那套把戏的时候,他们都在一旁看着。看着别人洗牌,现在则以法官的身份，重新出现，要把这个案子解决得使每个人都满意！心怀不满的人，尽管可以说博士公堂如何如何腐败，博士公堂如何如何闭塞，博士公堂必须进行改革，斯潘洛先生郑重地做结论说，可是在每斛麦子价格最高的时候①，也就是博士公堂最忙的时候，一个人可以把手按在自己的心口，向全世界的人说："你要是碰一碰博士公堂，国家就会垮台！"

我聚精会神地倾听着他这番高论。虽然我得说，这个国家是否真像斯潘洛先生说的那样，全靠博士公堂支撑着，我表示怀疑，但我还是恭敬地尊重他的意见。至于每斛小麦的价格问题，我谦卑地觉得自己力不能及，不够资格谈论，因而问题也就完全解决了。在我的一生中，直到现在，我还从来没有战胜过这斛小麦。这一斛小麦，在我的整个一生中，总跟着各种问题一再出现，把我打得一败涂地。确切地说，直到现在我还不知道，这一斛小麦，在说不尽的各式各样场合里，跟我到底有什么关系，或者说，它有什么权利来打垮我。可是不论在什么时候，我一见到我这位老朋友——这一斛小麦——让人毫不相干地扯在一起（我发现总是这样），我就只好认输了。

这是一段离题的话。我可不是那种要去碰博士公堂，使国家垮台的人。我用缄默来谦卑地表示，完全同意这位年龄、学识都是我的长辈的人的话。我们还谈到《生人》和戏剧，谈到那两匹马，一直谈到来到斯潘洛先生的家门口。

斯潘洛先生家有一个非常漂亮的花园；这时虽然不是一年中观赏花园最好的季节，但那个花园收拾得仍很美丽，使我十分着迷。那儿有一片漂亮的草坪，有一丛丛的树木，还有在暮色中隐约能分辨出的小径，上面搭着棚架，架子上爬着生长季节长的灌木和花卉。"啊！"我心里想，"这就是斯潘洛小姐独自散步的地方了！"

我们走进灯烛辉煌的住宅，先来到门厅，那儿有着各色各样的礼帽、便帽、大衣、花格呢衣、手套、马鞭和手杖。"朵拉小姐在哪儿？"斯潘洛先生问仆人。"朵拉！"我心里想，"多美丽的名字啊！"

---

① 十九世纪初，英国的政权仍掌握在大地主手中，1815 年国会通过"谷物法案"，不许粮食进口，造成粮价飞涨，地主受益。此法案直到 1846 年才得以废除。此法案当年争论极为剧烈。此外，也有人遇到不近情理的事，常以小麦价格高来辩解或嘲弄。如说，"既然一斛小麦都这么贵，这事也就只好这样了"。

我们走进了靠门口的一间屋(我想,这一定是以东印度褐色雪利酒闻名的早餐室了),这时我听到有个声音说道:"科波菲尔先生,这是我女儿朵拉,这是我女儿朵拉的贴心密友!"这声音毫无疑问是斯潘洛先生的,可是我没听出来,我也顾不上是谁的声音了。刹那之间,一切都化为乌有。我命里注定的事一下子到来了。我成了一个俘虏,一个奴隶。我爱朵拉·斯潘洛爱得发疯了。

在我的眼里,她远远不是一个凡间女子。她是一位仙女,一个气精①;她到底是什么,我也说不上来——她是一个从来没有人见过,却又是人人想得到的什么。我一下子就坠入了爱情的深渊。在这深渊的边上,我没有停留,没有往下看,也没有往后望,我还没来得及对她说一句话,就一头栽下去了。

"我,"我刚鞠了一个躬,嘴里嘟囔了一句什么,就听到一个非常熟悉的声音说,"以前见过科波菲尔先生。"

说话的不是朵拉。不是。是她的女伴谋得斯通小姐!

我认为,当时我并没有大吃一惊。对我的判断力来说,我已经全部使尽,没有余力来吃惊了。人间尘世,除了朵拉·斯潘洛,已经没有什么值得我吃惊了。我只是说:"你好吗,谋得斯通小姐?愿你一切都好。"她回答我说:"很好。"我又问:"谋得斯通先生好吗?"她回答说:"我弟弟很健壮,谢谢你。"

我想,斯潘洛先生看见我们互相认识,开始一定很诧异,后来他插嘴了。

"科波菲尔,"他说,"原来你跟谋得斯通小姐早已认识,我很高兴。"

"科波菲尔先生和我是亲戚,"谋得斯通小姐带着严肃镇定的态度说,"我们从前有点认识。那还是在他小的时候。后来情况变化,我们分开了。现在我几乎都认不出他来了。"

我回答说,我可无论在哪儿都认得她。这完全是实话。

"承谋得斯通小姐的好意,"斯潘洛先生对我说,"接受做我女儿朵拉贴身女伴的职务——如果我可以这样说的话。我女儿朵拉不幸没了母亲,多

---

① 瑞士医生、炼金家帕拉切尔苏斯(1493—1541)假想中体态苗条轻盈、生活在空气中的精灵,后常用来比喻美丽的少女。

亏有谋得斯通小姐来做了她的女伴和保护人。"

我的脑子里突然出现了一个转瞬即逝的念头,我觉得谋得斯通小姐像藏在口袋里叫作护身棒的暗器,主要不是用来自卫,而是用来攻击的。但是当时除了朵拉,不管什么都只在脑子里一闪即逝,接着我便急忙朝她看去,我觉得,从她那颇为不快的表情上可以看出,她对她这位贴身女伴和保护人,并没有特别亲密的样子。正在这时候,响起了铃声。斯潘洛先生说,这是晚餐的预备铃。于是我就去更衣了。

在这种坠入情网的状态下,还顾得上去考虑该换上什么衣服,或者是想想该做点什么,都未免有点太可笑了。我只能坐在炉子跟前,嘴里咬着毡绒提包的钥匙,一心思念着那位明眸丽眼、可爱迷人的少女朵拉。她有着多么优美的身姿,多么漂亮的面庞,多么文雅的举止,多么仪态万方,多么迷人的一切啊!

在当时的情况下,我本应该细心梳洗打扮一番,可是铃声很快又响了起来,我只好匆匆地换上衣服,来到楼下。那儿已经有了一些客人。朵拉正在跟一位满头白发的老先生谈话。尽管他已白发苍苍——据他自己说,他已做了曾祖父——我还是疯了似的对他吃起醋来。

我有的是怎样一种心情啊!什么人我都嫉妒。不管是谁,要是比我跟斯潘洛先生更熟,我就不能忍受。听他们谈起没有我的份的事,我就如受酷刑。有一位极其和蔼、头秃得发亮的老人,隔着餐桌问我,是不是第一次来这儿,我气得真想使出一切野蛮手段,来对他进行报复。

除了朵拉,我已记不起还有谁在座。除了朵拉,我一点也不知道吃的是什么。我的印象是,我吃的全是朵拉,把半打没沾过唇的盘子,全叫仆人撤去了。我挨她坐着,我跟她谈话。她那轻柔细小的声音,听了让人高兴,她那活泼快乐的微笑,是那么动人,她的一举一动都那么可爱,那么迷人,把一个神魂颠倒的青年变成了永难赎身的奴隶。总的说来,她显得相当娇小,我想,正因为如此,使得她更加可珍可贵。

当她跟谋得斯通小姐(宴会上没有别的女客)一同走出餐厅后,我陷入了沉思之中,只有一件事打扰着我,就是怕谋得斯通小姐在朵拉面前说我的坏话。那位脑袋秃得发亮的和蔼老人,对我说了一大堆话。我想,他说的都是有关园艺的事。我听到他好几次讲到"我的花匠"。我装出洗耳恭听的样子,其实我正跟朵拉一起,在伊甸园中漫游呢。

当我们走进客厅时,看到谋得斯通小姐那阴沉、冷淡的脸色,又引起了我的忧虑,唯恐她在我钟爱的对象面前说我的坏话,不过没有想到事情出乎我的意料之外,使我心中的一块石头落了地。

"大卫·科波菲尔,"谋得斯通小姐把我招呼到一个窗口说,"跟你说句话。"

我跟谋得斯通小姐单独面面相对。

"大卫·科波菲尔,"谋得斯通小姐说,"有关过去的家务事,我不必多说。那并不是什么引人入胜的话题。"

"绝对不是,小姐。"我回答说。

"绝对不是,"谋得斯通小姐表示同意,"我不想重提过去的不和,还有过去所受的侮辱。我曾受过一个人的侮辱——一个女人的侮辱,说起来叫人难过,她丢尽了我们女人的脸——提起这女人,就不能不让人鄙视和恶心,因此我还是不提她的姓名为好。"

一听她数落我姨婆,我心里大为恼火;但是我却只是说,要是谋得斯通小姐愿意,确实还是不要提她的姓名为好。我又补充说,要是有人不客气地提到她,我是不会不断然地表示自己的意见的。

谋得斯通小姐闭起眼睛,轻蔑地把脑袋一歪;慢慢地睁开眼睛,接着说:

"大卫·科波菲尔,我用不着掩饰,你小时候,我对你有看法,不喜欢你。也许我的看法不对,或者是你长大后学好了。现在,这一点在我们之间已经不成问题了。我相信,我出生在一个以坚定著称的家庭,我不是那种随机应变的人。我对你可以有我的看法,你对我也可以有你的看法。"

这回轮到我把脑袋一歪了。

"不过,这两种看法,"谋得斯通小姐说,"没有必要在这儿发生冲突。在目前的情况下,无论从哪方面看,都是以不发生冲突为好。既然机缘凑巧,让我们又碰到了一起,而且以后在别的地方,也许还会有碰到的时候,我主张,我们在这儿还是以远亲相待吧。家庭的情况使我们只好这样相处,我们双方都没有必要把对方作为话柄。你赞同我的主张吗?"

"谋得斯通小姐,"我回答说,"我觉得,你跟谋得斯通先生对我都太残忍了,待我母亲也极不厚道。只要我活着,我会永远这样看。不过对你的主张,我完全同意。"

谋得斯通小姐又把眼睛一闭,把脑袋一歪。随后用她那冰冷、僵硬的手指指尖,在我的手背上碰了一下,理了理手腕上和脖子上的小镣铐,便走开了。这些小镣铐好像就是我上次见到的那些,样子完全一样。这些镣铐,就着谋得斯通小姐的性格来看,使我想到监狱门上画的镣铐,让所有看到的人,从门外就可以料到门里的情况。

那天晚上余下的时间,我只知道,我听到我心上的皇后用法文唱了迷人的民歌,歌词大意是,不管情况怎么样,我们都该不断跳舞,嗒啦啦! 嗒啦啦! 她用来伴奏的是一件因人而增辉的很像吉他的乐器。我只知道,我听得如醉如痴,什么点心都不想吃,特别不想喝潘趣酒。我只知道,当谋得斯通小姐监护着她,把她带走时,她含笑把她的纤手伸给了我。我只知道,在镜子里看到了我自己,完全是个低能儿,像个白痴。我无限凄凉地上床睡觉,早晨起来时,我浑身无力,陷入了一种痴迷状态。

那是个晴朗的早晨,曙色初呈,我想我得到那些架有拱形棚架的小径上去散散步,把她的倩影好好玩味一番。走过门厅时,碰到她的小狗吉卜——吉卜赛的简称。我蹑手蹑脚地走近它,因为我连它也爱上了。可是它露出全副牙齿,钻到一把椅子底下,朝我狂吠不休,一点也不容我跟它亲近。

花园里清凉、寂静。我一边走,一边想,要是我一旦能跟这位美女订了婚,不知道会有多么幸福。至于说结婚、财产,以及诸如此类的问题,我相信,当时我像爱小艾米莉时一样,一片天真,什么也没有想到。只要能让我叫她"朵拉",写信给她,爱慕她,崇拜她,确信当她跟别人在一起时,心里依然想念着我,我觉得那就是人类雄心的顶点——我相信,那也是我的雄心的顶点了。现在看来,不管怎么说,我无疑是个多愁善感的小情痴,不过,对待这一切,我始终有着一颗纯洁的心,因而现在回想起来,尽管有点可笑,但并没有什么可耻之处。

我走了没有多久,就在一个拐角处碰见了她。现在,当我想起那个拐角时,我全身从头到脚,仍感到一阵酥麻,笔在手上打颤。

"你——出来得——早啊,斯潘洛小姐!"我说。

"待在屋子里太闷气了,"她回答说,"谋得斯通小姐真是荒唐! 她胡说什么得等空气变暖了,才能出来。空气变暖!"(说到这儿,她笑了,声音动听极了)"星期天早上,我不练琴,总得做点什么。所以昨天晚上我对爸爸说,我一定要出来。而且,这是一天当中最最清朗的时刻。你说是不是?"

我大着胆子冒昧地说(免不了结结巴巴),对我说来,这会儿是非常清朗了,可是一分钟之前还是黑暗一片呢。

"你这是句恭维话吧?"朵拉说,"还是天气真的变了?"

我结巴得更厉害了,回答说,我这不是恭维,我是说的真情;虽然我未觉出天气有什么变化。发生变化的是我自己的心情,我不好意思地补充了这么一句,以此来解释得更明白一点。

她摇了摇头,使鬈发披散下来,遮掩住脸上的红晕。啊,我从来没见过这样的鬈发——怎么能见到呢?从来没有人有过这般的鬈发呀!——至于鬈发上的草帽和蓝丝带,要是能挂在我白金汉街的房间里,那该是怎样的一件无价之宝啊!

"你刚从巴黎回来,是吧?"我问道。

"是的,"她说,"你去过巴黎吗?"

"没有。"

"哦,我希望你也能去一趟!你一定会很喜欢它的!"

我的脸上露出了深藏内心隐痛的痕迹。她居然希望我走,她竟以为我肯走,我感到无法忍受。我看不起巴黎,我看不起法国。我说,在现在这种情况下,不管出于人世间的什么原因,我都决不会离开英国,无论什么都引诱不了我,也打动不了我的心。简单说一句,她又摇动起她的鬈发来了,这时小狗沿小径跑了过来,给我们解了围。

小狗一个劲地对我充满醋意,老是对我吠个不停。她把它抱在怀中——哦,我的天!——爱抚着它,可是它仍不断地吠着。我想去摸一摸它,它怎么也不肯让我摸。于是朵拉就打了它。看到她拍打它那扁瘪的鼻梁,作为惩罚,它则眨巴着眼睛,舔着她的手,像一把低音提琴似的,仍在喉咙里狺狺地吠着,使我的心里更加难受。后来,它终于安静下来了——她那有着两个小酒窝的下颔,正贴在它的脑袋上,它还能不安静下来吗!——于是我们一起去看养花暖房。

"你跟谋得斯通小姐不很熟吧,是不是?"朵拉说道,"我的宝贝!"

(末了一句是对狗说的。哦!要是对我说就好了啊!)

"是的，"我回答说，"一点也不熟。"

"她真是让人讨厌透了！"朵拉噘起小嘴说，"我真不知爸爸是怎么想的，找了这么个讨厌的老东西来跟我做伴。谁要人来保护？我根本不需要人来保护。吉卜会保护我的，它要比谋得斯通好多了——你会保护我吗，吉卜，亲爱的？"

她吻了吻它那圆球似的脑袋，可是它只是懒洋洋地眨巴着眼睛。

"爸爸说她是我的贴心密友，可是我敢说，她根本不是这种人——她是吗，吉卜？吉卜跟我，我们才不跟这样一个脾气乖戾的人说贴心话呢。我们只能对我们喜欢的人说贴心话，而且我们要自己找朋友，我们才不要别人给我们找朋友呢！——是不是，吉卜？"

吉卜发出了一种很惬意的声音，作为回答，有点像水壶里水沸的声音。至于对我来说，每一句话都是加在旧枷锁上的一串新枷锁。

"因为我们没有一个慈爱的妈妈，结果就弄了谋得斯通小姐这样一个紧绷着脸、死气沉沉的老东西来，成天跟在我们身边，真是太倒霉了——是不是，吉卜？不过，不要紧，吉卜。我们不跟她好，不理她就是了，我们自己爱怎么开心就怎么开心。我要捉弄她，决不讨她的好——是不是，吉卜？"

要是这种情况持续得再长久一点，我想我一定会在石子路上跪下，而且十有八九会擦破膝盖，跟着还会马上让人给赶出这家人家。不过幸好暖房离开不远，说着话，我们就到了。

暖房里一溜溜摆着很多美丽的天竺葵。我们在花前徘徊，朵拉不时停下来，称赞这一盆好，那一盆好。我也停下来对同一盆花称赞一番。朵拉一面笑着，一面孩子气地把小狗抱起来，要它闻花香。要是说我们三个并非全在仙境的话，我个人却是千真万确地身在仙境了。直到今天，一闻到天竺葵叶子的清香，就会使我产生一种亦庄亦谐的惊异之感，因为顷刻之间我就变了，这时我看到的是一顶草帽，蓝色丝带，一头鬈发，还有一只小小的黑狗，由两只纤臂搂着，背景是盛开的鲜花和光亮的叶子。

谋得斯通小姐一直在找我们俩，她在这儿找到了我们。她伸过她那令人作呕、皱纹里填满发粉的腮帮，让朵拉吻了吻，然后把朵拉的胳臂一挽，领我们去吃早餐，那样子，宛如军人出殡的行列。

因为茶是朵拉冲泡的，因此我到底喝了多少杯，已记不清。不过我清楚地记得,我坐在那儿拼命地喝茶,喝得我的全部神经系统(要是说在那两天里我还有什么神经系统的话)都僵化了。过不多久,我们就去教堂做礼拜。我们坐在一张长椅子上,谋得斯通小姐坐在我和朵拉之间。但是我只听见朵拉一个人在唱,其他会众全都销声匿迹,无影无踪。牧师发表了一篇讲道词——当然说的全是朵拉——有关那次礼拜,恐怕我所知道的,只有这些了。

我们安安静静地过了一天。没有客人,只是散了一次步,四个人一起在家里吃了一顿晚饭,晚上就看看书看看画。谋得斯通小姐面前摆着一本讲道书,两只眼睛却死死盯着我们,一直严密地监视着。啊!那天晚上吃过晚饭后,斯潘洛先生头上盖着一块小手帕,坐在我的对面,他怎么也不会想到,我已把自己想象成他的女婿,正在热烈地拥抱他呢!夜里就寝前,我向他道晚安时,他也决不会想到,在我的想象中,他已完全同意让朵拉跟我订婚,我正祈求上天赐福给他呢!

第二天一大早,我们就动身离开了,因为我们的海事法庭接手了一件失事船舶救助案。在审查这个案子的过程中,需要对整个航海学有相当精确的知识,为此法官专门请了两位领港协会①的老专家,本着仁爱精神前来相助(我们博士公堂里的这些人,不可能懂得很多这方面的知识)。不过早餐的时候,还是朵拉泡的茶。分别时,她抱着吉卜站在台阶上,我在马车里对她脱帽告别,心中悲喜交集。

那一天,海事法庭对我来说真不知道是怎么一回事。听审的时候,我脑子里把这个案子弄得一团糟,我只在他们摆在桌子上作为高级司法权象征的银桨上,看出刻有"朵拉"两个字。斯潘洛先生回家时,并没有带我同去(我本来妄想他也许还会把我带回去的),我觉得我好像是个水手,我的船开走了,把我丢在了一个渺无人烟的荒岛上。这种种心情,我也就不必费力作无谓的描写了。要是那个睡眼蒙眬的老法庭,能够醒来,把我在那儿做的有关朵拉的白日梦,用任何一种可见的形式显现出来,那我的真情也就和盘托出了。

我并不是说,我只在那一天做这种白日梦,而是一天又一天,一周又一

---

① 主管英国沿海浮标、灯塔及领航工作的半官方机构。

周,一季又一季,无时无刻不在做着这种梦。我去了法庭,但并没有细听审理案件的情况,而是一心想着朵拉。要是案件在我眼前慢吞吞地拖得很久,有时我偶尔会想到案件的事,不过那也只有在审理婚姻案件时,一面想着朵拉,一面感到纳闷,结了婚的人,除了幸福快乐外,怎么还会有别的情况出现呢。再不就是在审理遗产案件时,我则尽想着,要是案件中的财产是遗留给我的,为了朵拉我首先会立即做些什么呢。在我陷入热恋的第一个星期里,我买了四件华贵的背心——不是为我自己买的,我并不因此感到得意,这是为了朵拉——上街时,我戴着淡黄色的羔皮手套;脚上的所有鸡眼,也全是那时候打下的基础。要是我把那段时间穿的靴子拿出来,跟我的脚天生的大小作一比较,就可以表明我当时的心情,一定会令人大为感动。

虽然,由于我这般拜倒在朵拉的脚下,把自己弄成一个可怜的瘸子,可我每天还是走上好多英里,盼望能碰到她。不久,我不但在去诺伍德的那条路上,变得像那地区的邮差一样,人人都认识我,就连整个伦敦城的街道,我也走遍了。我在那几条有最大的妇女用品商店的街道上徘徊;还像个不安静的冤魂似的,在高档商品市场出没;虽然早已累得筋疲力尽,但我还是在公园里来回游荡。像这样经过很长时间,偶尔我也曾见过她一面。也许能看到她的手套在马车的窗口挥动,或者遇上她,有幸跟她,还有谋得斯通小姐,一起走上一段路,跟她说几句话。可每次过后,我心里都要难过一通,因为总觉得,我没有跟她说上一句要紧的话,或者发现她完全不知道我对她的热恋,一点也不把我放在心上。不用说,我一直巴望斯潘洛先生能再次请我去他家,可总是失望,因为他始终没有再请我。

克拉普太太一定是个眼睛很尖的女人。因为我犯单相思才几个星期,连写信给爱格妮斯时,我也只说到过斯潘洛先生家,外加一句"他家里只有一个女人",没有勇气写得更清楚点。——我说克拉普太太一定是个眼睛很尖的人,因为,哪怕我的单相思才是初期,她就看出来了。一天晚上,我正心情低沉,她上楼来到我的房间,问我肯不肯给她一点豆蔻酊、大黄精,外加七滴丁香精合成的药水(当时我前面说过的她那种病又犯了),因为这是治她那种病的最好药物——要是我这儿没有这种东西,那给她一点白兰地也行,这是次一等的药。她还说,并不是她爱喝白兰地,而是因为这是治她那种病的次等好的药。对于第一种药,我连听都没听说过,第二种,我柜子里倒是一直都有。于是我就给了她一杯。她当着我的面,马上就喝了起来(我想,她这是免得我疑心她拿去派别的不正当用途)。

"打起精神来吧,"克拉普太太说,"看到你这副样子,我心里可不好受呢,先生。因为我自己也是个做母亲的人。"

我不太明白,她说的这件事怎么能扯到我身上,不过我还是尽量亲切地对她微笑着。

"哦,先生,"克拉普太太说,"别嫌我多嘴。我知道是怎么回事,先生。这事儿,一定跟一位小姐有关。"

"什么,克拉普太太?"我红着脸说。

"啊,哎呀呀!打起精神来,先生!"克拉普太太点着头鼓励我说,"别泄气,先生!要是她不愿对你笑,愿意对你笑的人有的是。你是一位能讨人喜欢的年轻绅士,科波福尔①先生,你得知道自己的价值,先生。"

克拉普太太老把我叫作科波福尔先生,第一,这无疑并不是我的姓;第二,我不由得认为,她这是把我的姓跟洗衣服的日子,胡乱地扯在一起了。

"你怎么知道这跟什么年轻小姐有关,克拉普太太?"我问道。

"科波福尔先生,"克拉普太太充满感情地说,"我自己也是个做母亲的人啊!"

有一会儿,克拉普太太只好用手捂住自己紫花布衣服的胸襟,一小口、一小口喝着当药的酒,来抵挡她那复发的病痛。过后,她终于又开口了。

"当初,你的好姨婆为你租下这套房子时,科波福尔先生,"克拉普太太说,"我就说过,这回我可有了个我能照顾的人啦。当时我说的是,'谢天谢地!这回我可有了个我能照顾的人啦!'——你吃得太少,先生,喝得也太少了。"

"你就是根据这一点猜测的吗,克拉普太太?"我说。

"先生,"克拉普太太用一种近乎严厉的口气说,"除了你,我还给别的一些年轻绅士浆洗衣服。一位年轻绅士也许会对自己的打扮过分关心,也许太不关心。他的头发也许梳得太勤,也许很少梳理。他穿的靴子也许太大,也许太小。这全都由这位年轻绅士的原有性格而定。不过,不管他走哪

---

① 此处把科波菲尔(Copperfield)误称为科波福尔(Copperful),后者可作"满满一锅"解。

个极端,先生,总少不了有一个年轻小姐在里面作怪。"

克拉普太太那么斩钉截铁地摇着头,没有给我留下一寸阵地。

"在你之前死在这里的那个房客,"克拉普太太说,"谈起了恋爱——跟一个酒吧女招待——虽然因为喝酒,肚子大了,可他还是立刻把背心改小了。"

"克拉普太太,"我说,"求你了,千万别把和我有关的这位年轻小姐,跟酒吧女招待什么的混在一起了。"

"科波福尔先生,"克拉普太太回答说,"我决不会的,我自己也是个做母亲的人。要是我打扰了你,先生,我得请你原谅。不管在哪儿,要是不欢迎我,我是决不会去打扰的。不过你是一位年轻的绅士,科波福尔先生,我对你的劝告是,提起精神来,千万别泄气,要知道自己的价值。要是你喜欢玩点什么,先生,"克拉普太太说,"要是你能玩玩九柱戏什么的,那对你的身体一定有好处。你会发现,那可以让你换一换脑子,对你有好处。"

克拉普太太说完这番话,假装着很看重那杯白兰地似的——其实她早就喝光了——郑重其事地对我行了一个礼,便退下了。当她的身影消失在房门口的黑暗中时,我总觉得克拉普太太的忠告有点冒失。不过,同时,从另一方面来看,我当它是对聪明人说的一句话,是一种警告,以后要好好保守自己的秘密。

第二十七章

汤米·特雷德尔

也许是由于克拉普太太的劝告，也许并没有什么更好的理由，只是克拉普太太说的九柱戏跟特雷德尔的字音有点相似①，第二天，我想到要去看看特雷德尔。他原来说的要外出一趟的时间早就过了。他就住在坎登区兽医学院附近的一条小街上。据住在那一带的我们一个文书告诉我说，在那儿住的主要是一批绅士派头的大学生。他们常常买来活的驴子，在自己的住处拿那些四脚动物做各种实验。经过这位文书的指点，知道去这一学林的走法后，当天下午，我就出发去拜访我的这位老同学了。

我发现，那条街并不像我所希望（为特雷德尔着想）的那样让人满意。那儿的住户似乎喜欢把不管什么用不着的东西，都往街道上扔，因此弄得街道上不仅臭气冲天，污水横流，而且由于扔满烂菜叶子，狼藉不堪。这些垃圾里还不完全是烂菜叶子，因为在找门牌号码时，我还看到了一只鞋、一只压扁的汤锅、一顶黑色女帽、一把伞，它们破烂的程度各有不同。

看到这地方的一般气氛，强烈地使我想起以前跟米考伯夫妇一起居住的那些日子。我要找的那座房子，有一种难以形容的破落户的特色，从而使得它跟这条街上别的房子有所不同——虽然这些房子格式单一，像是同一个模子里出来似的，看上去跟刚学画房子的孩子胡乱画出来的一样，对于土木建筑的知识非常贫乏——这更使我想到米考伯夫妇。我刚走到门口，碰巧下午送牛奶的人也来了。门开时，看到的情况，使我更加强烈地想到米考

---

① 九柱戏原文为 skittles，特雷德尔原文为 Traddles。

伯夫妇。

"喂，我说，"送牛奶的人对一个非常年轻的小使女说，"我这笔小小的账有着落了吗？"

"哦，老爷说啦，他马上就想法子解决。"小使女回答说。

"因为，"送牛奶的人接着说，听他的口气，好像没有听到小使女的回答，他说这话也不是针对小使女，而是像教训房子里的什么人似的——看到他朝过道里瞪眼的神情，更加深了我的这种印象——"因为这笔小小的牛奶费拖得太久了，所以我都开始想到这笔款子可能要变成死账，收不回来了。听着，你得明白，我可不能再让你拖下去了！"送牛奶的人仍扯大嗓门朝屋子里直嚷嚷，朝过道里瞪着眼睛。

顺便说一句，像他这样的人，让他来做牛奶这种软性食品的生意，实在不太适合，看他那副态度，就是当屠夫或者卖白兰地，也嫌凶了点。

那个小使女的声音变得更轻了，不过我看她那嘴唇的动作，好像仍在嘟囔着说，这笔账马上就会付清的。

"我跟你说吧，"送牛奶的人第一次恶狠狠地看着她，还用手托着她的下巴，说，"你爱喝牛奶吗？"

"是的，我爱喝。"她回答说。

"很好，"送牛奶的人说，"那明天你就别想喝了，听见了吗？明天你一滴牛奶也喝不到了。"

我觉得，总的说来，只要今天有希望拿到牛奶，她似乎就放心了。送牛奶的恶狠狠地朝她摇了摇头，放开她的下巴，极不乐意地打开自己的牛奶桶，往这家的罐子里倒了跟往常一样多的牛奶。倒好后，嘴里嘟囔着走开了。随后，他来到隔壁一家的门口，吆喝起来，那吆喝声中还带着一股怒气。

"请问，特雷德尔先生住在这儿吗？"这时我问道。

一个神秘的声音从过道的尽头回答说"是的"。跟着那个小使女也回答说："是的。"

"他在家吗？"我又问道。

那个神秘的声音又答应了一声"在"。小使女也照着回答了一声。于是我走了进去，按照那个小使女的指点，走上楼梯。当我经过客厅的后门时，我觉出有一道神秘的眼光正打量着我，这眼光可能就是属于发出神秘声

音的人的吧。

当我走到楼梯顶时——这座房子只有两层——特雷德尔已经在楼梯口迎接我了。他见了我很高兴,非常热情地把我迎进他的小小的房间。这间房间位于房子的前面部分,房内的陈设虽然不多,但收拾得颇为整洁。我看出,他只有这么一个房间,因为房内有一张两用的沙发床,他的黑色鞋刷和鞋油都跟书放在一起——在书架顶层一本字典的后面。他的桌子上摊满各种文件,他身穿一件旧上装正在忙着工作。对我来说,当我就座后,我什么也没看,可是我什么都看见了,就连他那只瓷墨水瓶上画的教堂风景也看见了——这也是我跟米考伯先生家同住时养成的一种才能。特雷德尔作了各种巧妙的安排,给五斗柜作了布置,靴子、刮脸用的镜子等等,都放得各得其所。这一切更使我感到,事实证明特雷德尔还是老样子,依然是当年那个会用书写纸做象房模型来关闭苍蝇,受了虐待就画我常提到的那种令人难忘的画来安慰自己的人。

在房间的一个角落里,有东西用一大块白布整整齐齐地盖着,我猜不出那是什么。

"特雷德尔。"我坐下后,又跟他握了握手说,"见到你,我高兴极了。"

"我见到你,也很高兴,科波菲尔,"他回答说,"见到你,我确实非常高兴。正是因为我在伊利路见到你时高兴极了,而且知道你见了我也很高兴,所以我才告诉你这个地址,而没有把我事务所的地址告诉你。"

"啊!你有事务所了?"我说。

"嗯,我有一个房间和一条走廊的四分之一,还有四分之一个文书,"特雷德尔回答说,"我和另外三个人合办了一个事务所——为了看起来像个有事干的样子——我们四个人合雇了那个文书。我每周付给他半个克朗。"

他作这番解释时,对我微笑着,从这一微笑中,我感到,我看到了他从前那种纯朴的性格,和蔼的脾气,还有一点以前种倒霉的运气。

"我通常不把这儿的地址告诉人,科波菲尔,"特雷德尔说,"你知道,这不是因为我要讲究一点体面,只是因为那些来看我的人也许不喜欢来这儿。在我自己来说,我正在世界上跟困难搏斗,要是我装出另一副样子来,那就未免太可笑了。"

"沃特布鲁先生告诉我说,你正在攻读法律,准备当律师,是吗?"我说。

"嗯,是的。"特雷德尔说,一面慢慢地对搓着两只手掌,"我是正在攻读法律,准备当律师。实际上这事已拖了很长时间,现在我才刚刚开始履行合约。我签订学业合约已经有一些日子了,可是要筹足这一百镑学费,实在太费劲了,太费劲了!"特雷德尔说到这儿,皱眉蹙眼地抽搐了一下,好像正拔掉一颗牙齿一样。

"我坐在这儿看着你的时候,你知道我禁不住想到什么了吗,特雷德尔?"我问他道。

"不知道。"他回答说。

"我想到你从前一直穿着的那套天蓝色衣服。"

"天啊,真的!"特雷德尔笑着叫了起来,"胳膊,腿儿,都被绷得紧紧的,是不是? 嗨! 没说的! 那些日子过得真快活,不是吗?"

"我想,我们的校长要是不虐待我们任何一个人的话,本来还可以让我们过得更快活一点,这我得承认。"

"也许是这样,"特雷德尔说,"不过,哦,那时候还是有不少有趣的事。你还记得晚上在宿舍里的事吗? 我们常常在宿舍里吃晚餐,你老给我们讲故事。哈,哈,哈! 你还记得吗,我为了舍不得梅尔先生走,还挨了一顿鞭子? 那个老克里克尔! 连他我也想再见一面呢!"

"他待你那副样子,简直像只野兽,特雷德尔。"我愤愤地说,看到他这么高兴,我觉得,好像我昨天刚看到他挨打似的。

"你认为是这样吗?"特雷德尔说,"真的? 也许他像只野兽,有点儿像。不过这全都过去了,是很久以前的事了。老克里克尔!"

"你那时是一位叔叔抚养的吧?"我说。

"当然是!"特雷德尔说,"就是我老想给他写信的人。可是一次也没写成。呃! 哈,哈,哈! 没错,当时我有个叔叔。可是我离开学校不久,他就死了。"

"真的?"

"真的。他是一个歇了业的——你们是怎么叫的呀! ——开布店的——布商——他原来要我做他的继子。可是待我长大了,他又不喜欢我了。"

"你说的是真的吗?"我说。他的态度那么从容自若,我想他一定还有

别的原因。

"哦,是真的,科波菲尔!我说的是实话,"特雷德尔回答说,"这件事很不幸,不过他真的一点也不喜欢我。他说我完全不像他指望的那样,因此他跟他的女管家结婚了。"

"那你怎么办呢?"我问道。

"我没有任何特别的办法,"特雷德尔说,"我跟他们住在一起,等着被打发到社会上闯荡。后来他的痛风症不幸蔓延到腹部——就死了,女管家另嫁了个小伙子,于是我也就无依无靠了。"

"结果你什么也没得到,特雷德尔?"

"哦,不!"特雷德尔说,"我得到了五十镑。可是我从来没有学过任何行业,一开始不知道怎么办才好。不过多亏得到了一位有专长的人的儿子帮助,他也在萨伦学校上过学——他叫乔勒,是个歪鼻子。你还记得他吗?"

记不得了。他没有跟我在那儿同过学。我在那儿时,同学的鼻子个个都是端端正正的。

"这没有关系,"特雷德尔说,"依靠他的帮助,我开始抄写法律文书。可是光干这种活是不行的。后来我就开始给他们写案情陈述,摘诉讼要点,以及诸如此类的工作。你知道,科波菲尔,我是个埋头苦干的人,我学会了干这类简述摘录的活儿。哦!这么一来,我就想到了要学习法律,而我那五十镑里剩下的钱,也就全花光了。不过,乔勒又给我介绍了一两家别的事务所——沃特布鲁先生的事务所就是其中的一家——所以我能揽到不少活儿。也算我走运,认识了一个出版界的人,他正在编一部百科全书,他也给了我一些活儿。不瞒你说,"(他朝桌子上瞥了一眼)"我这会儿就在为他干这种活儿。我这个人,干起这种编纂工作来还不错,科波菲尔,"特雷德尔说,他说话时,始终有着同样愉快自信的神气,"不过我完全没有创新能力,一点也没有。我想,再没有一个青年人比我更缺少创新能力的了。"

看样子,特雷德尔好像要我承认这是当然的事实,所以我也就点了点头。接着,他继续说道,仍像先前那样,愉快而有耐心——我找不出更好的说法了。

"这样,我省吃俭用,一点一点地终于攒足了一百镑,"特雷德尔说,"谢天谢地!我总算把这笔钱给付清了——虽然这——虽然这确确实实,"特雷德尔说到这儿,又像拔了一颗牙齿似的抽搐了一下,"费了我九牛二虎之力。眼下我仍靠我刚才说的这种工作生活。我希望,有一天,能跟一家报社搭上关系,那样几乎可以说就能使我时来运转了。我说,科波菲尔,你完全跟从前一样,有着一张讨人喜欢的脸庞。见了你真是太高兴了,所以我对你什么都不隐瞒。因此我还得让你知道,我订了婚啦。"

订了婚啦!哦,朵拉!

"她是一位副牧师的女儿,十姐妹中的一个,家住德文郡。对了!"因为他看到我不知不觉地朝墨水瓶上的风景画瞥了一眼,"就是那座教堂!你朝左边走,出了这座大门,"他用手在墨水瓶上指点着,"在我握笔的地方,就是他们家那座房子——正对着教堂,你懂了吧。"

他讲这些细节时,那副眉飞色舞的样子,当时我还没完全看出,事后才充分体会到。因为当时我私心大发作,内心正在暗暗画着斯潘洛先生那座房子和花园的平面图呢。

"她是个十分可爱的女孩!"特雷德尔说,"比我稍大一点,但是个最可爱的女孩!我上次不是告诉你我要出城吗?就是去她家。我是走着去,走着回来的,度过了一段最快乐的时光!我得说,我们的订婚期间可能会相当长,不过我们的座右铭是'等待和希望',我们总是这么说。我们总是说'等待和希望'。她说,她能为我等到六十岁,科波菲尔——等到你能说出的任何年纪。"

特雷德尔从椅子上站起身来,得意地微笑着,把手放在我提到过的那块白布上。

"不过,"他说,"你可别以为我们一点没有做成家的准备。不,不,我们已经开始了。我们得一步一步来,但是我们已经开了个头。瞧这儿,"说到这儿,他得意地小心翼翼掀开那块白布,"这是两件用来开头的家具。这个花盆和花架,是她亲手买的,打算把它放在客厅的窗口,"特雷德尔说着,往后退了几步,更加得意地朝它端详着,"里面再种上一株花。你瞧,——我说对了吧!这张大理石桌面的小圆桌(圆周为二英尺十英寸)是我买的。你知道,有时你要放一本书什么的,或者有人来看你和你太太,要放一杯茶什么的,这——这我也说对了吧!"特雷德尔说,"你瞧瞧,这是一件令人赞叹的工艺品——真是坚如磐石!"

我对这两件家具，都大大夸奖了一番。随后，特雷德尔又像掀开时那样，用那块白布小心翼翼地把它们盖起来。

"这点东西对房间的陈设来说算不了什么，"特雷德尔说，"不过总算有点东西了。至于台布、枕套之类的东西，是最让我气馁的了，科波菲尔。还有铁器——蜡烛箱①、格子烤架，以及这一类的必需品——也是一样，因为这些东西明显是少不了的，而且需要的东西会愈来愈多。不过，我们有着'等待和希望'。我敢向你保证，她真是一个最可爱的女孩！"

"这我完全相信。"我说。

"这会儿，"特雷德尔重又坐回到椅子上，说，"我唠唠叨叨地说了一大堆自己的事，再说一句就完啦，我要尽我所能往前走下去。我挣钱不多，不过花钱也不多。总的说来，我在楼下的一家搭伙，他们这一家是挺好的。米考伯先生和米考伯太太都是阅历丰富的人，跟他们相处，是非常有益处的。"

"我亲爱的特雷德尔，"我急忙叫了起来，"你说什么来着？"

特雷德尔朝我打量着，好像弄不清我在说什么。

"米考伯先生和米考伯太太！"我重复了一遍，说，"嗨，我跟他们是非常熟的啊！"

就在这时，恰巧响起了两下敲门声，根据从前在温泽里的老经验，我知道，没有别人，只有米考伯先生才这样敲门，这消除了我心中的疑惑，他们定是我的老朋友无疑。我要特雷德尔赶快请他的房东上楼来。特雷德尔去到楼梯口，照着我的话办了。米考伯先生一点也没有变——紧身衣裤、手杖、硬领衬衣、单片眼镜，一切全跟从前一样——他走进房间，一副有教养的年轻人的派头。

"对不起，特雷德尔先生，"米考伯先生停住正在哼的一支轻柔的曲子，用他从前那种低沉的声音说道，"恕我未曾觉察，你书房里有一位从未来过这个公寓的客人。"

米考伯先生朝我微微鞠了一个躬，把自己的衬衣领子往上拎了拎。

"你好吗，米考伯先生？"我说。

"先生，"米考伯先生说，"你太客气了。我是依然故我。"

---

① 当时主要用蜡烛照明，所以家中需有专门存放蜡烛的铁箱子。

"米考伯太太好吗?"我接着问。

"先生,"米考伯先生说,"谢天谢地,她也是依然故我。"

"孩子们呢,米考伯先生?"

"先生,"米考伯先生说,"我乐于奉告,他们也都安享康健。"

在整个这段时间里,米考伯先生虽然和我相对而立,却一点也没认出我来。不过这时候,他看到我微微一笑,就更加仔细地朝我打量了一会,忽然倒退几步,叫了起来:"怎么会有这种事!我又有幸见到科波菲尔了吗?"接着便极其热情地握住了我的两手。

"哎呀,特雷德尔先生!"米考伯先生说,"想不到你竟认识我青年时代的朋友,我早年的伙伴!我亲爱的!"当米考伯先生走到楼梯口,隔着楼梯朝下面叫唤米考伯太太时,特雷德尔听到他这样形容我,脸上露出的惊诧着实不小(这也合情合理),"特雷德尔房里有一位先生,他很乐意把他介绍给你呢,我的宝贝!"

米考伯先生立刻又回到房间,再次跟我握手。

"我们那位好朋友博士好吗,科波菲尔?"米考伯先生说,"坎特伯雷的那些朋友都好吗?"

"我除了说他们都好外,别的就无可奉告了。"我回答说。

"我听到这话太高兴了,"米考伯先生说,"我们最后一次见面就是在坎特伯雷。我要是说得典雅一点的话,就是在因乔叟①而名垂不朽,古时候连远在天涯海角的人们也赶来朝拜的圣地附近——简而言之,"米考伯先生说,"也就是在那座大教堂附近见的面。"

我回答说正是在那儿。米考伯先生继续尽其所能、滔滔不绝地说下去;不过,从他脸上那关切的样子可以看出,我觉得,他对米考伯太太在隔壁洗手,以及忙乱地开关抽屉的声音,显然是有所觉察的。

"你可以看出,科波菲尔,"米考伯先生说,一只眼睛看着特雷德尔,"我们家眼下的生活,可以说派头很小,不作铺张。不过,你知道,在我一生的历

---

① 乔叟(约 1342—1400),英国莎士比亚时代以前最杰出的作家和诗人,他的代表作《坎特伯雷故事集》叙述了朝圣者前往坎特伯雷城朝拜殉教圣人托马斯·阿·贝克特的圣祠的故事。

程中,我曾克服过许多困难,清除过无数障碍。在我的一生中,有时我必须暂时驻足,以待时来运转,有时还得后退几步,然后再向前跃进——我相信,我用这词不致被人责备为自大——我想,这一点你是并不生疏的。现在,正是一个人一生中紧要关头。你可以看出,我现在在后退,为的就是跃进。我有一切理由相信,其结果,便是不久到来的一次有力的跃进。"

我正在表示我的欣慰时,米考伯太太进来了。她比以前邋遢了一点,或者是在我这个没看惯的人看来,现在好像是这样。不过为了要见客,她还是收拾过一下,还戴了一副棕色手套。

"我亲爱的,"米考伯先生把她带到我的跟前,"这儿有一位叫科波菲尔的先生,他想要跟你叙叙旧呢。"

发生的事态证明,这一消息他本该慢慢地宣布才好,因为米考伯太太正怀孕在身,乍听之下,激动得支持不住,昏过去了。米考伯先生不得而不手忙脚乱地跑到楼下后院的水桶旁,舀了一盆水来淋洗她的额头。好在她不一会就醒了过来,见到我有说不出的高兴。我们一起谈了有半来个小时。我问她双胞胎的情况,她说,他们都"长成大人了";我又问了他们的大少爷和大小姐,她把他们说成"十足是巨人",不过,那天他们都没有出来见我。

米考伯先生很希望我留下来吃晚饭。我并不是不愿意留下来,不过我从米考伯太太的眼神里,看出她有为难的样子,正在计算还剩有多少冻肉,于是我就推说另有约会。我这么一说,发现米考伯太太立刻如释重负,因此,不管他们怎么劝说我,要我放弃另外的约会,我都没有答应。

不过,我对特雷德尔、米考伯先生和米考伯太太说,在我告辞之前,他们一定得定下一个日子,去我那儿吃饭。特雷德尔因为已接下一件活儿,保证必须按期完成,因此订的日子得推迟一些才行。最后终于商定了一个对大家都合适的日子,然后我就告辞了。

米考伯先生借口要给我指引一条比来时近的路,陪我走到街道的拐角处。他跟我解释说,因为他急于要跟我这个老朋友说几句心腹话。

"我亲爱的科波菲尔,"米考伯先生说,"我几乎用不着跟你说,在我们目前的情况下,能有你的朋友特雷德尔这样一个人,心智光明——如果允许我这样说的话——一个心智光明的人,跟我们同住一屋,真有说不出来的快慰。隔壁住的是个在窗口摆摊卖杏仁糖的洗衣妇,街对面住的是个博街①的警官。你可以想象,有他和我们同住,乃是我跟我太太安慰的源泉。我亲爱的科波菲尔,眼下我正在做代卖粮食的生意。这并不是一个有利可图的行当——换一句话说,无钱可赚——结果是,有时候就发生暂时的经济困难。不过,我得很高兴地补充一句,眼下我很快就会出现转机(哪一方面的,我还不便说),只要这机会一到,我相信,一定能使我供我自己和你的朋友特雷德尔永远丰衣足食,对特雷德尔,我有着一种自然而然的关切。也许你不妨准备知道,根据米考伯太太眼下的身体情况看,我们大有增加一个爱情结晶的可能——简而言之,就是婴儿群里会有所增加。多承米考伯太太娘家的人关心,他们居然对这样的事态表示不满。我只能说,我不知道这事跟他们有什么关系。所以,我对他们所表示的这种亲情,嗤之以鼻,不加理睬!"

米考伯先生又和我握了握手,然后跟我告辞了。

---

① 在伦敦市中心,主要警察法庭的所在地。

第二十八章

米考伯先生的挑战

　　在我款待久别重逢的老朋友那天之前,我一直主要靠朵拉和咖啡为生。在我害单相思的那些日子里,我的饮食大减,不过,对此我反倒引以为快,因为我觉得,要是我吃起饭来胃口如常,那就是一种对朵拉负心的行为了。我作了那么多的散步活动,也没有收到通常应有的效果,因为失望的心情跟新鲜的空气相互抵消了。我一生中这个时期得到的实际经验,使我怀疑,一个一直受着紧靴子折磨的人,是否能真正好好地享受到肉食的美味。我觉得,只有四肢舒畅,才能胃口常开。

　　这次的家庭小聚会,我不准备再搞得像上次那样大肆铺张。我只准备了两条鳎鱼,一只小羊腿,还有一个鸽肉馅饼。关于烧鱼和煮肉的事,我刚怯声怯气地跟克拉普太太稍微一提,她就立刻断然反对,还带着一种自尊心受损害的态度说:"不行! 不行! 先生! 你别叫我干这种活儿,因为你对我的为人知道得很清楚,我不情愿干的事情,我是决不肯干的!"不过,闹到最后,结果双方还是都妥协了。克拉普太太答应完成这项重任,条件是,在这以后的两个星期,我不得在家里吃饭。

　　说到这里,我可以顺便说一下,克拉普太太对我十分专横,我在她手里吃的苦头,简直让人胆战心惊。我从来都没有像怕她这样怕过任何人。不管什么事,我都得迁就她。要是我稍一迟疑,她那古怪奇妙的病就会发作。她的这个病一直潜伏在她的身子里,随时都能出来袭击她的要害部位。要是我轻轻拉了六次铃都毫无效用,于是便不耐烦地使劲拉了一下,她终于出现了——这无论如何是靠不住的——脸上带着责备的神情,上气不接下气地一屁股坐在门边的椅子上，用手捂着紫花布衣服的胸襟，痛得那么严重，这时我情愿不惜牺牲我的白兰地，或者别的什么东西，把她打发走完事。要是我反对她下午五点钟才给我收拾床铺——我现在也仍认为她这种安排很不自在——可只要她的手同样朝紫花布衣服上伤痛处一按，我就得连忙结结巴巴地向她道歉了。简单说一句，任何不伤体面的事，我都可以做，就是不敢得罪克拉普太太。我怕她怕得要命。

为了这回请客，我买了一只旧的移动上菜架①，这样就不用再雇那个手脚灵活的小伙子了，因为我对他已经存有一种偏见。原因是有个星期天早晨，我在河滨街碰到他时，看到他身上穿着一件背心，跟我上次请客后不见了的那件一模一样。那个"小丫头"倒是又雇来了，不过规定她只是把大盘的菜端进来，然后就得退回到第一道门外的楼梯口，站在那儿，这样，她那探头探脑的习惯就不会打扰客人了，也不可能后退得踩到盘碟上去了。

我准备了调制一钵潘趣酒的原料，等待米考伯先生前来调制。此外，我还准备了一瓶薰衣草香水，两支蜡烛，一包各种各样的针，一个针插，好让米考伯太太在梳妆台前梳妆打扮时使用。为了让米考伯太太感到舒适方便，我又生起了卧室里的火炉。我还亲自铺好了台布，然后静等客人的到来。

到了约定的时间，我的三位客人一起来了。米考伯先生的衬衣硬领比往常更高了，他的单片眼镜还系了根新丝带；米考伯太太把她的便帽用一张棕白色的牛皮纸包着，特雷德尔一手拎着这个包，一手挽着米考伯太太。他们看了我的住所都很赞赏。当我把米考伯太太领到我的梳妆台前，她看到我为她准备了那么多的东西时，高兴得不知如何是好，特意叫米考伯先生快进来看看。

"我亲爱的科波菲尔，"米考伯先生说，"你这真是太奢华了。这种生活方式，让我想起我一段过去的时期，那时我还在过着独身生活，米考伯太太还没有经人乞求，到许门②的神坛前誓愿以身相许。"

"他的意思是说，是他乞求的，科波菲尔先生，"米考伯太太打趣地说，"他不能把责任推到别人身上。"

---

① 放在餐桌旁，可以由进餐人自己移动。
② 古希腊、罗马神话中的婚姻之神。

"我亲爱的，"米考伯先生突然认真地回答说，"我决不想把责任推到别人身上。我清楚地知道，由于命运之神神秘莫测的意志，注定把你许给了我，也许就已经注定，把你许给一个经过长期挣扎、最终还是牺牲在复杂的经济困境中的人了。我懂得你暗示的是什么，我亲爱的。我为你的话感到遗憾，不过我受得了。"

"米考伯！"米考伯太太哭着喊了起来，"我该听这种话吗？我，我从来没有抛弃过你！我也永远不会抛弃你，米考伯！"

"我的宝贝，"米考伯先生异常感动地说，"你一定会原谅我这个心灵受了创伤的人的，我相信，我们共过患难的老朋友科波菲尔，也会原谅我的，我只是一时受了一个狗仗人势的小人的欺凌——换而言之，是跟自来水公司一个管龙头的家伙，发生了冲突，因而更加触景生情——对我的过分言行，你们一定会加以怜悯，而不会加以责备的。"

说完，米考伯先生就拥抱了米考伯太太，还紧紧地握了我的手。我从他这断断续续的话中推测，一定是因为他没有交纳水费，那天下午自来水公司把他家的水给断了。

为了使他在思想上把这件伤心事岔开，我就对米考伯先生说，今天的一钵潘趣酒，全得靠他来调制了，于是把他领到放柠檬的地方。顷刻间，他刚才的沮丧立刻消失，更不要说绝望了。我从来没有见过，有人像米考伯先生那天下午那样，在柠檬皮的香味中，糖的甜味中，烈性罗姆酒的酒气中，开水的蒸汽中，那样自得其乐。当他在那儿搅动着，调拌着，品尝着那酒时，看起来好像不是在调制潘趣酒，而是在为他家的子孙置办万世之业。看到他那张脸从芳香的薄雾中，向我们闪出光彩，真让人高兴。至于米考伯太太，我不知道是否因为戴了帽子，或者是由于薰衣草香水和那些针，或者是火炉和蜡烛的作用，总之，她从我的卧室里出来时，比原来要好看多了。就连云雀，也决不可能比这位出色的女人更快乐的了。

我猜想——我决不敢冒昧地去询问，而只敢猜想——克拉普太太一定是在煎完鳎鱼之后，就又老病复发了。因为吃完鱼，就断档了。等到那只羊腿端上来时，一看，里面很红，外面很白，而且上面还撒了一些像沙子似的不知什么东西，好像它曾掉进那个不同寻常的厨房火炉的炉灰中。但是，我们无法根据肉汤的样子，来对这一情况作出判断，因为那个"小丫头"把肉汤全都泼在楼梯上了——顺便说一句，那一长溜肉汤的痕迹，一直留在楼梯上，直到它自行消痕灭迹。鸽肉馅饼倒还不坏，不过那只是一个徒有其表的馅饼了。用脑相学的观点来说，是一个没有出息的脑袋，外面满是疙瘩，里面空空如也。总之，这次宴会完全失败了。多亏我的朋友们个个都兴致勃勃，而且米考伯先生又出了一个高明的主意，为我解了围，要不，我一定很不高兴了——我说的是宴会的失败，要是说到朵拉，我一直都没有高兴过。

"亲爱的朋友科波菲尔，"米考伯先生说，"管理得最好的家庭，有时也会发生意外。一个家庭里，如果没有那种神圣不可侵犯的、渗透一切，而且还得不断加强的支配力来控制和管理——简而言之，我要说的是，如果没有那种具有做主妇的崇高品质的女人来控制管理，发生各种意外是必然的，你得用达观的态度来加以忍受。要是你允许我冒昧说一句，很少有食品其滋味能比辣子烤肉更好的了。而且我相信，只要我们做一个小小的分工，就可以做出一道好菜来。如果那个伺候我们的小姑娘能拿一个烤肉架来，我敢对你保证，这个小小的不幸，是可以很容易地补救过来的。"

食具间里就有一个现成的烤肉架，我每天早上就是用它来烤咸肉片的。我们立即拿来烤肉架，大家一齐动手实行米考伯先生的主张。他提出的分工是这样的：特雷德尔负责把羊肉切成薄片；米考伯先生（他对于这类事，无不精通）在肉片上抹上胡椒面、芥末、盐和辣椒；我在米考伯先生的指点下，把肉片放到烤架上炙烤，同时不断用叉子翻动，烤好就取下；米考伯太太则负责在一个小汤锅里煮热并不断搅动一些蘑菇酱。当肉片烤到足够开始吃时，我们就吃了起来。我们依旧挽着袖子，还有一些肉片仍在火上烤着，吱吱地冒着白沫。我们一面注意着盘子里的肉片，一面注意着烤架上的肉片。

由于这种烹调方式新颖、高明、热闹，一会儿站起来去看看炉子上的肉烤得怎么样，一会儿坐下来品尝刚从烤架上取下来热而又热的酥脆肉片，人人忙个不停，个个满脸通红，真是有趣极了。就在这令人馋涎欲滴的烤肉的吱吱声和扑鼻的香气中，我们把那只羊腿吃得只剩下了骨头。我的胃口出现奇迹似的恢复了。这事我现在写来还感到惭愧，可是我不能不相信，有一会儿，我把朵拉给忘了。我觉得满意的是，米考伯先生和米考伯太太，即便卖掉一张床来置办这次宴会，也不能比这开心了。特雷德尔几乎全部时间都一面吃，一面做，而且还一直开怀大笑。其实，我们没有一个人不笑逐颜开的。我敢说,再没有比这更成功的宴会了。

我们都高兴无比,在各自的岗位上忙个不停,决定把最后的一批肉片烤得尽善尽美,使我们的这次宴会达到顶峰。可就在这时候,我发现房中出现了一个生人,我抬头仔细一看,手中拿着帽子站在我面前的,原来是沉着稳重的利提摩。

"你来有什么事?"我不由自主地问道。

"请原谅,先生,是他们叫我径直进来的。我的主人没在这儿吗,先生?"

"没在这儿。"

"你没看见他吗,先生?"

"没有。你不是打他那儿来的吗?"

"不是径直从他那儿来的,先生。"

"是他告诉你,要你来这儿找他吗?"

"不完全是这样,先生。不过我想,虽然他今天不在这儿,明天他也许会来这儿的。"

"他要从牛津径直来吗?"

"先生,"他毕恭毕敬地说,"请您就座,让我来干这活儿吧。"说着,他就从我那十分顺从的手中拿过叉子,俯身在烤肉架上,干了起来,好像他的全部注意力都集中在那上面了。

我敢说,即使是斯蒂福思本人来到这儿,我们也不至于如此张皇失措。可是在这位体面的仆人跟前,我们都一下子成了温顺的人中最温顺的了。米考伯先生哼着一支曲子,装成十分自在地瘫坐在自己的椅子上,他那把急忙收起的叉子的叉柄,从他的外衣胸部伸出,仿佛他把叉子戳进了自己的胸膛。米考伯太太急忙套上自己棕色的手套,露出一副文雅的倦态。特雷德尔用两只油手乱抓头发,抓得头发都竖立起来,一面不知所措地看着台布。至于我自己,则乖乖地坐在主人席上,完全成了个小孩子,对这位天知道从哪儿跑到我寓所来,给我料理家务的体面人物,我几乎连看都不敢看一眼。

这时,他从烤架上取下烤好的肉片,郑重其事地给我们端过来。我们都拣了一点,不过胃口已经没有了,仅仅做出吃的样子而已。等我们一一把盘子推开,他默不作声地撤去盘子,端上干酪。吃完之后,他又撤掉,收拾干净桌子,把所有东西都放在移动上菜架上,然后给我们摆上酒杯,自作主张把移动上菜架推进食具室。所有这一切,他都做得十分妥帖,而且从没抬过头,眼睛一直盯在干的活儿上。不过当他把背朝着我时,他的那两只胳膊肘,似乎充分表明了他对我的成见,认为我太年轻了。

"还有什么要我做的吗,先生?"

我向他道了谢,说,没有了。可是他自己可要吃饭吗?

"不用了,谢谢您,先生。"

"斯蒂福思先生要从牛津来这儿吗?"

"对不起,先生,您说什么?"

"斯蒂福思先生要从牛津来这儿吗?"

"我本该想到他明天会来这儿,先生。可我以为他今天就来这儿了,先生。毫无疑问,这是我搞错了,先生。"

"要是你先见到他——"我说。

"请您原谅,先生,我想我不会先见到他。"

"万一先见到的话,"我说,"那就请你告诉他,他今天没有在这儿,我觉得很可惜,因为有他一位老同学在这儿。"

"真的,先生!"他冲着我和特雷德儿鞠了一个躬,还朝特雷德尔看了一眼。

正当他轻轻地朝门口走去时,我怀着一种渺茫的希望,想要从容自然地跟他说点什么——对这个人,我从来没能从容自然过——于是我说:

"喂,利提摩!"

"先生!"

"上次你在亚茅斯待的时间长吗?"

"不太长,先生。"

"你看到那条船改装好了吗?"

"是的,先生。我留下来就是为了看那条船改装好的。"

"我知道!"我说话时,他恭恭敬敬地朝我抬起眼睛,"我想,斯蒂福思先生自己还没见过那条改装好的船吧。"

"我实在说不上来,先生。我想——不过我真的说不上来,先生。祝您晚安,先生。"

他说完这句话,向所有在场的人毕恭毕敬地鞠了一个躬,跟着就走了。他一走,我的客人好像呼吸都自由多了,我自己也感到如释重负。因为,在这个人面前,我除了永远有一种自己特别不中用的感觉,从而使我局促不安外,我的良心也在低声责备我,不该对他的主人不信任,这使我禁不住有一种隐约的不安和恐惧,害怕这情况已经被他觉察。其实,我并没有什么可隐瞒的,然而我总觉得,好像这个人正看穿我的心思,这是怎么回事呢?

我正在思考这件事,并且想到,以后见到斯蒂福思本人时该会怎么内疚和悔恨,这时,米考伯先生把我从这种沉思冥想中唤醒了。他对那位已经告辞的利提摩大大地称赞了一番,认为他是个最体面的人物,一个极其出色的仆人。我可以说,米考伯先生对利提摩朝大家鞠的那一个躬,尽情领受了归他分享的那一份,而且是非常屈尊地接受了。

“不过这潘趣酒,我亲爱的科波菲尔,”米考伯先生尝了尝酒,说,“像时光一样,是不等人的。啊,这会儿是味儿最好的时刻。亲爱的,你的意思怎么样?”

米考伯太太也应声说,这会儿酒味好极了。

“那么,”米考伯先生说,“如果我的朋友科波菲尔允许我不受社交礼节的拘束,那我就要先干一杯,来纪念我和我的朋友科波菲尔年纪较轻时,在世路上并肩战斗的日子了。

“关于我跟科波菲尔的关系,我可以用以前我们一起吟唱过的诗句来说:

> 我俩曾在山坡跑奔,
> 共采那美丽的高文。①

——我这是用的比喻的观点——有几次是这样的。我不十分清楚,”米考伯先生用他原来那抑扬顿挫的声音,带着难以形容的咬文嚼字的神气说,“高文为何物,不过我毫不怀疑,如有可能,科波菲尔和我一定会常去采撷的。”

---

① 苏格兰诗人彭斯名诗《往日的时光》中诗句,“高文”为苏格兰方言,意为“雏菊”。另见十七章注。

就在这时，米考伯先生"采撷"起潘趣酒来了。于是我们也都如法炮制。特雷德尔显然感到莫名其妙，他不明白，米考伯先生跟我，到底多久以前在人世的战斗中做过伙伴。

"啊哈!"米考伯先生清了清嗓子说，一面让潘趣酒和炉火热得暖洋洋的，"我亲爱的，再来一杯好吗?"

米考伯太太说，只能少来一点。可是我们都不答应，于是还是斟满一杯。

"既然我们这儿全是知心朋友，科波菲尔先生，"米考伯太太一面小口抿着潘趣酒，一面说，"特雷德尔先生也是我们家里的一员，因此我很想听听，你们对米考伯先生的前程有什么看法。我一再对米考伯先生说，"米考伯太太有条有理地说，"粮食这一行，也许可以算作体面人做的买卖，但是无利可图。干上两星期，只能进账两先令九便士佣金。不管我们的要求有多低，也不能算作有利可图呀。"

我们大家都同意这一看法。

"那么，"米考伯太太说，她自视看事透彻，认为，每当米考伯先生有可能走路走歪一点时，她就能以自己女人的智慧，使他走正过来，"既然是这样，我就问自己这样一个问题:要是粮食买卖不可靠，什么才可靠呢? 煤炭买卖可靠吗? 一点也不可靠。我们在这方面曾作过尝试，这是我娘家人的主意，但我们发现，这完全是错误的。"

米考伯先生靠在椅子上，两手插在口袋里，从旁看着我们，点着头，意思是说，事情说得再清楚也没有了。

"既然粮食和煤炭两桩买卖，"米考伯太太更加有根有据地说，"都不值得提了，所以，科波菲尔先生，我自然要看一看这整个世界，提出:'像米考伯先生这样一个有才气的人，怎样才能取得成功呢?'凡是收取佣金的事，我都把它除外了，因为佣金是靠不住的。我相信，对于米考伯先生这样一个有特殊性格的人，最适合的是靠得住的事儿。"

特雷德尔和我都表示同意，低声说，有关米考伯先生的这一大发现，无疑是正确的，这样能使他大为增光。

"我不瞒你说，我亲爱的科波菲尔先生，"米考伯太太说，"我早就觉得，酿酒这一行特别适合米考伯先生。看看巴克利和珀金斯公司! 看看杜鲁门、汉伯里和巴克斯顿公司！据我看来,米考伯先生要有那种广大的基础,才能发迹。我听人说,这种买卖收益大——得——很哪！不过,要是米考伯先生进不了那些公司——他曾提出过求职申请,哪怕做个小职员也行,可是他们都没有给他回信——老谈这种想法,又有什么用呢？没有。我完全可以相信,米考伯先生的风度——"

"嗯哼！真的吗,亲爱的！"米考伯先生插嘴说。

"我亲爱的,你别作声,"米考伯太太把戴着棕色手套的手,往他手上一按,"我完全可以相信,科波菲尔先生,米考伯先生的风度,使他特别适合从事银行业。我心里就这样想,要是我在一家银行里有一笔存款,而米考伯先生则代表那家银行,他的那副风度就会使我相信那家银行,并且扩大和它的联系。可是,如果各家银行都不愿利用米考伯先生的才能,或者以傲慢的态度,来对待他要为他们效劳的意图,那老谈这种想法,又有什么用呢？毫无用处。至于自己开办一家银行,我知道,要是我娘家的人肯把钱交给米考伯先生,那是可以开办的。可要是他们不肯把钱交给米考伯先生——他们一定不肯的——那说这个又有什么用呢？我又得说了,比起从前来,我们并没有什么进展。"

我摇摇头说:"一点也没有。"特雷德尔也摇摇头说:"一点也没有。"

"从这一点,我得出的结论是什么呢？"米考伯太太继续说道,依然是一副要把事情说得一清二楚的神气,"我亲爱的科波菲尔先生,我不得不得出的结论是什么呢？显然,我们还得活下去,我这样说错了吗？"

我回答说"一点没有错！",特雷德尔也回答说"一点没有错！",接着我还独自以哲人的口气加了一句,一个人,要么活着,要么死去。

"正是这样,"米考伯太太回答说,"的确是这样。事实是,我亲爱的科波菲尔,要是近期内没有跟现在完全不同的情况出现,我们就活不下去了。现在,我本人相信,这也是我近来对米考伯先生说过多次的,任何事情,你都不能指望它自己出现。我们总得多多少少帮它一下,使它出现。我也许错了,但是我已经抱定这种看法。"

对她的这一看法,特雷德尔和我都大大称赞了一番。

"很好,"米考伯太太说,"那么我出什么主张呢？这位米考伯先生,具备各种资格——具有很大的才能——"

"真的吗,亲爱的!"米考伯先生说。

"亲爱的,请你让我把话说完。这位米考伯先生具备各种资格,具有很大才能——我得说具有天才,不过这也许只是一个做妻子的偏见。"

特雷德尔和我都低声说:"不是的。"

"可这位米考伯先生,却什么合适的职位和职业都没有。这该由谁来负责呢? 显然,应该由社会来负责。那我就要把这样一桩可耻的事实,揭露出来,让人人知道,大胆地向社会提出挑战,要它纠正过来。我觉得,我亲爱的科波菲尔先生,"米考伯太太加强语气说,"米考伯先生应该做的,就是向社会下挑战书,其实质是说:'让我看看谁来应战,敢应战的马上给我站出来。'"

我冒昧地问米考伯太太,这件事该怎么做呢?

"在各家报纸上登广告呀,"米考伯太太说,"我觉得,为了能公正对待他本人,公正对待他的家人,我甚至可以说,为了能公正对待一向忽视他的社会,米考伯先生应当做的是,在各家报纸上登广告。明明白白地说清自己是怎样一个人,有些什么什么资格,最后可以这样说:'为此,敬请高薪聘用本人,回信(邮资预付①)请寄坎登镇邮局,威·米收。'"

"米考伯太太的这一主张,我亲爱的科波菲尔,"米考伯先生说,一面把自己的衬衣硬领在下巴前拉拢,朝我瞟了一眼,"其实就是上次我跟你幸会时,我说的那个跃进。"

"登广告是相当贵的。"我半信半疑地说。

"一点没错!"米考伯太太仍保持着有条有理的神气说,"你这话很对,我亲爱的科波菲尔先生! 我跟米考伯先生说过同样的话。就是因为这一特殊的原因,我才认为米考伯先生应当筹一笔钱(如我已经说过的,为了能公正对待他本人,公正对待他的家人,以及能公正对待社会)——办法是立一张期票。"

米考伯先生往椅背上一靠,一面摆弄着自己的单片眼镜,一面向上看着天花板,不过我认为,他也在注意着正在看着炉火的特雷德尔。

"要是我娘家没有人肯发善心,"米考伯太太说,"答应承兑这张期

① 当时规定,邮资由收信人支付,此处指明"邮资预付",意即由寄信人预付。

票——我相信,有个更好的商业名词,可以表达我的意思——"

米考伯先生两眼仍望着天花板,提醒说:"贴现①。"

"把那张期票拿去贴现。"米考伯太太说,"我的意思是,米考伯先生应该上伦敦旧城②,拿这张期票到金融市场,能换多少钱就换多少钱。要是金融市场上那班人,硬逼着要米考伯先生作出重大牺牲,那就是他们的良心问题了。我坚决地把这看成是一笔投资。我劝米考伯先生也这样想,亲爱的科波菲尔先生,把这看成是一笔保证有钱可赚的投资。而且得下定决心,任何牺牲都在所不惜。"

我当时觉得(不过我现在敢肯定地说,我并不明白为什么),这对米考伯太太来说,是一种自我牺牲,一种对丈夫的忠诚。我低声地说了这一意见,特雷德尔也顺着我的口气低声同样说了一遍,但仍望着炉火。

"我不想尽说米考伯先生财务方面的事了,"米考伯太太喝完了杯中的潘趣酒,围紧肩膀上的围巾,准备退进我的卧室,说,"在你的火炉旁,我亲爱的科波菲尔先生,当着特雷德尔先生的面(他虽然不是一个老朋友,但跟我们完全像一家人一样),我禁不住想让你们知道,我劝米考伯先生采取的办法。我觉得,米考伯先生奋发的时候到了——我还要补充一句——是米考伯先生维护自己权利的时候了。我认为,办法就是这些了。我知道,我不过是个女人,一般都认为,讨论这类问题时,男人更有见识。可我还是不该忘记,在我跟爸爸、妈妈生活在一起时,我爸爸常说:'尽管艾玛身体薄弱,可是她对事物的见解,绝不弱于任何人。'我爸爸太偏心,这我知道,不过他多少是个善于观察人的人,不管从我作为女儿的身份来说,还是从道理上来说,全都不容我对这有所怀疑。"

说完这番话,米考伯太太谢绝了我们请她留下来干完最后一巡的要求,退到我的卧室里去了。我真正觉得,她是一位高尚的女人——像那种古代罗马的妇女,在国家和人民有了危难时,能作出种种英勇的事来。

在这种印象的激励下,我热烈庆贺米考伯先生有这样一位贤内助。特

---

① 拿没有到期的票据到银行兑现或做支付手段,并由银行从中扣除从交付日至到期日期间的利息。

② 即英国首都伦敦的市中心,为全国商业、金融业的中心。

雷德尔也同样向他道贺。米考伯先生依次跟我们握了手，然后用小手帕蒙在脸上，那小手帕上的鼻烟，我认为，比他觉出的多得多了。随后他重又喝起潘趣酒来，兴高采烈到极点。

他的谈锋很健。他要我们懂得，有了孩子，我们就又得到新的生命。在经济困难的压迫下，不管增加多少孩子，都会加倍地受到欢迎。他说，米考伯太太近来对这一点表示怀疑，不过他已经消除了她的怀疑，使她放了心。至于她娘家那些人，根本就配不上她，对他们那班人的意见，他完全不加理会，让他们——我引用他自己的话说——见鬼去吧。

接着，米考伯先生对特雷德尔大大赞扬了一番。他说特雷德尔是个出色的人，他自己（米考伯先生）就没有他那种坚定的高尚品德，不过谢天谢地，他赞美特雷德尔还是可以的。他感情激动地提到那位不认识的年轻小姐，就是特雷德尔对她真心相爱，她也以她的真情相报，对他敬爱，给他幸福的那位姑娘。米考伯先生提议为她干杯。我也干了杯。特雷德尔对我们两人一一致谢，怀着我十分喜爱的纯朴和真诚说："我衷心感谢你们。我敢向你们保证，她确是个最可爱的女孩！"

随后，米考伯先生又趁机非常关切、礼貌地提到我的恋爱问题。他说，除非他的朋友科波菲尔郑重否认，他相信，凭他的印象，他的朋友科波菲尔已经有了所爱的人，而且也已为人所爱。我有一阵子觉得浑身发热，很不自在，满脸通红，结结巴巴地矢口否认，直到后来才端起酒杯说道："好吧！那我就提议为朵拉干杯吧！"米考伯先生一听，大为激动高兴，赶忙端了杯酒跑进我的卧室，好让他太太也能为朵拉干杯。米考伯太太热情洋溢地干了杯后，在房中尖声高喊道："太好了！太好了！我亲爱的科波菲尔先生，我真是乐坏了。好极了！"一面还用手敲敲墙壁，代替鼓掌喝彩。

在这以后，我们的话题转向较为世俗的事情。米考伯先生对我们说，他发现住在坎登镇很不方便，等到广告有了什么满意的结果，他第一件要做的事就是搬家。他提起牛津街西头有一排房屋，面对海德公园，他早就看上了，不过他没有打算马上就租下来，因为这需要有大笔的固定收入。这可能还得等一段时间，他解释说，在这段时间内，他要能在体面的商业区——比如说在皮卡迪利①——住上一套上层楼房,也就很满意了,这就可以让米考伯太太的心情舒畅一些。那地方,只要加开一扇凸形窗,或者在屋顶加盖一层,或者像这样稍为翻修一下,他家就可以在那儿体面地舒舒服服住上几年。他还明白无误地说,不管他将来能得到什么机会,不论他将来住在什么地方,有一点我们完全可以相信,他始终要给特雷德尔留下一个房间,给我留下一副刀叉。我们领谢了他的好意。他还求我们原谅他谈起这些凡俗的琐事,因为一个人对生活作出全新的安排时,说到这些也是很自然的,我们务必要原谅他。

米考伯太太又在墙上敲了几下,询问茶是否准备好了,这才把我们这段友好的闲谈给打断了。她非常殷勤地为我们煮好了茶。每当我端茶和递奶油面包走到她身边时,她都要悄悄问我,朵拉的皮肤是白还是黑,身材是高还是矮,以及诸如此类的话;我想我给她问得很高兴。喝完茶,我们在炉边谈了各种话题;承米考伯太太的好意,我们还听她唱了两支我们非常喜爱的歌:《闯劲十足的白脸中士》②和《小塔夫林》③(她的嗓音既低弱,又平淡,记得我最初认识她时我认为这种嗓音,在声学上就像是不起泡沫的啤酒)。米考伯太太在娘家跟她爸妈住在一起时,是以会唱这两支歌出名的。米考伯先生告诉我们说,当他第一次在她娘家见到她,听她唱第一支歌时,她就异乎寻常地引起了他的注意,等到她唱《小塔夫林》时,他就下定决心,非赢得她的芳心不可,要不就在追求中誓不生还。

到了十点和十一点之间,米考伯太太起身摘下便帽,放进棕白色的牛皮纸包里,戴上有带的女帽。米考伯先生趁特雷德尔穿大衣的时候,往我手里偷偷地塞了一封信,还悄声地对我说,要我有空时看一看。米考伯先生挽着米考伯太太,走在最前面,后面跟着拿着便帽包的特雷德尔。我趁举着蜡烛在楼梯栏杆旁照他们下楼的机会,把特雷德尔在楼梯顶上留住了一会儿。

"特雷德尔,"我说,"米考伯先生对人并没有什么恶意,他只是个可怜的人。不过,我要是你的话,我什么都不会借给他。"

---

① 即伦敦的皮卡迪利大街,以其豪华时尚的商店、俱乐部、旅馆和住宅著称。
② 由英国剧作家伯戈因将军(1722—1792)作词,英国作曲家毕肖普(1786—1855)谱曲。
③ 英国作曲家斯托雷斯(1763—1796)所作喜剧《三点和两点》中的一支歌。

"我亲爱的科波菲尔，"特雷德尔微笑着回答说，"我没有什么东西可以出借啊。"

"你有一个名字呀，你得知道。"我说。

"哦！你管那个叫作可以出借的东西吗？"特雷德尔带着若有所思的神情回答说。

"正是这样。"

"哦！"特雷德尔说，"是的，没错！我非常感谢你，科波菲尔。不过——恐怕我已经把那个借给他了。"

"是在他说的那张可作投资的期票上借给他的吗？"我问道。

"不，"特雷德尔说，"不是在那张期票上借给他的，那张期票我今天才第一次听说。我也在想，在回家的路上，他很有可能提出来，向我借我的名字，用在那张上面。我已经借给他的，是用在另一张期票上的。"

"我只希望，在那张期票上，别出毛病才好。"我说。

"我也希望别出毛病才好，"特雷德尔说，"不过，我想大概不会，因为就在前几天，他还告诉我说，那笔款子他已经筹备好了。这是米考伯先生亲口说的，'筹备好了'。"

就在这时候，米考伯先生仰起头来，朝我们站的地方看着，因而我仅仅有时间再提一遍我的警告。特雷德尔向我表示了谢意，下楼去了。可是当我眼看他手上拿着帽子走到楼下，伸手挽住米考伯太太，一副忠厚老实的样子，我深深为他担忧，怕他要让人连头带脚给拖进金融市场了。

我回到火炉边，半是认真，半是好笑地默想起米考伯先生的为人，以及我们之间的旧谊。正在这时，我听到一阵迅疾上楼的脚步声。一开始，我还以为米考伯太太忘记拿走什么东西，特雷德尔赶回来取了。可是，脚步声走近以后，我觉得我的心剧跳起来，血朝我的脸上涌，因为这是斯蒂福思的脚步声。

我从来没有忘记爱格妮斯的话，她也从来没有离开过我心里为她开辟出的圣殿——如果我可以这样说的话——从我第一次见到她的时候起，我就把她供奉在那儿。可是当斯蒂福思一进屋，站在我面前，朝我伸出手来，原先罩在他身上的黑暗，一下变成了光明，我感到惶惑、惭愧，因为我曾经怀疑过这个我衷心热爱和钦佩的人。但是，我对爱格妮斯的爱慕一切如常，依然认为她是我生命中慈祥、温柔的吉神。我没有怪她，只怪我自己，辜负了斯蒂福思。只要知道拿什么来补过，怎样来补过，那我一定要对他引咎补过。

"嘿，雏菊，老弟，你成了哑巴啦!"斯蒂福思笑着说，先亲热地握住我的手，然后又把它轻快地抛开，"你这个锡巴里斯人①，是不是你又大摆宴席让我给逮住了? 博士公堂里的那班家伙，是伦敦城里最会寻欢作乐的人，我相信，把我们那些朴实无华的牛津人，全给压垮了!"他目光闪闪，兴冲冲地朝屋子里四下看了一遍，在我对面刚才米考伯太太坐的沙发上坐了下来，还拨了拨炉火，让它烧得更旺。

"我刚一看到你，感到太出乎意料了，"我说，怀着最大的热情对他表示欢迎，"所以几乎连跟你打招呼的力气都没有了，斯蒂福思。"

"哦，正像苏格兰人说的那样，看到我，害了病的眼睛也会好的，"斯蒂福思回答说，"看到容光焕发的你，雏菊，也是一样。你怎么样啊，你这位酒神的信徒?"

"我很好，"我说，"今天晚上我可一点也不像酒神的信徒，虽然我得承认，我请了三位客人来家吃饭。"

"他们三个，我在街上全碰到了，都在夸你好呢，"斯蒂福思说，"那个穿紧身裤的朋友是谁呀?"

我尽可能三言两语对他说了我对米考伯先生一些好的看法。他看我形容这位先生如此不高明，不由尽情地笑了，还说，这个人值得认识，他得认识认识这个人。

"不过，你猜我们另外那位朋友是谁?"这回轮到我说了。

"天知道，"斯蒂福思说，"我希望不是个让人讨厌的家伙吧? 我觉得，他看上去有点像个讨厌的家伙。"

"他是特雷德尔啊!"我得意地说。

"他是谁?"斯蒂福思满不在意地问道。

"你不记得特雷德尔了? 在萨伦学校时，我们同房间的那个特雷

---

① 锡巴里斯为古希腊城市，在今意大利南部，曾以其富饶和奢靡闻名，毁于公元前510年。西方人习惯称奢靡的人为锡巴里斯人。

德尔?"

"哦,那个家伙呀!"斯蒂福思说,一面用拨火棍敲打着炉火上面的一块煤块,"他还像从前那样软弱吗? 你是从哪儿把他给找来的?"

我尽量赞扬了特雷德尔一番,因为我觉得斯蒂福思相当看不起他。斯蒂福思微微点头一笑说,他也很想见见这个老同学,因为他以前一直是个奇怪的家伙。说完他就把这话题给撇开了,问我能不能给他一点东西吃。在这短短的一段对话时间,当他没有兴高采烈地随心所欲畅谈时,大多数时间都懒散地坐在那儿,用拨火棍敲打煤块。我注意到,当我拿出吃剩的鸽肉馅饼什么的给他时,他也依然如此。

"哟,雏菊,你这是给国王吃的饭菜啊!"他突然打破沉默,喊了起来,同时在桌子跟前坐下,"我要好好享受一番了,因为我是刚从亚茅斯来的。"

"我还以为你是从牛津来的呢。"我回答说。

"不是,"斯蒂福思说,"我一直在航海——比在牛津有趣多了。"

"利提摩今天来过这儿,他在找你呢,"我说,"我以为他说你在牛津;不过,我现在想起来,他的确没这么说。"

"我原以为利提摩还伶俐,其实是个大笨蛋,竟跑到这儿来找我,"斯蒂福思高高兴兴地斟了杯酒,一面为我干杯,一面说,"至于说了解他,要是你能做到这一点,雏菊,那你就比我们多数人更聪明了。"

"你这话不假,的确如此,"我说,把自己的椅子移近餐桌,"这么说你去过亚茅斯,斯蒂福思!"我想知道有关的全部情况,"你在那儿待得很久吗?"

"不久,"他回答说,"在那儿胡闹了一个星期左右。"

"那儿的人都好吗? 当然,小艾米莉还没结婚吧?"

"还没有。我相信,总要结婚的——在几个星期之内,或者几个月,反正有个时间。我不常见到他们。哦,想起来了,"他放下手中一直忙个不停的刀叉,在口袋中摸索起来,"我给你带来了一封信。"

"谁的?"

"嗨,你的老保姆呀,"他回答说,一面从胸前的口袋中掏出一些纸张来,"'詹·斯蒂福思先生,乐意居债务人',这不是。别急,我马上就能找到。那个叫老什么的,情况不妙;我想,那封信就是说这个的。"

"你说的是老巴基斯吧?"

"没错!"他仍在几个口袋里摸着,再看看摸出的是什么,"我看,可怜的巴基斯恐怕要完了。我在那儿看到一个小药剂师——外科医生,或者不管是什么吧——就是替阁下你接生的那一位。据我看,他对这种病很精通,不过他的结论是,这位车夫最后的这一趟旅程,跑得未免太快了。——你到椅子上我那件大衣的胸袋里摸一摸,我想你会找到那封信。在那儿吗?"

"在这儿!"我说。

"对了!"

信是佩格蒂写的——字写得比平常更难认,也更简短。信中告诉我她丈夫病重无望的情况,还隐隐约约地提到,说他比以前"更加手紧"了,因此要想把他服侍得舒服一点也更难了。信中只字未提她自己如何辛劳,如何日夜看护,倒是大大称赞他。信写得简单明白,毫无造作,充满朴实的虔诚,我知道是她的亲笔。最后是"问候我永远疼爱的"——这指的是我。

我在吃力地读着这封信,斯蒂福思一直不断地在吃喝。

"这是件不幸的事,"我读完信后,他说,"不过,每天太阳都要下山,每分钟都有人死去。大家的命运都一样,我们不应该为这大惊小怪。要是因为听到那不分贫富贵贱、一视同仁的脚步声①,在什么地方响起,就把握不住自己的命运,那世界上的一切都要从我们手里溜走了。这样不行!应该前进!必要时穿上防滑靴,好走时就穿平底鞋,但是得永远向前奔!冲过一切障碍,赢得比赛的胜利!"

"赢得什么比赛?"我说。

"你已经开始参加的比赛呀!"他说,"永远向前奔!"

我现在还记得,他说完后停了一会,漂亮的脑袋稍微后仰,手里举着酒杯,看着我,这时我注意到,他虽然脸色红润,带着海风吹拂的清新气息,但有一些我上次和他见面后才出现的痕迹,仿佛他一直在从事某种热情奔放的紧张活动,而且这种感情激起时,就会热烈地在他内心沸腾。我本想对他这种一有所好,便不顾一切拼命追求的习性——如跟凶险的海浪搏斗,向恶劣的天气挑战——劝说一番,可是我的心思又一下子拐回到正在谈论的话题上,接着便说了下去。

---

① 指死神的脚步声。

"我要告诉你一件事,斯蒂福思,"我说,"要是你有兴致听我——"

"我的兴致正高着呢,你要我做什么都行。"他回答说,一面从餐桌边挪回到火炉旁。

"那我就跟你说啦,斯蒂福思。我想去乡下看看我的老保姆。这并不是说,我去了能给她什么好处,或者给她有什么实际的帮助,不过她那么疼我,我去探望,对她来说有着同样的效用,就跟我做到前面两点一样。我这样做她会非常高兴,觉得这是对她很大的安慰和支持。我相信,对于像她这样一个待我这么好的朋友来说,我去看她一趟,根本算不上费什么事。要是你处在我的地位,你会不会花一天工夫去一趟呢?"

他脸上露出若有所思的神色,坐在那儿想了一会后,才低声回答说:"好的! 去吧。你不会碍事的。"

"你刚从那儿回来,"我说,"要是我请你陪我一起去,这不可能吧?"

"没错,"他回答说,"我今天晚上就要回海盖特。我这么久没有见到我母亲了,良心上感到不安,因为她那么爱她的不肖儿子,总得给她一点爱呀——呸! 胡说八道! ——我猜,你打算明天去,是吗?"说着,他伸直两条胳臂,用手按住我的两个肩膀。

"是的,我想是这样。"

"行,那就过了明天再去吧。我本想要你到我家住几天。我来这儿,就是为了来请你的,可你却要飞到亚茅斯去了!"

"你竟说我飞走,斯蒂福思,你自己才真是飞来飞去呢,老是胡跑乱窜到什么没人知道的地方去!"

他没有作声,默默地朝我看了一会,过后才给我答话,他的两手仍按在我的肩上,还摇了几下。

"行了! 你就过一天再去吧,明天你尽可能跟我们在一起待上一天。谁知道我们什么时候才能见面啊。行了! 你就过一天再去吧! 我要你站在罗莎·达特尔和我之间。我要你把我们两人隔开。"

"没有我隔开,你们两人就要互相更爱了吗?"

"是的;或者更恨,"斯蒂福思笑着说,"管它是哪一种吧。行了! 你过一天再去!"

我答应他过一天再去。于是他穿上大衣,点燃一支雪茄,动身回家。我发现他打算步行回去,也穿上大衣(不过没有点雪茄,因为那一阵子,我已经抽多了),跟他一起,一直在空旷的大道上走着。当时是晚上,大道上冷冷清清。一路上,他兴致都很高;分手后,我从后面看他昂然轻快地朝家中走去,我想到了他说的话,"冲过一切障碍,赢得比赛的胜利!"首先,我希望他参加的是一场有价值的比赛。

我在自己的卧室中脱衣服时,米考伯先生的信掉到了地板上,这时我才想起这封信来。于是我拆开信,读了起来。写这封信的时候,注明是在晚餐前一个半小时。我记不清以前是否提到过,米考伯先生每当遇到特别难以渡过的难关时,他往往爱用一些法律辞藻,他似乎觉得,这样一来,他的事情就可以了断似的。

阁下——因我已不敢再称你为我亲爱的科波菲尔,本信之署名人已穷困潦倒矣,为此合当奉告。为不使阁下预知其灾难性之处境,此人曾闪烁其词,力图以微力掩饰,对此今日阁下想必已察知一二;然希望已经西沉,本信之署名人已穷困潦倒矣。

此信系在监我之人(我不能称之为伴我之人)耳目下写就。此人受雇于某扣押财物估价出售人,现已濒临酒醉状态。依据欠租扣押法令,该人已查封债务人之财产。

查封清单内,不仅包括本宅常年租户,即本信署名人之全部动产,且兼及寄宿人内殿①荣誉学会会员托马斯·特雷德尔先生之一切动产。"递到"(借用某不朽作家②之言)本信署名人唇边的苦酒之杯本已满溢,如尚有一滴者,以下事实是也:上述之托马斯·特雷德尔先生,出于友谊同意承兑本信署名人所立总额为二十三镑四先令九便士半之期票一纸,现已逾期,而该款尚未筹得。再者,本信署名人所负赡养之责,遵循常理,将因添一更无助困难者而增加,此苦难者,自今日起不出六个太阴月③——举整数而言——即将出世矣。

---

① 即内殿法学院,为伦敦四个法学院之一。
② 指莎士比亚,详见莎剧《麦克白》第一幕第七场第十一行。
③ 太阴月每月为二十九天十二小时四十四分。

除上述诸项外,再补一言,即尘与灰已永远洒于此人头上①矣。

威尔金斯·米考伯

可怜的特雷德尔!我到这时已经认清米考伯先生的为人,料到他准能从这种打击中恢复过来。可是我想到特雷德尔,想到那位德文郡副牧师的女儿,十姐妹中的一个,那位非常可爱的女孩子,她可以为特雷德尔等到六十岁(不吉利的赞美!),甚至等到你能说出的任何年纪,想到他们,我心里非常难过,这一夜我睡得很不安宁。

---

① 尘与灰洒于头上,表示忏悔或耻辱。

第二十九章

重访斯蒂福思家

　　早晨,我对斯潘洛先生说,我要请几天短假。由于我还没有领取任何薪金,因而这事并没有使那位铁面无情的乔金斯先生感到十分不快,所以没费什么口舌就准了我的假了。我趁机向斯潘洛小姐问好。说这话时,我的声音黏在喉咙里,两眼变得模糊不清。斯潘洛先生答话时,毫无感情,好像说的是一个普通人一样。他说,他非常感谢我的问候,他女儿一切都好。

　　我们这些签约的学生,由于是代诉人这种高贵人物的苗子,得到很多优待,因而我几乎什么时候都是自由的。不过,我不想在下午一两点钟之前就去海盖特,而且那天上午,我们的法庭又要审查一件小小的逐出教会案,该案件称为蒂普金为拯救布洛克的灵魂提起的诉讼案。我跟着斯潘洛先生前往出庭,非常愉快地在那儿待了一两个小时。案情起因于两位堂区俗人委员发生扭打,据说其中一个把另一个推倒在水泵上;这个水泵的把手伸进一所学校的校舍,而这所学校的校舍坐落在教堂屋顶的山墙下面,因此,这一推就构成了亵渎教会罪。案子很可笑,我坐在公共马车的车厢上去海盖特时,一路上都想着博士公堂和斯潘洛先生说的有关博士公堂的话,他说碰了博士公堂,国家就要垮台。

　　斯蒂福思的母亲见了我很高兴,罗莎·达特尔也一样。我发现利提摩不在,这使我颇为惊喜;伺候我们的是个谦恭的、客厅专用的小女仆。她的帽子上系着蓝丝带,要是你偶尔朝她看上一眼,比起那位体面的男仆来,她的眼睛要让人舒心得多,不会使你心慌意乱。不过,抵达这家还不到半个小时,我就特别注意到,达特尔小姐一直密切地注视着我,似乎还悄悄地拿我的脸跟斯蒂福思的脸作着比较,以及拿斯蒂福思的跟我的作比较,伺机刺探这两张脸之间会透露出什么。因此,每次我朝她看时,总能看到她脸上那急切的神情、令人生畏的黑眼睛和寻根究底的额头,全都专注地对着我的脸。要不就突然从我的脸上转向斯蒂福思的脸,或者把我们俩同时摄入眼中。在这种山猫似的炯炯目光刺探下,一当她看到我也在注意她,她毫不畏缩,反而用她那锐利的目光更加专注地紧盯着我。虽然,不管她会疑心我做了什么坏事,我都问心无愧,也明知如此,可是我还是尽量避开她那双奇特的眼睛,我实在受不了她眼睛中那如饥似渴的光芒。

在那一整天里,她好像都弥漫在整个住宅之中。我要是在斯蒂福思房里跟他说话,就会听到外面小过道里传来她衣服的窸窣声。我跟斯蒂福思在屋后草坪上玩我们从前玩过的游戏,就看到她的脸从一个窗口移到另一个窗口,就像是神出鬼没的灯火,直到在一个窗口停下,盯住监视我们。下午我们四人一起去散步,她的瘦手就像弹簧一般,紧紧扣住我的胳臂,把我留在后面,让斯蒂福思跟他母亲往前走去,直到听不到我们说话的声音,她才跟我说话。

"你很久没上我们这儿来了,"她说,"难道你的职业真的那么迷人有趣,吸引住了你的全部心思? 我所以这样问,是因为我无知无识,总想得到指教。不过,这是真的吗?"

我回答说,我对自己的职业还是够喜欢的,不过我也确实不能把它说得那么有趣。

"哦! 这我明白了,很高兴,因为我错了的时候,总喜欢旁人把我纠正过来。"罗莎·达特尔说,"你的意思也许是说,那工作有点枯燥吧?"

"嗯,"我回答说,"也许是有点枯燥。"

"哦! 所以你需要放松放松,换换空气——需要找点刺激,以及诸如此类的事,是吗?"她说,"啊,一点没错! 那他是不是——呃? ——也有点——我不是说你。"

她朝斯蒂福思挽着母亲散步的方向飞快瞥了一眼,让我知道她指的是谁,但除此之外,我就完全莫名其妙了。毫无疑问,我露出了困惑不解的神色。

"是不是——我没有说一定是,注意,我只是想知道——那种事是不是使他着了迷？也许使得他比平常更加疏忽,更少回来看盲目溺爱他的——
呃?"

说到这儿,她又对斯蒂福思飞快地瞥了一眼,也朝我看了看,好像要看透我内心最深处的思想似的。

"达特尔小姐,"我回答说,"请你别以为——"

"我没有!"她说,"哎呀呀,你可别以为我有什么想法了! 我可不是个多疑的人。我只是问个问题,我并没有发表什么意见。照你说的,并不是那么回事? 好吧! 我知道了,很高兴。"

"事实确实如此,"我不知所措地说,"斯蒂福思比往常离家更久——要是他真是这样的话,这跟我没有关系。我真的不知道他已经离家很久,只是刚才听你说了,我才知道。我也好久没见他了,直到昨天晚上才见到。"

"好久没见他?"

"真的,达特尔小姐,没见他。"

她一直盯着我看,这时我看到她的脸愈来愈瘦削、苍白,那条旧伤痕也伸长了,划过走了形的上唇,深入下唇,斜印在下颏。这道伤痕,还有她眼中射出的炯炯目光,确实使我感到害怕。她眼睛盯着我,问道:

"那他都在干些什么?"

我照着说了一句,这与其是对她说的,不如说是对我自己说的,我当时太惊慌失措了。

"那他都在干些什么?"她说,那焦急的神情,简直像一把火,要把她烧焦似的,"那个人在帮他干些什么呀? 那人看我时,眼睛里总是带着看不透的虚假。要是你是个讲体面、守信用的人,我决不要你出卖朋友。我只要求你告诉我,现在引诱他的是什么:是愤怒? 是仇恨? 是骄傲? 是浮躁? 是妄想? 是爱情? 到底是什么?"

"达特尔小姐,"我回答她说,"我觉得,斯蒂福思跟我第一次来这儿时没有什么不同,我要怎么对你说,你才会对我相信呢? 我什么也想不出来。我坚决相信,什么事也没有发生。我甚至连你说的是什么意思也不懂。"

她仍旧站在那儿,目不转睛地盯着我,她那凶残的伤痕上出现抽搐或颤动,从而不能不使我联想到这是痛苦的表现;同时她的一个嘴角往上一翘,像是表示鄙视的样子,或者是对她所鄙视的东西表示可怜。她赶忙伸出一只手掩住嘴角——她那只手那么纤细,那么娇嫩,以前我看到她在火炉前举起它来遮脸时,我在思想上曾把它比作细瓷——用一种快速、凶狠、感情强烈的口气说,"关于刚才说的话,你要发誓保守秘密!"说完这句话,她就一声不响了。

斯蒂福思老太太同儿子在一起感到特别快活,斯蒂福思这次对母亲也显得格外关心孝敬。看到他们在一起的样子,我感到非常有意思,不仅是由于母子俩那种你疼我爱的亲热劲儿,也因为他们之间那种酷似的性格:斯蒂福思身上有的是高傲、急躁,他母亲由于年龄和性格,就温柔得多,显得慈祥、庄严。我不止一次地想过,他们之间没有发生严重的分歧还好,否则,两个那样性格的人——我应该说,两个性格一样、深浅不同的人——比起两个性格截然相反的人来,更加难以和好。我必须承认,这种看法,并非出于我自己的观察分析,而是由于罗莎·达特尔的一席话。

吃晚饭时,她说:

"哦,你们一定得告诉我,随便哪一位,因为我一整天都在想这件事,我很想弄个明白。"

"你想要弄明白什么呀,罗莎?"斯蒂福思老太太说,"求求你,求求你,别这么神神秘秘的。"

"神神秘秘!"达特尔小姐叫了起来,"哦! 真的吗? 你认为我是这样的?"

"我不是一直求你,"斯蒂福思老太太说,"说话要明明白白,用你自己的自然态度吗?"

"哦! 这么说,这不是我的自然态度了?"她回答说,"那你们一定得原谅我,因为我只是想要弄个明白。人总是不了解自己的。"

"这已成了第二天性了,"斯蒂福思老太太说,说时没有任何不快,"不过我记得——我想你也一定还记得——你先前的态度不是这样的,罗莎。那时候你说话不是这么谨慎,要坦率得多。"

"我相信你是对的,"她回答说,"一个人的坏习惯,竟这么养成了! 真的吗? 没有这么谨慎,要坦率得多? 我真奇怪,我怎么会不知不觉地就变了呢! 哟,这真是太奇怪了! 我一定得好好考虑,恢复从前的我才成。"

"我希望你能那样。"斯蒂福思老太太微笑着说。

"哦！我真的想要那样,这你知道!"她回答说,"我要学习坦率,跟谁学呢——让我想想——跟詹姆斯学吧。"

"你要学坦率,罗莎,"斯蒂福思老太太紧接着就回答说——因为达特尔小姐说的话里总带着一些讽刺的意味,虽然她说的时候,就像现在这样,用的是世界上最不自然的态度——"没有比跟他学最好的了。"

"这我完全相信,"她带着异乎寻常的热情说,"对任何事,我要是相信了,你知道,那我对它当然也就相信了。"

我觉得,斯蒂福思老太太对自己刚才的有点烦躁,显得有些后悔,因为她马上和颜悦色地说:

"好了,我亲爱的罗莎,我们还没听到你想要知道的是什么呢?"

"想要知道什么?"她回答说,说时带着惹人生气的淡漠,"哦!我只是想要知道,要是有两个人,他们彼此有着相似的道德品性——这样说行吗?"

"这跟别的说法一样,完全行。"斯蒂福思说。

"谢谢,——两个道德品性彼此相似的人,要是他们之间发生了严重分歧,是不是比两个道德品性不同的人,更容易互相忌恨,裂痕会更深呢?"

"我得说,是这样。"斯蒂福思说。

"你这样想?"她应声道,"哎呀呀!那就举个例子吧,假定说——任何不大可能的事都可以用来作假定的——你跟你母亲发生了严重的争吵——"

"我亲爱的罗莎,"斯蒂福思老太太和蔼地笑着打断了她的话,"想个别的假定吧!谢天谢地,詹姆斯跟我,都知道彼此该尽什么责任。"

"哦!"达特尔小姐关心地点着头说,"倒也是。那样就可以避免分歧了吗?呃,当然可以。的确——如此。哦,刚才我竟糊涂到拿这做比方!我很高兴,知道你们彼此各尽其责就可以避免分歧,这太好了!非常感谢。"

还有一件跟达特尔小姐有关的小事,我决不该略掉不提。因为到后来,在一切无法补救的往事都一清二楚时,我一定会想起这件事来。在那一整天中,特别是自此以后,斯蒂福思使出他那绝顶的功夫,而且运用得轻松自如,哄得这个怪僻的人,一变成为讨人喜欢,也使自己喜欢的伴侣。他的成功,并没有使我感到意外。达特尔小姐对他的那种讨人喜欢的魅力——当时我认为,这是讨人喜欢的天性——进行挣扎反抗,也是我意料中的事。

因为我知道,她有时候妒忌心重,性情乖戾。我看到她的表情和态度慢慢在变;我看到她对他越来越爱慕;我看到她虽然试图抵抗他的迷人的魅力,但是却越来越软弱无力,同时又一直愤愤不平,仿佛责备自己太不争气似的。到了最后,我发现她锐利的目光柔和了,她的笑容也变得非常温柔了,我也不再像以前那样整天怕她了,我们大家一起坐在火炉边,有说有笑的,跟一群小孩一样,一点拘束也没有了。

到底是我们在餐厅里坐得太久了,还是斯蒂福思决心不失掉他已取得的优势,我不得而知。反正达特尔小姐离开后,我们在餐厅里待了还不到五分钟。"她在弹竖琴,"在客厅的门口,斯蒂福思悄声说,"我相信,这三年来,除了我母亲,没人听到她弹过竖琴。"他说这话时,脸上露出奇特的,但随即消逝的微笑。我们走进客厅,发现里面只有她一个人。

"别站起来,"斯蒂福思说(其实她已经站起来了),"我亲爱的罗莎,别站起来!请发一回善心,给我们唱支爱尔兰歌吧。"

"你怎么喜欢起爱尔兰歌来了?"她反问道。

"非常喜欢!"斯蒂福思说,"比任何别的歌都喜欢。这位雏菊,也是打心眼里喜爱音乐的。给我们唱一支爱尔兰歌吧,罗莎!让我像往常那样坐下来听听。"

他没有碰她,也没有去碰她刚才坐的那张椅子,而只是挨着竖琴坐了下来。达特尔小姐在竖琴旁站了不大一会儿,带着一种奇特的表情,用右手做着弹琴的动作,但没有拨动琴弦。后来她终于坐了下来,把竖琴一下拉到自己跟前,开始边弹边唱起来。

我不知道,在她的弹唱中,有着一种什么东西,它使得这支歌,成为我生平听过的,或者能想象出的最为奇特的歌。在这支歌的骨子里,有着某种忧虑,好像从没有人给它作过词,也没有人给它谱过曲,而是径直从她那内心的激情中迸发出来似的。在她唱低音时,这种感情就没有完全表现出来,而当一切都归于寂静时,它便又完全蜷缩起来了。当她又倚在竖琴旁,用右手作出弹琴的样子,但没有发出声音时,我已吃惊得目瞪口呆了。

又过了一分钟,下面发生的事把我从恍惚中惊醒:斯蒂福思从自己的座位上站了起来,走到她跟前,大笑着用胳臂把她搂在胸前,嘴里说:"好啦,罗莎,我们以后彼此要非常相亲相爱了!"她打了他一下,像野猫那样狠狠地把

他推开,冲出客厅。

"罗莎怎么了?"斯蒂福思老太太走进来问道。

"她做了一会儿天使,母亲,"斯蒂福思回答说,"跟着便又跑到极端相反的一面,作为补偿了。"

"你可得当心,别惹她,詹姆斯。她的脾气已经变坏了,记住,千万别去惹她。"

罗莎没有再回来,也没有一个人再提起她,直到我跟斯蒂福思来到她的房间,跟她道晚安。这时,斯蒂福思把她大笑了一通,问我有没有见过这样一个泼辣的、难以猜透的小东西。

我表示非常惊讶,当时所能表示的全用上了,同时问他是否能猜出,她为什么突然生这么大的气。

"哦,只有天知道,"斯蒂福思说,"你说为什么就为什么吧——或许什么也不为! 我不是告诉过你了,她爱把所有事物,包括她自己在内,都要拿到磨刀石上去磨上一番。她是一件利器,跟她交往时得特别当心。她永远是危险的。晚安!"

"晚安!"我也说,"我亲爱的斯蒂福思! 明天早上我不等你醒来就走了。晚安!"

他很不愿意让我走,站在那儿,像原先在我房间里那样,伸出胳臂,两只手一边一只搁在我的肩膀上。

"雏菊,"他微笑着说——"虽然这不是你的教父教母给你取的,可是我最喜欢用这个名字叫你——我希望,我希望,我希望,你能把这个名字给我!"

"嗨,这有什么不可以呀!"我说。

"雏菊,要是日后有什么情况,把我们俩拆开,你一定要想到我最好的地方,老朋友。好啦,我们一言为定。要是情况变了,把我们分开,要想到我最好的地方!"

"你在我心里,斯蒂福思,"我说,"既没有什么最好的,也没有什么最坏的,永远受到同等的热爱和珍视。"

由于我曾经冤枉过他,虽然那还只是一种尚未成形的念头,我心里已经非常悔恨,很想把这事向他坦白一番,话都已经冒到嘴边。要不是我顾虑到这会出卖爱格妮斯的友谊和信任，要不是我不知道这事该怎么说才能免除这种危险，那在他说"上帝保佑你，雏菊，晚安！"之前，我的话一定脱口而出了。我这一犹豫，话终于没有说出口。于是我们握了手，分别了。

第二天早上，天没大亮我就起来了，尽量悄悄地穿好衣服，然后朝他的房里瞧了瞧。他睡得很熟，舒舒服服地躺着，头枕在胳臂上，像我在学校时常见的那样。

那时辰应期而来，而且来得很快，那时我几乎感到奇怪，在我看着他时，竟会没有什么来扰乱他的睡眠。可当时，他睡得那么安稳——让我再想念一下当时的他吧——像我在学校时常见的那样。就这样，在这寂静的时刻，我离开了他。

——哦，上帝饶恕你吧，斯蒂福思！我永远不会再碰那只在爱情和友情上冷漠无情的手了。永远、永远不会了！